Der Canyon

DOUGLAS PRESTON

Der Canyon

Thriller

Aus dem Amerikanischen von Katharina Volk

Weltbild

Die amerikanische Originalausgabe erschien 2005
unter dem Titel *Tyrannosaur Canyon* bei Forge Books, New York.

Der Autor

Douglas Preston wurde 1956 in Cambridge, Massachusetts, geboren. Er studierte Mathematik, Biologie, Chemie, Physik, Geologie, Anthropologie, Astrologie und Englische Literatur. Nach dem Examen arbeitete er am *American Museum of Natural History* in New York. Neben den Thrillern, die Douglas Preston zusammen mit seinem Freund Lincoln Child schreibt, sind auch seine Solo-Bücher international erfolgreich. Douglas Preston lebt zusammen mit seiner Frau und seinen drei Kindern an der amerikanischen Ostküste.

Weltbild Taschenbuch

Für Isaac,
meinen Sohn

Prolog

Dezember 1972
Taurus-Littrow-Krater
Mare Serenitatis
Auf dem Mond

Am elften Dezember 1972 erreichte die letzte bemannte Apollo-Mondmission den Landeplatz im Taurus-Littrow-Krater, einem eindrucksvollen, von Bergen umringten Tal am Rand des Mare Serenitatis. Das Gebiet sah viel versprechend aus, ein geologisches Wunderland aus Hügeln, Bergen, Kratern, Geröllfeldern und Schutthalden. Von besonderem Interesse waren mehrere seltsame Stellen, an denen offensichtlich Meteoriteneinschläge tiefe Löcher in der Talsohle hinterlassen und hoch verdichtetes Gestein und Glas über das Tal verstreut hatten. Die Mission durfte hoffen, mit einem wahren Schatz von Mondproben nach Hause zu kommen.

Eugene Cernan war der Kommandant der Mondlandefähre, Harrison »Jack« Schmitt der Pilot. Beide Männer waren für die Apollo-17-Mission bestens geeignet. Cernan war ein erfahrener Veteran zweier vorheriger Missionen, Gemini IX und Apollo 10, Schmitt ein brillanter Geologe, der in Harvard promoviert und an der Planung vorangegangener Apollo-Missionen mitgewirkt hatte. Drei Tage lang erforschten Cernan und Schmitt mit Hilfe ihres Mondautos, des Lunar Rover, das Taurus-Littrow-Gebirge. Bei der ersten Expedition auf der Mondoberfläche wurde rasch deutlich, dass sie einen geologischen Volltreffer gelandet hatten. Eine der aufregendsten Entdeckungen der Mission, die indirekt auch zu dem mysteriösen Fund am Van-Serg-Krater führte, ereignete sich am zweiten Tag an einem kleinen, tiefen Krater, der als Shorty bekannt ist. Als Schmitt aus dem Mondauto stieg, um den Rand von Shorty zu untersuchen, wirbelten seine Stiefel den grauen Mondstaub auf und enthüllten zu seinem größten Erstaunen darunter eine helle orangefarbene Schicht. Cernan war so verblüfft, dass er sein orangerot getöntes Blendschutzvisier hochklappte, um festzustellen, ob es sich vielleicht um eine optische Täuschung handelte. Schmitt hob einen kleinen Graben aus und entdeckte, dass die Farbe des Bodens in tieferen Schichten von Orange zu leuchtendem Rot überging.

Im Kontrollzentrum in Houston wurde aufgeregt über den Ursprung und die Bedeutung dieses eigenartig gefärbten Mondstaubs diskutiert, und man bat die beiden Astronauten, zwei Bohrkernproben zu entnehmen und zur Erde mitzubringen. Nachdem Schmitt die Bohrproben genommen hatte, wanderten die beiden Männer zum Kraterrand, wo der Meteorit eine ebensolche orangerote Schicht durchbrochen hatte; diese lag nun an den Kraterrändern offen.

Houston wollte Proben des orangefarbenen Staubs von einer zweiten Stelle. Deshalb wurde ein kleiner, noch unbenannter Krater in der Nähe, wo man ebenfalls eine exponierte Schicht des orangeroten Materials zu finden hoffte, auf den Expeditionsplan für den dritten Tag gesetzt. Schmitt taufte ihn Van-Serg-Krater, nach einem seiner Geologieprofessoren aus Harvard, der unter dem Pseudonym »Professor Van Serg« humoristische Schriften verfasste.

Tag drei sollte lang und sehr anstrengend werden. Der Mondstaub verstopfte ihre Instrumente und behinderte die Arbeiten. Am Morgen waren Cernan und Schmitt mit dem Mondauto zum Fuß der Berge am Rand des Littrow-Kraters gefahren, um einen gewaltigen, gespaltenen Felsbrocken namens Tracy's Rock zu untersuchen; der Gesteinsbrocken war offenbar vor Urzeiten von den Bergen herabgerollt und hatte eine sichtbare Spur im Boden hinterlassen. Von dort aus erforschten die beiden Männer das Gebiet der so genannten Sculptured Hills, wo sie jedoch wenig

Interessantes fanden. Unter großen Schwierigkeiten kletterten Cernan und Schmitt einen dieser Hügel ein Stück weit empor, um einen seltsam aussehenden Gesteinsbrocken zu untersuchen, der sich jedoch als wissenschaftliche Niete herausstellte: nur ein »durchgerütteltes Stück alte Mondkruste«, die durch einen lange zurückliegenden Einschlag auf diese Hügelflanke geschleudert worden war. Die beiden Astronauten bewältigten den Abstieg an der steilen, staubigen Hügelflanke mit großen Känguru-Sprüngen. Schmitt hüpfte dabei hin und her, gab Geräusche von sich und imitierte einen Skifahrer, wobei er scherzte: »Hätte die Kanten noch mal schleifen sollen. Wuuusch. Wuuusch. Gar nicht einfach, die Drehung aus der Hüfte.« Cernan legte einen Sturz hin, der bei geringer Gravitation sehr spektakulär wirkte, und landete unverletzt auf der tiefen Staubschicht.

Als die Männer den Van-Serg-Krater erreichten, waren beide erschöpft. Unmittelbar vor dem Ziel mussten Cernan und Schmitt das Mondauto über ein Trümmerfeld mit fußballgroßen Gesteinsbrocken steuern, die beim Einschlag aus dem Krater geschleudert worden waren. Schmitt, der Geologe, fand, dass die Brocken merkwürdig aussahen.

»Ich bin noch nicht sicher, was hier passiert ist«, sagte er. Alles war dick mit Mondstaub bedeckt. Von der orangefarbenen Schicht, nach der sie suchten, war nichts zu sehen.

Sie stellten das Mondauto ab und bahnten sich ihren Weg über das Geröllfeld; Schmitt erreichte als Erster den Kraterrand und beschrieb ihn Houston wie folgt: »Das ist zumindest ein großer Krater mit blockigem Rand. Sogar hier ist der Kraterrand mit Mondstaub-Material überzogen, das die Gesteinsbrocken zum Teil bedeckt. Der Staub ist auch unten am Grund, soweit ich das erkennen kann, und an den Wänden. Im Krater selbst erhebt sich ein zentraler Hügel aus Gesteinsbrocken von etwa fünfzig Meter Durchmesser – Moment, das ist zu viel - dreißig Meter Durchmesser.«

Cernan kam hinzu. »Na, so was!«, sagte er, als er in den beeindruckenden Krater hinabschaute.

Schmitt fuhr fort. »In diesem mittleren Bereich ist das Gestein stark zertrümmert, ebenso an den Wänden.« Er sah sich nach orangeroten Stellen um, entdeckte aber keine, nur eine Schicht graues Mondgestein, vor allem so genannte shattercones, die durch die Wucht des Einschlags entstanden waren. Es schien ein ganz gewöhnlicher Krater zu sein, nicht mehr als sechzig oder siebzig Millionen Jahre alt. Houston war enttäuscht. Dennoch begannen Schmitt und Cernan, Proben zu sammeln und in nummerierte Probenbeutel zu legen.

»Dieses Gestein ist stark zertrümmert«, bemerkte Schmitt mit einer Probe in der Hand. »Und es bröckelt leicht. Nehmen wir den hier, bei dem lässt sich der Fundort am einfachsten dokumentieren. Holst du noch zusätzlich einen von hier innen?«

Cernan entnahm die Probe, und Schmitt hob einen weiteren Brocken mit seiner Schaufel auf. »Hast du einen Beutel für mich?«

»Beutel 568.«

»Ich glaube, das ist eine Ecke von dem Block, den Gene gerade dokumentiert hat.«

Schmitt hielt ihm einen weiteren leeren Beutel hin. »Wir nehmen noch eine Probe, die aus dem Inneren des Brockens stammt.«

»Da komme ich mit der Zange leicht dran«, sagte Cernan.

Schmitt sah sich um und entdeckte ein weiteres Exemplar, das er einpacken wollte – einen merkwürdig aussehenden Stein, etwa fünfundzwanzig Zentimeter lang, geformt wie ein Tablett. »Den sollten wir im Ganzen mitnehmen«, sagte er zu Cernan, obwohl das Stück fast zu groß für einen einzelnen Probenbeutel war. Mit der Zange hoben sie es auf.

»Ich halte dieses Ende«, sagte Cernan, als sie versuchten, die Probe in den Beutel zu manövrieren. »Ich halte ihn fest, und du packst ihn ein.« Dann hielt er inne und schaute näher hin. »Na, so was, siehst du das? Die weißen Fragmente hier?« Er deutete auf einige weiße Einschlüsse in dem Stein.

»Ja«, sagte Schmitt und betrachtete die Stellen aus der Nähe.

»Weißt du was, das könnten Stücke des eingeschlagenen Gesteins sein. Ich weiß nicht. Es sieht jedenfalls nicht aus wie … Nein, das stammt nicht aus dem Unterboden. Okay. Halt es fest.«

Als der Stein sicher verpackt war, fragte Schmitt: »Welche Nummer?«

»Das ist die 480.« Cernan las die auf den Beutel aufgedruckte Zahl ab.

Mittlerweile wurde Houston ungeduldig, weil die beiden so viel Zeit bei Van Serg verschwendeten, obwohl sie schon festgestellt hatten, dass es dort keinen orangefarbenen Staub gab. Man bat Cernan, den Krater zu verlassen und einige 500-mm-Aufnahmen des North Massif zu machen, während Schmitt die Ausbreitung des Auswurfmaterials rund um den Krater vermessen sollte. Schmitt und Cernan waren inzwischen schon fast fünf Stunden unterwegs. Schmitt arbeitete langsam, und während der Vermessung ging das Instrument kaputt – wieder einmal Probleme mit dem Staub. Houston wies ihn an, die Vermessung abzubrechen und alles zum Aufbruch vorzubereiten. Im Mondauto führten sie eine letzte gravimetrische Messung durch, nahmen noch eine Bodenprobe, sicherten Proben und Ausrüstung für den Transport und kehrten zur Mondlandefähre zurück. Am nächsten Tag hoben Cernan und Schmitt vom Littrow-Krater aus ab und waren somit (zumindest vorerst) die letzten Menschen auf dem Mond. Apollo 17 kehrte mit einer Wasserlandung am 19. Dezember 1972 zur Erde zurück.

Die Mondprobe Nummer 480 wurde nach Houston, Texas, gebracht, wo das Johnson Space Center in seinem Lunar Receiving Laboratory insgesamt 421 Kilogramm Mondgestein von sämtlichen Apollo-Missionen aufbewahrte. Als das Apollo-Programm acht Monate später beendet wurde, schloss man das Lunar Receiving Laboratory und verlagerte die Sammlung in ein neu erbautes High-Tech-Institut am Johnson Space Center, das Sample Storage and Processing Laboratory, kurz SSPL.

Irgendwann während dieser acht Monate vor der Verlegung

des Gesteins in das neue SSPL verschwand der Stein mit der Nummer 480. Etwa zur selben Zeit verschwanden außerdem alle Einträge zu seiner Entdeckung aus dem EDV-Katalog und aus den Karteien.

Wenn Sie heute zum SSPL gehen und in der Lunar Sample Registry Database den Eintrag LS480 eingeben, erhalten Sie nur folgende Fehlermeldung:

SUCHE NACH: LS480
?>UNGÜLTIGE KENNUNG! KENNUNG NICHT VERGEBEN
BITTE PROBENKENNUNG ÜBERPRÜFEN UND ERNEUT EINGEBEN

Teil 1

Im Labyrinth

1

Stem Weathers mühte sich die letzten Meter zum Plateau der Mesa de los Viejos hinauf, band seinen Esel an einen verdorrten Wacholderbusch und ließ sich auf einem staubigen Felsbrocken nieder. Keuchend wischte er sich mit einem Halstuch den Schweiß aus dem Nacken. Ein stetiger Wind strich über das Plateau, zupfte an seinem Bart und brachte nach der stickigen Hitze der Canyons angenehme Kühlung.

Weathers putzte sich die Nase und stopfte das Tuch in die Tasche. Er betrachtete die vertrauten Formationen und sagte sich stumm die Namen vor – Daggett Canyon, Dead Eye Canyon, Blue Earth, La Cuchilla, Echo Badlands, White Place, Red Place und Tyrannosaur Canyon. Der heimliche Künstler in ihm sah eine Fabelwelt in Gold, Rosarot und Violett; der Geologe in ihm sah stattdessen eine Reihe verworfener Plateaus aus der frühen Kreidezeit, geneigt, gespalten, kahl gefegt und von der Zeit glatt geschmirgelt, als hätte die Unendlichkeit selbst die Erde verwüstet und nur einen Trümmerhaufen aus bizarr geformtem Fels zurückgelassen.

Weathers zog ein Päckchen Tabak aus einer schmierigen Westentasche und drehte sich mit knotigen, schmutzstarrenden Fingern eine Zigarette. Seine Fingernägel waren gesplittert und gelb verfärbt. Am Hosenbein entfachte er ein Streichholz, zündete die Kippe an und nahm einen tiefen Zug. Während der vergangenen Wochen hatte er seinen Tabak strikt rationiert, aber jetzt konnte er auf den Putz hauen. Sein ganzes bisheriges Leben war nur der Prolog zu dieser aufregenden Woche gewesen.

Das Leben würde sich jetzt schlagartig verändern. Er würde sich mit seiner Tochter Robbie versöhnen, sie hierherbringen und ihr seinen Fund zeigen. Sie würde ihm alles verzeihen, seine

Besessenheit, sein unstetes Leben, seine ständige Abwesenheit. Dieser Fund würde alles wiedergutmachen. Er hatte Robbie nie das bieten können, was andere Väter ihren Töchtern so gern gaben – Geld fürs College, ein neues Auto oder einen Zuschuss zur Miete. Jetzt würde er sie aus ihrem Job als Kellnerin im Red Lobster herausholen und ihr das Atelier und die Kunstgalerie finanzieren, von denen sie immer geträumt hatte.

Weathers kniff die Augen zusammen und blickte zur Sonne auf. Noch zwei Stunden bis Sonnenuntergang. Wenn er nicht zusah, dass er weiterkam, würde er den Chama River vor der Dunkelheit nicht mehr erreichen. Salt, sein Esel, hatte seit dem Morgen nichts mehr getrunken, und Weathers konnte jetzt kein totes Tier gebrauchen. Er beobachtete, wie der Esel im Schatten döste und mit angelegten Ohren und zuckenden Lippen von irgendetwas Bösem träumte. Weathers empfand beinahe so etwas wie Zuneigung für das boshafte alte Biest.

Er drückte die Zigarette aus und schob den Stummel in die Westentasche. Dann trank er einen Schluck aus seiner Feldflasche, goss ein wenig Wasser auf das Halstuch und kühlte sich damit Gesicht und Nacken. Er hängte sich die Feldflasche wieder um, band den Esel los und führte ihn in östlicher Richtung über das kahle Sandsteinplateau. Einen knappen halben Kilometer weiter bildete der Schwindel erregende Abgrund des Joaquin Canyon eine spektakuläre Schlucht in der Mesa de los Viejos, der Mesa der Alten. Diese Schlucht teilte sich in ein verworrenes Geflecht von Canyons, das Labyrinth, und zog sich bis zum Chama River.

Weathers spähte hinunter. Der Grund der Schlucht lag in blauen Schatten wie unter Wasser. Wo der Canyon eine Biegung nach Westen beschrieb – die Orphan Mesa auf der einen, die Dog Mesa auf der anderen Seite –, entdeckte er in einer Entfernung von etwa acht Kilometern den breiten Eingang des Labyrinths. Die Sonne fiel gerade in diesem Moment auf die typischen schrägen Felsnadeln und die wie böse Omen wirkenden Felsformationen, die den Eingang markierten.

Er suchte den Rand des Canyons ab, bis er den kaum erkennbaren steilen Pfad fand, der hinunterführte. Der Abstieg war tückisch, denn der Pfad war an mehreren Stellen von Erdrutschen verschüttet, und dort musste man mehr als dreihundert Meter über dem Boden schmale Felsvorsprünge passieren. Dies war die einzig mögliche Route vom Chama River zum Hochland der Tafelberge im Osten, und nur ausgesprochen mutige Menschen nahmen diesen Pfad.

Dafür war Weathers sehr dankbar.

Er suchte sich seinen Weg hinunter, vorsichtig auf seine eigene und die Sicherheit des Esels bedacht, und war erleichtert, als sie dem trockenen Flussbett am Grund immer näher kamen. Der Joaquin Wash würde ihn zum Eingang des Labyrinths und von dort zum Chama River bringen. An einer engen Flussbiegung, der Chama Bend, gab es eine Stelle, die sich als natürlicher Lagerplatz anbot, mit einer Sandbank, hinter der man gut schwimmen konnte. Schwimmen … das war mal ein schöner Gedanke. Morgen Nachmittag würde er in Abiquiú sein. Als Erstes würde er Harry Dearborn anrufen (der Akku seines Satellitentelefons hatte schon vor Tagen den Geist aufgegeben), nur um ihm Bescheid zu sagen … Allein der Gedanke daran, diese Neuigkeit zu überbringen, machte Weathers kribbelig.

Endlich erreichten sie den Grund der Schlucht. Weathers blickte den Steilhang hinauf. Er war dunkel, doch der obere Rand wurde von der tief stehenden Sonne flammend rot erleuchtet. Er erstarrte. Einige hundert Meter über sich am Rand des Canyons entdeckte er die Silhouette eines Mannes, der offenbar zu ihm hinabstarrte.

Weathers fluchte leise. Das war derselbe Mann, der ihm schon vor zwei Wochen von Santa Fe aus in diese Wildnis gefolgt war. Solche Typen wussten von Weathers' einzigartiger Fähigkeit; diese Leute waren zu faul oder zu dumm, um selbst nach Schätzen zu suchen, und wollten sich seine Funde unter den Nagel reißen. Er erinnerte sich an den Mann: ein magerer Kerl auf einer Harley, ein Möchtegern-Biker. Der Mann war ihm durch

Espanola gefolgt, vorbei an Abiquiú und der Ghost Ranch, immer im Abstand von knapp zweihundert Metern; er hatte gar nicht erst versucht, unbemerkt zu bleiben. Denselben Kerl hatte er auch am Anfang seiner Tour in die Wildnis gesehen. Er hatte immer noch so ein Biker-Kopftuch aufgehabt und war ihm zu Fuß vom Chama River aus den Joaquin Wash entlang gefolgt. Weathers hatte seinen Verfolger im Labyrinth abgehängt und das Plateau der Mesa de los Viejos erreicht, bevor der Biker den Weg hinausgefunden hatte.

Nun war er wieder da, zwei Wochen später – ein hartnäckiger Bastard.

Stem Weathers betrachtete die gemächlichen Kurven des Joaquin Wash, dann die Felsnadeln, die den Eingang des Labyrinths markierten. Er würde ihn eben wieder im Labyrinth abhängen. Und vielleicht würde der Mistkerl diesmal da drin verrecken.

Er kletterte vorsichtig weiter den Canyon hinab und drehte sich ab und zu um. Doch statt ihm zu folgen, war der Mann verschwunden. Vielleicht glaubte sein Verfolger, einen schnelleren Abstieg zu kennen.

Weathers lächelte, denn es gab keinen anderen Weg.

Nachdem er eine Stunde lang dem Joaquin Wash gefolgt war, ließen seine Wut und seine Sorge nach. Der Typ war ein Amateur. Er war nicht der Erste, der Weathers hinaus in die Wüste folgte, um sich dort völlig zu verirren. Alle wollten sie sein wie Stem, aber das waren sie eben nicht. Er hatte das schon sein ganzes Leben lang gemacht, und er besaß einen sechsten Sinn – es war unerklärlich. Er hatte das weder aus einem Buch gelernt noch an einer Universität studiert, doch diese ganzen Wissenschaftler mit ihren geologischen Karten und ihrer hochmodernen SAR-Vermessungstechnik konnten das nicht. Ihm gelang, was sie nicht schafften, mit Hilfe eines Esels, eines selbst gebastelten Bodenradars und eines alten 286er IBM. Kein Wunder, dass sie ihn nicht ausstehen konnten.

Weathers' prächtige Laune kehrte zurück. Der Mistkerl

würde ihm nicht die beste Woche seines Lebens versauen. Der Esel wurde störrisch, und Weathers blieb stehen, goss ein wenig Wasser in seinen Hut, ließ das Tier trinken und trieb es dann fluchend weiter. Das Labyrinth lag unmittelbar vor ihm, und da wollte er hinein. Tief drinnen, in der Nähe der Two Rocks, befand sich eine der wenigen Wasserquellen in dieser Gegend – ein Felsvorsprung, bedeckt mit Frauenhaarfarn, von dem Wasser in ein uraltes Bassin tröpfelte; in prähistorischer Zeit hatten Indianer es in den Sandstein gehauen. Weathers beschloss, lieber dort zu lagern statt an der Chama Bend, wo er ein leichtes Ziel abgegeben hätte. Es war besser, auf Nummer sicher zu gehen.

Er marschierte um die riesige Felsnadel herum, die den Eingang markierte. Mehr als dreihundert Meter hoch ragten die Wände der Schlucht über ihm auf – äolischer Sandstein, die majestätische Entrada-Formation, die verdichteten Überreste einer jurassischen Wüste. Im Canyon war es kühl und eigenartig still, wie im Innern einer gotischen Kathedrale. Tief atmete er die angenehme Luft ein, die nach Tamarisken duftete. Das Licht auf den angeblich Unheil bringenden Felsformationen über ihm glich nun nicht mehr Weißgold, sondern Kupfer, denn die Sonne sank dem Horizont entgegen.

Weathers setzte seinen Weg in das Netz aus Canyons fort und näherte sich der Stelle, wo der Hanging Canyon auf den Mexican Canyon traf – die erste von vielen solchen Abzweigungen. Im Labyrinth nutzte einem die beste Karte nichts. Und die Canyons waren so tief, dass GPS und Satellitentelefone auch nicht funktionierten.

Der erste Schuss traf Weathers von hinten in die Schulter, und es fühlte sich eher an wie ein harter Faustschlag denn wie ein Projektil. Er fiel auf Hände und Knie, wie gelähmt vor Staunen. Erst als er den Knall und das Echo in den Canyons hörte, wurde ihm klar, dass jemand auf ihn geschossen hatte. Noch spürte er keinen Schmerz, nur eine seltsame Taubheit, aber er sah Knochensplitter aus seinem zerfetzten Hemd ragen, Blut schoss in einer rhythmischen Fontäne hervor und klatschte auf den Sand.

Herr im Himmel. Taumelnd kam er wieder auf die Beine, als der zweite Schuss direkt neben ihm den Sand aufspritzen ließ. Die Schüsse kamen vom Plateau über ihm, von rechts. Er musste zurück in den Canyon, zweihundert Meter weit – hinter die Felsnadel. Es gab hier keine andere Deckung. Er rannte um sein Leben.

Der dritte Schuss wirbelte Sand vor ihm auf. Weathers rannte und sah, dass er noch eine Chance hatte. Der Angreifer hatte sich oben am Rand in Stellung gebracht und würde mehrere Stunden für den Abstieg brauchen. Wenn Weathers es hinter diese Felsnadel schaffte, konnte er vielleicht noch entkommen. Er rannte im Zickzack, und seine Lunge kreischte vor Schmerz. Fünfzig Meter, vierzig, dreißig –

Er hörte den Schuss erst, nachdem er das Projektil im Rücken gespürt hatte. Er sah seine eigenen Gedärme, die sich vor ihm auf den Sand ergossen, und wurde vornübergeschleudert. Er versuchte aufzustehen, schluchzend und um sich schlagend, entsetzlich wütend, weil nun jemand seinen Fund stehlen würde. Er wand sich, heulte, klammerte sich an sein kleines Notizbuch, das er wegwerfen, verstecken, zerstören wollte, um es vor dem Mörder in Sicherheit zu bringen – doch er konnte es hier nirgends verstecken, und dann war alles wie in einem Traum, er konnte nicht mehr denken, sich nicht bewegen …

2

Tom Broadbent zügelte sein Pferd. Vier Schüsse hallten von den gewaltigen, hohen Canyons östlich des Flusses den Joaquin Wash entlang. Er fragte sich, was das bedeuten mochte. Jetzt war keine Jagdsaison, und niemand, der noch ganz bei Trost war, würde in diesen abgelegenen Canyons Schießübungen veranstalten.

Er sah auf die Uhr. Es war acht. Die Sonne war eben hinter dem Horizont versunken. Die Echos kamen offenbar von dem Haufen seltsam geformter Felsen am Eingang zum Labyrinth. Es wäre ein Ritt von höchstens einer Viertelstunde. Er hatte Zeit genug für einen kleinen Umweg. Bald würde der Vollmond aufgehen, und seine Frau Sally rechnete ohnehin nicht vor Mitternacht mit ihm.

Er lenkte sein Pferd Knock das trockene Flussbett hinauf auf den Canyon zu und stellte fest, dass er den frischen Spuren eines Menschen und eines Esels folgte. Er kam um eine Biegung und entdeckte vor sich einen dunklen Umriss auf dem Boden: ein Mann, bäuchlings ausgestreckt.

Er ritt hinüber, schwang sich aus dem Sattel und kniete sich mit hämmerndem Herzen neben die Gestalt. Der Mann war in den unteren Rücken und in die Schulter getroffen worden, und immer noch sickerte Blut in den Sand. Tom legte die Finger an die Halsschlagader – nichts. Er drehte den Mann um, wobei dessen restliche Eingeweide in den Sand rutschten.

Tom arbeitete rasch: Er wischte dem Verletzten den Sand aus dem Mund und beatmete ihn. Dann beugte er sich über ihn und begann mit der Herzmassage, stemmte sich auf den Brustkorb, so dass die Rippen beinahe brachen, einmal, zweimal, dann beatmete er wieder. Luft blubberte aus der Wunde.

Tom setzte die Wiederbelebung fort und überprüfte erneut den Pulsschlag.

Erstaunlicherweise hatte der Herzschlag wieder eingesetzt.

Plötzlich schlug der Mann die Augen auf, klare blaue Augen, die Tom aus einem staubigen, von der Sonne verbrannten Gesicht anstarrten. Der Mann rang nach Atem, und die Luft rasselte in seiner Lunge. Seine Lippen bewegten sich.

»Nein … du Bastard …« Der Mann riss die Augen weit auf, seine Lippen waren nun mit Blut gesprenkelt.

»Moment«, sagte Tom. »Ich habe nicht auf Sie geschossen.«

Die Augen musterten ihn, und die Angst darin ließ nach – verdrängt von etwas anderem. Hoffnung. Der Blick des Mannes glitt zu seiner Hand, als wollte er auf etwas hinweisen.

Tom folgte dem Blick und bemerkte, dass der Verletzte ein kleines, in Leder gebundenes Notizbuch umklammert hielt.

»Nehmen …«, krächzte der Mann.

»Versuchen Sie nicht, zu sprechen.«

»Nehmen Sie es …«

Tom nahm das Notizbuch. Der Einband war klebrig vor Blut.

»Es ist für Robbie …«, keuchte der Mann, und seine Lippen zuckten, offenbar vor Anstrengung. »Meine Tochter … Versprechen Sie mir, dass Sie es ihr geben … Sie weiß schon, wie sie ihn finden kann …«

»Ihn?«

»… den Schatz …«

»Machen Sie sich jetzt keine Gedanken darum. Wir müssen Sie hier rausbringen. Halten Sie durch, bis –«

Der Mann krallte sich mit zitternden Fingern an Toms Hemd. »Er ist für sie … Robbie … niemand sonst … Um Himmels willen nicht zur Polizei … Sie müssen es … *versprechen.«* Seine Hand zerrte mit erschreckender Kraft an Toms Hemd, ein letztes Aufbäumen des sterbenden Mannes.

»Ich verspreche es.«

»Sagen Sie Robbie … ich … liebe …«

Sein Blick ging ins Leere. Die Hand entspannte sich und sank herab. Tom bemerkte, dass der Mann nicht mehr atmete. Er begann erneut mit der Wiederbelebung. Nichts. Nachdem er es zehn Minuten lang vergeblich versucht hatte, band er das Halstuch des Mannes ab und breitete es über dessen Gesicht.

Da erst wurde ihm schlagartig klar: *Der Mörder musste noch in der Nähe sein.* Er suchte die Felsüberhänge und das umliegende Geröll ab. Die Stille war so tief, dass es schien, als hielten die Felsen lauschend Wache. *Wo ist der Mörder?* Es waren keine anderen Spuren zu sehen, nur die des Schatzsuchers und seines Esels. Das Tier stand etwa hundert Meter entfernt, schwer bepackt; es döste. Der Mörder hatte ein Gewehr und freies Schussfeld. Er könnte Broadbent bereits im Visier haben.

Raus hier, sofort. Er stand auf, griff nach den Zügeln seines Pferdes, schwang sich in den Sattel und drängte das Tier vorwärts. Im Galopp jagte das Pferd den breiten Canyon entlang und um die Felsnadel herum ins Labyrinth. Erst als sie den Joaquin Wash schon zur Hälfte hinter sich gelassen hatten, zügelte Tom das Pferd zum Trab. Ein riesiger buttergelber Mond ging im Osten auf und beleuchtete das sandige Flussbett.

Wenn er sein Pferd ordentlich rannahm, konnte er Abiquiú in zwei Stunden erreichen.

3

Jimson »Weed« Maddox marschierte am Grund des Canyons entlang, pfiff vor sich hin und fühlte sich einfach großartig. Sein AR-15, Kaliber 5,56 mm, lag zerlegt, gereinigt und sorgsam versteckt hinter Steinen in einem Spalt.

Die Schlucht beschrieb eine Kurve, dann noch eine. Weathers hatte versucht, ihn zum zweiten Mal mit demselben Trick hereinzulegen und ihn im Labyrinth abzuhängen. Der alte Mistkerl mochte Jimson A. Maddox einmal drangekriegt haben. Ein zweites Mal gab es nie.

Zügig ging er das ausgetrocknete Flussbett entlang und kam mit seinen langen Beinen gut voran. Sogar mit Hilfe einer Karte und eines GPS-Geräts war er fast eine Woche lang im Labyrinth herumgeirrt. Doch das war keine Zeitverschwendung gewesen: Nun kannte er das Labyrinth und auch die Plateaus dahinter ziemlich gut. Er hatte reichlich Zeit gehabt, den Hinterhalt für Weathers zu planen – und er hatte ihn perfekt ausgeführt.

Er atmete die duftende Luft des Canyons ein. Hier war es gar nicht so viel anders als im Irak, wo er im »Desert Storm« als Soldat gedient hatte. Wenn es das Gegenteil zu einem Gefängnis gab, dann war es dieser Ort hier – niemand bedrängte einen oder hockte einem dauernd auf der Pelle, es gab keine Homos, Tacofresser oder Nigger, die einem den Tag versauten. Trocken, leer und still.

Er kam um die Felsnadel aus Sandstein zum Eingang des Labyrinths. Der Mann, den er erschossen hatte, lag auf dem Boden – nur ein dunkler Umriss im Zwielicht.

Er blieb stehen. Frische Hufspuren im Sand führten zu der Leiche und wieder weg.

Er rannte los.

Der Leichnam lag auf dem Rücken, die Arme eng an die Seiten gedrückt, und ein Halstuch bedeckte das Gesicht. Es war jemand hier gewesen. Dieser Jemand könnte sogar ein *Zeuge* sein. Er war beritten und mit Sicherheit schon unterwegs zur Polizei.

Maddox zwang sich zur Ruhe. Sogar zu Pferd würde der Mann ein paar Stunden bis Abiquiú brauchen, und einige Stunden mehr, um mit der Polizei zurückzukehren. Selbst, wenn sie einen Hubschrauber anforderten, musste der erst mal aus Santa Fe hergebracht werden, und das lag gut hundertzwanzig Kilometer südlich von hier. Er hatte noch mindestens drei Stunden Zeit, um das Notizbuch an sich zu nehmen, die Leiche zu verstecken und sich aus dem Staub zu machen.

Maddox durchsuchte die Leiche, stülpte sämtliche Taschen nach außen und durchwühlte den Rucksack. Seine Hand schloss sich um einen Stein in der Hosentasche des Mannes; er holte ihn heraus und untersuchte ihn im Schein einer Taschenlampe. Das war ganz sicher eine Probe, und auf genau so ein Fundstück hatte Corvus ausdrücklich Wert gelegt.

Jetzt das Notizbuch. Unbeeindruckt von Blut und Eingeweiden suchte er den Leichnam noch einmal gründlich ab, drehte ihn um, tastete die andere Seite ab und versetzte ihm dann einen frustrierten Tritt. Er blickte sich um. Weathers' Esel stand etwa hundert Meter weiter, noch vollbepackt, und döste.

Maddox löste den Knoten und zog den Packsattel von dem Tier. Er riss das obere, in Segeltuch gewickelte Bündel herunter, nahm die großen Segeltuchtaschen vom Gestell und kippte den Inhalt auf den Boden. Alles Mögliche fiel heraus: irgendein selbst gebasteltes Elektrogerät, Hammer, Meißel, einige Landkarten der U.S. Geological Survey, ein kleiner GPS-Empfänger, Kaffeekanne, Bratpfanne, leere Beutel, die offenbar Essbares enthalten hatten, ein Strick zum Anbinden für den Esel, schmutzige Unterwäsche, alte Batterien und ein zusammengefaltetes Stück Pergament.

Maddox griff nach dem Pergament. Es war eine sehr einfache Karte mit grob gezeichneten Berggipfeln, Flüssen, Felsbrocken, gestrichelten Linien, mit altmodischer Schrift in Großbuchstaben – und dort, in der Mitte: ein fettes, verziertes X in schwarzer Tinte.

Eine wahrhaftige Schatzkarte.

Seltsam, dass Corvus die gar nicht erwähnt hatte.

Er faltete das fettige Stück Pergament wieder zusammen, stopfte es in seine Brusttasche und machte sich dann erneut auf die Suche nach dem Notizbuch. Auf Händen und Knien krabbelte er herum, durchsuchte gewissenhaft die verstreute Ausrüstung und die Vorräte und fand alles, was ein Goldsucher brauchen konnte – bis auf das Notizbuch.

Wieder betrachtete er das seltsame Elektrogerät. Ein selbst zusammengeschustertes Stück Schrott war das, nur ein zerbeulter Metallkasten mit ein paar Schaltern, Skalen und einem winzigen LED-Display. Corvus hatte nichts davon gesagt, aber das Ding sah wichtig aus. Das würde er lieber auch mitnehmen.

Er kämmte noch einmal alles durch, öffnete jeden Beutel, schüttete Mehl und getrocknete Bohnen aus, suchte die Packtaschen nach Geheimfächern ab und riss sogar die Fleece-Unterlage des Packsattels heraus. Immer noch kein Notizbuch. Maddox kehrte zu der Leiche zurück, durchsuchte zum dritten Mal die blutgetränkten Kleider und tastete alles nach einem rechteckigen Gegenstand ab. Er fand nur einen schmierigen Bleistiftstummel in der rechten Hosentasche des Toten.

Er lehnte sich zurück; sein Kopf schmerzte. Hatte der unbekannte Reiter das Notizbuch mitgenommen? War es ein Zufall, dass der Kerl hier aufgetaucht war – oder gab es dafür einen bestimmten Grund? Da kam ihm ein schrecklicher Gedanke: Der Reiter war ein Konkurrent. Er hatte es genauso gemacht wie Maddox: sich an Weathers drangehängt in der Hoffnung, sich dessen Entdeckung unter den Nagel zu reißen. Vielleicht hatte der Kerl das Notizbuch in die Finger gekriegt.

Na ja, immerhin hatte Maddox die Karte gefunden. Und er hatte den Eindruck, dass die Karte mindestens so wichtig war wie das Notizbuch.

Maddox sah sich die Szene an – die Leiche, das Blut, den Esel, das verstreute Gepäck. Die Cops waren auf dem Weg hierher. Maddox nahm all seine Willenskraft zusammen, wandte die Meditationstechniken an, die er sich im Gefängnis angeeignet hatte, und brachte damit seine Atmung und seinen Herzschlag unter Kontrolle. Er atmete aus und ein und beruhigte das Hämmern in seiner Brust, bis sein Herzschlag wieder sanft pulsierte. Allmählich breitete sich Ruhe in ihm aus. Er hatte immer noch reichlich Zeit. Er holte die Gesteinsprobe aus seiner Tasche, drehte sie im Mondlicht hin und her und zog auch die Karte hervor. Außer diesen beiden Dingen hatte er noch das seltsame Gerät, und damit dürfte Corvus mehr als zufrieden sein.

Aber zunächst einmal musste er eine Leiche vergraben.

4

Detective Lieutenant Jimmie Willer saß hinten im Polizeihubschrauber; er war todmüde und spürte das Dröhnen der Rotoren in sämtlichen Knochen. Unter ihnen glitt die gespenstische nächtliche Landschaft vorüber. Der Heli-Pilot folgte dem Lauf des Chama River, dessen Biegungen wie Säbelklingen schimmerten. Sie kamen an kleinen Ortschaften am Flussufer vorbei, wenig mehr als zusammengedrängte Lichtpunkte – San Juan Pueblo, Medanales, Abiquiú. Ab und zu kroch ein einsames Auto den Highway 84 entlang und warf einen winzigen gelblichen Lichtkegel in die Dunkelheit. Nördlich des Wasserspeichers von Abiquiú war es vorbei mit den Lichtern; jetzt kamen die Berge und Canyons der Chama Wilderness und das riesige, zerklüftete Hochland, unbewohnt von hier bis zur Staatsgrenze von Colorado.

Willer schüttelte den Kopf. Ganz ungünstiger Ort, um sich ermorden zu lassen.

Er tastete nach der Marlboro-Schachtel in seiner Brusttasche. Es ärgerte ihn, dass man ihn mitten in der Nacht aus dem Bett geworfen hatte; es ärgerte ihn, dass er den einzigen Polizeihubschrauber aus Santa Fe hatte anfordern müssen; es ärgerte ihn, dass er die Gerichtsmedizinerin nicht erreichen konnte und sein eigener Deputy draußen im Cities of Gold Casino seinen jämmerlichen Lohn verspielte und das Handy abgeschaltet hatte. Obendrein kostete der Heli-Einsatz sechshundert Dollar pro Stunde, eine Ausgabe, die er von seinem Budget würde bezahlen müssen. Und dieser Flug war erst der Anfang. Sie würden noch einmal rausfliegen müssen, mit der Gerichtsmedizinerin und der Spurensicherung, bevor sie den Leichnam und eventuelles Beweismaterial bergen konnten. Und dann die Presse …

Vielleicht, dachte Willer hoffnungsvoll, war das nur ein weiterer Mord in der Drogenszene und der Presse nicht mehr als eine kleine Meldung in der Lokalzeitung wert.

Ja, bitte, Gott, lass es einen Drogenmord sein.

»Da. Der Joaquin Wash. Jetzt nach Osten«, wies Broadbent den Piloten an. Willer warf dem Mann, der ihm den Abend versaut hatte, einen Seitenblick zu. Er war groß und langgliedrig, und einer seiner abgetragenen Cowboystiefel wurde von einem Streifen Klebeband zusammengehalten.

Der Hubschrauber legte sich in die Kurve, weg vom Fluss.

»Könnten Sie etwas runtergehen?«

Der Heli flog tiefer und zugleich langsamer. Willer konnte die Ränder des Canyons im Mondlicht klar erkennen, während die Schluchten selbst wie bodenlose Abgründe wirkten. Verdammt unheimliche Gegend.

»Das Labyrinth ist genau unter uns«, sagte Broadbent. »Die Leiche lag am Eingang, an der Stelle, wo das Labyrinth auf den Joaquin Canyon trifft.«

Der Hubschrauber flog noch langsamer und zog eine Schleife. Der Mond stand fast genau über ihnen und beleuchtete zum Großteil sogar den Grund der Schlucht. Willer sah nichts außer silbrigem Sand.

»Landen Sie da auf der offenen Fläche.«

»Klar.«

Der Pilot ließ den Heli schweben und begann das Landemanöver. Die Rotoren wirbelten einen kleinen Sandsturm auf, bevor die Maschine den Boden erreichte. Gleich darauf kamen sie zum Stehen, die Staubwolken zogen ab, und das pfeifende Dröhnen der Rotoren wurde leiser.

»Ich bleibe beim Hubschrauber«, erklärte der Pilot. »Macht ihr euer Ding.«

»Danke, Freddy.«

Broadbent kletterte hinaus, und Willer folgte ihm; er duckte sich, hielt gegen den aufgewirbelten Sand eine Hand vor die Augen und joggte, bis er aus dem Luftstrom heraus war. Dann blieb er stehen, richtete sich auf, zog die Packung aus der Brusttasche und zündete sich eine Zigarette an.

Broadbent ging weiter. Willer schaltete seine starke Taschenlampe ein und leuchtete die Umgebung ab. »Dass Sie mir nicht auf irgendwelche Spuren treten«, rief er Broadbent zu. »Sonst kriege ich es mit den Jungs von der Spurensicherung zu tun.« Er richtete den Lichtkegel auf den Eingang des Canyons. Da war nichts, nur flacher Sand zwischen zwei hohen Sandsteinwänden.

»Was ist da drüben?«

»Das ist das Labyrinth«, sagte Broadbent.

»Wo führt es hin?«

»Das sind eine Menge Canyons, die Richtung Mesa de los Viejos führen. Da drin kann man sich leicht verlaufen, Detective.«

»Hm.« Er schwenkte die Taschenlampe von einer Seite zur anderen. »Ich sehe keine Spuren.«

»Ich auch nicht. Aber sie müssen hier irgendwo sein.«

»Gehen Sie vor.«

Er folgte Broadbent langsam und vorsichtig. Die Taschenlampe war im hellen Mondlicht kaum nötig, eigentlich eher hinderlich. Er schaltete sie ab.

»Ich sehe immer noch keine einzige Fußspur.« Er blickte voraus. Der Canyon war von Felswand zu Felswand in Mondlicht getaucht und völlig leer – kein Felsbrocken, kein Busch, keine Fußspur und keine Leiche, so weit das Auge reichte.

Broadbent zögerte und sah sich um.

Willer hatte allmählich ein mieses Gefühl bei der Sache.

»Die Leiche lag hier in diesem Bereich. Und meine Hufspuren müssten da drüben deutlich zu sehen sein …«

Willer sagte nichts. Er bückte sich, drückte die Zigarette im Sand aus und steckte die Kippe in die Tasche.

»Die Leiche war genau hier. Da bin ich ganz sicher.«

Willer schaltete die Taschenlampe wieder an und suchte die Umgebung ab. Nichts. Er knipste sie wieder aus und holte sich noch eine Zigarette.

»Der Esel stand dort drüben«, fuhr Broadbent fort, »etwa hundert Meter von der Leiche entfernt.«

Hier gab es keine Spuren, keine Leiche, keinen Esel, nichts als einen leeren Canyon im Mondlicht. »Sind Sie sicher, dass das die richtige Stelle ist?«, fragte Willer.

»Absolut.«

Willer hakte die Daumen in den Gürtel und beobachtete Broadbent, der herumlief und den Boden absuchte. Er war groß und bewegte sich behände. Im Ort hieß es, er sei ein Krösus – aber aus der Nähe betrachtet sah er keineswegs reich aus mit diesen kaputten alten Stiefeln und dem Hemd von der Heilsarmee.

Willer hustete einen Schleimbatzen hoch. Hier draußen musste es Tausende solcher Canyons geben, und es war mitten in der Nacht – Broadbent hatte sie zur falschen Stelle geführt.

»Sind Sie sicher, dass wir hier richtig sind?«

»Er lag genau hier, am Eingang zu diesem Canyon.«

»Vielleicht vor einem anderen Canyon?«

»Nein, es war ganz sicher hier.«

Willer sah doch mit eigenen Augen, dass der Canyon völlig leer war. Der Mond schien taghell.

»Na, jetzt ist hier jedenfalls nichts. Es gibt keine Spuren, keine Leiche, kein Blut – gar nichts.«

»Hier lag eine Leiche, Detective.«

»Höchste Zeit, endlich Feierabend zu machen, Mr. Broadbent.«

»Sie wollen einfach aufgeben?«

Willer atmete tief durch. »Ich sage nur, dass wir morgen Früh noch mal herkommen sollten. Bei Tageslicht sieht so eine Gegend vertrauter aus, vielleicht erinnern Sie sich dann besser.« Er würde bei diesem Kerl nicht die Geduld verlieren.

»Kommen Sie mal hier rüber«, sagte Broadbent plötzlich. »Sieht so aus, als wäre der Sand hier glatt gestrichen worden.«

Willer musterte den Mann. Für wen, zum Teufel, hielt er sich eigentlich, dass er ihn, Willer, so herumkommandierte?

»Ich kann hier keinerlei Hinweis auf ein Verbrechen erkennen. Dieser Hubschrauber kostet mein Department sechshundert Dollar die Stunde. Wir kommen morgen wieder her, mit Karten und einem GPS-Gerät, und suchen nach dem richtigen Canyon.«

»Sie haben mich wohl nicht verstanden, Detective. Ich gehe nirgendwohin, solange ich dieses Problem nicht gelöst habe.«

»Wie Sie wollen. Sie kennen sich hier ja bestens aus.« Willer machte kehrt, ging zurück zum Hubschrauber und stieg ein. »Nichts wie raus hier.«

Der Pilot setzte seinen Kopfhörer ab. »Und was ist mit ihm?«

»Der kennt den Weg.«

»Er winkt Ihnen zu.«

Willer fluchte leise und sah nach der dunklen Gestalt in ein paar hundert Meter Entfernung. Sie winkte und gestikulierte.

»Sieht so aus, als hätte er was gefunden«, sagte der Pilot.

»Herrgott noch mal.« Willer stieg mühsam aus dem Heli und marschierte hinüber.

Broadbent hatte etwas trockenen Sand mit dem Fuß weggescharrt und darunter eine schwarze, nasse, klebrig wirkende Schicht zum Vorschein gebracht.

Willer schluckte, griff nach seiner Taschenlampe und schaltete sie ein. »O Gott«, sagte er und wich einen Schritt zurück. »O Gott.«

5

Weed Maddox kaufte bei Seligman's in der Vierunddreißigsten Straße ein blaues Seidensakko, seidene Boxershorts und eine graue Hose, dazu ein weißes T-Shirt, seidene Socken und italienische Schuhe – und zog in der Umkleidekabine alles an. Er bezahlte mit seiner eigenen American-Express-Karte – seine erste echte Kreditkarte, da stand es, vorne drauf: Jimson A. Maddox, Karteninhaber seit 2005.

Dann trat er hinaus auf die Straße. Die neuen Klamotten milderten seine Nervosität wegen des bevorstehenden Treffens mit Corvus. Schon komisch, kaum war man von Kopf bis Fuß neu eingekleidet, fühlte man sich auch wie ein neuer Mensch. Er straffte Schultern und Rücken und spürte, wie der Stoff sich kräuselte und spannte. Besser, viel besser.

Er winkte ein Taxi heran, nannte die Adresse, und los ging es Richtung Uptown.

Zehn Minuten später wurde er in das holzgetäfelte Büro von Dr. Iain Corvus gebeten. Es war beeindruckend. Ein nicht mehr funktionstüchtiger Kamin aus rosa Marmor zierte eine Ecke des Raums, und durch eine Reihe Fenster hatte man einen Blick auf den Central Park.

Der junge Brite stand neben seinem Schreibtisch und blätterte hastig in irgendwelchen Unterlagen.

Maddox blieb an der Tür stehen, die Hände vor sich gefaltet, und wartete, bis der andere Notiz von ihm nahm. Corvus war aufgeregt wie immer, die kaum vorhandenen Lippen aufeinandergepresst wie von einem Schraubstock; das Kinn ragte vor wie der Bug eines Bootes, und das schwarze Haar war streng zurückgekämmt – vermutlich die neueste Mode in London, dachte Maddox. Corvus trug einen gut geschnittenen dunkelgrauen Anzug und ein weißes Button-down-Hemd von Turnbull and Asser, dazu eine blutrote Seidenkrawatte.

Das war mal ein Mann, dachte Maddox, dem Meditation echt guttäte.

Corvus hielt in seiner Blätterei inne und spähte über den Rand seiner Brille. »Na, so was, wenn das nicht Jimson Maddox ist, frisch von der Front.« Sein britischer Akzent wirkte affektierter denn je. Corvus war etwa in Maddox' Alter, Mitte dreißig, doch die beiden Männer hätten unterschiedlicher nicht sein können – als stammten sie von zwei verschiedenen Planeten. Seltsam, wenn man bedachte, dass eine Tätowierung sie zusammengeführt hatte.

Corvus streckte die Hand aus, und Maddox schüttelte sie – ein fester Händedruck, weder zu lang noch zu kurz, weder schlaff noch aggressiv. Maddox musste seine aufwallenden Gefühle unterdrücken.

Dies war also der Mann, der ihn aus Pelican Bay herausgeholt hatte.

Corvus umfasste Maddox' Ellbogen und führte ihn zu einem Sessel in einer kleinen Sitzgruppe am anderen Ende des Raums, vor dem unbrauchbaren Kamin. Dann ging er zur Tür, sagte etwas zu seiner Sekretärin draußen, schloss die Tür ab und setzte sich Maddox gegenüber. Rastlos schlug er erst das eine, dann das andere Bein über, bis er offenbar eine bequeme Position gefunden hatte. Er beugte sich mit leuchtenden Augen vor, und sein Gesicht zertrennte die Luft so scharf wie ein Beil. »Zigarre?«

»Ich rauch nicht mehr.«

»Kluger Mann. Macht es Ihnen etwas aus, wenn ich ...?«

»Teufel, nein.«

Corvus holte eine Zigarre aus einem Humidor, schnitt das Ende ab und zündete sie an. Er nahm sich einen Moment Zeit dafür, bis die Spitze schön glühte, ließ sie dann sinken und musterte Maddox durch einen wirbelnden Vorhang aus Rauch.

»Schön, Sie zu sehen, Jim.«

Es gefiel Maddox, dass Corvus ihm stets seine volle Aufmerksamkeit widmete und mit ihm wie mit seinesgleichen sprach, ihn als den aufrechten Kerl behandelte, der er war. Corvus hatte Himmel und Hölle in Bewegung gesetzt, um ihn aus dem Gefängnis zu holen. Mit einem einzigen Anruf konnte er Maddox dorthin zurückbringen. Diese Tatsachen riefen starke, widersprüchliche Gefühle in Maddox wach, mit denen er noch nicht ganz klarkam.

»Nun«, sagte Corvus, lehnte sich zurück und stieß eine lang gezogene Rauchwolke aus.

Irgendetwas an Corvus machte ihn immer nervös. Maddox holte die Karte aus der Jackentasche und reichte sie ihm. »Das habe ich bei dem Kerl gefunden.«

Corvus nahm stirnrunzelnd das Blatt Papier und faltete es auf. Maddox wartete auf sein Lob. Stattdessen lief Corvus rot an. Mit einer schroffen Bewegung ließ er die Karte auf den Tisch fallen. Maddox beugte sich vor, um sie an sich zu nehmen.

»Nicht der Mühe wert«, kam die scharfe Erwiderung. »Sie ist wertlos. Wo ist das Notizbuch?«

Maddox antwortete nicht direkt. »Das war so … Ich bin Weathers in die Mesas gefolgt, aber er hat mich abgeschüttelt. Ich habe zwei Wochen lang gewartet, bis er wieder rauskam. Dann habe ich ihm aufgelauert und ihn getötet.«

Es herrschte geladenes Schweigen.

»Sie haben ihn *getötet?*«

»Ja. Wollen Sie, dass der Kerl zu den Cops geht und allen erzählt, Sie hätten sich sein Claim unter den Nagel gerissen, oder wie Sie das sonst nennen wollen? Glauben Sie mir, der Kerl musste sterben.«

Ein langes Schweigen. »Und das Notizbuch?«

»Das ist es ja. Ich hab kein Notizbuch gefunden. Nur die Karte. Und das hier.« Er holte den Metallkasten mit den Schaltern und der LED-Anzeige aus der Tasche, die er neben sich abgestellt hatte, und legte ihn auf den Tisch.

Corvus würdigte das Ding keines Blickes. »Sie haben das Notizbuch nicht gefunden?«

Maddox schluckte. »Nein. Keine Spur.«

»Er muss es aber bei sich gehabt haben.«

»Er hatte nichts. Ich habe ihn von einem Hochplateau aus erschossen und musste erst mal gut sieben Kilometer laufen, um runter in den Canyon zu kommen. Bis dahin war mir jemand zuvorgekommen, ein anderer Goldsucher, der was abstauben wollte. Er war zu Pferde, seine Spuren waren überall. Ich habe den Toten und seinen Esel abgesucht, alles auf den Kopf gestellt. Da war kein Notizbuch. Ich habe alles Wertvolle mitgenommen, sämtliche Spuren verwischt und ihn begraben«, antwortete Maddox.

Corvus wandte den Blick ab.

»Nachdem ich Weathers verbuddelt hatte, habe ich versucht, den Spuren dieses anderen Kerls zu folgen, aber ich habe ihn verloren. Zum Glück stand sein Name am nächsten Tag in der Zeitung. Er wohnt auf einer Ranch nördlich von Abiquiú und ist angeblich Pferdedoktor. Er heißt Broadbent.« Maddox verstummte.

»Broadbent hat das Notizbuch an sich genommen«, sagte Corvus tonlos.

»Das glaube ich auch, und deshalb hab ich mir den Kerl mal näher angesehen. Er ist verheiratet und reitet viel im Hinterland herum. Jeder kennt ihn. Es heißt, er sei reich – aber das würde man nie vermuten, wenn man ihn sieht.«

Corvus starrte Maddox direkt in die Augen.

»Ich beschaffe Ihnen dieses Notizbuch, Dr. Corvus. Aber was ist mit der Karte? Ich meine …«

»Die Karte ist eine Fälschung.«

Ein weiteres quälendes Schweigen.

»Und dieser Metallkasten?«, fragte Maddox und deutete auf das Ding, das er in Weathers' Satteltasche gefunden hatte. »Sieht doch ganz nach einem Computer aus. Vielleicht ist was auf der Festplatte –«

»Das ist das Herzstück von Weathers' selbst gebasteltem Bodenradar. Es hat keine Festplatte – die Daten stehen in dem *Notizbuch.* Deshalb wollte ich ja das *Notizbuch* haben – und keine wertlose Karte.«

Maddox wich Corvus' starrem Blick aus, schob die Hand in die Hosentasche, zog den Stein hervor und legte ihn auf die gläserne Tischplatte.

»Das hatte Weathers in der Tasche.«

Corvus starrte darauf hinab, und sein Gesichtsausdruck änderte sich schlagartig. Mit Spinnenfingern griff er danach und hob den Stein vorsichtig hoch. Er holte eine Lupe von seinem Schreibtisch und untersuchte das Stück genauer.

Eine lange Minute verstrich, dann noch eine. Schließlich blickte er auf.

Maddox erkannte überrascht, dass Corvus' Gesicht völlig verändert wirkte. Die angespannte Miene und das Glitzern in den Augen waren verschwunden. Sein Gesicht wirkte beinahe menschlich.

»Das ist ... *sehr* gut.« Corvus erhob sich, ging zu seinem Schreibtisch, holte einen Gefrierbeutel aus einer Schublade und legte das Fundstück so vorsichtig hinein, als handle es sich um einen Edelstein.

»Das ist eine Probe, oder?«, fragte Maddox.

Corvus beugte sich vor, schloss eine Schublade auf und entnahm ihr ein zwei Finger dickes Bündel Hundert-Dollar-Scheine, mit Gummibändern umwickelt.

»Das ist wirklich nicht nötig, Dr. Corvus. Ich habe noch reichlich Geld von –«

Die schmalen Lippen des Mannes zuckten. »Für eventuelle, unerwartete Ausgaben.« Er drückte Maddox das Geldbündel in die Hand. »Sie wissen, was Sie zu tun haben.«

Maddox stopfte sich das Geld in die Sakkotasche.

»Auf Wiedersehen, Mr. Maddox.«

Maddox wandte sich ab und ging steifbeinig zu der Tür, die Corvus eben aufgeschlossen hatte und ihm nun aufhielt. Maddox spürte ein brennendes Kribbeln im Nacken, als er an ihm vorbeiging. Gleich darauf hielt Corvus ihn mit festem Griff an der Schulter zurück; der Druck seiner Hand war ein wenig zu fest, um freundschaftlich zu wirken. Maddox spürte, wie der Mann sich dicht zu ihm vorbeugte und ihm überdeutlich ins Ohr flüsterte: *»Das Notizbuch.«*

Maddox' Schulter wurde frei gegeben, und er hörte, wie sich die Tür leise hinter ihm schloss. Er ging durch das leere Vorzimmer in die weitläufigen, hallenden Flure des Gebäudes.

Broadbent.

Der Mistkerl war so gut wie erledigt.

6

Tom saß am Küchentisch, auf dem Stuhl zurückgelehnt, und wartete darauf, dass der Kaffeesatz in der Zinnkanne auf dem Herd zu Boden sank. Eine Junibrise ließ die Pappeln vor dem Fenster rascheln und zupfte die baumwollartigen Samenhüllen von den Zweigen, die wie große Schneeflocken am Fenster vorbeitrieben.

Über den Hof hinweg konnte Tom die Pferde in ihren Paddocks sehen. Sie schnupperten an dem Wiesenlieschgras, das Sally ihnen heute Morgen gebracht hatte.

Sally kam herein, immer noch im Nachthemd. Sie ging an der gläsernen Schiebetür vorbei, so dass die aufgehende Sonne ihre Gestalt in strahlendes Licht tauchte. Sie waren kein ganzes Jahr verheiratet, und alles war noch neu. Er beobachtete, wie sie die Zinnkanne vom Herd nahm, hineinschaute, das Gesicht verzog und sie wieder hinstellte.

»Ich kann es nicht fassen, dass du auf diese Art deinen Kaffee kochst.«

Tom beobachtete sie lächelnd. »Du siehst heute Morgen hinreißend aus.«

Sie blickte auf und strich sich das goldblonde Haar aus dem Gesicht.

»Ich habe beschlossen, Shane heute die Praxis zu überlassen«, sagte Tom. »Bis jetzt haben wir nur ein Pferd mit Kolik drüben in Espanola auf der Liste.«

Er stützte die Stiefel an die Stuhlbeine und beobachtete, wie Sally sich umständlich ihren Kaffee machte – erst schäumte sie Milch auf, dann fügte sie einen Teelöffel Honig hinzu, und schließlich kam noch ein wenig dunkler Kakao aus einem Streuer obendrauf.

Das war ihr Morgenritual, und Tom wurde es nie müde, ihr dabei zuzusehen.

»Shane wird das schon verstehen. Diese … Geschichte oben im Labyrinth hat mich fast die ganze Nacht lang wach gehalten,« sagte Tom.

»Hat die Polizei denn schon eine Theorie?«

»Nein. Keine Leiche, kein Motiv, keine passenden Vermisstenmeldungen – nur ein paar Eimer blutgetränkten Sand.«

Sally verzog das Gesicht. »Und was hast du heute stattdessen vor?«, fragte sie.

Er beugte sich nach vorn, so dass die vorderen Stuhlbeine mit einem dumpfen Schlag wieder auf dem Boden landeten, griff in seine Hosentasche, holte das abgegriffene Notizbuch heraus und legte es auf den Tisch. »Ich werde diese Robbie suchen, wo auch immer sie stecken mag, und ihr das hier geben.«

Sally runzelte die Stirn. »Tom, ich finde immer noch, du hättest es der Polizei übergeben müssen.«

»Ich habe es dem Mann versprochen.«

»Es ist unverantwortlich, der Polizei Beweise in einem Mordfall vorzuenthalten.«

»Ich musste ihm versprechen, dass ich es *nicht* der Polizei gebe.«

»Wahrscheinlich hat er da draußen irgendetwas Illegales getrieben.«

»Kann sein, aber ich habe einem Sterbenden mein Wort gegeben. Außerdem habe ich es einfach nicht über mich gebracht, es diesem Detective Willer zu überlassen. Der schien mir nicht gerade der Hellste zu sein.«

»Dieses Versprechen wurde dir praktisch abgepresst. Das sollte nicht zählen.«

»Wenn du die Verzweiflung in seinem Gesicht gesehen hättest, würdest du es verstehen.«

Sally seufzte. »Und wie willst du diese geheimnisvolle Tochter ausfindig machen?«

»Ich dachte, ich fange oben beim Sunset Mart an, vielleicht

hat er ja dort getankt oder eingekauft. Ich könnte auch ein paar dieser Nebenstraßen im Hinterland absuchen, ob ich irgendwo seinen Wagen finde.«

»Mit Pferdeanhänger für den Esel.«

»So ist es.«

Ungebeten stand ihm das Gesicht des sterbenden Mannes vor Augen. Dieses Bild würde ihn nie wieder loslassen; es erinnerte ihn zu sehr an den Tod seines Vaters, der gleiche verzweifelte Versuch, sich ans Leben zu klammern, selbst noch in jenen letzten Sekunden voller Schmerz und Angst, wenn alle Hoffnung schon verloren ist. Manche Menschen konnten das Leben einfach nicht loslassen.

»Ich könnte auch mal mit Ben Peek sprechen«, sagte Tom. »Er hat jahrelang in diesen Canyons nach Gold gesucht. Vielleicht hat er eine Ahnung, wer dieser Kerl war oder auf was für einen Schatz er es abgesehen hatte.«

»Das ist eine gute Idee. Steht denn nichts in diesem Notizbuch?«

»Nur Zahlenreihen. Kein Name, keine Adresse, nur sechzig Seiten Zahlen – und zwei gewaltige Ausrufezeichen hinter den letzten Ziffern.«

»Du glaubst also, dass er tatsächlich einen Schatz gefunden hat?«

»Ich habe es in seinem Blick gesehen.«

Die verzweifelte Bitte des Mannes hallte immer noch in seinen Ohren wider. Sie hatte ihn tief getroffen, vielleicht deshalb, weil der Tod seines Vaters ihm noch so gegenwärtig war.

Sein Vater, der große, Furcht einflößende Maxwell Broadbent, war auch eine Art Schatzsucher gewesen – ein Grabräuber, Sammler und Händler seltener Artefakte. Er war zwar ein schwieriger Vater gewesen, doch sein Tod hatte in Toms Seele ein gewaltiges Loch hinterlassen. Der sterbende Schatzsucher mit seinem Bart und den durchdringenden blauen Augen hatte ihn sogar rein äußerlich an seinen Vater erinnert. Das war eine verrückte Assoziation, aber aus irgendeinem Grund war das Versprechen, das Tom dem Unbekannten gegeben hatte, für ihn unumstößlich.

»Tom?«

Tom blinzelte.

»Du hast schon wieder diesen verlorenen Gesichtsausdruck.«

»Entschuldige.«

Sally trank ihren Kaffee aus, stand auf und wusch ihre Tasse ab. »Weißt du eigentlich, dass wir dieses Haus genau heute vor einem Jahr gefunden haben?«

»Das hatte ich vergessen.«

»Gefällt es dir immer noch?«

»Es ist alles, was ich mir je gewünscht habe.«

In der wilden Landschaft von Abiquiú am Fuß des Pedernal Peak hatten sie gemeinsam das Leben gefunden, von dem sie immer geträumt hatten: eine kleine Ranch mit Pferden, einem Garten, einem Reitstall für Kinder und Platz für Toms Großtierpraxis – ein ländliches Leben ohne die Hektik und den Schmutz der Stadt oder lange Pendelfahrten. Seine Pferdepraxis lief gut. Selbst die sturen alten Rancher riefen inzwischen bei ihm an. Er arbeitete fast ausschließlich im Freien, die Menschen waren großartig, und er liebte Pferde.

Es war ein bisschen zu ruhig hier, das musste er zugeben.

Seine Gedanken kehrten zu dem Schatzsucher zurück. Er und sein Notizbuch waren interessanter als die Aussicht darauf, irgendeinem widerspenstigen Gaul mit Bretthals und Rattenschwanz auf Gilderhus' Dude Ranch in Espanola – der Mann war für die Hässlichkeit sowohl seiner Pferde als auch seines Temperaments bekannt – einen Eimer voll Paraffinöl einzuflößen. Ein großer Vorteil daran, der Chef zu sein, lag darin, dass man die Drecksarbeit an seinen Angestellten delegieren konnte. Er tat das nicht oft, deshalb hatte er jetzt auch keine Gewissensbisse. Oder zumindest waren sie nicht allzu schmerzhaft …

Wieder wandte er sich dem Notizbuch zu. Es war offensichtlich in einer Art Code verfasst. Lange Reihen von Zahlen in peinlich ordentlicher Handschrift bedeckten die Seiten. Es war nirgends etwas durchgestrichen oder überschrieben worden, keine Fehler, kein Gekritzel – als hätte der Verfasser das alles Zahl für Zahl irgendwo abgeschrieben.

Sally stand auf und legte ihm den Arm um die Schultern. Ihr Haar fiel ihm ins Gesicht, und er sog den Geruch tief ein – frisches Shampoo und ihr ganz eigener Duft, der ihn an frisch gebackene Kekse erinnerte.

»Versprich mir nur eines«, sagte sie.

»Was denn?«

»Sei vorsichtig. Was auch immer dieser Mann gefunden hat, war jemandem wertvoll genug, um dafür zu töten.«

7

Melodie Crookshank, technische Assistentin, schob ihren Stuhl zurück und machte sich eine Cola auf. Sie trank einen Schluck und sah sich nachdenklich in ihrem Kellerlabor um. Nach ihrem Abschluss in Geophysikalischer Chemie an der Columbia University hatte sie sich eine völlig andere Karriere vorgestellt – sie wollte durch den Regenwald von Quintana Roo trekken, um den Chicxulub-Krater zu kartographieren, in der Wüste Gobi bei den legendären Flammenden Klippen kampieren und Dinosauriernester ausgraben oder mit einem Vortrag in makellosem Französisch ihre hingerissenen Zuhörer im Musée d'Histoire Naturelle in Paris beeindrucken. Stattdessen fand sie sich in diesem fensterlosen Kellerlabor wieder, wo sie langweilige Forschung für einfallslose Wissenschaftler durchführte, die sich nicht einmal ihren Namen merken konnten und von denen viele einen IQ hatten, der nur halb so hoch war wie ihrer. Sie hatte diese Stelle noch während der Promotion angenommen und sich gesagt, das sei ja nur ein Nebenjob, bis sie mit ihrer Dissertation fertig sei und eine glanzvolle wissenschaftliche Karriere eingeschlagen habe. Doch nun waren vier Jahre vergangen, seit sie den Doktorgrad erlangt hatte, und sie hatte Hunderte – ach was, Tausende – von Bewerbungen verschickt und kein einziges Angebot bekommen. Die Konkurrenz war brutal, jedes Jahr drängten sich sechzig neue Absolventen um ein halbes Dutzend Dozentenstellen wie bei einer »Reise nach Jerusalem« – wenn die Musik aufhörte, hatten die wenigsten einen Stuhl ergattert. Wie weit es mit ihr gekommen war, wurde ihr eines Tages klar, als sie die Todesanzeigen im *Mineralogy Quarterly* aufschlug und voll freudiger Erregung feststellte, dass ein Professor, Inhaber eines sehr begehrten Lehrstuhls, von seinen Studenten verehrt, mit zahllosen Preisen und Ehrungen ausgezeichnet, ein wahrer Pionier seines Fachgebiets, tragischerweise viel zu früh dahingeschieden war. *Hurra.*

Andererseits war Melodie eine unbeirrbare Optimistin, und im tiefsten Inneren hatte sie das Gefühl, dass sie zu etwas Großem berufen war. Deshalb verschickte sie weiterhin Hunderte von Lebensläufen und bewarb sich für absolut jeden Posten, der irgendwo ausgeschrieben wurde. Bis dahin war ihr Leben hier erträglich: Im Labor ging es ruhig zu, sie trug die Verantwortung für ihren Bereich allein, und wenn sie alledem einmal entkommen wollte, brauchte sie nur die Augen zu schließen und sich in die Zukunft zu versetzen, jenes weite, wundersame Reich, in dem sie Abenteuer erleben, fantastische Entdeckungen machen, Lobreden entgegennehmen und einen Lehrstuhl ihr Eigen nennen konnte.

Melodie öffnete die Augen wieder und stellte sich der gewöhnlichen Welt, dem Labor mit seinen nackten Betonwänden, dem leisen Summen der Neonröhren, dem steten Zischen der Luftumwälzung, den Regalen voller Fachbücher und den mit mineralischen Proben vollgestopften Schränken. Sogar die millionenteure technische Ausstattung, einst so aufregend, langweilte sie inzwischen. Ruhelos glitt ihr Blick über die gewaltige energiedispersive Röntgenanalysesonde JEOL JXA-733 Superprobe, den Epsilon-5-Röntgendiffraktometer mit dreidimensionaler, polarisierender Optik, eine 600-Watt-Gd-Anode-Röntgenröhre mit 100-Kilovolt-Generator, das Watson 55 Transmissionselektronenmikroskop, den PowerMac G5 mit wassergekühltem 2,5-Gigahertz-Multicore-Prozessor, zwei petrographische Labormikroskope, ein polarisierendes Lichtmikroskop von Meiji, digitale Kameraaufbauten, eine voll ausgestattete Probenpräparationseinheit mit diamantbeschichteten Schneideklingen, Poliereinheiten, Kohlenstoffbeschichtern –

Was nutzte das alles, wenn die ihr nur langweiliges Zeug zum Analysieren gaben?

Melodies Tagtraum wurde von einem leisen Summen unterbrochen; es zeigte an, dass jemand ihr menschenleeres Labor betreten hatte. Zweifellos ein weiterer wissenschaftlicher Mitarbeiter mit der Bitte, sie möge für eine kleine Abhandlung, die dann doch kein Mensch lesen würde, irgendeinen grauen Stein untersuchen.

Mit den Füßen auf dem Schreibtisch und der Cola in der Hand wartete sie auf den Eindringling, der bald um die Ecke kommen musste.

Bald hörte sie das selbstsichere Klappern teurer Schuhe auf dem Linoleum, und ein schlanker, eleganter Mann in einem schicken blauen Anzug erschien – Dr. Iain Corvus.

Hastig zog sie die Füße vom Tisch, wobei die beiden vorderen Stuhlbeine mit lautem Krachen auf dem Boden landeten. Sie strich sich das Haar aus dem errötenden Gesicht. Die Kuratoren kamen so gut wie nie ins Labor, denn sie empfanden es als unter ihrer Würde, sich mit dem technischen Personal abzugeben.

Dennoch stand nun Corvus persönlich vor ihr, eine beeindruckende Erscheinung in dem Savile-Row-Anzug und den handgefertigten Schuhen von Williams and Croft. Er sah gut aus, auf eine unheimliche Jeremy-Irons-Art.

»Melodie Crookshank?«

Erstaunlich, er kannte sogar ihren Namen. Sie blickte in sein längliches, lächelndes Gesicht; er hatte makellose Zähne, und sein Haar war schwarz wie die Nacht. Sein Anzug raschelte leise bei jeder Bewegung.

»Ja«, sagte sie schließlich und versuchte, möglichst locker zu klingen. »Das bin ich, Melodie Crookshank.«

»Wie schön, dass ich Sie gleich antreffe, Melodie. Störe ich Sie gerade?«

»Nein, nein, ganz und gar nicht. Ich sitze hier nur rum«, platzte sie heraus, dann sammelte sie sich, errötete und kam sich dumm vor.

»Ich habe mich gefragt, ob ich Ihren Arbeitstag mit einer Probe unterbrechen dürfte, die ich gern analysiert hätte.« Er streckte ihr einen Probenbeutel entgegen und ließ ihn vor ihr hin und her baumeln. Seine Zähne blitzten.

»Natürlich.«

»Ich habe hier eine kleine, äh, *Herausforderung* für Sie. Sind Sie dabei?«

»Ja, sicher.« Corvus stand in dem Ruf, etwas abgehoben zu sein, sogar arrogant, aber jetzt kam er ihr beinahe verspielt vor. »Das ist eine Sache nur zwischen uns beiden.«

Melodie zögerte und fragte dann vorsichtig: »Wie meinen Sie das?«

Er reichte ihr die Probe, und sie betrachtete das Stück. In dem Beutel steckte ein kleiner Zettel, von Hand beschriftet, auf dem stand: *New Mexico, Probe #1.*

»Ich möchte, dass Sie diese Probe analysieren, und zwar ohne jegliche vorgefasste Vorstellung davon, woher sie stammt oder um was es sich handeln könnte. Eine vollständige mineralogische, kristallographische, chemische und strukturelle Analyse.«

»Kein Problem.«

»Jetzt kommt der Haken. Ich würde das gern geheim halten. Halten Sie nichts schriftlich fest, speichern Sie nichts auf einer Festplatte. Wenn Sie Ihre Untersuchungen durchgeführt haben, kopieren Sie die Daten auf CDs und löschen Sie alles. Bewahren Sie die CDs in Ihrem verschlossenen Probenschrank auf. Erzählen Sie niemandem davon, was Sie hier tun, und sprechen Sie mit keinem Menschen über Ihre Ergebnisse. Erstatten Sie ausschließlich mir persönlich Bericht darüber.« Er schenkte ihr ein weiteres strahlendes Lächeln. »Sind Sie dabei?«

Crookshank spürte ein Prickeln der Erregung ob dieser Heimlichtuerei und der Tatsache, dass Corvus sie ins Vertrauen zog. »Ich weiß nicht. Warum so geheimnisvoll?«

Corvus beugte sich vor. Sie roch einen Hauch von Zigarrenrauch und teurem Tweed. »Das, meine liebe Melodie, werden Sie erfahren – *nachdem* Sie Ihre Analysen abgeschlossen haben. Wie gesagt, ich möchte, dass Sie die Probe völlig unvoreingenommen untersuchen.«

Die Vorstellung war aufregend – sogar erregend. Corvus gehörte zu diesen Männern, die Macht ausstrahlten, die schon so aussahen, als könnten sie alles haben, was sie wollten, indem sie es sich einfach nahmen. Zugleich gab es viele andere Kuratoren am Museum, die ihn ein wenig fürchteten und nicht besonders mochten, und diese falsche Freundlichkeit bestätigte nur ihren Eindruck, er sei ein verschlagener Gauner – wenn auch ein sehr gut aussehender, charmanter Gauner.

Er legte ihr sanft eine Hand auf die Schulter. »Was sagen Sie, Melodie? Wollen wir uns *verschwören?«*

»Also gut.« Warum auch nicht? Sie wusste zumindest, worauf sie sich einließ. »Bis wann brauchen Sie die Ergebnisse?«

»So bald wie möglich. Aber Sie sollen das Verfahren auf keinen Fall abkürzen. Seien Sie gründlich.«

Sie nickte.

»Gut. Ich kann Ihnen gar nicht sagen, wie wichtig das ist.« Er zog die Brauen in die Höhe, neigte den Kopf zur Seite und grinste wieder, als er bemerkte, dass sie die Probe anstarrte. »Nur zu. Sehen Sie sich das Stück näher an.«

Sie widmete sich ganz der Probe, und ihr Interesse erwachte. Es war ein brauner Gesteinsbrocken von vielleicht drei- oder vierhundert Gramm. Sofort erkannte sie, worum es sich handelte, zumindest grob gesehen. Er hatte eine sehr ungewöhnliche Struktur. Ihr Puls beschleunigte sich, ihr Herz klopfte. *New Mexico, Probe #1.* Das würde richtig Spaß machen.

Sie ließ den Beutel sinken und begegnete seinem Blick. Er sah sie eindringlich an, und seine blassgrauen Augen wirkten im Neonlicht des Labors beinahe farblos.

»Das ist ja erstaunlich«, sagte sie. »Wenn ich mich nicht irre, ist das -«

»Na!« Er legte ihr sacht den Zeigefinger auf die Lippen und zwinkerte. »Unser kleines Geheimnis.« Er zog die Hand zurück, wandte sich ab, als wolle er gehen, und drehte sich dann wieder zu ihr um, als sei ihm noch etwas eingefallen. Er griff in die Tasche seines Jacketts und zog eine längliche, mit Samt bezogene Schachtel heraus, die er ihr entgegenstreckte. »Ein kleines Dankeschön.«

Crookshank nahm die Schachtel. Auf dem Deckel stand *TIFFANY.*

Ja, klar doch, dachte Melodie. Sie klappte den Deckel auf und wurde von glitzernden blauen Sternen geblendet. Sie blinzelte und konnte kaum etwas sehen. Saphire. Ein Armband aus Sternsaphiren und Platin. Sie sah näher hin und erkannte sogleich, dass die Steine echt waren, nicht synthetisch. Jeder Stein war ein wenig anders, wies einen winzigen Makel oder Einschluss auf, jeder hatte seine eigene Farbe, Schattierung und Persönlichkeit. Sie drehte die Schachtel zum Licht und sah, wie sich der Stern in jedem Edelstein bewegte und das Licht von den schimmernden Tiefen reflektiert wurde. Sie schluckte, denn auf einmal hatte sie einen Kloß in der Kehle. Niemand hatte ihr je so etwas geschenkt. Noch nie. Sie spürte ein heißes Prickeln in den Augen, blinzelte heftig und erschrak darüber, wie verletzlich sie doch war.

Leichthin sagte sie: »Nette Sammlung von Aluminiumoxid haben Sie da.«

»Ich hatte gehofft, Sternsaphire würden Ihnen gefallen, Melodie.«

Crookshank schluckte erneut und blickte auf das Armband hinab, damit er ihr Gesicht nicht sehen konnte. Ihr hatte noch nie etwas so sehr gefallen wie dieses Armband. Sternsaphire aus Sri Lanka, ihre Lieblingssteine, jeder davon einzigartig, tief in der Erde durch immensen Druck und gewaltige Hitze erschaffen – der Inbegriff der Mineralogie. Sie wusste, dass er sie offen und schamlos manipulierte, doch zugleich dachte sie sich: Warum nicht? Warum sollte sie es nicht annehmen? So lief es nun mal in dieser Welt.

Corvus' Hand legte sich auf ihre Schulter und drückte sie sacht. Es war wie ein elektrischer Schlag. Zu ihrem Entsetzen kullerte ihr eine heiße Träne über die Wange. Sie blinzelte hastig, brachte kein Wort heraus und war froh, dass er hinter ihr stand und es nicht sehen konnte. Die andere Hand legte sich auf ihre andere Schulter, beide Hände drückten sie zärtlich, und sie spürte die Hitze seiner Nähe im Nacken. Ein erotischer Stromstoß durchfuhr sie, sie errötete, und ein Kribbeln lief über ihren ganzen Körper.

»Melodie, ich bin Ihnen sehr dankbar für Ihre Hilfe. Ich weiß, wie gut Sie sind. Deshalb vertraue ich diese Probe nur Ihnen an – und niemand anderem. Deshalb habe ich Ihnen das Armband geschenkt. Das ist nicht nur eine Bestechung – obwohl es das natürlich *auch* ist.« Er lachte leise und tätschelte ihre Schulter. »Das ist ein Ausdruck meines Vertrauens in Sie, Melodie Crookshank.«

Sie nickte, den Kopf immer noch abgewandt.

Die Hände drückten, rieben, streichelten ihre Schultern. »Ich danke Ihnen, Melodie.«

»Okay«, flüsterte sie.

8

Nach dem Tod seines Vaters hatte Tom eine Unmenge Geld geerbt, sich aber nur eine einzige Extravaganz gegönnt – einen 1957er Chevy 3100 Pick-up mit türkisfarbenem Chassis und weißem Verdeck, verchromtem Kühlergrill und ganzen drei Gängen. Der Wagen hatte einem Oldtimer-Sammler in Albuquerque gehört, einem echten Fanatiker; er hatte Motor und Getriebe liebevoll überholt, nicht auffindbare Teile extra nachbauen lassen und alles neu verchromt, bis hin zu den Drehknöpfen am Autoradio. Als Tüpfelchen auf dem i hatte er das Interieur mit feinstem cremeweißen Ziegenleder neu gepolstert. Der arme Kerl war an einem Herzinfarkt gestorben, bevor er die Früchte seiner Arbeit genießen konnte, und Tom hatte eine Anzeige für den Oldtimer in einer Zeitung entdeckt. Er hatte der Witwe jeden Cent bezahlt, den der Wagen wert war – fünfundfünfzigtausend Dollar –, und fand dennoch, dass er einen guten Fang gemacht hatte. Das Auto war ein fahrbares Kunstwerk.

Es war bereits Mittag. Tom war überall herumgefahren, hatte sich im Sunset umgehört und sämtliche ihm bekannten Waldwege in der Nähe der Mesas abgesucht, alles umsonst. Er hatte lediglich erfahren, dass die Polizei von Santa Fe die gleichen Wege eingeschlagen hatte und herauszufinden versuchte, ob irgendjemand dem Ermordeten vor dessen Tod begegnet war.

Offenbar hatte der Mann sich große Mühe gegeben, seine Spuren zu verwischen.

Tom hatte daraufhin beschlossen, Ben Peek in dem verrückten Dörfchen Cerrillos, New Mexico, zu besuchen. Cerrillos war eine ehemalige Goldgräbersiedlung, die schon bessere Zeiten gesehen hatte; der Ort lag in einer Senke voll prächtiger Pappeln etwas abseits der Hauptstraße und bestand aus einer Ansammlung alter Gebäude aus Lehmziegeln und Holz am trockenen Bett des Galisteo Creek. Die Minen waren vor Jahrzehnten aufgegeben worden, doch Cerrillos war nicht zur Geisterstadt geworden, weil Hippies das Dorf in den Sechzigern wiederbelebt hatten. Sie hatten die verlassenen Hütten der Minenarbeiter aufgekauft und darin Töpferateliers, Lederboutiquen und Makramee-Manufakturen eingerichtet. Inzwischen lebte dort eine merkwürdige Mischung hispanischer Familien, deren Vorfahren in den Minen gearbeitet hatten, alternder Hippies und exzentrischer Spinner.

Ben Peek gehörte zu Letzteren, und man sah es seinem Haus an. Die Holzverschalung war seit Jahrzehnten nicht mehr gestrichen worden. Im staubigen Hof, umschlossen von einem schiefen Palisadenzaun, rosteten alte Geräte aus dem Bergbau vor sich hin. In einer Ecke lag ein violetter und grüner Haufen gläserner Insulatoren, die eigentlich an Telefonmasten gehörten. An die Seitenwand des Hauses war ein Schild genagelt mit der Aufschrift:

THE WHAZZIT SHOP
ALLES ZU VERKAUFEN
Inklusive Inhaber
Jedes vernünftige Gebot wird angenommen.

Tom stieg aus dem Auto. Ben Peek war vierzig Jahre lang professioneller Prospektor und Goldsucher gewesen, bis ein aufsässiges Maultier ihm die Hüfte gebrochen hatte. Widerwillig hatte er sich mit seiner Trödelsammlung und einem Vorrat zweifelhafter Geschichten in Cerrillos niedergelassen. Obwohl seine Erscheinung so exzentrisch war, hatte er einen Abschluss in Geologie von der Colorado School of Mines vorzuweisen. Er war vom Fach.

Tom stieg die schiefe Vordertreppe hinauf und klopfte an die Tür. Gleich darauf flammte im düsteren Inneren des Hauses Licht auf, ein Gesicht erschien verzerrt hinter der welligen alten

Scheibe, und dann öffnete sich unter leisem Glöckchenklingeln die Tür.

»Tom Broadbent!« Peeks raue Hand packte Toms und brach ihm beinahe die Fingerknochen. Peek war nur gut einen Meter sechzig groß, doch das machte er durch seine energische Art und die dröhnende Stimme mehr als wett. Er trug einen Fünftagebart, hatte tiefe Lachfalten um die lebhaften schwarzen Augen, und seine stets hochgezogenen Brauen verliehen ihm einen Ausdruck permanenter Überraschung.

»Wie geht's, Ben?«

»Miserabel, ganz miserabel. Komm rein.«

Er führte Tom durch seinen Laden; die Regale an den Wänden ächzten unter Haufen alter Steine, eiserner Werkzeuge und antiker Glasflaschen. Alles stand zum Verkauf, doch anscheinend verkaufte Peek nie etwas. Die Preisschilder selbst sahen schon aus wie vergilbte Antiquitäten. Sie gingen ins Hinterzimmer, das als Küche und Esszimmer diente. Peeks Hunde schliefen auf dem Boden und seufzten laut im Traum. Der alte Mann schnappte sich eine zerbeulte Kanne vom Herd, goss Kaffee in zwei Becher und hinkte zu einem Holztisch hinüber; er setzte sich auf eine Seite und bot Tom den Platz gegenüber an.

»Zucker? Milch?«

»Schwarz.«

Tom sah zu, wie der alte Mann drei Esslöffel Zucker in seinen Becher kippte, gefolgt von drei Esslöffeln Kaffeeweißer, und das Ganze dann zu einer Art Brei verrührte. Tom nippte vorsichtig an seinem Kaffee. Er schmeckte überraschend gut – heiß, stark, nach Cowboy-Art gebrüht, ganz wie er ihn mochte.

»Wie geht's Sally?«

»Großartig, wie immer.«

Peek nickte. »Wunderbare Frau hast du da, Tom.«

»Wem sagst du das.«

Peek klopfte eine Pfeife auf dem Kaminsims aus und füllte sie dann mit Borkum Riff. »Gestern Früh hab ich im *New Mexican* gelesen, dass du oben in den Mesas eine Leiche gefunden hast.«

»An der Sache ist mehr dran, als in der Zeitung stand. Kann ich mich darauf verlassen, dass du die Geschichte für dich behältst?«

»Natürlich.«

Tom erzählte Peek die ganze Geschichte – nur den Teil mit dem Notizbuch ließ er aus. »Hast du eine Ahnung, wer dieser Schatzsucher war?«, fragte er Peek zum Schluss.

Peek schnaubte. »Schatzsucher sind ein Haufen blauäugiger Idioten. In der gesamten Geschichte des amerikanischen Westens hat noch nie jemand einen richtigen vergrabenen Schatz gefunden.«

»Dieser Mann schon.«

»Das glaube ich erst, wenn ich es sehe. Und nein, ich habe nichts von irgendeinem Schatzsucher da oben gehört, aber das muss noch nichts heißen – die sind ziemliche Heimlichtuer.«

»Irgendeine Ahnung, was dieser Schatz sein könnte? Sofern es ihn denn gibt.«

Peek brummelte: »Ich war Prospektor, kein Schatzsucher. Das ist ein gewaltiger Unterschied.«

»Aber du hast viel Zeit da oben verbracht.«

»Fünfundzwanzig Jahre.«

»Du hast Geschichten gehört.«

Peek entzündete ein Streichholz und hielt es an seine Pfeife. »Klar doch.«

»Tu mir den Gefallen.«

»Als dieses Land noch den Spaniern gehörte, soll es da oben, nördlich von Abiquiú, eine Goldmine gegeben haben – El Capitán. Kennst du die Geschichte?«

»Noch nie davon gehört.«

»Es heißt, sie hätten fast zehntausend Unzen dort rausgeholt und in Ingots gegossen, geprägt mit dem Wappen von Kastilien und León. Die Apachen haben damals im Land gewütet, deshalb haben die Spanier das Gold nicht rausgebracht, sondern in einer Höhle eingemauert und darauf gewartet, dass sich die Lage wieder beruhigt. Eines Tages haben die Apachen die Mine überfallen. Sie haben alle getötet, bis auf einen Mann namens Juan Cabrillo, der in Abiquiú Vorräte besorgen sollte. Als Cabrillo zurückkehrte, waren alle seine Kameraden tot. Er machte sich auf nach Santa Fe und kam mit einer bewaffneten Truppe wieder, um das Gold zu holen. Aber inzwischen waren ein paar Wochen vergangen, in denen es heftige Regenfälle und Überschwemmungen gegeben hatte. Die Landschaft hatte sich verändert. Sie entdeckten zwar die Mine, das Lager und die Skelette ihrer ermordeten Freunde, aber die Höhle konnten sie nicht finden. Juan hat jahrelang danach gesucht – bis er irgendwo in den Mesas verschwand und nie wieder gesehen wurde. So lautet jedenfalls die Geschichte.«

»Interessant.«

»Es gibt noch mehr. In den dreißiger Jahren hat ein Kerl namens Ernie Kilpatrick in einem der Canyons da oben nach einem jungen Bullen gesucht. Er lagerte in der Nähe der English Rocks, südlich der Echo Badlands. Bei Sonnenuntergang, so behauptete er, sah er, dass ein frischer Erdrutsch an einer Klippe – im Tyrannosaur Canyon – etwas freigelegt hatte, das wie eine Höhle aussah. Er kletterte nach oben und kroch hinein. Es war ein kurzer, enger Tunnel mit Spitzhacken-Spuren an den Wänden. Er folgte dem Gang, bis er sich zu einer Kammer verbreiterte. Ernie blieb fast das Herz stehen, als seine Kerze eine ganze Wand grober Goldbarren mit Burg und Löwe aufblitzen ließ. Er steckte einen davon ein und ritt zurück nach Abiquiú. Am nächsten Abend besoff er sich im Saloon und zeigte seinen Fund herum. Jemand folgte ihm aus dem Saloon, erschoss ihn und raubte den Goldbarren. Natürlich hat er das Geheimnis der Höhle mit ins Grab genommen, und sein Goldbarren wurde nie wieder gesehen.« Peek spuckte einen Tabakkrümel aus. »Diese Schatzsucher-Geschichten sind doch alle gleich.«

»Du glaubst sie nicht.«

»Kein einziges Wort.« Peek lehnte sich zurück, belohnte sich mit einer frisch entzündeten Pfeife, paffte vor sich hin und wartete auf Toms Kommentar.

»Eines muss ich sagen, Ben, ich habe mit dem Mann gesprochen. Er hat einen großen Fund gemacht.«

Peek zuckte mit den Schultern.

»Gibt es sonst irgendetwas Wertvolles, was er dort gefunden haben könnte, abgesehen von dem Schatz aus El Capitán?«

»Sicher. Da oben liegen alle möglichen wertvollen Mineralien und Edelmetalle herum. Falls er ein richtiger Prospektor war. Vielleicht war er auch Raubgräber und hatte es auf indianische Ruinen abgesehen. Hast du dir seine Ausrüstung angeschaut?«

»War alles auf den Esel gepackt. Mir ist nichts Ungewöhnliches aufgefallen.«

Peek brummte: »Wenn er Prospektor war, hat er vielleicht Uran oder Molybdän gefunden. Im oberen Teil der Chinle-Formation stößt man manchmal auf Uran; es tritt im Tyrannosaur Canyon, Huckbay Canyon und um den unteren Joaquin hervor. Ich habe in den späten Fünfzigern nach Uran gesucht und kein Gramm gefunden. Allerdings hatte ich nicht die richtige Ausrüstung, Leuchtstoffzähler und so weiter.«

»Peek, du hast jetzt schon zweimal den Tyrannosaur Canyon erwähnt.«

»Verdammt großer Canyon mit einer Million Nebenarmen, zieht sich durch die gesamten Echo Badlands bis hinauf in die Mesas. War mal eine gute Gegend für Uran und Molybdän.«

»Ist Uran denn heutzutage noch etwas wert?«

»Nur, wenn man auf dem Schwarzmarkt einen privaten Käufer findet. Die Regierung kauft jedenfalls keines – die haben selber schon zu viel davon.«

»Könnten Terroristen etwas damit anfangen?«

Peek schüttelte den Kopf. »Glaub ich nicht. Man würde ein milliardenschweres Anreicherungsprogramm brauchen.«

»Und zur Herstellung einer schmutzigen Bombe?«

»Yellowcake und sogar reines Uran sind kaum radioaktiv. Die Vorstellung, dass Uran gefährliche radioaktive Strahlung abgibt, ist ein populärer Irrtum.«

»Du hast vorhin Molybdän erwähnt. Was ist damit?«

»Oben auf der rückwärtigen Seite des Tyrannosaur Canyon streicht trachyandesitischer Porphyr aus dem Oligozän aus, der oft als Hinweis auf Molybdänvorkommen gedeutet wird. Ich habe da oben etwas Molybdän gefunden, aber die wertvollen Bestandteile der Lagerstätte waren schon abgebaut, und was ich gefunden habe, war keinen Fliegenschiss mehr wert. Es könnte natürlich noch mehr davon geben – es gibt immer irgendwo noch mehr.«

»Warum nennt man die Schlucht Tyrannosaur Canyon?«

»Am Eingang gibt es eine Basalt-Intrusion, die so verwittert ist, dass sie wie der Schädelknochen eines T-Rex aussieht. Die Apachen betreten die Schlucht nie – sie behaupten, dass es da drin spukt. Dort hat auch mein Maultier gescheut und mich abgeworfen. Dabei hab ich mir die Hüfte gebrochen. Hat drei Tage gedauert, bis sie mich da rausgeholt haben. Also, wenn es da drin nicht spukt, weiß ich auch nicht. Ich war nie wieder dort.«

»Und was ist mit Gold? Ich habe gehört, du hättest dort oben Gold gefunden.«

Ben kicherte. »Na sicher doch. Gold ist ein Fluch für alle, die welches finden. Damals, 1986, habe ich tief im Maze Wash einen Quarzbrocken gefunden, der komplett mit Golddraht durchzogen war. Den hab ich für neuntausend Dollar an einen Mineralienhändler verkauft – und dann zehnmal so viel dafür ausgegeben, um am Fundort nach mehr zu suchen. Der verdammte Stein musste ja irgendwoher gekommen sein, aber ich hab die Hauptader nie gefunden. Wahrscheinlich ist er irgendwie aus den Canjilon Mountains bis dorthin gekullert, da gibt es eine Menge ausgebeutete Goldminen und alte Goldgräbersiedlungen. Wie gesagt, mit Gold verliert man immer. Danach habe ich das Zeug nie wieder angerührt.« Er lachte und entlockte seiner Pfeife eine weitere Rauchwolke.

»Fällt dir sonst noch irgendetwas ein?«

»Dieser ›Schatz‹ könnte eine indianische Ruine gewesen sein. Dort drin gibt es viele Anasazi-Ruinen. Als ich es noch nicht besser wusste, habe ich bei ein paar dieser alten Siedlungen herumgegraben und die Pfeilspitzen und Töpferwaren, die ich gefunden habe, einfach verscherbelt. Heutzutage wäre eine schöne schwarz-weiße Schale aus dem Chaco so fünf- bis zehntausend wert. Dafür kann man sich schon einige Mühe machen. Und dann gibt es noch die Verlorene Stadt der Padres.«

»Was ist das?«

»Tom, mein Junge, die Geschichte habe ich dir schon mal erzählt.«

»Nein, hast du nicht.«

Peek zog erneut an seiner Pfeife. »So um die Jahrhundertwende hat sich ein französischer Pater namens Eusebio Bernard auf dem Weg von Santa Fe nach Chama irgendwo auf der Mesa de los Viejos verlaufen. Während er herumirrte und nach dem richtigen Weg suchte, entdeckte er eine riesige Felsensiedlung der Anasazi, so groß wie der Felsenpueblo von Mesa Verde, versteckt in einer Felsnische in der Klippe unter ihm. Der Pueblo hatte vier Türme und Hunderte von Räumen, eine waschechte verlorene Stadt. Niemand hat sie je wiedergefunden.«

»Eine wahre Geschichte?«

Peek lächelte. »Vermutlich nicht.«

»Wie wäre es mit Öl oder Erdgas? Könnte es sein, dass er danach gesucht hat?«

»Kaum. Stimmt schon, die Chama Wilderness liegt am Rand des San-Juan-Bassins, einem der größten Erdgas-Felder im Südwesten. Das Problem ist nur, für dieses Spielchen braucht man eine ganze Mannschaft echter Raubeine mit seismischem Gerät. Ein einzelner Prospektor hätte überhaupt keine Chance.« Peek rührte mit einem Metallstäbchen die Tabakreste in seiner Pfeife um, stopfte sie wieder fest und zündete sie an. »Wenn er nach Gespenstern gesucht hat, na, die soll es da oben reichlich geben. Die Apachen behaupten, sie hätten den T-Rex schon brüllen gehört.«

»Wir kommen vom Thema ab, Ben.«

»Du wolltest doch Geschichten hören.«

Tom hob abwehrend die Hand. »Bei Dinosauriergeistern ist Schluss.«

»Es wäre wohl möglich, dass dein namenloser Prospektor den Schatz von El Capitán gefunden hat. Zehntausend Unzen Gold wären ungefähr …«, Peek kniff nachdenklich die Augen zusammen, »… vier Millionen Dollar wert. Aber man muss obendrein den *numismatischen* Wert dieser alten spanischen Goldbarren bedenken, die mit dem Wappen von Kastilien und León geprägt sind. Verdammt, damit wären wir beim zwanzig- oder dreißigfachen Wert der reinen Barren. Das ist mal eine Menge Geld … Also, du musst bald wiederkommen und mir mehr über diesen Mord erzählen. Und ich erzähle dir dafür vom Geist der La Llorona, der Weinenden Frau.«

»Abgemacht.«

9

In der First Class der Continental 450 von LaGuardia nach Albuquerque streckte Weed Maddox sich behaglich aus. Er schob seinen Ledersitz etwas zurück, klappte den Laptop auf und nippte an einem Pellegrino, während der Computer hochfuhr. Komisch, dachte er, dass er genauso aussah wie die anderen Männer um ihn herum, die teure Anzüge trugen und auf ihren Laptops herumtippten. Es wäre wirklich zu köstlich, wenn der kaufmännische Vorstand oder geschäftsführende Teilhaber neben ihm sehen könnte, woran *er* arbeitete.

Maddox blätterte den Stapel handgeschriebener Briefe durch – ungeübt, krakelig, mit stumpfen Bleistiften mühsam auf billigem, linierten Papier verfasst, viele obendrein mit Fettflecken oder anderen Spuren verunziert. An jedem Brief hing ein Foto des hässlichen Mistkerls, der ihn verzapft hatte. Was für ein Haufen Versager.

Er nahm den ersten Brief heraus, strich ihn auf dem Tabletttisch neben dem Laptop glatt und begann zu lesen.

Liber Mr. Madocks,
Ich bin Londell Franklin James 34 Arischer Mann aus Arundell, Ark. Mein schwanz ist 23 cm lang knüppelhart und ich such eine blonde Frau keine fettärschige dies Maul aufreisst bitte nur eine Lady die 23 cm bis zum Heft drin haben will Bin 186 knüppelhart trenierte Muskeln mit ner Täto von nem Totenkopf an der rechten Schulter und ein Drache auf der Brust Suche eine schlanke Frau aus den Südstaaten keine Nigger Mulatten oder New Yorker Karriereschlampen nur ein altmodisches weißes arisches Mädchen aus dem Süden das weiß was ihrem Mann gefällt und die Hühnchen mit Grütze kochen kann Ich hab fünf bis

fünfzehn abzusitzen bewaffneter Raubüberfall der Statsanwalt hat wegen dem Deal gelogen aber ich hab ne Haftprüfung in zwei Jaren u 8 Monate Ich will dass draußen ne heiße Braut auf mich wartet die ihn bis zum Schaft reinhaben will.

Maddox grinste. Das war mal ein Wichser, der den Rest seines Lebens im Knast verbringen würde – Haftprüfung hin oder her. Manche Leute waren einfach zum Knacki geboren.

Er tippte in seinen Laptop:

Mein Name ist Lonnie F. James, ich bin ein vierunddreißig Jahre alter Weißer und stamme aus Arundell, Arkansas. Wegen bewaffneten Raubüberfalls wurde ich zu fünf bis fünfzehn Jahren verurteilt, kann aber damit rechnen, in nicht einmal drei Jahren auf Bewährung entlassen zu werden. Ich bin körperlich topfit, einen Meter sechsundachtzig groß, wiege fünfundneunzig Kilo und bin begeisterter Gewichtheber und Bodybuilder. Ladys, ich bin sehr stark gebaut. Mein Sternzeichen ist Steinbock. Ich trage Tattoos am rechten Arm, einen Totenkopf, und auf der Brust St. Georg, der den Drachen tötet. Ich suche ein altmodisches Mädchen aus dem Süden, zierlich, blond, blaue Augen, als Brieffreundin, zum Verlieben und vielleicht für eine gemeinsame Zukunft. Du solltest schlank und wohlgeformt sein, neunundzwanzig oder jünger, und süß wie ein Mint Julep – aber auch eine Frau, die einen richtigen Mann erkennt, wenn er vor ihr steht. Ich mag Countrymusic, gute, bodenständige Küche, schaue mir gern Football-Spiele an und möchte mit Dir Hand in Hand bei Sonnenaufgang durch die Felder spazieren.

Das war wirklich gelungen, dachte Maddox beim Durchlesen. *Süß wie ein Mint Julep.* Er las den Brief ein zweites Mal, löschte den Teil mit dem Sonnenaufgang und speicherte den Text ab. Dann betrachtete er das Foto, das zu dem Brief gehörte. Eine weitere potthässliche Visage – der Kerl hatte einen Kopf wie eine Bowlingkugel und so dicht stehende Augen, dass sie wie aus einer Schraubzwinge hervorblinzelten. Er würde das Foto trotzdem einscannen und mit reinnehmen. Seiner Erfahrung nach zählte das Aussehen kaum. Was zählte, war die Tatsache, dass Londell Franklin James dort drin war und nicht hier draußen. Allein dadurch bot er der entsprechenden Frau die Aussicht auf die perfekte Beziehung. Eine Frau konnte ihm sexy Briefe schreiben, Versprechungen machen, unsterbliche Liebe schwören, über Babys, eine Hochzeit und die Zukunft sprechen – und nichts von alledem würde etwas daran ändern, dass er da drin war und sie hier draußen. Sie hatte die absolute Kontrolle. Darum ging es bei dieser Sache – Kontrolle – und um den erotischen Kick, den manche Frauen von einem Briefwechsel mit einem muskelbepackten Kerl bekamen, der wegen bewaffneten Raubüberfalls eine langjährige Haftstrafe verbüßte und behauptete, einen dreiundzwanzig Zentimeter langen Schwanz zu haben. Klar doch, wer sollte ihm das Gegenteil beweisen?

Maddox öffnete ein neues Dokument und machte sich an den nächsten Brief.

Lieber Mr. Maddox, ich suche eine Frau, der ich meinen Saft schicken kann, damit sie ein Baby von mir bekommt –

Maddox verzog angewidert das Gesicht, knüllte den Brief zusammen und steckte ihn in die Tasche am Vordersitz. Er leitete eine Partnervermittlung, Herrgott noch mal, und keine Samenbank. Er hatte die Agentur Hard Time aufgezogen, während er in der Gefängnisbibliothek gearbeitet hatte, mit einem alten 486er IBM, der als EDV-Katalog diente. Als Soldat in der Armee hatte er alles gelernt, was er über Computer wissen musste. Heutzutage konnte man ohne einen Computer ja kaum noch etwas Größeres als eine Pistole Kaliber .50 abfeuern. Zu seiner Überraschung stellte Maddox damals fest, dass er geradezu eine Begabung dafür hatte. Im Gegensatz zu Menschen waren Computer sauber, geruchlos, gehorsam und laberten einen nicht voll. Anfangs nahm er von seinen Mitgefangenen zehn Dollar dafür, dass er ihre Namen und Adressen auf einer selbst aufgebauten Website einstellte, auf der Frauen von draußen nach Brieffreundschaften suchen konnten. Die Idee war mächtig eingeschlagen. Bald wurde Maddox klar, dass das große Geld nicht bei den Häftlingen, sondern bei den Frauen zu holen war. Es war erstaunlich, wie viele Frauen etwas mit einem Mann im Knast haben wollten. Er verlangte neunundzwanzig Dollar und neunundneunzig Cent pro Monat für die Mitgliedschaft bei Hard Times, hundertneunundneunzig Dollar für ein ganzes Jahr, und dafür bekamen die Frauen Zugang zu den persönlichen Daten samt Fotos und Adresse von mehr als vierhundert echten Verbrechern, die wegen allem Möglichen, von Entführung, bewaffnetem Raub und Körperverletzung bis hin zu Vergewaltigung und Mord, längere Haftstrafen absaßen. Inzwischen kamen auf jeden Häftling drei zahlende Frauen, fast zwölfhundert insgesamt, und wenn Maddox alle Ausgaben abzog, strich er dreitausend saubere Dollar die Woche ein, netto.

Über die Sprechanlage wurde die baldige Landung angekündigt, eine Stewardess ging lächelnd und nickend durch die Reihen und bat die Geschäftsleute dezent, doch bitte ihre Laptops auszuschalten. Maddox verstaute seinen unter dem Sitz und schaute aus dem Fenster. Die braune Landschaft New Mexicos glitt vorbei, während die Maschine sich Albuquerque von Osten näherte; dann ragten die Sandia Mountains auf, abwechselnd dunkel bewaldet und weiß verschneit. Das Flugzeug ließ die Berge hinter sich, und dann waren sie über der Stadt und beschrieben eine Kurve. Maddox konnte alles sehen, den Fluss, die Straßen, die sich in der riesigen Kreuzung des »Big I« trafen und verzweigten, all die kleinen Häuser, die an den Hügeln hochkletterten. Es deprimierte ihn, wie viele nutzlose Leute ein so jämmerliches, nutzloses Leben in diesen Schuhschachteln lebten. Es war beinahe wie im Gefängnis.

Nein, das nahm er in Gedanken sofort zurück. Nirgends auf der Welt war es wie im Gefängnis.

Dann dachte er an das anstehende Problem und spürte Ärger

in sich aufsteigen. Broadbent. Der Mann musste da oben im Labyrinth auf einen günstigen Augenblick gewartet haben. Er hatte einfach nur gewartet. Maddox hatte die ganze Arbeit geleistet, den Kerl umgelegt, und dann war Broadbent hereinspaziert, hatte sich das Notizbuch geholt und war damit verschwunden. Der Mistkerl hatte ihm den perfekten Job ruiniert.

Maddox atmete tief ein, schloss die Augen, wiederholte im Geiste ein paar Mal sein Mantra und versuchte zu meditieren. Es hatte keinen Zweck, sich aufzuregen. Die Sache war ziemlich einfach. Wenn Broadbent das Notizbuch bei sich zu Hause hatte, würde Maddox es finden. Wenn nicht, würde er schon irgendwie aus Broadbent herausbringen, wo er es versteckt hatte. Der Mann hatte ja keine Ahnung, mit wem er es hier zu tun hatte. Und da Broadbent selbst bis zum Hals mit drinsteckte, würde er wohl kaum die Cops rufen. Diese Angelegenheit würden sie hübsch unter sich ausmachen.

Er schuldete es Corvus; Herrgott, er schuldete Corvus sein Leben.

Maddox lehnte sich zurück, als die 747 schön sacht aufsetzte, so dass die Räder kaum den festen Boden küssten. Das fasste er als gutes Zeichen auf.

10

Am nächsten Morgen fand Tom seinen Assistenten Shane McBride an der Führmaschine, wo er einen Quarter-Horse-Fuchs beäugte, der im Kreis herumtrottete. Shane war irischer Abstammung, kam aus South Boston und hatte in Yale studiert, sich aber dann mit Leib und Seele dem Westen verschrieben und sah nun noch mehr wie ein Cowboy aus als die Alteingesessenen. Er stapfte in Cowboystiefeln herum und trug einen buschigen Schnurrbart, einen zerbeulten Stetson mit biegsamer Krempe, ein ausgebleichtes schwarzes Halstuch, und er hatte ständig Kautabak in der Unterlippe stecken. Er kannte sich mit Pferden aus, hatte Sinn für Humor, nahm seine Arbeit ernst und war die Loyalität in Person. Für Tom war er einfach der perfekte Partner.

Shane drehte sich zu Tom um, nahm den Hut ab, wischte sich die Stirn und kniff ein Auge zu.

»Was meinst du?«

Tom beobachtete die Bewegung des Pferdes genau. »Wie lange läuft er schon da drin?«

»Zehn Minuten.«

»Ostitis.«

Shane öffnete das Auge wieder. »Nein, da irrst du dich. Sesamoiditis.«

»Die Fesselgelenke sind nicht geschwollen. Und die Verletzung ist zu symmetrisch.«

»Im Frühstadium, und eine Gleichbeinentzündung kann auch symmetrisch sein.«

Tom kniff die Augen zusammen und beobachtete den Gang des Pferdes.

»Wem gehört er?«

»Das ist Noble Nix, gehört O Bar O. Hatte noch nie Probleme.«

»Western- oder Springpferd?«

»Cutting-Pferd.«

Tom runzelte die Stirn. »Vielleicht hast du Recht.«

»*Vielleicht?* Da gibt's kein *Vielleicht.* Er hat gerade an dem Wettbewerb in Amarillo teilgenommen und einen Sattel gewonnen. Die Anstrengung in Verbindung mit der langen Fahrt im Hänger würde reichen.«

Tom stoppte die Führmaschine, kniete sich hin und tastete die Fesselgelenke des Pferdes ab. Heiß. Er richtete sich auf. »Ich sage immer noch, es ist eine Ostitis, aber ich gebe zu, dass sie möglicherweise in den Gleichbeinen sitzt.«

»Du hättest Anwalt werden sollen.«

»Die Behandlung ist in jedem Fall dieselbe. Absolute Ruhe, mit dem Wasserschlauch kühlen, DMSO-Salbe, Bandagen.«

»Ach, sag bloß.«

Tom klopfte Shane auf die Schulter. »Du wirst allmählich richtig gut, was, Shane?«

»So ist es, Boss.«

»Dann wird es dir ja nichts ausmachen, den Laden auch heute zu schmeißen.«

»Es ist so viel schöner, wenn du nicht da bist – kaltes Bier, Mariachis, nackte Weiber.«

»Solange du die Hütte nicht abfackelst.«

»Suchst du immer noch nach dem Mädchen, dessen Vater im Labyrinth ermordet wurde?«

Tom nickte. »Wenn ich nur dahinterkäme, was er in diesem Notizbuch aufgeschrieben hat, hätte ich vielleicht zumindest eine Ahnung, wer er war.«

»Kann gut sein.«

Tom hatte Shane alles erzählt. Sie hatten volles Vertrauen zueinander. Und obwohl Shane ein sehr gesprächiger Mensch war, konnte er so etwas für sich behalten.

»Hast du es bei dir?« Tom zog das Notizbuch aus der Tasche.

»Lass mal sehen.« Shane nahm es und blätterte darin herum. »Was ist das? Ein Code?«

»Ja.«

Er schloss das Buch und betrachtete den Einband. »Ist das Blut?«

Tom nickte.

»Himmel. Der arme Kerl.« Shane gab ihm das Notizbuch zurück. »Wenn die Cops herausfinden, dass du ihnen was verheimlicht hast, werden sie dich einsperren und den Schlüssel wegwerfen.«

»Ich werde daran denken.«

Tom ging um das Praxisgebäude herum und sah nach den Pferden im Stall; er ging von einer Box zur nächsten, tätschelte jedes Tier, murmelte beruhigende Worte und musterte alle gründlich. Dann setzte er sich an den Schreibtisch, sah die Rechnungen durch und stellte fest, dass ein paar bereits überfällig waren. Er hatte sie nicht bezahlt, nicht, weil er kein Geld hatte, sondern aus purer Faulheit; sowohl er als auch Shane verabscheuten den Papierkram, der nun einmal dazugehörte. Er ließ die Rechnungen wieder in den Eingangskorb fallen, ohne sich weiter darum zu kümmern. Er musste endlich einen Buchhalter einstellen, der all das übernahm, aber diese Extra-Ausgabe würde sie wieder in die roten Zahlen bringen, nachdem sie ein Jahr lang hart gearbeitet hatten, um die Rentabilitätsschwelle zu erreichen. Die Tatsache, dass er hundert Millionen Dollar auf einem Treuhandkonto besaß, spielte dabei keine Rolle. Er war nicht sein Vater. Er wollte sein Geld selbst verdienen.

Er schob die Briefe beiseite, holte das Notizbuch hervor, schlug es auf und legte es auf den Tisch. Die Zahlen lockten ihn – er war sicher, dass hier drin die Lösung für das Rätsel steckte, wer der Mann gewesen war. Und was für einen Schatz er gefunden hatte.

Shane steckte den Kopf durch den Türspalt.

»Was macht der O-Bar-O-Wallach?«

»Ist versorgt und steht wieder in seiner Box.« Zögernd verharrte Shane in der Tür.

»Was ist denn?«

»Weißt du noch, als wir letztes Jahr in diesem Kloster oben am Chama River ein krankes Schaf hatten?«

Tom nickte.

»Als wir da oben waren, haben wir doch von einem Mönch gehört, der früher als Codebrecher für die CIA gearbeitet und alles aufgegeben hat, um Mönch zu werden.«

»Ja. Ich kann mich dunkel erinnern.«

»Warum bittest du ihn nicht, sich das Notizbuch mal anzusehen?«

Tom starrte Shane an. »Das ist deine beste Idee in dieser ganzen Woche.«

11

Melodie Crookshank richtete die Diamantklinge neu aus und stellte die Drehzahl höher ein. Das Präzisionsgerät war wirklich ein schönes Stück – man konnte das klare, hohe Sirren deutlich hören. Sie legte die Probe in die Halterung und befestigte sie, dann stellte sie den gleichmäßigen Wasserfluss an. Ein gurgelndes Geräusch übertönte kurz das Surren der Klinge, Wasser umspülte die Probe und brachte farbige Sprenkel zum Vorschein, gelb, rot, dunkelviolett.

Sie nahm ein paar letzte Anpassungen vor und stellte den Schnittgeschwindigkeitsregler ein.

Als die Diamantklinge auf die Probe traf, war ein himmlischer Ton zu hören. Es dauerte nur einen Augenblick, und die Probe war halbiert, der darin verborgene Schatz ihrem Blick enthüllt.

Mit der Geschicklichkeit jahrelanger Übung wusch und trocknete sie den Stein, legte eine Hälfte beiseite und tauchte die andere auf einem metallenen Mikromanipulator in Epoxidharz.

Während sie darauf wartete, dass das Epoxid aushärtete, betrachtete sie ihr Saphirarmband. Sie hatte ihren Freundinnen erzählt, es sei nur billiger Modeschmuck, und sie hatten ihr geglaubt. Warum auch nicht? Wer hätte gedacht, dass sie, Melodie Crookshank, Museumslaborantin mit einem Jahresgehalt von ganzen einundzwanzigtausend Dollar und einer winzigen, dunklen Wohnung in der Amsterdam Avenue, die keinen Freund hatte und kein Geld, mit zehnkarätigen Sternsaphiren aus Sri Lanka am Handgelenk herumspazierte? Sie wusste sehr wohl, dass Corvus sie nur benutzte – ein solcher Mann würde sich niemals in jemanden wie sie verlieben. Andererseits war es auch kein Zufall, dass er ihr diesen Auftrag anvertraut hatte. Sie war gut – verdammt gut. Das Armband war Bestandteil einer ganz unpersönlichen, rein geschäftlichen Transaktion: eine Entschädigung für den Einsatz ihres Könnens und für ihre Verschwiegenheit. Daran war schließlich nichts Unehrenhaftes.

Die Probe war gehärtet. Sie legte sie zurück in die Halterung und führte einen weiteren Schnitt aus. Gleich darauf hatte sie ein dünnes Plättchen Stein, etwa einen halben Millimeter stark, perfekt abgetrennt, ohne dass etwas gebrochen oder abgesplittert war. Rasch löste sie das Harz von dem Scheibchen und schnitt es in ein Dutzend kleinerer Stücke, von denen jedes für eine andere Untersuchung vorgesehen war.

Sie nahm eines der Stückchen, fixierte es auf einem anderen Mikromanipulator in Epoxidharz und setzte die Poliereinheit ein, um das Stück noch dünner zu schleifen, bis es transparent schimmerte und etwa doppelt so dick war wie ein Menschenhaar.

Dann legte sie es auf einen Objektträger, schob es unter das Meiji-Lichtmikroskop, schaltete das Gerät ein und drückte die Augen ans Okular.

Rasch stellte sie die Brennweite ein, und ein Regenbogen von Farben füllte ihr Gesichtsfeld, eine Welt überirdischer, kristalliner Schönheit. Die prächtigen Bilder des polarisierenden Lichtmikroskops raubten ihr jedes Mal den Atem. Selbst der langweiligste Stein offenbarte hier seine innerste Seele. Sie stellte die Vergrößerung auf 30-fach ein und ließ die Winkel in 30-Grad-Schritten durchfahren; jeder Wechsel brachte in der Probe einen neuen Farbenrausch hervor.

Diesen ersten Durchgang machte sie nur um seiner Schönheit willen; es war, als blicke man in ein Buntglasfenster, das noch schöner und prächtiger war als die Rosette in der Kathedrale von Chartres.

Während Crookshank die vollen 360 Grad durchfahren ließ, spürte sie, wie ihr Herz mit jedem neuen Winkel schneller klopfte. Das war wirklich ein unglaubliches Stück. Nachdem die Reihe vollständig durchlaufen war, stellte sie 120-fache Vergrößerung ein. Die Struktur war so prachtvoll, so vollkommen – erstaunlich. Jetzt verstand sie die Heimlichtuerei. Wenn es in situ noch mehr hiervon gab – und davon konnte man wohl ausgehen –, dann wäre es tatsächlich von äußerster Wichtigkeit, den Fund geheim zu halten. Das wäre ein umwerfender Coup, sogar für einen so namhaften Wissenschaftler wie Corvus.

Sie richtete sich auf, und ihr kam ein neuer Gedanke. Das hier könnte genau der Hebel sein, den sie brauchte, um ihre akademische Karriere richtig in Gang zu bringen – wenn sie es klug anstellte.

12

Das Kloster Christ in the Desert lag vierundzwanzig Kilometer flussaufwärts am Chama River, tief in der Chama Wilderness und dicht an dem gewaltigen, mit steilen Klippen bewehrten Massiv der Mesa de los Viejos, der Mesa der Alten; hier begann das Hochland der Mesas. Tom fuhr quälend langsam die Straße zum Kloster entlang, denn er setzte seinen Chevy nur sehr ungern einer der berüchtigtsten Straßen in ganz New Mexico aus. Vor lauter Schlaglöchern sah sie aus wie zerbombt, und stellenweise war sie so schlecht geteert, dass er um jede Schraube und jeden Bolzen in seinem durchgerüttelten Fahrzeug ebenso fürchtete wie um seine eigenen Zähne. Die Mönche, hieß es, wollten es so.

Als Tom schon glaubte, bald das Ende der Welt erreicht zu haben, entdeckte er den Kirchturm aus Lehmziegeln, der über Wacholder und Hasenpinsel aufragte. Stück für Stück kam der Rest des Klosters in Sicht – eine lose Ansammlung brauner Adobe-Gebäude, die sich willkürlich über eine Erhebung oberhalb der Flutlinie verteilten, genau da, wo der Rio Gallina in den Rio Chama mündete. Dies war angeblich eines der abgelegensten christlichen Klöster auf der ganzen Welt.

Tom stellte seinen Pick-up auf dem staubigen Parkplatz ab und ging den Pfad zu dem kleinen Laden des Klosters hinauf. Er war unsicher und wusste nicht recht, wie er es anstellen sollte, den Mönch um Hilfe zu bitten. Aus Richtung der Kirche trieb leiser Gesang zu ihm herüber, der sich mit den streitlustigen Rufen einer Schar Piñon-Häher vermischte.

Der Laden war leer, doch ein Glöckchen hatte beim Öffnen der Tür gebimmelt, und nun kam ein junger Mann aus einem Hinterzimmer herein.

»Hallo«, sagte Tom.

»Willkommen.« Der Mönch setzte sich auf einen hohen hölzernen Hocker hinter der Theke. Tom blieb unentschlossen stehen und betrachtete die bescheidenen Produkte, die das Kloster herstellte: Honig, Trockensträuße, von Hand bedruckte Karten, Holzschnitzereien. »Ich bin Tom Broadbent«, sagte er und streckte die Hand aus.

Der Mönch ergriff sie. Er war klein und schmächtig und trug eine dicke Brille. »Freut mich, Sie kennen zu lernen.«

Tom räusperte sich. Das war wirklich verdammt peinlich. »Ich bin Tierarzt und habe letztes Jahr hier oben ein krankes Schaf behandelt.«

Der Mönch nickte.

»Damals habe ich von einem Mönch gehört, der früher bei der CIA war.«

Wieder nickte der Mönch.

»Wissen Sie, von wem ich spreche?«

»Bruder Ford.«

»Ja. Wenn es möglich ist, würde ich gern mit ihm sprechen.«

Der Mönch sah auf seine Armbanduhr, eine große Sportuhr mit vielen Knöpfen und Anzeigen, die irgendwie deplatziert wirkte – Tom wusste auch nicht recht, warum. Natürlich mussten auch Mönche die Uhrzeit wissen.

»Die Sext ist gerade vorbei. Ich hole ihn.«

Der Mönch verschwand den Pfad entlang. Fünf Minuten später sah Tom zu seinem Erstaunen eine riesenhafte Gestalt den Pfad herabkommen; die gewaltigen Füße steckten in staubigen Sandalen, der Mann trug einen langen Holzstab in der Hand, und seine braune Kutte flatterte hinter ihm im Wind. Gleich darauf wurde die Tür aufgestoßen, und der Hüne betrat mit zerzauster Kutte den Laden. Ohne zu zögern, ging er auf Tom zu, streckte die Pranke aus und schüttelte ihm überraschend sanft, aber dennoch fest die Hand.

»Bruder Wyman Ford«, sagte er mit einer rauen Stimme, die so gar nicht wie die eines Mönchs klang.

»Tom Broadbent.«

Bruder Ford war ein auffallend hässlicher Mann mit einem großen Kopf und einem zerfurchten Gesicht, wie eine Kreuzung zwischen Abraham Lincoln und Herman Munster. Der Mann machte keinen besonders frommen Eindruck, zumindest oberflächlich betrachtet, und mit seinem kräftigen Körperbau, der Größe von über einem Meter neunzig, einem Bart und dem zerzausten schwarzen Haar, das ihm bis über die Ohren wucherte, sah er ganz gewiss nicht aus, wie man sich einen Mönch vorstellte. Ein Schweigen entstand, und Tom war erneut unbehaglich zumute. »Hätten Sie einen Moment Zeit, sich mit mir zu unterhalten?«

»Streng genommen stehen wir hier im Kloster unter einem Schweigegelübde«, erwiderte der Mönch. »Wollen wir ein Stück spazieren gehen?«

»Gern.«

Der Mönch schlug in forschem Tempo einen Weg ein, der sich vom Laden aus zum Fluss hinunterwand; Tom musste sich anstrengen, um Schritt zu halten. Es war ein herrlicher Junitag, die orangeroten Klippen der Schlucht bildeten vor dem blauen Himmel einen farbenprächtigen Kontrast, während über ihnen dicke weiße Wolken wie große Schiffe am Himmel vorüberzogen. Sie marschierten zehn Minuten lang schweigend. Der Pfad stieg wieder an und endete auf einem Felsvorsprung. Bruder Wyman warf den Rock seiner Kutte zurück und setzte sich auf den Stamm eines gefällten Wacholderbaums.

Tom nahm neben dem Mönch Platz und betrachtete in hingerissenem Schweigen die Aussicht.

»Ich hoffe, ich habe Sie nicht bei etwas Wichtigem unterbrochen«, sagte er schließlich, immer noch unsicher, wo er anfangen sollte.

»Ich verpasse gerade eine furchtbar wichtige Versammlung im Disputationszimmer. Einer der Brüder hat beim Nachtgebet geflucht.« Er kicherte heiser.

»Bruder Ford.«

»Bitte nennen Sie mich Wyman.«

»Ich weiß nicht, ob Sie von dem Mord vorgestern im Labyrinth erfahren haben.«

»Ich lese schon lange keine Zeitungen mehr.«

»Sie wissen, wo das Labyrinth liegt?«

»Ich kenne es gut.«

»Vorgestern Abend wurde dort oben ein Schatzsucher ermordet.« Tom erzählte ihm von dem Mann, den er gefunden hatte, von dem Notizbuch und dem Verschwinden der Leiche.

Ford schwieg eine Weile und blickte auf den Fluss hinab. Dann wandte er Tom den Kopf zu und fragte: »Und … was hat das mit mir zu tun?«

Tom zog das Notizbuch aus der Tasche.

»Sie haben es nicht der Polizei gegeben?«

»Ich habe es dem Toten versprochen.«

»Aber Sie werden der Polizei doch eine Kopie ausgehändigt haben …«

»Nein.«

»Das war unklug.«

»Der Polizist, der für den Fall zuständig ist, erschien mir nicht besonders scharfsinnig. Und ich habe mein Wort gegeben.«

Der Mönch sah ihn unverwandt an. »Was kann ich für Sie tun?«

Tom hielt ihm das Notizbuch hin, doch der Mönch machte keine Anstalten, es zu nehmen.

»Ich habe alles versucht, um den Mann zu identifizieren, damit ich das hier seiner Tochter geben kann. Nichts hat funktioniert. Die Polizei hat keine Ahnung, wer er ist, und meint, es könnte noch Wochen dauern, bis sie den Leichnam finden. Die Lösung dieses Rätsels steckt hier drin – da bin ich ganz sicher. Das Problem ist nur: Alles ist codiert.«

Kurzes Schweigen. Der Mönch sah Tom weiterhin stumm an.

»Ich habe gehört, dass Sie früher als Codebrecher für die CIA gearbeitet haben.«

»Ich war Kryptoanalyst, ja.«

»Also? Würden Sie sich das mal ansehen?«

Ford musterte das Notizbuch, machte aber immer noch keine Anstalten, es in die Hand zu nehmen.

»Werfen Sie doch einmal einen Blick hinein«, sagte Tom und streckte es ihm entgegen.

Ford zögerte und sagte dann: »Nein, danke.«

»Warum nicht?«

»Weil ich nicht möchte.«

Tom ärgerte sich ein wenig über diese hochmütig klingende Antwort. »Es ist für einen guten Zweck. Die Tochter dieses Mannes weiß vermutlich nicht einmal, dass er tot ist. Vielleicht macht sie sich schreckliche Sorgen um ihn. Ich habe einem Sterbenden ein Versprechen gegeben, und ich werde es einlösen. Außer Ihnen kenne ich niemanden, der mir helfen könnte.«

»Es tut mir leid, Tom, aber ich *kann* Ihnen nicht helfen.«

»Können Sie nicht oder wollen Sie nicht?«

»Ich will nicht.«

»Haben Sie Angst davor, Ärger mit der Polizei zu bekommen?«, fragte Tom.

Ein schiefes Lächeln erschien auf dem zerfurchten Gesicht. »Keineswegs.«

»Warum wollen Sie dann nicht?«

»Ich bin aus einem bestimmten Grund hier heraufgezogen – um genau solche Dinge hinter mir zu lassen.«

»Ich weiß nicht recht, was Sie meinen.«

»In nicht einmal einem Monat werde ich mein Gelübde ablegen. Ein Mönch zu sein – dazu gehört mehr als eine Kutte. Es geht darum, ein neues Leben anzufangen. Das da« – er deutete auf das Buch – »würde mich in mein altes Leben zurückwerfen.«

»Ihr altes Leben –?«

Wyman starrte über den Fluss hinweg ins Leere, seine buschigen Brauen runzelten sich, und in seinem länglichen Gesicht arbeitete es. »Mein altes Leben.«

»Das waren wohl schlimme Zeiten, wenn Sie ins Kloster fliehen mussten.«

Ford runzelte die Stirn. »Ein spirituelles Leben im Kloster hat nichts mit Davonlaufen zu tun, sondern mit dem Weg zu etwas *hin* – dem Leben in Gott. Aber ja, es war schlimm.«

»Was ist passiert? Wenn es Ihnen nichts ausmacht, darüber zu sprechen.«

»Doch, es macht mir etwas aus. Ich glaube, ich bin die aufdringliche Neugier nicht mehr gewöhnt, die in der Welt da draußen als normale Unterhaltung gilt.«

Diese Rüge traf Tom. »Entschuldigung. Natürlich geht mich das nichts an.«

»Sie brauchen sich nicht zu entschuldigen. Sie tun nur das, was Sie für richtig halten. Und ich glaube, es ist auch richtig. Nur bin ich nicht der Richtige, um Ihnen zu helfen.«

Tom nickte, die beiden erhoben sich, und der Mönch klopfte sich den Staub von der Kutte. »Was das Buch angeht, ich glaube nicht, dass Sie mit diesem Code allzu große Schwierigkeiten haben werden. Die meisten selbst gebastelten Codes sind von der Sorte, die wir Idiotenchiffre nennen – von einem Idioten ausgedacht, von jedem Idioten zu entziffern. Buchstaben durch Zahlen ersetzt. Sie brauchen dafür nichts weiter als eine Häufigkeitstabelle unserer Sprache.«

»Was ist das?«

»Eine Liste, in der die Buchstaben einer Sprache nach der Häufigkeit ihres Vorkommens sortiert werden. Die vergleichen Sie dann mit den am häufigsten vorkommenden Zahlen in Ihrem Code.«

»Das hört sich ganz einfach an.«

»Ist es auch. Das schaffen Sie mit links, möchte ich wetten.«

»Danke.«

Ford zögerte. »Lassen Sie mich rasch einen Blick darauf werfen. Vielleicht kann ich ihn auf der Stelle knacken.«

»Wenn es Ihnen wirklich nichts ausmacht?«

»Das Buch wird mich schon nicht beißen.«

Tom reichte es ihm. Ford blätterte es durch und ließ sich bei jeder Seite reichlich Zeit. Fünf lange Minuten verstrichen.

»Komisch, aber das sieht mir nach etwas viel Komplizierterem aus als einer einfachen Substitutionschiffre.« Die Sonne ging über den Canyons unter und tauchte das Flusstal in leuchtendes Gold. Schwalben schwirrten herum, und ihre Schreie hallten von den Felswänden wider. Unter ihnen strömte der Fluss dahin und ließ ein wässriges Flüstern hören.

Ford knallte das Buch zu. »Ich werde das hier ein paar Tage behalten. Diese Zahlen sind interessant – da stecken alle möglichen seltsamen Muster drin.«

»Sie werden mir also doch helfen?«

Ford zuckte mit den Schultern. »Vielleicht wird dann zumindest diese junge Frau erfahren, was ihrem Vater zugestoßen ist.«

»Nach allem, was Sie vorhin gesagt haben, fühle ich mich dabei nicht ganz wohl.«

Ford winkte ab. »Manchmal nehme ich die Dinge allzu genau. Es wird mir schon nicht schaden, ein bisschen damit herumzuspielen.« Mit zusammengekniffenen Augen sah er nach der Sonne. »Ich muss jetzt zurück.«

Er ergriff Toms Hand. »Ich bewundere Ihre Sturheit. Das Kloster hat kein Telefon, aber wir haben Internetanschluss via Satellit. Ich schreibe Ihnen eine E-Mail, wenn ich den Code geknackt habe.«

13

Weed Maddox erinnerte sich noch daran, wie er zum ersten Mal auf einer gestohlenen Harley Davidson Wide Glide durch Abiquiú gedonnert war. Jetzt war er nichts als ein stinknormaler Typ in einer braunen Hose und einem Polohemd von Ralph Lauren, der einen Range Rover fuhr. Er hatte es tatsächlich zu etwas gebracht. Jenseits von Abiquiú folgte die Straße dem Fluss, vorbei an grünen Alfalfa-Feldern und Pappelwäldchen, um dann schließlich wieder aus dem Tal aufzutauchen. Er bog nach rechts auf die 96 ab, fuhr weiter über den Damm und im Schatten des Pedernal Peak auf der Südseite des Tals entlang. Nach einigen Minuten zweigte links die Straße zu Broadbents Anwesen ab, mit einem handbemalten, verwitterten Holzschild: *Cañones.*

Die Zufahrtsstraße war unbefestigt und nicht gut in Schuss. Sie verlief parallel zu einem Bach. Zu beiden Seiten befanden sich weitere kleine Pferderanches von vierzig bis achtzig Morgen mit niedlichen Namen wie Los Amigos oder Buckskin Hollow. Die Broadbent-Ranch, so hatte er gehört, trug einen seltsamen Namen: *Sukia Tara.* Maddox musterte stirnrunzelnd das Tor, fuhr daran vorbei, setzte seinen Weg ein paar hundert Meter fort und parkte den Wagen hinter einem Gehölz aus Gambel-Eichen. Er stieg aus und schloss leise die Tür. Langsam ging er zur Straße zurück und vergewisserte sich, dass der Wagen nicht zu sehen war. Drei Uhr. Broadbent würde vermutlich nicht zu Hause sein, sondern bei der Arbeit oder unterwegs. Maddox' Informationen zufolge hatte er eine Frau namens Sally, die eine Reitschule leitete. Er fragte sich, wie sie wohl aussah.

Maddox warf sich den Rucksack über die Schulter. Als Erstes, nahm er sich vor, würde er das Gelände erkunden. Er hielt sehr viel davon, das Terrain zu sondieren. Falls niemand da war, würde er das Haus durchsuchen, vielleicht das Notizbuch finden und damit verschwinden. Falls die Kleine zu Hause war, hätte er es sogar noch einfacher. Die Person, die mit dem gefährlichen Ende einer Pistole am Gaumen nicht bereit war, mit ihm zusammenzuarbeiten, hatte er bisher noch nicht gefunden.

Er verließ die Straße und ging am Bachufer entlang. Ein Rinnsal erschien zwischen weißen Steinen und verschwand dann wieder. Er bog nach links ab, stapfte durch ein Wäldchen aus Pappeln und Eichen und kam hinter Broadbents Stall heraus. Er bewegte sich langsam weiter, achtete sorgfältig darauf, keine Fußspuren zu hinterlassen, kletterte durch einen dreireihigen Stacheldrahtzaun und schob sich dann an der Rückwand des Stalls entlang. An der Ecke duckte er sich und teilte ein Büschel Hasenpinsel, um zur Rückseite des Hauses hinüber zu schauen.

Er sah sich alles gründlich an: ein niedriger Lehmziegelbau, ein paar Paddocks, einige Pferde, Futter- und Wassertröge. Er hörte ein hohes Kreischen. Hinter den Paddocks lag ein Reitplatz. Die Frau – Sally – wickelte eine Longe um den Ellbogen auf, und ein Kind auf einem Pferd galoppierte im Kreis um sie herum.

Er hob das Fernglas, und sie stand deutlich vor ihm. Er beobachtete, wie sie sich mit dem Pferd drehte, ihm die Brust, die Seite, den Rücken und wieder die Seite zuwandte. Eine Brise ließ ihr langes blondes Haar flattern, und sie hob die Hand, um es sich aus dem Gesicht zu streichen. Herrgott, war die hübsch.

Er richtete das Fernglas auf das Kind. Es war behindert, mongoloid oder so.

Nun wandte er sich wieder dem Haus zu. Neben der Hintertür konnte er durch ein Panoramafenster in die Küche blicken. Im Ort hieß es, Broadbent sei stinkreich – aber so richtig. Maddox hatte gehört, Broadbent sei in einer Villa mit Personal und unbezahlbaren Kunstwerken aufgewachsen. Sein Vater war vor einem Jahr gestorben und hatte ihm angeblich hundert Millionen vererbt. Darauf würde man nie kommen, wenn man sich dieses Haus ansah. Nichts hier sah nach viel Geld aus, weder das Wohnhaus noch die Nebengebäude, die Pferde, der staubige Hof, der bescheidene Garten, noch der alte International Scout in der offenen Garage oder der Ford 350 Dually, der in einem separaten Carport stand. Wenn Maddox hundert Millionen hätte, würde er todsicher nicht in so einer Bruchbude wohnen.

Maddox nahm seinen Rucksack ab. Er holte sein Skizzenbuch und einen frisch gespitzten Künstler-Bleistift heraus und hielt so viel wie möglich von dem Haus und der Anlage auf einer Zeichnung fest. Zehn Minuten später kroch er an der Rückwand des Stalls entlang und durch dichtes Gestrüpp, um die Vorderseite und die Nebengebäude noch aus einem anderen Winkel zu skizzieren. Durch eine doppelte Verandatür betrachtete er ein bescheidenes Wohnzimmer. Dahinter lag eine gepflasterte Terrasse mit einem Kugelgrill und ein paar Stühlen, eingefasst von einem Kräutergarten. Kein Swimmingpool, nichts. Das Haus wirkte leer. Wie Maddox gehofft hatte, war Broadbent nicht da – jedenfalls stand sein 57er Chevy nicht in der Garage, und Maddox nahm an, dass niemand außer Broadbent dieses Schmuckstück fahren durfte. Er hatte nirgends einen Arbeiter oder Stallburschen gesehen, und der nächste Nachbar wohnte einen halben Kilometer entfernt.

Maddox stellte seine Skizze fertig und betrachtete sie gründlich. Das Haus hatte drei Eingänge: eine Hintertür zur Küche, die Haustür und die Terrassentüren. Falls alle Türen verschlossen waren – und davon ging er bei seiner Planung vorsichtshalber aus –, würden die Terrassentüren am einfachsten zu öffnen sein. Sie waren alt, und er hatte zu seinen besten Zeiten schon einige solcher Türen mit den Shims in seinem Rucksack geknackt. Dafür würde er nicht mal eine Minute brauchen.

Er hörte ein Auto und duckte sich. Gleich darauf kam der Wagen hinter dem Haus hervor, ein Mercedes Kombi, und hielt im Hof. Eine Frau stieg aus, ging zum Reitplatz hinüber und rief und winkte dem Kind auf dem Pferd zu. Das Kind winkte ebenfalls und stieß einen unverständlichen Laut der Freude aus. Das

Pferd blieb stehen, und Broadbents Frau half dem Kind herunter. Der Kleine rannte zu der Frau hinüber und umarmte sie. Die Reitstunde war vorbei. Die beiden Frauen unterhielten sich noch ein wenig, dann stiegen der Junge und seine Mutter ins Auto und fuhren davon.

Broadbents Frau Sally blieb allein zurück.

Er beobachtete jede ihrer Bewegungen mit dem Fernglas, während sie das Pferd an einem Pfosten anband, absattelte und bürstete, wobei sie sich vorbeugte, um Bauch und Beine des Tiers zu striegeln. Als sie fertig war, führte sie das Pferd zu einem Paddock, ließ es frei, warf ein paar Hand voll Alfalfa in einen Futtertrog und ging dann zum Haus, wobei sie sich Alfalfa-Flocken von Oberschenkeln und Po wischte. Stand eine weitere Reitstunde auf dem Plan? Unwahrscheinlich – es war schon vier Uhr.

Sie betrat die Küche durch den Hintereingang und ließ die Fliegengittertür zuknallen. Gleich darauf sah er sie am Panoramafenster vorbeigehen; sie trat an den Herd und kochte sich Kaffee.

Es war so weit.

Er warf einen letzten Blick auf seine Skizze, bevor er das Buch wieder in seinen Rucksack stopfte. Dann packte er seine Ausrüstung aus. Zuerst schlüpfte er samt Schuhen in die grünen Chirurgen-Überschuhe, zog sich erst ein Haarnetz über den Kopf, dann eine Duschhaube. Darüber kam noch ein Nylonstrumpf. Es folgte ein billiger Plastik-Regenmantel, die Sorte, die man in einer kleinen Hülle für vier Dollar bekam. Er zog Latexhandschuhe an und nahm seine Glock 29 10 mm Auto, vollgeladen 935 Gramm schwer, mit zehn Schuss im Magazin – eine sehr professionelle Waffe. Er wischte sie ab und schob sie in seine Hosentasche. Schließlich zog er eine Schlange verpackter Kondome hervor, riss zwei ab und steckte sie sich in die Brusttasche.

Er würde an diesem Tatort keinerlei genetische Spuren hinterlassen.

14

Detective Lieutenant Willer stieg aus dem Streifenwagen und warf seine Zigarettenkippe vor sich auf den Asphalt. Er trat sie aus, nahm die Hintertür zum Revier und ging durch die in Schiefer und Plexiglas gehaltene Lobby.

Er schob die Glastüren zum Morddezernat auf, marschierte den Flur entlang, vorbei an dem großen Ficus im Topf, und betrat das Besprechungszimmer.

Er kam genau zur rechten Zeit. Alle anderen waren schon da, und das Stimmengemurmel brach ab, als er eintrat. Willer hasste Besprechungen, doch sie waren in seinem Beruf leider unvermeidlich.

Er nickte seinem Deputy Hernandez und einigen weiteren Kollegen zu, nahm einen Plastikbecher, füllte ihn mit Kaffee, legte seine Aktenmappe auf den Tisch und setzte sich.

Einen Moment lang konzentrierte er sich ganz auf seinen Kaffee – zur Abwechslung einmal frisch gebrüht – und stellte dann den Becher beiseite. Er öffnete die Aktenmappe, holte einen Stapel Unterlagen mit der Beschriftung »Labyrinth« heraus und klatschte sie gerade laut genug auf den Tisch, um die allgemeine Aufmerksamkeit auf sich zu ziehen.

Er öffnete die Akte, ließ eine schwere Hand darauf sinken und blickte sich um.

»Alle da?«

»Glaube schon«, antwortete Hernandez.

Nicken und Gemurmel am Tisch.

Willer trank schlürfend einen Schluck Kaffee und setzte den Becher ab. »Ladys und Gentlemen, wie Sie wissen, haben wir einen Mord oben in der Chama Wilderness, im Labyrinth, über den die Presse bereits berichtet hat. Ich will Ihnen sagen, wo wir stehen und wie wir weiter vorgehen. Falls irgendjemand eine geniale Idee hat, will ich sie hören.«

Er blickte sich um.

»Also, dann fangen wir mit dem Bericht der Gerichtsmedizin an. Dr. Feininger?«

Die Pathologin, eine elegante, grauhaarige Frau in einem Kostüm, die in dem schmuddeligen Besprechungszimmer deplatziert wirkte, öffnete eine schlanke Ledermappe. Sie stand nicht auf, als sie das Wort ergriff, und ihre Stimme war leise, trocken, ein klein wenig ironisch.

»Zehneinhalb Liter blutgetränkter Sand, welcher den Großteil der circa sechs Liter Blut enthält, die man durchschnittlich im menschlichen Körper findet, wurden am Tatort gesichert. Keine weiteren menschlichen Überreste. Wir haben die Untersuchungen durchgeführt, die möglich waren – Blutgruppe, Hinweise auf Drogen und so weiter.«

»Und?«

»Blutgruppe null positiv, keine Spuren von Alkohol oder Drogen, anscheinend normale Leukozytenzahl, Proteine im Blutserum, Insulin, alles normal. Das Opfer war ein gesunder, männlicher Erwachsener.«

»Männlich?«

»Ja. Wir konnten das Y-Chromosom nachweisen.«

»Haben Sie einen Gentest gemacht?«

»Ja.«

»Und?«

»Wir haben die DNA mit allen Dateien verglichen, keine Übereinstimmung.«

»Was soll das heißen, keine Übereinstimmung?«, mischte sich der Staatsanwalt ein.

»Wir haben keine landesweite Gendatenbank«, erklärte die Pathologin geduldig, als spreche sie mit einem Schwachsinnigen – was, fand Willer, vermutlich stimmte. »Normalerweise gibt es keine Möglichkeit, eine beliebige Person anhand ihrer DNA zu identifizieren, zumindest noch nicht. Sie ist nur hilfreich, wenn man Vergleichsmaterial hat. Bis wir eine Leiche finden, einen Verwandten oder einen Blutspritzer auf der Kleidung eines Verdächtigen, nützt sie uns gar nichts.«

»Aha.«

Willer nippte an seinem Kaffee. »War das alles?«

»Bringen Sie mir eine Leiche, dann kann ich Ihnen mehr sagen.«

»Wir arbeiten daran. Hundestaffel?«

Ein nervöser Mann mit karottenrotem Haar rückte hastig einige Unterlagen zurecht: Wheatley, aus Albuquerque.

»Wir haben am vierten Juni sechs Hunde in das fragliche Gebiet –«

Willer unterbrach ihn: »Zwei Tage später, nach heftigen Regengüssen, die alle trockenen Flussbetten durchgespült und sämtliche Fußabdrücke oder Geruchsspuren im Labyrinth weggewaschen haben.« Willer hielt inne und starrte Wheatley streitlustig an. »Nur fürs Protokoll.«

»Es ist eine abgelegene Gegend, nicht leicht zu erreichen.« Wheatleys Stimme klang eine halbe Oktave höher.

»Also, weiter.«

»Sechs Hunde und drei Hundeführer, die auf die Vermisstensuche und Fährtenarbeit spezialisiert sind. Die Hunde nahmen eine Fährte …« Er blickte auf. »Ich habe hier Kartenmaterial, falls Sie –«

»Ihren Bericht, bitte.«

»Nahmen eine mögliche Bodenfährte am Fundort auf. Sie folgten ihr die Schlucht entlang und hoch bis zur Mesa de los Viejos, wo festgestellt wurde, dass der Boden aufgrund seiner Kahlheit keine Fährten –«

»Von fünf Litern Regen ganz zu schweigen.«

Wheatley verstummte.

»Nur zu.«

»Die Hunde konnten die Fährte nicht weiterverfolgen. Es wurden drei neuerliche Versuche –«

»Danke, Mr. Wheatley, ich denke, das reicht. Und jetzt?«

»Wir lassen jetzt Leichenspürhunde suchen, und zwar in einem Raster ausgehend vom Tatort, mit GPS-Unterstützung, um den Boden der Canyons abzudecken. Wir arbeiten uns gleichzeitig tiefer ins Labyrinth hinein und zum Fluss voran. Als Nächstes nehmen wir uns die Hochebene vor.«

»Was uns zur Suche im Fluss bringt. John?«

»Der Fluss ist flach und langsam. Wir lassen alle tiefen Löcher und unterspülten Uferbereiche von Tauchern absuchen, dabei gehen wir flussabwärts vor. Bisher haben wir nichts gefunden – keine persönlichen Gegenstände oder menschlichen Überreste. Wir sind schon fast am Abiquiú Lake angekommen. Es sieht nicht danach aus, dass der Täter den Leichnam im Fluss hat verschwinden lassen.«

Willer nickte. »Spurensicherung?«

Das war Calhoun aus Albuquerque, der beste Mann im Staat. Zumindest bei der Spurensicherung hatten sie also Glück. Im Gegensatz zur Hundestaffel hatte Calhoun sich im Morgengrauen am Tatort eingefunden.

»Wir haben eine vollständige Partikel- und Fasersuche durchgeführt, eine Schweinearbeit, wenn ich das sagen darf, Lieutenant, da wir praktisch in einem dreckigen Sandkasten nach Spuren suchen mussten. Wir haben in einem Radius von fünfunddreißig Metern um den Fundort alles mitgenommen, was nicht natürlichen Ursprungs zu sein schien. Außerdem haben wir einen zweiten Bereich zweihundert Meter weiter nordöstlich durchsiebt, wo offenbar ein Esel stand – wir haben seinen Mist gefunden. Darüber hinaus haben wir uns noch eine dritte Stelle auf der Klippe oberhalb des Fundorts angesehen.«

»Eine dritte Stelle?«

»Dazu komme ich gleich. Der Täter war sehr vorsichtig und hat sogar seine Fußabdrücke verwischt, aber wir haben einiges an Haaren, Kunststofffasern, getrocknete Nahrungsmittel. Keine latenten Fingerabdrücke. Zwei M855-Patronen.«

»Jetzt wird's interessant.« Willer hatte vom Fund der Geschosse gehört, aber keine Einzelheiten erfahren.

»NATO-Standard-Kaliber 5.56 mm, Metallmantelgeschoss mit Bleikern und Stahlkopf, Gewicht 4,02 Gramm. Man erkennt sie sofort an der grünen Spitze. Unser Schütze hat vermutlich ein M16 oder ein ähnliches Sturmgewehr benutzt.«

»Könnte ein Ex-Soldat sein.«

»Nicht notwendigerweise. Es gibt eine Menge Waffennarren, denen so etwas auch gefällt.« Calhoun warf einen Blick auf seine Notizen. »Ein Geschoss steckte im Boden; wir haben den Einschusskanal gefunden, hatten also einen Anhaltspunkt zum Schusswinkel. Der Täter hat von einer erhöhten Position aus geschossen, fünfunddreißig Grad oberhalb der Horizontalen. So konnten wir den Standpunkt des Schützen ermitteln: Er hat aus dem Hinterhalt vom Rand des Canyons geschossen. Wir haben einige Teilabdrücke von Stiefeln gefunden, ein paar Baumwollfasern, vermutlich von einem Halstuch oder einem dünnen Hemd. Keine Hülsen. Es war verdammt schwierig, die Position des Schützen zu erreichen. Der Kerl kannte die Umgebung gut und muss den Mord sorgfältig geplant haben.«

»Also jemand hier aus der Gegend?«

»Oder jemand, der sich mit dem Gelände gründlich vertraut gemacht hat.«

»Haare?«

»Nicht am Fundort drei.«

»Und das zweite Geschoss?«

»Deformiert und zerteilt, als es durch den Körper des Opfers gedrungen ist. Wies Blutspuren auf, die zu dem Blut im Sand passen. Aber auch hier keine Fingerabdrücke.«

»Sonst noch was?«

»Woll- und Baumwollfasern am Fundort eins – die analysieren wir noch – und ein menschliches Haar samt Wurzel. Goldbraun, glatt, von einem Weißen.«

»Dem Mörder?«

»Könnte von allen möglichen Personen stammen: Opfer, Mörder, einem Ihrer Kollegen. Sogar von mir.« Er grinste und strich sich mit der Hand durch das schüttere Haar. »Wäre nicht das erste Mal. Wir machen gerade einen DNA-Test, um festzustellen, ob das Haar zu dem Blut passt. Vielleicht brauchen wir noch Haare von Ihren Leuten, damit wir sie ausschließen können.«

»Und Broadbent, der Kerl, der die Leiche gefunden hat? Er hat hellbraunes glattes Haar.«

»Dann brauchen wir wahrscheinlich auch von ihm eine Probe.«

Willer dankte Calhoun und wandte sich seinem Deputy zu. »Hernandez?«

»Ich habe Broadbents Geschichte überprüft. Anscheinend reitet er tatsächlich oft in den Mesas aus.«

»Was hatte er dann im Labyrinth zu suchen?«, fragte Willer.

»Er behauptet, er wollte eine Abkürzung durch den Joaquin Canyon nehmen.«

»Das ist doch eher ein Umweg.«

»Er sagt, ihm gefällt diese Strecke. Sei eine schöne Gegend.«

Willer brummte: »Ich dachte, der Mann ist Tierarzt. Tierärzte sollten eigentlich genug zu tun haben.«

»Er hat einen Partner, einen Mann namens Shane McBride.«

Willer brummte erneut. Er hatte Broadbent vom ersten Augenblick an nicht gemocht, und er hatte das Gefühl, dass der Kerl ihm was verheimlichte. Es war schon verdammt unwahrscheinlich, dass Broadbent rein zufällig genau zu dem Zeitpunkt da oben gewesen sein sollte, als der Mann erschossen wurde. »Hernandez, stellen Sie fest, ob Broadbent in letzter Zeit ein besonderes Interesse an dem Gebiet da oben entwickelt hat – Bodenschätze, Raubgräberei und so weiter.«

»Ja, Sir.«

»Betrachten Sie ihn als Verdächtigen?«, fragte der Staatsanwalt.

»Man könnte ihn als ›möglicherweise Beteiligten‹ bezeichnen.«

Der Staatsanwalt lachte schnaubend. »Na klar.«

Willer runzelte die Stirn. Kein Wunder, dass heutzutage keiner mehr verurteilt wurde, wenn die Staatsanwaltschaft aus solchen Typen bestand. Er blickte sich um. »Noch irgendwelche Ideen?«

Calhoun sagte: »Das ist zwar nicht mein Gebiet, aber ich bin neugierig – gibt es da oben in den Canyons irgendwo ein zuverlässiges Wasservorkommen?«

»Ich weiß nicht. Warum?«

»Die Gegend wäre ideal, um Marihuana anzubauen«, antwortete Calhoun.

»Werden wir überprüfen. Hernandez?«

»Ich kümmere mich darum, Lieutenant.«

15

Weed Maddox erhob sich gerade aus seinem Versteck im Gebüsch, als er ein Geräusch aus dem Haus hörte – das schrille Klingeln eines Telefons.

Hastig duckte er sich wieder und hob das Fernglas. Sie war vom Tisch aufgestanden und verschwand auf dem Weg zum Telefon im Wohnzimmer um eine Ecke. Er wartete. Sie musste drangegangen sein und sprach jetzt wohl.

An der Ecke sah er, wo die Telefonleitungen ins Haus führten. Er hatte die Idee verworfen, die Leitungen durchzuschneiden, weil heutzutage viele Häuser über Alarmanlagen verfügten, die ein Signal bei der Sicherheitsfirma auslösten, wenn die Telefonleitung ausfiel.

Er fluchte leise vor sich hin; er konnte sich ihr nicht nähern, solange sie telefonierte. Er wartete fünf Minuten … zehn Minuten. Der Strumpf über seinem Kopf juckte, seine Hände in den Latexhandschuhen wurden heiß und feucht. Da erschien sie wieder im Wohnzimmer, eine Tasse Kaffee in der einen Hand, ein schnurloses Telefon in der anderen, sie nickte und redete – immer noch.

Er wurde ungeduldig und versuchte, sich zu beruhigen, indem er die Augen schloss und sein Mantra aufsagte – aber es half nichts. Er war schon zu aufgedreht.

Er umklammerte die Glock. Der unangenehme Geruch von Latex stieg ihm in die Nase. Er beobachtete, wie sie zwei Runden im Wohnzimmer drehte, lachte und redete und das blonde Haar zurückwarf. Sie griff nach einer Bürste und bearbeitete damit ihr langes Haar, wobei sie den Kopf zur Seite neigte. Das war vielleicht ein Anblick, dieses lange goldene Haar, das durch die statische Ladung ein wenig flog und von der Sonne beschienen wurde, als sie an einem Fenster vorbeiging. Ihre Hände tauschten Bürste und Telefon, und sie schwang dabei die Hüfte. Er spürte ein erwartungsvolles Kribbeln, als sie in die Küche ging. Von seinem Beobachtungsposten aus konnte er sie nicht mehr sehen, doch er hoffte, dass sie jetzt auflegte. Er hatte Recht: Sie erschien ohne das Telefon wieder im Wohnzimmer, ging zum Flur und verschwand dort – anscheinend in eine Toilette.

Jetzt.

Er stand auf, rannte über den Rasen zur Terrassentür und drückte sich daneben flach an die Hauswand. Er zog ein Shim aus der Tasche und schob das lange, biegsame Blech zwischen Tür und Rahmen. Er konnte jetzt das Wohnzimmer nicht mehr einsehen, aber er würde in weniger als einer Minute drin sein, noch bevor sie die Toilette verließ. Wenn sie dann rauskam, hatte er sie.

Das Shim war durch, und er führte es abwärts, traf auf den Riegel und ruckte das Blech kräftig nach unten. Es klickte, und er griff nach dem Knauf, um die Tür aufzustoßen.

Plötzlich hielt er inne. Irgendwo war eine andere Tür zugeknallt. Die Küchentür nach hinten raus.

Er hörte Schritte auf dem Kies der Einfahrt knirschen, die sich rasch der Ecke näherten. Er duckte sich, schlüpfte hinter einen Busch neben der Terrassentür, spähte durch die Blätter und sah sie zur Garage gehen – ein Schlüsselbund klimperte in ihrer Hand. Sie verschwand im Innern. Gleich darauf dröhnte ein Motor auf, und der International Scout rollte aus der Garage und fuhr in einer Staubwolke die Einfahrt entlang und zum Tor hinaus.

In Maddox kochte hilflose Wut hoch, eine Mischung aus Frustration, Enttäuschung und Zorn.

Das Miststück wusste ja gar nicht, was sie für ein Glück hatte. Und er würde jetzt das Haus ohne ihre Hilfe durchsuchen müssen.

Er wartete noch fünf Minuten, bis sich der Staub wieder gelegt hatte, stand dann auf, öffnete die Terrassentür, trat ein und schloss sie hinter sich. Im Haus war es kühl, und es roch nach Rosen. Er kontrollierte seine Atmung, beruhigte sich und konzentrierte sich voll auf die bevorstehende Durchsuchung.

In der Küche fing er an, zügig und methodisch. Bevor er irgendetwas berührte, merkte er sich, wo und wie es stand, um es dann wieder in genau derselben Position abzustellen. Falls sich das Notizbuch nicht im Haus befand, wäre es ein Fehler, die Broadbents in Aufregung zu versetzen. Aber wenn das Notizbuch hier war, würde er es finden.

16

Dr. Iain Corvus trat an das einzige Fenster seines Büros, das zum Central Park hin ausgerichtet war. Er konnte den Teich im Park sehen, eine helle, metallisch schimmernde Fläche, in der sich die Nachmittagssonne spiegelte. Ein Ruderboot glitt übers Wasser – Vater und Sohn bei einem Ausflug, jeder an einem Ruder. Corvus beobachtete, wie die Ruder langsam ins Wasser tauchten und das Boot über den See kroch. Der kleine Sohn schien Schwierigkeiten mit dem Ruder zu haben, und schließlich sprang es aus der Halterung, glitt ins Wasser und trieb davon. Der Vater stand auf und gestikulierte wütend, eine stumme, ferne Pantomime.

Vater und Sohn. Corvus drehte es fast den Magen um. Die reizende kleine Szene erinnerte ihn an seinen eigenen Vater, ehemals ein hohes Tier am British Museum und einer der berühmtesten Biologen Englands. Mit fünfunddreißig – so alt war Corvus jetzt – war sein Vater bereits Mitglied der Royal Society, Träger der Crippen Medal und stand auf der Liste jener, die anlässlich des Geburtstags der Königin in den Adelsstand erhoben werden sollten. Corvus spürte ein Beben von altem Groll, als er an das Gesicht seines Vaters dachte, den Schnurrbart, die rot geäderten Wangen, das militärische Gebaren, die altersfleckige Hand, die stets einen Whiskey-Soda hielt, während er in sarkastischem Ton Zurechtweisungen verteilte. Der alte Bastard war vor zehn Jahren an einem Schlaganfall gestorben, umgekippt und hingeklatscht wie eine tote Makrele, dass die Eiswürfel nur so über den Aubusson-Teppich spritzten; das war in ihrem Haus in Wilton Crescent, London, passiert. Sicher, Corvus hatte einen Haufen Geld geerbt, aber weder das noch sein Name hatten ihm zu einer Stelle am British Museum verholfen, dem einzigen Ort der Welt, an dem er je hatte arbeiten wollen.

Jetzt war er fünfunddreißig und noch nicht einmal Kurator, sondern immer noch Assistent in der Abteilung für Paläontologie, und wartete schon ewig auf einen festen Posten. Ohne einen Titel war er nur ein halber Wissenschaftler – im Grunde nur ein halber Mensch. *Wissenschaftlicher Mitarbeiter.* Allein die Bezeichnung stank förmlich nach Versagen. Corvus hatte nie so recht in die akademische Maschinerie in Amerika gepasst; er verstand sich nicht gut mit dem Rest der braven grauen Herde. Er wusste selbst, dass er überempfindlich war, sarkastisch und ungeduldig. Er hatte ihre Kindergarten-Spielchen nie mitgespielt. Vor drei Jahren hatte seine Beförderung auf eine richtige Stellung angestanden, doch sie hatten die Entscheidung hinausgeschoben; seine paläontologischen Forschungsreisen ins Tung-Nor-Tal in Zentralchina hatten keine Früchte getragen. Drei Jahre lang war er eifrig herumgeschwirrt, konnte aber kaum etwas vorweisen. Bis jetzt. Er sah auf seine Armbanduhr. Zeit für die verdammte Besprechung.

Das Büro von Dr. W. Cushman Peale, Museumsdirektor, belegte den südwestlichen Turm des Museumsgebäudes und bot einen prächtigen Ausblick auf den Museum Park und die neoklassizistische Fassade der New York Historical Society. Peales Sekretärin führte Corvus hinein und kündigte ihn mit Flüsterstimme an. Warum, fragte sich Corvus, während er für den erlauchten Herrn Direktor ein freundliches Lächeln aufsetzte, wurde in Gegenwart von Königen und Idioten eigentlich immer geflüstert?

Peale kam hinter seinem Schreibtisch hervor, um Corvus mit einem kräftigen männlichen Händedruck zu begrüßen, wobei er gleichzeitig mit der anderen Hand Corvus' Oberarm packte wie ein schmieriger Vertreter. Dann bat er ihn, auf einem antiken Shaker-Stuhl vor einem marmornen Kamin Platz zu nehmen – und im Gegensatz zu dem Kamin in Corvus' Büro funktionierte dieser sogar. Peale vergewisserte sich, dass Corvus es auch bequem hatte, bevor er sich selbst hinsetzte – eine Zurschaustellung altertümlicher Höflichkeit. Mit der zurückgekämmten weißen Löwenmähne, dem dunkelgrauen Anzug und seiner langsamen, altmodischen Sprechweise wirkte Peale stets, als sei er schon als Museumsdirektor auf die Welt gekommen. Corvus wusste, dass das nur Show war: Hinter dieser vornehmen Fassade steckte ein Mann, der in etwa so kultiviert und feinfühlig war wie ein Wiesel.

»Iain, wie geht es Ihnen?« Peale lehnte sich in seinem Sessel zurück und legte die Fingerspitzen aneinander.

»Sehr gut, danke, Cushman«, sagte Corvus, zupfte an seiner Bundfalte und schlug ein Bein über das andere.

»Schön, schön. Kann ich Ihnen etwas anbieten? Wasser? Kaffee? Sherry?«

»Nein, danke.«

»Ich persönlich genieße ja um fünf gern einen kleinen Sherry. Das ist mein einziges Laster.«

Klar doch. Peale hatte eine dreißig Jahre jüngere Ehefrau, die ihm mit einem der jungen Archäologie-Assistenten Hörner aufsetzte, und wenn man es auch nicht als Laster bezeichnen konnte, dass Peale gern den vertrottelten alten Hahnrei spielte – eine Frau zu heiraten, die jünger war als seine Tochter, war gewiss lasterhaft.

Die Sekretärin brachte ein Silbertablett mit einer bernsteinfarbenen Flüssigkeit in einem kleinen Kristallglas. Peale nahm das Glas und nippte geziert daran. »Graham's '61er Tawny. Ein Göttertrank.«

Corvus wartete und machte ein höflich-neutrales Gesicht.

Peale stellte das Glas beiseite. »Ich will nicht um den heißen Brei herumreden, Iain. Wie Sie wissen, ist wieder ein Posten als Kurator zu besetzen. Die Abteilung wird am Ersten des kommenden Monats mit den Beratungen beginnen. Wir sind ja alle mit dem Ablauf vertraut.«

»Natürlich.«

»Dieses zweite Mal geht es für Sie um alles, wie Sie wissen. Die Abteilung empfiehlt mir einen Kandidaten. Rein technisch betrachtet liegt die Entscheidung bei mir, allerdings habe ich während meiner zehnjährigen Amtszeit als Direktor dieses Museums noch nie die Entscheidung einer Abteilung ignoriert, und ich habe nicht die Absicht, das jemals zu tun. Ich weiß nicht, wie die Abteilung in Ihrem Fall entscheiden wird. Ich habe mit Ihren Leuten nicht darüber gesprochen, und das habe ich auch nicht vor. Aber ich werde Ihnen einen guten Rat geben«, sagte Peale.

»Ein Rat von Ihnen ist stets willkommen, Cushman.«

»Wir sind ein Museum. Wir sind Forscher. Wir sind hier zum Glück nicht an einer Universität und müssen keinen Haufen Studienanfänger unterrichten. Wir können uns hundertprozentig unserer Arbeit widmen und das heißt: Forschen und Publizieren. Es gibt also keine Entschuldigung für mangelnde Veröffentlichungen.« Er hielt inne und zog eine Augenbraue leicht in die Höhe, als wolle er seine ach so subtile Argumentation unterstreichen, die meist so subtil war wie eine Dampflok.

Peale griff nach einem Blatt Papier. »Das hier ist die Liste Ihrer Veröffentlichungen. Sie sind seit neun Jahren hier, und ich zähle lediglich elf Abhandlungen. Also etwa eine Veröffentlichung pro Jahr.«

»Was zählt, ist doch die Qualität, nicht die Menge.«

»Ich gehöre nicht Ihrem Fachgebiet an, ich bin Entomologe, daher müssen Sie mir verzeihen, dass ich die Qualität Ihrer Arbeit nicht beurteilen kann. Ich zweifle nicht daran, dass dies gute Aufsätze sind. Niemand hat je die Qualität Ihrer Arbeit in Zweifel gezogen, und wie wir alle wissen, war es einfach Pech, dass die Expedition nach Sinkiang nichts erbracht hat. Aber elf? Wir haben hier Kuratoren, die es auf elf Veröffentlichungen im *Jahr* bringen.«

»Jeder kann so eine Abhandlung runterschreiben. Veröffentlichungen nur um der Veröffentlichung willen. Ich ziehe es vor zu warten, bis ich wirklich etwas mitzuteilen habe.«

»Ach, Iain, Sie wissen, dass das nicht stimmt. Ja, ich gebe zu, auch bei uns gilt manchmal das Motto ›Publish or perish‹. Aber wir sind das Museum of Natural History, und die meiste Arbeit hier ist Weltspitze. Ich schweife ab. Seit Ihrer letzten Veröffentlichung ist ein ganzes Jahr vergangen. Ich habe Sie hierher gebeten, weil ich annehme, dass Sie an etwas Wichtigem arbeiten.« Er zog die Brauen in die Höhe, um eine Frage anzudeuten.

Corvus schlug das andere Bein über. Die Muskeln um seinen Mund herum schmerzten von der Anstrengung, weiter zu lächeln. Diese Demütigung war kaum noch zu ertragen. »Zufällig beschäftige ich mich zurzeit tatsächlich mit einem wichtigen Projekt.«

»Darf ich fragen, worum es geht?«

»Die Sache hat gerade einen recht empfindlichen Punkt erreicht, aber in ein oder zwei Wochen werde ich sie Ihnen und dem Komitee vorstellen können – streng vertraulich, versteht sich. Es dürfte alle sehr zufrieden stellen.«

Peale musterte ihn einen Moment lang und lächelte dann. »Wunderbar, Iain. Ich glaube, Sie wären ein Gewinn für das Museum, und Ihr bedeutender Name, der schließlich an Ihren berühmten Vater erinnert, ist uns ebenfalls wichtig. Ich stelle Ihnen diese Fragen nur, um Ihnen eventuell einen hilfreichen Rat geben zu können. Es geht uns sehr zu Herzen, wenn einer unserer Nachwuchs-Kuratoren die Aufnahme in die Regellaufbahn nicht schafft; wir betrachten dies als unser eigenes Versagen.« Peale erhob sich mit einem breiten Lächeln und streckte die Hand aus. »Viel Glück.«

Corvus verließ das Büro und ging den langen Flur im vierten Stock entlang. Er kochte dermaßen vor stummer Wut, dass er kaum Luft bekam. Doch er behielt das Lächeln bei, nickte nach links und rechts und murmelte seinen Kollegen, die in den Feierabend aufbrachen, einen Gruß zu – die Herde strömte ihren Pseudo-Ranchhäusern und gesichtslosen Vorstädten in Connecticut, New Jersey oder Long Island entgegen.

17

Der weiß getünchte Raum hinter der Sakristei des Klosters Christ in the Desert enthielt nur vier Gegenstände: einen harten Holzstuhl, einen rauen Tisch, ein Kruzifix und ein Apple PowerBook G4 mit Drucker, solarbetrieben. Wyman Ford saß vor dem Laptop und war kribbelig vor freudiger Erwartung. Er hatte gerade zwei kryptoanalytische Programme heruntergeladen und würde sie gleich auf den Code loslassen, den er sorgfältig aus dem Notizbuch des Toten abgetippt hatte. Schon jetzt war ihm klar, dass dies keine einfache Geheimschrift war; er hatte dem Text mit keinem seiner üblichen Kniffe beikommen können.

Das hier war wirklich etwas Besonderes.

Er hob den Finger und ließ ihn energisch auf die Taste sinken: Das erste Programm begann zu laufen.

Es handelte sich eigentlich nicht um ein Dechiffrierungsprogramm, sondern um eine Software, die Muster analysierte; sie erfasste den Code und entschied anhand einer Reihe von Mustern, zu welcher Klasse von Codes dieser gehörte – ob er auf Substitution oder Transposition, einfacher Ersetzung oder komplexerer Chiffrierung, einem oder mehreren Alphabeten beruhte. Er war bereits zu dem Schluss gekommen, dass es sich nicht um ein asymmetrisches System handelte, etwa auf Basis der Primzahlen. Ansonsten hatte er schlicht keine Ahnung.

Es dauerte nur fünf Minuten, bis das Programm sich mit einem Piepsen meldete und anzeigte, dass die erste Analyse abgeschlossen war. Verblüfft las Ford das Ergebnis:

CHIFFRE-TYP NICHT ENTZIFFERT

Er sah sich die Ergebnisse im Einzelnen an, numerische Häufigkeitstabellen, Wahrscheinlichkeitszuordnungen. Die Zahlen in dem Buch waren keineswegs zufällig gruppiert – das Programm hatte alle möglichen Muster und Abweichungen von der Randomität festgestellt. Das bewies, dass die Ziffern Informationen enthielten. Aber welche Informationen, und wie waren sie verschlüsselt?

Ford war alles andere als entmutigt; im Gegenteil, ein Schauer der Erregung lief ihm den Rücken hinunter. Je komplizierter die Chiffrierung, desto interessanter die Nachricht. Er ließ das nächste Programm laufen, eine Häufigkeitsanalyse, die nach einzelnen Ziffern, Zweier- und Dreiergruppierungen suchte und diese mit Häufigkeitstabellen der verbreitetsten Sprachen abglich. Doch auch dies erwies sich als Fehlschlag: Das Ergebnis zeigte keinen Zusammenhang zwischen den Zahlen und der englischen oder sonst einer gebräuchlicheren Sprache auf.

Ford sah auf die Uhr. Er hatte die Terz verpasst. Er saß nun schon seit fünf Stunden hier.

Verdammt.

Er wandte sich wieder dem Bildschirm zu. Die Tatsache, dass jede Zahl aus acht Ziffern bestand – ein Byte –, wies auf einen computerbasierten Code hin. Doch er war mit Bleistift in ein schmuddeliges Notizbuch geschrieben, offenbar mitten im Nirgendwo, ohne Zugang zu einem Computer. Außerdem hatte Ford schon versucht, die achtziffrigen Zahlen in binäre, hexadezimale und ASCII-Codes umzuwandeln und von den Programmen überprüfen zu lassen, ebenfalls ohne Erfolg.

Allmählich fing die Sache an, ihm Spaß zu machen.

Ford überlegte, griff nach dem Notizbuch, schlug es auf und blätterte die Seiten durch. Es war alt, der Ledereinband zerschrammt, und zwischen den abgegriffenen Seiten rieselte Sand hervor. Es roch leicht nach Holzrauch. Die Zahlen waren mit einem spitzen Bleistift geschrieben, sauber und ordentlich, in geraden Zeilen und Reihen, und formten eine Art Gitter. Die gleichmäßige Schrift ließ ihn vermuten, dass die Notizen auf einmal abgefasst worden waren. Und auf den gesamten sechzig Seiten fand sich nirgends eine einzige Radierung oder Korrektur. Zweifellos waren diese Zahlen irgendwo abgeschrieben worden.

Er schlug das Buch zu und drehte es um. Auf der Rückseite war ein Fleck, ein wenig klebrig und verschmiert, und er stellte erschrocken fest, dass es sich um Blut handelte. Er erschauerte und legte das Buch rasch beiseite. Das Blut erinnerte ihn plötzlich daran, dass dies kein Spiel war, dass ein Mann ermordet worden war, und dass dieses Notizbuch sehr wahrscheinlich den Hinweis darauf enthielt, wo ein Vermögen zu finden war.

Wyman Ford fragte sich, worauf er sich da eingelassen hatte.

Auf einmal spürte er jemanden hinter sich und drehte sich um. Es war der Abt, die Hände im Rücken verschränkt, ein schwaches Lächeln auf dem Gesicht, der ihn mit seinen lebhaften schwarzen Augen ansah. »Wir haben Sie vermisst, Bruder Wyman.«

Wyman erhob sich. »Es tut mir leid, Vater.«

Der Blick des Abts fiel auf den mit Zahlen gefüllten Bildschirm. »Was Sie da tun, muss sehr wichtig sein.«

Wyman sagte nichts. Er wusste nicht recht, ob es wichtig in dem Sinne war, wie der Abt das Wort auffasste. Er schämte sich. Das war genau die besessene Arbeitsweise, die ihn in seinem früheren Leben in Schwierigkeiten gebracht hatte, diese zwanghafte Beschäftigung mit einem einzigen Problem, bei der er alles andere ausschloss. Nach Julies Tod hatte er sich nicht verzeihen können, dass er so oft bis spät in die Nacht gearbeitet hatte, statt mit ihr zu sprechen, zu Abend zu essen oder mit ihr zu schlafen.

Er spürte den gütigen Druck im Blick seines Abts, konnte ihm aber nicht in die Augen sehen.

»Ora et labora, bete und arbeite«, sagte der Abt, in dessen sanfter Stimme nun eine gewisse Härte mitschwang. »Die beiden stehen im Gegensatz zueinander. Gebete sind eine Möglichkeit, Gott zu lauschen, und die Arbeit ist eine Möglichkeit, zu Gott

zu sprechen. Das klösterliche Leben strebt danach, die beiden genau im Gleichgewicht zu halten.«

»Ich verstehe, Vater.« Wyman spürte, dass er rot wurde. Der Mann überraschte ihn immer wieder mit seiner schlichten Weisheit.

Der Abt legte ihm eine Hand auf die Schulter. »Das freut mich«, sagte er, drehte sich um und ging.

Wyman speicherte seine Arbeit, kopierte alles auf CD und schaltete den Computer aus. Dann packte er Laptop und CD in eine Tasche, kehrte in seine Zelle zurück und legte beides in die Schublade seines Nachtkästchens. Hatte er den Geheimdienst wirklich und wahrhaftig aus seinem Leben verbannt? Ging es hier vielleicht darum?

Er neigte den Kopf und betete.

18

Tom Broadbent beobachtete Detective Lieutenant Willer, der in Broadbents Wohnzimmer auf und ab ging; seine schweren Schritte wirkten irgendwie unverschämt. Der Detective trug ein kariertes Sportsakko, eine graue Hose und ein blaues Hemd ohne Krawatte, und seine Arme waren kurz, die Hände knochig und stark geädert. Er war etwa fünfundvierzig und nicht größer als einen Meter siebzig, mit einem schmalen Gesicht, einer messerscharfen Nase, und unter den schwarzen, rot geränderten Augen hingen schwere Tränensäcke. Das war das Gesicht eines schlaflosen Mannes.

Hinter ihm stand sein Gehilfe Hernandez, weich, dicklich und freundlich, mit einem aufgeschlagenen Notizblock in der Hand. Die beiden waren in Begleitung einer nüchtern wirkenden Frau mit stahlgrauem Haar erschienen, die sich als Dr. Feininger, Gerichtsmedizinerin, vorgestellt hatte.

Sally saß neben Tom auf dem Sofa.

»Am Tatort wurde ein menschliches Haar gefunden«, erklärte Willer und drehte sich langsam auf dem Absatz um. »Dr. Feininger möchte herausfinden, ob es vom Täter stammt, und deshalb müssen wir alle anderen ausschließen, die sich am Fundort aufgehalten haben.«

»Ich verstehe.«

Tom bemerkte, dass die schwarzen Augen ihn eindringlich musterten. »Wenn Sie also keine Einwände haben, unterschreiben Sie bitte hier.«

Tom unterschrieb das Formular.

Feininger trat mit einem kleinen schwarzen Tütchen zu ihm. »Würden Sie sich bitte setzen?«

»Ich wusste nicht, dass das eine so gefährliche Operation

wird«, sagte Tom und versuchte zu lächeln. »Ich werde sie Ihnen samt den Wurzeln ausreißen«, kam die knappe Antwort.

Tom setzte sich und wechselte einen Blick mit Sally. Er war ziemlich sicher, dass es den Leuten bei diesem Besuch um mehr als ein paar Haare ging. Er sah zu, wie die Gerichtsmedizinerin kleine Glasröhrchen und ein paar Etiketten aus der schwarzen Tüte holte.

»In der Zwischenzeit«, sagte Willer, »würde ich gern noch einige Fragen abklären. In Ordnung?«

Hab ich's doch gewusst, dachte Tom. »Brauche ich einen Anwalt?«

»Das ist Ihr gutes Recht.«

»Stufen Sie mich als Verdächtigen ein?«

»Nein.«

Tom winkte ab. »Anwälte kosten eine Menge Geld. Nur zu.«

»Sie haben ausgesagt, Sie seien am Abend des Mordes am Chama entlanggeritten.«

»So ist es.«

Tom spürte Feiningers Finger in seinem Haar herumwühlen; in ihrer anderen Hand sah er eine große Pinzette.

»Sie haben eine Abkürzung durch den Joaquin Canyon genommen?«

»Das ist eigentlich gar keine Abkürzung.«

»Genau das habe ich mir auch gedacht. Warum sind Sie da oben entlanggeritten?«

»Wie ich schon sagte, mir gefällt diese Route.«

Schweigen. Er hörte Hernandez' Stift auf dem Papier kratzen, dann wurde raschelnd eine Seite umgeblättert. Die Gerichtsmedizinerin riss ihm ein Haar aus, zwei, drei. »Fertig«, sagte sie.

»Was für eine Wegstrecke hatten Sie an dem Abend noch vor sich?«, fragte Willer.

»Fünfzehn, sechzehn Kilometer.«

»Wie lange hätten Sie dafür gebraucht?«

»Drei bis vier Stunden.«

»Sie haben also beschlossen, eine Abkürzung zu nehmen, die

eigentlich ein Umweg war, und das bei Sonnenuntergang, obwohl Sie noch mindestens drei Stunden im Dunkeln vor sich hatten.«

»In dieser Nacht war Vollmond, ich hatte es genau so geplant. Ich *wollte* im Mondlicht nach Hause reiten – das war der Sinn der Sache.«

»Ihre Frau hat nichts dagegen, wenn Sie so spät nach Hause kommen?«

»Nein, *seine Frau* hat nichts dagegen, dass er spät nach Hause kommt«, sagte Sally.

Willer fuhr unbeirrt fort. »Sie haben die Schüsse gehört und wollten nachsehen, was da los war?«

»Haben wir das nicht alles schon durchgekaut, Detective?«

Willer ließ sich nicht abbringen. »Sie sagen, als Sie den Mann gefunden haben, hätte er im Sterben gelegen. Sie haben Erste Hilfe geleistet, wodurch sein Blut auf ihre Kleidung gelangte.«

»Ja.«

»Und er hat mit Ihnen gesprochen und Sie gebeten, seine Tochter ausfindig zu machen – Robbie hieß sie? – und ihr zu erzählen, was er gefunden hatte. Aber er starb, bevor er Ihnen sagen konnte, was er gefunden hat. Ist das so weit richtig?«

»Wir haben das alles schon gründlich besprochen.« Tom hatte ihm nicht erzählt, und er hatte auch nicht die Absicht, das noch zu tun, dass der Schatzsucher ein Notizbuch gehabt und von einem Schatz gesprochen hatte. Er vertraute nicht darauf, dass die Polizei diese Tatsachen geheim halten würde, und Gerüchte über einen Schatz würden einen wahren Goldrausch auslösen.

»Hat er Ihnen irgendetwas gegeben?«

»Nein.« Tom schluckte. Es überraschte ihn, wie abscheulich er es fand, zu lügen.

Willer brummte und blickte zu Boden. »Sie reiten oft oben in den Mesas herum, oder?«

»Das stimmt.«

»Suchen Sie da irgendwas Bestimmtes?«

»Ja.«

Willer riss den Kopf hoch. »Was?« – »Ruhe und Frieden.« Der Detective runzelte die Stirn. »Wo genau reiten Sie hin?«

»Überallhin – durch das Labyrinth, über die Mesa de los Viejos, zu den English Rocks, La Cuchilla – manchmal sogar bis zu den Echo Badlands, wenn ich einen mehrtägigen Ausritt mache.«

Willer wandte sich an Sally. »Sie reiten mit?«

»Manchmal.«

»Ich habe gehört, dass Sie gestern Nachmittag oben im Kloster waren, Christ in the Desert.«

Tom stand auf. »Wer hat Ihnen das gesagt? Lassen Sie mich etwa überwachen?«

»Immer mit der Ruhe, Mr. Broadbent. Ihr Pick-up ist ziemlich einmalig, und ich darf Sie daran erinnern, dass ein Großteil der Zufahrtsstraße von der Mesa de los Viejos aus einsehbar ist, wo meine Männer immer noch nach Spuren suchen. Also: Sind Sie zum Kloster hinaufgefahren?«

»Muss ich diese Fragen beantworten?«

»Nein. Wenn Sie es nicht tun, werde ich Sie vorladen, und dann brauchen Sie diesen Anwalt, von dem wir vorhin gesprochen haben, und müssen meine Fragen unter Eid im Polizeirevier beantworten.«

»Soll das eine Drohung sein?«

»Ich erkläre Ihnen nur die Tatsachen, Mr. Broadbent«, sagte Willer.

»Tom«, sagte Sally, »bleib locker.«

Tom schluckte. »Ja, ich bin zum Kloster gefahren.«

»Warum?«

Tom zögerte. »Um einen Freund zu besuchen.«

»Name?«

»Bruder Wyman Ford.«

Kratz, kratz, machte der Stift.

»Ist dieser Bruder Ford ein Mönch?«

»Novize.«

»Und was wollten Sie von ihm?«

»Ich habe mich gefragt, ob er vielleicht etwas gesehen oder gehört hat, das mit dem Mord im Labyrinth in Verbindung stehen könnte.« Es fühlte sich scheußlich an, schon wieder zu lügen. Allmählich wurde ihm klar, dass die anderen vielleicht Recht hatten und er das Notizbuch nicht hätte zurückhalten sollen.

Aber er hatte nun einmal dieses verdammte Versprechen gegeben.

»Und?«

»Nichts.«

»Überhaupt nichts?«

»Überhaupt nichts. Er wusste nicht einmal davon. Er liest keine Zeitung.«

Wenn die Polizei Ford aufsuchte, würde er sie dann belügen, was das Notizbuch anging? Tom hielt das für sehr unwahrscheinlich – immerhin war er ein Mönch.

Willer erhob sich.

»Sind Sie die nächste Zeit in der Nähe? Falls wir noch einmal mit Ihnen sprechen müssen?«

»Ich habe im Moment nicht vor zu verreisen.«

Willer nickte und warf Sally einen Blick zu. »Tut mir leid, dass wir Sie stören mussten, Ma'am.«

»Reden Sie mich nie wieder so an«, erwiderte Sally scharf.

»Verzeihung, ich wollte Ihnen nicht zu nahe treten, Mrs. Broadbent.« Er wandte sich an die Gerichtsmedizinerin. »Haben Sie alles, was Sie brauchen?«

»Ja.«

Tom brachte die drei zur Tür.

Willer blieb noch einmal stehen und starrte Tom mit diesen schwarzen Augen an.

»Einen Polizeibeamten zu belügen ist Justizbehinderung – eine Straftat.«

»Das ist mir bekannt.«

Willer drehte sich um und ging. Tom sah dem Wagen nach, kehrte ins Haus zurück und schloss die Tür.

Sally stand mit verschränkten Armen im Wohnzimmer. »Tom …«

»Sag es nicht.«

»Ich *werde* es sagen. Du steckst schon bis zum Hals da drin. Du *musst* ihnen das Notizbuch geben.«

»Jetzt ist es zu spät.«

»Nein, ist es nicht. Du kannst es ihnen erklären. Sie werden das schon verstehen.«

»Den Teufel werden sie. Und wie oft muss ich es dir noch sagen? *Ich habe mein Wort gegeben.*«

Sie seufzte und ließ die Arme sinken. »Tom, warum bist du nur so starrköpfig?«

»Ach, und du nicht?«

Sally ließ sich neben ihm aufs Sofa fallen. »Du bist unmöglich.«

Er legte ihr den Arm um die Schultern.

»Es tut mir wirklich leid, aber – hättest du mich wirklich lieber anders?«

»Nein, ich glaube nicht.« Sie seufzte. »Obendrein hatte ich heute Nachmittag, als ich nach Hause kam, das Gefühl, dass jemand im Haus war.«

»Wie meinst du das?«, fuhr Tom erschrocken auf.

»Ich weiß nicht. Es hat nichts gefehlt, alles war an seinem Platz. Da war nur dieses unheimliche Gefühl – als könnte ich den Körpergeruch eines Fremden riechen.«

»Bist du sicher?«

»Nein.«

»Wir sollten das melden.«

»Tom, wenn du jetzt einen Einbruch anzeigst, wird Willer dich auseinandernehmen. Außerdem bin ich mir ja gar nicht sicher – es war nur so ein Gefühl.«

Tom überlegte kurz. »Sally, das ist sehr ernst. Wir wissen bereits, dass jemand für diesen Schatz über Leichen geht. Mir wäre wohler, wenn du deinen Smith & Wesson auspackst und immer bei dir trägst.«

»So weit würde ich nicht gehen, Tom. Ich käme mir albern dabei vor, mit einer Waffe herumzulaufen.«

»Mir zuliebe. Du kannst gut damit umgehen – das hast du in Honduras bewiesen.«

Sally stand auf, öffnete die Schublade des Telefontischs, holte einen Schlüssel heraus und ging ins Fernsehzimmer, wo sie ein Schränkchen aufschloss. Gleich darauf kam sie mit dem Revolver und einer Schachtel .38er Patronen zurück. Sie öffnete den Zylinder, schob fünf Schuss in die Kammern, ließ ihn zuschnappen und steckte sich die Waffe in die Hosentasche. »Zufrieden?«

19

Jimson Maddox reichte dem pickligen Angestellten seinen Autoschlüssel und einen Fünfdollarschein und betrat die Lobby des El Dorado Hotels. Seine neuen Schlangenlederstiefel von Lucchesi knarrten angenehm. Er hielt inne, sah sich um und zupfte sein Jackett zurecht. An einer Wand loderte ein fauchendes Kaminfeuer, auf der anderen Seite des Raums saß eine alte Schwuchtel an einem Flügel und spielte »Misty«. Am hinteren Ende befand sich eine mit hellem Holz verkleidete Bar.

Er spazierte zum Tresen hinüber, hängte die Laptop-Tasche über die Stuhllehne und setzte sich. »Kaffee. Schwarz.«

Der Barkeeper nickte und kam mit einer Tasse Kaffee und einer Schale gewürzter Erdnüsse zurück.

Maddox trank einen Schluck. »Hören Sie, der ist ein bisschen schal. Könnten Sie vielleicht eine frische Kanne aufsetzen?«

»Natürlich, Sir. Ich bitte um Entschuldigung.« Der Barkeeper räumte hastig die Tasse ab und verschwand in einem Hinterzimmer.

Maddox griff mit den Fingern in die Schale, warf sich ein paar Erdnüsse in den Mund und beobachtete die Leute, die kamen und gingen. Sie sahen alle aus wie er, trugen Polo-Hemden, Sportjacketts und adrette Hosen aus Kord oder Kammgarn – Leute, die ein ordentliches, geregeltes Leben führten, mit zwei Autos in der Garage, zwei Komma vier Kindern und monatlichen Gehaltsschecks. Er lehnte sich zurück, genehmigte sich noch ein paar Erdnüsse und kaute gemächlich. Seltsam, wie viele attraktive Frauen mittleren Alters – wie die Frau da drüben, die gerade die Lobby durchquerte, in einer braunen Hose und Pullover mit Perlen und einer kleinen schwarzen Handtasche – weiche Knie bekamen, wenn sie an einen tätowierten, aufgepumpten Knastbruder dachten, der wegen Vergewaltigung, Mord oder Körperverletzung eine lange Haftstrafe verbüßte. Er hatte heute Abend viel zu tun: Mindestens zwanzig neue Knackis warteten darauf, mit einer Vita versehen und ins Netz gestellt zu werden. Einige der Briefe von heute waren so katastrophal, dass er sich einfach etwas ausdenken musste. Aber egal: Es meldeten sich immer noch jede Menge neuer Abonnentinnen an, die Nachfrage für Verbrecher wuchs beständig. So leicht hatte er noch nie im Leben Geld verdient, und am meisten erstaunte ihn, dass die Sache völlig legal war – alles lief per Kreditkarte über ein Online-Bezahlsystem. Die Zahlungsfirma strich ihren Anteil ein, und der Rest wurde auf sein Bankkonto überwiesen.

Wenn er gewusst hätte, wie einfach es war, auf legalem Weg Geld zu machen, hätte er sich eine beschissene Menge Ärger ersparen können.

Er kaute noch ein paar Erdnüsse und schob dann die Schale von sich, weil er auf seine Linie achtete, als der Barkeeper mit einer frischen Tasse Kaffee erschien. »Entschuldigen Sie, dass es so lange gedauert hat, tut mir wirklich leid.«

»Kein Problem.« Maddox nippte an dem Kaffee – absolut frisch. »Danke.«

»Aber gern, Sir.«

Weed Maddox wandte sich seinem drängendsten Problem zu. Das Notizbuch befand sich nicht im Haus. Das bedeutete: Entweder Broadbent trug es bei sich, oder er hatte es irgendwo anders versteckt, vielleicht sogar in einem Bankschließfach deponiert. Wo immer es sein mochte, Maddox wusste jetzt, dass er es nicht durch einfachen Diebstahl bekommen würde. Er spürte Ärger in sich aufwallen. Broadbent steckte da irgendwie mit drin. Vielleicht als Rivale – vielleicht sogar als Weathers' Partner. Corvus' typisch britische Stimme hallte in seinem Kopf wider: *Das Notizbuch.* Es gab nur eine Möglichkeit: Er musste Broadbent dazu *zwingen,* es rauszurücken. Maddox brauchte nur das richtige Druckmittel.

Er brauchte *sie.*

»Zum ersten Mal in Santa Fe?«, unterbrach der Barkeeper seine Gedanken.

»Ja.«

»Geschäftlich?«

»Was sonst?« Maddox grinste.

»Sind Sie auch wegen der Laparoskopie-Konferenz hier?«

Herrgott, vermutlich sah er wirklich aus wie ein Chirurg. Ein Arzt aus Connecticut auf medizinischer Vergnügungsfahrt, komplett bezahlt von irgendeinem Pharma-Riesen. Wenn der Barkeeper nur die Tätowierung sehen könnte, die seinen Rücken vom Nacken bis zum Hintern bedeckte. Er würde sich vor Angst in die Hose machen

»Nein«, sagte Maddox freundlich, »ich bin in der Personalentwicklung tätig.«

20

Die E-Mail, die Tom am nächsten Morgen erhielt, lautete:

Tom, ich habe das Buch »entschlüsselt«. Es ist unglaublich. Ich wiederhole: Es ist unglaublich. Kommen Sie so bald wie möglich ins Kloster, und bereiten Sie sich auf etwas Umwerfendes vor.
Wyman

Tom war sofort aufgebrochen. Nun, da sein Chevy den letzten Kilometer der katastrophalen Straße zum Kloster zurücklegte, hatte seine Ungeduld sich zu fiebriger Erregung gesteigert.

Bald ragte der Glockenturm des Klosters über dem Gestrüpp auf, und Tom hielt auf dem Parkplatz. Als er ausstieg, überrollte ihn die eigene Staubwolke. Gleich darauf kam Bruder Wyman von der Kirche heruntergerannt, mit flatternder Kutte wie eine riesige Fledermaus in der Abflugphase.

»Wie lange haben Sie gebraucht, um den Code zu knacken?«, fragte Tom, als sie gemeinsam den Hügel hinaufstiegen. »Zwanzig Minuten?«

»Zwanzig Stunden. Und ich habe ihn nicht geknackt.«

»Das verstehe ich nicht.«

»Das war ja gerade das Problem. Es *war* kein Code.«

»Kein Code?«

»Das war es, was mich so verwirrt hat. Diese vielen Zahlen in ordentlichen Zeilen und Reihen, da konnte ich immer nur an eine Chiffre denken. Jeder Test, den ich durchgeführt habe, wies darauf hin, dass die Zahlen nicht zufällig angeordnet waren, dass sie ganz eindeutig Muster bildeten – aber auf welche Weise? Es war kein Primzahlencode; es war weder eine Substitutions- noch eine Transpositionschiffre oder nach sonst irgendeiner mir bekannten Methode verschlüsselt. Ich war völlig ratlos – bis ich darauf kam, dass es gar keine Chiffre ist.«

»Was ist es dann?«

»Daten.«

»Daten?«

»Wie idiotisch von mir. Ich hätte es sofort erkennen müssen.« Wyman brach ab, als sie sich dem Refektorium näherten und legte den Zeigefinger an die Lippen. Sie gingen hinein, einen Flur entlang und in einen kleinen, weiß getünchten Raum. Auf einem groben Holztisch stand ein Apple-Laptop unter einem beunruhigend wirklichkeitsnahen Kruzifix. Ford blickte sich schuldbewusst um und schloss sorgfältig die Tür.

»Wir dürfen hier drin eigentlich nicht sprechen«, flüsterte er. »Ich komme mir vor wie ein ungezogener Schuljunge, der auf der Toilette raucht.«

»Also, was für Daten sind das?«

»Werden Sie gleich sehen.«

»Haben sie Ihnen etwas über die Identität des Mannes verraten?«

»Nicht direkt, aber hiermit werden Sie ihn ausfindig machen können. Da bin ich sicher.«

Sie zogen zwei Stühle an den Tisch und setzten sich vor den Computer. Bruder Wyman klappte den Laptop auf, schaltete ihn an, und die beiden warteten, während er hochfuhr. Dann begann Ford, schnell zu tippen. »Ich stelle jetzt eine Breitband-Internetverbindung via Satellit her. Unser Mann hat ein Radiometer benutzt und die Daten in sein Notizbuch übertragen.«

»Was für ein Instrument ist das?«

»Ich habe eine Weile gebraucht, um dahinterzukommen. Schatzsucher und Prospektoren benutzen für gewöhnlich zwei Instrumente. Das erste ist ein Protonenmagnetometer, im Grunde ein unglaublich komplizierter und leistungsfähiger Metalldetektor. Man führt ihn am Boden entlang, und er misst winzige Variationen im lokalen Magnetfeld. Aber er liefert Daten in Milligauß, und die sehen überhaupt nicht aus wie diese Zahlen. Das zweite Gerät arbeitet mit dem elektromagnetischen Reflexionsverfahren, ist also ein Bodenradar. Es sieht aus wie ein durchlöcherter Teller mit einer Menge kleiner Antennen. Die Funktionsweise ist einfach, es strahlt Radarimpulse in den Boden ab und zeichnet die Reflexionen auf. Abhängig von der Beschaffenheit des Bodens, etwa wie trocken er ist, können die Impulse bis zu fünf Meter tief eindringen, bevor sie reflektiert werden. Auf diese Weise kann man ein grobes dreidimensionales Bild von etwas erhalten, das in den Boden oder in bestimmte Gesteine eingebettet ist. Es zeigt einem Hohlräume, Höhlen, alte Minen, vergrabene Schatzkisten, Erzadern, uralte Mauern oder Gräber – solche Dinge.« Er hielt inne, um Luft zu holen, und fuhr dann hastig und leise fort: »Die Zahlen in Ihrem Notizbuch haben sich als Datenstrom eines hochempfindlichen, eigens angefertigten Bodenradars entpuppt. Zum Glück produzierte das Ding sein Output in einem Standardformat, das einem verbreiteten Gerät von Dallas Electronics nachempfunden ist, so dass man die Bilder mit stinknormaler, überall erhältlicher Software verarbeiten kann.«

»Dieser Schatzsucher hat es wirklich ernst gemeint.«

»Allerdings. Er wusste genau, was er tat.«

»Und, hat er einen Schatz gefunden?«

»Allerdings.«

Tom hielt die Spannung kaum mehr aus. »Was denn?«

Wyman lächelte und hob den Zeigefinger. »Sie werden gleich ein Radarbild davon sehen, aufgenommen mit dem Bodenradar. Darum ging es bei all diesen Zahlen in dem Buch: eine sorgfältige Vermessung und Abbildung des Schatzes in situ.«

Tom sah zu, wie Ford eine Website der Geologischen Fakultät der Boston University aufrief. Er klickte sich durch eine Reihe extrem fachspezifischer Hypertext-Seiten, auf denen es um Radar, Satellitenbilder und das Landsat-Projekt ging, bis er endlich bei einer Seite innehielt.

Tom las:

BAND 155 SWEPT-FM BODENRADAR-
VERARBEITUNG UND ANALYSE MIT TERRAPLOT®
GEBEN SIE BENUTZERNAME UND PASSWORT EIN

»Hab mich reingehackt«, flüsterte Ford grinsend und tippte einen Benutzernamen und ein Passwort. »Ist ja nicht weiter schlimm, ich habe so getan, als wäre ich Student an der BU.«

»Das scheint mir aber kein besonders mönchshaftes Vorgehen zu sein«, bemerkte Tom.

»Ich bin ja auch noch kein Mönch.« Ford gab noch etwas ein, und auf dem Bildschirm erschien:

JETZT UPLOAD VORNEHMEN

Er tippte weiter, lehnte sich dann grinsend zurück, verharrte mit dem Finger über der ENTER-Taste, und ein Lächeln umspielte seine Lippen. »Sind Sie bereit?«

»Spannen Sie mich nicht länger auf die Folter.«

Mit einem forschen Klick drückte er auf die Taste und ließ das Programm laufen.

21

Das Büro von Cowboy-County-Immobilien lag in einem Pseudo-Adobe-Gebäude am Paseo de Peralta, mit roten Chilischoten-Girlanden an der Tür und einer fröhlichen Sekretärin im Western-Outfit am Empfang. Maddox spazierte hinein, wobei seine Stiefel befriedigend dumpf auf den Saltillo-Fliesen klapperten. Er hob die Hand, um den Resistol-Hut, den er am Vormittag gekauft hatte – 16-fach Biber-Wollfilz, 420 Dollar –, abzunehmen, entschied sich dann jedoch dagegen, da er ja nun im Westen war, wo echte Cowboys ihre Hüte auch drinnen anbehielten. Er trat an den Empfang und lehnte sich an den Tresen.

»Was kann ich für Sie tun, Sir?«, fragte die Empfangsdame.

»Sie vermitteln doch auch Häuser für den Sommer, nicht wahr?« Maddox tat ein wenig unsicher und lächelte die junge Frau schief an.

»Na klar.«

»Maddox. Jim Maddox.« Er streckte die Hand aus, und sie ergriff sie. Ihre blauen Augen sahen ihn an.

»Haben Sie einen Termin mit einem unserer Makler?«

»Nein, ich bin sozusagen Laufkundschaft.«

»Einen Moment, ich hole jemanden für Sie.«

Gleich darauf wurde er in ein schick ausgestattetes Büro im Santa-Fe-Stil geführt.

»Trina Dowling«, sagte die Maklerin, gab ihm die Hand und bat ihn, Platz zu nehmen. Sie war gruselig – über fünfzig, knochig, schwarzes Kleid, blondes Haar, eine Stimme, die einen mit ihrer Nüchternheit erschrecken konnte. Eine potenzielle Abonnentin, dachte Maddox. Ja, ganz sicher.

»Soweit ich weiß, suchen Sie nach einem Haus für den Sommer.«

»So ist es. Ich möchte meinen ersten Roman zu Ende schreiben.«

»Wie interessant! Ein Erstlingswerk!«

Er schlug ein Bein über das andere. »Ich hatte eine Internet-Firma, habe vor dem großen Crash verkauft und dann leider eine Scheidung durchgemacht. Jetzt nehme ich mir eine Auszeit vom Geldverdienen und möchte einen alten Traum verwirklichen.« Er lächelte bescheiden. »Ich suche nach einem Anwesen nördlich von Abiquiú, ruhig, abgelegen, möglichst weit entfernt vom nächsten Nachbarn.«

»Wir haben mehr als dreihundert Mietobjekte in unserer Kartei, da werden wir bestimmt das Richtige für Sie finden.«

»Wunderbar.« Maddox rutschte auf dem Stuhl herum und schlug das andere Bein über. »Und das mit der Abgelegenheit meine ich sehr ernst. Das nächste Haus muss mindestens einen Kilometer entfernt liegen. Schön wäre eine Straßenendlage, hinter Bäumen.« Er hielt inne. Trina machte sich Notizen.

»Eine alte Bergbau-Hütte wäre perfekt«, sagte er. »Ich habe mich schon immer für den Bergbau interessiert. In meinem Roman kommt auch eine Mine vor.«

Dowling beendete ihre Notizen mit einem scharfen Klopfen ihres Bleistifts. »Wollen wir mal einen Blick in die Kartei werfen? Aber zunächst, Mr. Maddox, hatten Sie sich eine bestimmte Preisklasse vorgestellt?«

»Geld spielt keine Rolle. Und bitte, nennen Sie mich Jim.«

»Würden Sie einen Augenblick warten, Jim, während ich einige Objekte heraussuche?«

»Aber sicher.«

Erneut schlug er das andere Bein über, während Trina auf die Tastatur einhackte.

»Ah ja.« Sie lächelte. »Ich habe hier mehrere passende Objekte, aber dieses hier sticht mir sofort ins Auge. Das alte CCC-Camp am Perdiz Creek in den Vorbergen der Canjilon Mountains.«

»CCC-Camp?«

»Ja. Das Civilian Conservation Corps hat dort oben in den dreißiger Jahren ein Lager für die Männer eingerichtet, die in den Staatsforsten Wege angelegt haben – etwa ein Dutzend Holzhütten um ein altes Gebäude mit Ess- und Versammlungssaal. Vor ein paar Jahren hat ein Gentleman aus Texas das gesamte Camp gekauft. Er hat das Haupthaus renoviert und zu einem entzückenden Ferienhaus mit drei Schlafzimmern und drei Bädern umgebaut. Alles andere hat er im Originalzustand belassen. Er hat eine Weile da oben gewohnt, aber es war ihm ein bisschen zu einsam, und jetzt vermietet er das Anwesen.«

»Das klingt, als kämen dort auch Touristen hin.«

»Die Anlage ist komplett abgesperrt, das Land darum herum ist Privatbesitz, und das gesamte Anwesen ist von Staatsforst umgeben. Es liegt am Ende einer zwölf Kilometer langen, unbefestigten Straße, die letzten drei Kilometer zum Camp sind nur mit Vierradantrieb zu bewältigen.« Sie blickte auf. »Sie *haben* doch ein Fahrzeug mit Vierradantrieb?«

»Range Rover.«

Sie lächelte. »Eine solche Straße dürfte Besucher weitgehend fernhalten.«

»Ja.«

»Hier steht auch etwas Interessantes über die Geschichte. Bevor dort das CCC-Camp errichtet wurde, war Perdiz Creek eine alte Goldgräbersiedlung. Es gibt dort einige Minen und« – sie lächelte ihn an – »angeblich sogar ein Gespenst. Das würde ich nicht jedem Interessenten erzählen, aber da Sie ja Schriftsteller sind ...«

»Meine Geschichte könnte ein Gespenst vertragen.«

»Hier steht noch: sehr geeignet zum Wandern, Mountainbiking, Reiten. Umgeben von staatlich geschützten Wäldern. Aber natürlich bietet es moderne Annehmlichkeiten wie Strom und Telefon.«

»Das klingt ja ideal. Allerdings möchte ich auf keinen Fall, dass der Besitzer unangemeldet hereinschneit.«

»Er ist in Italien, und ich kann Ihnen außerdem sagen, dass

er nicht zu dieser Sorte Vermieter gehört. Wir managen die Vermietung für ihn, und falls jemand dort hinausfahren muss, macht das einer von uns – und dann nur mit triftigem Grund und mindestens vierundzwanzigstündiger Vorankündigung. Ihre Privatsphäre würde vollkommen gewahrt.«

»Miete?«

»Der Preis ist angemessen. Dreitausendachthundert im Monat, wenn Sie für den ganzen Sommer mieten.«

»Klingt perfekt. Ich würde es mir gern ansehen.«

»Wann?«

»Jetzt gleich.« Er klopfte sich auf die Jacketttasche, in der das Scheckbuch steckte. »Ich wäre bereit, den Vertrag heute noch zu unterschreiben. Ich will mich endlich wieder an meinen Roman machen. Es ist ein Krimi, eine Mordgeschichte.«

22

Tom starrte gebannt auf den breiten Bildschirm des PowerBook. Zunächst geschah gar nichts, und dann baute sich ein Bild von oben nach unten auf, eine verschwommene erste Iteration.

»Die Verarbeitung dauert eine Weile«, murmelte Wyman.

Der erste Durchlauf war nun abgeschlossen, das Bild jedoch nur ein Schatten, ein dunkler Fleck. Es sah keineswegs aus wie eine Schatzkiste oder eine vergessene Mine, aber vielleicht sollte das der Umriss einer Höhle werden. Ein zweiter Durchlauf begann, Zeile für Zeile wurde das Bild schärfer. Tom stockte der Atem, als der Fleck zu einem Objekt wurde. Einem unverkennbaren Objekt. Er konnte es kaum glauben und hatte das Gefühl, das müsse eine optische Täuschung sein, es könne gar nicht das sein, wonach es aussah. Beim dritten Durchlauf wurde ihm klar, dass er keiner optischen Täuschung unterlag.

»O Gott«, sagte Tom. »Das ist kein Schatz. Das ist ein Dinosaurier.«

Wyman lachte, und seine Augen blitzten. »Ich habe Ihnen doch gesagt, es würde Sie umhauen. Sehen Sie sich die Maßstabsbalken an. Das ist ein T-Rex, und meinen Nachforschungen zufolge bei weitem der größte, der je gefunden wurde.«

»Aber das ist ja das ganze Tier; nicht nur die Knochen.«

»So ist es.«

Tom verschlug es die Sprache. Das war zweifellos ein Tyrannosaurus Rex – der Umriss war unverkennbar; er lag verzerrt auf der Seite. Aber das war nicht nur ein fossiles Skelett – offenbar waren große Teile der Haut, der inneren Organe und Muskeln mitsamt den Knochen fossilisiert. »Das ist eine Mumie«, flüsterte Tom, »eine fossile Dinosaurier-Mumie.«

»Genau.«

»Unglaublich. Das muss eines der größten Fossilien sein, die jemals gefunden wurden.«

»Stimmt. Es ist praktisch vollständig, bis auf ein paar Zähne, eine Klaue und die letzten dreißig Zentimeter des Schwanzes. Sie sehen ja, wie einige Teile aus dem Gestein herauszuragen scheinen.«

»Der Ermordete hat also nach Dinosauriern gesucht.«

»Exakt. Dieser ›Schatz‹, von dem er gesprochen hat, sollte Sie vielleicht in die Irre führen, oder er hat es eben einfach so ausgedrückt. Das hier ist ein Schatz, allerdings von der paläontologischen Sorte.«

Tom starrte das Bild an. Er konnte es immer noch kaum fassen. Als Kind hatte er Paläontologe werden wollen, doch während andere Kinder irgendwann aus der Begeisterung für Dinosaurier herausgewachsen waren, hatte er diesen Traum nie ganz abschütteln können. Sein Vater hatte ihn gedrängt, Tierarzt zu werden. Und nun saß er hier und starrte auf etwas, das eines der bedeutendsten Dinosaurierfossilien aller Zeiten sein musste.

»Da haben Sie Ihr Motiv«, sagte Ford. »Dieser Dinosaurier ist ein Vermögen wert. Ich habe im Internet ein bisschen nachgeforscht. Haben Sie mal von dem Dinosaurier namens Sue gehört?«

»Meinen Sie den berühmten Tyrannosaurus im Field Museum?«

»Genau der. Eine professionelle Fossilienjägerin namens Sue Hendrickson hat ihn 1990 in den Badlands von South Dakota entdeckt. Der größte und am besten erhaltene T-Rex, der je gefunden wurde. Vor zehn Jahren stand er bei Sotheby's zur Auktion und brachte acht Millionen dreihundertsechzigtausend Dollar.«

Tom stieß einen leisen Pfiff aus. »Dieser hier muss zehnmal so viel wert sein.«

»Mindestens.«

»Und, wo ist er?«

Ford lächelte und deutete auf den Bildschirm. »Sehen Sie diesen gezackten Umriss, der den Dinosaurier umgibt? Das ist ein Querschnitt des Felsens, in den das Fossil eingebettet ist. Es ist eine große Felsformation mit einem Durchmesser von über zwölf Metern, und diese ungewöhnliche Form dürfte leicht wiederzuerkennen sein. Das Bild enthält alle nötigen Informationen über die Lagerstätte. Man braucht nur so lange herumzulaufen, bis man das da sieht.«

»Angefangen im Tyrannosaur Canyon.«

»Das wäre ein reizender Zufall. Tatsächlich allerdings könnte das irgendwo oben auf den Mesas sein.«

»Dann würde es ewig dauern, bis man die Stelle findet«, warf Tom ein.

»Das glaube ich nicht. Ich bin schon sehr oft dort oben herumgewandert, und ich glaube, ich könnte diese Formation in weniger als einer Woche finden. Und wir haben ja nicht nur die Felsformation. Hier sehen Sie, dass ein Teil des Kopfes und des Oberkörpers an der Seite exponiert sind. Das muss vielleicht ein Anblick sein – die Kiefer eines Dinosauriers, die aus dem Fels ragen.«

»Wie dieser große Monolith, dem der Tyrannosaur Canyon seinen Namen verdankt?«, fragte Tom.

»Ich kenne diesen Monolithen – er hat nichts mit dem Fossil zu tun. Aber mit dieser Information in der Hand wissen wir jetzt genau, wonach wir suchen müssen, was, Tom?«

»Moment mal. Wer hat gesagt, dass wir danach suchen werden?«

»Ich sage das.«

Tom schüttelte den Kopf. »Ich dachte, Sie wären praktisch in der Ausbildung zum Mönch. Ich dachte, Sie hätten solche Dinge hinter sich gelassen.«

Ford sah ihn eine Weile an und senkte dann den Blick. »Tom – neulich haben Sie mir eine Frage gestellt. Ich würde sie gern beantworten.«

»Das war aufdringlich von mir. Ich will es gar nicht wissen.«

»Das war nicht aufdringlich, und ich werde Ihre Frage beantworten. Ich habe alles in mich hineingefressen und das Schweigen als eine Art Krücke benutzt, als eine Möglichkeit, dem Thema aus dem Weg zu gehen.« Er hielt inne.

Tom schwieg.

»Ich war Undercover-Agent. Ich habe Kryptoanalyse studiert, aber schließlich undercover als Systemanalytiker bei einer großen Computerfirma gearbeitet. In Wirklichkeit war ich ein CIA-Hacker.«

Tom hörte aufmerksam zu.

»Nehmen wir mal an – rein theoretisch, versteht sich –, die Regierung von, sagen wir, Kambodscha kauft Server und Software, zum Beispiel von einem großen amerikanischen Unternehmen, dessen Name aus drei Buchstaben besteht, die ich nicht nennen werde. In der Software ist eine kleine Logikbombe versteckt, von der die Kambodschaner natürlich nichts wissen. Die Bombe geht zwei Jahre später hoch, und das System bekommt seltsame Macken. Die Regierung von Kambodscha holt die amerikanische Computerfirma zu Hilfe. Ich werde als Systemanalyst hingeschickt. Sagen wir, ich nehme sogar meine Frau mit – das macht meine Deckung glaubhafter, außerdem ist sie ebenfalls eine Angestellte der amerikanischen Firma. Ich behebe das Problem und brenne währenddessen den gesamten Inhalt der geheimen Personalakten der kambodschanischen Regierung auf CD-ROMs. Diese CDs werden dann so bearbeitet, dass sie aussehen wie illegale Kopien von Verdis *Requiem,* mit Musik und allem Drum und Dran. Man kann sie sogar abspielen. Natürlich alles rein theoretisch. Nichts von alledem muss tatsächlich passiert sein.« Er hielt inne und stieß den Atem aus.

»Das klingt doch toll«, sagte Tom.

»Ja, es war toll – bis sie meine Frau, die zufällig gerade mit unserem ersten Kind schwanger war, mit einer Autobombe in die Luft gesprengt haben.«

»O Gott –«

»Schon gut, Tom«, sagte er hastig. »Ich muss es Ihnen sagen.

Als das passiert ist, bin ich einfach aus jenem Leben davongelaufen und in dieses hier hineinspaziert. Ich kam hier an mit nichts als den Kleidern, die ich am Leib trug, meinem Autoschlüssel und meiner Brieftasche. Bei der erstbesten Gelegenheit habe ich die Brieftasche und den Schlüssel in eine endlos tiefe Felsspalte oben im Chavez Canyon geworfen. Meine Konten, mein Haus, mein Wertpapierdepot – ich weiß nicht einmal, was aus alldem geworden ist. Eines Tages werde ich ein braver Mönch sein und es den Armen schenken.«

»Niemand weiß, dass Sie hier sind?«

»Jeder weiß, dass ich hier bin. Die CIA hatte Verständnis. Ob Sie es glauben oder nicht, Tom, bei der CIA zu arbeiten, war gar nicht übel. Die meisten Leute sind in Ordnung. Julie – meine Frau – und ich, wir kannten die Risiken. Wir wurden gemeinsam am MIT rekrutiert. Diese Personalakten, die ich kopiert hatte, haben eine Menge ehemaliger Folterer und Mörder der Roten Khmer entlarvt. Das war wirklich gute Arbeit. Aber für mich …« Seine Stimme erstarb. »Aber für mich war das Opfer zu groß.«

»Lieber Gott.«

Ford hob mahnend den Zeigefinger. »Sie sollten den Namen Gottes nicht unnütz im Munde führen. Jetzt habe ich es Ihnen also erzählt.«

»Ich weiß kaum, was ich sagen soll, Wyman. Es tut mir leid – aufrichtig leid für Sie.«

»Sie brauchen gar nichts zu sagen. Ich bin nicht der einzige leidende Mensch auf der Welt. Das Leben hier ist gut. Wenn man sich die Befriedigung seiner Bedürfnisse verweigert, indem man fastet, in Armut und im Zölibat lebt und schweigt, dann kommt man dadurch etwas Ewigem näher. Nennen Sie es Gott oder wie Sie wollen. Ich habe wirklich Glück gehabt.«

Ein langes Schweigen entstand.

Schließlich fragte Tom: »Und was hat das mit Ihrer Idee zu tun, dass wir den Dinosaurier suchen sollten? Ich habe versprochen, das Notizbuch Robbie, der Tochter des Toten, zu übergeben – mehr nicht. Meiner Meinung nach gehört der Dinosaurier ihr.«

Ford tippte mit dem Finger auf die Tischplatte. »Ich sage Ihnen das sehr ungern, Tom, aber das gesamte Land da draußen – die Mesas, die Badlands und die Berge dahinter – gehört dem Bureau of Land Management. Mit anderen Worten, dem Staat. Das ist *unser* Land. Dem amerikanischen Volk gehört dieses Land mit allem, was sich darauf und darin befindet, den Dinosaurier eingeschlossen. Verstehen Sie, Tom? Ihr Mann war nicht nur Dinosaurierjäger. Er war ein Dinosaurier*dieb.*«

23

Dr. Iain Corvus drehte leise den Knauf an der metallenen Tür mit der Aufschrift MINERALOGISCHES LABOR und betrat lautlos den Raum. Melodie Crookshank saß mit dem Rücken zu ihm an einem der Arbeitsplätze und tippte. Ihr kurzes braunes Haar wippte bei jeder Bewegung.

Er schlich sich an sie heran und legte ihr sacht eine Hand auf die Schulter. Sie schnappte nach Luft und schrak zusammen.

»Sie haben unsere kleine Verabredung doch nicht vergessen, oder?«, fragte Corvus.

»Nein, aber Sie haben mich erschreckt.«

Corvus lachte leise, drückte leicht ihre Schulter und ließ die Hand dort liegen. Er spürte ihren Herzschlag durch den Laborkittel. »Ich bin Ihnen dankbar dafür, dass Sie bereit waren, länger zu bleiben.« Und er freute sich zu sehen, dass sie das Armband trug. Sie war hübsch, aber auf diese athletische und wenig glamouröse amerikanische Art, als gehörte es zum Berufsbild einer ernsthaften Akademikerin, kein Make-up zu tragen und möglichst selten zum Friseur zu gehen. Aber sie hatte zwei wichtige Eigenschaften: Sie war diskret, und sie war allein. Er hatte ein paar unauffällige Nachforschungen angestellt. Sie war ein Produkt der Columbia-Akademikerschleuder, die sehr viel mehr junge Leute mit Doktortitel produzierte, als jemals gebraucht wurden; ihre Eltern waren tot, sie hatte keine Geschwister, kaum Freundinnen, keinen festen Freund und so gut wie kein Privatleben. Obendrein war sie kompetent und so begierig darauf, sich zu beweisen.

Sein Blick fiel auf ihr Gesicht, und er sah mit Freude, dass sie errötete. Er fragte sich, ob er ihre Beziehung vielleicht ein, zwei Schritte über das rein Berufliche hinaus erweitern sollte – aber nein, so etwas war immer unberechenbar.

Er schenkte ihr sein prachtvollstes Lächeln und nahm ihre Hand, die sich heiß anfühlte. »Melodie, es freut mich sehr, dass sie so großartig vorankommen.«

»Ja, Dr. Corvus. Es ist – na ja, einfach unglaublich. Ich habe alles auf CDs gebrannt.«

Er ließ sich auf einem Stuhl vor dem großen Flachbildschirm des Power Mac nieder. »Los geht's«, flüsterte er.

Melodie setzte sich neben ihn, nahm die oberste CD von einem Stapel, öffnete die Hülle und schob die CD ins Laufwerk. Dann zog sie die Tastatur zu sich heran und legte los.

»Hier haben wir zunächst einmal«, begann sie und klang nun ganz nüchtern, »einen Teil eines Wirbels mit fossilisiertem Körpergewebe und Haut von einem großen Tyrannosauriden, wahrscheinlich einem T-Rex oder einem abnorm großen Albertosaurus. Alles ist unglaublich gut erhalten.«

Ein Bild erschien auf dem Monitor.

»Sehen Sie sich das an. Das ist ein Hautabdruck.« Sie schwieg kurz. »Hier noch mal in größerem Maßstab. Sehen Sie diese dünnen parallelen Linien? Da sind sie noch mal mit dreißigfacher Vergrößerung.«

Corvus überlief ein Schauer. Es war sogar noch besser, als er es sich erhofft hatte, viel besser. Er hatte das Gefühl, beinahe zu schweben. »Das ist der Abdruck einer Feder«, brachte er mühsam heraus.

»Genau. Hier ist er: Der Beweis dafür, dass der T-Rex gefiedert war.«

Das war eine Theorie, die vor einigen Jahren von einer Gruppe junger Paläontologen am Museum aufgestellt worden war. Corvus hatte die Theorie im *Journal of Paleontology* in der Luft zerrissen und als »seltsame amerikanische Einbildung« lächerlich gemacht, was ihm schiefe Blicke und antibritische Bemerkungen von seinen Kollegen am Museum eingebracht hatte. Und nun hielt er ihn in Händen: den Beweis dafür, dass sie *doch* Recht hatten, und *er* Unrecht. Das unangenehme Gefühl, einen Irrtum revidieren zu müssen, wich rasch vielschichtigeren Emotionen. Dies war eine Gelegenheit … eine sehr seltene Gelegenheit. Er konnte ihnen *ihre* Theorie stehlen und dabei offen der Welt gegenübertreten und zugeben, dass er sich geirrt hatte. Die absolute Vereinnahmung – im Mäntelchen falscher Bescheidenheit.

Genau so würde er es machen.

Mit diesem Beweis in der Hand würden sie ihm die Festanstellung geben *müssen.* Aber dann würde er sie gar nicht mehr brauchen, nicht wahr? Denn er könnte eine Stellung haben, wo immer er wollte – sogar am British Museum. Vor allem am British Museum.

Corvus merkte erst jetzt, dass er den Atem angehalten hatte, und stieß ihn aus. »Ja, in der Tat«, murmelte er. »Der alte Herr war also doch gefiedert.«

»Es wird noch besser.«

Corvus zog die Brauen in die Höhe.

Sie drückte auf eine Taste, und ein weiteres Bild erschien. »Hier ist eine polarisierte Abbildung des fossilisierten Muskelgewebes unter dem Lichtmikroskop, hundertfache Vergrößerung. Es ist natürlich vollständig versteinert, aber dieses Fossil muss das besterhaltene sein, das je untersucht wurde – man sieht, wie feinkörnige Kieselsäure das Zellgewebe ersetzt hat, sogar die Organellen, und so dieses perfekte Bild festgehalten hat. Was wir hier sehen, ist tatsächlich die Muskelzelle eines Dinosauriers.«

Corvus brachte kein Wort heraus.

»Ja.« Wieder gab sie etwas ein. »Hier die fünfhundertfache Vergrößerung … Sehen Sie, da ist der *Zellkern.*«

Klick.

»Mitochondrien.«

Klick.

»Und das – Golgi-Apparat.«

Klick.

»Ribosomen –«

Corvus streckte die Hand aus. »Halt. Einen Moment.« Er

schloss die Augen, atmete tief durch und öffnete sie wieder. »Bitte warten Sie einen Moment.«

Er stand auf, stützte sich an der Stuhllehne ab und holte tief Luft. Der Augenblick des Schwindels ging vorüber, und er war eigenartig wachsam geworden. Er blickte sich im Labor um. Es war still wie in einer Gruft, nur das schwache Zischen der Luftumwälzung und der surrende Ventilator des Computers waren zu hören, und es roch nach Epoxidharz, Plastik und heißer Elektronik. Alles war genau wie zuvor – und dennoch hatte sich die Welt soeben verändert. Die Zukunft stand ihm vor Augen – die Preise, der Bestseller, die Vortragsreisen, das Geld, der Ruhm. Der Titel »Kurator« war nur der Anfang.

Er blickte auf Crookshank hinab. Sah sie es auch? Sie war nicht dumm. Sie dachte an dieselben Dinge, stellte sich vor, wie sich ihr Leben gerade verändert hatte – für immer.

»Melodie …«

»Ja. Es ist umwerfend. Und ich bin noch nicht fertig. Noch lange nicht.«

Mit wackligen Knien setzte er sich wieder hin. Konnte es wirklich noch mehr geben?

Crookshank tippte. »Kommen wir jetzt zu den Elektronenmikroskop-Aufnahmen.« Ein schwarz-weißes Bild füllte den Monitor. »Hier ist ein endoplasmatisches Retikulum in tausendfacher Vergrößerung. Jetzt können Sie die kristalline Struktur des Minerals sehen, das Körpergewebe ersetzt hat. Allerdings sieht man darauf nicht viel – wir sind am Limit. Bei dieser Vergrößerung bricht die Struktur zusammen – Fossilisation kann nicht alles erhalten. Aber die Tatsache, dass man bei tausendfacher Vergrößerung überhaupt noch etwas erkennen kann, ist unglaublich. Vor Ihnen liegt die Mikrobiologie eines Dinosauriers.«

Es war unfassbar. Sogar diese kleine Probe lieferte außerordentliche paläontologische Entdeckungen. Wenn man bedachte, dass es vermutlich einen ganzen Dinosaurier gab, der so gut erhalten war – sofern seine Informationen stimmten. Der perfekt fossilisierte Kadaver eines T-Rex, vollständig – der Magen, zweifellos mitsamt der letzten Mahlzeit, das Gehirn in voller Pracht, die Haut, die Federn, Blutgefäße, Fortpflanzungsorgane, Nasenhöhlen, Leber, Nieren, Milz – die Krankheiten des Tieres, seine Wunden, seine Lebensgeschichte, alles vollkommen in Stein bewahrt. Näher würde man *Jurassic Park* in der Realität niemals kommen.

Sie klickte zum nächsten Bild. »Hier ist das Knochenmark –«

»Moment.« Corvus legte ihr eine Hand auf den Arm. »Was sind das für dunkle Stellen?«

»Was für dunkle Stellen?«

»Im letzten Bild.«

»Ach, die.« Sie ging zum vorigen Bild zurück. Corvus deutete auf einen kleinen Fleck auf der Darstellung, ein kleines schwarzes Partikel.

»Was ist das?«

»Vermutlich durch den Fossilisationsprozess entstanden.«

»Kein Virus?«

»Viel zu groß. Und es ist zu scharf umrissen, um zur ursprünglichen Biologie zu gehören. Ich bin ziemlich sicher, dass das eine mikrokristalline Entwicklung ist, vermutlich Hornblende.«

»Ganz recht. Entschuldigung. Bitte fahren Sie fort.«

»Ich könnte es mir mit dem Alpha-Röntgenspektrometer ansehen, um festzustellen, woraus es besteht.«

»Gut.«

Sie klickte sich durch eine weitere Serie von Aufnahmen.

»Das ist fantastisch, Melodie.«

Sie wandte sich ihm zu, mit rosigen Wangen und strahlenden Augen. »Darf ich Sie etwas fragen?«

Er zögerte und sammelte sich. Er würde ihre Hilfe weiterhin brauchen, so viel war klar, und ein paar Krümel seines Ruhms für eine weibliche Laborantin abfallen zu lassen, wäre wesentlich besser, als einen seiner Kollegen mit einzubeziehen. Melodie hatte keine Kontakte, keinen Einfluss und keine Zukunft –

sie war nur einer von vielen jungen Promovierten, die weit unter ihrer Qualifikation arbeiten mussten. Umso besser, dass sie eine Frau war und man sie auch deshalb nicht so ernst nehmen würde.

Er legte ihr den Arm um die Schultern und beugte sich hinüber. »Natürlich.«

»Gibt es irgendwo noch mehr davon?«

Corvus konnte ein Lächeln nicht unterdrücken. »Liebe Melodie, ich habe den Verdacht, dass irgendwo der ganze Dinosaurier herumliegt.«

24

Sally war eher verstört als beglückt über die Computerbilder, die Tom auf dem Küchentisch ausgebreitet hatte. »Das wird ja immer schlimmer«, sagte sie.

»Immer besser meinst du wohl. Das ist genau die Information, die ich brauche, um den Mann zu identifizieren und seine Tochter zu finden.«

Typisch Tom, dachte Sally – stur und nur geleitet von irgendeiner tief verwurzelten moralischen Überzeugung, die ihn immer wieder in Schwierigkeiten brachte. In Honduras hatte ihn das beinahe umgebracht.

»Hör mal, Tom – der Mann hat verbotenerweise auf staatlichem Land nach Fossilien gesucht. Er hat sicher etwas mit dem Schwarzmarkt für solche Fossilien zu tun, vielleicht sogar mit dem organisierten Verbrechen. Er war ein böser Mann und ist ermordet worden. In so etwas solltest du dich nicht verwickeln lassen. Und selbst *wenn* du seine Tochter finden könntest, würde das Fossil nicht ihr gehören. Du hast selbst gesagt, es gehört dem Staat.«

»Ich habe einem Sterbenden ein Versprechen gegeben, und damit ist die Sache erledigt.«

Sally seufzte genervt.

Tom ging um den Tisch herum wie ein Puma, der seine Beute umkreist. »Du hast mir noch nicht gesagt, wie du es findest.«

»Es ist unglaublich, natürlich, aber darum *geht* es nicht.«

»Doch, genau darum geht es. Das ist die wichtigste paläontologische Entdeckung aller Zeiten.«

Wider Willen fühlte Sally sich von dem seltsamen Bild angezogen. Es war verschwommen und undeutlich, aber offensichtlich mehr als nur ein Skelett. Es war ein Dinosaurier, vollständig im Gestein erhalten. Er lag auf der Seite, den Kopf zurückgeworfen, mit geöffneten Kiefern, die beiden Vorderbeine erhoben, als versuche er, sich aus dem Fels zu befreien.

»Warum ist er so gut erhalten?«

»Das muss an einer praktisch einmaligen Kombination von Umständen liegen, die ich mir nicht mal ansatzweise erklären kann.«

»Könnte sogar organisches Material erhalten sein? DNA?«

»Der Kadaver ist mindestens fünfundsechzig Millionen Jahre alt.«

»Erstaunlich, er sieht so frisch aus, als sollte er stinken.«

Tom lachte leise. »Das ist nicht der erste Fund eines mumifizierten Dinosauriers. Um die Jahrhundertwende fand ein Dinosaurierjäger namens Charles Sternberg einen mumifizierten Entenschnabeldinosaurier in Montana. Ich erinnere mich daran, dass ich ihn als Kind im Naturhistorischen Museum in New York gesehen habe, und er ist nicht annähernd so vollständig erhalten wie dieser hier.«

Sie griff nach der Darstellung. »Sieht aus, als wäre er qualvoll gestorben, den Kopf so weit zurückgeworfen und mit aufgerissenem Maul.«

»Er ist eine sie.«

»Sieht man das?« Sie schaute genauer hin. »Ich sehe da unten nur einen verschwommenen Fleck.«

»Weibliche Tyrannosaurier waren vermutlich größer und gefährlicher als die männlichen. Und da dies der größte T-Rex ist, der je gefunden wurde, kann man wohl davon ausgehen, dass es ein Weibchen ist.«

»Die Dicke Bertha.«

»Dass der Nacken so verzerrt ist, liegt an den Sehnen, die vertrocknet sind und sich zusammengezogen haben. Die meisten Dinosaurierskelette werden mit verzerrtem Hals gefunden.«

Sally stieß einen leisen Pfiff aus. »Und was jetzt? Hast du schon einen Plan?«

»Allerdings. Nur wenigen Leuten ist bekannt, dass es einen

florierenden Schwarzmarkt für Dinosaurierfossilien gibt. Solche Fossilien sind ein großes Geschäft, und manche Dinosaurier sind Millionen wert – wie dieser hier.«

»Millionen?«

»Der letzte T-Rex auf dem legalen Markt wurde für über acht Millionen Dollar verkauft, und das war vor zehn Jahren. Dieser hier ist mindestens achtzig wert.«

»Achtzig Millionen Dollar?«

»So ungefähr.«

»Wer würde denn so viel Geld für einen Dinosaurier bezahlen?«

»Wer würde so viel Geld für ein Gemälde bezahlen? Ich hätte jedenfalls lieber einen T-Rex als einen Tizian.«

»Verstehe.«

»Ich habe nachgeforscht. Es gibt weltweit eine Menge Sammler, vor allem in Asien, die so gut wie jeden Preis für ein spektakuläres Dinosaurierfossil bezahlen würden. Aus China wurden so viele Fossilien für den Schwarzmarkt hinausgeschmuggelt, dass die Regierung Dinosaurier per Gesetz zum Nationalerbe erklären musste. Aber das hat die Flut nicht eingedämmt. Heutzutage will jeder einen eigenen Dinosaurier besitzen. Die Sache ist die: Die größten und am besten erhaltenen Dinosaurier kommen immer noch aus dem amerikanischen Westen – und die meisten davon werden auf öffentlichem Land gefunden. Wenn man einen haben will, muss man ihn schon stehlen.«

»Und genau das hat dieser Mann getan.«

»So ist es. Er war ein professioneller Fossilienjäger. Von denen kann es auf der ganzen Welt nicht allzu viele geben. Er müsste leicht zu identifizieren sein, wenn ich die richtigen Leute frage. Jetzt muss ich nur noch die richtigen Leute finden.«

Sally sah ihn an. »Und wie willst du das anstellen?«

Tom grinste. »Darf ich vorstellen, Tom Broadbent, Agent für Mr. Kim, den sehr zurückgezogen lebenden Industriellen und Multimillionär aus Südkorea. Mr. Kim würde gern einen spektakulären Dinosaurier kaufen, Geld spielt keine Rolle.«

»O nein.«

Er grinste und steckte sich die Unterlagen in die Tasche. »Ich habe schon alles genau geplant. Shane wird am Samstag die Praxis übernehmen, während wir beide nach Tucson fliegen, in die Fossilienmetropole der Welt.«

»Wir?«

»Ich lasse dich nicht allein hier, solange ein Mörder frei herumläuft.«

»Tom, ich habe für Samstag ein Spaßturnier für die Kinder organisiert. Ich kann nicht weg.«

»Das ist mir egal. Ich lasse dich auf keinen Fall hier allein.«

»Ich bin ja nicht allein. Den ganzen Tag lang wird es hier von Leuten wimmeln. Da kann mir gar nichts passieren.«

»Aber nachts ist niemand da.«

»Für die Nacht habe ich doch Mr. Smith & Wesson – du weißt, wie gut ich mit einer Waffe umgehen kann.«

»Du könntest für ein paar Tage in die Fischerhütte fahren.«

»Auf keinen Fall. Die ist viel zu abgelegen. Da oben hätte ich wirklich Angst.«

»Dann solltest du in ein Hotel ziehen.«

»Tom, du weißt doch, dass ich kein hilfloses Weibchen bin, auf das irgendjemand aufpassen muss. Flieg du nach Tucson und zieh deine Mr.-Kim-Nummer ab. Mir passiert schon nichts.«

»Auf keinen Fall.«

Sie spielte den letzten Trumpf aus. »Wenn du so besorgt um mich bist, fliegst du eben nur für einen Tag nach Tucson. Du kannst am Samstag ganz früh hinfliegen und abends zurückkommen. Dann hättest du fast den ganzen Tag in Tucson. Wir veranstalten aber trotzdem unser wöchentliches Picknick am Freitag, wie immer, oder nicht?«

»Natürlich. Aber am Samstag –«

»Willst du mich vielleicht rund um die Uhr mit dem Gewehr in der Hand bewachen? Jetzt hör aber mal auf. Flieg nach Tucson und komm vor dem Dunkelwerden nach Hause. Ich kann sehr gut selbst auf mich aufpassen.«

Teil II

Chicxulub

Tyrannosaurus Rex war ein Dschungelbewohner. Sie lebte in den tiefen Wäldern und Sümpfen Nordamerikas, nicht lange nach der Abspaltung vom uralten Kontinent Laurasien. Ihr Revier umfasste weit über tausend Quadratkilometer und erstreckte sich von den Ufern des Niobrara-Binnenmeers bis zu den Vorgebirgen der neu entstandenen Rocky Mountains. Es war eine subtropische Welt mit gewaltigen Wäldern aus ungeheuer großen Bäumen, wie es sie seither nicht mehr gegeben hat. Da waren Araukarien, Bäume, die fast hundertfünfzig Meter in den Himmel ragten, gigantische Magnolien und Platanen, riesige Palmen und gewaltige Baumfarne. Durch das hohe Blätterdach fiel kaum Licht auf den Waldboden, der daher offen und fast unbewachsen war und den riesigen, Fleisch fressenden Dinosauriern und ihrer Beute reichlich Lebensraum bot, in dem sich das große Drama des Lebens entfalten konnte.

Sie lebte während der letzten großen Ära der Dinosaurier. Dieses Zeitalter hätte sich unendlich fortgesetzt, wäre es nicht von der größten Naturkatastrophe, die sich auf dem Planeten Erde je ereignet hat, abrupt beendet worden.

Sie teilte sich den Wald mit einer Unzahl anderer Geschöpfe, darunter auch ihre liebste Beute, zwei Spezies von Entenschnabeldinosauriern, Edmontosaurus und Anatotitan. Gelegentlich griff sie auch einen einzelnen Triceratops an, blieb jedoch den Herden fern, außer, um den großen Horndinosauriern zu folgen und ein krankes oder sterbendes Tier auszuspähen. Ein riesiger Brontosaurus, der Alamosaurus, streifte durch das Land, doch ihn jagte sie selten; sie machte sich lieber als Aasfresser über seinen Kadaver her, statt als Raubtier einen gefährlichen Angriff zu wagen. Sie jagte oft an den Ufern des prähistorischen Binnenmeers. In diesem Gewässer lebte ein Raubtier, das noch größer war als sie selbst, ein über fünfzehn

Meter langes Krokodil, das als Deinosuchus bekannt ist – das einzige Tier, das in der Lage gewesen wäre, einen T-Rex zu töten, der sich auf der Jagd in das falsche Gewässer verirrte.

Sie jagte Leptoceratops, einen kleinen Dinosaurier, etwa so groß wie ein Reh, mit einem papageienartigen Schnabel und einem schützenden Schädelkragen im Nacken. Vorsichtig wagte sie sich auch an den Ankylosaurus heran und an ihren kleinen Vetter, den Nanotyrannus, eine winzige, schnellere Ausgabe ihrer selbst. Ab und zu griff sie einen alten oder geschwächten Torosaurus an, dessen knapp zwei Meter vierzig langer Schädel mit gefährlichen Hörnern versehen war – kein anderes an Land lebende Tier hatte je einen so großen Kopf. Manchmal tötete sie auch einen unvorsichtigen Quetzalcoatlus, dessen Flügelspannweite etwa der einer F-111 entsprach.

Am Boden und in den Bäumen wimmelte es von Säugetieren, die sie kaum bemerkte – Nagetiere, die von Früchten lebten, Beutelsäuger, die frühesten Vorfahren der Kuh (ein Tier etwa so klein wie eine Ratte) und der erste Primat – ein Geschöpf, das Purgatorius genannt wird und sich von Insekten ernährte. Es gab Dinosaurier, die sie nicht fangen konnte: den Ornithomimus, ungefähr so groß wie ein Vogel Strauß, der über 110 Stundenkilometer schnell laufen konnte; den Troodon, einen sehr flinken Fleischfresser, etwa so groß wie ein Mensch, mit Greifhänden, hervorragendem Sehvermögen und einem im Verhältnis zum Körper noch größeren Gehirn als der T-Rex.

Sie war ein Gewohnheitstier. Während der Regenzeit, wenn die Flüsse und Sümpfe über die Ufer traten, zog sie westwärts in die höher gelegenen Vorgebirge. In der Trockenzeit, nach der Paarung, wanderte sie manchmal zu einer sandigen Hügelkette im Windschatten eines erloschenen Vulkans, um dort ein Nest zu bauen und ihre Eier abzulegen. Wenn die Trockenzeit begann, kehrte sie jedoch meistens wieder in ihr Jagdrevier in den großen Wäldern am urzeitlichen Binnenmeer zurück.

Das Klima war heiß und feucht. Es gab keine polaren Eiskappen, keine Gletscher – die Erde befand sich in einem der heißesten

Klimazyklen ihrer gesamten Geschichte. Die Meeresspiegel waren noch nie so hoch gewesen. Binnenmeere bedeckten große Teile der Kontinente. Gewaltige Reptilien beherrschten Luft, Land und Wasser, und das seit zweihundert Millionen Jahren. Die Dinosaurier waren die erfolgreichsten tierischen Lebewesen, die sich auf dem Planeten Erde jemals entwickelt hatten. Säugetiere hatten fast hundert Millionen Jahre lang mit den Dinosauriern koexistiert, doch sie hatten es nie weit gebracht. Das größte Säugetier im Zeitalter der Dinosaurier war gerade mal so groß wie ein Brotkasten. Fast alle biologischen Nischen waren fest in der Hand von Reptilien.

Sie besetzte die alleroberste Nische. Sie regierte die Spitze der Nahrungskette. Sie war die größte biologische Killermaschine auf Erden.

1

Die Morgensonne brannte auf die Mesas herab und erstickte das Land. Jimmie Willer blieb im Schatten eines Wacholders stehen und setzte sich auf einen Felsbrocken. Hernandez ließ sich neben ihm nieder; sein rundes Gesicht war schweißnass. Willer holte eine Thermoskanne aus seinem Rucksack, schenkte Hernandez und sich selbst Kaffee ein und zog eine Marlboro aus der Packung. Wheatley war mit den Hunden weitergegangen, und er beobachtete, wie die Gruppe sich langsam über den kahlen Tafelberg bewegte.

»Eine Affenhitze, was?«

»Ja«, sagte Hernandez.

Willer nahm einen tiefen Zug und ließ den Blick über die endlose Landschaft aus orangeroten Canyons, Felskuppeln, steinernen Nadeln, Bergrücken, Kuppen und Mesas schweifen – dreihunderttausend Morgen, verdammt aussichtslos, wenn er es recht bedachte. Er kniff gegen die grelle Sonne die Augen zusammen. Der Leichnam könnte am Boden einer von Hunderten Schluchten vergraben sein, in Gott weiß wie vielen Höhlen und Nischen, unter einem Haufen Geröll oder in irgendeiner Felsspalte versteckt sein.

»Ein Jammer, dass Wheatley die Spur nicht gleich aufgenommen hat, als sie noch frisch war«, bemerkte Hernandez.

»Das können Sie laut sagen.«

Ein kleines Flugzeug dröhnte über ihnen am Himmel – die Drogenbehörde auf der Suche nach Marihuana.

Wheatley erschien auf der Anhöhe gegenüber. Er quälte sich mit vier über die Schulter geschlungenen Feldflaschen einen langen, glatt erodierten Felsen hinauf, der in der Hitze schimmerte. Seine beiden Bluthunde hatte er abgeleint, und sie trotteten mit hängenden Zungen vor ihm her, die Nasen am Boden.

»Ich wette, Wheatley ärgert sich schwarz«, sagte Willer. »Jetzt muss er Wasser für sich und für seine Hunde mitschleppen.«

Hernandez lachte leise. »Und, was denken Sie? Irgendwelche Theorien?«

»Zuerst dachte ich, es ginge um Drogen. Aber inzwischen glaube ich an etwas Größeres. Irgendwas geht hier draußen vor, und sowohl Broadbent als auch dieser Mönch sind darin verwickelt.« Willer inhalierte noch einmal, schnippte die Asche von der Spitze und sah zu, wie sie über den nackten Fels rollte.

»Zum Beispiel?«

»Ich weiß nicht. Die suchen nach irgendwas. Denken Sie mal drüber nach. Broadbent behauptet, er würde oft hier oben herumreiten, nur so zum ›Vergnügen‹. Sehen Sie sich doch nur diesen Mist an. Würden Sie hier zum Vergnügen herumreiten?«

»Todsicher nicht.«

»Und dann stolpert er ganz zufällig über diesen Schatzsucher, kurz nachdem jemand auf ihn geschossen hat. Es ist Sonnenuntergang, er ist zwölf Kilometer von der nächsten Straße entfernt mitten im Nirgendwo … Zufall? Das kann glauben, wer will.«

»Glauben Sie, Broadbent hat selbst geschossen?«

»Nein. Aber er steckt da mit drin. Er verheimlicht uns was. Und dann, zwei Tage nach dem Mord, besucht er auf einmal diesen Mönch, Wyman Ford. Ich habe den Kerl überprüft, anscheinend wandert er auch kreuz und quer in der Wüste herum, verschwindet tagelang.«

»Ja, und was suchen die da?«

»Genau das ist die Frage. Und da ist noch etwas, das Sie nicht wissen, Hernandez. Ich habe Sylvia gebeten, mal nachzusehen, ob wir was über diesen Mönch haben. Raten Sie mal. Er war bei der CIA.«

»Sie wollen mich wohl verarschen.«

»Ich kenne nicht die ganze Geschichte, aber anscheinend ist

er urplötzlich ausgestiegen, im Kloster erschienen, und sie haben ihn aufgenommen. Das ist dreieinhalb Jahre her.«

»Was hat er bei der CIA gemacht?«

»Das ist nicht rauszukriegen, Sie wissen ja, wie die bei der CIA sind. Seine Frau war auch dabei, und sie wurde bei der Ausübung ihrer Pflicht getötet. Er ist ein Held.« Willer zog noch einmal an der Zigarette, schmeckte den bitteren Filter und warf die Kippe weg. Er empfand eine seltsame Befriedigung dabei, diese unberührte Landschaft zu verschmutzen, diesen Ort, der ihm den ganzen Tag lang ins Ohr gebrüllt hatte: *»Du bist niemand, du bist winzig.«* Abrupt richtete er sich auf. Er hatte einen schwarzen Punkt entdeckt, der sich in mittlerer Entfernung über eine niedrige Hügelkuppe bewegte und sich von den hohen Klippen dahinter abhob. Er griff zum Fernglas und starrte hinüber. »Sieh mal einer an. Wenn man vom Teufel spricht.«

»Broadbent?«

»Nein. Dieser so genannte Mönch. Um seinen Hals hängt ein großes Fernglas. Genau wie ich gesagt habe: Er sucht irgendetwas. Teufel, ja – und ich würde einen Finger dafür geben, wenn ich wüsste, was das ist.«

2

Weed Maddox trat auf die vordere Veranda seiner gemieteten Hütte, hakte einen Daumen in die Gürtelschlaufe und atmete tief den Duft der Kiefernnadeln ein, die von der Morgensonne gewärmt wurden. Er hob den Kaffeebecher an die Lippen und schlürfte laut. Er hatte lang geschlafen; es war schon fast zehn Uhr. Hinter den Wipfeln der Gelb-Kiefern konnte er die fernen Gipfel der Canjilon Mountains silbrig schimmern sehen. Er spazierte über die Veranda, wobei seine Cowboystiefel hohl auf den Holzdielen dröhnten, und blieb unter einem verzierten Schild stehen, auf dem SALOON stand. Er stupste es mit dem Zeigefinger an, so dass es an seinen rostigen Scharnieren quietschend hin und her baumelte.

Er blickte die Hauptstraße entlang. Von dem alten CCC-Camp war nicht mehr viel erhalten; die meisten Gebäude waren zu staubigen, morschen Holzhaufen zerfallen und von Büschen und kleinen Bäumen überwuchert. Er trank seinen Kaffee aus, stellte den Becher auf das Geländer, spazierte die Holzstufen hinab und die alte Hauptstraße des Dorfes entlang. Maddox musste zugeben, dass er im Grunde seines Herzens ein Landmensch war. Er war gern allein, keine Straßen, kein Verkehr, keine hohen Gebäude und Menschenmassen. Wenn das hier vorbei war, würde er sich vielleicht sogar ein solches Anwesen kaufen. Von hier aus konnte er Hard Time weiterführen und zur Abwechslung mal ein ruhiges, friedliches Leben genießen, ab und zu ein paar Frauen zur Gesellschaft, weiter brauchte er nichts.

Er ging die staubige Hauptstraße entlang, schob die Hände in die Taschen und pfiff vor sich hin. Am anderen Ende des Ortes verlor sich die Straße in einem überwucherten Pfad, der zur

Schlucht führte. Er folgte ihm und ließ die Stiefel durch das hohe Gras zischen. Dann griff er nach einem Stock und köpfte im Vorbeigehen hochgewachsenes Unkraut.

Zwei Minuten später stand er vor einem Schild, das mitten auf dem Pfad im Boden steckte:

GEFAHR: UNMARKIERTE MINENSCHÄCHTE
BETRETEN VERBOTEN
AUFENTHALT AUF EIGENE GEFAHR

Es war still im Wald, nur der Wind seufzte leise in den Bäumen. Maddox schob sich an dem Schild vorbei. Der Pfad stieg leicht an und folgte einem ausgetrockneten Bachbett. Nach zehn Minuten Fußmarsch erreichte Maddox eine alte Lichtung. Rechts erhob sich ein Hügel, an dem ein schmaler Weg emporführte. Er folgte dem Weg, der etwa vierhundert Meter lang parallel unterhalb der Hügelkuppe verlief und an einem halb verfallenen Schuppen endete – dem Eingang zu einem alten Minentunnel. Die Schuppentür war mit einer Kette samt Vorhängeschloss und einem weiteren »Betreten verboten«-Schild versehen, die Maddox tags zuvor selbst angebracht hatte.

Er zog einen Schlüssel aus der Hosentasche, öffnete das Vorhängeschloss und trat in das kühle, duftende Innere. Eisenbahnschienen führten in ein dunkles Loch im Fels, das mit einer schweren Gittertür bewehrt war, ebenfalls mit einem Vorhängeschloss daran. Er öffnete die Gittertür, die in frisch geölten Angeln zurückschwang, sog den Geruch von feuchtem Stein und muffiger Erde ein und leuchtete dann mit der Taschenlampe in den Gang. Er betrat den Schacht und bahnte sich vorsichtig einen Weg über alte Eisenbahnschwellen und große Pfützen. Der Gang war in den Felsen hineingegraben worden, und hier und da, wo der Fels brüchig war, hatte man die Decke mit gewaltigen Balken abgestützt.

Nach gut dreißig Metern bog der Schacht nach links ab. Maddox umrundete die Ecke, und seine Taschenlampe beleuchtete eine Gabelung. Er nahm die linke Abzweigung, die an einer senkrechten Felswand endete. Vor dieser Wand hatte Maddox einen Verschlag aus Balken gebaut, der in der Verschalung des Schachts verankert war, und so eine kleine Gefängniszelle geschaffen. Er trat an die Holzwand und versetzte ihr einen stolzen Schlag. Solide wie ein Fels. Er hatte gestern Mittag damit begonnen und bis Mitternacht daran gearbeitet, zwölf Stunden ununterbrochener Schwerstarbeit.

Er schlüpfte durch die noch nicht fertig bearbeitete Öffnung in einen kleinen Raum, dessen Rückwand aus dem Ende der Sackgasse bestand. Er nahm eine Kerosinlampe von einem Haken, hob den Glaszylinder hoch, zündete die Lampe an und hängte sie an einen Nagel. Das freundliche gelbe Licht erhellte den Raum, der etwa zwei Meter fünfzig mal drei Meter groß war. Gar nicht übel, dachte Maddox. In eine Ecke hatte er eine Matratze gelegt, fix und fertig mit einem frischen Betttuch bezogen. Daneben standen eine alte hölzerne Kabelrolle als Tisch, einige Stühle, die er aus einer der verfallenen Hütten geholt hatte, ein Pferdeeimer fürs Trinkwasser, ein weiterer Eimer als Toilette. Im Gestein der Rückwand hatte er vier dicke Ringschrauben verankert, und an jeder hing eine Kette mit Schelle aus gehärtetem Stahl – zwei für die Hände, zwei für die Füße.

Maddox blieb noch einen Moment stehen, um sein Werk zu bewundern, und staunte wieder einmal darüber, welches Glück er gehabt hatte, einen solchen Ort zu finden. Der Tunnel war nicht nur perfekt für sein Vorhaben, er hatte obendrein fast das gesamte Holz dafür hier gefunden, alte Balken und Bretter, die in einem Lager weiter hinten in der Mine die Jahre gut überstanden hatten.

Er schüttelte seine angenehmen Träume ab und betrachtete seine grobe mechanische Skizze, die auf einem Fass lag und von der Feuchtigkeit bereits wellig geworden war. Er strich sie glatt, beschwerte die Ecken mit Schrauben und studierte die Zeichnung. Noch ein paar Balken, und er wäre fertig. Anstelle einer Tür, die eine Schwachstelle gebildet hätte, würde er drei Balken vor der Öffnung befestigen – eine einfache, solide und sichere Lösung. Er würde ja höchstens ein paar Mal hineingehen müssen.

In der Höhle war es warm und feucht. Maddox streifte sein Hemd ab und warf es auf die Matratze. Er reckte den muskulösen Oberkörper, machte ein paar Dehnübungen, griff dann nach seiner Profi-Bohrmaschine und setzte einen frischen Akku ein. Er trat zu dem Haufen alter Balken, überprüfte ein paar mit dem Schraubenzieher, bis er einen guten gefunden hatte, vermaß ihn, markierte die richtige Stelle mit dem Bleistift und setzte den Bohrer an.

Das Heulen des Makita-Bohrers hallte in der Höhle wider, und der Geruch von altem, feuchten Holz stieg ihm in die Nase, als sich lange braune Eichenspäne aus dem Bohrloch hervorkräuselten.

Als er durch war, packte er den Balken, stemmte ihn hoch und brachte ihn in Position. Nachdem er ihn mit einem Nagel vorläufig befestigt hatte, bohrte er ein passendes Loch in den fest verankerten Balken dahinter, schob einen 45 Zentimeter langen Bolzen durch und befestigte ihn mit einer Sechskantmutter, die er mit dem Steckschlüssel so hart anzog, dass sie einen guten halben Zentimeter tief im Holz versank.

Niemand, ganz gleich, wie verzweifelt diese Person sein mochte, würde diesen Balken lösen.

Nach einer Stunde war Maddox mit allem fertig, bis auf die Türöffnung. Die drei Balken, mit denen er die Öffnung versperren wollte, lagen daneben gestapelt, vorgebohrt und einsatzbereit.

Maddox ging an der fertigen Gitterwand aus Holzbalken entlang und streichelte jeden einzelnen. Dann stieß er einen Schrei aus, packte mit seinen gewaltigen Händen einen Balken und rüttelte aus Leibeskräften daran, trat dann zurück und stieß von der Seite dagegen, brüllte, schrie, fluchte und warf sich immer wieder mit der Schulter gegen die Wand. Er drehte sich um, packte den Holztisch und schleuderte ihn ein paar Mal an die

Balken, während er kreischte: »Ihr Mistkerle! Bastarde! Ich bring euch alle um, ich reiß euch die Gedärme aus dem Leib!«

Urplötzlich hörte er auf und blieb keuchend stehen. Er holte ein Handtuch aus dem Rucksack, trocknete sich den Schweiß von Brust und Schultern, tupfte sich das Gesicht ab, strich sich das Haar glatt und kämmte es mit den Fingern zurück. Er hob sein Hemd auf, schlüpfte hinein und ließ die Rückenmuskeln spielen.

Maddox gestattete sich ein Grinsen.

Niemand würde aus seinem Gefängnis ausbrechen.

Niemand.

3

Wyman Ford klopfte den Staub von seiner Kutte und setzte sich auf den umgestürzten Baumstamm einer alten Kiefer. Er war vom Kloster aus fast dreißig Kilometer weit gewandert und hatte die luftigen Höhen des Navajo Rim erreicht, eines großen, langen Tafelbergs, der sich über viele Kilometer am südlichen Rand der Echo Badlands entlangzog. Weit hinter ihm lagen die zinnoberroten Canyons von Ghost Ranch, und der Blick nach Nordwesten wurde von den schneebedeckten Gipfeln der Canjilon Mountains eingerahmt.

Ford holte vier topographische Karten der U.S. Geological Survey aus seinem Rucksack, faltete sie auf, legte sie nebeneinander auf den Boden und beschwerte die Ecken mit Steinen. Er nahm sich einen Moment Zeit, um sich zurechtzufinden und im Geiste diverse Orientierungspunkte der Umgebung mit den Darstellungen auf den Karten zu verbinden. Mit dem Fernglas suchte er die Echo Badlands ab und hielt Ausschau nach einer Felsformation, die jener auf dem Computerbild ähnelte. Wenn er etwas Vielversprechendes entdeckte, markierte er die Stelle mit einem roten Buntstift auf der Karte. Nach fünfzehn Minuten ließ er das Fernglas sinken, ermutigt von dem, was er vor sich sah. Er hatte noch keine genaue Übereinstimmung gefunden, doch je länger er sich die endlosen Canyons anschaute, die sich kreuz und quer durch die Echo Badlands zogen, umso mehr war er davon überzeugt, dass die Formation, die den T-Rex enthielt, sich irgendwo hier befinden musste. Die Kuppelform des Felsens auf der Darstellung schien typisch für die Formationen zu sein, die er von seinem Aussichtspunkt aus erkennen konnte. Das Problem war, dass ihm oft Mesas oder hohe Ränder von Schluchten den Blick versperrten. Obendrein zeigte das Computerbild nur einen zweidimensionalen Querschnitt des Felsens. Daraus ließ sich nicht schließen, wie die Formation aus einem anderen Blickwinkel aussehen könnte.

Wieder hob er das Fernglas an die Augen und suchte weiter, bis er alles erkundet hatte, was er von hier aus sehen konnte. Es war Zeit, zu einer Stelle weiterzuziehen, die er auf der Karte als Aussichtspunkt 2 markiert hatte, eine kleine Spitzkuppe am anderen Ende des Navajo Rim, die wie ein amputierter Daumen aus der Hochebene ragte. Es war ein weiter Fußmarsch, aber sicher die Mühe wert. Von dort aus würde er fast die gesamten Badlands überblicken können.

Er griff nach seiner Wasserflasche, schüttelte sie und schätzte, dass sie noch immer gut zur Hälfte gefüllt war. Er hatte eine zweite, volle Flasche im Rucksack. Wenn er ein bisschen aufpasste, würde er mit dem Wasser keine Schwierigkeiten haben.

Er trank einen kleinen Schluck und machte sich auf den Weg, am Rand des Navajo Rim entlang.

Im Gehen verfiel er in einen angenehmen Tagtraum, ausgelöst durch die körperliche Anstrengung. Er hatte dem Abt erzählt, dass er ein wenig kontemplative Zeit allein in der Wüste verbringen wolle, und versprochen, bis zur Terz am folgenden Tag wieder im Kloster zu sein. Dazu war er jetzt schon zu weit gelaufen, und wenn er noch in die Badlands ging, würde er frühestens in zwei Tagen zurückkommen. Den Abt würde das nicht stören – er war daran gewöhnt, dass Ford sich auf spiritueller Suche in die Wüste zurückzog. Aber diesmal hatte Ford das unbestimmte Gefühl, dass er etwas Falsches tat. Er hatte den Abt in die Irre geführt, was den Grund für diesen Ausflug anging; dass er betete, fastete und sich keinerlei Bequemlichkeit gönnte, solange er in der Wüste war, machte dies noch lange nicht zu einer spirituellen Suche. Ihm wurde klar, dass er sich von der Spannung hatte mitreißen lassen, von dem Geheimnis, der Aufregung, einen Dinosaurier zu finden. Im Kloster hatte er die Gabe der Selbstreflexion gelernt, etwas, worauf er noch nie scharf gewesen war, doch nun setzte er seine Fähigkeiten ein, um seine Motive zu hinterfragen. Warum tat er das hier? Es ging ihm nicht darum, den Dinosaurier zum Wohle des amerikanischen Volkes zu entdecken, so gern er sich auch einbilden wollte, dass er aus rein altruistischem Antrieb handelte. Es ging ihm nicht um Geld und ganz gewiss nicht um Ruhm und Ansehen.

Er tat das aus einem tief verankerten Impuls, einer Charakterschwäche, einem Durst nach Aufregung und Abenteuer. Vor drei Jahren hatte er eine Entscheidung getroffen, die damals auch impulsiv gewesen war, inzwischen aber durch gründliche Erwägung und Gebete bestätigt worden war – sich von der Welt zurückzuziehen und sein Leben dem Dienst an Gott zu widmen. Diente diese kleine Expedition Gott in irgendeiner Weise?

Er glaubte es nicht.

Trotz dieser Gedanken, wie von einer fremden Macht gesteuert, setzte Bruder Wyman Ford seinen Weg entlang der windigen Klippen des Navajo Rim fort, den Blick fest auf die ferne Felsspitze geheftet.

4

Iain Corvus stand am Fenster, als er die Sprechanlage auf dem Schreibtisch leise klingeln hörte und die Stimme seiner Sekretärin verkündete: »Mr. Warmus vom Bureau of Land Management auf Leitung eins.«

Corvus trat rasch hinter seinen Schreibtisch, griff nach dem Telefon und bemühte sich um seine freundlichste Stimme. »Mr. Warmus, wie *geht* es Ihnen? Ich nehme an, Sie haben meinen Antrag auf eine Genehmigung erhalten?«

»Sicher, Professor. Hab ihn hier vor mir liegen.« Der breite Western-Akzent tat Corvus' Ohren weh. *Professor.* Wo kamen diese Leute nur her?

»Gibt es ein Problem damit?«

»Ja, das kann man sagen. Ist sicher ein Versehen, aber ich finde hier keine genauen Positionsdaten.«

»Das war kein Versehen, Mr. Warmus. Ich habe diese Information nicht eingetragen. Es handelt sich hier um ein ungeheuer wertvolles Exemplar, das durch Raubgräber sehr gefährdet wäre.«

»Schon klar, Professor«, kam die gedehnte Antwort, »aber die Mesas sind riesig. Wir können Ihnen keine Erlaubnis für museale paläontologische Grabungen ausstellen, wenn die Ortsangabe fehlt.«

»Dieses Exemplar ist auf dem Schwarzmarkt Millionen wert. Diese Information herauszugeben, selbst an Ihre Behörde, wäre ein Risiko, das ich äußerst ungern eingehen würde.«

»Das verstehe ich, Sir, aber hier im BLM werden alle Genehmigungsanfragen streng unter Verschluss gehalten. Die Sache ist ganz einfach: keine Ortsangabe, keine Genehmigung.«

Corvus atmete tief durch. »Wir können Ihnen natürlich eine

allgemeine Angabe machen –« – »Nein, Sir«, unterbrach ihn der Beamte. »Wir brauchen unbedingt Bezirk, Sektion und GPS-Koordinaten. Sonst können wir den Antrag nicht bearbeiten.«

Corvus holte tief Luft und versuchte, seine Stimmlage unter Kontrolle zu halten. »Ich bin nur deshalb so besorgt, weil im vergangenen Jahr, wie Sie sich vielleicht erinnern, in McCone County, Montana, ein erstklassiger Diplodocus entwendet wurde, unmittelbar, nachdem der Antrag eingereicht war.«

»Entwendet?«

»Gestohlen.«

Die nasale Stimme fuhr fort: »Ich arbeite nicht beim BLM in Montana, also kann ich auch nichts von einem *entwendeten* Diplodocus wissen. Hier in *New Mexico* sind genaue Koordinaten erforderlich, damit wir eine Grabungsgenehmigung erteilen können. Wenn wir nicht wissen, wo das Exemplar ist, wie sollen wir Ihnen dann die Genehmigung erteilen? Sollen wir ein Grabungsmoratorium über die gesamten Mesas verhängen, bis Sie Ihr Exemplar eingesammelt haben? Wohl kaum.«

»Ich verstehe. Ich lasse Ihnen die Daten der Fundstelle so bald wie möglich zukommen.«

»Machen Sie das. Und da ist noch was.«

Corvus wartete.

»Ihrem Antrag sind keine Fotos oder Vermessungen beigefügt. Die gehören in Anhang A. Es steht doch eindeutig in den Vorschriften: ›Der Antragsteller hat eine wissenschaftliche Vermessung des Fundortes beizufügen, welche das Fossil in situ ausweist, darüber hinaus Fernerkundungsdaten, soweit vorhanden, sowie Fotografien des betreffenden Exemplars.‹ Wir müssen doch irgendeinen Beweis dafür haben, dass da überhaupt ein Fossil ist.«

»Die Entdeckung wurde erst kürzlich gemacht, und der Fundort ist sehr abgelegen. Wir konnten ihn noch nicht wieder aufsuchen, um eine Vermessung vorzunehmen. Mir geht es darum, mich rückzuversichern und Anspruch auf das Fundstück anzumelden, nur für den unwahrscheinlichen Fall, dass ein weiterer Antrag für dasselbe Fossil eingereicht werden sollte.«

Ein bürokratisches Stöhnen. »Der Anspruch geht an die erste staatlich anerkannte, nichtkommerzielle Institution, Museum oder Universität, die einen einwandfreien Antrag einreicht. Ich muss Ihnen sagen, Professor, dass der Antrag hier von Ihnen nicht reicht, um Ihnen den Anspruch zu sichern.«

Corvus biss die Zähne zusammen. *Der Antrag von Ihnen.*

»Es muss doch irgendeine Möglichkeit geben, den Anspruch zu sichern, ohne die exakten Koordinaten anzugeben.«

Vom anderen Ende der Leitung war ein langes, überhebliches Schnauben zu hören. Corvus spürte, wie ihm das Blut in den Schläfen pochte. »Wie gesagt, wenn Sie Ihre Unterlagen in Ordnung bringen, stellen wir die Genehmigung aus. Erst dann. Wenn jemand anders einen Antrag für dasselbe Fossil einreicht – tja, das ist dann nicht unser Problem. Wer zuerst kommt, mahlt zuerst.«

»Verdammt noch mal, Mann, wie viele vollständige T-Rex könnte es da draußen wohl noch geben?«, explodierte Corvus.

»Immer mit der Ruhe, Professor.«

Corvus fand nur mit großer Mühe die Fassung wieder. Dieser Mann war der Letzte auf der Welt, mit dem er es sich verscherzen durfte. Er war der Bürokrat, der die Macht besaß, ihm die Genehmigung zur Bergung eines Fossils auf staatlichem Grund und Boden zu erteilen. Der Kerl konnte sie aber ebenso gut diesem verdammten Sack Murchison vom Smithsonian geben. »Ich bitte um Verzeihung, ich habe übereilt gesprochen, Mr. Warmus. Ich werde Ihnen die gewünschten Informationen so bald wie möglich zukommen lassen.«

»Das nächste Mal, wenn Sie einen Antrag auf ein Fossil auf staatlichem Land stellen«, dozierte der Mann, »nehmen Sie sich die Zeit, alles richtig auszufüllen. Das macht uns die Sache leichter. Auch wenn Sie ein großes New Yorker Museum sind, müssen Sie sich trotzdem an die Spielregeln halten.«

»Ich möchte mich noch einmal aufrichtig entschuldigen.«

»Schönen Tag noch.«

Corvus steckte das Telefon besonders sorgfältig in die Station. Er atmete tief durch und strich sich mit zitternder Hand das Haar zurück. Der arrogante kleine Scheißer. Er blickte auf: Es war fünf Uhr, also drei Uhr in New Mexico. Maddox hatte sich seit achtundvierzig Stunden nicht mehr gemeldet, verdammt. Bei ihrem letzten Gespräch hatte es ausgesehen, als habe er alles unter Kontrolle, aber in zwei Tagen konnte viel passieren.

Er ging in seinem Büro auf und ab, drehte sich am Fenster um und blieb stehen, um hinauszuschauen. Die abendlichen Ruderboote stachen gerade auf dem Teich in See, und er suchte unwillkürlich nach Vater und Sohn von neulich. Aber natürlich waren sie nicht wieder da – warum auch? Einmal war genug.

5

Sechs Uhr. Die Sonne war hinter dem Rand des Canyons versunken, und die Hitze ließ allmählich nach, aber zwischen den hohen Sandsteinwänden war die Luft noch immer stickig. Willer, der einen weiteren endlos langen Canyon entlangtrottete, hörte plötzlich hektisches Gebell von einem der Hunde, weiter vorn hinter einer Kurve, gefolgt von Wheatleys grellem Geschrei. Er und Hernandez wechselten einen Blick.

»Klingt, als hätten sie was gefunden.«

»Ja.«

»Lieutenant!«,hörte er Wheatleys panische Stimme. »Lieutenant!«

Das hysterische Bellen der Hunde und Wheatleys Geschrei hallten von Echos verzerrt durch die schmale Schlucht, als steckten sie alle in einer riesigen Posaune. Obwohl die lange Sucherei Willer auf die Nerven gegangen war, hatte ihm vor diesem Moment gegraut.

»Wurde aber auch Zeit«, sagte Hernandez, der auf seinen kurzen Beinen neben ihm her rannte.

»Ich will bloß hoffen, dass Wheatley diese Hunde unter Kontrolle hat.«

»Wissen Sie noch, letztes Jahr, da haben sie diesem alten Knacker den linken –«

»Schon gut, schon gut«, unterbrach Willer ihn hastig. Als er um die Biegung kam, sah er, dass Wheatley die Hunde nicht im Griff hatte. Er hatte eine der Leinen fallen gelassen und versuchte erfolglos, den anderen Hund zurückzuzerren, während beide Tiere an einer engen Biegung direkt am Fuß der Felsenklippe wie die Wilden im Sand buddelten. Hernandez und Willer rannten hinzu, schnappten sich die Leinen, zogen die

Hunde zurück und banden sie an einem Felsbrocken fest. Keuchend und mit rotem Gesicht untersuchte Willer die Stelle. Der Sand war von den Hunden aufgewühlt worden, aber der Schaden war nicht groß, denn der schwere Regen der vergangenen Woche hatte ohnehin sämtliche oberflächlichen Spuren verwaschen. Als er die Umgebung absuchte, fand er keinen Hinweis darauf, dass unter dem Sand etwas verborgen sein könnte – bis auf einen schwachen, unangenehmen Geruch, den die sachte Brise an ihm vorbeitrug. Hinter ihm wimmerten die Hunde.

»Graben wir hier.«

»Graben?«, fragte Hernandez, und sein rundes Gesicht wirkte bestürzt. »Sollten wir nicht lieber auf die Spurensicherung und die Gerichtsmedizin warten?«

»Wir wissen doch noch gar nicht, ob wir eine Leiche haben. Könnte auch ein Stück totes Wild sein. Wir können kein komplettes Spurensicherungsteam per Helikopter hier herauskommen lassen, solange wir nicht sicher sind.«

»Ich verstehe.«

Willer setzte seinen Rucksack ab, holte zwei kleine Spaten heraus und warf Hernandez einen davon zu. »Ich glaube nicht, dass es sehr tief ist. Unser Mörder hatte ja nicht viel Zeit.«

Er kniete sich hin und schabte mit dem Spaten den losen Sand beiseite, eine Schicht nach der anderen. Hernandez tat das Gleiche auf der anderen Seite der Fundstelle, so dass sie zwei ordentliche Haufen bildeten, welche die Spurensicherung später durchsieben konnte. Willer achtete genau auf eventuelle Beweise – Kleidungsstücke oder kleine persönliche Gegenstände –, doch es kam nichts dergleichen zutage. Das Loch wurde tiefer, der zuvor trockene Sand war nun feucht. Da unten war etwas, todsicher, dachte Willer, als der Geruch immer stärker wurde.

In einem knappen Meter Tiefe schabte der Spaten über etwas Haariges, Weiches. Eine Woge von Gestank, dick wie Erbsensuppe, schlug ihm ins Gesicht. Er kratzte vorsichtig weiter und atmete nur noch durch den Mund. Das Ding war fünf Tage lang bei dieser Hitze in feuchtem Sand vergraben gewesen, und so roch es auch.

»Das ist kein Mensch«, sagte Hernandez.

»Das sehe ich auch.«

»Vielleicht ein Hirsch.«

Willer schabte weiter darum herum. Das Fell war zu rau, zu lang und verfilzt für einen Hirsch, und als er versuchte, mehr Sand abzukratzen, um es besser erkennen zu können, lösten sich stellenweise Haut und Fell, und darunter kam schleimiges bräunlich rosa Fleisch zum Vorschein. Das war kein Hirsch: Es war ein Esel. Der Esel des Schatzsuchers, den Broadbent erwähnt hatte.

Er richtete sich auf. »Wenn es eine Leiche gibt, dann müsste sie danebenliegen. Sie nehmen die Seite, ich grabe da.«

Wieder begannen sie, Sand abzuschaben und sorgfältig neben sich aufzuhäufen. Willer zündete sich eine Zigarette an und steckte sie sich zwischen die Lippen in der Hoffnung, den Gestank ein wenig zu vertreiben.

»Hab was.«

Willer stand auf und ging zu der Stelle, wo Hernandez im Sand kniete. Er schabte noch ein wenig Sand beiseite und legte etwas frei, das so lang und dick aussah wie eine große Brühwurst. Willer brauchte einen Augenblick, um zu erkennen, dass es sich um einen Unterarm handelte. Eine zweite Woge widerlichen Gestanks traf ihn wie ein körperlicher Schlag, ein anderer, viel schlimmerer Geruch als vorhin. Er zog kräftig an seiner Zigarette, aber es half nichts: In seinem Mund schmeckte es nach Leiche. Er stand auf, würgte und trat zurück. »Okay. Das reicht. Wir haben eine Leiche – mehr brauchen wir nicht zu wissen.«

Hernandez trat hastig den Rückzug an, begierig darauf, von dem provisorischen Grab wegzukommen. Willer ging ein paar Schritte gegen den Wind von der Stelle fort und rauchte wie besessen, inhalierte bei jedem Atemzug so viel Rauch, als könnte er damit seine Lunge vom Gestank des Todes reinigen. Er sah sich um. Die Hunde zerrten an ihren Leinen und jaulten ungeduldig. Was wollten sie? Eine gute Mahlzeit?

»Wo ist Wheatley?«, fragte Hernandez und blickte sich um.

»Woher soll ich das wissen?« Willer sah Wheatleys frische Fußabdrücke, die weiter in den Canyon hineinführten. »Stellen Sie mal fest, was er da macht, ja?«

Hernandez lief die Schlucht entlang und verschwand bald um die Biegung. Gleich darauf kehrte er mit einem höhnischen Grinsen im Gesicht zurück.

»Er kotzt.«

6

Am Freitagmorgen ging die Sonne an einem makellos blauen Himmel auf. Die Häher krächzten und zankten sich in den Kiefern, und die Pappeln warfen lange, kühle Schatten über die Wiese. Tom hatte die Pferde am frühen Morgen gefüttert, ihnen eine Stunde Zeit zum Fressen gelassen und führte nun sein Lieblingspferd Knock zur Umzäunung, um ihn zu satteln. Sally gesellte sich mit ihrem falbfarbenen Wallach Sierra zu ihnen, und sie arbeiteten schweigend nebeneinander, striegelten die Pferde, kratzten die Hufe aus, legten Sattel und Zaumzeug an.

Als sie sich auf den Weg machten, hing nur noch in den Schatten der Pappeln am Bach eine Erinnerung an die morgendliche Kühle. Zu ihrer Linken ragte der Pedernal Peak auf, dessen steile Flanken in einem wie abgeschnitten wirkenden Gipfel endeten, berühmt geworden durch die Gemälde von Georgia O'Keeffe. Wie üblich ritten sie schweigend nebeneinander her, weil sie sich beim Reiten lieber nicht unterhielten – die Freude daran, einfach zusammen zu sein, war genug. Sie erreichten die Furt, und die Pferde platschten durch den flachen Bach, dessen Wasser von der Schneeschmelze in den Bergen immer noch eisig kalt war.

»Wohin, Cowboy?«, fragte Sally.

»Barrancones Spring.«

»Wunderbar.«

»Shane hat alles im Griff«, sagte Tom. »Ich werde heute Nachmittag gar nicht gebraucht.«

Sein Gewissen zwickte. Er hatte Shane in der vergangenen Woche ziemlich viel aufgeladen.

Sie erreichten den Steilhang und ritten einen schmalen Pfad

hinauf. Ein Falke kreiste über ihnen und schrie. Es duftete nach Pappeln und Staub.

»Verdammt, ich liebe dieses Land«, sagte Sally.

Der Pfad schlängelte sich am Berg empor und durch kühle Kiefernwäldchen. Nach einer halben Stunde erreichten sie den Gipfel, und Tom wendete sein Pferd, um die Aussicht zu bewundern. Er konnte sich daran nie sattsehen. Links von ihm erhob sich die steile Flanke des Pedernal, rechts die schroffen orangeroten Klippen der Pueblo Mesa. Darunter lagen die ungleichmäßig geformten Alfalfa-Felder am Cañones Creek, dessen schmales Tal sich in das riesige Piedra Lumbre Valley verbreiterte, hunderttausend Morgen weit. Am anderen Ende ragte die atemberaubende Silhouette der Mesa der Alten auf, von Canyons durchschnitten – der Anfang des hohen Tafellandes. Irgendwo da draußen lag das Fossil eines großartigen Tyrannosaurus Rex – und ein halb wahnsinniger Mönch streifte auf der Suche danach herum. Er warf einen Seitenblick auf Sally. Der Wind spielte mit ihrem honigblonden Haar, sie hatte das Gesicht der Sonne zugewandt, und ihre Lippen waren leicht geöffnet vor Freude und Staunen.

»Keine üble Aussicht«, sagte sie schließlich.

Sie ritten weiter, und der Wind raschelte im hohen Moskitogras an den Wegrändern. Er ließ Sally vorausreiten und beobachtete sie auf ihrem Pferd. Schweigend setzten sie ihren Weg fort, und das einzige Geräusch war das rhythmische Knarzen ihrer Sättel.

Als sich das hohe Grasland der Mesa Escoba vor ihnen auftat, drückte sie Sierra die Fersen in die Seiten und trabte an. Tom folgte ihr. Sie verließen den Pfad und ritten durch das im Wind wogende Gras, in dem Indian Paintbrush, ein Malvengewächs, und Lupinen blühten.

»Reiten wir ein bisschen schneller«, sagte Sally und trieb das Pferd erneut mit den Fersen an. Es fiel in einen leichten Galopp.

Tom hielt mit. Am Ende der Wiese sah Tom ein paar Grüppchen von Pappeln am Fuß einer roten Felsklippe, die Barracones Spring markierten.

»Also los!«, rief Sally. »Wer als Erster an der Quelle ist! Hü!« Sie trieb Sierra erneut voran, das Pferd schoss vorwärts, raste in gestrecktem Galopp über die Wiese, und Sally stieß einen Freudenschrei aus.

Knock, der immer vorneweg sein wollte, musste kaum gedrängt werden, die Verfolgung aufzunehmen, und bald jagten sie Kopf an Kopf über die große Wiese. Sierra zog noch einmal an, und Sallys Haar flatterte hinter ihr her wie eine goldene Flamme. Tom beobachtete, wie sie vor ihm her flog, und musste zugeben, dass sie eine verdammt gute Reiterin war. Die beiden Pferde donnerten über das Gras und in die plötzliche Kühle unter den Bäumen an der Quelle. Im letzten Augenblick zügelte Sally ihr Pferd, und Tom tat es ihr gleich; die Pferde warfen ihr Gewicht zurück und gruben die Hufe in den Boden – schließlich waren sie gut ausgebildete Westernpferde – und kamen schlitternd zum Stehen. Als Tom zu Sally hinüberblickte, saß sie aufrecht auf dem Pferd, das Haar zerzaust, mit leicht gerötetem Gesicht, die weiße Bluse halb geöffnet, weil sie bei ihrem wilden Ritt ein paar Knöpfe gesprengt hatte.

»Das hat Spaß gemacht.«

Sie sprang vom Pferd.

Sie standen in einem kleinen Pappelwäldchen, in dessen Mitte ein paar Baumstämme um eine Feuerstelle zum Sitzen einluden. Mestizencowboys aus längst vergangenen Zeiten hatten hier ein primitives Lager errichtet, mit Tischen aus grob behauenen Kiefernstämmen, einer Holzkiste für Vorräte, die an einen Baumstamm genagelt war, einer Spiegelscherbe, die in einer Baumgabel steckte, und einem abgesplitterten Emaille-Waschbrett an einem rostigen Nagel. Die Quelle selbst lag direkt am Fuß der Felswand, ein tiefer kleiner Teich, der hinter einem Schleier aus Wüstenweiden verborgen war. Tom sammelte die Pferde ein, sattelte sie ab, ließ sie an der Quelle saufen und band sie dann zum Grasen an. Als er zurückkam, hatte Sally eine dünne Decke über einen Tisch gebreitet und ihr Picknick ausgepackt. Mitten auf dem Tisch stand eine eben geöffnete Flasche Rotwein.

»Das hat doch mal Klasse«, sagte Tom und griff danach. »Castello di Verrazzano, 97er Riserva.«

»Ich habe ihn in meine Satteltasche geschmuggelt. Ich hoffe, du hast nichts dagegen.«

»Ich fürchte, den hat es ganz schön durchgeschüttelt«, sagte Tom in gespielt tadelndem Tonfall. »Findest du wirklich, dass wir schon zum Mittagessen Alkohol trinken sollten? Außerdem soll man doch nicht trinken und reiten.«

»Na, na«, ahmte Sally seine Gouvernanten-Stimme nach, »dann werden wir die Regeln wohl ein bisschen großzügiger auslegen müssen, nicht wahr?« Sie nahm zwei gewaltige Bissen von ihrem Sandwich und goss dann Rotwein in einen Plastikbecher. »Hier.«

Er nahm den Becher, schwenkte ihn herum, nippte und spielte den Weinkenner. »Beere, Vanille und ein Hauch von Schokolade.«

Sally goss sich ebenfalls einen Becher ein und trank gierig. Tom biss von seinem Sandwich ab und beobachtete sie beim Essen. Grünliches Licht fiel durch das Blätterdach, und jede leichte Brise ließ die Bäume rascheln. Als er aufgegessen hatte, legte er sich auf die Decke, die sie im weichen Gras ausgebreitet hatte. In der Ferne, durch die Pappeln hindurch, konnte er die Pferde im Halbschatten grasen sehen. Plötzlich spürte er eine kühle Hand auf der Stirn. Er drehte sich um und sah Sally, die sich über ihn beugte, wobei ihr blondes Haar ihr wie ein Vorhang ins Gesicht fiel.

»Was wird denn das?«

Sie lächelte. »Wonach sieht es denn aus?« Sie stützte die Hände zu beiden Seiten seines Kopfes auf die Decke.

Tom versuchte, sich aufzurichten, doch sie schob ihn sanft zurück aufs Gras.

»He …«, sagte er.

»Selber he.«

Eine ihrer Hände glitt unter sein Hemd und streichelte seine Brust. Sie beugte sich vor und küsste ihn. Ihre Lippen schmeckten nach Pfefferminze und Wein. Sie lehnte sich ganz über ihn, und ihr Haar fiel ihm auf die Brust.

Er streckte die Hand aus, berührte es, streichelte es, strich dann mit der Hand ihren kräftigen Rücken hinab und merkte, wie sich ihre Muskeln spannten. Als er sie zu sich herabzog, spürte er ihren schlanken Körper und ihre weichen Brüste, die sich an ihn schmiegten.

Danach lagen sie nebeneinander auf der Decke. Sein Arm war unter ihren Nacken geschoben, und er blickte in ihre unglaublichen türkisblauen Augen.

»Viel schöner geht es gar nicht mehr, oder?«, fragte er.

»Nein«, flüsterte sie. »Es ist so schön, dass es einem beinahe Angst machen könnte.«

7

Maddox spazierte die Canyon Road entlang und bog am Camino del Monte Sol ab. Ein Wald handbemalter Schilder bot sich ihm dar; sie standen zu beiden Seiten der schmalen Straße aufgereiht, und eines versuchte das andere an kunstfertiger Niedlichkeit zu übertreffen. Die Bürgersteige wimmelten von Touristen, ausgerüstet wie für einen Trip in die Sahara, mit breitkrempigen Sonnenhüten, Wasserflaschen in Gürtelhalterungen und klobigen Wanderschuhen. Die meisten von ihnen wirkten blass und verwirrt, als wären sie gerade wie Würmer aus den regnerischen, verrottenden Städten des Ostens hervorgekrochen. Maddox selbst machte heute einen auf reichen Texaner und meinte, den Look mit seinem Resistol-Cowboyhut, den Stiefeln und einer Western-Krawatte mit einem männlich wirkenden, golfballgroßen Türkis gut getroffen zu haben.

Die Straße führte an einigen viktorianischen Häusern vorbei, die wie alle anderen hier zu Galerien umgebaut worden waren und in deren Schaufenstern indianischer Schmuck und Töpferwaren schimmerten. Er sah auf die Uhr. Mittag. Er musste noch ein bisschen Zeit totschlagen.

Er spazierte in verschiedene Galerien und Boutiquen und staunte über die schiere Menge an Silber, Türkisen und Töpferkram, den es auf dieser Welt gab – von Gemälden ganz zu schweigen. Kunst, so fand Maddox, war im Grunde nur Betrug, und er ließ den Blick über ein weiteres Schaufenster schweifen: grellbunte Canyons, Kojoten, die den Mond anheulten, und in pittoreske Decken gewickelte Indianer. Eine weitere Methode, leicht Geld zu verdienen, und ebenfalls völlig legal. Warum hatte er die vielen Möglichkeiten nicht früher erkannt? Er hatte sein halbes Leben an den Versuch vergeudet, auf die harte, illegale Tour zu Geld zu kommen, und nicht gemerkt, dass die besten Methoden, das schnelle Geld zu machen, die ganz legalen Betrügereien waren. Wenn er mit diesem Auftrag fertig war, wollte er ein hundertprozentig gesetzestreuer Bürger werden, ein bisschen mehr Geld in Hard Time stecken, vielleicht sogar nach Investoren suchen. Er könnte damit der nächste Dot-Com-Millionär werden.

Eine Galerie, vollgestopft mit gewaltigen Skulpturen in Bronze und Stein, stach ihm ins Auge. Das Zeug sah teuer aus – allein der Transport würde ein Vermögen kosten. Die Tür klimperte, als er eintrat, und eine junge Frau stakste auf hohen Absätzen heran und schenkte ihm ein strahlendes, stark geschminktes Lächeln.

»Kann ich Ihnen helfen?«

»Aber klar«, sagte er und hörte befriedigt seinen gedehnten Akzent. »Diese Skulptur hier …« Er wies mit einem Nicken auf die größte, die er fand, eine lebensgroße Gruppe von Indianern, aus einem einzigen Stück Stein gemeißelt und mindestens drei Tonnen schwer. »Darf ich fragen, was die kostet?«

»*Wegesegen.* Die kostet fünfundsiebzig.«

Maddox konnte sich gerade noch daran hindern zu sagen: »*Tausend?*« Stattdessen fragte er: »Akzeptieren Sie Kreditkarten?«

Falls sie überrascht war, ließ sie es sich nicht anmerken. »Wir müssen das Kreditlimit abfragen, weiter nichts. Die meisten Leute haben nicht so viel Kredit.«

»Ich bin nicht die meisten Leute.«

Ein weiteres strahlendes Lächeln. Wo ihre Seidenbluse offen stand, waren Sommersprossen auf ihrer Brust zu sehen.

»Ich bezahle so oft wie möglich mit der Karte, weil ich Flugmeilen dafür bekomme.«

»Mit den Meilen für diesen Kauf könnten Sie nach China fliegen.«

»Thailand wäre mir lieber.«

»Dafür reicht es auch.«

Er betrachtete sie genauer. Sie war eine gut aussehende Frau, und das war in einem solchen Laden auch notwendig. Er fragte sich, ob sie Provision bekam.

»Also …« Er lächelte und zwinkerte. »Nennen Sie mir auch den Preis dafür?« Er zeigte auf eine Bronzestatue von einem Indianer, auf dessen Arm ein Adler saß.

»*Flieg frei, Adler.* Die kostet hundertzehn.«

»Ich habe gerade eine Ranch außerhalb der Stadt gekauft und muss das verdammte Ding einrichten. Zehntausend Quadratmeter, und das ist nur das Haupthaus.«

»Ich verstehe.«

»Maddox. Jim Maddox.« Er streckte die Hand aus.

»Clarissa Provender.«

»Freut mich, Sie kennen zu lernen, Clarissa.«

»Der Künstler, Willy Atcitty, ein echter, registrierter Angehöriger des Stammes der Navajo, ist einer unserer besten indianischen Bildhauer. Das erste Stück, das Sie sich angesehen haben, ist aus einem einzigen Alabasterblock aus den San Andres Mountains gearbeitet.«

»Wunderschön. Was stellt es dar?«

»Einen dreitägigen Wegesegens-Gesang.«

»Einen was?«

»Der Wegesegen ist eine traditionelle Zeremonie der Navajo, die Harmonie und Gleichgewicht herstellen soll.«

»Das brauche ich dringend.« Er stand ihr nun nahe genug, um die Spülung zu riechen, mit der sie heute Morgen ihr glänzendes schwarzes Haar gewaschen hatte.

»Wer braucht das nicht?«, erwiderte Clarissa Provender lachend und musterte ihn von der Seite; sie hatte kluge braune Augen.

»Clarissa, Sie hören das sicher ständig, und Sie müssen es mir sagen, falls ich zu aufdringlich bin, aber – wie wäre es mit einem schönen Essen heute Abend?«

Ein breites, falsches Lächeln. »Ich soll nicht mit potenziellen Kunden ausgehen.«

Maddox fasste das als Ja auf. »Ich werde um sieben im Pink Adobe sein. Falls Sie mir dort rein zufällig begegnen, würde ich Sie liebend gern auf einen Martini und ein Steak einladen.«

Sie sagte nicht Nein, und das ermutigte ihn. Er wedelte mit der Hand in Richtung der Skulpturen. »Ich glaube, ich nehme die in Alabaster. Aber ich muss erst die vorgesehene Stelle ausmessen, ob sie auch hinpasst. Wenn nicht, nehme ich auf jeden Fall diese andere da.«

»Ich habe alle Angaben hinten: Maße, Gewicht, Einzelheiten zur Lieferung.«

Sie stöckelte los, und er starrte auf ihren Po, der in dem kurzen schwarzen Kleidchen davonwackelte. Sie kehrte mit einem Infoblatt, einer Visitenkarte und einer Broschüre über den Künstler zurück und überreichte ihm alles mit einem Lächeln. Er konnte verschmierten Lippenstift auf ihrem linken Eckzahn sehen. Die Unterlagen steckte er in die innere Jackentasche.

»Dürfte ich kurz Ihr Telefon für ein Ortsgespräch benutzen?«

»Bitte.«

Sie führte ihn zu ihrem Schreibtisch ganz hinten in der Galerie, wählte die Amtsleitung und reichte ihm das schnurlose Telefon.

»Dauert auch nicht lange. Hallo? Dr. Broadbent?«

Die Stimme am anderen Ende sagte: »Nein, hier spricht Shane McBride, sein Partner.«

»Ich bin gerade nach Santa Fe gezogen und habe eine Ranch südlich der Stadt erworben. Jetzt möchte ich gern ein Westernpferd kaufen. Es ist ein Paint Horse, ein sehr schönes Tier, aber ich möchte es vorher von einem Tierarzt untersuchen lassen. Könnte Dr. Broadbent das übernehmen?«

»Wann denn?«

»Heute oder am Samstag.«

»Dr. Broadbent ist im Moment nicht da, aber am Montag hätte er Zeit.«

»Samstags geht es nicht?«

»Ich habe am Samstag Dienst, und, Moment … um zwei Uhr hätte ich noch einen Termin frei.«

»Nehmen Sie es bitte nicht persönlich, Shane, aber Dr. Broadbent ist mir sehr empfohlen worden, und es wäre mir wirklich lieber, er kommt selbst.«

»Wenn Sie ihn haben wollen, müssen Sie wohl bis Montag warten.«

»Ich bräuchte aber einen Termin am Samstag. Falls das sein freier Tag sein sollte, zahle ich auch gern einen Zuschlag.«

»Er ist am Samstag gar nicht da. Tut mir leid. Wie gesagt, ich würde das gern für Sie machen.«

»Das geht nicht gegen Sie persönlich, Shane, aber wie gesagt …« Er ließ seine Stimme enttäuscht verebben. »Trotzdem vielen Dank. Ich rufe am Montag noch einmal an und vereinbare einen neuen Termin.« Er legte auf und zwinkerte Clarissa zu.

Sie musterte ihn mit undurchdringlicher Miene.

»Wir sehen uns nachher im Pink, Clarissa.«

Einen Moment lang sagte sie nichts. Dann beugte sie sich vor und sagte mit gerissenem Lächeln: »Ich mache diesen Job jetzt seit fünf Jahren, und ich bin sehr, sehr gut darin. Wissen Sie, warum?«

»Warum denn?«

»Weil ich Schleimscheißer erkenne, wenn sie zur Tür reinkommen. Und Sie ziehen geradezu eine Spur hinter sich her.«

8

Der Hubschrauber mit dem Spurensicherungsteam konnte nur fast einen Kilometer weiter unten im Canyon landen und die Leute mussten ihre gesamte Ausrüstung das trockene Flussbett hinaufschleppen.

Als sie ankamen, war ihre Laune auf dem Nullpunkt gewesen, doch Calhoun, der das Team leitete und immer zu Scherzen aufgelegt war, hatte sie wieder aufgemuntert, mit Witzchen, Schulterklopfen und dem Versprechen auf eine Runde kaltes Bier, sobald sie fertig waren.

Calhoun war wie bei einer archäologischen Ausgrabung vorgegangen, hatte den Fundort vermessen und in einem Raster festgehalten und seine Männer Schicht für Schicht abtragen lassen, während der Fotograf jeden einzelnen Schritt dokumentierte. Sie schippten den Sand durch Millimeter-Siebe und bereiteten ihn danach noch in einem Wasserbecken auf, um jedes Haar, jede Faser und sonstige Objekte zu finden. Das war Schwerstarbeit, und sie waren seit acht Uhr früh zugange gewesen.

Jetzt war es drei Uhr nachmittags, und es musste fast vierzig Grad heiß sein. Die Fliegen waren gekommen, und ihr Summen erfüllte den engen Canyon.

Ziemlich bald, dachte Willer, würde es ans »Aufsammeln« gehen – der Moment, wenn eine verweste Leiche in einen Leichensack gerollt wird, und zwar so, dass sie möglichst nicht wie ein zu lange gekochtes Hühnchen auseinanderfiel. In fünf Tagen im heißen Sommer tat sich bei so einer Leiche eine ganze Menge. Feininger, die Gerichtsmedizinerin, stand in der Nähe und überwachte diese besondere Operation. Offenbar war sie die Einzige, die trotz der Hitze kühl und elegant blieb; das graue Haar war mit einem Tuch umwickelt, und auf ihrem faltigen, aber immer noch attraktiven Gesicht zeigte sich kein einziger Schweißtropfen.

»Wenn Sie alle drei bitte auf die rechte Seite kommen«, sagte sie und winkte die Leute von der Spurensicherung heran. »Sie wissen ja, wie das geht, Sie schieben die Hände darunter, vergewissern sich, dass Sie alles gut im Griff haben, und bei drei rollen Sie ihn dann herum und auf die Plastikplane, hübsch ruhig und ordentlich. Tragen alle Schutzkleidung? Keine Risse oder Löcher in den Handschuhen?« Sie blickte sich um; ihre Stimme klang ironisch, vielleicht sogar ein wenig belustigt. »Sind wir so weit? Dieser hier ist wirklich nicht einfach. Geben wir uns also besondere Mühe, Leute. Auf drei.«

Leises Stöhnen und Brummen war zu hören, als die Männer in Position gingen.

Feininger hatte den Jungs von der Spurensicherung schon vor einer ganzen Weile verboten, bei der Arbeit Zigarren zu rauchen; stattdessen schmierten sich jetzt alle Vapo-Rub dick unter die Nase.

»Bereit? Eins … zwei … drei … *rollen.*«

Mit einer einzigen, fließenden Bewegung rollten sie den Leichnam auf den offen ausgebreiteten Leichensack. Willer nahm befriedigt die gelungene Operation zur Kenntnis, bei der nichts abgefallen oder zurückgeblieben war.

»Gute Arbeit, Jungs.«

Ein Mann von der Spurensicherung verschloss den Leichensack. Sie hatten ihn auf einer Bahre ausgebreitet und brauchten diese jetzt nur noch anzuheben und zum Hubschrauber zu tragen.

»Stecken Sie den Kopf des Tiers da hinein«, wies Feininger die Leute an.

Sie packten den Kopf des Esels in eine spezielle Tüte für Beweismittel und verschlossen sie. Zumindest, dachte Willer, waren sie übereingekommen, den Großteil des Esels hier zu lassen und nur den Kopf mit dem gewaltigen Loch mitzunehmen, das durch ein 10-mm-Geschoss aus nächster Nähe entstanden sein musste. Das Geschoss hatten sie im weichen Sandstein der Felswand gefunden, ein wunderbares Exemplar von einem Beweismittel. Sie hatten auch die Ausrüstung des Schatzsuchers entdeckt, und das Einzige, was sie offenbar immer noch nicht finden konnten, war irgendein Hinweis auf seine Identität. Aber das würde schon noch kommen.

Alles in allem eine gute Ausbeute.

Er sah auf die Uhr. Halb vier. Er wischte sich den Schweiß von der Stirn, zog eine eiskalte Cola aus der Kühlbox und rollte sich die Dose über Stirn, Wangen und Nacken.

Hernandez erschien neben ihm, ebenfalls mit einer Cola in der Hand. »Glauben Sie, der Mörder hat damit gerechnet, dass wir die Leiche finden?«

»Er hat sich reichlich Mühe gegeben, sie zu verstecken. Wir sind hier mindestens drei Kilometer vom Tatort entfernt. Er hat die Leiche wohl auf den Esel gebunden, alles hier heraufgeschafft und ein Loch gegraben, das groß genug war für den Mann, den Esel und dieses ganze Zeug … Nein, ich glaube, er hat nicht erwartet, dass wir was finden würden.«

»Und, schon eine Theorie, Lieutenant?«

»Der Mörder hat irgendwas gesucht, das der Prospektor bei sich hatte.«

»Wie kommen Sie darauf?«

»Sehen Sie sich mal diesen Krempel an.« Willer deutete auf die Plastikplane, auf der die Ausrüstung und die Vorräte des Schatzsuchers ausgebreitet waren. Einer der Jungs von der Spurensicherung packte gerade jedes Teil einzeln in säurefreies Papier, beschriftete es und legte es in einen Plastikbehälter. »Sehen Sie, die Polsterung aus Schaffell an den Packsätteln ist abgetrennt worden, alles andere wurde aufgerissen oder aufgeschlitzt. Und sämtliche Taschen der Kleidung wurden umgestülpt. Unser Mann hat nicht nur irgendwas gesucht, er war auch stinksauer, dass er es nicht gefunden hat.« Willer trank schlürfend einen letzten Schluck und ließ die leere Dose wieder in die Kühlbox fallen.

Hernandez brummte und schürzte die Lippen. »Also, was hat er gesucht? Eine Schatzkarte?«

Langsam breitete sich ein Lächeln über Willers Gesicht. »So was in der Art. Und ich wette, der Schatzsucher hat es seinem Partner übergeben, bevor der Schütze in den Canyon abgestiegen war.«

»Partner?«

»Genau.«

»Welchem Partner?«

»Broadbent.«

9

Es war früh am Samstagmorgen. Die aufgehende Sonne erhob sich über die Wipfel der Gelb-Kiefern auf dem Felsgrat oberhalb des Perdiz Creek und drang bis ins obere Tal vor, wo schmale Lichtstifte durch den Nebel drangen. Die Bäume unterhalb waren noch in nächtliche Kühle gehüllt.

Weed Maddox schaukelte gemächlich in dem Stuhl auf seiner Veranda, nippte an einem Becher Kaffee und rollte die heiße, bittere Flüssigkeit im Mund herum, bevor er schluckte. Seine Gedanken kehrten zum vorigen Tag zurück, und er erinnerte sich an das Miststück in der Galerie. Zorn ließ die Adern an seiner Stirn schwellen. Jemand würde dafür bezahlen.

Er trank den Kaffee aus, stellte den Becher beiseite und stand auf. Er ging ins Wohnzimmer, trug seinen Rucksack hinaus auf die Veranda und begann, methodisch die Ausrüstung daneben auszubreiten, die er für heute brauchen würde.

Zunächst einmal die Glock 29 mit zwei Magazinen, je zehn Schuss. Daneben legte er seine übliche Ausstattung: Haarnetz, Duschhaube, Nylonstrumpf, Latexhandschuhe, Plastikregenmantel, Chirurgen-Überschuhe und Kondome. Es folgten Bleistift und Skizzenblock, Handy (mit vollem Akku), Gefrierbeutel, Bowie-Messer, eine Tüte Studentenfutter, Mineralwasser, Taschenlampe, Handschellen mit Schlüssel, ein Stück Wäscheleine, starkes Klebeband, Streichhölzer, Chloroform und eine Stoffwindel … er breitete seine Zeichnung vom Haus der Broadbents aus und studierte sie, prägte sich sämtliche Zimmer, Türen, Fenster, Telefonstandorte und Stellen ein, von denen aus man das Haus einsehen konnte. Schließlich hakte er alle Gegenstände auf seiner Liste ab, während er einen nach dem anderen an seinen Platz in den Rucksack packte.

Er ging zurück ins Haus, stellte den Rucksack an der Tür ab, goss sich eine zweite Tasse Kaffee ein, holte seinen Laptop, ging wieder hinaus und ließ sich auf dem Schaukelstuhl nieder. Er musste sich noch fast den ganzen Tag lang die Zeit vertreiben, und die konnte er ebenso gut sinnvoll nutzen. Er lehnte sich zurück, klappte den Laptop auf und fuhr ihn hoch. Während er wartete, zog er ein kleines Bündel Briefe aus der Hosentasche, nahm das Gummiband ab und fing mit dem obersten an.

Er arbeitete sich durch die Briefe, einen nach dem anderen, und übersetzte das saudumme Knacki-Gekritzel in akzeptable Texte. Zwei Stunden später war er fertig. Er schickte das Ganze als E-Mail-Anhang an den Webmaster, der seine Website betreute, einen Kerl, den er noch nie gesehen, mit dem er noch nicht einmal telefoniert hatte.

Er stand aus dem Schaukelstuhl auf, kippte den kalten Kaffee über das Geländer und ging hinein, um sich etwas zum Lesen zu suchen. Die Bücherregale waren voll von Biographien und Geschichtsbüchern, aber Maddox ließ sie stehen und sah sich stattdessen die kleine Auswahl an Thrillern an. Um sich die Zeit zu vertreiben, brauchte er etwas richtig Spannendes, das ihn von seinen Plänen für den Nachmittag ablenkte, die er bereits detailliert vorbereitet hatte. Er überflog die Titel, und sein Blick blieb an einem hängen: *Eden – Tödliches Programm.* Er zog es aus dem Regal, las den Klappentext und blätterte das Buch flüchtig durch. Dann nahm er es mit auf die Veranda, ließ sich im Schaukelstuhl nieder und begann zu lesen.

Der Schaukelstuhl quietschte rhythmisch, die Sonne stieg allmählich höher, zwei Krähen flogen aus einem nahen Baum auf, um durch die Geisterstadt zu schweben und mit einem krächzenden Schrei die Stille zu durchbrechen. Maddox hielt kurz inne, um auf die Uhr zu sehen. Fast Mittag.

Dies würde ein langer, ruhiger Samstag werden – aber mit einem echten Knaller am Ende.

10

Willer saß an seinem Schreibtisch, die Füße hochgelegt, und sah zu, wie Hernandez aus dem Archiv herüberwatschelte, eine dicke Aktenmappe unterm Arm. Seufzend ließ der Deputy sich in einen Sessel in der Ecke sinken und legte die Mappe auf den Schoß.

»Das sieht ja viel versprechend aus«, sagte Willer und wies mit einem Nicken auf die Akte. Hernandez war verdammt gut in solchen Nachforschungen.

»Ist es auch.«

»Kaffee?«

»Hätte nichts dagegen.«

»Ich hole Ihnen einen.« Willer stand auf, ging zur Kaffeemaschine, füllte zwei Plastikbecher, kam zurück und reichte Hernandez einen. »Was haben Sie?«

»Dieser Broadbent hat eine Vergangenheit.«

»Dann los, die Kurzfassung, bitte.«

»Vater war Maxwell Broadbent, Sammler im großen Stil. Ist in den siebziger Jahren nach Santa Fe gezogen, war fünf Mal verheiratet, hatte drei Kinder von verschiedenen Frauen. Ein Weiberheld. Hat durch den Handel mit Kunst und Antiquitäten viel Geld verdient. Das FBI hat ihn sich ein paar Mal vorgenommen, weil er Zeug vom Schwarzmarkt verkauft hat, und er wurde beschuldigt, Gräber geplündert zu haben, aber der Kerl war so aalglatt, dass sie ihm nichts nachweisen konnten.«

»Nur weiter.«

»Vor anderthalb Jahren ist was Seltsames passiert. Offenbar hat die Familie in Mittelamerika eine Art längeren Urlaub gemacht. Der Vater ist da unten gestorben, und die Kinder kamen mit einem vierten Bruder zurück, halb indianischer Abstammung. Die vier haben sich etwa sechshundert Millionen geteilt.«

Willer zog die Brauen in die Höhe. »Gab es einen Verdacht, dass da unten was nicht mit rechten Dingen zuging?«

»Nichts Definitives. Aber die ganze Geschichte ist ziemlich wirr, anscheinend weiß niemand so genau, was eigentlich passiert ist, es gibt nur Gerüchte. In seiner ehemaligen Villa wohnt jetzt der Indianersohn, ein Kerl, der esoterische Bücher schreibt. Angeblich trägt er Stammestätowierungen. Broadbent lebt ziemlich bescheiden und arbeitet hart. Hat letztes Jahr geheiratet, die Ehefrau heißt Sally, geborene Colorado. Stammt aus einer Arbeiterfamilie. Broadbent hat eine Großtierpraxis in Abiquiú, arbeitet mit einem Assistenten namens Albert McBride zusammen – der Kerl nennt sich selbst Shane.«

Willer verdrehte die Augen gen Himmel.

»Ich habe mit einigen seiner Kunden gesprochen, und sowohl bei den schicken Reitertypen als auch bei den eingesessenen Ranchern hat er einen guten Ruf. Die Frau gibt Kindern Reitunterricht.«

»Vorstrafen?«

»Abgesehen von ein paar Jugendsünden ist der Mann absolut sauber.«

»McBride?«

»Sauber.«

»Erzählen Sie mir von diesen ›Jugendsünden‹.«

»Die Akten sind unter Verschluss, aber Sie wissen ja, wie das ist. Also, was haben wir hier … Ein dummer Streich, bei dem es um eine Wagenladung Mist und den Rektor seiner Highschool ging …« Er blätterte einige Unterlagen durch. »Hat sich ein fremdes Pferd für einen Ausritt geborgt, ohne vorher um Erlaubnis zu bitten … und einem Kerl bei einer Prügelei die Nase gebrochen.«

»Und die Brüder?«

»Philip wohnt in New York City, Kurator am Metropolitan Museum of Art, nichts Ungewöhnliches. Vernon hat gerade eine

Juristin und Umweltaktivistin geheiratet, wohnt als Hausmann in Connecticut und zieht das Baby groß, während die Frau arbeiten geht. War vor einer Weile in finanziellen Schwierigkeiten, aber seit der Erbschaft ist alles in Ordnung.«

»Wie viel haben sie bekommen?«

»Jeder von ihnen offenbar um die neunzig Millionen nach Abzug aller Steuern.«

Willer schürzte die Lippen. »Da fragt man sich doch … was auch immer dieser Kerl in den Mesas sucht, es kann ihm nicht ums Geld gehen, oder?«

»Ich weiß nicht, Lieutenant. Man sieht doch dauernd irgendwelche millionenschweren Wirtschaftsbosse, die wegen ein paar Tausend mehr eine Haftstrafe riskieren. Das ist krankhaft.«

»Stimmt.« Willer nickte, überrascht ob Hernandez' Erkenntnis. »Aber dieser Broadbent scheint mir nicht so ein Typ zu sein. Er protzt nicht mit seinem Geld. Er arbeitet, obwohl er es gar nicht nötig hätte. Ich meine, das ist ein Mann, der um zwei Uhr morgens aufsteht, um einer Kuh den Arm in den Arsch zu schieben und dafür vierzig Dollar zu berechnen. Da fehlt noch irgendwas, Hernandez.«

»Da haben Sie verdammt Recht.«

»Was gibt's Neues über unsere Leiche?«

»Noch nicht identifiziert. Wir brauchen das volle Programm, zahnärztlicher Befund, Fingerabdrücke und so weiter. Es wird eine Weile dauern, das alles abzugleichen.«

»Der Mönch? Haben Sie auch nach dem geschaut?«

»Ja. Interessante Geschichte. Sohn von Admiral John Mortimer Ford, Untersekretär der Navy unter Eisenhower. Hat in Andover und Harvard studiert, Abschluss in Anthropologie, summa cum laude. Ist dann ans MIT und hat in Kybernetik promoviert, was auch immer das sein mag. Hat seine Frau kennen gelernt und geheiratet, beide sind zur CIA gegangen – und dann nichts mehr, genau wie Sie's mir vorher gesagt haben. Diese Typen halten wirklich alles über ihre Leute unter Verschluss. Er hat als eine Art Agent gearbeitet, irgendwas mit Dechiffrierung und Computern, seine Frau wurde in Kambodscha ermordet. Hat alles hingeschmissen und ist ins Kloster gegangen. Der Kerl hat einfach alles stehen und liegen lassen, ein Haus, das eine Million wert ist, fette Bankkonten, eine Garage voller antiker Jaguars … Unglaublich.«

Willer brummte. Das reimte sich einfach nicht zusammen. Er fragte sich, ob er Broadbent und diesen Mönch zu Recht verdächtigte – das klang alles so aufrecht und sauber. Dennoch war er sicher, dass die beiden irgendwie, auf irgendeine Weise, bis zum Hals in der Sache drinsteckten.

11

Es war mitten am Nachmittag, als Tom auf den Parkplatz des Silver-Strike-Einkaufszentrums einbog, das in einem Meer schäbiger Vorstadthäuser am Rande von Tucson lag. Er parkte seinen Mietwagen und ging über den klebrigen Asphalt zum Haupteingang. Drinnen sorgte die Klimaanlage für beinahe arktische Kälte. Das Geschäft namens Fossil Connection lag am weniger schicken hintersten Ende des Einkaufszentrums, wo Tom eine überraschend bescheidene Ladenfront vorfand, mit nur wenigen Fossilien in einem weiß getünchten Schaufenster. Auf einem Schild an der Tür stand: »Großhandel. Kein Privatverkauf.«

Die Tür war verschlossen. Er klingelte, die Tür gab ein Klicken von sich, und er trat ein.

Es sah eher nach einer Anwaltskanzlei aus als nach dem größten Fossilienhändler im ganzen Westen. Der Raum war mit beigefarbenem Teppich ausgelegt, an den Wänden hingen motivierende Poster über Unternehmergeist und Kundendienst. Zwei Sekretärinnen arbeiteten an Schreibtischen zu beiden Seiten eines Wartebereichs mit zwei graubraunen Sesseln und einem Couchtisch in Glas und Chrom. Ein paar Fossilien zierten ein Regal an der Wand, und mitten auf dem Couchtisch lag ein großer Ammonit neben einem Stapel Fossilienmagazine und Werbebroschüren für eine Mineralienmesse in Tucson.

Eine der Sekretärinnen blickte auf, bemerkte Toms Zweitausend-Dollar-Anzug von Valentino und die Maßschuhe und zog auffällig die Brauen in die Höhe. »Was kann ich für Sie tun, Sir?«

»Ich habe einen Termin mit Robert Beezon.«

»Ihr Name?«

»Broadbent.«

»Bitte nehmen Sie Platz, Mr. Broadbent. Kann ich Ihnen etwas zu trinken bringen? Kaffee? Tee? Mineralwasser?«

»Nein, danke.«

Tom setzte sich, griff nach einer Zeitschrift und blätterte sie durch. Der Gedanke an die geplante Täuschung machte ihn nervös. Der Anzug hatte in seinem Schrank gehangen, zusammen mit einem Dutzend weiterer Anzüge, die er nie trug und die sein Vater in Florenz und London für ihn gekauft hatte.

Einen Moment später klingelte das Telefon auf dem Schreibtisch der Sekretärin. »Mr. Beezon bittet Sie herein.« Sie wies mit einem Nicken auf eine Tür mit Milchglasscheibe, auf der schlicht BEEZON stand.

Tom erhob sich, als die Tür aufging und ein kräftiger Mann im Türrahmen erschien. Er trug das spärliche Haar quer über den kahlen Oberkopf gekämmt, war hemdsärmelig, aber mit Krawatte. Er sah genau so aus, wie man sich einen überarbeiteten Kleinstadtanwalt vorstellte.

»Mr. Broadbent?« Er streckte die Hand aus.

Das Büro selbst verriet schließlich, dass dieser Mann weder Buchhalter noch Jurist war. An den Wänden hingen Poster von Fossilien, und eine gläserne Vitrine enthielt eine kleine Sammlung fossilisierter Krabben, Quallen und Spinnen – und in der Mitte prangte eine seltsam geformte Steinplatte mit einem fossilisierten Fisch, der einen Fisch im Magen hatte, in dessen Magen wiederum ein noch kleinerer Fisch zu erkennen war.

Tom setzte sich auf einen Stuhl, und Beezon nahm hinter seinem Schreibtisch Platz.

»Gefällt Ihnen mein kleines Schmuckstück? Fressen und gefressen werden, so ist das nun mal.«

Tom lachte höflich – das war offenbar Beezons Standardbemerkung zur Eröffnung des Gesprächs. »Hübsch.«

»Also, Mr. Broadbent«, begann Beezon, »ich hatte noch nicht das Vergnügen, mit Ihnen zusammenzuarbeiten. Sind Sie neu im Geschäft? Haben Sie gerade einen Laden eröffnet?«

»Ich bin Großhändler.«

»Ich verkaufe an viele Großhändler. Aber es ist merkwürdig, dass wir uns noch nie über den Weg gelaufen sind. Die Szene ist ja nicht besonders groß.«

»Ich bin gerade erst in das Geschäft eingestiegen.«

Beezon legte die gefalteten Hände auf den Schreibtisch, musterte Tom und begutachtete den Anzug von oben bis unten. »Visitenkarte?«

»Gerade keine dabei.«

»Nun, was kann ich für Sie tun, Mr. Broadbent?« Er neigte den Kopf zur Seite, als erwarte er eine Erklärung.

»Ich hatte gehofft, mir ein paar Proben ansehen zu können.«

»Ich zeige Ihnen gern unser Lager.«

»Wunderbar.«

Beezon erhob sich schwerfällig, und Tom folgte ihm durch den Flur zu einer bescheidenen Tür ganz hinten. Beezon schloss sie auf, und sie betraten einen Raum so groß wie ein kleines Kaufhaus, doch die Regale waren statt mit Ware mit Fossilien vollgestopft, Tausende, vielleicht sogar Millionen. Hier und da fuhren Männer und Frauen mit Gabelstaplern oder schoben Hubwagen mit Paletten voller Steine herum. Sogar in der Luft hing der Geruch von Stein.

»Das war mal ein Kaufhaus«, sagte Beezon, »aber in dieser Ecke des Einkaufszentrums lief der Einzelhandel nicht gut, deshalb konnten wir die Räume günstig erwerben. Wir haben hier Lager, Ausstellungsfläche und Versand, alles in einem. Das Rohmaterial kommt an einem Ende rein, die bearbeitete Ware geht am anderen wieder raus.«

Er nahm Tom beim Ellbogen, führte ihn weiter und wedelte mit der Hand in Richtung einer Wand, an der gewaltige Blöcke aus gelbbraunem Gestein lehnten, gestützt von dicken Holzbalken, gepolstert und in Folie gehüllt. »Wir haben gerade hervorragendes Material aus Green River reinbekommen, klasse Ware. Sie können so etwas bei mir kubikmeterweise kaufen, es spalten und zerteilen und jeden Fisch einzeln verkaufen – damit verfünffachen Sie Ihr Geld.«

Sie kamen zu großen Tonnen voller Fossilien, die Tom als Ammoniten erkannte.

»Wir sind der größte Verkäufer von Ammoniten auf der Welt, poliert oder unbearbeitet, auf Matrix oder ohne, sowohl nach Gewicht als auch nach Stückzahl.« Er ging weiter, vorbei an einem Regal nach dem anderen voller Schachteln mit den seltsam aussehenden, eingerollten Ammonitenschalen. Er blieb stehen, griff in eine Schachtel und holte ein Exemplar heraus. »Diese sind recht durchschnittlich, zwei Dollar pro Pfund, nicht präpariert, auf Matrix. Da drüben haben wir ein paar mit Pyrit, und hier sind ein paar sehr schöne Stücke in Achat. Die kosten natürlich mehr.«

Er ging weiter. »Falls Sie sich für Insekten interessieren, ich habe gerade ein paar sehr schöne Spinnen aus dem Nkomi-Schieferbruch in Namibia reinbekommen. Und eine neue Lieferung Krabben aus Heinigen, Deutschland – die ziehen inzwischen richtig an, wir erzielen zwei-, dreihundert Dollar pro Stück. Zu Achat mineralisiertes Holz – das verkaufen wir pfundweise. Gut für die Trommel geeignet. Haarsterne, Konkretionen mit Farnen. Koprolithen – finden Kinder ganz toll. Wir haben alles – und unsere Preise sind unschlagbar.«

Tom folgte ihm. Beezon blieb stehen und holte eine Konkretion aus dem Regal. »Eine Menge von denen sind noch nicht mal gespalten. Man kann sie auch so verkaufen und dem Kunden das Spalten selbst überlassen. Kinder kaufen gern drei oder vier davon. Meistens steckt ein Farn oder ein Blatt drin. Manchmal aber auch ein Knochen oder ein Kiefer – ich habe sogar schon von einigen gehört, in denen Säugetierschädel gefunden wurden. Das ist wie ein Glücksspiel. Hier ...« Er reichte Tom ein solches Stück Gestein und nahm dann einen Steinhammer von einem Amboss. »Nur zu – spalten Sie ihn.«

Tom ergriff den Hammer, dachte an die Rolle, die er zu spielen hatte, befühlte das Fossil mit Kennermiene, bevor er es auf den Amboss legte.

»Benutzen Sie das andere Ende, den Meißel.«

»Ja, natürlich.« Tom drehte den Hammer um und ließ ihn auf die Konkretion niedersausen. Der Stein brach auseinander und enthüllte ein einzelnes Blatt eines fossilen Farns.

Er blickte auf und stellte fest, dass Beezon ihn nachdenklich musterte.

»Was haben Sie denn an, äh, hochwertigerem Material zu bieten?«, fragte Tom.

Beezon trat stumm an eine verschlossene Metalltür und führte ihn in einen kleineren, fensterlosen Raum. »Hier bewahren wir die guten Sachen auf – Wirbeltier-Fossilien, Mammut-Elfenbein, Dinosauriereier. Erst heute habe ich eine neue Ladung Hadrosauriereier aus Hunan reinbekommen, die Schalen sind zu mindestens sechzig Prozent intakt. Ich verkaufe sie für eins fünfzig pro Stück. Sie könnten vier-, fünfhundert dafür bekommen.« Er schloss einen Schrank auf, hob ein versteinertes Ei aus einem Nest zerknüllter Zeitungen und hielt es hoch. Tom nahm es, sah es sich genau an, gab es ihm zurück und wischte sich dann umständlich mit einem seidenen Taschentuch den Staub von den Händen. Der kleine Tick entging Beezon keineswegs.

»Mindestbestellung ein Dutzend Stück.« Er ging weiter, trat an eine lange, sargartige Metalltruhe, schloss sie auf und enthüllte einen unregelmäßig geformten Gipsklumpen, etwa neunzig mal hundertzwanzig Zentimeter groß. »Hier haben wir eine echte Schönheit, einen Struthiomimus, vierzig Prozent erhalten, der Schädel fehlt. Ist gerade aus South Dakota angekommen. Legal, vollkommen legal, stammt vom Privatland eines Ranchers. Noch eingegossen und auf Matrix, muss präpariert werden.« Er warf Tom einen viel sagenden Blick zu. »Alles, womit wir hier handeln, ist legal, die Dokumente sind beglaubigt und tragen die Unterschrift des jeweiligen Landeigentümers.« Er machte eine kurze Pause. »Was *genau* suchen Sie eigentlich, Mr. Broadbent?« Er lächelte jetzt nicht mehr.

»Das habe ich Ihnen doch gesagt.« Die Sache lief genau so, wie er es sich erhofft hatte: Beezon hatte Verdacht geschöpft.

Beezon beugte sich vor und sagte leise: »Sie sind kein Fossilienhändler.« Sein Blick huschte einmal mehr über den teuren Anzug. »Was sind Sie, FBI-Agent?«

Tom schüttelte den Kopf und setzte ein verlegenes, schuldbewusstes Lächeln auf. »Sie haben mich durchschaut, Mr. Beezon. Gratuliere. Sie haben Recht, ich bin kein Fossilienhändler. Aber ich bin auch nicht vom FBI.«

Beezon starrte ihn unverwandt an, die aufgesetzte Jovialität war verschwunden. »Was dann?«

»Ich bin Investment-Banker.«

»Was zum Teufel wollen Sie von mir?«

»Ich arbeite für einen kleinen, exklusiven Kundenkreis in Südostasien – Singapur und Südkorea. Wir investieren das Geld unserer Klienten. Manchmal suchen unsere Kunden nach exotischen Anlageformen – Gemälde, Goldminen, Rennpferde, französische Weine ...« Tom zögerte und fügte dann hinzu: »Dinosaurier.«

Lange herrschte Schweigen. Dann echote Beezon: »Dinosaurier?«

Tom nickte. »Leider war ich als Fossilienhändler wohl nicht sehr überzeugend.«

Beezon wurde wieder etwas freundlicher und wirkte obendrein befriedigt, weil er sich nicht hatte täuschen lassen. »Nein, waren Sie nicht. Da war zunächst einmal dieser schicke Anzug. Und sobald Sie diesen Steinhammer in die Hand genommen haben, wusste ich, dass Sie noch nie mit Fossilien zu tun hatten.« Er lachte leise. »Also, Mr. Broadbent, wer ist dieser Klient, von dem Sie sprechen, und was für einen Dinosaurier sucht er genau?«

»Können wir offen sprechen?«

»Selbstverständlich.«

»Sein Name ist Mr. Kim, er ist ein erfolgreicher Unternehmer aus Südkorea.«

»Dieser Struthiomimus hier wäre ein gutes Geschäft, nur einhundertzwanzigtausend –«

»Mein Klient interessiert sich nicht für Plunder.« Tom hatte einen anderen Tonfall angeschlagen und hoffte, dass er in seiner neuen Rolle als schroffer, arroganter Investment-Banker überzeugender wirkte.

Beezon verging das Lächeln. »Das ist kein Plunder.«

»Mein Klient leitet ein milliardenschweres Industrie-Imperium in Südkorea. Die letzte feindliche Übernahme, die er in die Wege geleitet hat, führte zum Selbstmord des Hauptgeschäftsführers der Gegenseite, ein Vorfall, den Mr. Kim durchaus nicht bedauerlich fand. Mein Klient lebt in einer extrem darwinistischen Welt. Er will einen Dinosaurier für die Konzernzentrale, als Ausdruck dessen, wer er ist und wie er seine Geschäfte führt.«

Ein langes Schweigen folgte. Dann fragte Beezon: »Und was für ein Dinosaurier soll das sein?«

Tom verzog die Lippen zu einem Lächeln: »Was schon – ein T-Rex natürlich.«

Beezon lachte nervös. »Verstehe. Ihnen ist sicher bekannt, dass es auf der ganzen Welt nur dreizehn Tyrannosaurus-Skelette gibt, die sämtlich im Besitz von Museen sind. Der letzte Tyrannosaurus, der öffentlich zum Verkauf angeboten wurde, brachte einen Preis von achteinhalb Millionen Dollar. Wir reden hier nicht von Peanuts.«

»Mir ist außerdem bekannt, dass vielleicht noch ein oder zwei weitere Exemplare zu erwerben wären – unter der Hand.«

Beezon hüstelte. »Das wäre möglich.«

»Und was die *Peanuts* angeht – Mr. Kim wird eine Investition unter zehn Millionen gar nicht erst in Betracht ziehen. Dafür wäre ihm seine Zeit schlicht zu schade.«

Beezon wiederholte langsam: »Zehn Millionen?«

»Das ist das untere Limit. Mr. Kim ist bereit, bis zu fünfzig Millionen auszugeben, unter Umständen sogar noch mehr.« Tom senkte die Stimme und beugte sich vor. »Sie müssen wissen, Mr. Beezon, dass es ihm gleichgültig ist, wo oder wie das Exemplar gefunden wurde. Wichtig ist nur, dass es *das richtige Exemplar* ist.«

Beezon fuhr sich mit der Zunge über die Lippen. »Fünfzig Millionen? Das ist nicht ganz meine Kragenweite.«

»Dann tut es mir leid, dass ich so viel von Ihrer Zeit in Anspruch genommen habe.« Tom wandte sich zum Gehen.

»Moment, bitte, Mr. Broadbent. Womöglich kann ich Ihnen doch weiterhelfen.«

Tom blieb stehen.

»Ich könnte Sie vielleicht jemandem Vorstellen. Wenn … nun, wenn ich für meine Zeit und meine Mühe entsprechend entschädigt werde.«

»In meiner Branche, Mr. Beezon, wird jeder, der an einem Geschäft beteiligt ist, so belohnt, wie es seinem Anteil am Erfolg entspricht.«

»Genau das wollte ich hören. Was die Provision angeht –«

»Wir wären bereit, Ihnen ein Prozent Provision zu zahlen, bei Abschluss des Geschäfts, wenn Sie mich der richtigen Person vorstellen. Sind Sie damit einverstanden?«

Einen Moment lang runzelte Beezon angestrengt rechnend die Stirn, dann breitete sich ein schwaches Lächeln auf seinem runden Gesicht aus. »Ich glaube, wir sind im Geschäft, Mr. Broadbent. Wie gesagt, ich kenne da einen Herrn, der –«

»Ein Dinosaurierjäger?«

»Nein, nein, ganz und gar nicht. Er macht sich nicht gern die Hände schmutzig. Man könnte ihn wohl eher als Dinosaurierverkäufer bezeichnen. Er wohnt gar nicht weit von hier, in einem kleinen Ort bei Tucson.«

Schweigen.

»Nun?«, fragte Tom und traf genau das richtige Maß an herrischer Ungeduld. »Worauf warten wir noch?«

12

Weed Maddox lauerte hinter dem Stall und beobachtete sie. Kinder ritten auf dem Reitplatz im Kreis herum, schrien und lachten. Er war seit einer Stunde da, und erst jetzt schien sich das Reiterfest für Zurückgebliebene, oder was immer das sein sollte, allmählich dem Ende zuzuneigen. Die Kinder stiegen eines nach dem anderen ab, und bald halfen sie dabei, die Pferde abzusatteln und zu striegeln, um sie dann nach hinten auf eine der Weiden zu bringen. Maddox wartete, jeder Muskel verspannt, weil er so aufgedreht war, und wünschte, er wäre erst um fünf statt um drei gekommen. Endlich verabschiedeten sich die Kinder lautstark, und die Pick-ups und Kombis der lieben Mamis rollten unter Gewinke und Geschrei vom Parkplatz hinter dem Haus.

Er sah auf die Uhr. Vier. Offenbar war niemand zum Helfen geblieben – Sally war allein. Heute würde sie nicht ausgehen, wie letztes Mal. Es war ein langer Tag gewesen, und sie war müde. Sie würde ins Haus gehen und sich ausruhen, vielleicht ein heißes Bad nehmen.

Mit diesem interessanten Gedanken im Kopf sah er dem letzten Jeep nach, der in einer Staubwolke die Einfahrt entlangfuhr. Die Wolke trieb davon, löste sich in der goldenen Nachmittagssonne auf, und alles wurde still. Er beobachtete, wie sie mit den Armen voll Trensen und Halftern über den Hof ging. Sie sah umwerfend aus in Cowboy-Reitstiefeln, Jeans und einer weißen Bluse; das lange blonde Haar flatterte in der Brise. Sie ging in den Stall, und er hörte sie darin rumoren, Sachen aufräumen und mit den Pferden sprechen. Einmal war sie nur wenige Schritte von ihm entfernt auf der anderen Seite der dünnen Holzwand. Aber dies war nicht der richtige Zeitpunkt; er musste sie drinnen im Haus zu fassen kriegen, wo die dickeren Wände jedes Geräusch dämpfen würden, das sie vielleicht von sich gab. Obwohl die nächsten Nachbarn einen halben Kilometer entfernt wohnten, wusste man nie, wie weit der Schall trug, und außerdem könnte irgendjemand zu Fuß oder zu Pferde in Hörweite unterwegs sein.

Er hörte geschäftiges Rumoren aus dem Stall, das Schnauben und Stampfen von Pferden, das Scharren einer Schaufel, ihr leises Gemurmel. Zehn Minuten später kam sie heraus und betrat das Haus durch die Hintertür. Er konnte sie durchs Küchenfenster sehen – sie füllte einen Kessel am Wasserhahn, stellte ihn auf den Herd, holte sich einen Becher und etwas, das aussah wie eine Schachtel Teebeutel. Sie setzte sich an den Küchentisch, wartete darauf, dass das Wasser kochte, und blätterte in einer Zeitschrift. Tee und dann ein Bad? Er konnte nicht sicher sein, und es war besser, nicht länger zu warten. Sie war ohnehin da, wo er sie haben wollte, nämlich in der Küche. Den Tee zu bereiten und zu trinken würde mindestens fünf Minuten dauern, und mehr brauchte er nicht.

Er arbeitete leise, schlüpfte in die Chirurgen-Überschuhe, den Plastikregenmantel, legte das Haarnetz, die Duschhaube und den Nylonstrumpf an. Er überprüfte die Glock 29, ließ das Magazin herausschnappen und schob es wieder hinein. Als letzten Schritt breitete er seinen Grundriss des Hauses aus und prägte sich noch einmal alles ein. Er wusste genau, wie er es angehen würde.

Maddox ging um den Stall herum zur anderen Seite, wo sie ihn von der Küche aus nicht sehen konnte. Dann richtete er sich auf, ging locker über den Hof, durch das Tor zur Terrasse und drückte sich dann rasch an die Hauswand, links von der Terrassentür. Er spähte ins Wohnzimmer und sah, dass es leer war – sie war also immer noch in der Küche. Rasch steckte er ein Shim zwischen Tür und Rahmen, schob es ganz durch und zog kräftig abwärts. Das Türschloss öffnete sich mit einem lauten Klicken; er schob die Tür auf, huschte hinein, schloss sie wieder und drückte sich an eine schräge Wand, an der Stelle, wo der Flur zur Küche abging.

Er hörte ihren Stuhl in der Küche über den Boden kratzen. »Wer ist da?«

Er rührte sich nicht. Nach ein paar leisen, zögernden Schritten im Flur zum Wohnzimmer: »Ist da jemand?«

Maddox wartete und behielt seine Atmung unter Kontrolle. Sie würde hereinkommen und nachsehen, was das für ein Geräusch gewesen war. Er hörte weitere zögerliche Schritte im Flur, dann Stille, als sie in der Tür zum Wohnzimmer stehen blieb. Sie war direkt an der Ecke, so nah, dass er sie atmen hören konnte.

»Hallo? Ist da jemand?«

Sie könnte sich jederzeit umdrehen und zurück in die Küche gehen. Oder zum Telefon. Aber sie war nicht sicher …

Sie hatte ein Geräusch gehört, sie stand in der Tür, das Wohnzimmer schien leer zu sein … das hätte alles Mögliche sein können – ein herabfallender Zweig, der ein Fenster streifte, oder ein Vogel, der gegen das Glas geprallt war. Maddox wusste genau, was sie jetzt dachte.

Ein leises Pfeifen war aus der Küche zu hören, das rasch immer schriller wurde. Das Wasser kochte.

Verdammt noch mal.

Sie drehte sich mit einem leisen Rascheln um, und er hörte ihre Schritte, die sich in Richtung Küche entfernten.

Maddox hüstelte, nicht laut, aber deutlich, um sie zurückzuholen.

Die Schritte verstummten. »Wer ist da?«

Das Pfeifen aus der Küche wurde immer lauter.

Plötzlich platzte sie ins Wohnzimmer. Er hechtete im selben Moment los, als er zu seinem völligen Entsetzen erkannte, dass sie einen Revolver in der Hand hatte. Sie fuhr herum, und er prallte gegen ihre Beine, als der Schuss losging; er traf sie hart und schleuderte sie zu Boden. Sie schrie, rollte sich herum, die blonde Mähne wirbelte durch die Luft, ihre Waffe polterte über den Teppich, und ihre Faust flog durch die Luft und traf ihn mit betäubender Wucht an der Schläfe.

Das blonde Miststück.

Er schlug nach ihr, traf mit der Linken irgendetwas Weiches und setzte sie damit gerade genug außer Gefecht, um sich auf sie werfen und sie zu Boden drücken zu können. Sie japste, wehrte sich, doch er lag mit seinem gesamten Gewicht auf ihr und drückte ihr die Glock ans Ohr.

»Du Miststück!« Sein Finger betätigte beinahe – *beinahe* – den Abzug.

Sie wand sich und schrie. Er legte sich ganz auf sie und umfing ihre um sich tretenden Beine mit seinen wie in einem Nussknacker. Er rang um Beherrschung. Herrgott, er hätte sie beinahe erschossen, und vielleicht würde das trotz allem noch notwendig sein.

»Ich werde dich umbringen, wenn es sein muss. Ich tu's.«

Weitere Gegenwehr, unzusammenhängende Laute. Sie war unglaublich stark, eine wahre Wildkatze.

»Ich *werde* dich umbringen. Zwing mich nicht dazu, aber ich *werde* es tun, wenn du nicht sofort damit aufhörst.

Er meinte es ernst, und sie hörte es und gab auf. Sobald sie still war, streckte er ein Bein aus und versuchte, den .38er zu sich heranzuziehen, der knapp drei Meter entfernt auf dem Teppich lag.

»Rühr dich nicht von der Stelle.«

Er spürte, wie sie unter ihm vor Angst Schluckauf bekam. Gut. Sie sollte sich fürchten. Er hätte sie um Haaresbreite getötet, so knapp, dass er es beinahe auf der Zunge schmecken konnte.

Er bekam den .38er mit dem Fuß zu fassen, zog ihn zu sich heran, hob sie auf und steckte ihn in die Hosentasche. Dann schob er ihr den Lauf der Glock in den Mund und sagte: »Also, jetzt probieren wir es noch mal. Du weißt, dass ich dich töten werde. Nick, wenn du das verstanden hast.«

Plötzlich warf sie sich herum und trat ihm heftig gegen die

Schienbeine, doch sie hatte nicht genug Platz, und er unterband ihre Gegenwehr, indem er den Arm um ihren Hals schlang und zudrückte.

»Lass das.«

Sie wand sich weiter.

Er drückte ihr den Lauf so tief in den Mund, dass sie würgte. »Das ist eine Waffe, Miststück, kapiert?«

Sie hörte auf, sich zu wehren.

»Tu, was ich dir sage, und niemandem passiert etwas. Nick, wenn du das verstanden hast.«

Sie nickte, und er lockerte den Griff ein wenig.

»Du kommst jetzt mit mir. Schön brav. Aber vorher musst du etwas für mich tun.«

Keine Reaktion. Er schob den Lauf wieder tiefer in ihren Mund.

Ein Nicken.

Ihr ganzer Körper zitterte in seinen Armen.

»Ich werde dich jetzt loslassen. Keinen Laut. Kein Geschrei. Keine plötzlichen Bewegungen. Ich erschieße dich auf der Stelle, wenn du nicht genau das tust, was ich dir sage.«

Ein Nicken und ein Schluckauf.

»Du weißt, was ich will?«

Kopfschütteln. Er lag immer noch halb auf ihr und umklammerte ihre Beine wieder fest mit seinen.

»Ich will das Notizbuch. Das Buch, das dein Mann von dem Schatzsucher bekommen hat. Ist es hier im Haus?«

Kopfschütteln.

»Dein Mann hat es?«

Keine Reaktion.

Ihr Mann hatte es bei sich, da war er ganz sicher. »Jetzt hör mir gut zu, Sally. Das ist kein Spiel. Ein falscher Schritt, ein Schrei, ein dämlicher Trick, und ich bringe dich um. So einfach ist das.«

Er meinte es ernst, und sie schien zu begreifen.

»Ich werde jetzt aufstehen und zurücktreten. Du gehst zum

Anrufbeantworter da drüben auf dem Tisch. Ich will, dass du folgende Ansage aufnimmst: ›Hallo, hier sind Tom und Sally. Tom ist geschäftlich unterwegs, und ich musste unerwartet verreisen, wir können also nicht sofort zurückrufen. Entschuldigung, dass ein paar Reitstunden ausfallen müssen, ich melde mich später bei allen. Bitte hinterlasst uns eine Nachricht, danke.‹ Kriegst du das mit normaler Stimme hin?«

Keine Reaktion.

Er drehte den Lauf in ihrem Mund.

Ein Nicken.

Er zog den Lauf heraus, und sie hustete.

»Sag es. Ich will deine Stimme hören.«

»Ich mach's ja.«

Ihre Stimme zitterte. Er stand auf und hielt die Waffe auf sie gerichtet, während sie sich langsam hochrappelte.

»Tu genau, was ich dir sage. Ich werde den Text mit dem Handy überprüfen, sobald du fertig bist, und wenn du es nicht richtig gemacht hast, wenn du versuchst, mich reinzulegen, bist du tot.«

Die Frau ging zum Telefon, drückte auf einen Knopf und nahm die Ansage auf.

»Deine Stimme klingt zu angespannt. Noch mal. Ganz natürlich.«

Sie versuchte es noch einmal, und ein drittes Mal, bis sie es endlich richtig hinbekam.

»Gut. Jetzt gehen wir beide hinaus wie zwei normale Leute, du zuerst, ich zwei Schritte hinter dir. Du wirst keinen Augenblick lang vergessen, dass ich eine Waffe habe. Mein Auto steht in einem Eichenwäldchen etwa einen halben Kilometer die Straße rauf. Weißt du, wo diese Bäume sind?«

Sie nickte.

»Da gehen wir jetzt hin.«

Als er sie durchs Wohnzimmer schob, spürte er Nässe an seinem Oberschenkel. Er blickte an sich hinab. Der Plastikregenmantel war zerrissen, und ein Stofffetzen ragte aus der Hose. Da war ein dunkler Blutfleck, nicht groß, aber dennoch, es war Blut. Maddox war erstaunt, denn er hatte nichts gespürt, spürte immer noch nichts. Er suchte den Teppich ab, sah aber keinen Hinweis darauf, dass Blut auf den Boden getropft war. Er griff nach der Stelle, tastete sich ab und spürte zum ersten Mal ein Brennen.

Verdammt sollte er sein. Das Miststück hatte ihn tatsächlich verletzt.

Er ließ sie aus dem Haus marschieren, über eine zugewucherte Wiese, am Bach entlang, und bald erreichten sie das Auto. Sobald sie im Schutz des Eichenwäldchens waren, holte er Fußschellen aus dem Rucksack und warf sie ihr zu.

»Leg die an.«

Sie bückte sich, fummelte eine Weile daran herum und schnallte sie schließlich um ihre Knöchel.

»Die Hände hinter den Rücken.«

Sie gehorchte, er drehte sie grob um und legte ihr Handschellen an. Dann öffnete er die Beifahrertür. »Steig ein.«

Sie schaffte es, sich zu setzen und die gefesselten Beine hineinzuschwingen.

Er nahm seinen Rucksack ab, holte die Flasche Chloroform heraus und kippte eine ordentliche Dosis auf die Stoffwindel.

»Nein!«, hörte er sie schreien. »Nein, nicht!« Sie stieß mit den Füßen nach ihm, konnte sich jedoch kaum bewegen, und er hatte sich bereits auf sie gestürzt, hielt ihre gefesselten Handgelenke fest und drückte ihr die Windel vors Gesicht. Sie wehrte sich, schrie auf, wand sich und trat nach ihm, doch wenige Augenblicke später erschlaffte sie.

Er vergewisserte sich, dass sie genug Chloroform eingeatmet hatte, stieg dann auf der Fahrerseite ein und setzte sich ans Lenkrad. Sie hing zusammengesunken in einer unnatürlichen Position im Sitz. Er griff hinüber, zog sie hoch, lehnte sie an die Tür, schob ihr ein Kissen hinter den Kopf und packte sie in eine Decke, bis es aussah, als schlafe sie friedlich.

Er ließ die Fenster herunter, um den Chloroformgestank zu

vertreiben, zog dann Nylonstrumpf, Duschhaube, Haarnetz und Regenmantel aus und stopfte alles zusammen in eine Mülltüte.

Er ließ den Wagen an, setzte vorsichtig aus dem Wäldchen zurück und folgte dem Feldweg bis zur Hauptstraße. Dann überquerte er den Damm und fuhr über den Highway 84 nach Norden. Nach sechzehn Kilometern bog er auf die unbeschilderte Forststraße ab, die durch den Carson National Forest führte, bis zum CCC-Camp am Perdiz Creek.

Die Frau lag an die Tür gelehnt, die Augen geschlossen, das blonde Haar zerzaust. Er blieb stehen, um sie zu betrachten. Verdammt, dachte er, sie war wirklich hübsch – eine richtige honigblonde Schönheit.

13

Es heißt, das war früher mal ein Bordell«, sagte Beezon zu Tom, als sie in der staubigen Auffahrt vor einer schäbigen viktorianischen Villa hielten, die inmitten der Wüste und umgeben von Gestrüpp fehl am Platz wirkte.

»Sieht eher aus wie ein Geisterhaus als ein Hurenhaus«, bemerkte Tom.

Beezon kicherte. »Ich warne Sie – Harry Dearborn ist ziemlich exzentrisch. Seine Grobheit ist legendär.« Er trampelte die Vordertreppe hinauf und griff nach dem Ring an einem großen bronzenen Türklopfer in Form eines Löwenkopfes. Er ließ ihn fallen, und ein hohles Dröhnen hallte durchs Haus. Gleich darauf sagte eine Stimme von drinnen: »Kommen Sie rein, es ist nicht abgeschlossen.«

Sie traten ein. Im Haus war es dunkel, weil die meisten Jalousien heruntergelassen waren, und es roch nach Moder und Katzen. Es sah aus, als seien eine Menge viktorianischer Möbel in einen Verkehrsstau geraten. Auf den Böden lagen überlappende Perserteppiche, und an den Wänden reihten sich Eichenholzvitrinen, in deren schattigen Tiefen sich alle möglichen Mineralien drängten. Stehlampen mit Quasten an den Schirmen standen hier und da verteilt und spendeten schwächliches gelbes Licht. »Hier drin«, ertönte eine tiefe, grollende Stimme. »Und rühren Sie ja nichts an.«

Beezon ging voran in ein Wohnzimmer. In dessen Mitte steckte ein unglaublich dicker Mann förmlich in einem mit blumigem Chintz bezogenen Sessel, auf dessen Armlehnen Schonbezüge lagen. Das Licht kam von hinten, so dass das Gesicht des Mannes im Schatten verborgen blieb.

»Hallo, Harry«, sagte Beezon ein wenig nervös. »Lange her,

was? Das ist ein Freund von mir, Mr. Thomas Broadbent.« Eine große Hand erhob sich aus der Dunkelheit vor dem Sessel und wedelte vage in Richtung zweier Ohrensessel. Die beiden setzten sich.

Tom betrachtete den Mann genauer. Er sah Sidney Greenstreet erstaunlich ähnlich, trug einen weißen Anzug mit dunklem Hemd und gelber Krawatte und hatte das schüttere Haar sorgsam zurückgekämmt – ein gepflegter, ordentlicher Mann, trotz seiner Körperfülle. Seine breite Stirn war so glatt und weiß wie die eines Babys, und an seinen Fingern blinkten schwere goldene Ringe.

»Na, so was«, sagte Dearborn, »wenn das nicht Robert Beezon ist, der Ammonitenmann. Wie läuft das Geschäft?«

»Könnte nicht besser sein. Fossilien kommen als Bürodeko schwer in Mode.«

Eine wegwerfende Geste, dann eine erhobene Hand und zwei leicht wackelnde dicke Finger. »Was wollen Sie von mir?«

Beezon räusperte sich. »Mr. Broadbent hier –«

Dearborn brachte Beezon zum Schweigen und wandte sich Tom zu. »Broadbent? Sie sind nicht zufällig mit Maxwell Broadbent, dem Sammler, verwandt?«

Tom war verblüfft. »Er war mein Vater.«

»Maxwell Broadbent.« Er grunzte. »Interessanter Mann. Bin ihm ein paar Mal begegnet. Lebt er noch?«

»Er ist letztes Jahr verstorben.«

Ein weiteres Grunzen. Eine Hand wurde sichtbar, die ein riesiges Taschentuch hob und damit das fleischige, breite Gesicht abtupfte. »Tut mir leid, das zu hören. Die Welt könnte mehr Männer von seinem Schlag gebrauchen. Ein Prachtkerl. Alle sind so … normal geworden. Darf ich fragen, wie er zu Tode kam? Er kann nicht älter als sechzig gewesen sein.«

Tom zögerte. »Er … er ist in Honduras gestorben.«

Die Augenbrauen hoben sich. »Gibt es da ein Geheimnis?«

Es verblüffte Tom, wie direkt der Mann war. »Er hat getan, was er am liebsten tat, als er starb«, sagte er ein wenig brüsk. »Er hätte sicher gern noch ein paar Jahre gehabt, aber er hat es mit Würde akzeptiert. Da gibt es kein Geheimnis.«

»Traurig, schockierend.« Eine Pause. »Also, was kann ich für Sie tun, Thomas?«

»Mr. Broadbent möchte einen Dinosaurier kaufen –«, begann Beezon.

»Einen Dinosaurier? Wie, um alles in der Welt, kommen Sie auf die Idee, ich würde Dinosaurier verkaufen?«

»Nun …« Beezon verstummte mit konsternierter Miene.

Dearborn streckte ihm eine große Hand entgegen. »Robert, meinen aufrichtigen Dank dafür, dass Sie mir Mr. Broadbent vorgestellt haben. Verzeihen Sie bitte, dass ich nicht aufstehe. Es hat den Anschein, als hätten Mr. Broadbent und ich etwas Geschäftliches zu besprechen, das besser unter uns bleiben sollte.«

Beezon erhob sich, wandte sich zögernd Broadbent zu und wollte etwas sagen. Tom ahnte, was.

»Was unsere Abmachung angeht – darauf können Sie sich verlassen.«

»Danke«, sagte Beezon.

Tom hatte ein schlechtes Gewissen. Natürlich würde es nie eine Provision geben.

Beezon verabschiedete sich, und gleich darauf hörten sie die Haustür zuschlagen und einen Motor anspringen.

Dearborn wandte sich Tom zu, und sein Gesicht legte sich in Falten, die an ein Lächeln erinnerten. »Also – was höre ich da von einem Dinosaurier? Was ich vorhin sagte, habe ich ernst gemeint. Ich verkaufe keine Dinosaurier.«

»Was genau *tun* Sie eigentlich, Harry?«

»Ich *vermittle* Dinosaurier.« Dearborn lehnte sich lächelnd in seinem Sessel zurück und wartete ab.

Tom sammelte sich. »Ich bin als Investment-Banker für Klienten in Ostasien tätig, und einer von ihnen –«

Wieder hob sich die fette Hand und unterbrach Toms vorbereitete Ansprache. »Das funktioniert vielleicht bei Beezon, aber nicht bei mir. Sagen Sie mir, worum es wirklich geht.«

Tom überlegte einen Augenblick. Das schlaue, zynische Glitzern in Dearborns Augen überzeugte ihn davon, dass er mit der Wahrheit wohl besser fahren würde.

»Vielleicht haben Sie von dem Mord in New Mexico gelesen, in den Mesas nördlich von Abiquiú?«

»Allerdings.«

»Ich war es, der die Leiche gefunden hat. Ich bin zufällig über den Mann gestolpert, als er im Sterben lag.«

»Und weiter?«, sagte Dearborn in neutralem Tonfall.

»Er hat mir ein Notizbuch in die Hand gedrückt und mich schwören lassen, dass ich es seiner Tochter geben würde, Robbie. Ich versuche, dieses Versprechen zu halten. Das Problem ist nur, dass die Polizei ihn noch nicht identifiziert und, soweit ich weiß, nicht einmal die Leiche gefunden hat.«

»Hat der Mann irgendetwas gesagt, bevor er starb?«

»Er war nur einen Moment lang bei Bewusstsein«, wich Tom der Frage aus.

»Und sein Notizbuch? Was steht darin?«

»Nur Zahlen. Lange Listen von Zahlen.«

»Was für Zahlen?«

»Daten einer Bodenradar-Vermessung.«

»Ja, ja, natürlich, so hat er es gemacht. Darf ich fragen, wo *Ihr* Interesse in dieser Sache liegt, Mr. Broadbent?«

»Mr. Dearborn, ich habe einem Sterbenden mein Wort gegeben. Ich halte meine Versprechen. Das ist mein Interesse – nicht mehr und nicht weniger.«

Harry Dearborn fand diese Antwort offenbar lustig. »Ich glaube, Mr. Broadbent, wenn ich Diogenes wäre, müsste ich jetzt meine Lampe löschen. Sie sind eine wahre Seltenheit, ein ehrlicher Mensch. Oder ein hervorragender Lügner.«

»Meine Frau meint, ich wäre einfach stur.«

Er seufzte schlaff. »Ich habe diesen Mordfall in Abiquiú tatsächlich in der Zeitung verfolgt. Ich habe mich gefragt, ob es sich bei dem Toten um einen gewissen, mir gut bekannten Dinosaurierjäger handeln könnte. Mir war bewusst, dass der Kerl da oben herumgesucht hat, und es ging das Gerücht, er wäre an etwas wirklich Großem dran. Anscheinend sind meine schlimmsten Befürchtungen Wirklichkeit geworden.«

»Kennen Sie seinen Namen?«

Der dicke Mann bewegte sich in seinem Sessel, der unter der Umverteilung der gewaltigen Last knarrte. »Marston Weathers.

»Wer war er?«

»Kein geringerer als der beste Dinosaurierjäger im ganzen Land.« Der dicke Mann führte die Hände zusammen und presste sie aufeinander. »Seine Freunde nannten ihn Stem, weil er groß und sehnig war. Sagen Sie mir eines, Mr. Broadbent: Hat der alte Stem gefunden, was er gesucht hat?«

Tom zögerte. Doch er hatte irgendwie das Gefühl, diesem Mann Vertrauen zu können. »Ja.«

Ein weiteres langes, trauriges Seufzen. »Der arme Stem. Er ist gestorben, wie er gelebt hat: ironisch.«

»Was können Sie mir über ihn sagen?«

»Eine ganze Menge. Und dafür, Mr. Broadbent, werden Sie mir mehr darüber erzählen, was er gefunden hat. Einverstanden?«

»Einverstanden.«

14

Wyman Ford konnte das Ende des Navajo Rim ein paar hundert Meter vor sich sehen, wo die Mesa in einer kleinen, daumenartigen Kuppe endete. Die rot glühende Sonnenscheibe hing schon tief am Himmel. Ford fühlte sich neu belebt. Jetzt verstand er, warum die Indianer in alten Zeiten in die Wildnis gezogen waren und dort gefastet hatten, auf der Suche nach einer Vision.

Er lebte seit zwei Tagen von halben Rationen, aß zum Frühstück nur eine Scheibe Brot, die er mit Olivenöl beträufelte, und abends einen halben Becher gekochter Linsen mit Reis. Der Hunger stellte merkwürdige, wunderbare Dinge mit dem menschlichen Verstand an; er gab ihm ein Gefühl von Euphorie und grenzenloser Energie. Wyman wunderte sich darüber, dass ein bloßer physiologischer Effekt ein so ergreifendes spirituelles Gefühl auslösen konnte.

Er ging um die Sandsteinkuppe herum und suchte nach einem Weg hinauf. Die Aussicht war unglaublich, doch von dort oben würde er noch mehr sehen können. Er schob sich auf einem Sandsteinvorsprung entlang, der kaum einen Meter breit war; unter ihm ging es über dreihundert Meter in die blaue Tiefe eines Canyons. Er war noch nie so weit ins Hochland vorgedrungen und kam sich vor wie ein Entdecker, ein John Wesley Powell. Dies war zweifellos eine der abgelegensten Gegenden, die es in diesem Land noch gab.

Er kam um einen Felsvorsprung und blieb vor Überraschung und freudigem Staunen wie erstarrt stehen. Hier, in die schroffe Klippe geschmiegt, war eine winzige, aber fast perfekt erhaltene Felsenwohnung der Anasazi – vier kleine Räume aus Sandsteinbrocken mit Lehmmörtel. Er schob sich vorsichtig um die Felsnase herum – wie, um Himmels willen, hatte jemand hier seine Kinder großgezogen? – und kniete sich hin, um in den Eingang zu schauen. Der winzige Raum war leer, bis auf ein paar verbrannte Maiskolben und einige Tonscherben. Ein einzelner Sonnenstrahl fiel durch ein Loch in der Mauer und erzeugte einen leuchtenden Lichtfleck auf dem Boden. Dort waren Fußspuren im Staub zu erkennen, die aus jüngster Zeit stammen mussten – Wanderstiefel mit kantigem Profil in der Sohle. Ford fragte sich, ob diese Abdrücke von dem Schatzsucher stammten. Es erschien ihm recht wahrscheinlich; wenn man diesen Winkel der Mesas absuchen wollte, konnte man keinen besseren Aussichtspunkt finden.

Er richtete sich auf und ging langsam auf dem Felsvorsprung weiter an der Ruine entlang, bis er uralte Stufen fand, aus dem steilen Sandsteinfelsen geschlagen, die zur Spitze der Kuppe führten.

Vom Gipfel aus hatte er eine überwältigende Aussicht über die Echo Badlands, beinahe bis an den Rand der Welt, so schien es. Links von ihm ragte das gewaltige Profil der Mesa de los Viejos auf, Schicht auf Schicht wie eine riesige Felsentreppe, bis hin zu den Vorbergen der Canjilon Mountains. Er hatte bislang nur selten das Privileg einer so fantastischen Aussicht genossen – als hätte der Schöpfer selbst die Landschaft gesprengt und verbrannt und nichts als Wüste zurückgelassen.

Ford blätterte seine Karten durch und zog eine heraus. Er folgte den Quadranten der Karte mit den Augen und zeichnete dann im Geiste dieselben Quadranten über die Badlands, die er vor sich sah. Nachdem er die Landschaft in Sektoren aufgeteilt hatte und mit der Anordnung zufrieden war, holte er sein Fernglas hervor und begann, den Sektor abzusuchen, der am weitesten östlich lag. Danach wandte er sich dem nächsten zu und dem nächsten. So arbeitete er sich systematisch durch die Landschaft, auf der Suche nach der sonderbaren Felsformation von dem Computerbild.

Die erste Runde ergab zu viele Kandidaten. Formationen, die

einander ähnelten, waren oft nah beieinander gruppiert, weil sie von denselben Wind- und Regeneinflüssen aus demselben Gestein geformt worden waren. Ford gelangte immer mehr zu der Überzeugung, dass er auf der richtigen Spur war, dass der T-Rex irgendwo hier in den Echo Badlands lag. Er musste nur näher an ihn herankommen.

Die nächste Viertelstunde verbrachte er damit, jeden Sektor ein zweites Mal abzusuchen; zwar sahen viele Felsformationen so ähnlich aus wie die gesuchte, aber keine passte haargenau. Natürlich war es möglich, dass er die richtige Formation sah, aber aus einem falschen Winkel, oder dass sie in einem der Canyons am anderen Ende der Badlands verborgen war.

Während er den Blick schweifen ließ, stach ihm ein Canyon besonders ins Auge. Tyrannosaur Canyon. Das war die längste Schlucht dieser Mesas, tief und vielfach gewunden. Sie zog sich mehr als dreißig Kilometer weit durch die Echo Badlands und hatte Hunderte, wenn nicht Tausende von Abzweigungen und Seitenschluchten.

Er identifizierte den riesigen Basaltmonolith, der den Eingang markierte, und folgte ihrem gewundenen Pfad mit dem Fernglas.

Tief in den Badlands verbreiterte sich die Schlucht zu einem kleinen Tal voller seltsamer, kuppelförmiger Felsen. Einige dieser Kuppeln sahen dem Radarbild unheimlich ähnlich – mit breiteren Köpfen und schmaleren Hälsen. Sie waren zusammengewürfelt wie ein Haufen kahler alter Männer, die sich aufgeregt flüsternd unterhielten.

Ford bestimmte die Entfernung zwischen Sonne und Horizont mit ausgestrecktem Arm und entschied, dass es etwa vier Uhr sein musste. Da es Juni war, würde die Sonne erst nach acht Uhr untergehen. Wenn er sich beeilte, konnte er das Grüppchen Sandsteinkuppeln vor dem Dunkelwerden erreichen. Es sah nicht so aus, als gäbe es da unten Wasser, aber er hatte seine beiden Feldflaschen gerade erst an einem rasch verdunstenden Tümpel aufgefüllt, den der schwere Regen vor ein paar Tagen hinterlassen hatte. Er hatte also noch vier Liter Reserve. Er würde irgendwo unten in diesem beeindruckenden Canyon lagern und morgen bei Sonnenaufgang mit der Erkundung beginnen.

Morgen war Sonntag. Der Tag des Herrn.

Er schob den Gedanken beiseite.

Ford warf einen letzten Blick durch das Fernglas auf die tiefe, geheimnisvolle Schlucht. Er spürte es in den Eingeweiden. Der T-Rex war da unten – im Tyrannosaur Canyon.

Die Ironie brachte Ford zum Lächeln.

15

Harry Dearborn holte tief Luft, das Gesicht im Schatten verborgen. »Du meine Güte, es ist schon halb fünf. Hätten Sie gern eine Tasse Tee?«

»Wenn es nicht zu viel Mühe macht«, sagte Tom und fragte sich, wie der unglaublich dicke Mann aus seinem Sessel kommen wollte, vom Teekochen ganz zu schweigen.

»Keineswegs.« Dearborn schob den Fuß ein Stück zur Seite und trat auf eine kleine Erhebung im Fußboden; gleich darauf erschien ein kaum sichtbarer Dienstbote aus dem hinteren Teil des Hauses.

»Tee.«

Der Mann zog sich zurück.

»Also, wo waren wir? Ach ja, Stem Weathers' Tochter. Roberta heißt sie.«

»Robbie.«

»Robbie, so hat ihr Vater sie genannt. Bedauerlicherweise hatten sie und ihr Vater sich entfremdet. Als ich zuletzt von ihr gehört habe, versuchte sie, sich als Künstlerin irgendwo in Texas zu etablieren – in Marfa, glaube ich. Beim Big-Bend-Nationalpark. Ein kleiner Ort – sie dürfte leicht zu finden sein.«

»Woher kannten Sie Weathers? Hat er Dinosaurier für Sie gesammelt?«

Ein dicker Finger tippte auf die Armlehne. »Niemand sammelt für *mich*, Thomas, obwohl ich gelegentlich Vorschläge meiner Klienten weitergebe. Ich habe mit den Grabungen nichts zu tun – ich verlange lediglich einen Nachweis dafür, dass das betreffende Fossil auf Privatbesitz gefunden wurde.« An dieser Stelle schwieg Dearborn so lange, bis sich ein ironisches Lächeln über sein Gesicht gebreitet hatte. Dann fuhr er fort: »Die meisten Fossilienjäger da draußen suchen nach kleinen Sachen. Ich nenne sie die Farn-und-Fisch-Truppe, Leute wie unser Mr. Beezon. Lastwagenweise Plunder. Ab und zu stolpern sie über etwas Wichtiges, und dann kommen sie zu mir. Ich habe Kunden, die nach ganz bestimmten Stücken suchen: Geschäftsleute, ausländische Museen, Sammler. Ich bringe Käufer und Verkäufer zusammen und nehme eine Provision von zwanzig Prozent. Das Exemplar bekomme ich gar nicht zu Gesicht. Die Arbeit im Feld liegt mir nicht.«

Tom unterdrückte ein Lächeln.

Der Diener erschien mit einem riesigen Silbertablett, darauf eine Kanne Tee unter einem Teewärmer, Teller voll Rosinenbrötchen, Cremetörtchen, kleiner Eclairs und Mini-Brioches, mehrere Gläser Marmelade, Butter, Dickrahm und Honig. Er stellte das Tablett auf dem Tisch neben Dearborn ab und verschwand so lautlos, wie er gekommen war.

»Wunderbar!« Dearborn zog die Wärmehaube von der Kanne, schenkte Tee in zwei Porzellantassen und fügte Milch und Zucker hinzu.

»Ihr Tee.« Er reichte Tom Tasse und Untertasse.

Tom nahm sie und trank.

»Ich bestehe darauf, dass mein Tee auf die alte englische Art bereitet wird, nicht so barbarisch, wie die Amerikaner das machen.« Er kicherte, trank mit einer einzigen fließenden Bewegung die Tasse aus, stellte sie beiseite, griff sich mit einer dicken Hand ein Brioche, öffnete das dampfende Brötchen, erstickte es mit Dickrahm und schob es sich in den Mund. Als Nächstes nahm er sich eines der heißen Hefeküchlein, legte ein Butterflöckchen obendrauf und wartete, bis es geschmolzen war, bevor er aß.

»Bitte, bedienen Sie sich«, sagte er mit vollem Mund.

Tom nahm ein Eclair und biss ab. Dicke Schlagsahne quoll hinten heraus und tropfte auf seine Hand. Er aß auf, leckte die Sahne ab und wischte sich die Hand sauber.

Dearborn schmatzte mit den Lippen, tupfte sie mit einer

Serviette ab und sprach weiter. »Stem Weathers war kein Farn-und-Fisch-Mann. Er hatte es auf einmalige Exemplare abgesehen. Er hat sein ganzes Leben lang nach dem einen dicken Fund gesucht. Ernsthafte Dinosaurierjäger sind alle vom selben Schlag. Die tun das nicht des Geldes wegen. Sie sind davon besessen. Es ist der Kitzel der Jagd, die Erregung eines tollen Fundes – sie sind besessen davon, etwas extrem Seltenes und Wertvolles zu finden – das treibt sie an.«

Er goss sich eine zweite Tasse Tee ein, hob sie mit der Untertasse zum Mund und trank sie mit einem einzigen, schlurfenden Schluck halb leer.

»Ich habe Stems Funde vermittelt, ihn aber ansonsten in Ruhe gelassen. Er hat mir nur selten erzählt, was er gerade tat oder wo er suchte. Diesmal hat sich allerdings herumgesprochen, dass er oben in den Mesas an etwas ganz Großem dran sei. Er hat mit zu vielen Leuten gesprochen, um Informationen zu sammeln – Geophysiker, Kosmochemiker, Kuratoren diverser paläontologischer Museumssammlungen. Das war sehr unklug von ihm. Er war zu bekannt. Die Gerüchteküche hat gebrodelt. Alle kannten seine Arbeitsweise – sein selbst gebasteltes Bodenradar und dieses Notizbuch waren legendär –, deshalb überrascht es mich nicht, dass ihm jemand gefolgt ist. Obendrein sind diese gesamten Mesas staatliches Land – untersteht alles dem Bureau of Land Management. Er hatte da eigentlich nichts zu suchen. Wenn etwas ohne behördliche Genehmigung von BLM-Land entnommen wird, ist das schwerer Diebstahl – schlicht und einfach. Und eine Genehmigung bekommen ohnehin nur ein paar ausgewählte Museen und Universitäten«, erläuterte Dearborn.

»Warum sollte er dieses Risiko eingehen?«

»Das Risiko ist eigentlich nicht groß. Und er ist nicht der Einzige. Das meiste BLM-Land ist so abgelegen, dass man sehr gute Chancen hat, nie erwischt zu werden.«

»Was für Funde waren das, die er Ihnen gebracht hat?«, fragte Tom.

Dearborn lächelte. »Ein Gentleman genießt und schweigt. Nur so viel sei gesagt, er hat mich nie mit Kleinigkeiten belästigt. Es hieß, er könne tote Dinosaurier förmlich riechen, obwohl sie vor Millionen von Jahren verschüttet wurden.«

Er stieß ein tragisches Seufzen aus, plötzlich von einem Rosinenbrötchen mit Marmelade unterbrochen, das er sich in den Mund schob. Er kaute, schluckte und sprach weiter.

»Er hatte keine Schwierigkeiten damit, die Dinosaurier zu finden; sein Problem war nur, was er hinterher damit machen sollte. Die finanzielle Seite einer solchen Operation hat ihm immer ein Bein gestellt. Ich habe versucht, ihm zu helfen, aber er hat sich immer wieder in Schwierigkeiten gebracht. Er war kein einfacher Mann, ein Einzelgänger, empfindlich, reizbar und schnell beleidigt. Er fand zum Beispiel einen Dinosaurier, den er für eine halbe Million verkaufen konnte, aber das Fossil zu bergen und in ein Labor zu schaffen, kostete ihn allein hunderttausend. Etwa dreißigtausend Arbeitsstunden sind nötig, um einen großen Dinosaurier zu reinigen und zu präparieren – vom Aufstellen ganz zu schweigen. Weathers lagen seine Dinosaurier zu sehr am Herzen, deshalb war er ständig pleite. Aber finden konnte er so gut wie alles.«

»Haben Sie vielleicht eine Ahnung, wer ihn ermordet haben könnte?«

»Nein. Aber es ist nicht sonderlich schwer zu erraten, was passiert sein muss. Ein paar kleine Lichter hatten begonnen, sich an seine Fersen zu heften. Wie gesagt, es hatte sich herumgesprochen. Er hat zu vielen Geologen zu viele Fragen gestellt, vor allem über das massenhafte Artensterben zwischen Kreidezeit und Tertiär. Alle wussten, dass Stem auf der Jagd war und vermutlich etwas Großes gewittert hatte. Ich nehme an, er wurde von jemandem ermordet, der ihm seinen Fund streitig machen wollte.«

Tom beugte sich vor. »Ein bestimmter Konkurrent?«

Dearborn schüttelte den Kopf, griff nach einem Eclair und schluckte es im Ganzen. »Ich kenne jeden in diesem Geschäft.

Dinosaurierjäger, die auf dem Schwarzmarkt handeln, sind raue Kerle. Sie fangen bei Versammlungen Schlägereien an, rauben sich gegenseitig die Beute, lügen, betrügen und stehlen. Aber jemanden ermorden? Das kann ich mir nicht vorstellen. Ich vermute eher, der Mörder ist ein Neuling oder vielleicht ein angeheuerter Spürhund, der seinen Auftrag ein bisschen zu ernst genommen hat.« Er trank seine Tasse leer und schenkte sich frischen Tee ein.

»Und diese Gerüchte, von denen Sie gesprochen haben?«

»Weathers hat ein paar Jahre lang versucht, eine Sandsteinschicht, die als Hell Creek Formation bekannt ist, bis runter nach New Mexico zu verfolgen.«

»Hell Creek?«

»Fast alle geborgenen T-Rex-Exemplare stammen aus dieser riesigen Sedimentschicht, die an verschiedenen Stellen in den Rocky Mountains zu Tage tritt, in New Mexico aber noch nie nachgewiesen wurde. Die Schicht wurde von einem Paläontologen namens Barnum Brown in Hell Creek, Montana, vor etwa hundert Jahren entdeckt, als er den ersten T-Rex auf der Welt fand. Aber Weathers hat nach mehr gesucht als Hell-Creek-Gestein. Er war von der KT-Grenze selbst besessen.«

»Der Kreide-Tertiär-Grenze?«

»So ist es. Die Hell-Creek-Schicht liegt unmittelbar unter der KT-Grenze. Diese Schicht, die nur gut anderthalb Zentimeter dick ist, dokumentiert das Ereignis, das zum Aussterben der Dinosaurier führte – den Meteoriteneinschlag. Es gibt nicht viele Orte auf der Welt, wo die Gesteinsschicht der KT-Grenze unterbrochen ist. Ich glaube, das hat ihn in die Mesas von Abiquiú geführt – die Suche nach der KT-Grenze.«

»Warum hat er genau danach gesucht?«

»Ich bin nicht ganz sicher. Ganz allgemein ist die KT-Grenze so ziemlich die interessanteste Gesteinsschicht, die je entdeckt wurde. Sie enthält Spuren des Asteroideneinschlags sowie Aschepartikel, die vom Verbrennen der Wälder auf der Erde stammen. Im Raton Basin, Colorado, gibt es eine besonders spektakuläre

KT-Formation. Diese Felsen erzählen eine erstaunliche Geschichte. Der Meteorit ist da eingeschlagen, wo sich heute die Yucatán-Halbinsel befindet, und durch den Einschlagwinkel wurden geschmolzene Partikel über fast ganz Nordamerika verteilt. Sie haben diesen Meteoriten Chicxulub getauft, ein Maya-Wort, das ›Schwanz des Teufels‹ bedeutet – niedlich, finden Sie nicht?«

Er kicherte und ergriff die Gelegenheit, sich noch ein Hefebrötchen zu nehmen.

»Chicxulub traf die Erde mit einer Geschwindigkeit von Mach vierzig. Der Meteorit war riesig; als die Unterseite den Erdboden berührte, war die Oberseite höher als der Mount Everest. Beim Aufschlag ließ er ein großes Stück der Erdkruste praktisch verdampfen und eine Wolke von Teilchen aufsteigen, über hundert Kilometer breit, die sogar die Erdatmosphäre durchstieß und bis ins Weltall vordrang – ein Teil davon schaffte es den halben Weg zum Mond, bevor alles mit einer Geschwindigkeit von über vierzigtausend Stundenkilometern zurück auf die Erde stürzte. Diese herabfallenden Partikel überhitzten die Atmosphäre und entzündeten riesige Waldbrände, die wie Feuerwalzen über die Kontinente hinwegrollten und hundert Milliarden Tonnen Kohlendioxid, hundert Milliarden Tonnen Methan und siebzig Milliarden Tonnen Ruß freisetzten. Rauch und Staub waren so dick, dass es auf der Erde so dunkel wurde wie in einer tiefen Höhle, sämtliche Photosynthese unterblieb und ganze Nahrungsketten zusammenbrachen. Eine Art nuklearer Winter setzte ein, und der Planet war monatelang gefroren. Danach explodierte förmlich der Treibhauseffekt, verursacht von der plötzlichen Freisetzung von Kohlendioxid und Methan. Es dauerte einhundertdreißigtausend Jahre, bis die Erdatmosphäre sich wieder abkühlte und sich auf normale Werte einpendelte.«

Dearborn schmatzte mit den Lippen und leckte sich mit der fleischigen rosa Zunge ein Tröpfchen Crème fraîche von der Hand.

»All das ist großartig dokumentiert im KT-Gestein im Raton-

Basin. Zuerst sieht man eine Schicht Partikel, die vom Impakt selbst stammen. Diese Schicht ist grau und enthält einen interessanten Anteil des seltenen Elements Iridium, das man in Meteoriten findet. Unter dem Mikroskop sieht man, dass sie kleine Spherulen enthält, erstarrte Tröpfchen geschmolzenen Gesteins. Über dieser Schicht liegt eine zweite, pechschwarz, die ein Geologe einmal als ›die Asche der Kreidezeit‹ beschrieben hat. Geologen sind sehr poetische Wissenschaftler, finden Sie nicht?«, sagte Dearborn.

»Ich wundere mich immer noch, warum Weathers sich für die KT-Grenze interessieren sollte, wenn er nur hinter Dinosaurierfossilien her war.«

»Das ist ein Rätsel. Vielleicht hat er diese Schicht als Anhaltspunkt benutzt, um T-Rex-Fossilien aufzuspüren. In der späten Kreidezeit, kurz vor ihrem Aussterben, regierten die Tyrannosaurier die Welt.«

»Was ist ein guter T-Rex heutzutage wert?«

»Jemand hat einmal gesagt, alle Menschen zusammen, die je einen T-Rex gefunden haben, wären nicht genug für eine Baseball-Mannschaft. Es sind die seltensten der seltenen Fossilien. Ich habe zwei Dutzend Kunden, die nur darauf warten, ein Gebot für den nächsten T-Rex abzugeben, der auf dem privaten Markt auftaucht, und ich schätze, dass einige von ihnen hundert Millionen Dollar oder mehr bezahlen würden«, antwortete er.

Tom stieß einen Pfiff aus.

Dearborn stellte seine Teetasse ab, und sein Gesicht nahm einen nachdenklichen Ausdruck an. »Ich hatte da so ein Gefühl …«

»Ja?«

»Ein Gefühl, dass Stem Weathers nach mehr gesucht hat als nur einem T-Rex. Irgendwas, das mit der KT-Grenze selbst zu tun hat. Aber was das genau sein sollte, kann ich nicht sagen …« Er hielt inne und goss sich noch eine Tasse Tee ein. »Der arme Stem. Und die arme Robbie. Ich beneide Sie nicht darum, dass

Sie es ihr beibringen müssen.« Er leerte die Tasse, aß ein letztes Rosinenbrötchen, tupfte sich mit der Serviette das Gesicht ab und wischte sich die Finger sauber. »Jetzt sind Sie dran, Thomas. Erzählen Sie mir, was Weathers gefunden hat. Selbstverständlich können Sie sich auf meine Diskretion verlassen.«

Tom zog die Computer-Darstellung aus der Tasche und breitete sie auf dem Couchtisch aus.

Langsam, aber dennoch mit gewaltigem Schwung richtete sich der mächtige Leib von Harry Dearborn in stummer Fassungslosigkeit aus dem Sessel auf.

16

Maddox stand vor der Frau, die auf dem Bett lag, das blonde Haar wie einen Heiligenschein über das Kissen gebreitet. Sie hatte gerade begonnen sich zu regen und leise gestöhnt – endlich schlug sie die Augen auf. Er sagte nichts und beobachtete, wie der Ausdruck in diesen Augen von Verwirrung in Angst umschlug, als sie sich erinnerte.

Er hob die Waffe an, so dass sie sie sehen konnte. »Keine Dummheiten. Du darfst dich aufsetzen, mehr nicht.«

Sie richtete sich auf, verzog dabei schmerzvoll das Gesicht, und die Schellen an ihren Handgelenken und Knöcheln klimperten. Er bedeutete ihr, sich umzusehen. »Und … wie findest du das?«

Keine Antwort.

»Ich habe hart dafür geschuftet, dass du es hier hübsch hast.«

Er hatte ein kleines Tischtuch über die Kabelrolle gebreitet, ein paar Blumen in ein leeres Marmeladenglas gesteckt und sogar einen signierten, limitierten Druck aus dem Haupthaus hier an die Wand gehängt. Die Kerosinlampe tauchte den Raum in gelbliches Licht, und es war angenehm kühl hier im Vergleich zur nachmittäglichen Hitze da draußen. Die Luft war gut – keine giftigen Gase oder sonstigen ungesunden Dämpfe.

»Wann kommt Tom nach Hause?«, fragte Maddox.

Keine Antwort. Die Blondine wandte den Blick ab.

Allmählich reichte es ihm. »Schau mich an.«

Sie ignorierte ihn.

»Ich habe gesagt, du sollst mich *anschauen.*« Er hob die Waffe.

Sie drehte langsam und trotzig den Kopf und sah ihn an. Hass blitzte in ihren grünen Augen.

»Gefällt dir, was du siehst?«

Sie sagte nichts. Ihr Blick war so intensiv, dass Maddox ihn ein wenig beunruhigend fand. Sie sah nicht verängstigt aus. Aber sie hatte Angst, das wusste er. Sie verging fast vor Angst. Es konnte gar nicht anders sein. Und sie hatte allen Grund dazu.

Er stand auf, schenkte ihr sein gewinnendes, schiefes Lächeln und breitete die Arme aus. »Ja, schau nur genau hin. Ich bin gar nicht so übel, wie?«

Keine Reaktion.

»Du wirst in nächster Zeit eine Menge von mir zu sehen bekommen, weißt du das? Ich werde damit anfangen, dass ich dir die Tätowierung auf meinem Rücken zeige. Kannst du erraten, was es ist?«

Keine Reaktion.

»Es hat zwei Wochen gedauert, sie zu stechen, vier Stunden pro Tag, vierzehn Tage lang. Ein Knastkumpan hat sie mir gemacht, ein wahres Genie mit der Nadel. Weißt du, warum ich dir das erzähle?« Er wartete, doch sie sagte nichts. »Weil die Tätowierung der Grund dafür ist, dass wir beide heute hier sind. Und jetzt hör mir gut zu. Ich will dieses Notizbuch. Dein Mann hat es. Wenn er es mir gibt, lasse ich dich frei – ganz einfach. Aber dazu muss ich mit ihm Kontakt aufnehmen. Hat er ein Handy? Gib mir die Nummer, und du könntest in ein paar Stunden wieder zu Hause sein.«

Endlich sagte sie etwas. »Schlagen Sie doch im Telefonbuch nach.«

»Ach, warum musst du dich aufführen wie ein Miststück?«

Sie sagte nichts. Vielleicht glaubte sie immer noch, sie hätte in dieser Situation irgendetwas zu melden. Er würde es ihr zeigen müssen. Er würde sie brechen wie eine junge Stute.

»Siehst du die Ketten da an der Wand? Die sind für dich, falls du es noch nicht erraten hast.«

Sie drehte sich nicht um.

»Schau sie dir gut an.«

»Nein.«

»Steh auf.« Sie blieb sitzen.

Er zielte mit der Waffe auf ihren Knöchel, dann haarscharf daneben und schoss. Der Krach war in dem engen Tunnel ohrenbetäubend, und sie sprang vor Schreck in die Luft wie ein Reh. Die Kugel war durch die Matratze gedrungen, und Flöckchen der Polsterung schwebten herab.

»Verdammt. Daneben.«

Er zielte wieder. »Du wirst dein Leben lang humpeln. Jetzt steh auf.«

Sie stand auf, und die Hand- und Fußschellen klimperten.

»Geh da rüber, wo die Ketten in der Wand verankert sind. Du wirst jetzt deine Handschellen abnehmen und die Eisenschellen da anlegen.«

Nun sah er, wie Angst ihre arrogante Miene durchdrang, obwohl sie sich bemühte, sie im Zaum zu halten. Er zielte mit der Waffe auf sie. »Ein Schuss könnte dich sogar töten, falls ich eine Arterie erwische.«

Keine Antwort.

»Tust du jetzt, was ich sage, oder muss ich dir in den Fuß schießen? Letzte Warnung.«

Wieder einmal war es ihm todernst, und sie merkte es.

»Ich mach's ja schon«, sagte sie mit erstickter Stimme. Das Wasser lief ihr aus den Augen.

»Kluges Mädchen. Also. Derselbe Schlüssel passt für beide Schellen. Als Erstes öffnest du die Fußfesseln, eine nach der anderen. Dann das rechte Handgelenk. Das linke mache ich selbst.« Er warf ihr den Schlüssel zu. Sie bückte sich, hob ihn auf, öffnete umständlich die Schellen um ihre Fußknöchel und befolgte seine Anweisungen genau.

»Jetzt lass den Schlüssel fallen.«

Er schoss vor und hob ihn auf. »Jetzt dein linkes Handgelenk.« Er trat an den Tisch, legte die Waffe darauf ab, ging zu ihr hinüber und legte ihr die Schelle ums linke Handgelenk. Dann überprüfte er alle Schellen und vergewisserte sich, dass sie richtig verschlossen waren.

Er trat zurück und nahm die Waffe vom Tisch. »Siehst du

das?« Er deutete auf seinen Oberschenkel. »Du hast mich verletzt, ist dir das klar?«

»Ein Jammer, dass ich nicht mehr in der Mitte und eine Handbreit weiter oben getroffen habe«, sagte Sally.

Maddox lachte heiser. »Eine richtige kleine Komödiantin. Je eher du dich entschließt, endlich mitzuarbeiten, desto früher ist das alles hier vorbei. Dein Mann, der liebe Tommy, hat das Notizbuch. Ich will es haben.« Wieder zielte er mit der Glock auf ihren Fuß. »Gib mir seine Nummer, dann kommt die Sache ins Rollen.«

Sie nannte ihm die Handynummer.

»Du hast dir eine Belohnung verdient.« Er grinste, trat zurück und knöpfte sich das Hemd auf. »Ich zeige dir meine Tätowierung.«

17

In der Bibliothek des Amsterdam Club herrschte die übliche Stille. Die einzigen Geräusche waren das vornehme Rascheln von Zeitungen und ein gelegentliches Klingeln von Eiswürfeln in einem Glas. Die mit Eiche getäfelten Wände, die dunklen Gemälde und das schwere Mobiliar verliehen dem Raum eine Atmosphäre von Eleganz und Zeitlosigkeit, noch verstärkt vom Duft nach alten Büchern und Leder.

In einer Ecke, in einen tiefen Sessel versunken, der in einem gelben Lichtkreis stand, saß Iain Corvus, nippte an einem Martini und überflog die neueste Ausgabe des *Scientific American.* Er blätterte hastig um, ohne richtig zu lesen, und ließ die Zeitschrift schließlich ungeduldig auf den Beistelltisch fallen.

Um sieben Uhr an einem Samstagabend leerte sich die Bibliothek allmählich, wie gewöhnlich, denn die Mitglieder gingen zum Abendessen hinüber. Corvus war weder nach Essen noch nach Unterhaltung zumute. Zweiundsiebzig Stunden waren vergangen, seit Maddox sich zuletzt bei ihm gemeldet hatte. Corvus hatte keine Ahnung, wo er war oder was er tat, und es gab keine ungefährliche Möglichkeit, Kontakt zu ihm aufzunehmen.

Er zappelte in seinem Sessel herum, schlug das andere Bein über und trank einen kräftigen Schluck Martini. Er spürte, wie sich die willkommene Wärme in seiner Brust ausbreitete und ihm zu Kopf stieg, doch sie beruhigte ihn nicht. So viel hing von Maddox ab; alles hing von Maddox ab. Seine Karriere hing am seidenen Faden, und er war einem ehemaligen Sträfling ausgeliefert.

Melodie arbeitete heute noch spät im Mineralogielabor und

führte weitere Analysen an der Probe durch. Sie hatte sich als phänomenale Wissenschaftlerin entpuppt und viel mehr erreicht, als Corvus erwartet hatte. Sie hatte so hervorragende Arbeit geleistet, dass sich bei ihm allmählich Besorgnis breitmachte – vielleicht war sie doch keine so einfache Partnerin, wie er angenommen hatte. Womöglich hatte er einen Fehler gemacht, als er eine so bedeutende und bahnbrechende Analyse ihr allein anvertraut hatte, ohne sich zumindest so weit an der Arbeit zu beteiligen, dass es gerechtfertigt erschien, wenn er später den Ruhm dafür einheimste.

Sie hatte versprochen, ihn um elf Uhr anzurufen und ihm die neuesten Erkenntnisse mitzuteilen. Er sah auf die Uhr: noch vier Stunden.

Was sie entdeckt hatte, war bereits mehr als ausreichend, um es bei dem Gespräch über seine Beförderung präsentieren zu können. Es wäre schlicht unmöglich, ihm den Titel zu verweigern und zuzuschauen, wie der wichtigste Dinosaurierfund aller Zeiten zusammen mit ihm zu einem anderen Museum abwanderte. Ganz gleich, wie wenig sie ihn mochten, ganz gleich, wie sehr sie sich an seinen mangelnden Veröffentlichungen störten, dieses Exemplar konnten sie sich nicht entgehen lassen.

Es war ein unerhörter Glücksfall – aber nein, dachte Corvus, es war nicht einfach nur Glück. Glück, hatte einmal jemand gesagt, entstand, wenn gute Vorbereitung auf die richtige Gelegenheit traf. Er hatte sich gut vorbereitet. Er hatte vor über einem halben Jahr gerüchteweise erfahren, dass Marston Weathers einer großen Sache auf der Spur war. Er wusste, dass der alte Knacker in New Mexico unterwegs war und hoffte, einen illegalen Dinosaurier auf BLM-Land abzugreifen – auf *staatlichem* Grund und Boden. Corvus hatte erkannt, dass dies die perfekte Gelegenheit war: einem Dieb einen Dinosaurier wegzunehmen und ihn der Wissenschaft zu übergeben. Er würde damit der Öffentlichkeit einen wertvollen Dienst erweisen – und sich selbst auch.

Corvus war mehr als erschrocken gewesen, als er erfahren hatte, dass Maddox Weathers umgebracht hatte, aber als er den ersten Schock überwunden hatte, war ihm klar geworden, dass dies die richtige Entscheidung gewesen war – sie vereinfachte die Dinge ganz erheblich. Außerdem war damit ein Mann aus dem Verkehr gezogen worden, der mehr unersetzliches, wissenschaftlich wertvolles Material von staatlichem Land gestohlen hatte als jeder andere.

Vorbereitung.

Dieser Maddox war ihm auch nicht einfach in den Schoß gefallen. Maddox hatte Corvus kontaktiert, und zwar deshalb, weil Ian Corvus *die* weltweite Autorität in Sachen Tyrannosaurier war.

Als Corvus auf die Idee kam, Maddox könnte ihm dabei helfen, ein absolut einmaliges Exemplar in die Finger zu bekommen, wurde ihm klar, wie nützlich Maddox auch ansonsten sein konnte – wenn er nicht im Gefängnis säße. Corvus ging ein persönliches Risiko ein, als er die Freilassung bewerkstelligte. Aber die Tatsache, dass Maddox wegen schweren Totschlags verurteilt worden war, nicht wegen Mordes – er hatte einen sehr guten Anwalt gehabt –, war durchaus hilfreich gewesen.

Maddox hatte sich im Gefängnis sehr gut geführt. Und schließlich, als Maddox' erste Anhörung zur Strafaussetzung anstand, erschienen weder Freunde noch Verwandte des Opfers, die gegen eine vorzeitige Entlassung protestierten und ihr Leid klagten.

Corvus selbst hatte bei dieser Anhörung gesprochen, sich für Maddox verbürgt und zudem ihm eine Stelle angeboten. Es hatte funktioniert, und der Ausschuss hatte seiner Freilassung zugestimmt.

Im Lauf der Zeit erkannte Corvus, dass Maddox seltene Qualitäten besaß. Er war ein bemerkenswert charismatischer und intelligenter Mensch, konnte sich ausdrücken, sah gut aus und war absolut präsentabel. Wäre er unter anderen Umständen aufgewachsen, hätte er selbst einen recht ordentlichen Wissenschaftler abgeben können.

Vorbereitung, die auf Gelegenheit traf. Bisher hatte Corvus alles gut im Griff. Er sollte sich beruhigen und darauf vertrauen, dass Maddox den Auftrag erledigen und ihm das Notizbuch beschaffen würde. Das Notizbuch wiederum würde ihn direkt zu dem Fossil führen. Es war der Schlüssel zu allem.

Ungeduldig sah er auf die Armbanduhr, trank seinen Martini aus und griff nach dem *Scientific American.* Er hatte sich wieder beruhigt.

18

Im trüben Schein der Kerosinlampe sah Sally Broadbent zu, wie der Mann sein Hemd auszog. Sie spürte den kalten Stahl um ihre Handgelenke und Knöchel; sie roch die feuchte Luft und hörte irgendwo Wasser tropfen. Offenbar war sie in einer Art Höhle oder in einer alten Mine. Sie hatte einen Geschmack wie von Kupfer im Mund, ihr Kopf schmerzte, und sie hatte das Gefühl, als geschehe all das mit jemand anderem.

Sally glaubte nicht, dass der Mann sie gehen lassen würde, wenn er von Tom das Notizbuch bekommen hatte. Er würde sie töten – das sah sie in seinem Blick und daran, dass er ihr völlig unbekümmert sein Gesicht zeigte und alles Mögliche über sich preisgab.

»Na, was hältst du davon?«

Er stand vor ihr, ohne Hemd, ein schiefes Grinsen auf dem Gesicht, und zeigte ihr das Spiel seiner Armmuskeln.

»Bereit?«

Er streckte die Arme nach vorn und krümmte sich leicht. Dann wirbelte er plötzlich herum und wandte ihr den Rücken zu.

Sie schnappte nach Luft. Sein gesamter Rücken war mit dem eintätowierten Bild eines angreifenden Tyrannosaurus Rex bedeckt, mit erhobenen Klauen, geöffneten Kiefern, so real, dass er beinahe vom Rücken des Mannes zu springen drohte. Wenn dieser die Muskeln spielen ließ, schien sich der Dinosaurier tatsächlich zu bewegen.

»Cool, was?«

Sie starrte ihn an.

»Ich habe etwas gesagt.« Er wandte ihr immer noch den Rücken zu und spannte eine Muskelpartie nach der anderen an, so dass der T-Rex erst eine Klaue bewegte, dann die andere, und schließlich den Kopf.

»Ich sehe es.«

»Als ich im Gefängnis saß, habe ich entschieden, dass ich eine Tätowierung bräuchte. Das ist gewissermaßen Tradition, weißt du? Es ist auch notwendig – das sagt einem, wer man ist, und bekräftigt die eigenen Allianzen. Kerle ohne Tattoo müssen sich am Ende immer bücken. Aber ich wollte nicht den üblichen Totenkopf und Sensenkram. Ich wollte eine Tätowierung, die für *mich* steht. Mein Tattoo sollte allen sagen, dass ich mich für niemanden bücken würde, dass ich ein ganzer Kerl bin, dass ich auf niemanden angewiesen bin. Deswegen habe ich mir einen T-Rex ausgesucht. Auf diesem Planeten hat es nie etwas Gefährlicheres gegeben. Aber dann musste ich eine Vorlage finden. Wenn ich einfach irgendwen auf meinen Rücken losgelassen hätte, wäre ich am Ende mit Godzilla oder irgendeinem Pfusch dagestanden, wie sich irgendein dämlicher Knacki einen T-Rex eben so vorstellt. Ich wollte es richtig haben. Ich wollte eine *wissenschaftlich genaue* Darstellung.«

Er strengte sich mächtig an, die Rückenmuskeln quollen grotesk hervor, und die Kiefer des T-Rex öffneten und schlossen sich.

»Also habe ich an den weltweit renommiertesten T-Rex-Experten geschrieben. Natürlich hat er meine Briefe nicht beantwortet. Warum sollte ein Mann wie er mit einem verurteilten Mörder in Pelican Bay korrespondieren?« Er lachte leise und spannte erneut den Rücken. »Schau dir das gut an, Sally. Es gab nie eine genauere Abbildung des T-Rex – in keinem Buch und in keinem Museum. Da steckt der aktuellste Forschungsstand drin.«

Sally schluckte und hörte zu.

»Na ja, nachdem mir ein Jahr lang kein Mensch geantwortet hatte, schrieb mir auf einmal dieser Dinosaurierexperte. Wir hatten einen interessanten Briefwechsel. Er hat mir die jüngsten Forschungsergebnisse geschickt, sogar Zeug, das noch gar nicht veröffentlicht war. Er hat mir Zeichnungen geschickt, die er eigenhändig angefertigt hatte. Ich habe es dann von einem wahren Tattoo-Experten machen lassen. Während der T-Rex zum Leben erweckt wurde, hatte der Dino-Mann draußen immer eine Antwort parat, wenn ich mal eine Frage hatte. Er hat sich Zeit für mich genommen. Er hat sich richtig reingehängt und dafür gesorgt, dass dieser T-Rex absolut echt wird.«

Ein weiteres Rollen und Zucken auf seinem Rücken.

»Wir wurden Freunde – beinahe Brüder. Und dann – weißt du, was er dann getan hat?«

Sally brachte mit großer Mühe ein »Was?« heraus.

»Er hat mich aus dem Knast geholt. Ich war zu zehn bis fünfzehn Jahren verurteilt, schwerer Totschlag, aber er hat bei meiner Anhörung für mich gebürgt, mir Geld und einen Job gegeben. Als er mich um einen Gefallen gebeten hat, war ich also nicht in der Position, Nein zu sagen. Weißt du, was das für ein Gefallen war?«

»Nein.«

»Ihm das Notizbuch bringen.«

Sie schluckte wieder und kämpfte gegen eine neue Woge der Furcht an. Er würde ihr all das nie erzählen, wenn er nicht vorhätte, sie umzubringen.

Er hörte auf, die Muskeln spielen zu lassen, drehte sich wieder um und zog sein Hemd über. »Verstehst du jetzt, warum ich mir so viel Mühe mache? Aber nun habe ich erst einmal einen Anruf zu erledigen. Wir sehen uns später.«

Damit drehte er sich um und verließ ihre kleine Gefängniszelle.

19

Als sich der Wagen Tucson näherte, versuchte Tom es erneut mit dem Handy und stellte fest, dass er endlich ein Netz hatte. Er sah auf die Uhr. Halb sechs. Er war länger bei Dearborn geblieben, als er gedacht hatte. Er würde sich beeilen müssen, um den Flug um halb sieben zu schaffen.

Er wählte die Nummer von zu Hause, um kurz mit Sally zu sprechen. Das Telefon klingelte ein paar Mal, dann sprang der Anrufbeantworter an. *»Hallo, hier sind Tom und Sally. Tom ist geschäftlich unterwegs, und ich musste unerwartet verreisen, wir können also nicht sofort zurückrufen. Entschuldigung, dass ein paar Reitstunden ausfallen müssen, ich melde mich später bei allen. Bitte hinterlasst uns eine Nachricht, danke.«*

Dann folgte der Piepton, und Tom legte auf, überrascht und plötzlich besorgt. Wohin sollte sie plötzlich verreist sein? Warum hatte sie ihn nicht angerufen? Vielleicht hatte sie es versucht – sein Telefon hatte bei Dearborn keinen Empfang gehabt. Rasch hörte er seine Mailbox ab, doch es gab keine neuen Nachrichten.

In wachsender Besorgnis rief er noch einmal zu Hause an und lauschte der Ansage sehr aufmerksam. Sallys Stimme klang überhaupt nicht normal. Er hielt am Straßenrand, wählte erneut und hörte genau hin. Irgendetwas stimmte da ganz und gar nicht. Tom spürte, wie sein Herz hämmerte. Mit quietschenden Reifen gab er Gas. Während er über die Interstate raste, wählte er die Nummer der Polizei in Santa Fe und fragte nach Detective Willer. Nachdem er frustriert gewartet hatte und zweimal weiterverbunden worden war, hörte er die vertraute sture Stimme.

»Hier ist Tom Broadbent.«

»Ja?«

»Ich bin nicht in der Stadt und habe gerade zu Hause angerufen. Da stimmt etwas nicht. Meine Frau müsste da sein, ist sie aber nicht, und sie hat eine Ansage auf den Anrufbeantworter gesprochen, die überhaupt nicht zu ihr passt. Ich glaube, jemand hat sie gezwungen, diesen Text aufzunehmen. Da ist irgendwas passiert.«

Schweigen, dann sagte Willer: »Ich fahre sofort zu Ihnen raus und sehe nach.«

»Ich möchte, dass Sie mehr tun als das, bitte. Ich möchte, dass Sie alles in Bewegung setzen, um sie zu finden.«

»Sie glauben, Ihre Frau ist entführt worden?«

Tom zögerte. »Ich weiß es nicht.«

Schweigen. »Gibt es da irgendetwas, das wir wissen sollten?«

»Ich habe Ihnen alles gesagt, was ich weiß. Bitte, fahren Sie so schnell wie möglich zur mir raus.«

»Ich kümmere mich persönlich darum. Haben wir Ihre Erlaubnis, die Tür aufzubrechen, falls sie abgeschlossen ist?«

»Ja, natürlich.«

»Wann werden Sie wieder hier sein?«

»Mein Flug aus Tucson landet um halb acht.«

»Geben Sie mir Ihre Handynummer, ich rufe Sie an, wenn ich bei Ihnen zu Hause bin.«

Tom nannte seine Nummer und legte auf. Er verging fast vor Hilflosigkeit und Selbstvorwürfen. Wie unglaublich dumm er gewesen war, Sally ganz allein zu lassen.

Er drückte das Gaspedal durch und raste mit über hundertsechzig über den Asphalt. Auf keinen Fall durfte er seinen Flug verpassen.

Eine Viertelstunde später klingelte sein Handy.

»Ist da Tom Broadbent?«

Das war nicht Willer. »Hören Sie, ich erwarte einen wichtigen …«

»Halt die Klappe, Tommy, und hör zu.«

»Wer zum Teufel sind …«

»Ich habe gesagt, du sollst die Klappe halten.«

Kurze Pause.

»Ich hab deine Kleine hier. Es geht ihr gut – im Moment. Ich will nur das Notizbuch. Hast du verstanden? Sag einfach ja oder nein.«

Tom umklammerte das Handy so fest, als wolle er es zerquetschen. »Ja«, würgte er schließlich hervor.

»Wenn ich das Notizbuch habe, bekommst du Sally zurück.«

»Hören Sie, wenn Sie ihr auch nur –«

»Ich sage das jetzt zum letzten Mal. *Halt dein verdammtes Maul.*«

Tom hörte den Mann am anderen Ende schwer atmen.

Die Stimme sagte: »Wo bist du?«

»Ich bin in Arizona.«

»Wann kommst du zurück?«

»Halb acht. Hören Sie …«

»Ich will, dass du *mir* zuhörst. Ganz genau. Kannst du das?«

»Ja.«

»Wenn du gelandet bist, steigst du in dein Auto und fährst nach Abiquiú, durch die Stadt und auf den Highway 84 nach Norden bis über den Damm. Halte unterwegs nicht an, egal, warum. Du solltest gegen neun Uhr dort sein. Du hast das Notizbuch bei dir?«

»Ja.«

»Gut. Ich will, dass du es in eine Tüte packst und sie mit Müll vollstopfst, damit sie aussieht wie Abfall. Das Zeug, das du reinstopfst, muss gelb sein. Verstanden? Knallgelb. Fahr auf dem Highway 84 zwischen der Abzweigung am Damm und der nach Ghost Ranch auf und ab. Du fährst *genau* neunzig km/h und hast das Handy eingeschaltet. Das Netz ist ziemlich gut, es gibt nur wenige tote Punkte. Ich rufe dich dann an und gebe dir weitere Anweisungen. Alles klar?«

»Ja.«

»Wie lautet deine Flugnummer?«

»Southwest Airlines 662.«

»Gut. Ich werde überprüfen, wann der Flieger tatsächlich gelandet ist, und dich genau eine Stunde und fünfundzwanzig Minuten später in der Nähe von Ghost Ranch erwarten. Schau nicht zu Hause vorbei, tu überhaupt nichts, fahr einfach direkt nach Abiquiú. Hast du verstanden? Du fährst zwischen dem Damm und Ghost Ranch hin und her, bis ich mich melde. Genau neunzig.«

»Ja. Aber wenn Sie ihr irgendetwas antun –«

»Sally etwas antun? Sie wird es hier richtig gut haben, vorausgesetzt, du machst alles genau so, wie ich es dir gesagt habe. Und, Tom? Keine Polizei. Ich sage dir auch, warum. Keine Entführung ist je erfolgreich verlaufen, nachdem die Polizei eingeschaltet wurde. Hast du von dieser Statistik schon mal gehört? Wenn sich die Cops einschalten, geht die Entführung schief, und das Opfer kommt meistens ums Leben. Wenn du die Polizei anrufst, bin ich gearscht. Die Cops werden alles übernehmen, das auf ihre Weise machen, und sie werden sich einen feuchten Dreck um dich oder deine Interessen scheren. Du wirst die Kontrolle verlieren, ich werde die Kontrolle verlieren, und Sally wird sterben. Hast du das kapiert? Wenn du die Polizei anrufst, kannst du dich von deiner Frau auf einem Edelstahltisch im Keller der Pathologie verabschieden. Klar?«

Schweigen.

»Habe ich mich deutlich genug ausgedrückt?«

»Ja.«

»Gut. Wir regeln das unter uns und haben die Sache jederzeit unter Kontrolle. Ich bekomme das Notizbuch, du bekommst deine Frau. Totale Kontrolle. Keine Unbekannten. Alles klar?«

»Ja.«

»Ich habe hier ein Polizeifunkgerät und außerdem noch andere Möglichkeiten, um festzustellen, ob du die Cops gerufen hast. Und ich habe einen Partner.«

Der Mann legte auf.

Tom konnte kaum noch fahren, kaum mehr die Straße erkennen. Beinahe sofort klingelte das Telefon erneut. Es war Willer.

»Mr. Broadbent? Wir sind bei Ihnen, im Wohnzimmer, und ich fürchte, wir haben hier ein Problem.«

Tom schluckte und brachte kein Wort heraus.

»Wir haben einen Einschuss in der Wand gefunden. Die Jungs von der Spurensicherung sind schon unterwegs.«

Tom merkte, dass er kreuz und quer über den Highway schlingerte, immer noch Vollgas gab, und dass das Auto schon fast hundertachtzig fuhr. Er nahm den Fuß vom Gas und riss sich zusammen.

»Sind Sie da?«, fragte Willer wie aus weiter Ferne.

Tom fand die Sprache wieder. »Detective Willer ich danke Ihnen sehr für Ihre Mühe, aber es ist alles in Ordnung. Ich habe gerade von Sally gehört, dass es ihr gut geht.«

»Ach ja?«

»Ihre Mutter ist plötzlich krank geworden, sie musste nach Albuquerque.«

»Der Jeep steht in der Garage.«

»Sie hat ein Taxi genommen, das Auto ist kaputt.«

»Was ist mit dem F350?«

»Der ist für die Pferdehänger.«

»Verstehe. Und dieses Einschussloch in der Wand?«

Tom rang sich ein lockeres Lachen ab. »Ach ja. Das ist … das ist schon alt.«

»Sieht mir aber frisch aus.«

»Ist vor ein paar Tagen passiert. Meine Pistole ist aus Versehen losgegangen.«

»Tatsächlich?« Willers Stimme klang kalt.

»Ja.«

»Können Sie mir vielleicht Marke und Kaliber nennen?«

»Achtunddreißiger Smith and Wesson Revolver.« Langes Schweigen am anderen Ende. »Wie gesagt, Detective, es tut mir leid, dass ich Sie umsonst bemüht habe, ehrlich. Falscher Alarm.«

»Hier ist auch ein Blutfleck auf dem Teppich. Ist der auch ›alt‹?«

Tom fand darauf keine Antwort. Ihm wurde übel. Wenn dieser Bastard ihr etwas getan hatte … »Ist es viel?«

»Nur ein kleiner Fleck. Er ist noch nass.«

»Ich weiß nicht, was ich dazu sagen soll, Detective. Vielleicht hat sich jemand … an irgendwas geschnitten.« Er schluckte.

»Wer? Ihre Frau?«

»Ich kann Ihnen dazu nichts sagen.«

Er lauschte der zischelnden Stille im Telefon. Er musste diesen Flug erreichen und mit dem Mann selbst fertig werden. Hätte er Sally doch nur nicht alleingelassen.

»Mr. Broadbent? Sagt Ihnen der Begriff ›hinreichender Verdacht‹ irgendetwas?«

»Ja.«

»Genau das haben wir hier. Wir sind mit Ihrer Erlaubnis ins Haus eingedrungen, wir haben einen hinreichenden Verdacht dafür, dass hier ein Verbrechen geschehen sein könnte – und jetzt werden wir Ihr Haus durchsuchen. Unter diesen Umständen brauchen wir dazu nicht mal einen Durchsuchungsbefehl.

Tom schluckte. Wenn der Entführer das Haus beobachtete und sah, dass es darin von Polizisten wimmelte … »Na schön, aber machen Sie's kurz.«

»Ihr Flieger landet um halb acht?«, fragte Willer.

»Ja.«

»Ich möchte Sie und Ihre Frau noch heute Abend sehen, kranke Mutter hin oder her. Auf dem Revier. Um Punkt neun. Vielleicht sollten Sie auch Ihren Anwalt mitbringen. Ich habe das Gefühl, Sie werden einen brauchen.«

»Das geht nicht. Nicht um neun, ausgeschlossen. Und meine Frau ist in Albuquerque –«

»Dieser Termin ist verbindlich, Mr. Broadbent. Wenn Sie um neun nicht da sind, lasse ich Sie per Haftbefehl suchen. Ist das klar?«

Tom schluckte. »Meine Frau hat doch damit gar nichts zu tun.«

»Wenn Sie sie mir nicht zeigen können, haben Sie ein gewaltiges Problem. Und ich sage Ihnen, es sieht jetzt schon schlimm für Sie aus.«

Das Telefon war tot.

Teil III

Perdiz Creek

Sie hatte eine Schulterhöhe von sechs Metern und war sechzehn Meter lang. Sie wog etwa sechs Tonnen. Ihre Beine waren über drei Meter lang und mit den stärksten Muskeln bepackt, die ein Wirbeltier je entwickelt hatte. Im Gehen trug sie den Schwanz hoch, und ihre Schrittlänge betrug drei bis vier Meter. Wenn sie rannte, konnte sie eine Geschwindigkeit von fünfundvierzig Stundenkilometern erreichen, doch die reine Schnelligkeit war nicht so wichtig wie Beweglichkeit, Wendigkeit und blitzschnelle Reflexe. Ihre Füße waren über einen Meter lang, bewehrt mit vier säbelartigen Klauen, drei vorne und ein afterkrallenartiger Sporn hinten. Sie ging auf den Zehen. Mit einem einzigen, gut gezielten Hieb konnte sie einem über dreißig Meter langen Hadrosaurier den Bauch aufschlitzen.

Ihre Kiefer waren fast einen Meter lang und enthielten sechzig Zähne. Sie benutzte die vorderen, schneidezahnartigen dazu, Fleisch vom Knochen zu lösen. Zu beiden Seiten bildeten ihre Fangzähne tödliche Reihen; einige davon waren inklusive der Wurzel bis zu dreißig Zentimeter lang und so dick wie eine Kinderfaust. Auf der Rückseite waren sie gezackt, so dass sie nach dem Biss ihre Beute festhalten und rückwärts zerreißen konnte. Mit einem einzigen Biss konnte sie ein Volumen von über zweihundertfünfzig Litern fassen und mehrere hundert Pfund Fleisch aus einem Beutetier reißen. Ein System von Durchgängen, Löchern und Kanälen in ihrem Schädel machte ihn enorm stark, aber leicht und flexibel. Sie hatte zwei verschiedene Bisstechniken: einen Überbiss, bei dem die Zähne das Fleisch durchstanzten, und einen »Nussknacker«-Biss, der Platten und Knochen zermalmte. Ihr Gaumen wurde von dünnen Streben gestützt, die es dem Schädel ermöglichten, sich bei einem kraftvollen Biss seitlich zu verbreitern und dann auszudehnen, damit sie gewaltige Fleischbrocken im Ganzen schlucken konnte.

Mit ihren überlappenden Kiefermuskeln erreichte sie eine Beißkraft, die auf achttausend Kilogramm pro Quadratzentimeter geschätzt wird, genug, um Stahl zu durchtrennen.

Ihre Vordergliedmaßen waren klein, nicht länger als die Arme eines Menschen, aber um ein Vielfaches stärker. Die zwei gekrümmten Klauen daran waren im Neunzig-Grad-Winkel angesetzt, was maximale Kraft beim Greifen und Schlitzen garantierte. Die Wirbel, an denen die Rippen ansetzten, waren so groß wie Kaffeedosen und stützten ihren Bauch, der zeitweise mehr als eine Vierteltonne frisch verschlungenes Fleisch enthalten konnte.

Sie stank. In ihrem Maul befanden sich verrottende Fleischfetzen und ranziges Fett, die in speziellen Vertiefungen an ihren Zähnen hängen blieben, was ihren Biss noch tödlicher machte. Selbst wenn ihr Opfer dem ersten Angriff entkommen konnte, würde es höchstwahrscheinlich bald an einer massiven Entzündung oder Blutvergiftung sterben. Die Knochen, die sie mit dem Kot ausschied, wurden durch die starke Salzsäure in ihrem Verdauungstrakt fast vollständig aufgelöst.

Das Hinterhauptbein in ihrem Nacken war so groß wie eine Grapefruit und gestattete ihr, den Kopf um fast hundertachtzig Grad zu drehen, so dass sie in alle Richtungen um sich beißen konnte. Wie beim Menschen, waren auch ihre Augen nach vorn gerichtet, so dass sie ein stereoskopisches Sehvermögen besaß; ihr Geruchssinn und das Hörvermögen waren ebenfalls hervorragend. Ihre liebste Beute waren die Herden der Hadrosaurier, die lärmend durch die großen Wälder zogen, Rufe und trompetende Schreie ausstießen, um die Herde zusammen und die Jungen bei ihren Müttern zu halten. Doch sie war Opportunistin und schlug alles, was Fleisch versprach.

Sie jagte vorwiegend aus dem Hinterhalt, indem sie sich geduldig und leise gegen den Wind anpirschte und dann blitzschnell angriff. Sie war sehr gut getarnt und trug die Farben der Wälder, ein prächtiges Muster aus Grün- und Brauntönen.

Als heranwachsendes Tier jagte sie im Rudel, ausgewachsen jedoch allein. Sie lieferte sich keinen Kampf mit ihrer Beute, son-

dern überfiel sie mit einem einzigen, gewaltigen Biss, bei dem ihre Zähne Platten und Panzer durchtrennten und zu lebenswichtigen Organen und Arterien vordrangen; wenn sie ihre Beute im Maul fixiert hatte wie einen Wurm am Angelhaken, zog sie ein Hinterbein an und führte einen alles zerfleischenden Tritt. Dann ließ sie ihr Opfer los, zog sich zurück und wartete in sicherer Entfernung, während es vergeblich brüllte, um sich schlug, zuckte und schließlich verblutete.

Wie viele Raubtiere verschmähte sie auch Aas nicht; sie fraß alles, wenn es nur Fleisch war. Die Zähne in einen fauligen, von Maden wimmelnden Kadaver zu schlagen, war für sie ebenso sättigend und befriedigend, wie ein ganzes, noch schlagendes Herz zu verschlingen.

1

Wyman Ford hielt inne und blickte in die tiefe Schlucht des Tyrannosaur Canyon hinab. Vor etwa sechzehn Kilometern war er an dem schwarzen Basaltbrocken vorbeigekommen, dem der Canyon seinen Namen verdankte, und nun war er tief in die Schlucht vorgedrungen, weiter als je zuvor. Welch ein gottverlassener Ort. Die Felswände wurden immer höher, je weiter er in die Schlucht hineinging, bis sie sich von beiden Seiten herandrückten, so dass man wirklich Platzangst bekommen konnte. Felsbrocken, so groß wie Häuser, waren von den Klippen gebrochen und lagen verstreut zwischen giftigen Flecken von Alkalisalzen, deren Staub der Wind in feinen Schleiern durch die Luft trieb. Nichts, so schien es, lebte hier, außer ein paar Büschen Salzmelde – und natürlich eine Unmenge Klapperschlangen.

Er blieb stehen, als er vor sich eine langsame Bewegung wahrnahm, und beobachtete eine Diamantklapperschlange, so dick wie sein Unterarm, die vor ihm über den Sand glitt, die Zunge vorschnellen ließ und ein leises, kratzendes Geräusch verursachte.

Dies war die richtige Tageszeit für Schlangen, dachte Ford, der frühe Abend; wenn die Hitze des Tages nachließ, kamen sie aus ihren Löchern gekrochen und begannen ihre nächtliche Jagd.

Ford wanderte weiter, fiel wieder in den Rhythmus des Laufens und seine langen Beine machten viel Boden gut. Hier war es wie in einem Irrgarten, zahllose Seitenschluchten verloren sich im Nirgendwo. Die Kilometer schwanden nur so dahin. Gegen Sonnenuntergang, als die Schlucht eine weitere Biegung beschrieb, konnte er eine Menge zusammengedrängter Felsen vor sich erkennen, die Formation, die er vom Navajo Rim aus gesehen und spontan *Die Kahlköpfe* genannt hatte. Der untere Teil des Canyons lag bereits im Schatten, doch die Sonne, die noch den hohen östlichen Rand beschien, tauchte alles in ein warmes orangerotes Licht.

Ford war froh, dass dieser Tag vorüber war. Er hatte das Wasser seit dem Morgen streng rationiert und war dankbar, dass sein Durst in der abkühlenden Luft nachließ.

Wenn in der Wüste die Nacht hereinbrach, kam sie sehr schnell.

Er hatte nicht mehr viel Zeit, sich einen guten Lagerplatz zu suchen. Bei jedem beschwingten Schritt die Schlucht entlang blickte er nach links und rechts und fand bald, was er suchte: eine geschützte Stelle zwischen zwei herabgestürzten Felsbrocken auf weichem, ebenem Sand. Er nahm seinen Rucksack ab, trank einen Schluck Wasser und rollte ihn im Mund herum, um so viel wie möglich davon zu haben, bevor er schluckte.

Ihm blieben noch fünfzehn, vielleicht zwanzig Minuten Tageslicht. Warum sollte er sie darauf verschwenden, zu kochen und seine Decken auszubreiten? Er ließ seine Ausrüstung einfach liegen und ging weiter den Canyon entlang zu den Kahlköpfen.

Aus der Nähe erinnerten sie eher an riesige, plattgedrückte Pilze denn an Schädel; jeder einzelne war etwa zehn Meter breit und sieben Meter hoch, durch die Erosion aus einer Schicht dunkelorangerotem Sandstein geschliffen, in der dünnere Linsen aus weißlichem Schiefer und Konglomerat zu erkennen waren. Einige der großen Brocken waren unterspült worden, umgekippt wie Humpty Dumpty, und lagen geborsten am Boden.

Ford betrat den Wald aus Sandsteinsäulen, welche die runden Kuppeln stützten. Die Säulen bestanden aus hellrosa Sandstein, und alle waren etwa drei Meter hoch. Er kroch zwischen ihnen herum und wollte nachsehen, wie weit diese Formation reichte. Aus dieser Perspektive sah keiner der Felsen genau aus wie der gesuchte, aber die Ähnlichkeit war groß. Wieder einmal überlief ihn ein Schauer der Erregung, denn er war sicher, dass er dem Dinosaurier immer näher kam. Er quetschte sich zwischen den Felssäulen hindurch, musste manchmal sogar auf allen vieren kriechen und war sich der gewaltigen Steinmassen über ihm durchaus bewusst. Als er das andere Ende erreichte, stellte er zu seiner Überraschung fest, dass die Kahlköpfe den Eingang zu einer weiteren Schlucht verbargen – oder vielmehr eine Fortsetzung des Tyrannosaur Canyon. Er ging flott die Schlucht entlang. Der Canyon war schmal, und Ford sah deutliche Anzeichen heftiger Überflutungen – an den Seiten lagen zertrümmerte Baumstämme und große Äste verstreut, die von den fernen Bergen hierher gespült worden waren. Der untere Teil der Felswände war vom reißenden Wasser glatt poliert und ausgehöhlt.

Der Canyon war vielfach gewunden, und an jeder scharfen Biegung entdeckte Ford neue Höhlen und Unterspülungen. Einige der höher gelegenen Höhlen enthielten kleine Anasazi-Siedlungen. Nach etwa einem halben Kilometer traf Ford auf eine große Sandsteinplatte, die sich über die gesamte Breite des Canyons erstreckte und zu nasseren Zeiten einen Wasserfall gebildet haben musste. Ein aufgesprungenes Bassin aus vertrocknetem Schlamm darunter wies auf einen früheren Teich hin.

Er kletterte auf das Sandstein-Plateau hinauf, wobei er die hervorstehenden Gesteinsschichten wie eine Leiter benutzte, und wanderte weiter.

Der Canyon beschrieb eine scharfe Biegung und öffnete sich dann plötzlich zu einem gewaltigen Tal, in dem drei Canyons aufeinanderstießen wie bei einem versteinerten Zugunglück und ein wahres Spektakel ungezügelter Erosion lieferten. Ford blieb stehen, beim Anblick dieser in Stein erstarrten Naturgewalten von Ehrfurcht ergriffen.

Mit einem Lächeln beschloss er, dieses Tal »Devil's Graveyard« zu nennen – den Friedhof des Teufels. Während er dastand, erloschen die letzten Sonnenstrahlen am Rand der Felswand, die Nacht senkte sich über das seltsame Tal und hüllte alles in violette Schatten. Dieses Land war wahrhaftig eine verlorene Welt.

Ford kehrte um. Es war zu spät, um das Tal zu erkunden; er musste vor dem Dunkelwerden sein Lager erreichen.

Die Steine hatten Millionen von Jahren hier gewartet, dachte der Mönch. Da machte ein weiterer Tag auch keinen Unterschied mehr.

2

Tom fuhr in nördlicher Richtung auf dem Highway 84 und konnte sich nur mit Mühe konzentrieren. Das Flugzeug hatte Verspätung gehabt, es war schon halb neun, und er war noch eine ganze Fahrstunde von dem Abschnitt des Highways entfernt, zu dem der Entführer ihn beordert hatte. Auf dem Beifahrersitz lag ein verschließbarer Gefrierbeutel voll gelbem zerknüllten Papier, das Notizbuch darin verborgen. Sein Handy lag ebenfalls auf dem Sitz, voll geladen, und erwartete den Anruf.

Er fühlte sich schrecklich hilflos und den Ereignissen ausgeliefert – ein unerträgliches Gefühl. Er musste eine Möglichkeit finden, die Oberhand zu gewinnen, zu agieren, statt nur zu reagieren. Aber er konnte nicht einfach irgendetwas tun: Er musste einen Plan ausarbeiten, und dazu war es nötig, seine kochenden Gefühle beiseitezuschieben und so kühl und klar wie möglich zu denken.

Die weite, dunkle Wüste flog zu beiden Seiten der Straße an ihm vorbei, die Sterne hingen funkelnd am Nachthimmel über ihm. Der Flug von Tucson nach Santa Fe war die schwerste Stunde gewesen, die Tom je hatte durchstehen müssen. Es hatte ihn übermenschliche Anstrengung gekostet, seine wüsten Spekulationen abzustellen und sich auf das eigentliche Problem zu konzentrieren. Das Problem war ganz einfach: Er musste Sally zurückholen. Alles andere war gleichgültig. Wenn Sally erst in Sicherheit war, würde er sich um den Entführer kümmern.

Wieder einmal fragte er sich, ob er nicht doch die Polizei hätte einschalten müssen, oder ob er Willer gleich links liegen lassen und sich ans FBI wenden sollte. Doch tief im Herzen wusste er, dass der Entführer Recht hatte: Wenn er das tat, würde er die Kontrolle über die Situation verlieren. Die staatlichen Stellen würden alles übernehmen. Egal, was Tom machte, Willer würde daran beteiligt sein. Er glaubte dem Entführer, dass er Sally umbringen würde, falls sich die Polizei einmischte. Dieses Risiko war zu groß; Tom musste das allein machen.

Er kannte den Abschnitt des Highway 84, den er auf und ab fahren sollte. Es war eine der einsamsten zweispurigen Strecken im ganzen Staat, es gab dort nur eine Tankstelle mit einem kleinen Laden.

Tom überlegte, wie er die Sache aufgezogen hätte, wenn er der Entführer wäre; was hätte er geplant, wie würde er sich das Notizbuch holen und verhindern, dass man ihm folgte? Genau das war es – er musste hinter den Plan seines Gegners kommen.

3

Willer schaute von einem Stapel Papierkram hoch und sah auf die Uhr. Viertel nach neun. Er warf Hernandez einen Blick zu, der im kränklichen Neonlicht des Büros beinahe grün wirkte.

»Er hat uns versetzt«, sagte Hernandez. »Einfach so.«

»Einfach so ...« Willer tippte mit dem Stift auf den Papierstapel vor sich. Das ergab keinen Sinn – ein Kerl, der so viel zu verlieren hatte. Für diese Sorte Leute gab es eine Million ganz legaler Möglichkeiten, einer Vernehmung bei der Polizei aus dem Weg zu gehen.

»Glauben Sie, er hat den Flieger sausen lassen?«

»Sein Fahrzeug – dieser Chevy-Oldtimer, den er fährt – stand draußen am Flughafen. Sein Flug ist um acht gelandet, und jetzt ist der Wagen weg.«

Hernandez zuckte mit den Schultern. »Vielleicht hat er eine Panne.«

»Der Kerl spielt mit uns.«

»Was hat er vor?«

»Woher zum Teufel soll ich das wissen?«

Ein drückendes Schweigen senkte sich über den Raum. Willer hustete schließlich und zündete sich eine Zigarette an, weil er das Gefühl hatte, seine Autorität wiederherstellen zu müssen; es überraschte und ärgerte ihn, dass Broadbent ihn einfach so abschüttelte. »Also, wir haben folgende Tatsachen: In seinem Wohnzimmer ist ein Blutfleck auf dem Teppich, eine Kugel steckt in der Wand. Er ist nicht zur polizeilichen Vernehmung erschienen. Vielleicht steckt er in Schwierigkeiten, oder er ist tot. Vielleicht hat er Angst bekommen und ist abgehauen. Vielleicht hat er sich mit seiner Frau gestritten, und die Situation ist eskaliert ... und er hat sie im Garten verscharrt. Vielleicht ist er auch nur ein arrogantes Arschloch, das uns nicht für voll nimmt. Wie dem auch sei: Wir müssen ihn finden.«

»Klar.«

»Ich will eine Fahndungsmeldung für den gesamten Norden New Mexicos, Straßensperren auf dem Highway 84 in Chama, auf dem 96 in Coyote, 285 südlich von Espanola, auf der 1-40 bei Wagon Mound und an der Grenze zu Arizona, 1-26 bei Belen und eine am Revier der State Police in Cuba am Highway 44.« Er hielt inne, blätterte in den Unterlagen auf seinem Schreibtisch und zog ein Blatt hervor. »Hier ist es: Er fährt einen 57er Chevrolet 3100 Pick-up, türkis und weiß, New-Mexico-Nummernschild 346 EWE. Das kommt uns entgegen: Mit so einem Auto fällt er auf wie ein bunter Hund.«

4

Maddox stellte den Range Rover vor dem Sunrise Liquor Mart ab und sah auf die Uhr. Einundzwanzig Minuten nach neun. Ein halbes Dutzend Bierwerbungen im Schaufenster des Geschäfts warfen ein wirres Neonlichtbild auf die staubige Motorhaube seines Wagens. Bis auf den Kerl hinter dem Tresen war der Laden leer.

Der Mond war noch nicht aufgegangen.

Er wusste, weil er es ausprobiert hatte, dass er die Scheinwerfer eines Wagens, der in Richtung Süden unterwegs war, von hier aus sehen würde, und zwar zweieinhalb Minuten, bevor er diesen Punkt passierte.

Er stieg aus, steckte die Hände in die Hosentaschen, lehnte sich ans Auto, sog tief die kühle Wüstenluft ein, schloss die Augen, murmelte sein Mantra und schaffte es, seinen Pulsschlag auf einen annähernd normalen Wert zu senken.

Er öffnete die Augen. Der Highway lag immer noch im Dunkeln. Neun Uhr zweiundzwanzig. Er war vor elf Minuten an Broadbents 57er Chevy vorbeigefahren, und wenn der Mann seine Anweisungen befolgte, zügig umdrehte und die Geschwindigkeit hielt, müssten seine Scheinwerfer in sechs Minuten im Norden auftauchen.

Maddox betrat den Laden, kaufte ein Stück zehn Stunden alte Pizza und einen riesigen Becher Kaffee und bezahlte passend. Er ging zurück zu seinem Wagen, stützte einen Stiefel auf die Stoßstange und blickte den dunklen Highway entlang. Noch zwei Minuten. Ein weiterer Blick in den Laden zeigte ihm, dass der Junge am Tresen in einen Comic vertieft war. Er kippte den Kaffee auf den geteerten Parkplatz und schleuderte das Stück Pizza in einen Opuntia-Kaktus, der bereits mit allem möglichen Müll dekoriert war. Er sah auf die Uhr, überprüfte sein Handy – guter Empfang.

Er stieg in den Wagen, ließ den Motor an und wartete.

Neun Uhr sechsundzwanzig.

Neun Uhr siebenundzwanzig.

Neun Uhr achtundzwanzig.

Bingo: Ein Scheinwerferpaar erschien aus dem Meer der Dunkelheit im Norden. Die Lichtpunkte wuchsen langsam an und wurden heller, während sich der Wagen auf dem unmarkierten, zweispurigen Highway näherte – und dann brauste der Pick-up als türkisfarbener Lichtblitz an ihm vorbei, und die roten Rücklichter entschwanden in die Schwärze im Süden. Neun Uhr dreißig und vierzig Sekunden.

Er wartete, die Augen auf die Uhr geheftet, genau eine Minute ab und drückte dann die Kurzwahltaste an seinem Handy.

»Ja?« Er war sofort dran.

»Hör genau zu. Behalt die Geschwindigkeit bei. Du darfst weder schneller noch langsamer werden. Kurble das rechte Fenster herunter.«

»Was ist mit meiner Frau?«

»Du bekommst sie gleich. Tu, was ich gesagt habe.«

»Das Fenster ist offen.«

Maddox beobachtete den Sekundenzeiger seiner Uhr.

»Wenn ich es dir sage, legst du auf, aber *lass das Handy an.* Steck es in die Tüte mit dem Notizbuch und wirf sie zum Fenster raus. Warte, bis ich dir das Signal gebe. Wenn du die Tüte rausgeworfen hast, halt nicht an, fahr weiter.«

»Hör zu, du Dreckskerl, ich tue gar nichts, ehe du mir nicht sagst, wo meine Frau ist.«

»Tu, was ich dir sage, oder sie ist tot.«

»Dann kriegst du dieses Notizbuch nie zu sehen.«

Maddox blickte auf die Uhr. Es waren schon dreieinhalb Minuten vergangen. Mit einer Hand am Lenkrad gab er Gas und fuhr so zügig auf den Highway, dass er qualmende Reifenspuren auf dem Parkplatz hinterließ. »Sie ist auf dem alten Campingplatz am Madera Creek, kennst du den? Sechzig Kilometer südlich von hier am Rio Grande. Das Miststück hat sich gewehrt, sie hat sich verletzt, sie blutet, mein Partner ist bei ihr, und wenn du nicht tust, was ich dir sage, werde ich ihn anrufen, und er wird sie erschießen. Ganz einfach. Jetzt steck das Handy in die Tüte und wirf sie raus. *Jetzt.*«

»Das sage ich dir: Wenn sie stirbt, bist du ein toter Mann. Ich jage dich bis ans Ende der Welt und bringe dich um.«

»Hör auf zu quatschen wie ein Held und *tu, was ich gesagt habe!*«

»Ich mach's ja schon.«

Maddox hörte ein Rascheln, und dann war das Gespräch unterbrochen. Er stieß den angehaltenen Atem aus, sah auf die Uhr, stellte die Zeit auf die Sekunde genau fest und blickte auf seinen Tachometer. Das Notizbuch musste genau sechs Komma fünf Kilometer südlich des Parkplatzes liegen. Er schaltete sein Handy ab und behielt exakt die Geschwindigkeit bei. Er hatte den Highway vorher sorgfältig ausgekundschaftet, Entfernungen und Fahrzeiten ermittelt und die Kilometermarken notiert. Er wusste, dass sich das Notizbuch auf einem bestimmten Straßenabschnitt von höchstens einem halben Kilometer Länge befand.

Maddox kam an der Kilometermarke vorbei, ging vom Gas, rollte sämtliche Fenster herunter und wählte Broadbents Handynummer. Gleich darauf hörte er von draußen ein leises Klingeln: Und da lag sie am Straßenrand, die verschlossene Gefriertüte. Er fuhr langsam vorbei, schaltete den Suchscheinwerfer auf dem Dach seines Range Rovers ein und suchte die Umgebung ab, um sich zu vergewissern, dass Broadbent ihm nicht irgendwo auflauerte. Doch in alle Richtungen erstreckte sich nur die leere Landschaft. Er zweifelte nicht daran, dass Broadbent nach Süden raste, zum Madera-Campingplatz. Er würde vermutlich in Abiquiú anhalten, um die Polizei und einen Krankenwagen zu alarmieren. Maddox hatte nicht viel Zeit, sich das Notizbuch zu holen und zu verschwinden. Er wendete, fuhr zurück zu der Tüte, sprang aus dem Wagen und nahm sie an sich. Als er wieder im Auto saß und beschleunigte, riss er sie mit der rechten Hand auf und tastete nach dem Notizbuch.

Da war es. Er zog es heraus und sah es sich an. Es war in altes Leder gebunden, und auf der Rückseite war sogar ein Blutfleck zu erkennen. Er schlug es auf. Reihen über Reihen von Zahlen, die aus je acht Ziffern bestanden, genau wie Corvus gesagt hatte. Das war's. Er hatte es geschafft.

Er fragte sich, wie Broadbent reagieren würde, wenn er den Madera Campground völlig menschenleer vorfand. *Bis ans Ende der Welt.*

Er hatte das Notizbuch. Jetzt war es an der Zeit, die Frau loszuwerden.

5

Knapp einen Kilometer südlich von der Stelle, wo er das Notizbuch aus dem Auto geworfen hatte, schaltete Tom die Scheinwerfer aus, bog vom Highway ab, holperte über eine Böschung und durchbrach einen Stacheldrahtzaun. Er fuhr weiter in die dunkle Prärie hinein, bis er das Gefühl hatte, er sei weit genug von der Straße entfernt. Dann stellte er den Motor ab und wartete mit hämmerndem Herzen.

Als der Mann behauptet hatte, Sally sei auf dem Madera-Campingplatz, hatte Tom sofort gewusst, dass er log. Zu dieser Jahreszeit wimmelte es dort von kleinen Kindern, und selbst die abgeschirmten Hütten waren zu leicht einzusehen, zu wenig geschützt. Die Geschichte sollte ihn nur nach Süden locken.

Ein paar Minuten später sah er die Scheinwerfer eines Wagens von hinten kommen. Er war vorhin an einem Range Rover vorbeigefahren und hatte dasselbe Auto vor dem kleinen Laden stehen sehen. Er hatte keinen Zweifel mehr daran, dass in diesem Wagen der Entführer saß, als er genau an dem Straßenabschnitt langsamer wurde, wo er das Notizbuch aus dem Fenster geworfen hatte. Ein Suchscheinwerfer flammte auf und tastete die Prärie ab. Tom fürchtete plötzlich, entdeckt zu werden, doch der Lichtstrahl suchte nur die unmittelbare Umgebung ab. Der Wagen wendete, fuhr zurück; ein Mann sprang heraus und hob die Tüte auf – er war groß und schlaksig, aber zu weit entfernt, als dass Tom ihn hätte erkennen können. Gleich darauf war der Mann wieder ins Auto gesprungen, und der Wagen raste mit quietschenden Reifen in nördlicher Richtung davon.

Tom ließ ihm einen ordentlichen Vorsprung, startete den Wagen, ohne Licht zu machen, und holperte zurück auf die Straße. Er musste blind fahren; wenn er die Scheinwerfer einschaltete, würde der Mann merken, dass er verfolgt wurde – der Chevy mit seinen runden, altmodischen Scheinwerfern war zu leicht wiederzuerkennen.

Sobald er den Highway erreicht hatte, gab er Gas und fuhr so schnell, wie er es ohne Licht wagte. Er hielt den Blick auf die dahinschwindenden roten Rücklichter geheftet, doch der Wagen vor ihm war schnell, und ihm wurde klar, dass er keine Chance hatte, an ihm dranzubleiben, wenn er kein Licht machte. Er musste es riskieren.

Im selben Moment näherte er sich dem kleinen Laden und sah einen Pick-up an der Zapfsäule stehen. Er bremste heftig, bog zur Tankstelle ab und hielt auf der anderen Seite der Zapfsäule. Der Wagen, ein schäbiger Dodge Dakota, stand offen an der Säule, mit dem Schlüssel im Zündschloss, während der Fahrer drinnen bezahlte. Tom konnte den Griff einer Waffe aus dem Türfach ragen sehen.

Er sprang aus seinem Chevy, stieg in den Dodge, ließ den Motor an und raste mit quietschenden Reifen davon. Er trat das Gaspedal durch und flog durch die Dunkelheit gen Norden, wo die Rücklichter verschwunden waren.

6

Der Anruf kam um elf Uhr. Obwohl Melodie darauf gewartet hatte, zuckte sie zusammen, als das Telefon in ihrem stillen, leeren Labor schrillte.

»Melodie? Wie laufen die Untersuchungen?«

»Großartig, Dr. Corvus, ganz großartig.« Sie schluckte, weil sie merkte, dass sie praktisch in den Hörer keuchte.

»Arbeiten Sie noch daran?«

»Ja, ja, sicher.«

»Sind die Ergebnisse schon reingekommen?«

»Ja. Sie sind – unglaublich.«

»Erzählen Sie mir alles.«

»Die Probe ist mit Iridium durchsetzt – genau die Anreicherung mit Iridium, die man an der KT-Grenze erwarten würde, aber noch stärker. Ich meine, diese Probe ist mit Iridium *durchtränkt.«*

»Was für Iridium, und in welcher Konzentration?«

»Es liegt in diversen isometrischen Hexoktaeder-Formen vor, in einer Konzentration von über 430 ppb. Wie Sie wissen, ist das genau der Typus, der mit dem Einschlag von Chicxulub identifiziert wird.«

Melodie wartete auf eine Antwort, bekam jedoch keine.

»Dieses Fossil«, wagte sie sich vor, »liegt nicht zufällig genau in der KT-Grenze … oder?«

»Das könnte sein.« Darauf folgte ein weiteres langes Schweigen, und Melodie fuhr fort: »In der äußeren Matrix habe ich Unmengen Rußpartikel gefunden, wie man sie von großen Waldbränden kennt. Neulich stand in einem Artikel im *Journal of Geophysical Research,* dass mehr als ein Drittel der Wälder auf der Erde nach dem Chicxulub-Einschlag verbrannt sei.«

»Dieser Artikel ist mir bekannt«, erwiderte Corvus' ruhige Stimme.

»Dann wissen Sie ja auch, dass die KT-Grenze aus zwei Schichten besteht, zuerst die stark iridiumhaltigen Ablagerungen des Einschlags selbst und dann eine Schicht Ruß, die von weltweiten Waldbränden stammt.« Sie hielt inne, wartete erneut auf eine Reaktion, doch am anderen Ende der Leitung herrschte Schweigen. Corvus begriff es anscheinend nicht – oder doch?

»Ich glaube …« Sie zögerte, fürchtete sich beinahe davor, es auszusprechen. »Oder vielmehr, meine Schlussfolgerung ist, dass dieser Dinosaurier tatsächlich *durch* den Meteoriteneinschlag getötet wurde – oder während des ökologischen Zusammenbruchs unmittelbar danach.«

Diese bahnbrechende Schlussfolgerung traf offenbar ins Leere. Corvus schwieg.

»Das würde vermutlich auch den hervorragenden Erhaltungszustand des Fossils erklären.«

»Wie meinen Sie das?«, kam die reservierte Rückfrage.

»Als ich diesen Artikel gelesen habe, fiel mir auf, dass der Meteoriteneinschlag, die Brände und die Erwärmung der Atmosphäre einmalige Bedingungen für eine Fossilisation geschaffen haben müssen. Zunächst einmal gab es keine Aasfresser mehr, die den Kadaver zerrissen und die Knochen verteilt hätten. Der Einschlag erhitzte die gesamte Erde, es war überall so heiß wie in der Sahara, und in vielen Gebieten stieg die Temperatur auf hundert oder sogar hundertfünfzig Grad Celsius – perfekt, um einen Kadaver blitzartig auszutrocknen. Obendrein hat der viele Staub in der Atmosphäre gewaltige Stürme und Unwetter ausgelöst. Schwere Überflutungen hätten die Überreste rasch begraben.« Melodie schöpfte Atem und wartete auf eine Reaktion – Aufregung, Staunen, Skepsis. Nichts.

»Sonst noch etwas?«, fragte Corvus.

»Dann sind da noch die Venus-Partikel.«

»Venus-Partikel?«

»So bezeichne ich diese schwarzen Partikel, die Sie bemerkt haben, weil sie unter dem Mikroskop so ähnlich aussehen wie das Symbol für die Venus – ein Kreis, aus dem ein Kreuz herausragt. Sie wissen schon, dieses feministische Symbol.«

»Ein feministisches Symbol«, wiederholte Corvus.

»Ich habe einige Tests daran durchgeführt. Es handelt sich weder um eine mikrokristalline Konkretion, noch sind sie durch Fossilisation entstanden. Es sind kleine Kugeln aus anorganischem Karbon, aus denen eine Art Zweig hervorragt; im Inneren erkennt man einige Spurenelemente, die ich noch nicht analysiert habe.«

»Verstehe.«

»Sie sind alle von derselben Form und Größe, was einen biologischen Ursprung nahelegen würde. Offenbar waren sie im Körper des Dinosauriers vorhanden, als er starb, und blieben dann einfach da, unverändert, fünfundsechzig Millionen Jahre lang. Sie sind … *sehr* seltsam. Es wird eine Menge Arbeit sein, herauszufinden, was das ist, aber ich frage mich, ob diese Partikel irgendwie infektiös sein könnten.«

Am anderen Ende der Leitung herrschte immer noch dieses seltsame Schweigen. Als Corvus endlich etwas sagte, sprach er mit sehr leiser Stimme. Er klang verstört. »Sonst noch etwas, Melodie?«

»Das ist alles.« Als wäre das nicht mehr als genug. Was war nur mit Dr. Corvus los? Glaubte er ihr etwa nicht?

Die Stimme des Kurators klang so ruhig, dass sie ihr beinahe unheimlich vorkam. »Melodie, Sie haben gute Arbeit geleistet. Ich spreche Ihnen mein ausdrückliches Lob aus. Jetzt hören Sie mir gut zu: Ich möchte, dass Sie Folgendes tun. Ich möchte, dass Sie alle CDs einsammeln, alle Teile der Probe, alles in Ihrem Labor, was mit diesem Auftrag zu tun hat, und es sicher in Ihrem Probenschrank einzuschließen. Falls noch irgendetwas auf dem Computer ist, löschen Sie es mit Hilfe des Programms, das Dateien vollständig und endgültig von der Festplatte entfernt. Dann gehen Sie nach Hause und schlafen sich erst einmal aus.«

Sie war fassungslos. War das alles, was er ihr zu sagen hatte – dass sie Schlaf brauchte?

»Würden Sie das für mich tun, Melodie?«, hörte sie seine sanfte Stimme. »Schließen Sie alles weg, löschen Sie alles aus dem Computer, gehen Sie nach Hause, schlafen Sie sich aus, essen Sie etwas Gutes. Morgen Früh besprechen wir, wie es weitergeht.«

»Also gut.«

»Schön.« Kurze Pause. »Wir sehen uns morgen.«

Nachdem Melodie aufgelegt hatte, saß sie wie betäubt in ihrem Labor. Nach all der harten Arbeit und den unglaublichen Entdeckungen verhielt sich Corvus, als sei ihm das Ganze gleichgültig – als glaube er ihr gar nicht. *Ich spreche Ihnen mein ausdrückliches Lob aus.* Sie hatte gerade eine der bedeutendsten Entdeckungen in der Geschichte der Paläontologie gemacht, und er tat nichts weiter, als ihr *ein Lob* auszusprechen? Und ihr zu sagen, sie solle schlafen gehen?

Sie sah auf die Wanduhr. *Klonk* machte der Minutenzeiger. Elf Uhr fünfzehn.

Sie blickte auf ihren Arm hinab, auf das Armband, das an ihrem Handgelenk glitzerte, auf ihre jämmerlich kleinen Brüste, ihre dünnen Hände, ihre abgebissenen Fingernägel, ihre hässlichen, sommersprossigen Arme. Melodie Crookshank, dreiunddreißig Jahre alt, immer noch Laborassistentin ohne Aussicht auf Karriere, ein wissenschaftlicher Niemand. Sie spürte Wut in sich aufflackern.

Plötzlich musste sie an ihren strengen Vater denken, einen Universitätsprofessor, der gern und oft verkündet hatte, sie solle nicht zu »irgendeinem dümmlichen Weibsbild« heranwachsen. Sie dachte daran, wie sehr sie sich bemüht hatte, es ihm recht zu machen.

Und sie dachte an ihre Mutter, die ihr Hausfrauen-Dasein verabscheute und sich durch den Erfolg ihrer Tochter ein Stück selbst verwirklichen wollte. Melodie hatte versucht, es auch ihr recht zu machen. Sie dachte an die vielen Lehrer, denen sie es hatte recht machen wollen, die Professoren, ihren Doktorvater.

Und jetzt Corvus.

Und wo hatte das ganze Liebsein und Rechtmachen sie hingebracht? Ihr Blick schweifte durch das deprimierende Kellerlabor.

Zum ersten Mal fragte sie sich, wie genau Corvus eigentlich mit ihren gemeinsamen Entdeckungen verfahren wollte. Und es *war* schließlich ihre gemeinsame Entdeckung – allein hätte er das nie fertig gebracht. Er konnte nicht gut mit den Geräten umgehen, kannte sich so gut wie gar nicht mit dem Computer aus, und er war ein lausiger Mineraloge. Sie hatte die Analysen durchgeführt, sich die richtigen Fragen zu dieser Probe gestellt und ihr die Antworten entlockt. Sie hatte die Verbindungen hergestellt, die richtigen Schlüsse aus den Daten gezogen, Theorien entwickelt.

Allmählich wurde ihr klar, warum Corvus das alles so geheim halten wollte. Eine derart spektakuläre Entdeckung würde einen wahren Sturm von Konkurrenten und Intrigen entfesseln, eine Art Goldrausch nach dem Rest des Fossils. Corvus könnte leicht die Kontrolle über seine Entdeckung verlieren – und damit die Anerkennung. Er begriff sehr wohl den Wert dieses Konzepts, *Anerkennung.* Das war die klingende Münze in der Welt der Wissenschaft.

Anerkennung. Ein heikles Konzept, wenn man es recht bedachte.

Auf einmal waren ihre Gedanken so klar wie seit Monaten nicht mehr – vielleicht sogar seit Jahren. Möglicherweise lag es daran, dass sie es so satt hatte – sie hatte es satt, es anderen recht zu machen, für andere zu arbeiten, und sie hatte diese Gruft von einem Labor satt.

Ihr Blick fiel auf das Saphirarmband. Sie nahm es ab und ließ es vor ihrer Nase hin und her baumeln, wobei die Edelsteine verführerisch glitzerten. Corvus hatte eines der günstigsten Geschäfte seiner gesamten Laufbahn gemacht, als er ihr dieses Schmuckstück geschenkt hatte, in dem Glauben, er könne sich damit ihr Schweigen erkaufen und dafür sorgen, dass sie seine brave, kleine graue Maus blieb. Angewidert stopfte sie das Armband in ihre Tasche.

Nun begriff Melodie, warum Corvus vorhin so reagiert hatte, warum er am Telefon so verstockt, ja verstört gewirkt hatte. Sie hatte ihre Sache zu gut gemacht. Er machte sich Sorgen, weil sie zu viel erfahren hatte und auf die Idee kommen könnte, seine Entdeckungen als ihre auszugeben.

Melodie Crookshank hatte einen Geistesblitz; jetzt wusste sie, was zu tun war.

7

Das M-LOGOS-455-Massenparallelrechner-System war der leistungsfähigste Computer, den die Menschheit bis dato konstruiert hatte. Er stand in einem permanent klimatisierten, staubfreien, antistatischen Keller tief unter dem Hauptquartier der National Security Agency in Fort Mead, Maryland. Er war nicht zu dem Zweck konstruiert worden, das Wetter vorherzusagen, eine Fünfzehn-Megatonnen-Thermonuklear-Explosion zu simulieren oder die viertausendbilliardste Ziffer von Pi zu errechnen. Er wurde zu einem wesentlich profaneren Zweck erschaffen: um zu lauschen.

Zahllose Informationsknotenpunkte auf der gesamten Welt sammelten einen gigantischen Strom digitaler Informationen. Dieses Netz hörte über vierzig Prozent des Datenverkehrs im World Wide Web ab, über neunzig Prozent aller mobilen Telefonate, praktisch die gesamte Radiokommunikation, alle Fernsehprogramme, viele Festnetz-Telefonate und einen Großteil des Datenverkehrs von Regierungen, der Wirtschaft sowie privater Computernetzwerke.

Diese Datenflut wurde dem M455MPP mit 16 Terabyte pro Sekunde in Echtzeit übermittelt.

Der Computer hörte nur zu.

Er kannte so gut wie jede Sprache, jeden Dialekt, jedes Verschlüsselungsprotokoll und fast jeden Filteralgorithmus, der jemals zur Analyse von Sprache geschrieben worden war. Aber das war noch nicht alles: Der M455MPP war weltweit der erste Computer, der eine neue, streng geheime Form der Datenverarbeitung anwandte, die sich Stutterlogic nannte. Stutterlogic war von höchst qualifizierten Kybernetikern und Programmierern der Defence Intelligence Agency entwickelt worden, um das große Riff der Künstlichen Intelligenz zu umsegeln, an dem die Hoffnungen so vieler Programmierer im Lauf der vergangenen Jahrzehnte Schiffbruch erlitten hatten. Stutterlogic war eine völlig neue Art, Information zu betrachten. Während die Künstliche Intelligenz erfolglos versucht hatte, die menschliche Intelligenz zu simulieren, operierte Stutterlogic mit einer völlig neuen Art von Logik, die weder auf rechnerischer noch auf Künstlicher Intelligenz beruhte.

Doch selbst bei Stutterlogic konnte man nicht behaupten, dass der Computer »verstand«, was er hörte. Seine Aufgabe war lediglich, eine »communication of interest«, eine möglicherweise verdächtige Kommunikation oder, im Jargon seiner Benutzer, »CI« zu identifizieren und zur Überprüfung an einen Menschen weiterzuleiten.

Die meisten CIs, die der M455MPP ausspuckte, waren E-Mails oder Handy-Gespräche. Letztere wurden auf die einhundertfünfundzwanzig menschlichen Lauscher verteilt. Ihr Job verlangte eine gewaltige Basis an Wissen, die perfekte Beherrschung der fraglichen Sprache oder des betreffenden Dialekts und eine beinahe magisch anmutende Intuition. Ein guter »Zuhörer« zu sein war eine Kunst, keine Wissenschaft.

Um 23:04.34.98 Eastern Daylight Time, nach den ersten vier Minuten eines Mobilfunk-Gesprächs, identifizierte Modul 3656070 des M455MPP eine laufende Unterhaltung als mögliche CI. Der Computer, der das Gespräch von Anfang an aufgezeichnet hatte, ließ die Aufzeichnung laufen und begann mit der Analyse, noch während die Unterhaltung fortgesetzt wurde. Als die CI um 23:16.04.58 Uhr endete, hatte sie bereits eine Reihe Filteralgorithmen durchlaufen, die sie linguistisch und konzeptionell geparsed und den Tonfall der Stimmen auf Dutzende psychologischer Marker wie Stress, Erregung, Ärger, Vertraulichkeit und Angst untersucht hatten. Objektprogramme identifizierten Anrufer und Empfänger und suchten dann Tausende von Großspeichern ab, um jede einzelne persönliche Information über die Gesprächsteilnehmer zu sammeln, die in irgendeinem Netzwerk der Welt in elektronischer Form vorhanden war.

Diese eine CI bestand diesen ersten Prüfungsdurchlauf und wurde mit einer Wichtigkeit von 0.003 eingestuft. Dann wurde sie durch eine Firewall zu einem Untersystem des M455 weitergeleitet und dort einer umfassenden Stutterlogic-Analyse unterworfen. Diese Analyse setzte die Wichtigkeitsbewertung auf 0.56 herauf und gab die CI mit »Fragen« zurück an den Hauptrechner. Dieser reichte die CI mit »Antworten« auf die »Fragen« an das Stutterlogic-Modul zurück. Auf der Grundlage dieser Antworten stufte das Stutterlogic-Modul die Bewertung der CI auf 1.20 herauf.

Jede CI mit einer Bewertung von über 1.0 wurde an einen menschlichen Lauscher weitergeleitet.

Es war jetzt 23:22.06.31.

Rick Muzinsky hatte sein indirekt gelebtes Dasein als kleiner Junge begonnen, der an der Schlafzimmertür seiner Eltern lauschte und mit perverser Faszination alles mit anhörte, was sie taten. Muzinskys Vater hatte eine steile Diplomatenkarriere eingeschlagen, und Rick hatte auf der ganzen Welt gelebt und sprach außer Englisch drei weitere Sprachen fließend. Er war damit aufgewachsen, von draußen zuzuschauen, was drinnen vor sich ging, ein Junge ohne Freunde und ohne Heimat. Er war ein Mensch, der andere beobachtete, die stellvertretend für ihn lebten, und mit der Stelle bei der Heimatschutzbehörde hatte er eine Möglichkeit gefunden, damit gutes Geld zu verdienen. Er wurde sogar sehr gut bezahlt. Er arbeitete ganze vier Stunden pro Tag in einer Umgebung, in der es weder dumme Vorgesetzte noch idiotische Kollegen, unfähige Assistenten oder dämliche Sekretärinnen gab. Er musste sich weder an der Kaffeemaschine noch am Kopierer mit Menschen auseinandersetzen. Er konnte selbst entscheiden, wann er innerhalb eines Zeitrahmens von vierundzwanzig Stunden seine vier Stunden ableistete. Und das Beste war, dass er allein arbeitete – das war sogar Vorschrift. Er durfte mit niemandem über seine Arbeit sprechen. Mit niemandem. Wenn ihm also jemand diese unvermeidliche, widerliche Frage stellte: *Was tun Sie denn so beruflich?*, dann konnte er demjenigen alles erzählen, was er wollte, außer die Wahrheit.

Manche Leute würden es entsetzlich langweilig finden, einer CI nach der anderen zuzuhören; so gut wie alle waren dümmliche Unterhaltungen zwischen Idioten, durchsetzt mit leeren Drohungen, psychotischem Gefasel, politischen Wutausbrüchen, hirnlosen Verkündigungen und albernem Wunschdenken – die dahingeplapperten Selbsttäuschungen von einigen der traurigsten, blödesten Menschen, die Muzinsky je gehört hatte. Aber er liebte jedes einzelne Wort.

Ab und zu kam auch eine Unterhaltung rein, die anders war. Meistens hätte er kaum sagen können, warum sie anders war. Es könnte an einer gewissen Ernsthaftigkeit, einer *gravitas*, der Äußerungen liegen. Es konnte ein Gefühl sein, dass hinter den gesprochenen Worten noch etwas anderes übermittelt wurde. Wenn dieses Gefühl blieb, nachdem er sich das Gespräch ein paar Mal angehört hatte, rief er die Informationen zu dieser CI ab und sah sich die Gesprächsteilnehmer an. Das war meist sehr aufschlussreich.

Muzinksy hatte mit den CIs, die er als bedrohlich identifiziert hatte, weiter nichts zu tun. Seine Aufgabe bestand ausschließlich darin, diese CIs zur eingehenderen Analyse an die entsprechende Stelle weiterzuleiten. Manchmal nannte der Computer sogar die Stelle, an welche die CI weitergereicht werden sollte – sofern Muzinsky sie entsprechend einstufte –, da gewisse Behörden anscheinend nach ganz bestimmten geheimnisvollen Dingen lauschten. Aber von zwei- oder dreitausend Unterhaltungen, die er belauschte, gab er nur etwa eine CI weiter. Die meisten gingen an diverse Unterabteilungen der NSA oder der Heimatschutzbehörde. Andere schickte er ans Pentagon, das State Department, FBI, CIA, ATF, INS und eine ganze Reihe anderer kryptischer Abkürzungen, deren bloße Existenz zum Teil schon geheim war. Muzinsky musste jede CI der richtigen

Behörde zuordnen, und das schnell. Eine CI durfte niemals im System herumirren und vergeblich nach ihrem Zuhause suchen. Genau so etwas hatte zu den Ereignissen vom elften September geführt. Die erfassenden Stellen waren nun darauf getrimmt, sich sofort mit eingegangenen relevanten Informationen zu befassen, nötigenfalls sogar binnen weniger Minuten nach deren Eintreffen. Das war eine der Lektionen des elften September gewesen.

Aber Muzinsky hatte mit diesen Dingen nichts zu tun. Wenn die CI erst einmal seine Kabine verlassen hatte, war sie für immer fort.

Muzinsky saß am Terminal in seiner verschlossenen, schalldichten Kabine, den Kopfhörer auf den Ohren und drückte auf BEREIT, um dem Computer zu sagen, dass er die nächste CI annehmen konnte. Der Computer schickte ihm keinerlei Vorab- oder Hintergrundinformation zu dem Anruf, nichts, was seine Gedanken in Bezug auf das, was er gleich hören würde, beeinflussen könnte. Es fing immer mit der nackten CI an.

Ein Zischen, und es ging los. Man hörte ein Anrufsignal, ein Antwortsignal, ein dumpfes Knacken, eine atemlose Meldung am anderen Ende, und dann begann das Gespräch:

»Melodie? Wie laufen die Untersuchungen?«

»Großartig, Dr. Corvus, ganz großartig.«

8

Kurz vor der Abzweigung zur Forststraße, die nach Perdiz Creek führte, bremste Maddox und fuhr ein Stück seitlich vom Highway ab. Hinter ihm waren Scheinwerfer erschienen, und bevor er hier abbog, wollte er sich vergewissern, dass es nicht Broadbents Wagen war. Er schaltete das Licht aus und wartete ab, bis der Wagen an ihm vorbeikam.

Ein Pick-up raste mit hoher Geschwindigkeit heran, wurde ein wenig langsamer und sauste dann vorbei. Maddox atmete erleichtert auf – es war nur irgendein verbeulter alter Dodge. Er ließ den Wagen an, bog auf die Forststraße ein, ratterte über das Viehgitter und fuhr die holprige, unbefestigte Straße entlang; innerlich jubelte er. Er kurbelte das Fenster herunter, um frische Luft einzulassen. Es war eine kühle, duftende Nacht, und die Sterne schimmerten über den dunklen Schemen der Mesas. Sein Plan war aufgegangen: Er hatte das Notizbuch. Jetzt konnte ihn nichts mehr aufhalten. Wenn Broadbent die Entführung seiner Frau gemeldet hatte, würde es in der Gegend ein paar Tage lang von Polizisten wimmeln, Maddox jedoch würde völlig sicher oben im Camp sitzen und an seinem Roman arbeiten … Und falls sie doch kamen, um ihn zu befragen, würden sie nichts finden – keine Leiche, gar nichts. Nein, ihre Leiche würden sie nie finden. Er hatte bereits die perfekte Stelle gefunden, um sie loszuwerden, einen tiefen, mit Wasser gefüllten Schacht in einer der oberen Minen. Die Decke des Ganges stützten morsche Balken, und nachdem er die Leiche in den Schacht geworfen hatte, würde er einen kleinen Sprengsatz zünden und die Decke einstürzen lassen – und das war's dann. Sie würde völlig vom Erdboden verschluckt sein.

Er sah auf die Uhr: zwanzig vor zehn. In einer halben Stunde würde er wieder in Perdiz Creek sein, und er hatte etwas, worauf er sich freuen konnte.

Morgen würde er Corvus von einer Telefonzelle aus anrufen und ihm die gute Nachricht überbringen. Er warf einen Blick auf sein Handy und war versucht, ihn jetzt gleich anzurufen – aber nein, er durfte jetzt keinen Fehler machen, keinerlei Risiko eingehen.

Er beschleunigte, und der Wagen schlingerte über den löchrigen Waldweg, der nun über einige kleine Hügel anstieg. Nach zehn Minuten hatte er das Gebiet erreicht, wo die Piñon-Kiefern und der Wacholder den hohen Gelb-Kiefern wichen, die dunkel und rastlos im nächtlichen Wind rauschten.

Schließlich erreichte er das Tor in dem hässlichen Maschendrahtzaun, der das Anwesen umgab. Er stieg aus, schloss das Tor auf, fuhr hindurch und schloss hinter sich wieder ab. Noch ein paar hundert Meter, und er war am Haus angekommen. Der Mond war noch nicht aufgegangen, und die alte Hütte ragte pechschwarz vor ihm auf, eine düstere Silhouette vor dem Sternenhimmel. Maddox erschauerte und schwor sich, nächstes Mal das Licht am Eingang anzulassen.

Dann dachte er an die Frau, die in der Dunkelheit der Mine auf ihn wartete, und bei diesem Gedanken durchfuhr ihn ein angenehmes, warmes Gefühl.

9

Sallys Beine schmerzten vom langen Stillstehen, denn sie konnte sich nicht rühren, und ihre Knöchel und Handgelenke waren vom kalten Stahl wundgerieben. Ein eisiger Luftzug aus den Tiefen der Mine ließ sie frieren bis auf die Knochen. Der trübe Schein der Kerosinlampe schwankte und flackerte und erfüllte sie mit der irrationalen Angst, das Licht könnte erlöschen. Aber am meisten machte ihr die Stille zu schaffen, die nur vom monotonen Tropfen des Wassers unterbrochen wurde. Sie konnte nicht mehr abschätzen, wie viel Zeit vergangen war, ob draußen Tag oder Nacht war.

Plötzlich erstarrte sie, als sie hörte, dass jemand das eiserne Tor am Eingang der Mine aufschloss. Er kam. Sie hörte das Tor mit einem Klirren zuschlagen und die schwere Kette rasseln, als er den Ausgang wieder verschloss. Nun hörte sie seine Schritte, sie kamen näher, wurden allmählich immer lauter. Der Lichtstrahl einer Taschenlampe zuckte zwischen den Balken ihres Verschlags hindurch, und dann war er da. Er löste die Balken vor dem Eingang mit einem Steckschlüssel und warf sie beiseite. Dann schob er die Taschenlampe in die hintere Hosentasche und betrat ihr kleines Gefängnis.

Sally sackte mit halb geschlossenen Augen in den Ketten zusammen. Sie stöhnte leise.

»Hallo, Sally.«

Sie stöhnte erneut. Unter halb gesenkten Augenlidern hervor sah sie, wie er sich mit breitem Grinsen das Hemd aufknöpfte.

»Nicht weglaufen«, sagte er. »Wir werden uns jetzt ein bisschen amüsieren.«

Sie hörte das Hemd auf den Boden fallen, dann ein leises Klimpern, als er seine Gürtelschnalle öffnete.

»Nein«, stöhnte sie schwach. »Doch. *O ja.* Ich will nicht mehr warten, Baby. Jetzt oder nie.«

Sie hörte, wie er seine Hose abstreifte und auf den Boden warf. Weiteres Rascheln, und seine Unterwäsche landete auf dem Haufen Kleidung.

Schwach blickte sie auf; ihre Augen waren nur schmale Schlitze. Da stand er vor ihr, nackt, steif, einen kleinen Schlüssel in der einen, die Pistole in der anderen Hand. Sie stöhnte und ließ den Kopf wieder sinken. »Bitte nicht.« Ihr Körper sackte zusammen – leblos, schwach, völlig hilflos.

»Bitte, *nimm mich,* wolltest du wohl sagen.« Er trat auf sie zu, packte ihr linkes Handgelenk und steckte den Schlüssel ins Schloss der Metallschelle. Dabei beugte er sich dicht über ihren gesenkten Kopf und schnupperte an ihrem Haar. Sie konnte ihn tief einatmen hören. Er fuhr mit den Lippen ihren Hals hinab, und sein unrasiertes Kinn kratzte an ihrer Wange. Sie wusste, dass er dabei war, ihre linke Handschelle aufzuschließen. Dann würde er zurücktreten und sie zwingen, die anderen zu öffnen. So machte er es immer.

Sie wartete ab und blieb schön schlaff in den Ketten hängen. Sie hörte das leise *Klick,* als das Schloss aufschnappte, und spürte die Handschelle fallen. In diesem Augenblick nahm sie alle Kraft zusammen und schlug mit der linken Hand nach seiner Waffe. Diese Bewegung hatte sie im Geiste hundertmal geübt, und sie erwischte ihn eiskalt. Die Waffe flog durch die Luft. Ohne zu zögern, ließ sie die Hand sinken und grub ihm die Fingernägel ins Gesicht – Fingernägel, die sie eine Stunde lang an der Felswand spitz gefeilt hatte. Haarscharf verfehlte sie sein Auge, doch sie fügte ihm tiefe Fleischwunden zu.

Mit einem erstickten Schrei stolperte er zurück, riss die Hände hoch, um sein Gesicht zu schützen, die Lampe fiel ihm aus der Tasche und landete auf dem Boden.

Augenblicklich schloss sie die Hand um die geöffnete Schelle. *Ja!* Der Schlüssel steckte noch im Schloss. Sie zog ihn heraus und befreite rechtzeitig einen Fuß, um dem Mann, der wieder aufstand, hart in den Magen zu treten. Sie öffnete die zweite Fußfessel, die rechte Handschelle.

Frei!

Er kniete hustend auf dem Boden und streckte die Hand nach der Waffe aus, die er fallen gelassen hatte.

Während der vergangenen Stunden hatte sie auch die nächste Bewegung unzählige Male im Geiste geübt – sie sprang zum Tisch, ihre Finger schlossen sich um eine Streichholzschachtel, und zugleich stieß die andere Hand die Kerosinlampe zu Boden. Sie zersprang, und die Höhle war plötzlich stockdunkel. Sie ließ sich zu Boden fallen, als er einen Schuss in ihre Richtung abfeuerte, ein ohrenbetäubender Krach in diesem engen Raum.

Dem Schuss folgte ein wutentbrannter Schrei: *»Miststück!«*

Sally kroch rasch durch die Dunkelheit zu der Stelle, wo der Eingang sein musste. Sie wusste bereits, dass sie nicht durch den Tunnel davor aus der Mine fliehen konnte – sie hatte ja gehört, dass er das Tor verschlossen hatte. Ihre einzige Hoffnung war, tiefer in die Mine vorzudringen und einen anderen Ausgang zu finden – oder ein Versteck.

»Ich bring dich um!«, schrie er gurgelnd und feuerte blind in die Dunkelheit. Das Mündungsfeuer brannte ihr ein Bild von einem tobenden, nackten Mann auf die Netzhaut, der sich mit der Waffe in der Hand auf den Knien wand, der Körper verzerrt – und mit dem grotesken Bild des Dinosauriers verschmelzend.

Das Mündungsfeuer hatte ihr aber auch den Weg zur Tür gezeigt. Blind krabbelte sie hindurch und tastete sich weiter den Stollen entlang, so schnell sie es wagen konnte. Einen Moment später riskierte sie es, ein Streichholz anzuzünden. Vor ihr gabelte sich der Gang. Rasch warf sie das Streichholz in einen Stollen, huschte in den anderen und hoffte, betete, dass er sie zu einem sicheren Ort tief in der Mine führen möge.

10

Iain Corvus wartete in einem Taxi mit laufendem Motor vor dem Museum, bis er schließlich Melodies schlanke, mädchenhafte Gestalt in der Einfahrt zum Sicherheitszugang des Museums entdeckte. Er sah auf die Uhr: Mitternacht. Sie hatte sich reichlich Zeit gelassen. Er beobachtete, wie die schmale Silhouette sich nach links zur Central Park West wandte, in Richtung Uptown – zweifellos war sie auf dem Heimweg zu irgendeiner ärmlichen Bude an einer Bahnlinie irgendwo auf der Upper West Side.

Corvus verfluchte sich erneut für seine Dummheit. Fast vom Beginn ihres Gesprächs an war ihm klar gewesen, dass er einen kolossalen Fehler gemacht hatte. Er hatte Melodie eine der bedeutendsten wissenschaftlichen Entdeckungen aller Zeiten in den Schoß geworfen, und sie brauchte sie nur aufzufangen und damit zur Touchdown-Zone zu rennen. Da er der höherrangige Wissenschaftler war, würde natürlich sein Name zuerst im Titel erscheinen, aber der Löwenanteil der öffentlichen Anerkennung würde ihr zufallen, und niemand würde sich von der bloßen Reihenfolge täuschen lassen. Sie würde seinen Ruhm schmälern, wenn nicht ganz an sich reißen.

Zum Glück gab es eine einfache Lösung für dieses Problem, und Corvus beglückwünschte sich dafür, dass sie ihm noch rechtzeitig eingefallen war.

Er wartete, bis Melodie in der Dunkelheit verschwunden war, drückte dem Taxifahrer fünfzig Dollar in die Hand und stieg aus. Er ging über die Straße zum Sicherheitseingang, passierte mit gezückter Karte und einem knappen Nicken den Wachmann und stand zehn Minuten später im Mineralogielabor vor ihrem verschlossenen Probenschrank. Er schob seinen Generalschlüssel ins Schloss, öffnete die Tür und erblickte zu seiner Erleichterung einen Stapel CD-ROMs, Disketten und die präparierten Sektionen der Probe, fein säuberlich aufgeräumt. Es erstaunte ihn, wie viel sie in nur fünf Tagen zustande gebracht hatte, wie viele Informationen sie seiner Probe entlockt hatte, Informationen, die ein weniger begabter Wissenschaftler vielleicht in einem Jahr herausgeholt hätte – wenn überhaupt.

Er griff nach den CDs, allesamt beschriftet und kategorisiert. In diesem Fall war der Besitz der CDs und der Probe nicht die halbe Miete – sondern alles, worauf es ankam. Ohne diese konnte sie keinerlei Anspruch auf ihre Entdeckungen erheben. Es war nur recht und billig, dass er den Ruhm dafür erntete. Schließlich war er derjenige, der alles aufs Spiel setzte – sogar seine Freiheit –, um das Dinosaurierfossil für das Museum zu beanspruchen. Er war es, der das gute Stück einem illegalen Fossilienjäger aus den Fängen gerissen hatte. Er war derjenige, der ihr diese einmalige Chance auf dem Silbertablett serviert hatte. Wenn er nicht so viele Risiken auf sich genommen hätte, hätte Melodie Crookshank gar nichts zu untersuchen gehabt.

Sie würde sich damit abfinden müssen, dass er ihre Forschungsarbeit an sich riss – was blieb ihr auch anderes übrig? Sollte sie sich mit ihm anlegen? Wenn sie so etwas versuchte, würde keine Universität in diesem Land sie jemals einstellen. Was er hier tat, war kein Diebstahl. Es ging hier um die gerechte Verteilung der Lorbeeren, darum, dass er bekam, was ihm zustand.

Corvus packte vorsichtig sämtliches Material in seine Aktentasche. Dann ging er zum Computer, loggte sich als Administrator ein und überprüfte alle ihre Dateien. Nichts. Sie hatte getan, was er verlangt hatte, und alles gelöscht. Er wandte sich ab und wollte gerade gehen, als ihm plötzlich etwas einfiel. Er musste auch noch die Logbücher der Geräte überprüfen. Jeder, der die teure Ausstattung des Labors benutzte, musste sich ein- und austragen und die Gerätezeit einem Projekt zuordnen, und er fragte sich, wie Melodie diese Verpflichtung erfüllt hatte. Er kehrte in den REM-Raum zurück, schlug das Logbuch des Rasterelektronenmikroskops auf und überflog die Einträge. Zu seiner Erleichterung sah er, dass Melodie alles genau nach seiner Anweisung gemacht hatte – sie hatte ihren Namen und die Gerätezeiten eingetragen, aber unter »Zweck« falsche Angaben eingesetzt, alle möglichen Arbeiten für andere Kuratoren.

Wunderbar.

Mit seiner schwungvollen, stark geneigten Handschrift setzte er Einträge unter seinem eigenen Namen dazwischen. Die Probenspalte beschriftete er mit *High Mesas/Chama Wilderness, New M., T-Rex.* Er zögerte und fügte dann unter »Bemerkungen« hinzu: *Dritte Untersuchung e. bemerkenswerten Wirbelfragments, T-Rex. Außergewöhnlich! Historische Entdeckung.* Er unterschrieb und notierte Datum und Uhrzeit. Er blätterte zurück, fand auf den vorherigen Seiten ein paar leere Zeilen an den Seitenenden und fügte ähnliche Einträge mit passenden Daten und Uhrzeiten hinzu. Ebenso verfuhr er mit den Büchern der anderen High-Tech-Geräte.

Als er den Raum gerade verlassen wollte, überkam ihn der Drang, selbst einen Blick auf die Probe zu werfen. Er öffnete seine Aktentasche, holte die Schachtel mit den Präparaten hervor und nahm eines der dünnen Scheibchen heraus. Langsam drehte er es hin und her und ließ das Licht auf der Oberfläche spielen, die mit vierundzwanzigkarätigem Gold bedampft war. Er schaltete das Mikroskop an, wartete, bis es warmgelaufen war, und schob dann eines der Plättchen in die Vakuumkammer im Fuß des Mikroskops. Ein paar Minuten später starrte er auf die Elektronenmikroskop-Darstellung der Spongiosa eines Dinosauriers – Zellen und Nuklei waren deutlich zu erkennen. Es verschlug ihm den Atem. Wieder einmal konnte er nicht umhin, Melodies technische Fähigkeiten zu bewundern. Die Bilder waren scharf, perfekt. Corvus stellte die Vergrößerung auf 2000-fach hoch, und eine einzelne Zelle füllte den Bildschirm aus. Er konnte darin eines dieser schwarzen Partikel sehen, die sie als Venus-Partikel bezeichnet hatte. Was zum Teufel war das?

Ein ziemlich albern aussehendes Ding eigentlich, eine Kugel, von der ein merkwürdiger röhrenförmiger Arm mit einer Querstrebe am Ende abstand. Es überraschte ihn, wie vollkommen frisch dieses Partikel aussah, ohne Risse, Bruchstellen oder sonstige Beschädigungen, die man eigentlich erwarten müsste. Es hatte die vergangenen fünfundsechzig Millionen Jahre gut überstanden.

Corvus schüttelte den Kopf. Er war Paläontologe, kein Mikrobiologe. Dieses Partikel war interessant, aber es war nur eine kleine Dreingabe zur eigentlichen Hauptattraktion: einem Dinosaurier. Einem Dinosaurier, der tatsächlich an dem Meteoriteneinschlag von Chicxulub gestorben war. Bei diesem Gedanken kroch ihm ein Schauer über den Rücken. Wieder einmal versuchte er, seinen Enthusiasmus zu zügeln. Er hatte noch einen weiten Weg vor sich, bis das Fossil sicher im Museum verwahrt werden konnte. Vor allem brauchte er dieses verdammte Notizbuch – sonst konnte er den Rest seines Lebens damit zubringen, in diesen Canyons herumzuirren. Mit klopfendem Herzen entfernte er das Präparat und fuhr das Gerät herunter. Sorgfältig schloss er die CDs und die Präparate in seiner Aktentasche ein und machte noch einen Kontrollgang durch das Labor, um sicherzustellen, dass nichts, nicht die geringste Spur, zurückgeblieben war. Dann schlüpfte er in seinen Mantel, verließ das Labor, schaltete das Licht aus und schloss die Tür hinter sich ab.

Der spärlich erleuchtete Kellerflur erstreckte sich vor ihm, erhellt von ein paar Vierzig-Watt-Birnen und gesäumt von schwitzenden Wasserleitungen. Ein grässlicher Arbeitsplatz – er fragte sich, wie Melodie das aushielt. Selbst wissenschaftliche Mitarbeiter und Assistenten wie er hatten Fenster in ihren Büros im vierten Stock.

Am ersten Knick des Flurs blieb Corvus stehen. Er spürte ein Prickeln im Nacken, als beobachte ihn jemand. Er drehte sich um, doch der trübe Korridor hinter ihm war leer. Er hätte schwören können, dass er hinter sich das leise Scharren eines

Schuhs auf Zement gehört hatte. Er wartete auf einen weiteren Schritt, darauf, dass jemand um die Ecke bog, aber nichts geschah. Er fluchte in sich hinein; wahrscheinlich ein Wachmann, der seine Runde drehte.

Er umklammerte seine Aktentasche und ging weiter auf die Doppeltür zu, hinter der sich der große Lagerraum der Dinosaurierknochen befand. An der Tür blieb er stehen, weil er glaubte, hinter sich wieder ein Geräusch gehört zu haben.

»Sind Sie das, Melodie?« Seine Stimme klang in dem hallenden Flur laut und unnatürlich.

Keine Antwort.

Ärger flammte in ihm auf. Dies wäre nicht das erste Mal, dass einer der Doktoranden oder Gastkuratoren dabei erwischt wurde, wie er herumschlich und versuchte, fremde Positionsdaten in die Finger zu bekommen. Vielleicht war derjenige sogar hinter *seinen* Daten her – womöglich hatte jemand von dem T-Rex erfahren. Vielleicht hatte Melodie doch geredet. Plötzlich war er froh darüber, dass er so vorausschauend gewesen war, die Proben und Daten in seine Obhut zu nehmen.

Er wartete und lauschte.

»Hören Sie, ich weiß nicht, wer Sie sind, aber ich lasse es mir nicht bieten, dass Sie mir nachschleichen«, sagte er mit scharfer Stimme. Er trat einen Schritt vor und wollte um die Ecke treten, um sich dem Verfolger zu stellen, traute sich dann aber doch nicht. Er merkte, dass er Angst hatte.

Das war absolut lächerlich. Er blickte sich um und sah die schimmernden Metalltüren der Dinosaurierkammer. Er ging hinüber und schob so leise wie möglich seine Schlüsselkarte durch das Lesegerät. Die Sicherheitsleuchte wechselte von Rot zu Grün, und der Schließmechanismus öffnete sich leise. Er schob die Tür auf, trat ein, schloss sie hinter sich und hörte die massiven, elektrisch gesteuerten Riegel wieder zugleiten.

In der Tür befand sich ein kleines Fenster mit verdrahtetem Glas, durch das er in den Flur hinausschauen konnte. Jetzt würde er feststellen, wer ihn verfolgte. Er würde gegen denjenigen eine heftige offizielle Beschwerde einlegen, wer immer es sein mochte; dieses Verhalten war inakzeptabel.

Eine volle Minute verstrich, und dann fiel plötzlich ein Schatten über das kleine Fenster. Ein Gesicht erschien im Profil, wandte sich dann urplötzlich um und blickte durch die Scheibe herein.

Erschrocken wich Corvus in die Dunkelheit des Lagerraums zurück, doch der Mann hatte ihn gesehen, das wusste er. Er wartete, in einen Mantel völliger Dunkelheit gehüllt, und starrte auf das Gesicht. Der Kopf war von hinten beleuchtet, das Gesicht lag teilweise im Schatten, doch er konnte die Umrisse erkennen, die Haut, die sich straff über hervorstehende Wangenknochen spannte, ein wenig pechschwarzes Haar, eine kleine, makellos geformte Nase und Lippen, die aussahen wie zwei dünne Tonwülste. Die Augen konnte er nicht erkennen, nur zwei schattige Kuhlen unterhalb der Brauen. Dieses Gesicht kannte er nicht. Das war kein Angestellter des Museums und auch kein Doktorand. Falls dieser Mann ein Gastkurator des paläontologischen Instituts war, musste er sehr unbedeutend sein, wenn Corvus ihn nicht kannte – das Feld war klein.

Corvus wagte kaum zu atmen. Der Ausdruck völliger Ruhe und Gelassenheit im Gesicht dieses Mannes machte ihm Angst – und diese grauen toten Lippen. Der Mann verharrte reglos am Fenster. Dann war ein leises, schleifendes Geräusch zu hören, ein Kratzen, ein schwaches Klicken. Der Türknauf auf der Innenseite drehte sich langsam um etwa neunzig Grad und kehrte dann ebenso langsam in seine ursprüngliche Stellung zurück.

Corvus konnte es nicht fassen: Der Mistkerl versuchte doch tatsächlich, hier hereinzugelangen. Na, viel Glück. Da hier drin Fundstücke im Wert von mehreren Millionen Dollar lagerten, hatte nur etwa ein halbes Dutzend Leute Zugang zu diesem Raum – und dieser Mann gehörte ganz gewiss nicht dazu. Corvus wusste, dass die Tür aus zwei Schichten Edelstahl bestand, jeweils sechs Millimeter dick, mit einem wabenförmig verstärkten Kern aus Titan und einem Schloss, das unmöglich zu knacken war.

Ein weiteres leises Schleifen, ein Klick, noch ein Klick. Die Sicherheitsleuchte auf der Innenseite der Tür glühte weiterhin rot – wie Corvus vorhergesehen hatte. Er hätte beinahe laut gelacht und den Idioten verspottet, doch die schiere Hartnäckigkeit des Mannes erschreckte und erstaunte ihn. Was zum Teufel wollte der Kerl?

Plötzlich fiel Corvus das Telefon im hinteren Teil des Lagerraums ein, bei den Arbeitsflächen. Er würde den Sicherheitsdienst rufen, damit die Wachen den Mistkerl festnahmen. Er drehte sich um, aber es war so dunkel, der Raum war so riesig und so vollgestopft mit Regalen und frei stehenden Dinosaurierskeletten, dass ihm sofort klar wurde: Er konnte unmöglich dorthin gelangen, ohne Licht zu machen. Aber wenn er das Licht einschaltete, würde der Mann davonlaufen. Er zog sein Handy aus der Tasche – aber natürlich hatte es so tief unter der Erde kein Netz. Der Mann bearbeitete immer noch den Türknauf und verursachte bei seinen unablässigen Versuchen, hereinzukommen, alle möglichen kratzenden und klickenden Geräusche. Es war nicht zu fassen.

Plötzlich weichere Geräusche, ein schärferes Klicken – und dann starrte Corvus ungläubig auf die Tür.

Die Leuchtanzeige war soeben auf Grün gesprungen.

11

Tom war am Auto des Entführers vorbeigefahren, der neben der Straße gehalten und das Licht ausgeschaltet hatte; er war weitergefahren, bis er außer Sichtweite war, und hatte dann gewendet. Die Straße hinter ihm blieb dunkel. Der Mann war offenbar auf eine der vielen Forststraßen abgebogen, die hinauf in die Canjilon Mountains führten.

Tom beschleunigte, fuhr wieder in Richtung Süden und fand nach wenigen Minuten die Stelle, wo der Mann neben der Straße gehalten hatte – er hatte deutliche Reifenspuren im Sand hinterlassen. Unmittelbar dahinter ging eine Forststraße ab, und Tom sah, dass die Reifenspuren ihr folgten.

Tom steuerte den Dodge langsam denselben Waldweg entlang und ließ die Scheinwerfer ausgeschaltet. Die Straße stieg in die Vorberge der Canjilons oberhalb der Mesa de los Viejos an, und als er immer höher kam, wich das dichte Gestrüpp der niedrigen Piñon-Kiefern und Wacholderbüsche allmählich einem hohen, dunklen Kiefernwald. Er widerstand dem Impuls, die Scheinwerfer einzuschalten und Gas zu geben; das Überraschungsmoment war sein einziger Vorteil. Er spürte im tiefsten Herzen, dass Sally noch lebte. Sie konnte nicht tot sein. Das hätte er gefühlt.

Die Straße wand sich in Serpentinen einen steilen, dicht mit Gelb-Kiefern bewachsenen Hang hinauf und führte oben um eine Felsenklippe herum. Der Wald blieb zurück, und Tom bot sich ein weiter Blick über die Mesas, beherrscht vom dunklen Umriss der Mesa de los Viejos. Die Straße führte jedoch zurück in den Wald, und bald ragte vor ihm ein Maschendrahtzaun aus der Dunkelheit auf, neu und glänzend, mit einem Doppeltor, das den Weg versperrte. Auf einem verwitterten Schild daneben stand:

CCC-CAMP
PERDIZ CREEK

Am Zaun war ein offensichtlich neues Schild befestigt:

Privatgrund
Betreten verboten
Jeder unbefugte Zutritt wird zur Anzeige gebracht

Es war eine Art privater Insel innerhalb des Staatswaldes. Tom hielt neben dem Waldweg und stellte den Motor ab. Nun, da er einen Augenblick Zeit hatte, zog er die Waffe aus dem Türfach. Es war ein abgegriffener J.C.-Higgins-»88«-Revolver, 5,6 mm, absoluter Schrott. Er überprüfte den Zylinder – sämtliche neun Kammern waren leer.

Er kramte einen Wust alter Straßenkarten und eine leere Whiskyflasche aus dem Türfach und tastete es ab, doch es war keine Munition darin. Also riss er das Handschuhfach auf und durchwühlte es, warf weitere Straßenkarten und leere Flaschen auf den Boden und fand ganz unten eine einzige, zerkratzte Patrone, die er in den Zylinder schob; dann steckte er sich den Revolver in den Gürtel. Er griff nach der starken Taschenlampe, die er im Handschuhfach gefunden hatte, und suchte den ganzen Wagen ab, schaute unter die Sitze, in sämtliche Nischen und Winkel, fand aber keine einzige weitere Patrone.

Er verließ den Pick-up. Draußen waren nur das Flüstern der nächtlichen Brise in den Bäumen und der leise Ruf einer Eule zu hören. Das Tor war mit einem Vorhängeschloss versehen. Er spähte hindurch. Die Straße verschwand vor ihm zwischen den Bäumen, und dort, in weiter Ferne, konnte er einen schwachen Lichtschein erkennen.

Eine Hütte.

Tom kletterte über den Zaun, ließ sich auf der anderen Seite fallen und rannte leise den Weg entlang.

12

Sally kroch durch den dunklen Tunnel und hielt gleich darauf wieder inne, um zu lauschen. Sie konnte den Mann herumkrabbeln und fluchen hören – offenbar suchte er nach seiner Taschenlampe. Sie spähte in die Dunkelheit. Wo führte dieser Stollen hin? Sie tastete nach ihren Streichhölzern, wagte aber nicht, eines anzuzünden, weil sie sich damit zur beleuchteten Zielscheibe gemacht hätte. Blindlings kroch sie weiter, so leise wie möglich. Weitere Schüsse krachten, doch er schoss einfach um sich, aufs Geratewohl in die Dunkelheit hinein. Sie krabbelte, so schnell sie konnte, schürfte sich auf dem steinigen Boden der Mine die Knie auf und tastete sich mit den Händen voran. Nach ein paar Minuten berührte sie etwas Kaltes – einen schleimigen, verrotteten Holzbalken, der unter ihrem Griff schwankte. Sie roch einen Schwall kalter Minenluft, die von unten heraufwehte. Sie legte sich auf den Bauch, tastete an dem groben Geländer vorbei und berührte eine scharfe Steinkante. Sie rutschte vor und tastete nach unten – der Fels war glitschig und nass, offenbar die senkrechte Wand eines Schachtes.

In der Hoffnung, dass es einen Weg außen herum gab, richtete sie sich auf und tastete sich an dem Geländer entlang.

Eine laute Stimme hallte durch den Gang. »Du kannst hier nicht raus, Miststück. Das Tor ist verschlossen, und ich hab den Schlüssel.« Eine Pause, dann sprach er wieder, bemüht, ruhiger zu klingen. »Hör mal, ich tu dir ja nichts. Vergiss das alles. Seien wir doch vernünftig. Wir können über alles reden.«

Sally erreichte die Wand des Stollens. Der Abgrund erstreckte sich offenbar von einer Seite bis zur anderen und versperrte ihr den Weg. Mit hämmerndem Herzen blieb sie stehen.

»He, das Ganze tut mir leid. Ich hab mich hinreißen lassen.«

Sie konnte ihn immer noch nach der Taschenlampe kramen hören, die ihm heruntergefallen war – und die vielleicht noch funktionierte. Sie musste hinunter in diesen Schacht, so schnell wie möglich.

Sie tastete sich zurück, am Geländer entlang, bis sie auf eine Lücke stieß. Führte hier eine Leiter nach unten? Sie legte sich wieder auf den Bauch und schob sich über den Rand des Abgrunds nach vorn, befühlte die nasse Felswand unter sich – eine Leiter! Die oberste Sprosse fühlte sich weich und schwammig an und war vermutlich total morsch.

Sie musste sich das anschauen, bevor sie da hinunterkletterte. Sie musste ein Streichholz riskieren.

»He, ich weiß, dass du da bist. Komm, sei vernünftig. Ich *verspreche* dir, ich werde dich frei lassen.«

Sie zog die Streichholzschachtel aus der Tasche, nahm eines heraus. Dann schob sie die Arme über den Abgrund und riss es an, wobei sie darauf achtete, die Flamme unterhalb der Kante zu halten. In dem aufsteigenden Luftzug flackerte die kleine Flamme und färbte sich blau, aber sie spendete genug Licht, so dass Sally eine vergammelte Holzleiter erkennen konnte, die in ein schwarzes, scheinbar bodenloses Loch hinabführte. Viele Sprossen waren zerbrochen oder mit Moder und weißlichem Schimmel umhüllt.

Es wäre Selbstmord, diese Leiter hinabzusteigen.

Krach! Der Schuss traf den Felsen unmittelbar rechts von ihr, Steinsplitter prasselten gegen ihre Schulter.

Sie schnappte erschrocken nach Luft und ließ das Streichholz fallen, das in kleinen Spiralen in die Dunkelheit hinabsank; die Flamme flackerte und erlosch gleich darauf.

»Miststück! Ich bring dich um!«

Sie schwang sich über die Kante ins schwarze Nichts, tastete mit dem Fuß unter sich, fand eine verfaulte Sprosse, belastete sie vorsichtig und ließ sich dann langsam hinab, wobei sie bereits die nächste Sprosse überprüfte.

Sie hörte einen gedämpften, triumphierenden Aufschrei,

dann ein Klicken – und plötzlich glitt der Strahl einer Taschenlampe an ihrem Kopf vorbei.

Sie duckte sich und kletterte hastig die Leiter hinunter. Beinahe augenblicklich zerbrach eine Sprosse, und ihr Bein schwang frei in den Schacht hinein, bevor sie wieder festen Halt fand. Die ganze Leiter knarrte und schwankte.

Abwärts ging es, Sprosse um Sprosse, sie rutschte immer wieder aus, keuchte vor Anstrengung, die Leiter wackelte, Wasser tropfte auf sie herab. Eine weitere Sprosse zerbrach unter ihrem Fuß, die nächste ebenfalls, so dass sie durchfiel, sich nur noch mit den Händen festhielt, während ihre Beine erneut in die Dunkelheit flogen. Sie schnappte nach Luft, hangelte sich mit den Händen weiter abwärts und tastete mit den Füßen unter sich, bis sie endlich wieder auf eine feste Sprosse traf.

Plötzlich erschien der Lichtstrahl an der Kante des Schachts, das grelle Leuchten fing sie ein. Sie warf sich zur Seite, als der Schuss krachte und ein Loch in die Sprosse riss, so dass die gesamte Leiter wankte und wackelte.

Ein Lachen hallte hohl zu ihr herab. »Das war nur zur Übung. Jetzt wird's ernst.«

Sie blickte wieder auf und keuchte. Er beugte sich über den Rand, etwa sieben Meter über ihr, die Taschenlampe in einer Hand, die Waffe in der anderen, und zielte auf sie. Er konnte sie gar nicht verfehlen. Er wusste, dass er sie hatte, und nahm sich Zeit. Sie kämpfte sich die ächzende Leiter hinunter. Jede Sekunde konnte er den Abzug betätigen. Sie blickte auf und sah nur den Umriss seines Gesichts im Gegenlicht. Sie gab es auf, weiter hinabzusteigen – es hatte keinen Zweck.

»Nein«, japste sie. »Bitte nicht.«

Er streckte den Arm aus, und der stählerne Lauf der Waffe schimmerte im Lichtkegel. Sie konnte sehen, wie sich die Muskeln in seiner Hand anspannten, als er langsam den Finger am Abzug krümmte. »Sag gute Nacht, Miststück.«

Sally tat das Einzige, was ihr noch blieb: Sie stieß sich von der Leiter ab und ließ sich in das dunkle Loch fallen.

13

Corvus starrte auf das grüne Lämpchen, gelähmt vor Angst. Wie konnte der Mann das Sicherheitssystem des Museums überwunden haben? Was zum Teufel wollte er hier?

Langsam glitt die Tür auf, und ein immer breiter werdender Lichtstrahl fiel auf den Boden und durch das präparierte, aufrechte Skelett eines Dinosauriers, das dadurch zu einem geisterhaften Ungeheuer wurde. Der Schatten des Verfolgers unterbrach den Lichtstrahl, seine Silhouette zeichnete sich unheimlich auf dem Dinosaurier ab, und als er einen zweiten Schritt tat, sah Corvus, dass er eine Waffe mit einem langen Lauf in der Hand hielt.

Dieser Anblick weckte Corvus aus seiner Starre und trieb ihn zum Handeln. Er drehte sich um und floh in die dunklen Tiefen des Lagerraums, raste einen schmalen Gang zwischen gewaltigen Metallregalen entlang, vorbei an Stapeln von Knochen und Schädeln. Er kam an eine Ecke, wandte sich nach rechts, rannte einen weiteren Gang entlang und bog dann wieder links ab. Er blieb stehen, duckte sich keuchend hinter einen großen Centrosaurus-Schädel und blickte sich nach dem Mann um. Das Herz hämmerte ihm so heftig in der Brust, dass er nur ein rhythmisches Rauschen hörte. Er spähte durch ein Loch im knochigen Kragen des Ungeheuers und sah, dass der Mann sich nicht von der Stelle gerührt hatte: Er blieb ein schwarzer Umriss in der offenen Tür. Schließlich hob der Mann die Waffe, trat beiseite und ließ die Tür zugleiten, deren Sicherheitsschloss sich automatisch selbst wieder verriegelte – völlige Dunkelheit legte sich über den Lagerraum.

Corvus' Gedanken überschlugen sich. Das war doch verrückt: Er wurde in seinem eigenen Museum zum Gejagten. Das musste etwas mit dem T-Rex in New Mexico zu tun haben. Dieser Mann wollte seine Daten und war bereit, dafür zu töten.

Er hörte jemanden laut atmen, merkte, dass er selbst das Geräusch hervorbrachte, und versuchte, sich zusammenzunehmen. So lautlos wie möglich zog er sich die Schuhe aus und schlich sich auf Strümpfen tiefer zwischen die dunklen Reihen der Fossilien, weiter nach hinten, wo die großen, aufrecht montierten Exemplare dicht gedrängt beieinanderstanden. Dort konnte er sich am besten verstecken. Aber für wie lange? Das Lager war so groß wie ein Kaufhaus, aber der Mann hatte fast die ganze Nacht Zeit, ihn aufzuspüren.

Eine Stimme ertönte aus der Dunkelheit, ruhig und neutral. »Ich möchte gern mit Ihnen sprechen, Professor.«

Corvus antwortete nicht. Er musste ein besseres Versteck finden. Er tastete sich auf Händen und Knien voran und bewegte sich sehr vorsichtig, um keinen Lärm zu machen. Er erinnerte sich an den gewaltigen Torso eines Triceratops, der dort hinten unter einer Plastikplane stand; er könnte sich im Brustkorb des Dinosauriers verstecken. Selbst wenn das Licht angeschaltet wurde, würde das Skelett ihn in tiefen Schatten tauchen, und der breite Knochen des Nackenschilds würde ihn verbergen. Der Triceratops lagerte zwischen mehreren Dutzend teilweise montierten Dinosauriern, und alle waren in Plastikplanen gehüllt. Er kroch durch einen Wald aus Knochen, schlängelte sich unter tief hängenden Planen hindurch und arbeitete sich allmählich in das Gewirr aus Fossilien vor. Einmal hielt er inne und lauschte, hörte aber nichts – keine Schritte, keine Bewegungen.

Seltsam, dass der Mann nicht das Licht angeschaltet hatte.

»Dr. Corvus, wir verschwenden nur kostbare Zeit. Bitte geben Sie sich zu erkennen.«

Corvus erschrak: Die Stimme kam nicht mehr aus dem vorderen Teil des Raums, aus der Nähe der Tür. Sie kam von einer völlig anderen Stelle – näher, rechts von ihm. Der Mann hatte sich in der Dunkelheit bewegt, aber so leise, dass er keinerlei Geräusch verursacht hatte.

Auf Händen und Knien krabbelte Corvus unendlich vorsichtig weiter, betastete die Fußknochen eines jeden Dinosauriers, versuchte ihn zu identifizieren und dann den Standort auf seiner geistigen Karte des etwas chaotischen Lagerraums zu bestimmen.

Er stieß gegen irgendetwas, und ein Knochen fiel klappernd zu Boden.

»Es wird allmählich lästig.«

Die Stimme war näher – viel näher. Er wollte fragen: *Wer sind Sie?* Doch er tat es nicht; er wusste genau, wer der Mann war – ein verdammter Rivale, ein Paläontologe oder jemand, der für einen Paläontologen arbeitete und ihm seine Entdeckung stehlen wollte. Diese verdammten Amerikaner, nichts als Verbrecher und Barbaren.

Corvus hob sacht ein weiteres Stück Plastik an, das laut knisterte. Er erstarrte, hielt den Atem an und tastete sich dann vorwärts. Wenn er nur einen dieser verdammten Dinosaurier identifizieren könnte, wüsste er zumindest, wo er sich befand – *ja,* das war die Furcula des Oviraptor *Ingenia.* Er krabbelte hastig nach rechts, wich Plastikplanen aus, tastete sich voran, bis er auf einen Schwanzwirbel stieß, und dann noch einen, dazwischen der dicke Draht, der sie hielt. Das war der Triceratops. Corvus hob die Hand, ertastete eine Plastikplane, schob sie unendlich vorsichtig hoch und schlängelte sich darunter hindurch. Sobald er drinnen war, ertastete er die Rippen und kroch weiter nach vorn, wo er sich unter dem dreifach gehörnten Schädel mit Nackenschild verbergen konnte, der fast zwei Meter breit war. Umsichtig rutschte er Stück für Stück in die Höhlung, die einmal Herz und Lunge des Tiers enthalten hatte. Selbst wenn der Kerl Licht machte, würde er hier drin verdammt schwer zu sehen sein. Der Mann könnte stundenlang suchen, ehe er ihn hier fand, vielleicht sogar die ganze Nacht. Corvus wartete, in dem Brustkorb zusammengekauert, reglos, und spürte sein Herz gegen die eigenen Rippen hämmern.

»Es ist zwecklos, sich zu verstecken. Ich finde Sie.«

Die Stimme klang näher, viel näher. Corvus fühlte summende Panik in sich aufsteigen, wie einen Bienenschwarm, der in seinem Schädel kreiste. Er konnte das Bild von dem langen Lauf nicht aus seinen Gedanken vertreiben. Das hier war kein Scherz: Der Mann würde ihn töten.

Er brauchte eine Waffe.

Er tastete sich am Brustkorb entlang, packte eine Rippe und versuchte, sie zu lösen, doch sie war gut fixiert. Er suchte die metallene Stützkonstruktion nach der Flügelmutter ab, die den Knochen hielt, fand sie und versuchte, sie zu drehen. Sie saß fest. Er tastete sich zum unteren Ende der Rippe hinab und versuchte es bei der anderen Flügelmutter – auch diese rührte sich nicht.

Verdammt, er hätte einen losen Knochen mitnehmen sollen, als er Gelegenheit dazu gehabt hatte.

»Dr. Corvus, ich wiederhole mich: Es wird allmählich lästig. Ich komme jetzt.«

Die Stimme klang noch näher. Wie bewegte sich der Mann so lautlos durch die Dunkelheit? Warum kannte er diesen Raum so gut? Es war, als schwebe der Kerl durch die Dunkelheit. Verzweifelt fummelte Corvus an der Flügelmutter herum, packte sie fester, versuchte, sie zu lösen; er spürte, wie die verrostete Mutter ihm die Haut aufritzte, spürte warmes Blut über seine Hand rinnen – und noch immer rührte sich das Ding nicht.

Er ließ los, schluckte und zügelte seinen keuchenden Atem. Sein Herz hämmerte so heftig, dass er fast glaubte, der Verfolger müsse es hören können – aber man konnte keinen Herzschlag hören, oder doch? Wenn er sich nur ganz still verhielt, sich nicht bewegte, kein Geräusch machte, würde der Mann ihn im Dunkeln niemals finden. Das konnte er gar nicht. Es war unmöglich.

»Dr. Corvus?«, fragte die Stimme. »Ich will nur eine kleine Information über den Tyrannosaurus Rex. Wenn ich sie erhalten habe, ist diese Angelegenheit erledigt.«

Corvus kauerte sich wie ein Fötus zusammen und zitterte unkontrolliert. Die Stimme war keine drei Meter von ihm entfernt.

14

Tom sprintete durch den Wald auf den gelblichen Lichtschein zu, der durch die Bäume schimmerte. Er wurde langsamer, als er die Rückseite eines Hauses vor sich sah, bewegte sich vorsichtig weiter und hielt sich im Dunkeln. Es war ein großes, zweistöckiges Holzhaus mit einer Veranda, und im Schein der Lampe am Eingang konnte er den Range Rover vor der Tür stehen sehen.

Plötzlich erinnerte er sich, dass er schon einmal hier gewesen war, vor vielen Jahren, mit ein paar Freunden, die Geisterstädte in den Bergen hatten erkunden wollen. Damals hatte es den Zaun und das neue Haus noch nicht gegeben.

Tom drückte sich an die raue Wand der Blockhütte und schob sich daran entlang, bis er auf ein Fenster stieß. Er lugte hinein und sah ein Wohnzimmer mit Holzwänden, einem gemauerten Kamin, Navajo-Teppichen auf dem Boden und einem Elchkopf an einer Wand. Nur ein einziges Licht brannte, und Tom hatte das Gefühl, dass das Haus leer war. Er lauschte. Es war völlig still, und die Fenster im ersten Stock waren dunkel.

Sally war nicht in diesem Haus. Er schlich nach vorn und betrachtete die Geisterstadt, schwach erleuchtet von der Lampe am Eingang. Geduckt schlich er zum Wagen, blieb ab und zu stehen, um zu lauschen, und legte schließlich die Hand auf die Motorhaube – der Wagen war noch warm. Er duckte sich neben die Fahrertür, holte die Taschenlampe hervor, die er im Handschuhfach des Dodge gefunden hatte, und knipste sie an. Er richtete sie nach unten und untersuchte die Spuren am Boden. Im lockeren Sand konnte er ein Gewirr von Abdrücken erkennen – sie stammten von Cowboystiefeln. Er ließ den Strahl über den Boden gleiten. Dort, unmittelbar hinter dem Auto, war etwas, das aussah wie parallele Schleifspuren von Stiefelabsätzen. Er folgte den Spuren im Strahl der Taschenlampe und sah, dass sie den staubigen Weg entlang zu einer Schlucht am anderen Ende der Geisterstadt führten.

Sein Herz machte einen Satz. War Sally hier entlanggeschleift worden? War sie bewusstlos? Wenn er sich recht erinnerte, führte die Schlucht zu einigen aufgegebenen Goldminen. Er hielt inne und versuchte, sich die Umgebung ins Gedächtnis zu rufen. Unbewusst legte er eine Hand auf den Griff des Revolvers in seinem Gürtel.

Ein Schuss.

Er folgte den Schleifspuren einen Feldweg entlang zum anderen Ende des alten Camps, wo sie am Eingang der Schlucht im Wald verschwanden. Der Strahl der Taschenlampe enthüllte frisch niedergetrampeltes Gras an einem überwucherten Pfad. Er folgte dem Pfad und gelangte nach ein paar hundert Metern zu einer Lichtung, wo sich die Schlucht zu einem Tal verbreiterte. Der Pfad führte den Hügel hinauf, und Tom rannte hoch. Dann ging es unterhalb der Hügelkuppe entlang, durch ein Wäldchen aus Gelb-Kiefern, bis der Pfad an einer alten Holzhütte endete.

Sally wurde in den Minen gefangen gehalten. Und genau da waren die beiden jetzt.

Die Tür der Hütte war mit Kette und Vorhängeschloss gesichert. Tom zögerte, widerstand dem Drang, die Tür aufzutreten, und lauschte. Alles war still. Er untersuchte das Schloss und stellte fest, dass es offen an der Kette baumelte; er schaltete die Taschenlampe aus, schob leise die Tür auf und schlüpfte hinein.

Er hielt eine Handfläche vor die Taschenlampe und knipste sie an, gerade lange genug, um sich zurechtzufinden. Der Eingang zur Mine lag vor ihm, ein gähnendes Maul in der felsigen Hügelflanke, das feuchte, modrige Luft ausatmete. Die Öffnung war verbarrikadiert und mit einem schweren Eisentor versperrt, an dem ein dickes, stählernes Vorhängeschloss prangte.

Tom lauschte mit angehaltenem Atem. Kein Laut drang aus

dem Stollen. Er versuchte es mit dem Schloss, doch diesmal hatte er Pech. Er kniete sich hin, holte die Taschenlampe hervor und untersuchte den Boden. Die Fußabdrücke waren im staubfeinen Sand besonders gut zu erkennen, und sie stammten von einem Mann, der Stiefel Größe sechsundvierzig oder siebenundvierzig trug. Daneben konnte er sehen, wo Sallys Absätze über den Boden geschleift waren, und einen breiten Abdruck, wo ein Körper gelegen hatte – ihr Körper; der Mann musste sie abgelegt haben, während er das Gittertor aufschloss. Sie war bewusstlos gewesen. Er unterdrückte rasch eine grässlichere Vorstellung.

Tom überlegte, welche Möglichkeiten er jetzt hatte. Er musste da hinein – oder den Mann zum Gitter locken und ihn erschießen, sobald er nah genug war.

Dann hörte er ein leises Geräusch aus der Mine und erstarrte. Ein Schrei? Er wagte kaum zu atmen. Gleich darauf hörte er wieder einen Laut, einen schwachen Schrei, verzerrt von der langen, steinernen Kehle der Mine. Das war keine Männerstimme.

Er packte das Vorhängeschloss und rüttelte daran, versuchte, es aufzubrechen, aber es nützte nichts. Das Gittertor war aus schwerem Stahl und in den Stein einzementiert. Er hatte keine Chance, hineinzukommen.

Während er sich suchend umsah, vernahm er zorniges Gebrüll, diesmal viel lauter und deutlicher, und hörte sogar ein Wort heraus: *Miststück.*

Sie war da drin. Sie lebte. Und dann hörte er das gedämpfte Krachen eines Schusses.

15

Bob Biler schaltete das Autoradio des 57er Chevy ein und drehte am Senderknopf in der Hoffnung, seinen liebsten Oldie-Sender aus Albuquerque zu finden, aber er kriegte mal wieder nur Zischen und Knistern rein. Er schaltete das Ding aus und tröstete sich mit einem Schluck Jim Beam aus der Flasche auf dem Beifahrersitz. Er schmatzte genießerisch und warf die Flasche auf den Sitz, wo sie dumpf landete, wischte sich mit der Hand das stoppelige Kinn ab und grinste über sein unerwartetes Glück.

Biler hatte es längst aufgegeben, den absurden Vorfall oben beim Sunrise verstehen zu wollen. Irgendwer hatte seinen Dodge geklaut und ihm dafür eine Schönheit dagelassen, einen Chevy-Oldtimer, mit dem Schlüssel im Zündschloss, mindestens zehnmal so viel wert wie seine alte Mistkarre.

Vielleicht hätte er die Polizei rufen sollen, aber es war doch nur fair – wenn ihm einer das Auto klaute, bekam Bob eben seins dafür. Außerdem hatte er schon eine halbe Flasche Jim Beam intus, und in dem Zustand rief man besser nicht die Bullen. Es war sein Pick-up, der geklaut worden war, und man musste einen Autodiebstahl ja nicht melden, wenn das eigene Auto weg war, oder?

Ein plötzliches Rattern der rechten Reifen auf dem unbefestigten Randstreifen ließ Biler das Lenkrad nach links reißen, so dass er fast links von der Straße schoss, den Wagen mit quietschenden Reifen wieder fing und auf die Spur zurückbrachte. Die mittlere Fahrbahnmarkierung zog sich schnurgerade vor ihm in die Dunkelheit, und er fuhr mittig darüber, um ihr noch leichter folgen zu können. Kein Problem, er würde die Scheinwerfer eines entgegenkommenden Wagens tausend Kilometer vorher sehen, reichlich Zeit, um Platz zu machen. Er förderte seine Konzentration mit einem weiteren Schluck Jim Beam, und seine Lippen machten ein befriedigendes ploppendes Geräusch, als er die Flasche wieder absetzte.

Es war schon nach zehn, und Biler würde erst um halb elf in Espanola ankommen. Herrgott, er war so müde. Es war eine lange Fahrt von Dolores hier runter gewesen, nur um seine Tochter und ihren nichtsnutzigen, arbeitslosen Mann zu besuchen.

Wenn er doch nur diesen Oldie-Sender aus Albuquerque reinkriegen könnte – ein bisschen Elvis würde ihn wieder munter machen. Er schaltete das Radio an, suchte die gesamte Skala ab, hielt bei einem Sender inne, bei dem hinter statischem Rauschen eine Andeutung von Musik zu hören war, und ließ ihn an. Wenn er näher an der Stadt war, würde der Sender vielleicht besser reinkommen.

Er sah Scheinwerfer in der Ferne und schwenkte auf seine Fahrbahn hinüber. Ein Streifenwagen kam ihm entgegen, und er sah ihm nach, als die roten Rücklichter in der gewaltigen Dunkelheit verschwanden.

Dann bemerkte er erschrocken, dass die Lichter plötzlich aufflammten – der Bulle hatte gebremst –, ein kurzes Schimmern, und dann sah er wieder die Scheinwerfer, als der Streifenwagen wendete.

Verdammte Scheiße. Biler fegte die Flasche Jim Beam vom Vordersitz und beförderte sie mit einem kräftigen Fußtritt unter den Sitz. Der Wagen schlingerte wieder über die Mittellinie, und er wandte seine Aufmerksamkeit hastig der Straße zu – der Pick-up schwankte von seiner Korrektur. Scheiße, er sollte besser vom Gas gehen und fahren wie eine alte Lady. Sein Blick huschte von der Straße zum Tacho und dann zum Rückspiegel. Jetzt fuhr er gleichmäßig achtzig, und er war ziemlich sicher, dass er nicht viel schneller als neunzig gefahren war, als der Bulle aufgetaucht war, immer noch zehn Stundenkilometer unter der Geschwindigkeitsbegrenzung. Wie die meisten Leute, die seit vielen Jahren betrunken am Steuer saßen, überschritt auch Biler niemals das Tempolimit. Nach einigen Minuten Herzklopfen beruhigte er sich allmählich. Der Bulle hatte weder die Lichtshow eingeschaltet noch beschleunigt, um ihn einzuholen. Er kroch schön gemütlich im Abstand von ein paar hundert Metern hinter ihm her, alles easy – nur irgendein State Trooper auf Streife. Biler legte mustergültig beide Hände ans Lenkrad, starrte geradeaus und fuhr haargenau achtzig Kilometer pro Stunde.

Verdammt, besser konnte man gar nicht fahren.

16

Einen Moment lang blieb Sally in einem flachen Tümpel liegen, geschockt von dem Sturz. Sie war nicht wirklich tief gefallen und eher erschrocken als verletzt. Aber sie war längst nicht außer Gefahr. Noch während sie ihre Gedanken zu ordnen versuchte, tastete sich der Strahl der Taschenlampe zu ihr herab. Gleich darauf fing er sie ein, und sie sprang zur Seite, als die Schüsse kamen; die Kugeln schlugen mit einem zischenden Geräusch neben ihr ein. Sie watete hastig durch das Wasser zu der Stelle, wo der Lichtschein ihr einen Schacht gezeigt hatte, der in die Dunkelheit führte. Gleich darauf war sie um die Ecke gebogen und außer Reichweite seiner Waffe.

Sie lehnte sich an die Wand und schnappte keuchend nach Luft. Ihr ganzer Körper schmerzte, doch offenbar hatte sie sich nichts gebrochen. Sie tastete in der Brusttasche nach der Streichholzschachtel. Während die zwar von außen feucht geworden war, war der Inhalt wundersamerweise trocken geblieben. Die Streichhölzer waren aus Holz, ziemlich lang, keine Sicherheitshölzer, sondern solche, die man überall anreißen konnte. Sie probierte es an der Felswand, ratschte einmal, zweimal. Beim dritten Versuch flammte es auf und erleuchtete schwach den Schacht, der vor ihr lag, ein langer Gang, gestützt von morschen Eichenbalken. Ein schmales Rinnsal floss am Boden entlang von einer Pfütze zur nächsten. Der Zustand des Tunnels war katastrophal; Balken waren herabgestürzt, stellenweise versperrten kleine Lawinen von Decke und Wänden den Gang. Was noch nicht eingestürzt war, sah ganz so aus, als wolle es das jeden Augenblick nachholen, in der Felsendecke klafften breite Risse, und die Eichenbalken bogen sich unter dem Gewicht verrutschten Gesteins.

Sie eilte den Stollen entlang und schützte das Streichholz mit der Hand, bis es ihr die Finger verbrannte und sie es fallen lassen musste. So lange sie es wagte, lief sie in der Dunkelheit weiter und orientierte sich aus der Erinnerung. Als es ihr zu gefährlich wurde, blieb sie stehen und lauschte. Folgte er ihr? Es erschien ihr unwahrscheinlich, dass er es riskieren würde, die Leiter hinunterzusteigen – kein vernünftiger Mensch würde das tun, und außerdem hatte sie bei ihrem Abstieg zu viele Sprossen zerbrochen. Er würde sich erst ein Seil suchen müssen, und das verschaffte ihr zumindest ein wenig Zeit. Aber nur ein wenig: Sie erinnerte sich, ein Seil in ihrer Zelle gesehen zu haben, aufgerollt vor dem Fußteil des Betts.

Sally kämpfte darum, sich zu konzentrieren und rational zu denken. Sie erinnerte sich, einmal irgendwo gelesen zu haben, dass alle Höhlen atmeten und die beste Möglichkeit, einen Weg hinaus zu finden, darin bestand, dem »Atem« der Höhle zu folgen – oder vielmehr, dem Luftstrom. Sie entzündete ein Streichholz. Die Flamme neigte sich zurück, dorthin, wo sie hergekommen war. Sie ging in die entgegengesetzte Richtung weiter, tiefer in die Mine hinein, watete so schnell durchs Wasser, wie sie es wagen konnte, ohne dass ihr Streichholz dabei erlosch. Der Stollen bog nach rechts ab und öffnete sich zu einer großen Höhle, in der man Felssäulen hatte stehen lassen, um die Decke zu stützen. Ein zweites Streichholz zeigte ihr zwei Ausgänge. Das Wasser floss in den linken Gang. Sie hielt inne, hatte gerade noch genug Flamme, um zu prüfen, woher die Luft strömte, und beschloss, den rechten Tunnel zu nehmen, der leicht aufwärts führte.

Das Streichholz brannte herab, und sie ließ es fallen. Dann nahm sie sich einen Moment Zeit, um die verbliebenen Streichhölzer in der Schachtel mit den Fingern zu zählen. Fünfzehn.

Sie versuchte, sich tastend vorwärts zu bewegen, merkte jedoch bald, dass sie auf diese Weise zu langsam vorankam. Sie musste ihren Vorsprung vor dem Mann so weit wie möglich vergrößern. Jetzt war die richtige Zeit, die Streichhölzer zu benutzen, nicht später.

Sie entzündete ein weiteres, ging den Stollen entlang, um eine Ecke – und stellte fest, dass der Gang durch einen Einsturz verschüttet war. Sie starrte zu dem dunklen Loch in der Decke empor, aus dem eine gewaltige Menge Geröll herabgestürzt und in einem großen Haufen auf dem Boden gelandet war. Mehrere Brocken, so groß wie Autos, hingen gefährlich schief herab, gerade noch von geborstenen Balken gehalten, doch es sah aus, als würde alles einstürzen, wenn man es nur mit dem Finger anstupste.

Sally kehrte um und nahm den linken Stollen, der abwärts führte und das Rinnsal mit sich nahm. Panik stieg in ihr auf; jeden Moment würde der Entführer unten ankommen. Sie folgte dem Wasser in der Hoffnung, dass es sie zu einem Ausgang führen würde, und watete durch viele Pfützen. Der Tunnel führte weiter bergab und verlief dann ebener. Das Wasser wurde tiefer, und sie merkte, dass es sich hier sammelte; bald reichte es ihr bis zur Hüfte. Als sie um die nächste Ecke bog, erkannte sie den Grund dafür: Ein Einsturz hatte den Tunnel vollständig blockiert und das Rinnsal aufgestaut. Das Wasser kroch durch kleine Ritzen zwischen den scharfkantigen Felsbrocken weiter, aber es gab keine Öffnung, durch die sie selbst hindurchgepasst hätte.

Sie fluchte leise. Gab es noch einen Stollen, den sie übersehen hatte? Im Grunde wusste sie schon, dass es keinen gab. In den vergangenen fünf Minuten hatte sie alles von dieser Mine gesehen, was noch zugänglich war. Mit anderen Worten, sie saß in der Falle.

Sie riss mit zitternden Fingern ein weiteres Streichholz an und suchte verzweifelt nach einem Ausweg, einem Tunnel oder einer Öffnung, die sie vielleicht übersehen hatte. Sie verbrannte sich die Finger, fluchte, zündete ein weiteres Streichholz an. Es musste doch einen Weg hier heraus geben.

Wieder ging sie zurück, zündete ein Streichholz nach dem anderen an, bis sie in dem anderen Stollen wieder auf den Einsturz stieß. Der Gang war von einer kompakten Masse versperrt, in der sie keine offensichtlichen Lücken erkennen konnte. Sie entzündete weitere Streichhölzer und erkundete trotzdem die angehäuften Felsbrocken, suchte nach einem Loch, durch das sie sich Zwängen könnte. Aber es gab keines.

Sie zählte ihre Streichhölzer. Noch sieben. Sie riss eines an, blickte auf – und sah das Loch in der Decke. Es war Wahnsinn, auch nur daran zu denken. Das Licht der kleinen Flamme war zu schwach, um weit hineinzureichen, aber es sah so aus, als wäre da oben Platz genug für sie, wo sie sich zumindest verstecken könnte – wenn sie bereit war, das Risiko einzugehen und auf diesen steilen Haufen wackliger, loser Felsbrocken zu steigen.

Das Risiko war irrsinnig. Während sie dastand, zitternd und zaudernd, und das Licht am Ende des Hölzchens erstarb, kam klappernd ein kleiner Stein aus dem Loch gerollt, hüpfte wie eine Kugel im Flipper über das Gewirr aus Balken und Felsen und blieb zu ihren Füßen liegen.

Das war es also. Sie hatte zwei Möglichkeiten: Sie konnte zurückgehen und es mit dem Entführer aufnehmen, oder sie konnte es riskieren, in ein Loch zu kriechen, das durch einen Stolleneinsturz entstanden war.

Das Streichholz erlosch. Sechs blieben ihr noch. Sie nahm zwei auf einmal aus der Schachtel, zündete sie gleichzeitig an und hoffte, jetzt genug Licht zu haben, um tiefer in das Loch hineinschauen zu können. Die Flämmchen brannten gut, doch es reichte immer noch nicht, um jenseits des Gewirrs aus Felsbrocken und Balken etwas zu erkennen.

Die Streichhölzer erloschen.

Keine Zeit mehr. Sie entzündete ein weiteres Streichholz, klemmte es sich zwischen die Zähne, hielt sich an einem Brocken in dem Haufen fest und begann zu klettern. Zugleich hörte sie etwas – eine ferne Stimme, die höhnisch durch die felsigen Stollen hallte.

»Du hast keine Chance, Miststück. Ich komme!«

17

Corvus hockte im Brustkorb des Triceratops, und das Blut rauschte ihm in den Ohren. Der Mann stand keine drei Meter von ihm entfernt. Er schluckte und versuchte, den ausgedorrten Mund zu befeuchten. Er hörte eine Hand über Knochen streichen, das leise Scharren eines Schuhs auf dem Zementboden, das kaum wahrnehmbare Knirschen von Fossilienstaub unter der Sohle des Mannes, der sich langsam näherte. *Wie zum Teufel gelang es dem Kerl, sich im Dunkeln so sicher zu bewegen?*

»Ich kann Sie sehen«, sagte die leise Stimme, als habe er Corvus' Gedanken gelesen, »aber Sie können mich nicht sehen.«

Corvus' Herz fühlte sich an wie eine Pauke: Die Stimme war jetzt unmittelbar neben ihm. Seine Kehle war so trocken, dass er kein Wort herausgebracht hätte, selbst wenn er hätte sprechen wollen.

»Sie sehen albern aus, wie Sie da so hocken.«

Ein weiterer Schritt.

Nun konnte er tatsächlich das teure Aftershave des Mannes riechen.

»Ich will nichts weiter als den Fundort. Ganz gleich, in welcher Form: GPS-Koordinaten, den Namen einer Formation oder eines Canyons, so etwas in der Art. Ich will wissen, wo der Dinosaurier ist.«

Corvus schluckte, bewegte sich leicht. Es hatte keinen Sinn mehr, sich zu verstecken; der Mann wusste, wo er war. Vermutlich trug er eine Art Nachtsichtgerät.

»Diese Information habe ich nicht«, krächzte Corvus. »Ich weiß nicht, wo der verdammte Dinosaurier ist.« Er richtete sich auf und umklammerte seine Aktentasche.

»Wenn Sie Spielchen mit mir treiben wollen, fürchte ich, werde ich Sie umbringen müssen.«

Die Stimme des Mannes klang so ruhig, so sanft, dass Corvus nicht den geringsten Zweifel hatte: Der Mann meinte, was er sagte.

Er packte die Aktentasche noch fester, seine Handflächen waren klamm und schwitzten.

»Ich weiß es nicht. Wirklich nicht.« Corvus hörte, wie flehentlich er klang.

»Wie sind Sie dann in den Besitz der Probe gekommen?«, fragte der Mann.

»Über eine dritte Person.«

»Ah. Name und Wohnort dieser dritten Person?«

Schweigen. Corvus spürte, wie sich noch etwas anderes in seine Angst mischte: Wut. Rasende Wut. Seine ganze Karriere, sein Leben, alles hing daran, diesen Dinosaurier zu finden. Er würde seine Entdeckung nicht einfach irgendeinem Mistkerl übergeben, der ihn mit einer Waffe hier gefangen hielt – eher würde er sterben. Der verdammte Bastard trug ein Nachtsichtgerät oder etwas in der Art, und wenn Corvus an einen Lichtschalter kommen könnte, würde der Mann seinen Vorteil einbüßen. Er könnte den harten Diplomatenkoffer in seiner Hand als Keule benutzen –

»Name und Wohnort der dritten Person, bitte?«, wiederholte der Mann mit anhaltend sanfter Stimme.

»Ich komme jetzt raus.«

»Eine kluge Entscheidung.«

Corvus kroch zum hinteren Teil des Skeletts und schob sich hinaus. Er schlüpfte unter der Plastikplane durch und richtete sich auf.

Es war immer noch stockdunkel, und er hatte nur ein vages Gefühl, wo sich der Mann befand.

»Der Name dieser dritten Person?«

Corvus stürzte sich auf die Stimme in der Dunkelheit, ließ die Aktentasche am Griff durch die Luft schwingen und traf tatsächlich etwas; der Mann stieß ein dumpfes Ächzen aus und fiel offenbar hintenüber. Corvus fuhr herum, tastete sich blindlings durch den Wald von Skeletten zu der Stelle, wo sich seiner Erinnerung zufolge eine Schalterleiste befand. Er taumelte gegen ein Skelett, stürzte und hörte im selben Moment ein scharfes Zischen wie von Druckluft und dann Chirurgenstahl, der gegen Fossilienknochen knallte.

Der Bastard schoss auf ihn.

Er hechtete zur Seite, stieß an ein weiteres Skelett, das protestierend ächzte und ein paar Knochen klappernd zu Boden fallen ließ.

Ein weiteres Zischen und wieder dieser metallische Knall irgendwo auf Knochen zu seiner Rechten.

Er tastete sich voran, krabbelte verzweifelt durch den Knochenwald, und dann war er plötzlich aus dem Gedränge der Skelette heraus und zwischen den Regalen. Er rannte den Gang entlang, stolperte einmal zur Seite, stürzte und stand wieder auf. Wenn er nur die Lichtschalter erreichen und den Vorteil seines Gegners ausschalten könnte. Er sprintete weiter, kümmerte sich nicht darum, was vielleicht im Weg liegen könnte, und prallte plötzlich gegen die Wand mit der Schalterleiste. Mit einem Aufschrei fuhr er über die Leiste, und einige Dutzend Lampen flackerten auf, ein Summen und ein leises *Schnick-schnick* waren zu hören, als die alten Neonröhren eine nach der anderen angingen.

Er wirbelte herum, schnappte sich einen versteinerten Knochen aus einem der Regale und hob ihn wie eine Keule, bereit zum Kampf.

Der Mann stand seelenruhig da, keine drei Meter entfernt – es sah aus, als hätte er sich nicht einmal bewegt. Er trug einen blauen Trainingsanzug und hatte sich ein Nachtsichtgerät auf die Stirn hochgeschoben. Eine schäbige lederne Aktentasche stand neben ihm auf dem Boden. Er hatte die Hände in Zielposition ausgestreckt, und der schimmernde Lauf einer seltsam aussehenden Waffe war direkt auf Corvus gerichtet. Erstaunt starrte er den gewöhnlich gekleideten Mann an, das leidenschaftslose Bürokratengesicht.

Er hörte das *Schnapp-Zisch!* komprimierter Luft, sah einen Silberstreif durch die Luft rasen, spürte den Stich in der Magengegend und blickte ungläubig an sich hinab; eine Edelstahlspritze ragte aus seinem Bauch. Er öffnete den Mund und griff danach, um das Ding herauszuziehen, doch schon überwältigte ihn eine Dunkelheit, wie er sie noch nie erlebt hatte, überrollte ihn wie eine Flutwelle und begrub ihn in ihrem dröhnenden Sog.

18

Ford saß mit dem Rücken an einen Felsen gelehnt und genoss die Wärme des bescheidenen Feuers, das er toten Kakteenhülsen entlockt hatte. Die Wände des Tyrannosaur Canyon ragten schwarz um ihn auf und wichen über ihm einem tiefen, samtigen Himmel voller Sterne.

Ford hatte gerade sein Abendmahl aus Bohnen und Reis beendet. Er nahm die leere Bohnendose, stellte sie ins Feuer und erhitzte sie, bis alle Spuren von Essen daraus getilgt waren – seine Methode, den Abwasch zu erledigen, wenn das Wasser dafür zu kostbar war. Mit einem Stock fischte er die Dose aus dem Feuer, ließ sie abkühlen und füllte sie mit Wasser aus seiner Feldflasche. Dann fasste er die Dose am obersten Rand und stellte sie aufrecht zwischen die brennenden Kaktusschalen. Nach wenigen Minuten kochte das Wasser. Er holte die Dose heraus, fügte einen Teelöffel gemahlenen Kaffee hinzu, rührte um und stellte die Dose wieder ins Feuer. Fünf Minuten später war sein Kaffee fertig.

Er nippte daran, hielt die Dose am nicht ganz abgetrennten Deckel und genoss den bitteren, rauchigen Geschmack. Traurig lächelte er in sich hinein, als er an das enge kleine Café dachte, in dem Julie und er so gern gesessen hatten, gleich um die Ecke vom Pantheon in Rom, wo sie an einem winzigen Tisch perfekten Espresso getrunken hatten. Wie hieß der Laden gleich wieder? Tazza d'Oro.

Er war sehr weit weg von dort.

Er trank den letzten Rest Flüssigkeit, kippte den Kaffeesatz ins Feuer und stellte die Dose für den Morgenkaffee beiseite. Seufzend lehnte er sich wieder an den Felsen, zog seine Kutte dichter um sich und blickte zu den Sternen auf. Es war fast Mitternacht, und der Buckelmond kroch soeben über den Rand der Schlucht. Er suchte ein paar Sternbilder heraus, die er kannte, den Großen Wagen, Kassiopeia, die Plejaden. Der schimmernde Strang der Milchstraße zog sich über den Himmel; Ford folgte ihm und fand Cygnus, den Schwan, bei seinem Flug mitten durch die Galaxie auf ewig erstarrt. Er hatte gelesen, dass es im Zentrum dieser Galaxie ein riesiges Schwarzes Loch gab, das Cygnus X-1 genannt wurde, hundert Millionen Sonnen verschluckt und zu einem mathematischen Punkt komprimiert – und er staunte über den Vorwitz der Menschen, die glaubten, sie könnten irgendetwas von der wahren Natur Gottes begreifen.

Ford seufzte und streckte sich auf dem Sand aus; er fragte sich, ob sich solche Gedanken für einen zukünftigen Benediktinermönch gehörten. Er spürte, dass die Ereignisse der vergangenen Tage ihn auf eine Art spirituelle Krise zutrieben. Die Suche nach dem T-Rex hatte den alten Hunger wieder erweckt, diese Lust auf die Jagd, von der er glaubte, er habe sie sich ausgetrieben. Er hatte weiß Gott schon genug Abenteuer erlebt. Er beherrschte vier Sprachen, hatte in einem Dutzend exotischer Länder gelebt und viele Frauen gekannt, bevor er der Liebe seines Lebens begegnet war. Er hatte dafür unerträglich gelitten und litt noch immer. Warum also immer noch diese Sucht nach Aufregung und Gefahr? Hier war er, suchte nach einem Dinosaurier, der ihm nicht gehörte, der ihm weder Anerkennung noch Geld oder Ruhm bringen würde. Warum? War diese verrückte Suche das Ergebnis eines grundlegenden Charakterfehlers?

Widerwillig kehrte Ford in Gedanken zu jenem schicksalhaften Tag in Siem Reap, Kambodscha, zurück. Seine Frau Julie und er hatten Phnom Penh tags zuvor verlassen und waren auf dem Weg nach Thailand. In Siem Reap legten sie einen Zwischenstopp ein, um sich die Tempel von Angkor Wat anzusehen – ein touristischer Umweg, der zu ihrer Tarnung gehörte. Erst eine Woche zuvor hatten sie erfahren, dass Julie schwanger war, und um das Ereignis zu feiern, hatten sie sich eine Suite im

Royal Khampang Hotel geleistet. Er würde niemals seinen letzten Abend mit ihr vergessen, als sie an der Naga-Balustrade von Angkor Wat standen und zusahen, wie die Sonne über den fünf großen Türmen des Tempels unterging. Aus einem Kloster, das im Wald neben dem Tempel verborgen war, drang leise der geheimnisvolle Singsang buddhistischer Mönche herüber.

Der Auftrag war perfekt gelaufen. Am Morgen hatten sie die Daten auf CD-ROM an ihre Kontaktperson in Phnom Penh übergeben. Ihr Job hatte damit ein sauberes Ende genommen – glaubten sie zumindest. Es gab nur einen einzigen Warnhinweis – er hatte einen alten Toyota Land Cruiser bemerkt, der ihnen folgte. Er hatte den Wagen in den belebten Straßen der Hauptstadt abgeschüttelt, bevor er die Stadt verlassen hatte. Die Sache war ihm nicht ernst erschienen, und er war bereits unzählige Male verfolgt worden.

Nach Sonnenuntergang aßen sie in aller Ruhe in einem der billigen Straßenrestaurants am Siem-Reap-Fluss zu Abend, während Frösche auf dem Boden herumhüpften und Motten gegen die Glühlampen der Lichterketten brummten. Sie waren in ihr abartig teures Hotelzimmer zurückgekehrt und hatten die halbe Nacht im Bett herumgeturnt. Sie hatten bis elf geschlafen und auf ihrer eigenen Terrasse gefrühstückt. Und dann war Julie zum Wagen gegangen, während er das Gepäck hinunterbrachte.

Er hörte die gedämpfte Explosion, als sich vor ihm gerade die Fahrstuhltür zur Lobby öffnete. Er nahm an, irgendwo sei eine alte Landmine hochgegangen – Kambodscha litt immer noch unter diesem Erbe. Er erinnerte sich, wie er über den von Palmen gesäumten Hof ging und durch die Glastüren der Lobby eine Rauchsäule vor dem Hotel aufsteigen sah. Er rannte hinaus. Das Auto lag auf dem Dach, fast in zwei Teile zerrissen, beißender Qualm lag in der Luft, ein Krater war in den Boden gesprengt. Einer der Reifen lag gut fünfzehn Meter entfernt auf einem makellosen Stückchen Rasen und brannte lichterloh.

Selbst da erkannte er sein eigenes Auto noch nicht. Er nahm an, es handle sich wieder einmal um einen politischen Mordanschlag, die in Kambodscha fast an der Tagesordnung waren. Er stand auf dem Treppenabsatz und hielt in beide Richtungen Ausschau nach Julie mit dem Wagen, weil er fürchtete, eine weitere Bombe könnte hochgehen. Während er dastand, sah er einen Stofffetzen, der von einem Windstoß mitgefegt wurde; er flatterte die Stufen vor dem Hotel herauf und blieb dicht vor seinen Füßen liegen – und er erkannte den Kragen der Bluse, die Julie am Morgen angezogen hatte.

Ford zwang sich mit großer Anstrengung, in die Gegenwart zurückzukehren, zu seinem Lagerfeuer, den dunklen Canyons, dem mit Sternen übersäten Himmel. Die vielen schrecklichen Erinnerungen schienen so lange zurückzuliegen, als sei all das in einem anderen Leben geschehen, als sei es einem anderen Menschen widerfahren.

Aber das war es ja gerade: War dies hier wirklich ein anderes Leben – und er ein anderer Mensch?

19

Die Lichter von Espanola funkelten in der Nachtluft, als Bob Biler sich der Stadt näherte. Der Streifenwagen war immer noch hinter ihm, aber Biler machte sich deswegen keine Sorgen mehr. Er bereute es schon, dass er in seiner Panik die Flasche unter den Sitz getreten hatte, und versuchte ein paar Mal, sie mit der Stiefelspitze wieder herauszuschieben, aber der Wagen geriet jedes Mal ins Schlingern, also ließ er es sein. Er hätte ja einfach rechts ranfahren und sie rausholen können, aber er war nicht sicher, ob es erlaubt war, hier einfach anzuhalten, und er wollte nichts tun, was die Aufmerksamkeit des Bullen auf ihn lenken könnte. Zumindest kam der Oldie-Sender endlich besser rein. Er drehte die Lautstärke auf und summte unmelodisch mit.

Ein paar hundert Meter vor sich sah er die erste Ampel am Stadtrand. Wenn er Rot erwischte, hätte er gerade genug Zeit, die Flasche unter dem Sitz herauszufischen. Verdammt, die Fahrerei machte durstig.

Biler fuhr langsam auf die Ampel zu, bremste rechtzeitig und sanft ab und beobachtete den Streifenwagen im Rückspiegel. Sobald sein Pick-up stand, beugte er sich über den Beifahrersitz und tastete darunter herum, bis sich seine schmierige Hand um die kalte Glasflasche schloss. Er zog sie heraus, duckte sich hinter die Lehne der Vordersitze, schraubte den Deckel auf, führte die Flasche zum Mund und kippte sich möglichst schnell möglichst viel hinter die Binde.

Plötzlich hörte er kreischende Reifen und Sirenengeheul – ein unglaublicher Tumult herrschte um ihn herum. Er fuhr hoch, vergaß ganz, dass er noch die Flasche in der Hand hatte, und wurde vom grellen weißen Licht eines Suchscheinwerfers geblendet. Anscheinend war er auf einmal von Polizeiwagen umgeben, alle mit eingeschaltetem Licht und Sirene. Biler war wie betäubt, er begriff nicht, was da vor sich ging. Er verzog das Gesicht, blinzelte gegen das blendende Licht, und in seinem Kopf herrschte nun statt bloßer Verwirrung absolute, vollkommene Leere.

Er hörte eine barsche Stimme über Megafon sagen: *»Steigen Sie mit erhobenen Händen aus dem Wagen. Steigen Sie mit erhobenen Händen aus dem Wagen.«*

Redeten die mit ihm? Biler blickte sich um, konnte aber sonst keine Leute sehen, nur das Blitzen und Blinken der Lichter überall.

»Steigen Sie mit erhobenen Händen aus dem Wagen.«

Die meinten ihn. In blinder Panik fummelte Biler am Türgriff herum, aber das war einer von der Sorte, die man runterschieben, nicht anziehen musste, und er kämpfte damit, während er sich gleichzeitig mit der Schulter gegen die Tür stemmte. Plötzlich flog die Tür auf, er stürzte heraus, die vergessene Flasche Jim Beam flog ihm aus der Hand und zerbarst auf der Fahrbahn. Er landete unsanft neben dem Pick-up auf dem Asphalt, zu erschrocken und verwirrt, um aufzustehen.

Eine Gestalt ragte über ihm auf, ein dunkler Umriss vor dem grellen Licht, mit einer Polizeimarke in der einen und einem Revolver in der anderen Hand. Eine Stimme herrschte ihn an: »Detective Willer, Santa Fe Police Department, *keine Bewegung.«*

Eine kurze Pause entstand. Biler sah nichts außer der schwarzen Silhouette des Mannes vor dem Blitzen und Blinken der Einsatzwagen. Im Hintergrund hörte er das leicht rauschende Heulen von Elvis aus dem Pick-up: *»You ain't nothin' but a hound dog ...«*

Eine Sekunde verstrich, und dann schob die Gestalt ihren Revolver ins Halfter, beugte sich über ihn und starrte ihm ins Gesicht. Dann richtete der Bulle sich auf, und Biler hörte, wie er zu jemandem im Hintergrund sagte: »Wer zum Teufel ist das?«

20

Sally kletterte den instabilen Haufen Felsen hinauf; das Streichholz zwischen die Zähne geklemmt, suchte sie mit Händen und Füßen Halt. Bei jedem Schritt spürte sie, wie die Brocken unter ihr wackelten, einige rutschten weg und polterten zu Boden. Der ganze Haufen schien zu knirschen und zu schwanken.

Sie keuchte so heftig, dass sie das Streichholz ausblies.

Sie tastete nach der Schachtel – nur noch ein Hölzchen war übrig. Sie beschloss, es aufzubewahren.

»Ich komme!«, hallte die heisere Stimme durch die Stollen, die sie grotesk verzerrten. Sally kletterte weiter, tastete sich voran, und mehr Steine polterten den Haufen hinunter. Dann hörte sie über sich das tiefe Ächzen von Holz und Geröll, gefolgt von einem Schauer kleiner Steine. Ein weiterer Schritt, ein weiteres Knirschen und Rumoren. Die Decke würde einstürzen. Aber ihr blieb nichts anderes übrig. Sie streckte die Arme nach oben, suchte Halt, hängte sich probeweise daran und zog sich hoch. Ein weiterer Haltepunkt für die Hand, ein Halt für den Fuß. Sie bewegte sich äußerst vorsichtig und verlagerte ganz langsam das Gewicht von einem Haltepunkt zum nächsten.

»Sally, wo biiist du?«

Sie hörte, wie er den Stollen entlangplatschte. Sie zog sich weiter hoch und hielt sich an einem Balken fest. Vorsichtig hängte sie sich daran, um ihn zu prüfen. Er ächzte und verrutschte ein Stück, doch er schien zu halten. Sie zögerte, versuchte nicht daran zu denken, wie es wäre, hier lebendig begraben zu werden, und zog sich dann hoch. Ein weiteres Ächzen, eine Lawine kleiner Steine, und sie hatte es geschafft. Über ihrem Kopf trafen ihre forschenden Hände auf ein Gewirr von gesplittertem Holz und Geröll.

Sie würde das letzte Streichholz anzünden müssen.

Es schrammte an der Seite der Schachtel entlang, ein Flämmchen erwachte zum Leben. Über sich sah sie das dunkle Loch, in das sie kriechen musste. Sie hielt die Streichholzschachtel über die Flamme, bis sie Feuer fing und viel mehr Licht in die Höhle fiel, doch es reichte immer noch nicht, um zu erkennen, ob sie irgendwo hinführte.

Sally hielt die brennende Streichholzschachtel in einer Hand und zog sich mit der anderen über den nächsten wackeligen Balken. Gleich darauf stand sie auf einem unsicheren Vorsprung am Eingang der dunklen Öffnung. Im sterbenden Licht der brennenden Streichholzschachtel sah sie, dass das Loch in einem breiten, halbmondförmigen Riss endete, der in einem Winkel von etwa dreißig Grad nach oben führte. Die Spalte schien gerade breit genug zu sein, um sich hindurchzuquetschen.

Plötzlich krachte es unter ihr, als ein großer Steinbrocken aus der Decke brach und auf den Boden fiel. Die Flamme erlosch.

»Da bist du ja!«

Der Strahl der Taschenlampe durchschnitt die Dunkelheit und suchte den Geröllhaufen unter ihr ab. Sie streckte die Arme hoch, suchte sich Halt und zog sich hoch. Der Lichtstrahl glitt hierhin und dorthin. Sie kletterte rasch, ja waghalsig weiter, krabbelte aufwärts zu den zwei feuchten Steinwänden und kroch in den breiten Riss dazwischen. Der Riss führte in einem flachen Winkel aufwärts und war gerade so breit, dass sie sich hineinzwängen und darin weiterbewegen konnte, indem sie sich Zentimeter um Zentimeter vorwärtswand. Sie hatte keine Streichhölzer mehr, keine Möglichkeit zu sehen, wohin sie kroch, keine Möglichkeit festzustellen, ob dieser Spalt überhaupt irgendwohin führte. Sie krabbelte weiter, schob sich mit Händen und Knien vorwärts. Einen Moment lang packte sie die klaustrophobische Panik, vom Fels zu beiden Seiten zerquetscht zu werden. Sie hielt inne, atmete ruhig und gleichmäßig, bezwang ihre Angst und machte weiter.

»Ich kriiieg dich!«

Er war direkt unter ihr. Sie kroch weiter mit dem grauenhaften Gefühl, dass die Spalte immer enger wurde. Bald war der Riss so schmal, dass sie sich hindurchzwängen musste; sie drückte sich mit Füßen und Knien vorwärts und musste ausatmen, um durchzukommen. Wieder loderte Panik in ihr auf, als ihr klar wurde, dass es kein Zurück gab – sie würde nicht umkehren können. Mit den Füßen konnte sie sich nur vorwärts schieben, aber niemals wieder zurück.

»Ich weiß, dass du da oben bist, Miststück!«

Sie hörte Steine poltern, als er begann, auf den Geröllhaufen zu klettern. Sie zog die Füße an, verdrehte den Oberkörper und schaffte es, einen Arm frei zu bekommen und hochzustrecken, um sich voranzutasten. Die Spalte schien nicht schmaler zu werden, sondern eher breiter. Wenn sie sich an dieser engen Stelle vorbeiquetschen konnte, würde diese Spalte sie vielleicht zu einem anderen Stollen führen.

Sie atmete aus, stemmte sich mit den Füßen gegen den Fels und schob sich tiefer hinein; die Brusttasche ihrer Bluse zerriss, die Knöpfe sprangen ab. Sie tastete vor sich. Noch ein kräftiger Schub, noch einmal ausatmen und sich dünn machen. Sie hielt inne und atmete flach. Es war, als würde sie erdrückt. Sie hörte unter sich weitere Steine zu Boden poltern; er kam voran.

Sie wappnete sich und schob sich mit einem mächtigen Stoß tiefer in die Spalte. Das Grauen, in der Dunkelheit erdrückt zu werden, war beinahe überwältigend. Wasser tropfte herab und lief ihr übers Gesicht. Jetzt war sie ganz sicher, dass sie niemals würde zurückkriechen können. Es wäre besser gewesen, sich erschießen zu lassen, als in dieser Felsspalte zu sterben. Wenn sie es nur durch diese enge Stelle schaffte – es könnte doch sein, dass der Spalt wieder breiter wurde. Sie stemmte sich gegen den Fels, stieß sich ab, und ihre Kleidung zerriss von der Wucht ihres Schubs. Noch einmal – und sie tastete mit der Hand vor sich her. Der Spalt schmolz auf ein Loch zusammen, kaum zwei Zentimeter breit. Sie tastete verzweifelt hierhin und dorthin, bewegte die Hand in alle Richtungen, so weit sie konnte, suchte nach einer breiteren Stelle – aber es gab keine. Sie versuchte es erneut, beinahe wahnsinnig vor Angst, aber es gab keinen Zweifel: Der Spalt verengte sich auf ganzer Breite zu einer Lücke von wenigen Zentimetern, von der viele kleine Risse ausgingen. Hin und her huschte ihre Hand, tastete, drückte, befühlte – aber es nützte nichts.

Unaussprechliches Grauen wallte in Sally auf, das sie einfach nicht mehr beherrschen konnte. Sie versuchte, sich rückwärts hinauszuwinden, kämpfte, wand sich und bekam kaum noch Luft. Aber sie fand keine Möglichkeit, sich nach unten zu schieben, keinen Halt; ihre Arme waren nicht stark genug, um sie durchzuquetschen. Sie steckte fest. Es ging nicht weiter. Und auch nicht mehr zurück.

21

Tom versuchte alles, um das Schloss an dem Tor aufzubrechen. Er hämmerte mit Steinen darauf ein, rammte es mit einem Balken, aber es nützte nichts. Die schwachen Laute aus dem Inneren der Mine waren verstummt, und die Stille machte ihn wahnsinnig. Alles Mögliche könnte ihr passieren – eine einzige Minute könnte die Entscheidung zwischen Leben und Tod bedeuten. Er hatte gebrüllt, in den Stollen hineingeschrien und versucht, den Entführer abzulenken – es half nichts.

Er trat aus der Hütte und überlegte, was er tun sollte. Der Mond ging gerade über den Kiefern an der Kuppe des Hügels auf. Er zwang sich, ruhig zu atmen und versuchte zu denken. Er hatte vor Jahren ein paar dieser Minen erkundet und erinnerte sich, dass es noch andere Stolleneingänge in der Umgebung gab. Vielleicht gab es irgendwo eine Verbindung zwischen ihnen; Goldminen hatten oft mehrere Eingänge.

Er stieg zum Grat des Hügels auf und blickte auf der anderen Seite hinunter. Bingo. Etwa zweihundert Meter unter ihm stand eine weitere Hütte, etwa auf derselben Höhe, mit einer langen Reihe von Waschbergen, die sich die Flanke hinabzog.

Bestimmt waren die Stollen verbunden.

Er rannte den Hügel hinab, schlitterte, übersprang Felsbrocken und hatte gleich darauf die Hütte erreicht. Er zog die Waffe, trat die Tür ein, ging hinein und leuchtete mit der Taschenlampe um sich. Da führte tatsächlich ein weiterer Schacht in den Berg, und dieser Eingang war nicht vergittert. Er wagte sich hinein und ließ den Lichtstrahl in einen langen, ebenen Stollen gleiten. Das Gefühl drängender Eile erstickte ihn nun beinahe. Er joggte den Gang entlang und blieb an der ersten Gabelung stehen, um zu lauschen. Eine Minute verging, zwei. Er hatte das Gefühl, gleich den Verstand zu verlieren. Plötzlich hörte er es: das ferne Echo eines Schreis. Die beiden Minen waren miteinander verbunden.

Er rannte den Stollen entlang, aus dem das Geräusch gekommen war, und die Taschenlampe enthüllte ihm eine Reihe von Luftschächten in der linken Wand. Er bog um eine Ecke, und der Lichtschein zeigte ihm zwei weitere Stollen – einer führte abwärts, der andere leicht bergan. Er blieb stehen, lauschte, wartete, seine Ungeduld steigerte sich ins Unermessliche – und dann hörte er einen weiteren verzerrten Ruf.

Wieder die Stimme des Mannes. Zornig.

Tom rannte den linken Stollen entlang und musste sich manchmal bücken, so tief hing die Decke. Weitere Laute trieben durch den Tunnel auf ihn zu, noch immer schwach, aber sie wurden allmählich deutlicher.

Der Stollen bog ein paar Mal scharf ab und mündete dann in eine Art Kammer, von der vier Tunnel in verschiedene Richtungen abzweigten. Schlitternd blieb er stehen, keuchte, schwenkte den Lichtstrahl hierhin und dorthin und entdeckte alte Schienenschwellen, einen kaputten Förderwagen, einen Haufen rostiger Ketten, von Ratten zernagte Hanfseile. Er würde auf das nächste Geräusch warten müssen, bevor er weitergehen konnte.

Stille. Er würde jeden Moment den Verstand verlieren. *Gebt einen Laut von euch, verdammt noch mal, irgendein Geräusch.*

Und da war es: ein schwacher Schrei.

Wie der Blitz rannte er den Tunnel entlang, aus dem er ihn gehört hatte, doch der endete an einem senkrechten Schacht, umgeben von einem Geländer. Der Schacht war so tief, dass der Lichtstrahl der Taschenlampe nicht bis zum Boden reichte. Es gab keinen Weg hinunter – keine Leiter, kein Seil.

Er begutachtete die rauen Ränder des Schachts und beschloss, es zu wagen. Er riss sich die schicken italienischen Schuhe von den Füßen, warf sie mitsamt den Socken in den Schacht und zählte die Sekunden, bis sie unten aufschlugen. Anderthalb Sekunden: nur gut zehn Meter.

Er schob sich die Waffe in den Gürtel, nahm die Taschenlampe zwischen die Zähne, packte das Geländer, ließ sich über den Rand gleiten und stützte sich mit den nackten Füßen an den Wänden des Schachtes ab. Langsam, mit hämmerndem Herzen, kroch er abwärts.

Ein weiterer Fuß an die Wand gestemmt, ein weiterer Halt für die Hand. Sein Fuß rutschte ab, und einen entsetzlichen Augenblick lang glaubte er, er würde abstürzen. Der scharfkantige Fels zerschnitt ihm die Zehen. Quälend langsam kletterte er hinab, und endlich, zu seiner großen Erleichterung, spürte er festen Boden unter den Füßen. Er schwenkte den Lichtstrahl herum, sammelte Schuhe und Strümpfe ein und zog sie wieder an. Er befand sich in einem weiteren Minenstollen, der direkt in den Berg hineinführte. Er lauschte.

Alles war still.

Er rannte den Stollen entlang und blieb nach hundert Metern stehen, um erneut zu lauschen. Die Taschenlampe schwächelte – die Batterien, die von Anfang an nicht besonders viel Saft gehabt hatten, würden bald leer sein. Er ging weiter, blieb stehen, lauschte. Hinter sich hörte er etwas, das wie ein erstickter Schrei klang. Er knipste die Lampe aus und hielt den Atem an. Es war eine Stimme, immer noch ein Stück entfernt, aber viel deutlicher als zuvor. Er konnte die Worte gerade so verstehen.

Ich weiß, dass du da oben bist. Komm runter, oder ich schieße.

Tom lauschte mit pochendem Herzen.

Hast du verstanden?

Eine Woge der Erleichterung riss ihn beinahe von den Füßen. Sally lebte – und war anscheinend sogar frei. Er spitzte die Ohren und versuchte festzustellen, aus welcher Richtung die Stimme kam.

Du bist tot, Miststück.

Diese Worte erfüllten ihn plötzlich mit einer so gewaltigen Wut, dass es ihm den Atem verschlug. Er ging ein Stück auf und ab und versuchte, die Richtung genauer zu bestimmen. Die

Laute schienen von unten zu kommen, als würden sie aus dem Boden dringen. Aber das war unmöglich. Drei Meter links von sich sah er ein Netz von Rissen im Steinboden des Stollens, wo der Fels ein wenig nachgegeben hatte und eingesackt war. Er kniete sich hin und hielt die Hand vor einen der Risse. Kühle Luft strömte heraus.

Er legte das Ohr an den kleinen Spalt.

Plötzlich krachte ein Schuss aus einer großkalibrigen Waffe, gefolgt von einem Schrei – und der Schrei war so nah, dass er erschrocken aufsprang.

22

Willer und Hernandez rasten auf dem Highway 84 gen Norden; hinter ihnen blieben die Lichter von Espanola zurück, vor ihnen erhob sich die Schwärze der Wildnis. Es war fast Mitternacht, und Willer war außer sich, weil ein Schwachkopf wie Biler es geschafft hatte, so viele Stunden ihrer kostbaren Zeit zu vergeuden.

Willer zog eine Zigarette aus der Hemdtasche und steckte sie sich zwischen die Lippen. Im Streifenwagen war Rauchen eigentlich verboten, aber das kümmerte ihn jetzt weiß Gott nicht.

»Broadbent könnte inzwischen über den Cumbres Pass sein«, sagte Hernandez.

Willer sog den Rauch ein. »Unmöglich. Sie haben alle Fahrzeuge notiert, die den Pass überquert haben, und Bilers Wagen war nicht darunter. Die Straßensperre südlich von Espanola hat er auch nicht passiert.«

»Er könnte den Wagen irgendwo in Espanola abgestellt und sich in einem Motel verkrochen haben.«

»Könnte er, hat er aber nicht.« Willer gab noch mehr Gas. Die Tachonadel kroch von hundertsechzig zu hundertachtzig, der Wagen schaukelte ein wenig, und die Dunkelheit raste an ihnen vorbei.

»Was glauben Sie, was er getan hat?«

»Ich glaube, er ist zu diesem so genannten Kloster gefahren, Christ in the Desert, um sich mit dem Mönch zu treffen. Deshalb fahren wir da jetzt hin.«

»Wie kommen Sie darauf?«

Willer zog an seiner Zigarette. Normalerweise schätzte er Hernandez' beharrliche Fragen – sie halfen ihm, die Dinge gründlich durchzudenken –, aber jetzt ging sein Deputy ihm auf die Nerven. »Ich weiß nicht, warum, es ist eben so«, herrschte er ihn an. »Broadbent und seine Frau sind in die Sache verwickelt, der Mönch weiß davon, und da draußen ist noch jemand unterwegs – der Mörder nämlich –, der ebenfalls bis zum Hals mit drinsteckt. Sie haben irgendwas in diesen Canyons gefunden und kämpfen jetzt darum, auf Leben und Tod. Was auch immer es ist, es ist verdammt wichtig – so wichtig, dass Broadbent deswegen die Polizei belogen und ein Auto gestohlen hat. Ich meine, verdammt, Hernandez, man muss sich doch fragen, was einem Kerl wie dem so wichtig wäre, dass er zehn Jahre Staatsgefängnis dafür riskiert. Er ist doch schon stinkreich.«

»Ja.«

»Selbst wenn Broadbent nicht im Kloster ist, will ich mich mal ein bisschen mit diesem so genannten Mönch unterhalten.«

23

Mit lähmender Ungläubigkeit erkannte Tom, dass es Sally war, die schrie. Er drückte den Mund an den Spalt. »Sally!«

Ein Keuchen. »Tom?«

»Sally! Was ist los? Bist du verletzt?«

»O Gott, Tom! Du bist …« Sie konnte kaum sprechen. »Ich stecke fest. Er schießt auf mich.« Ein schluchzendes Keuchen.

»Sally, ich bin ja da, ist schon gut.« Tom leuchtete mit der schwachen Taschenlampe nach unten und sah zu seinem Entsetzen Sallys Gesicht keinen halben Meter unter ihm in dem Spalt stecken.

Ein weiterer Schuss dröhnte durch die Mine, und Tom hörte den scharfen Aufprall und das Klappern einer Kugel zwischen den Felsen unter sich.

»Er schießt in die Spalte, aber er kann mich nicht sehen. Tom, ich hänge fest!«

»Ich hol dich da raus.« Er leuchtete die Umgebung ab. Der Fels war bereits vielfach gesplittert, er brauchte die Stücke nur herauszubrechen.

Er schwenkte den Lichtstrahl im Stollen hin und her und suchte nach einem Werkzeug. In einer Ecke lag ein Haufen vergammelter Kisten und Seile.

»Ich komme gleich wieder.«

Ein weiterer Schuss.

Tom rannte zu dem Haufen hinüber, schleuderte eine Rolle verschimmeltes Tau beiseite und durchwühlte einen Stapel vergammeltes Sackleinen. Darunter lag ein gebrochener Meißel. Er schnappte sich das Stück Eisen und rannte zurück.

»Tom!«

»Ich bin hier. Ich hole dich raus.«

Ein weiterer Schuss. Sally kreischte. »Er hat mich getroffen! Er hat mich erwischt!«

»O Gott, wo –?«

»Am Bein. O Gott, hol mich hier raus.«

»Mach die Augen zu.« Tom rammte den Eisenkeil in den Spalt, griff sich einen losen Stein und hämmerte damit auf den Schläger ein, immer wieder. Das geborstene Gestein begann sich zu lösen. Er ließ sich auf die Knie fallen und scharrte und zog die Bruchstücke mit den Händen heraus. Das Gestein war morsch, und sobald das erste Stück entfernt war, ging es viel schneller voran. Die ganze Zeit über sprach er mit Sally, versicherte ihr immer wieder, dass alles in Ordnung war und er sie gleich herausholen würde. Ein weiterer Schuss.

»Tom!«

»Du Miststück! Du bist tot, sobald ich nachgeladen habe.«

Tom stemmte einen Steinbrocken aus dem Boden, warf ihn beiseite, stemmte den nächsten heraus; er zerschnitt sich an den scharfen Kanten die Hände und arbeitete wie besessen. »Sally, wo hat er dich getroffen –?«

»Am Bein. Ich glaube, es ist nicht so schlimm. Mach weiter!«

Noch ein Schuss. Tom hämmerte auf den Fels ein, drosch den Meißel ins Gestein und stemmte immer mehr davon heraus, um das Loch zu vergrößern. Er konnte jetzt ihr Gesicht deutlich sehen.

Die Steine lösten sich immer leichter, es ging schneller voran.

Peng! Sally zuckte zusammen.

»Herrgott, mach weiter!«

Die Keilspitze brach ab, er fluchte, drehte die kurze Stange herum und arbeitete mit der anderen Seite weiter.

»Es ist groß genug!«, rief Sally.

Tom streckte die Arme hinunter, packte ihre Hand und zog, während sie sich unten abstieß. Sie schrammte durch den geborstenen Fels, die restlichen Knöpfe sprangen von ihrem Hemd. Es reichte nicht; ihre Hüfte blieb stecken.

»Du bist tot, hörst du!«

Tom stieß den Meißel ins Gestein und sprengte einen Brocken spröden Quarz heraus. Völlig gleichgültig bemerkte er, dass er damit eine Goldader freigelegt hatte, die den Bergarbeitern entgangen sein musste. Er warf den Brocken weg und stemmte den nächsten heraus.

»Jetzt!«

Er packte sie unter den Armen und zog sie heraus. Unten krachte der nächste Schuss.

Sie lag auf dem Boden, starrend vor Dreck, nass und in zerfetzten Kleidern.

»Wo bist du verletzt?« Besorgt suchte er sie ab.

»Am Bein.«

Tom riss sich das Hemd vom Leib, wischte das Blut ab und fand ein paar Schnitte an ihrem Unterschenkel. Er zupfte Steinsplitter heraus, die offenbar von der Kugel abgesprengt worden waren und sie getroffen hatten.

»Sally, es ist nicht schlimm. Das wird wieder.«

»Dachte ich mir.«

»Miststück!« Das Kreischen klang hysterisch, völlig ausgeflippt.

Zwei Schüsse krachten.

Eine abgelenkte Kugel drang bis durch den Spalt und grub sich über ihnen in die Decke.

»Wir müssen dieses Loch blockieren«, sagte Sally.

Doch Tom war bereits dabei, Steinbrocken heranzurollen. Sie stopften sie in den Spalt und hämmerten sie fest hinein. Fünf Minuten später war der Riss verschlossen.

Plötzlich schlang er die Arme um sie und drückte sie an sich.

»O Gott, ich dachte, ich würde dich nie wiedersehen«, sagte Sally schluchzend. »Ich kann es nicht glauben, ich kann nicht glauben, dass du mich gefunden hast.«

Er hielt sie fest und konnte es selbst kaum fassen. Er spürte ihr wild klopfendes Herz. »Gehen wir.«

Er half ihr auf, und sie rannten durch die Stollen, wobei Tom ab und zu die Taschenlampe schütteln musste, um sie zum Laufen zu bringen. Sie kletterten den Schacht hinauf und standen keine fünf Minuten später in der Hütte am Stolleneingang.

»Er wird auf der anderen Seite rauskommen«, sagte Sally.

Tom nickte. »Wir gehen außen herum.«

Statt über den Hügelkamm zu klettern, rannten sie in den Schutz der Bäume am Grund der Schlucht; dort blieben sie stehen, um zu Atem zu kommen.

»Was macht dein Bein? Kannst du laufen?«

»Nicht so schlimm. Hast du da eine Pistole im Gürtel?«, fragte Sally.

»Ja. Einen 22er Revolver mit einem Schuss.« Tom blickte auf die vom Mond beschienene Hügelflanke und stützte Sally mit einem Arm. »Mein Wagen steht am Tor.«

»Er wird vor uns dort sein«, sagte Sally.

Sie machten sich auf, die Schlucht hinab. Es war dunkel zwischen den hohen Kiefern, der Nadelteppich unter ihren Füßen war weich und knisterte nur ganz leise, außerdem wurden ihre Schritte von einer leichten Brise in den Baumwipfeln übertönt. Tom blieb ab und zu stehen und lauschte, ob der Entführer ihnen folgte, doch alles blieb still.

Nach zehn Minuten verbreiterte sich die schmale Klamm zu einem breiten, ausgetrockneten Flussbett. Vor ihnen, ein wenig unterhalb, schimmerte das Licht der Blockhütte. Alles schien ruhig, doch der Range Rover des Entführers war verschwunden.

Sie umgingen den Rand der Geisterstadt, die aber offenbar menschenleer war.

»Glaubst du, er ist in Panik geraten und abgehauen?«, fragte Sally.

»Das bezweifle ich.«

Sie schlugen einen Bogen um die Blockhütte und gingen rasch zwischen den Bäumen hindurch, parallel zu der Forststraße. Toms Wagen war nur noch wenige hundert Meter entfernt. Tom hörte etwas und blieb mit hämmerndem Herzen stehen. Da war es wieder – der leise Ruf einer Eule. Er drückte ihre Hand, und sie gingen weiter. Wenige Minuten später sah er den schwachen Schimmer des Maschendrahtzauns, der sich vor ihnen durch die Bäume zog.

Er half ihr hinauf.

Sie hielt sich an den Maschen fest, er schob sie hoch, und der Zaun klapperte in der Stille. Gleich darauf war sie drüben gelandet. Tom folgte ihr. Sie rannten außen am Zaun entlang, und kurz darauf sah Tom das Mondlicht auf seinem gestohlenen Pick-up schimmern, der in der Nähe des verschlossenen Tors wartete, wo er ihn abgestellt hatte. Aber das Tor stand jetzt weit offen.

»Wo zum Teufel ist der Kerl?«, flüsterte Sally.

Tom flüsterte: »Bleib im Schatten, zieh den Kopf ein und steig so leise wie möglich ein. Dann lasse ich den Motor an und fahre, als wäre der Teufel hinter mir her.«

Sally nickte. Sie schlich sich zur Beifahrertür und duckte sich hinter den Wagen; Tom öffnete leise die Tür und stieg auf den Fahrersitz. Gleich darauf saßen beide tief geduckt im Auto. Er hielt den Kopf unterhalb des Fensters gesenkt, fischte den Schlüssel heraus und steckte ihn ins Zündschloss. Er trat die Kupplung durch und wandte sich Sally zu.

»Gut festhalten.«

Tom drehte den Schlüssel herum, und der Pick-up erwachte dröhnend zum Leben. Hastig legte er den Rückwärtsgang ein, ließ den Motor aufheulen, setzte zurück und riss das Lenkrad herum. Im selben Augenblick flammten an einem Wendeplatz am Waldrand zwei Scheinwerfer auf. Plötzlich war ein scharfes *Piang! Piang!* zu hören, als großkalibrige Munition in Stahl schlug, und das Innere des Wagens explodierte in einem Hagelsturm von Glas- und Plastiksplittern.

»Runter!«

Er warf sich seitlich auf den Sitz, rammte den Schalthebel in den ersten Gang und trat das Gaspedal durch. Der Wagen schlingerte über die unbefestigte Straße, Schotter spritzte auf. Tom schaltete in den zweiten und beschleunigte, als er hörte, wie weitere Schüsse das Auto trafen. Die Räder drehten durch, und das Heck kam ins Schlingern. Er hob den Kopf, konnte aber nichts sehen; die Windschutzscheibe war nur noch ein Spinnennetz aus geborstenem Glas. Er stieß die Faust hindurch und riss ein Loch heraus, groß genug, um etwas zu sehen, beschleunigte immer mehr, während der Wagen schlitternd und schlingernd die Forststraße entlangraste.

»Bleib unten!«

Er kam um die erste Kurve, und der Beschuss hörte vorübergehend auf, doch nun hörte er einen Motor hinter ihnen aufbrüllen und wusste, dass der Schütze ihnen folgte – gleich darauf schlitterte der Range Rover um die Kurve, und die Scheinwerferstrahlen schnitten neben ihnen durch die Nacht.

Piang! Piang! Weitere Schüsse von hinten trafen das Dach, und Plastiksplitter von der Leselampe regneten auf ihn herab. Er fuhr jetzt sehr schnell und riss das Lenkrad hin und her, um ein weniger leichtes Ziel abzugeben. Plötzlich spürte er, wie das Heck ausbrach und heftig vibrierte, und er wusste, dass mindestens einer der Hinterreifen getroffen sein musste.

»Benzin!«, schrie Sally vom Fußraum aus. »Es riecht nach Benzin!«

Der Tank war getroffen.

Ein weiteres *Piang!*, gefolgt von einem dumpfen *Wuusch.*

Tom spürte die Hitze, sah den Feuerschein von hinten.

»Wir brennen!«, schrie Sally. Sie hatte die Hand schon am Türgriff. »Spring raus!«

»Nein! Noch nicht!«

Er lenkte den Pick-up um die nächste Kurve, und sie wurden nicht mehr beschossen. Durch das Loch in der Scheibe sah Tom, dass die Straße vor ihnen an einer steilen Klippe entlangführte. Er ließ den Motor aufheulen und raste direkt darauf zu.

»Sally, ich lasse den Wagen über diese Klippe stürzen. Wenn ich sage *raus*, springst du. Roll dich von den Reifen weg. Dann steh auf und lauf, hügelabwärts auf die Mesas zu. Schaffst du das?«

»Alles klar!«

Er trat das Gaspedal durch, die Klippe kam immer näher. Er

packte den Türgriff, öffnete die Tür einen Spalt breit und gab weiterhin Vollgas.

»Achtung!«

Noch ein Herzschlag.

»Jetzt!«

Er warf sich aus dem Wagen, schlug auf dem Boden auf und rollte, kam auf die Füße und rannte los. Er konnte Sallys dunkle Gestalt auf der anderen Seite sehen, die sich gerade aufrappelte, als der brennende Pick-up über die Kante verschwand und der Motor kreischte wie ein herabstürzender Adler. Es gab einen dumpfen Donnerschlag und ein plötzliches orangerotes Leuchten vom Fuß der Felswand.

Der Range Rover wurde gerade noch rechtzeitig abgebremst und kam schlitternd vor der Felswand zum Stehen. Die Tür ging auf. Tom erhaschte einen Blick auf einen Mann mit nacktem Oberkörper, eine Waffe in der einen und eine Taschenlampe in der anderen Hand, der sich ein Gewehr über die Schulter hängte. Tom rannte auf den steilen Abhang neben der Felswand zu, doch der Mann hatte Sally entdeckt und lief mit gezogener Waffe hinter ihr her.

»He, du Mistkerl!«, schrie Tom, rannte schräg auf den Mann zu und hoffte, ihn abzulenken, doch der Mann verfolgte Sally und holte rasch auf, weil sie durch die Verletzung am Bein stark hinkte. Noch fünfzehn Meter, zehn … jeden Moment würde er nah genug sein, um sie gar nicht verfehlen zu können.

Tom zog seinen 22er. »He, du Bastard!«

Der Mann ließ sich auf ein Knie fallen und griff nach dem Gewehr. Tom blieb breitbeinig stehen und zielte mit dem 22er. Er würde den Mann nie treffen, aber der Schuss würde ihn vielleicht ablenken. Das war seine letzte Patrone wert – es war Sallys einzige Chance.

Der Mann legte das Gewehr an und zielte. Tom schoss. Instinktiv ließ sich der Mann zu Boden fallen.

Tom rannte auf ihn zu und fuchtelte wie ein Irrer mit dem Revolver herum. »Ich bring dich um!«

Der Mann richtete sich auf und zielte wieder, diesmal auf Tom. »Ich komme, ich krieg dich!«, brüllte Tom und rannte weiter.

Der Mann betätigte den Abzug in dem Moment, als Tom sich zu Boden warf und seitlich wegrollte.

Der Mann blickte sich nach Sally um – doch die war verschwunden. Er hängte sich das Gewehr über die Schulter, zog die Pistole und rannte auf Tom zu.

Tom rappelte sich auf und lief den Hügel hinunter, rannte um sein Leben, sprang über Felsbrocken und umgestürzte Bäume und war froh, dass der Mann nun ihm nachsetzte. Der Strahl der Taschenlampe seines Verfolgers tanzte über seinem Kopf und zuckte über die tief hängenden Äste. Er hörte ein doppeltes *Tschong! Tschong!*, als Kugeln in einen Baum rechts von ihm einschlugen. Er hechtete nach vorn, rollte sich ab, kam wieder auf die Füße und sprang in großen Sätzen schräg die Hügelflanke hinab. Der Mann war gut dreißig Meter hinter ihm.

Der Lichtstrahl durchdrang erneut die Dunkelheit. Zwei weitere Schüsse trafen Bäume links und rechts. Tom sprang, duckte sich, rannte im Zickzack zwischen den Bäumen hindurch. Der Hügel wurde steiler, die Bäume standen immer dichter. Der Mann hielt mit, holte sogar ein wenig auf. Tom musste ihn weiter hinter sich herlocken, damit Sally sich in Sicherheit bringen konnte.

Absichtlich wurde er langsamer und schwenkte nach links ab, nur weg von Sally. Weitere Kugeln zischten an ihm vorbei und rissen ein Stück Rinde aus einem Baum rechts von ihm.

Tom rannte.

24

Weed Maddox sah, dass er Broadbent allmählich einholte. Er war dreimal stehen geblieben, um zu schießen, doch er war immer zu weit entfernt, und die kurze Pause gab Broadbent nur wieder einen Vorsprung. Er musste vorsichtig sein; Broadbent hatte irgendeine kleinkalibrige Waffe bei sich, nichts, was sich mit seiner Glock messen konnte, aber dennoch gefährlich. Er musste ihn zuerst ausschalten und sich dann die Frau holen.

Der Abhang wurde steiler, der Wald dichter. Broadbent rannte jetzt eine steile Rinne mit einem trockenen Bachbett hinab. Er war schnell, verdammt schnell, aber Maddox holte auf. Seine Ausbildung bei der Army, sein regelmäßiges Training, Joggen, Yoga – das hier war der Lohn. Broadbent hatte keine Chance.

Er sah Broadbent nach links ausscheren. Er kürzte die Ecke ab und holte weiter auf. Noch ein paar Minuten, und der Mistkerl würde zu seinen Füßen liegen, den Kopf aufgeklappt wie eine Geldbörse. Broadbent wich hierhin und dorthin aus und versuchte, Bäume zwischen sich und seinen Verfolger zu bringen. Der Hügel wurde immer steiler, das Bachbett zu einer Klamm. Maddox war nur noch dreißig, vierzig Meter hinter ihm. Das Spiel würde bald vorbei sein; ganz gleich, was Broadbent versuchen mochte, er würde zwischen zwei Steilwänden eingeklemmt sein wie in einem Schraubstock. Fünfundzwanzig Meter, dreiundzwanzig.

Broadbent verschwand hinter einigen dicken Baumstämmen. Gleich darauf kam Maddox darum herum und sah vor sich einen Felsvorsprung, eine Klippe, fast zweihundert Meter breit, mit einem v-förmigen Einschnitt, wo das trockene Flussbett hindurchführte. Broadbent saß in der Falle.

Er blieb stehen. Der Mann war verschwunden.

Maddox suchte den Trichter von einem Ende zum anderen mit der Taschenlampe ab. Kein Broadbent. Der verrückte Kerl war von der Klippe gesprungen. Oder versuchte hinunterzuklettern. Maddox trat an den Rand und leuchtete nach unten, aber er konnte fast die gesamte Felswand sehen, und Broadbent war nirgends auszumachen, weder an der Wand noch auf dem Boden darunter. Zorn flammte in ihm auf. Was war passiert? Hatte Broadbent kehrtgemacht und war den Hügel wieder hinaufgerannt? Er schwenkte den Lichtstrahl über die Hügelflanke, aber da war niemand, nichts rührte sich zwischen den Bäumen. Maddox ging zum Rand der Klippe zurück, ließ den Lichtkegel daran entlanggleiten und suchte die Felsen darunter nach Broadbent ab.

Etwa fünf Meter jenseits der Kante stand eine hohe Tanne. Er hörte einen Ast knacken und sah, wie sich die unteren Zweige auf der anderen Seite bewegten.

Der Mistkerl war in den Baum gesprungen.

Maddox riss das Gewehr hoch, kniete sich hin und zielte; er wollte Broadbent verunsichern. Er gab einen Schuss ab, einen zweiten und dritten, feuerte auf die Bewegung, das Knacken, doch es nützte nichts. Broadbent kletterte auf der Rückseite des Stammes hinab und nutzte den Baum als Deckung. Maddox betrachtete nachdenklich die Lücke. Fünf Meter. Er würde reichlich Anlauf brauchen, um über diese Distanz zu springen, was bedeutete, dass er den Hügel wieder ein Stück hinaufklettern musste. Und selbst dann wäre dieser Sprung wahnsinnig gefährlich. Nur ein Mann, für den es um Leben und Tod ging, würde ihn riskieren.

Maddox rannte an der Klippe entlang und suchte nach einer besseren Schussposition, denn wenn Broadbent unten ankam, würde er irgendwann den Schutz des Baumes verlassen. Er kniete sich hin, zielte, hielt den Atem an und wartete darauf, dass der Mann unten auftauchte.

Broadbent ließ sich vom untersten Ast fallen, als Maddox schoss. Einen Augenblick lang glaubte Maddox, er hätte ihn –

aber der Mistkerl hatte mit dem Schuss gerechnet und sich seitlich abgerollt, war aufgesprungen und rannte bereits weiter.

Scheiße.

Maddox hängte sich das Gewehr über die Schulter und sah sich nach der Frau um, doch die war längst weg. Er stand am Rand der Felswand, außer sich vor Wut. Sie waren ihm entkommen.

Aber noch nicht ganz. Sie liefen in Richtung Chama River, und der Weg, den sie eingeschlagen hatten, würde sie durch die hohen Mesas führen, fünfundvierzig brutale Kilometer weit. Maddox konnte gut Spuren lesen, schließlich hatte er im Krieg in der Wüste gekämpft, und er kannte das Gelände. Er würde sie finden.

Denn wenn er sie entkommen ließ, würde er wieder im Gefängnis landen – und diesmal für den Rest seines Lebens. Er musste die beiden umbringen oder bei dem Versuch sterben.

25

Willer stellte einen Fuß auf den staubigen Parkplatz des Klosters und ließ die Sirene kurz aufheulen, damit sie auch merkten, dass er da war. Er wusste nicht, wann Mönche so zu Bett gingen, aber er war ziemlich sicher, dass um halb zwei Uhr morgens hier alles tief und fest schlief. Es war dunkel wie in einer Gruft, nicht einmal an den Eingängen brannten Lampen, die das Anwesen ein bisschen freundlicher gemacht hätten. Über dem Rand des Canyons war der Mond aufgegangen und tauchte das Areal in ein gespenstisches Licht.

Erneut ließ er die Sirene heulen. Sollten die doch zu ihm kommen. Nachdem er anderthalb Stunden auf der schlimmsten Straße im ganzen Staat gefahren war, um hierher zu gelangen, war ihm nicht nach Höflichkeit zumute.

»Da hat gerade jemand Licht gemacht.«

Willer folgte Hernandez' Fingerzeig. Ein gelbes Rechteck trieb plötzlich im Meer der Dunkelheit.

»Glauben Sie wirklich, dass Broadbent hier ist? Der Parkplatz ist leer.«

Der Zweifel, der aus Hernandez' Worten klang, reizte Willer noch mehr. Er zog eine Zigarette aus der Schachtel, schob sie zwischen die Lippen, zündete sie an. »Wir wissen, dass Broadbent in diesem gestohlenen Pick-up auf dem Highway 84 unterwegs war. Er ist an keiner Straßensperre aufgetaucht, und in Ghost Ranch ist er auch nicht. Wo sollte er sonst sein?«

»Vom Highway gehen zu beiden Seiten eine Menge Forststraßen ab.«

»Ja. Aber es gibt nur eine Straße, die in die Mesas führt, und das ist die hier. Wenn er nicht hier ist, quetschen wir eben stattdessen diesen Mönch aus.«

Er sog den Rauch ein und stieß ihn wieder aus. Eine Taschenlampe hüpfte nun den Pfad vom Kloster herunter. Es näherte sich eine verhüllte Gestalt, das Gesicht im Schatten der Kapuze verborgen. Willer blieb an der offenen Wagentür stehen, einen Stiefel auf das Einstiegsblech gestützt.

Der Mönch kam mit ausgestreckter Hand auf ihn zu. »Bruder Henry, Abt des Klosters Christ in the Desert.«

Der Mann war klein, bewegte sich forsch, hatte leuchtende Augen und ein getrimmtes Ziegenbärtchen. Willer gab ihm die Hand und war verblüfft über diese freundliche, selbstsichere Begrüßung.

»Lieutenant Willer, Mordkommission Santa Fe«, sagte er und hielt ihm seine Dienstmarke hin, »und das ist Sergeant Hernandez.«

»Schön, schön.« Der Mönch begutachtete die Marke im Licht der Taschenlampe und gab sie ihm zurück. »Könnten Sie bitte das Blaulicht ausschalten, Lieutenant? Die Brüder schlafen.«

»Ja. Natürlich.«

Hernandez kroch in den Wagen und schaltete es aus.

Dieser Mönch machte Willer verlegen, er fühlte sich in die Defensive gedrängt. Vielleicht hätte er die Sirene nicht so heulen lassen sollen. »Wir suchen einen Mann namens Thomas Broadbent«, erklärte er. »Anscheinend ist er mit einem Ihrer Brüder befreundet, Wyman Ford. Wir haben Grund zu der Annahme, dass er sich hier oder in der näheren Umgebung aufhält.«

»Ich kenne diesen Mr. Broadbent nicht«, sagte der Abt. »Und Bruder Wyman ist nicht hier.«

»Wo ist er?«

»Er ist vor drei Tagen aufgebrochen, zu Exerzitien in der Wüste – um in der Einsamkeit zu beten.«

In der Einsamkeit beten, klar doch, dachte Willer. »Und wann kommt er zurück?«

»Er hätte eigentlich gestern zurück sein müssen.«

»Ach ja?«

Willer musterte eindringlich das Gesicht des Mannes. Seine Miene wirkte absolut aufrichtig. Er sagte jedenfalls die Wahrheit.

»Sie kennen diesen Broadbent also nicht? Soweit ich informiert bin, war er einige Male hier oben. Blondes Haar, groß, fährt einen 57er Chevy Pick-up.«

»Ach ja, der Mann mit dem fabelhaften Oldtimer. Jetzt weiß ich, wen Sie meinen. Er war zwei Mal hier, soweit ich weiß. Zuletzt vor etwa einer Woche.«

»Er war vor vier Tagen hier, laut meinen Informationen. Am Tag bevor dieser Mönch, Ford, zu seinen ›Exerzitien‹ in die Wüste aufgebrochen ist.«

»Das kann gut sein«, sagte der Abt milde.

Willer holte sein Notizbuch hervor, versah den Eintrag mit einer Überschrift und kritzelte etwas aufs Papier.

»Lieutenant, darf ich fragen, worum es hier geht?«, bat der Abt. »Wir sind es nicht gewöhnt, mitten in der Nacht Besuch von der Polizei zu bekommen.«

Willer knallte sein Notizbuch zu. »Ich habe einen Haftbefehl für Broadbent.«

Der Abt musterte Willer einen Moment lang, und sein Blick erwies sich als unerwartet irritierend. »Einen Haftbefehl?«

»Das sagte ich, ja.«

»Weswegen, wenn ich fragen darf?«

»Bei allem gebotenen Respekt, Vater, das kann ich Ihnen nicht sagen.«

Schweigen.

»Können wir uns irgendwo in Ruhe unterhalten?«, fragte Willer.

»Ja, selbstverständlich. Im Kloster stehen wir zwar unter einem Schweigegelübde, aber wir können uns im Disputationsraum unterhalten. Wenn Sie mir folgen möchten?«

»Klar«, sagte Willer und warf Hernandez einen Blick zu.

Sie folgten dem Mönch den gewundenen Pfad hinauf und gingen zu einem kleinen Adobe-Gebäude hinter der Kirche. Der

Abt blieb an der Tür stehen und bedachte Willer mit einem fragenden Blick. Willer starrte ihn an.

»Entschuldigen Sie, Lieutenant: Ihre Zigarette?«

»Oh, ja, sicher.« Willer ließ sie fallen und trat sie mit dem Absatz aus, spürte den missbilligenden Blick des Mönchs auf sich ruhen und ärgerte sich über das Gefühl, dass er irgendwie in die Schranken verwiesen worden sei.

Der Mönch wandte sich ab, und sie folgten ihm hinein. Das kleine Gebäude hatte nur zwei quadratische Räume. In dem größeren standen Bänke an den Wänden, und ein Kruzifix hing an der Wand gegenüber der Tür. Das andere Zimmer enthielt nichts als einen groben Holztisch, eine Lampe und einen Laptop mit Drucker. Der Mönch schaltete das Licht an, und sie setzten sich auf die harten Bänke. Willer rutschte hin und her, versuchte eine bequeme Position zu finden und holte Notizbuch und Stift hervor. Mit jeder Minute wurde er gereizter, wenn er daran dachte, dass Ford und Broadbent nicht hier waren und sie so viel Zeit auf die Fahrt zum Kloster vergeudet hatten. Warum zum Teufel hatten diese Mönche kein Telefon?

»Herr Abt, ich muss Ihnen leider sagen, dass ich Grund zu der Annahme habe, dieser Wyman Ford könnte in die Sache verwickelt sein.«

Der Abt hatte seine Kapuze zurückgeschlagen, und nun zog er überrascht die Brauen hoch. »In was verwickelt?«

»Wir sind noch nicht sicher – es hat mit dem Mord oben im Labyrinth zu tun, vergangene Woche. Es könnte sich um illegale Geschäfte handeln.«

»Ich kann mir nicht vorstellen, dass Bruder Wyman in irgendetwas Illegales verwickelt sein sollte, schon gar nicht in einen Mord. Er ist ein Mann von tadellosem Charakter.«

»War Ford in letzter Zeit oft in den Mesas?«

»Nicht öfter als gewöhnlich.«

»Aber er verbringt viel Zeit dort draußen?«

»Ja, schon immer, seit er vor drei Jahren hierherkam.«

»Ihnen ist bekannt, dass er bei der CIA war?«

»Lieutenant, mir sind eine Menge Dinge ›bekannt‹, aber weiter reicht meine Kenntnis nicht. Wir wühlen nicht im vergangenen Leben unserer Brüder herum, abgesehen von Dingen, die in der Beichte zur Sprache kommen müssen.«

»Ist Ihnen an Fords Verhalten in letzter Zeit irgendeine Veränderung aufgefallen, war etwas anders als sonst?«

Der Abt zögerte. »Er hat in den letzten Tagen viel am Computer gearbeitet. Offenbar hatte es etwas mit Zahlen zu tun. Aber wie gesagt, ich bin überzeugt davon, dass er niemals etwas mit einem –«

Willer unterbrach ihn. »An diesem Computer?« Er wies mit einem Nicken auf das Nebenzimmer.

»Einen anderen haben wir nicht.«

Willer machte sich weitere Notizen.

»Bruder Ford ist ein Mann Gottes, und ich kann Ihnen versichern –«

Willer unterbrach ihn mit einer ungeduldigen Geste. »Haben Sie eine Ahnung, wohin sich Ford für seine ›Exerzitien‹ zurückgezogen haben könnte?«

»Nein.«

»Und er ist längst überfällig?«

»Ich erwarte ihn jeden Augenblick. Er hatte mir versprochen, bis gestern wieder hier zu sein. Für gewöhnlich hält er seine Versprechen.«

Willer fluchte in sich hinein.

»Gibt es noch etwas?«

»Im Moment nicht.«

»Dann würde ich gern wieder zu Bett gehen. Wir stehen um vier Uhr auf.«

»Sicher.«

Der Mönch verschwand.

Willer nickte Hernandez zu. »Gehen wir an die frische Luft.« Sobald er draußen stand, zündete er sich wieder eine an.

»Was meinen Sie?«, fragte Hernandez.

»Die ganze Sache stinkt. Ich werde diesen Ford zum Reden

bringen, und wenn es das Letzte ist, was ich tue. ›Exerzitien‹ – wer soll das denn glauben?« Willer warf einen Blick auf seine Armbanduhr. »Gehen Sie runter zum Wagen und verlangen Sie einen Hubschrauber aus Santa Fe, und wenn Sie schon dabei sind, lassen Sie sich auch gleich einen richterlichen Beschluss geben, damit wir diesen Laptop beschlagnahmen können.«

»Einen Hubschrauber?«

»Ja. Ich will ihn im Morgengrauen hier haben. Wir werden diese Kerle finden. Das ist Staatsland, also sorgen Sie dafür, dass das Santa Fe Police Department sich mit dem BLM und sonst wem kurzschließt, der nachher vielleicht mault und jammert, übergangen worden zu sein.«

»Geht klar, Lieutenant.«

Willer sah zu, wie Hernandez' Taschenlampe den Weg zum Parkplatz hinabschwankte. Gleich darauf erwachte der Streifenwagen zum Leben, und er hörte das Knistern und Rauschen des Funkgeräts. Ein unverständliches Gespräch zog sich in die Länge. Er hatte bereits eine Zigarette zu Ende geraucht und die nächste angezündet, als Hernandez zu ihm zurückkehrte.

Der Deputy blieb stehen und keuchte von dem anstrengenden Anstieg.

»Ja?«

»Sie haben gerade den Luftraum von Espanola bis zur Grenze nach Colorado geschlossen.«

»Wer sind denn ›sie‹?«

»Die Flugsicherungsbehörde. Niemand weiß, warum, der Befehl kam von ganz oben. Kein kommerzieller Luftverkehr, keine Privatflüge, nichts geht mehr.«

»Für wie lange?«

»Auf unbestimmte Zeit.«

»Na toll. Was ist mit dem Beschluss?«

»Kein Glück. Sie haben den Richter aufgeweckt; er ist sauer, er ist katholisch, und er will sehr viel handfestere Anhaltspunkte, bevor er den Computer eines Klosters beschlagnahmen lässt.«

»Ich bin auch katholisch, was zum Teufel hat das denn damit zu tun?« Wütend sog Willer der Zigarette das letzte Quäntchen Rauch aus, ließ sie zu Boden fallen, trampelte darauf herum und drehte den Stiefelabsatz hin und her, bis nur noch ein zerfetztes Stückchen Filter übrig war.

Dann wies er mit einem kurzen Nicken auf die dunkle Masse der Schluchten und Felswände, die sich hinter dem Kloster in die Nacht reckten. »In den Mesas geht irgendetwas vor sich. Und wir haben nicht die leiseste verdammte Ahnung, was das sein könnte.«

Teil IV

Devil's Graveyard

T-Rex war hochintelligent. Ihre Gehirnmasse war im Vergleich zur Körpermasse größer als bei den meisten anderen Reptilien, lebend oder ausgestorben, und absolut gesehen war ihr Gehirn eines der größten, das sich je bei einem an Land lebenden Tier entwickelt hatte, fast so groß wie das eines Menschen. Doch das Großhirn, der Teil, der für das Denken zuständig ist, fehlte so gut wie völlig. Ihr Verstand war eine biologische Input-Output-Maschine, die instinktive Verhaltensweisen steuerte. Doch die Programmierung war hervorragend. Sie dachte nicht über das nach, was sie tat. Sie tat es einfach.

Sie verfügte nicht über ein Langzeitgedächtnis. Erinnerungsvermögen war etwas für Schwächlinge. Es gab keine Raubtiere, die sie erkennen, keine Gefahren, die sie meiden, nichts, was sie lernen musste. Die Instinkte sorgten dafür, dass ihre Bedürfnisse erfüllt wurden, und die waren sehr einfach. Sie brauchte Fleisch. Eine Menge Fleisch.

Ein Geschöpf ohne Erinnerung zu sein bedeutet, frei zu sein. Die Sandhügel, in denen sie zur Welt gekommen war, ihre Mutter, ihre Geschwister, die flammenden Sonnenuntergänge ihrer Kindheit, die heftigen Regenfälle, die alle Flüsse rot färbten und die tiefer gelegenen Landstriche überfluteten, die Dürreperioden, die den Boden spröde und rissig machten – an all das hatte sie keine Erinnerung. Sie erfuhr das Leben so, wie es kam, ein einziger Strom von Sinneseindrücken und Reaktionen, der seine Vergangenheit verlor, wie ein Fluss sich im Ozean verliert.

Sie sah mit an, wie ihre fünfzehn Geschwister starben oder erlegt wurden, und empfand nichts dabei. Sie wusste nichts davon. Sie bemerkte nicht einmal, dass sie fort waren, sondern nur, dass ihre Kadaver zu Fleisch wurden, das sie fressen konnte. Das war alles. Nachdem sie sich von ihrer Mutter getrennt hatte, erkannte sie sie niemals wieder.

Sie jagte, sie tötete, sie fraß, schlief und zog herum. Sie war sich der Tatsache, dass sie ein »Revier« hatte, nicht bewusst – ihre Bewegungen folgten Schneisen zerstörter Vegetation und entwurzelter Farne, welche die großen Herden der Entenschnabeldinosaurier hinterließen, ohne sie zu erkennen oder sich daran zu erinnern. Die Gewohnheiten ihrer Beute waren auch ihre Gewohnheiten.

Für menschliche Emotionen wie Liebe, Hass, Mitgefühl, Kummer, Reue oder Glück gab es in ihrem Gehirn kein Äquivalent. Sie kannte nur Schmerz und Lust. Sie war so programmiert, dass es ihr Lust verschaffte, zu tun, was ihre Instinkte verlangten – es nicht zu tun, war schlicht undenkbar.

Sie dachte nicht über die Bedeutung ihrer Existenz nach. Sie war sich nicht bewusst, dass sie existierte. Sie war einfach da.

1

Das Kreuz der Start- und Landebahnen der White Sands Missile Range, New Mexico, schlief im ersten Morgengrauen – zwei Streifen Asphalt auf Gipsbetten, so weiß wie Schnee. Neben der Startbahn standen ein Terminal, erleuchtet von gelben Natriumdampflampen und eine Reihe Hangars. Es herrschte eine beinahe kristalline Stille.

Vor dem östlichen Horizont, der sich allmählich aufhellte, erschien ein Fleck. Langsam nahmen der geteilte Schwanz und die Schwenkflügel einer F-14 Tomcat Gestalt an, deren Maschinen im direkten Landeanflug ohrenbetäubend dröhnten. Der Kampfjet setzte in zwei kleinen Wolken Gummiqualm auf und ließ eine Reihe abgestorbener Yuccas am Rand der Landebahn erzittern. Die Schubumkehr wurde eingeschaltet, und die F-14 rollte langsam zum Ende der Runway, beschrieb eine Kurve und kam vor dem Terminal-Gebäude zum Stehen. Zwei Männer von der Bodencrew kümmerten sich um den Jet, schoben Keile unter die Räder und rollten Treibstoffschläuche herbei.

Das Cockpit öffnete sich, und die schmale Gestalt eines Mannes stieg aus dem Sitz des Copiloten und sprang leichtfüßig auf den Boden. Er trug einen schwarzen Trainingsanzug und hatte eine zerschrammte lederne Aktentasche bei sich. Er ging über den Asphalt zum Gebäude, salutierte zackig den beiden Soldaten, die die Tür bewachten; sie erwiderten den Gruß, verblüfft über die plötzliche Förmlichkeit.

Alles an dem Mann war kalt, sauber und symmetrisch, wie ein Stück gut bearbeiteter Stahl. Sein Haar war schwarz und glatt und schräg über die Stirn gekämmt. Seine Wangenknochen traten deutlich hervor und schoben die straffe Haut scharf nach hinten. Seine Hände waren so zierlich und sauber, dass sie aussahen wie frisch manikürt. Seine Lippen waren schmal und grau, die Lippen eines Toten. Man hätte ihn für einen Asiaten halten können, wenn die stechenden blauen Augen nicht gewesen wären, die einem förmlich aus seinem Gesicht entgegensprangen, so stark war der Kontrast zu seinem schwarzen Haar und der weißen Haut.

J. G. Masago passierte den Eingang und betrat das Terminal aus Beton-Formsteinen. Mitten im Raum blieb er stehen, denn es missfiel ihm, dass ihn hier niemand erwartete. Masago konnte absolut keine Zeit verschwenden.

Die Zwangspause erlaubte ihm, kurz nachzudenken und festzustellen, dass die Operation bisher perfekt verlaufen war. Er hatte das Problem im Museum gelöst und die Daten beschlagnahmt. Eine sofortige Untersuchung der Proben bei der NSA hatte Resultate erbracht, die alle Erwartungen übertrafen. Dies war der große Augenblick: Das bedeutende Ereignis, auf das die Abteilung LS480, die geheime Dienststelle, die er leitete, seit der Rückkehr der Apollo-17-Mission vor über dreißig Jahren wartete, war eingetreten. Das Endspiel hatte begonnen.

Masago bedauerte, was er dem Briten im Museum hatte antun müssen. Es war stets eine Tragödie, wenn ein Menschenleben geopfert werden musste. Soldaten verloren ihr Leben im Krieg, Zivilisten zu Friedenszeiten. Man musste Opfer bringen. Andere würden sich um die Laborassistentin kümmern, diese Crookshank, die keine besondere Priorität mehr darstellte, nachdem die Daten und Proben vollständig sichergestellt waren. Ein weiterer bedauerlicher Kollateralschaden.

Masago war das Kind einer japanischen Mutter und eines amerikanischen Vaters, empfangen in den Ruinen von Hiroshima in den ersten Wochen nach dem Abwurf der Atombombe. Seine Mutter war wenige Jahre später gestorben, schreiend vor Schmerz, an dem Krebs, den der Schwarze Regen verursacht hatte. Sein Vater war natürlich noch vor seiner Geburt verschwunden. Masago schaffte es, nach Amerika zu gelangen, als er gerade fünfzehn Jahre alt war. Elf Jahre später, da war er sechsundzwanzig, setzte das Apollo-17-Landemodul am Taurus-Littrow-Krater am Rand des Mare Serenitatis auf. Damals ahnte er noch nicht, dass diese Apollo-Mission eine Entdeckung gemacht hatte, die möglicherweise die bedeutendste in der Geschichte der Wissenschaft war – und dass dieses Geheimnis irgendwann unter seiner Obhut stehen würde.

Masago war zu diesem Zeitpunkt ein kleiner CIA-Beamter. Weil er fließend Japanisch sprach und ein brillanter Mathematiker war, folgte seine Karriere einem verschlungenen, vielfach verzweigten Pfad durch diverse Ebenen der Defense Intelligence Agency. Er war sehr, sehr vorsichtig, zurückhaltend, aber brillant, bescheiden trotz seiner großen Leistungen und daher äußerst erfolgreich. Schließlich übertrug man ihm die Leitung einer kleinen, streng geheimen Abteilung mit der Bezeichnung LS480 und enthüllte ihm das Geheimnis.

Das größte aller Geheimnisse.

Das war Schicksal, denn Masago kannte eine schlichte Wahrheit, der sich keiner seiner Kollegen zu stellen wagte. Er wusste, dass die Menschheit am Ende war. Die Menschheit hatte die Fähigkeit erlangt, sich selbst zu zerstören, und daher würde sie sich selbst zerstören. Q.e.d. Für Masago war das so offensichtlich und einfach wie zwei plus zwei. War es, seit es Menschen gab, schon jemals vorgekommen, dass die Menschheit die Waffen, die sie zur Verfügung hatte, nicht nutzte? Die Frage lautete nicht ob, sondern *wann.* Und es war das »Wann« in dieser Gleichung, das Masago unterstand. Es lag in seiner Macht, das Ereignis zu verzögern. Wenn er seine Pflicht tat, läge es an ihm ganz persönlich, der Menschheit fünf weitere Jahre zu geben, vielleicht zehn – womöglich sogar eine ganze Generation. Das war die edelste aller Berufungen, doch sie erforderte moralische Disziplin. Wenn jemand dafür früh sterben musste, war das ein kleiner Preis. Wenn ein Tod das Ereignis auch nur um fünf Minuten hinauszögern konnte … welche Blumen könnten in dieser Zeit erblühen? Wir waren ohnehin alle zum Untergang verurteilt.

Seit zehn Jahren leitete er LS480 so unauffällig wie möglich. Sie hingen in einer Warteschleife, einem Wartespielchen, einem Interregnum. Er hatte immer gewusst, dass der Hammer eines Tages fallen würde.

Und jetzt war er gefallen.

Er war gefallen, an einem sehr unwahrscheinlichen Ort und auf eine sehr unwahrscheinliche Weise. Doch Masago war dafür bereit gewesen. Er hatte zehn Jahre lang auf diesen Augenblick gewartet. Und er hatte rasch und entschlossen gehandelt.

Masago ließ den Blick seiner saphirblauen Augen noch einmal durch das Gebäude schweifen, bemerkte die Wand mit den Getränkeautomaten, den grauen Polyester-Teppich, die Reihen von Plastikstühlen, fest mit dem Boden verschraubt, die Schalter und Büros – trostlos, kahl, funktionell und typisch Army. Er wartete nun schon seit zwei Minuten; es wurde allmählich unerträglich. Schließlich trat ein Mann in zerknittertem Wüsten-Tarnanzug aus einem Büro, mit zwei Sternen an der Schulter und einem Schopf stahlgrauer Haare.

Masago wartete, bis der Mann bei ihm angelangt war, bevor er die Hand ausstreckte. »General Miller?«

Der General ergriff die Hand und erwiderte den Druck fest, militärisch. »Und Sie müssen Mr. Masago sein.« Er grinste und wies mit einem Nicken auf die Tomcat, die gerade draußen betankt wurde. »Waren wohl mal bei der Navy? Von denen sehen wir hier nicht viele.«

Masago lächelte weder, noch antwortete er auf die Frage. Stattdessen fragte er: »Ist alles nach unseren Spezifikationen vorbereitet, General?«

»Selbstverständlich.«

Der General drehte sich um, und Masago folgte ihm in ein leeres Büro am Ende des Gebäudes. Auf dem metallenen Schreibtisch lagen einige Akten, ein Ausweis und ein kleines Gerät, das eine Geheimdienst-Version eines militärischen Satelliten-Telefons hätte sein können. Der General nahm Ausweis und Telefon und überreichte beides wortlos Masago. Dann griff er nach der ersten Akte, die gleich mit mehreren roten Stempeln versehen war.

»Hier ist sie.«

Masago nahm sich ein paar Minuten Zeit, um den Inhalt zu überfliegen. Es war genau, was er verlangt hatte, eine Drohne, ausgestattet mit Synthetic Aperture Radar, multi- und hyperspektrale Aufzeichnung. Befriedigt nahm er zur Kenntnis, dass ein SIGINT-KH-11-Infrarot-Satellit für seine Mission zur Verfügung stand.

»Und die Männer?«

»Ein Team von zehn Mann aus der Combined Assault Group sowie einer Spezialeinheit der Marines, die von der National Command Authority dem Operations Directorate der CIA zugeteilt wurden. Sie sind einsatzbereit.«

»Sind sie vereidigt worden?«

»Diese Männer müssen nicht mehr vereidigt werden, sie nehmen bereits ausschließlich an geheimen Operationen teil. Sie haben Ihren Vorbefehl erhalten, aber er war sehr vage formuliert.«

»Das war auch so gewollt.« Masago machte eine kurze Pause. »Es gibt da eine, sagen wir mal ... ungewöhnliche psychologische Komponente bei dieser Mission, von der ich soeben erst Kenntnis erlangt habe.«

»Und wie sieht diese Komponente aus?«

»Es könnte sein, dass wir von diesen Männern verlangen müssen, mehrere amerikanische Zivilisten innerhalb der Grenzen der Vereinigten Staaten zu töten.«

»Was zum Teufel soll das heißen?«, fuhr der General auf.

»Sie sind Terroristen und haben gefährliche biologische Waffen in die Hände bekommen.«

»Verstehe.« Der General musterte Masago lange und ruhig. »Diese Männer sind psychologisch auf so ziemlich alles vorbereitet. Aber ich hätte gern eine Erklärung –«

»Das wird leider nicht möglich sein. Nur so viel sei gesagt: Es geht um eine schwer wiegende Bedrohung der nationalen Sicherheit.«

General Miller schluckte. »Wenn die Männer ihren Einsatzbefehl bekommen, sollte das offen angesprochen werden.«

»General, ich werde in dieser Angelegenheit so verfahren, wie ich es für richtig halte. Ich möchte nur von Ihnen hören, dass diese Männer in der Lage sind, diesen ungewöhnlichen Einsatz zu bewältigen. Ihre bisherigen Aussagen lassen mich vermuten, dass ich bessere Männer brauchen werde.«

»Bessere Männer als diese werden Sie nirgends finden. Das sind die verdammt besten Soldaten, die ich habe.«

»Ich verlasse mich auf Ihr Wort. Und der Hubschrauber?«

Der General neigte den ergrauten Kopf in Richtung des Hubschrauberlandeplatzes. »Der Vogel steht schon draußen, zum Abflug bereit.«

»Ein MH 60G Pave Hawk?«

»So lautete die Anforderung.« Die Stimme des Generals klang nun eiskalt.

»Wer leitet das Einsatzkommando?«

»Sergeant First Class Anton Hitt, Biographie befindet sich in der Akte.«

Masago warf Miller einen fragenden Blick zu. *»Sergeant?«*

»Sie wollten die besten Männer, nicht die mit dem höchsten Rang«, erwiderte der General trocken. »Der Einsatzort ist doch nicht hier in New Mexico, oder? Wir wären gern vorgewarnt, falls diese Operation in unserem Hinterhof stattfindet.«

»Das gehört zu den Dingen, die Sie nichts angehen, General.« Zum ersten Mal verzogen sich Masagos Lippen ganz leicht zur Andeutung eines Lächelns. Dabei wurden sie fast weiß.

»Meine Air-Force-Crew muss gebrieft werden –«

»Ihre Besatzung und die Piloten werden alle notwendigen Informationen sowie die Koordinaten erhalten, sobald wir in der Luft sind. Die Spezialeinheit bekommt ihren Einsatzbefehl unterwegs.«

Der General reagierte nicht darauf, nur ein Muskel an seinem Kiefer zuckte.

»Ich will, dass ein Transporthubschrauber bereitsteht, binnen

Sekunden einsatzfähig, der eine Ladung von bis zu fünfzehn Tonnen transportieren kann.«

»Darf ich die benötigte Reichweite erfahren?«, fragte der General. »Sonst haben wir vielleicht ein Treibstoffproblem.«

»Der Tank wird zu zweiundsiebzig Prozent gefüllt.« Masago klatschte die Akte zu und schob sie in seine Tasche. »Begleiten Sie mich zum Helipad.«

Er folgte dem General durch den Warteraum, zu einer Seitentür hinaus und über eine große, kreisförmige Asphaltfläche, auf der ein schnittiger schwarzer Sikorsky Pave Hawk mit knatternden Rotoren wartete. Am östlichen Horizont wurde es allmählich hell, der Himmel verfärbte sich von Blau zu Blassgelb. Der Planet Venus stand zwanzig Grad über dem Horizont, ein ersterbender Lichtpunkt im strahlenden neuen Morgen.

Masago ging zu dem Helikopter und machte sich nicht die Mühe, sich gegen den starken Luftzug der Rotoren zu schützen, die sein schwarzes Haar aufpeitschten. Er sprang an Bord, und die Tür schloss sich. Die Rotoren heulten auf, der Staub wirbelte in Wolken um sie her, und gleich darauf hob der große Vogel ab, drehte die Nase gen Norden und stieg rasch in den Morgenhimmel auf.

Der General sah dem verschwindenden Pave Hawk nach und wandte sich dann mit einem Kopfschütteln und einem gebrummten Fluch wieder dem Terminal zu. »Verdammter Bastard von einem Zivilisten.«

2

Nachdem sie es geschafft hatten, sich in den oberen Canyons wiederzufinden, waren sie die ganze Nacht im Licht des buckligen Mondes marschiert. Tom Broadbent blieb stehen, um zu Atem zu kommen. Sally trat hinter ihn, legte eine Hand auf seine Schulter und stützte sich auf ihn. Die Badlands lagen in nächtlicher Stille vor ihnen, Tausende kleiner grauer Hügel, die aussahen wie Aschehäufchen. Vor ihnen befand sich eine Vertiefung im Sand; auf dem ausgedorrten Schlick am Grund schimmerten weiße Alkalisalze. Der Himmel im Osten hellte sich auf, bald würde die Sonne aufgehen.

Sally versetzte dem trockenen Schlick einen Tritt, eine weiße Staubwolke stieg auf und trieb davon. »Das ist jetzt das fünfte ausgetrocknete Wasserloch.«

»Anscheinend ist der Regen von letzter Woche nicht bis hier gefallen.«

Sie ließ sich vorsichtig auf einem Felsen nieder und musterte Tom von der Seite. »Ich fürchte, diesen Anzug haben Sie ruiniert, Mister.«

»Valentino würde in Tränen ausbrechen«, sagte Tom und rang sich ein Lächeln ab. »Sehen wir uns lieber mal dein Bein an.«

Sie ließ ihn ihre Jeans hochkrempeln, und er entfernte vorsichtig den provisorischen Verband. »Kein Anzeichen für eine Infektion. Tut es weh?«

»Ich bin so müde, dass ich es nicht mal spüre.«

Er warf den Verband beiseite und holte einen sauberen Seidenstreifen aus der Tasche, den er vorhin aus dem Anzugfutter herausgerissen hatte. Sanft band er ihn um ihr Bein und spürte eine plötzliche rasende Wut auf den Mann, der sie entführt hatte.

»Ich klettere mal auf diesen Kamm und sehe nach, ob der Bastard immer noch hinter uns her ist. Ruh dich eine Weile aus.«

»Gerne.«

Tom krabbelte den steilen Hang eines nahen Hügels hinauf und achtete darauf, sich unterhalb des Kamms zu halten. Die letzten drei Meter bis zur Kuppe kroch er auf dem Bauch und spähte dann über den Rand. Unter anderen Umständen hätte Tom den Anblick der prächtigen Landschaft, durch die sie gewandert waren, sehr genossen, aber diesmal weckte sie nur Argwohn in ihm. In den vergangenen fünf Stunden hatten sie mindestens zwanzig Kilometer zurückgelegt und versucht, sich einen möglichst großen Vorsprung vor ihrem Verfolger zu verschaffen. Er glaubte nicht, dass der Mann ihre Spur während der Nacht verfolgen konnte, aber er wollte sich vergewissern, dass sie ihn auch wirklich abgeschüttelt hatten.

Er machte es sich bequem und wartete. Die Landschaft schien vollkommen menschenleer zu sein, aber viele tiefer gelegene Landstriche und Schluchten konnten jemanden verbergen; es könnte eine Weile dauern, bis der Verfolger offenes Gelände betrat. Tom lag auf dem Bauch, suchte die Wüste ab, hielt Ausschau nach einem Fleckchen Mensch, das sich bewegte, sah jedoch nichts. Fünf Minuten vergingen, zehn. In Tom machte sich Erleichterung breit. Die Sonne ging auf, ein Kessel aus Feuer. Ihre orangeroten Strahlen trafen auf die höchsten Gipfel und Kämme und krochen dann wie dickflüssiges Gold die Hügelflanken hinab. Schließlich drang das Licht auch in die Badlands vor, und Tom konnte die Hitze am Hinterkopf spüren. Noch immer sah er keinen Hinweis auf einen Verfolger. Der Mann war weg. Tom hoffte, dass er immer noch oben im Daggett Canyon herumstolperte und allmählich verdurstete, während die Truthahngeier schon über ihm kreisten.

Mit diesem angenehmen Gedanken im Hinterkopf stieg Tom von dem Hügel herab. Sally lehnte mit dem Rücken an einem Felsen und schlief. Er betrachtete sie einen Moment lang, das lange, zerzauste blonde Haar, das zerfetzte, schmutzige T-Shirt, die staubigen Jeans und Stiefel. Er beugte sich vor und küsste sie sacht auf den Mund.

Sie öffnete die Augen, wie zwei grüne Edelsteine, die plötzlich enthüllt wurden. Tom spürte einen Kloß in der Kehle. Er hätte sie beinahe verloren.

»Irgendwas zu sehen?«, fragte sie.

Tom schüttelte den Kopf.

»Bist du sicher?«

Tom zögerte. »Nicht ganz.« Er fragte sich, warum er das gesagt hatte, warum er selbst hartnäckig daran zweifelte.

»Wir müssen in Bewegung bleiben«, sagte sie und stöhnte, als Tom ihr auf die Beine half. »Ich bin so steif wie Norman Bates' Mutter. Ich hätte mich gar nicht erst hinsetzen dürfen.«

Sie marschierten das ausgetrocknete Flussbett entlang, wobei Tom sich Sallys Tempo anpasste. Die Sonne stieg höher. Tom legte sich einen Kiesel in den Mund, lutschte daran und versuchte, seinen wachsenden Durst zu ignorieren. Sie würden vermutlich kein Wasser finden, bis sie an den Fluss kamen, der noch etwa fünfundzwanzig Kilometer entfernt lag. In der Nacht war es kühl gewesen, doch nun, da die Sonne vorrückte, konnte er die Hitze bereits spüren. Es würde ein verdammt heißer Tag werden.

3

Weed Maddox lag auf dem Bauch hinter einem Felsen und beobachtete durch das Zielfernrohr seines AR-15, wie Broadbent sich über seine Frau beugte und sie küsste. Seine Nase schmerzte immer noch von dem Tritt, den sie ihm versetzt hatte, seine Wange war von ihrem bösen Kratzer entzündet, seine Beine fühlten sich an wie Gummi, und er wurde mit jeder Minute durstiger.

Die beiden Bastarde waren mit beinahe übermenschlicher Geschwindigkeit durch die Badlands gewandert, ohne auch nur zu rasten. Er fragte sich, wie sie das schafften. Ohne seine Taschenlampe und den Mond am klaren Himmel hätte er sie ganz sicher verloren.

Aber in diesem Land ließ sich eine Spur gut verfolgen, und er hatte einen entscheidenden Vorteil: Er wusste, wohin sie wollten – zum Fluss. Wo sollten sie sonst hingehen? Jede Wasserquelle, an der sie vorbeigekommen waren, war knochentrocken gewesen.

Er verlagerte sein Gewicht, weil ihm ein Fuß eingeschlafen war, und beobachtete, wie sie sich in dem Canyon wieder auf den Weg machten.

Von hier aus konnte er Broadbent vermutlich erledigen, aber der Schuss war riskant, und das Miststück könnte ihm entwischen.

Nun, da es wieder Tag war, würde er sie kriegen, wenn er sie überholte und sich dann an sie heranschlich. Er hatte hier Unmengen Platz, sich in den Hinterhalt zu legen.

Der Schlüssel war, sich nicht vorher zu verraten. Wenn sie merkten, dass er sie immer noch verfolgte, würde es sehr viel schwieriger werden, sie zu überraschen.

Mit dem Fernrohr seines Gewehrs suchte er die Landschaft vor sich ab und achtete darauf, die Linse nicht direkt ins Sonnenlicht zu halten; nichts würde ihn schneller verraten als ein Lichtblitz von geschliffenem Glas. Er kannte die Mesas gut, sowohl von seinen eigenen Erkundungsgängen als auch von den vielen Stunden über den Geological-Survey-Karten, die Corvus ihm zur Verfügung gestellt hatte.

Er wünschte weiß Gott, er hätte jetzt eine dieser Karten dabei.

Im Südwesten erkannte er den großen Felsenkamm des Navajo Rim, der mehr als zweihundert Meter über der wüsten Umgebung aufragte. Dazwischen, so erinnerte er sich, lag ein toter Landstrich, genannt die Echo Badlands, voll tiefer Canyons und seltsamer Felsformationen, durch die sich die gewaltige Schlucht zog, die als Tyrannosaur Canyon bekannt war. Etwa zwanzig Kilometer vor sich konnte Weed gerade noch wie einen Nebelschleier am Horizont das Ende der Mesa der Alten sehen. In ihre Flanken waren unzählige Canyons gegraben, der größte davon war der Joaquin Canyon. Dieser führte zum Labyrinth, wo er den Dinosaurierjäger erschossen hatte, und von da bis zum Fluss war alles offen.

Genau dorthin wollten sie.

Es schien ihm eine Ewigkeit her zu sein, dass er diesen Prospektor ausgeschaltet hatte – kaum zu fassen, dass das erst – wie lange? – acht Tage her war. Seitdem war eine Menge schiefgegangen.

Er hatte das Notizbuch und war dabei, den Rest wieder geradezurücken.

Die beiden würden auf den einzigen Pfad über den Navajo Rim zuhalten, also in südwestlicher Richtung durch die Badlands gehen und den Bergrücken nahe am Eingang des Tyrannosaur Canyon kreuzen. Dieser bildete eine Art natürliches Nadelöhr, wo mehrere Nebenschluchten aufeinandertrafen, und da mussten sie durch.

Er konnte einen Bogen nach Süden schlagen, um den Fuß des

Navajo Rim, und dann wieder nach Norden schwenken, um ihnen am Scheitel des Tals eine Falle zu stellen. Er würde sehr schnell sein müssen, aber in nicht einmal einer Stunde würde alles vorbei sein.

Er kroch von seinem Aussichtspunkt herunter, vergewisserte sich, dass er nicht gesehen werden konnte, und machte sich in strammem Tempo auf den Weg, südwärts durch die Badlands auf den Sandsteinwall des Navajo Rim zu.

Morgen um diese Zeit würde er im ersten Flieger nach New York sitzen.

4

Melodie Crookshank ging in östlicher Richtung die Neunundsiebzigste Straße entlang; das Museum ragte vor ihr auf, die Fenster der obersten Stockwerke blitzten in der Morgensonne. Sie hatte kein Auge zugetan und war fast die ganze Nacht einen belebten Abschnitt des Broadway auf und ab spaziert, weil ihre Gedanken einfach nicht zur Ruhe kamen. Irgendwo in der Nähe des Times Square hatte sie einen Burger gegessen und später am Lincoln Center Tee getrunken.

Sie bog in die Lieferantenzufahrt ein, die zum Eingang für die Mitarbeiter führte, und sah auf die Uhr. Viertel vor acht. Sie hatte oft nächtelang gearbeitet, während sie an ihrer Doktorarbeit geschrieben hatte, deshalb war sie daran gewöhnt, doch diesmal war es irgendwie anders. Ihr Verstand war ungewöhnlich klar und scharf – mehr als frisch. Sie drückte auf die Klingel am Nachteingang und zog ihre Ausweiskarte durch das Lesegerät.

Sie durchquerte die Rotunde und eine Reihe prächtiger Ausstellungssäle. Es hatte immer wieder einen besonderen Reiz, am frühen Morgen durch das leere Museum zu laufen, bevor sonst jemand da war; zwischen den Vitrinen war es dunkel und still, nur das Klappern ihrer Absätze auf dem Marmorboden war zu hören.

Sie nahm die übliche Abkürzung durch die Museumspädagogische Abteilung, hielt ihre Ausweiskarte vor den Sensor, um einen Aufzug zu rufen, wartete, bis er herbeigerumpelt kam, und benutzte die Karte ein zweites Mal, um sich in den Keller bringen zu lassen.

Die Türen glitten auf, und sie betrat einen Kellerflur. Es war kühl und still hier in den Eingeweiden des Museums, so unveränderlich wie in einer Höhle, und sie fand es jedes Mal aufs

Neue gruselig. Die Luft schien immer ein wenig nach altem Fleisch zu riechen.

Sie ging rasch zum Mineralogielabor, vorbei an Türen über Türen, hinter denen die Fossilien lagerten: Dinosaurier der Trias, des Jura, der Kreidezeit, Säugetiere des Oligozäns, des Eozäns – es war wie ein Spaziergang durch die Evolution. Sie bog um eine Ecke und befand sich im Laborflur, von dem aus schimmernde Edelstahltüren zu den diversen Laboratorien führten – Mammalogie, Herpetologie, Entomologie. Sie erreichte die Tür mit der Aufschrift MINERALOGIE, steckte ihre Karte ins Sicherheitsschloss, schob die Tür auf und tastete nach dem Lichtschalter. Die Neonröhren flackerten stotternd auf.

Sie blieb stehen. Durch die Probenregale hindurch sah sie, dass Corvus bereits da war – er war über einem Mikroskop eingeschlafen, sein Diplomatenkoffer stand neben ihm. Was tat er hier? Doch die Antwort drängte sich ihr auf, sobald sie sich die Frage gestellt hatte: Er war früh hereingekommen, um sich ihre Arbeit selbst anzusehen – und das sogar an einem Sonntagmorgen.

Zögerlich trat sie einen Schritt vor, räusperte sich. Er rührte sich nicht.

»Dr. Corvus?« Selbstbewusst ging sie auf ihn zu. Der Kurator war auf dem Tisch eingeschlafen, den Kopf in die Armbeuge gelegt. Sie schlich sich näher heran. Er hatte sich eine Probe unter dem Mikroskop angesehen – einen Trilobiten.

»Dr. Corvus?« Sie trat an den Tisch. Er reagierte immer noch nicht. Melodie war nun ein wenig besorgt. Hatte er vielleicht einen Herzinfarkt erlitten? Unwahrscheinlich: Er war viel zu jung. »Dr. Corvus?«, wiederholte sie, brachte jedoch nicht mehr als ein Flüstern zustande. Sie ging um den Tisch herum und beugte sich vor, um in sein Gesicht zu sehen. Sie fuhr zurück, keuchte erschrocken auf und schlug sich die Hand vor den Mund.

Die Augen des Kurators waren weit aufgerissen, starr, glasig.

Corvus hatte *doch* einen Herzinfarkt gehabt. Sie taumelte

einen Schritt zurück. Sie wusste, sie sollte die Hand ausstrecken und an seinem Handgelenk den Puls prüfen, irgendetwas unternehmen, ihn beatmen – aber die Vorstellung, ihn zu berühren, war zu abstoßend. Diese Augen … es stand außer Frage, dass er tot war. Sie wich einen weiteren Schritt zurück, streckte die Hand nach dem Haustelefon aus – und hielt inne.

Irgendetwas stimmte hier nicht. Sie starrte auf den toten Kurator, über dem Mikroskop zusammengesunken, den Kopf auf dem angewinkelten Arm, als sei er von Müdigkeit übermannt worden und eingeschlafen. Sie spürte, wie ihr dieses falsche Gefühl den Rücken hinaufkroch. Und dann fiel der Groschen: Corvus betrachtete einen Trilobiten.

Sie griff nach dem Fossil und untersuchte es. Ein ganz gewöhnlicher Trilobit aus dem Känozoikum, wie man ihn für ein paar Dollar in jedem Mineralienladen kaufen konnte. Das Museum besaß Tausende davon. Corvus, der die spektakulärste paläontologische Entdeckung des Jahrhunderts in Händen hielt, hatte sich ausgerechnet diesen Zeitpunkt ausgesucht, um einen stinknormalen Trilobiten zu untersuchen?

Unmöglich.

Eisiges Grauen packte sie. Sie ging zu ihrem Probenschrank, stellte am Drehknauf ihre Kombination ein und riss die Tür auf.

Die CDs und Proben, die sie gegen Mitternacht hier eingeschlossen hatte, waren verschwunden.

Sie blickte sich um, bemerkte Corvus' Diplomatenkoffer. Sie zog ihn unter seiner schlaff herabhängenden Hand heraus, klappte ihn auf und durchwühlte den Inhalt.

Nichts.

Sämtliche Aufzeichnungen über den Dinosaurier waren weg. Alle ihre Proben, ihre CDs, verschwunden. Als hätte es sie nie gegeben. Und dann fiel ihr noch eine Kleinigkeit auf: Das Licht war ausgeschaltet gewesen, als sie das Labor betreten hatte. Wenn Corvus bei der Arbeit eingeschlafen war, wer hätte dann das Licht ausgeschaltet?

Das war kein Herzinfarkt.

Es fühlte sich an, als hätte sie einen Klumpen dampfendes Trockeneis im Magen. Wer auch immer Corvus ermordet hatte, könnte es als Nächstes auf sie abgesehen haben. Sie musste jetzt sehr, sehr vorsichtig sein.

Sie griff zum Haustelefon und wählte den Sicherheitsdienst. Eine träge Stimme antwortete.

»Hier ist Dr. Crookshank, ich rufe aus dem Mineralogielabor an. Ich bin gerade reingekommen. Dr. Iain Corvus ist hier im Labor, und er ist tot.«

Die logische Frage wurde gestellt, und sie antwortete wohlüberlegt: »Es sieht nach einem Herzinfarkt aus.«

5

Lieutenant Willer stand in der Tür des Disputationsraums und sah zu, wie die Sonne über den Gipfeln oberhalb des Flusses aufging. Dumpfer Gesang trieb von der Kirche hinter ihm heran, stieg und fiel in der Wüstenluft.

Er ließ die Kippe seiner vorletzten Zigarette fallen, trat sie aus, hustete einen Schleimbatzen hoch und spuckte aus. Ford war nicht zurückgekehrt, und von Broadbent war auch nichts zu sehen gewesen. Hernandez war unten am Streifenwagen und versuchte es ein letztes Mal. Santa Fe hatte bereits einen Hubschrauber, der von Albuquerque zum Heliport geflogen war – doch der Luftraum war immer noch gesperrt, und es gab keinen Hinweis darauf, wann die Sperre aufgehoben werden sollte.

Er sah, wie Hernandez sich geduckt aus dem Wagen zurückzog, hörte die Tür zuschlagen. Bald darauf kam der Deputy den steilen Pfad herauf. Er fing Willers Blick auf und schüttelte den Kopf. »Immer noch nichts.«

»Irgendwas über Broadbent oder sein Fahrzeug?«

»Nichts. Als hätte er sich in Luft aufgelöst.«

Willer fluchte. »Hier erreichen wir doch nichts. Fangen wir lieber mit den Forststraßen am Highway an.«

»Ja.«

Willer warf einen letzten Blick hinauf zur Kirche. Was für eine Zeitverschwendung. Wenn Ford zurückkam, würde er diesen so genannten Mönch an den Eiern in die Stadt schleifen und aus ihm herausbekommen, was genau er dort oben in den Mesas gemacht hatte. Und falls Broadbent wieder auftauchte, nun ja – Willer würde gern zuschauen, wenn dieser Millionär von einem Tierarzt sich eine Kellerzelle mit einem Cracksüchtigen teilte und den Gefängnisfraß vorgesetzt bekam.

Willer ging den Pfad hinab, Handschellen und Schlagstock klapperten leise, und Hernandez folgte ihm nach. Sie würden sich im Bode's Burritos und ein paar Liter Kaffee zum Frühstück holen. Und eine frische Schachtel Marlboro. Er hasste das Gefühl, nur noch eine Zigarette übrig zu haben.

Er legte die Hand an den Türgriff des Streifenwagens und wollte die Tür aufreißen, als er ein fernes Brummen aus der Luft hörte. Er blickte auf und sah einen schwarzen Punkt am Morgenhimmel erscheinen.

»He«, sagte Hernandez und kniff die Augen zusammen, »ist das nicht ein Hubschrauber?«

»Verdammt richtig.«

»Vor nicht mal fünf Minuten haben die mir gesagt, das Ding stehe auf dem Landeplatz.«

»Idioten.«

Willer holte seine letzte Zigarette hervor und zündete sie an – Freddie, der Pilot, hatte immer ein paar Schachteln dabei.

»Endlich kommt Bewegung in die Sache.«

Er beobachtete, wie der Hubschrauber näher kam, und seine Frustration verflog. Sie würden die Canyon-Party dieser Mistkerle schon sprengen. Das Terrain war sehr weitläufig, aber Willer war ziemlich sicher, dass die Musik oben im Labyrinth spielte, und genau dorthin würde er sich als Erstes fliegen lassen.

Der schwarze Punkt wurde größer, und Willer starrte ihn verwundert an. Das war kein Polizeihubschrauber, jedenfalls hatte er so einen noch nie gesehen. Er war schwarz und viel größer, und zu beiden Seiten hingen irgendwelche Behälter herab wie Pontons. Mit einem scheußlichen Gefühl in der Magengrube ging Willer plötzlich auf, was hier in Wirklichkeit los war. Der geschlossene Luftraum, der schwarze Helikopter. Er wandte sich an Hernandez.

»Denken Sie, was ich denke?«

»FBI.«

»Genau.«

Willer fluchte leise. Das sah denen ähnlich, ließen die lokale Polizei wie blinde Idioten herumstolpern und kamen dann gerade rechtzeitig für die Festnahme und den Presserummel eingeschwebt.

Der Hubschrauber neigte sich leicht im Anflug, wurde langsamer und senkte sich auf den Parkplatz. Er neigte sich rückwärts, als er aufsetzte, und die Rotoren wirbelten stechenden Staub auf. Während die Rotoren noch ausliefen, glitt die Tür auf, und ein Mann im Wüstentarnanzug mit einem M4-Karabiner und großem Rucksack sprang heraus.

»Was zum Teufel soll das?«, fragte Willer.

Neun weitere Soldaten sprangen aus dem Hubschrauber, einige mit geheimnisvoller Elektronik und Kommunikationsgerät beladen. Als Letzter kam ein großer Mann, dünn, mit schwarzem Haar und knochigem Gesicht in einem Trainingsanzug. Acht Mann verschwanden im Laufschritt den Pfad hinauf in Richtung Kirche, während die beiden anderen Soldaten bei dem Mann im Trainingsanzug blieben.

Willer sog an seiner letzten Zigarette, warf die Kippe zu Boden, atmete aus und wartete. Die waren gar nicht vom FBI – jedenfalls sahen sie nicht danach aus.

Der Mann im Trainingsanzug kam herüber und blieb vor ihm stehen. »Darf ich Sie bitten, sich zu identifizieren, Officer?«, fragte er in neutralem und deshalb umso überlegenerem Tonfall.

Willer ließ eine Sekunde verstreichen. »Lieutenant Willer, Santa Fe Police. Und das ist Sergeant Hernandez.« Er rührte sich nicht.

»Darf ich Sie bitten, von dem Streifenwagen zurückzutreten?«

Wieder wartete Willer erst ab. Dann sagte er: »Wenn Sie eine Marke haben, Mister, wäre das der richtige Zeitpunkt, sie mir zu zeigen.«

Der Blick des Mannes huschte kaum merklich zu einem der Soldaten hinüber. Der Soldat trat vor – ein muskulöser Junge mit Bürstenschnitt und Tarnfarbe im Gesicht, ganz aufgeplustert in dem Gefühl, seine Pflicht zu tun. Willer kannte diese Sorte aus der Armee zur Genüge, und er mochte sie nicht besonders.

»Sir, bitte treten Sie von dem Fahrzeug zurück«, sagte der Soldat.

»Wer zum Teufel sind Sie, dass Sie mir das befehlen wollen?« Er würde sich diesen Mist nicht gefallen lassen, zumindest so lange nicht, bis er ein paar hochrangige Abzeichen gesehen hatte. »Ich bin Lieutenant Detective der Mordkommission des Santa Fe Police Department, ich bin hier im Einsatz, mit einem Haftbefehl, und verfolge einen Flüchtigen. Wer zum Teufel hat Ihnen hier den Oberbefehl übertragen?«

Der Mann im Trainingsanzug sagte ruhig: »Ich bin Mr. Masago von der National Security Agency der Regierung der Vereinigten Staaten von Amerika. Dieses Gebiet wurde zur Einsatzzone erklärt und der militärische Ausnahmezustand darüber verhängt. Diese Männer gehören zu einem Delta-Force-Kommando, der Einsatz hier betrifft die nationale Sicherheit. Also, letzte Warnung: Treten Sie von dem Fahrzeug zurück.«

»Erst will ich –«

Ehe Willer es sich versah, lag er zusammengekrümmt auf dem Boden und versuchte verzweifelt, ein wenig Luft in die Lunge zu saugen, während der Soldat ihm geschickt die Dienstwaffe abnahm. Schließlich, mit größter Mühe, bekam er wieder Luft und schnappte gierig danach. Er drehte sich herum, rappelte sich auf Hände und Knie, hustete und spuckte, versuchte, sich nicht zu übergeben, während die Muskeln in seinem Magen zuckten und krampften, als hätte er einen Hasen verschluckt. Er biss die Zähne zusammen, kam auf die Füße und richtete sich auf.

Hernandez stand da, wie vor den Kopf geschlagen. Ihm hatten sie ebenfalls die Waffe abgenommen.

Willer sah fassungslos zu, wie einer der Soldaten sich in seinen Streifenwagen setzte – in *seinen Streifenwagen* – und einen Schraubenzieher zückte. Gleich darauf kam er mit dem Funkgerät und baumelnden Drähten in der einen und dem Autoschlüssel des Streifenwagens in der anderen Hand wieder zum Vorschein.

»Übergeben Sie uns bitte auch Ihr Sprechfunkgerät, Officer«, sagte der Mann im Trainingsanzug.

Willer atmete noch einmal tief ein, öffnete mit leicht zitternden Fingern die Gürtelhalterung und händigte dem Mann das Funkgerät aus.

»Übergeben Sie uns Schlagstock, Handschellen, Pfefferspray und alle anderen Waffen und Kommunikationsgeräte. Ebenso eventuelle weitere Wagenschlüssel.«

Willer gehorchte. Er sah, wie mit Hernandez genauso verfahren wurde.

»Jetzt gehen wir hinauf zur Kirche. Sie und Officer Hernandez gehen voran.«

Willer und Hernandez stiegen den Pfad zur Kirche hinauf. Als sie am Disputationsraum vorbeikamen, bemerkte Willer, dass der Laptop des Klosters im Schmutz vor der Tür lag, in kleine Stücke zerbrochen; in der Nähe lag eine zerstörte Satellitenschüssel mit traurig herabhängenden Kabeln. Willer erhaschte einen Blick auf die Soldaten, die drinnen damit beschäftigt waren, ganze Tische voller Elektronik aufzubauen. Einer stand auf dem Dach und installierte eine wesentlich größere Schüssel.

Sie betraten die Kirche.

Der Gesang war verstummt, es herrschte Schweigen. Die Mönche standen in einer Ecke zusammengedrängt und wurden von zwei Mann der Sondereinsatztruppe bewacht. Einer der Soldaten bedeutete Willer und Hernandez, sie sollten sich dazustellen.

Der Mann im Trainingsanzug trat vor die schweigende Gruppe der Mönche. »Ich bin Mr. Masago von der National Security Agency der Regierung der Vereinigten Staaten von Amerika. Wir führen in diesem Gebiet einen Sondereinsatz durch. Zu Ihrer eigenen Sicherheit müssen Sie hier in diesem Raum bleiben, ohne Verbindung zur Außenwelt, bis der Einsatz vorbei ist.

Zwei Soldaten werden hierbleiben und dafür sorgen. Der Einsatz wird zwölf bis vierundzwanzig Stunden dauern. Sie haben hier alles, was Sie brauchen: Toilette, Wasser, eine kleine Küchenzeile mit gut gefülltem Kühlschrank. Ich entschuldige mich für die Unannehmlichkeiten.«

Er nickte Willer zu und zeigte auf einen Nebenraum. Willer folgte ihm dorthin. Der Mann schloss die Tür, wandte sich ihm zu und sagte mit leiser Stimme: »Und jetzt, Lieutenant Detective, will ich hören, warum Sie hier sind und um wen es sich bei diesem Flüchtigen handelt.«

6

Die Sonne war schon vor Stunden aufgegangen, und das verborgene Tal hatte sich in eine Todeszone verwandelt, ein Inferno aus Felsbrocken, die die sengende Hitze reflektierten. Ford wanderte das ausgetrocknete Bachbett am Grund des Tals entlang und dachte, dass Devil's Graveyard – Friedhof des Teufels – ihm als Name dafür noch passender erschien als gestern Abend im Zwielicht.

Ford setzte sich auf einen Felsen, nahm die umgehängte Wasserflasche von der Schulter und trank einen kleinen Schluck. Es kostete ihn große Überwindung, nicht mehr zu trinken. Er schraubte den Deckel wieder zu, hängte sich die Feldflasche um und schätzte, dass er noch etwa einen Liter übrig hatte. Auf einem flachen Stein zu seinen Füßen breitete er vorsichtig seine Karte aus, die sich an den Falzstellen bereits aufzulösen drohte, und holte den Bleistiftstummel hervor. Er schärfte die Spitze mit dem Taschenmesser an und markierte einen weiteren Sektor, den er soeben erfolglos abgesucht hatte.

Das Gefühl, er werde das Fossil schon sehr bald entdecken, hatte sich angesichts der harten Wirklichkeit der Landschaft, in der er seit Sonnenaufgang herumwanderte, verflüchtigt. Drei große Canyons und viele kleinere trafen in einem absoluten Chaos aus Felsen und Geröll aufeinander – ein toter Fleck, alles Leben von der Erosion zerstört, durch heftige Überflutungen zerrissen und vernarbt von Steinschlag. Es war, als hätte Gott sich diese Stelle als Müllhalde der Schöpfung ausgesucht und hier all den Sand und das Gestein deponiert, für die er anderswo keine Verwendung mehr hatte.

Obendrein hatte Ford noch keinen Hinweis auf irgendwelche Fossilien entdeckt – nicht einmal Bruchstücke von versteinertem Holz, die man in den Mesas sonst überall fand. Die Landschaft war in jeder Hinsicht völlig leblos.

Er schüttelte erneut die Wasserflasche, dachte sich, was soll's, trank noch einen Schluck und sah auf die Uhr. Halb elf. Er hatte etwa die Hälfte des Tals abgesucht. Die andere Hälfte stand ihm noch bevor, außerdem eine Reihe Nebencanyons und Schluchten, die in einer Sackgasse endeten – dafür würde er mindestens einen weiteren Tag brauchen. Doch er würde die Arbeit nicht beenden können, wenn er kein Wasser fand; und dass es an diesem infernalischen Ort keines gab, war wohl eindeutig. Wenn er nicht verdursten wollte, würde er sich allerspätestens am nächsten Tag zum Fluss aufmachen müssen.

Er faltete die Karte zusammen, hängte sich die Feldflasche wieder um und orientierte sich mit dem Kompass, wobei er als Anhaltspunkt eine Sandsteinnadel verwendete, die sich von der Felswand abgespalten hatte und gefährlich schräg in der Luft hing. Er trottete über den ebenen Sand, überquerte dabei ein weiteres vertrocknetes Wasserloch, und seine Sandalen wirbelten weißen Alkalistaub auf. Er fand seinen Rhythmus wieder, marschierte schneller, vorbei an der Felsnadel und dann hinein in eine schmale Schlucht mit ausgetrocknetem Flussbett. Er hatte am Morgen kaum etwas gegessen – ein paar Esslöffel Haferflocken, in einer Blechdose gekocht –, und sein Magen fühlte sich hohl an, wie er es inzwischen gewöhnt war, dieses Gefühl von Hunger, das über bloßes Hungrigsein hinausging. Seine Beine schmerzten, seine Füße waren voller Blasen, die Augen rot vom Staub. In gewisser Weise war Ford diese Verachtung des Fleischlichen, die Verweigerung körperlicher Annehmlichkeiten, sehr willkommen. Reue und Buße waren durchaus angenehm. Andererseits gab es einen Punkt, ab dem körperliche Unannehmlichkeiten, wenn man sie übertrieb, nur allzu große Nachlässigkeit darstellten. Im Moment befand er sich bereits in der Gefahrenzone, einem Ort, wo es keinen Spielraum mehr für Unfälle oder Fehler gab. Ein gebrochenes Bein, ja selbst ein verrenkter Knöchel, wären sein Todesurteil: Da er nur noch so wenig Wasser hatte, würde er sterben, bevor man ihn fand. Aber das war nichts Neues; er war schon weitaus größere Risiken eingegangen.

Er wanderte weiter, erfüllt von widersprüchlichen Emotionen. Die Schlucht beschrieb eine enge Kurve vor einer Sandsteinwand, die etwa fünf Meter hoch unterspült war, so dass ein Halbmond aus Schatten entstand. Ford ruhte sich dort einen Moment lang aus. Ein einsamer Wacholderbaum stand ganz in der Nähe, stocksteif, als hätte die Hitze ihn betäubt. Ford atmete tief durch und kämpfte gegen den Drang an, erneut zu trinken. Er konnte sehen, dass die Felswand weiter vorn im Canyon in einer gewaltigen Geröllawine zusammengestürzt war – ein hundertfünfzig Meter hoher Haufen von Felsbrocken, so groß wie Autos.

In diesem Geröllhaufen entdeckte er etwas. Die glatte Fläche eines Felsbrockens lag gerade richtig zum Einfallswinkel des Sonnenlichts. Und dort, vollkommen klar und deutlich, sah er zwei wunderbare Dinosaurier-Fußabdrücke – von einem großen Dinosaurier mit drei Zehen und gewaltigen Klauen, der offenbar etwas überquert hatte, was damals ein lehmiger Sumpf gewesen sein musste. Ford warf sich die Wasserflasche über die Schulter und ging zum Fuß des Geröllhaufens; er spürte eine Energie wie von einem Stromschlag, seine Müdigkeit war verflogen. Er war auf der richtigen Spur, im wörtlichen wie im übertragenen Sinne. Der T-Rex war hier, irgendwo in diesem Felsenlabyrinth – bei Gott, das da könnten seine Fußabdrücke sein.

In diesem Moment hörte Ford das Geräusch, das in der gewaltigen Stille der Wüste gerade noch wahrnehmbar war. Er hielt inne, blickte auf, aber zwischen den hoch aufragenden Felsen war nur ein Ausschnitt des Himmels sichtbar. Das Geräusch wurde lauter, und Ford meinte, es sei das leise Brummen eines kleinen Flugzeugs. Dann verklang das Geräusch, bevor er die Quelle am blauen Himmel ausmachen konnte. Er zuckte mit den Schultern und kletterte den Geröllhaufen hinauf, um sich die Fußabdrücke näher anzusehen. Der Fels hatte sich an einer bestimmten Schichtung entlang gespalten und eine gekräuselte Oberfläche aus versteinertem Schlamm freigegeben, beinahe schwarz im Vergleich zum Ziegelrot der Schichten darüber und darunter. Ford folgte der Schicht und konnte ihren weiteren Verlauf gut ausmachen – der schwarze Streifen zog sich auch durch die umgebenden Formationen, etwa zehn Zentimeter stark. Wenn dies die Abdrücke eines T-Rex waren – und es sah ganz danach aus –, dann war diese dunkle Ablagerung wie eine Markierung, die auf die Schicht hinwies, in der sich der T-Rex vermutlich befand.

Er kletterte hinunter und arbeitete sich weiter in den schmalen Canyon vor, doch nach ein paar weiteren Biegungen stand er vor steilen Klippen und musste umkehren.

Da hörte er erneut das Geräusch des kleinen Flugzeugs, diesmal lauter. Er blickte auf, kniff gegen die gleißende Sonne die Augen zusammen und sah einen Lichtblitz, wo sich die Sonne an einem kleinen Flugobjekt spiegelte, das fast unmittelbar über ihm dahinflog. Er hob die Hand, um die Augen zu beschatten, doch es verschwand im grellen Licht. Er holte sein Fernglas hervor und suchte den Himmel ab, bis er es endlich fand.

Überrascht starrte Ford in das Fernglas. Es handelte sich um ein kleines, fensterloses Fluggerät, etwas über acht Meter lang, mit einer Knollennase und einem Heckmotor. Er erkannte es augenblicklich als MQ-1A Predator, eine unbemannte Drohne.

Er verfolgte ihren Flug durch das Fernglas und fragte sich, warum zum Teufel die CIA oder das Pentagon ein höchst geheimes Luftfahrzeug über dieses Gebiet fliegen ließen, das schließlich jedermann zugänglich war. Diese Predator, das wusste Ford, war die kampfbereite Version von etwas, das sich noch im Planungsstadium befunden hatte, als Ford bei der CIA gewesen war; die Drohne nutzte ICCG-Technologie, Independent Computer-Controlled Guidance, als Lenksystem, welches dem Luftfahrzeug gestattete, unabhängig zu operieren, falls es vorübergehend den Kontakt zu seinem fernen menschlichen Piloten verlor. Das verringerte außerdem den Personalbedarf zur Steuerung einer solchen Drohne. Waren zuvor ein zehn Meter langer Lastwagen voller Elektronik und zwanzig Mann erforderlich gewesen, so konnte sie nun von einem Drei-Mann-Team mit einer tragbaren Bodenstation gelenkt werden. Ford bemerkte, dass diese Predator mit zwei lasergelenkten Hellfire-C-Raketen bestückt war.

Er beobachtete, wie sie in westlicher Richtung an ihm vorbeiflog. Dann, vielleicht fünf Kilometer von seinem Standort entfernt, kehrte sie gemächlich um und kam wieder auf ihn zu. Sie verlor an Höhe und beschleunigte – und zwar stark. Was in aller Welt machte das Ding? Er beobachtete es wie gebannt weiter durch das Fernglas. Anscheinend simulierte die Drohne gerade einen Angriff.

Mit leisem »Puff« erschien ein kleines Wölkchen, und die Predator schien einen Satz aufwärts zu machen – sie hatte gerade eine ihrer Raketen abgefeuert. Das war unglaublich: Wer oder was hier draußen sollte ein Ziel abgeben? Eine Sekunde später erkannte Ford geschockt, wer das Ziel war:

Er selbst.

7

Maddox kletterte über den letzten Kamm und hielt inne, um den Canyon unten zu überblicken. Hier fügten sich zwei Schluchten zu einem großen Canyon zusammen und erschufen eine Art wildes Amphitheater mit einem ebenen Boden aus gelbem Sand. Er keuchte, denn er war wie ein Besessener marschiert, um diese Kreuzung schnell zu erreichen, und allmählich wurde ihm schwindlig – ob das an der Hitze oder seinem gewaltigen Durst lag, vermochte er nicht zu sagen. Er wischte sich den Schweiß von Stirn und Nacken und tupfte vorsichtig an den geschwollenen Stellen, wo das Miststück ihn getreten und gekratzt hatte.

Der Streifschuss an seinem Bein pochte schmerzhaft, und die Sonne verbrannte ihm den nackten Rücken. Aber seine größte Sorge war das Wasser: Es musste knapp vierzig Grad heiß sein, und die Sonne stand nun beinahe direkt über ihm. Alles flimmerte in der Hitze. Sein Durst war schmerzhaft und wurde von Minute zu Minute schlimmer.

Sein Blick folgte dem tiefen Einschnitt des zentralen Canyons. Dies war die Schlucht, aus der die Broadbents kommen würden.

Er schluckte, und sein Mund fühlte sich an wie mit altem Kleister verklebt. Er hätte eine Flasche Wasser ins Auto werfen sollen, bevor er die Verfolgung aufnahm – aber jetzt war es zu spät, und außerdem wusste er, dass Broadbent und das Miststück mindestens ebenso sehr unter dem Durst litten wie er.

Maddox blickte sich nach einer guten Position um, von der aus er sie erschießen konnte. Die vielen Felsbrocken, die von den Rändern der Canyons herabgestürzt waren, boten ihm allerlei Möglichkeiten. Sein Blick glitt über die Geröllhalden, und er entdeckte eine Stelle, an der sich einige riesige Felsbrocken ineinander verkeilt hatten – genau gegenüber dem Canyon, aus dem seine Beute herausspazieren würde. Das war die ideale Stelle für einen Hinterhalt, sogar noch besser als bei Weathers. Doch diesmal wollte er es sich auch leichter machen: Er hatte zwei Menschen zu töten statt nur einen, und Broadbent war bewaffnet. Obendrein fühlte Maddox sich nicht besonders. Jetzt war Schluss mit dem Quatsch; kein Gerede, kein Mist mehr, er wollte die beiden nur erledigen und dann nichts wie raus aus dieser Hölle.

Er suchte sich einen Weg den steilen Hang hinab, rutschte und schlitterte und hielt sich an Büschen und Salbeisträuchern fest, um nicht das Gleichgewicht zu verlieren. Einmal richtete sich eine Diamantklapperschlange, die sich im Schatten eines Felsens verborgen hatte, plötzlich auf und klapperte drohend. Maddox schlug einen weiten Bogen darum; das war schon die fünfte, die er heute Morgen sah. Er erreichte den Grund der Schlucht, überquerte das ausgetrocknete Bachbett und kletterte die Schutthalde hinauf, wobei er sorgfältig darauf achtete, keine Spuren zu hinterlassen. Vor den ineinander verkeilten Felsbrocken blieb er stehen und blickte sich nach weiteren Klapperschlangen um, entdeckte aber keine. Seine Position befand sich direkt in der Sonne, es war hier heißer als in der Hölle, doch er hatte ideale Sicht. Er nahm das umgehängte AR-15, Kaliber .223, von der Schulter, setzte sich im Schneidersitz hin und legte das Gewehr quer über die Knie. Dann überprüfte er rasch die Waffe, überzeugte sich davon, dass sie funktionstüchtig war, und nahm die geplante Schussposition ein. Zwei Felsbrocken lehnten hier aneinander und bildeten eine Kerbe, aus der sich wunderbar feuern ließ. Er legte den Lauf in die Kerbe, ließ sich zu Boden gleiten und blickte durch das 4-fach-Zielfernrohr, wobei er die Waffe leicht hin und her schwenkte. Ein besseres Schussfeld hätte er sich nicht wünschen können: Er blickte schnurgerade in den Canyon hinein, den sie entlangkommen würden, zwei steile Sandsteinwände mit nichts als ebenem Sand dazwischen.

Es gab keine Deckung, keine Büsche, keinen Fluchtweg außer zurück in den Canyon. Der eingebaute digitale Entfernungsmesser sagte ihm, dass seine Objekte sich in einer Einschussentfernung von dreihundertneunundsiebzig Metern befinden würden, wenn sie um die letzte Biegung kamen; er würde sie mindestens weitere zweihundert Meter näher herankommen lassen, bevor er schoss. Weiter brauchte er nichts zu beachten, es regte sich kein Windhauch.

Trotz seiner Schmerzen lächelte Maddox, als er die tödlichen Schüsse visualisierte: wie der Aufprall die beiden Scheißer hintenüberwarf, ihr Blut auf den Sand hinter ihnen spritzte. Die Luft roch nach Staub und erhitztem Stein, und ihm wurde schwindlig. Herrgott noch mal. Er schloss die Augen, sagte sich sein Mantra vor und versuchte, seinen Geist zu klären und zu fokussieren, doch er war zu durstig, um sich richtig zu konzentrieren. Er schlug die Augen auf und blickte den Canyon entlang. Sie würden frühestens in zehn Minuten hier sein. Er griff in seine Tasche und holte das Notizbuch heraus; schmierig, eselsohrig, nicht größer als zehn mal fünfzehn Zentimeter. Es erstaunte ihn, wie unbedeutend das Ding aussah. Er blätterte es durch.

Da waren Zahlen, eine Art Code – und da, auf der letzten Seite, zwei große Ausrufezeichen. Was auch immer das heißen sollte, es ging ihn nichts an; Corvus würde etwas damit anfangen können. Er schob das Buch wieder in die Tasche, verlagerte das Gewicht ein wenig und wischte sich mit dem Taschentuch den schwitzenden Nacken. Obwohl er so erschöpft war, spürte er jetzt den ersten Adrenalinstoß, die erhöhte Wahrnehmungsfähigkeit, die ihn vor dem Schuss stets überkam. Die Farben erschienen ihm leuchtender, die Luft klarer, jeder Laut deutlicher. Das war gut. Dieses Gefühl würde ihn die nächsten paar Minuten überstehen lassen.

Er überprüfte das Gewehr ein letztes Mal, eher um sich zu beschäftigen denn aus Notwendigkeit. Die Waffe hatte ihn um einige Scheinchen erleichtert, aber sie hatte sich als sehr nützlich erwiesen. Er streichelte den Lauf und zog hastig die Hand zurück: Das Metall glühte. Herr im Himmel.

Er hielt sich vor Augen, dass er diese Arbeit nicht des Geldes wegen tat, wie irgendein Auftragskiller. Er hatte edlere Motive. Corvus hatte ihn aus dem Gefängnis geholt; und er besaß die Macht, ihn dorthin zurückzubringen. Das ließ in Maddox ein wahrhaftiges Pflichtgefühl entstehen.

Doch das allerhöchste Ziel war sein eigenes Überleben. Wenn er die beiden nicht umbrachte, konnte niemand, nicht einmal Corvus, ihn mehr retten.

8

Bei jedem Schritt spürte Tom die sengende Hitze des Sandes durch die Sohlen seiner italienischen Lederschuhe dringen. Seine Blasen waren längst aufgeplatzt, und die wunden Hautstellen scheuerten bei jedem Schritt. Doch während sein Durst immer weiter wuchs, schienen seine Schmerzen nachzulassen. Sie waren an mehreren *tinajas* vorbeigekommen, größeren Vertiefungen im Felsen, die normalerweise Wasser enthielten. Alle waren trocken gewesen.

Er blieb in einem schmalen Streifen Schatten vor einem überhängenden Felsen stehen.

»Fünf Minuten?«

»O Gott, ja.«

Sie setzten sich und versuchten, möglichst viel von sich in den Schatten zu quetschen. Tom nahm Sallys Hand. »Wie fühlst du dich?«

Sie schüttelte den Kopf, so dass ihr langer blonder Schopf erzitterte. »Mir geht's gut, Tom. Und dir?«

»Ich lebe noch.«

Sie befühlte die Seidenhose seines »Mr. Kim«-Anzugs und lächelte schief. »Hat es funktioniert?«

»Ich hätte dich niemals alleinlassen dürfen.«

»Tom, hör auf, dir Vorwürfe zu machen.«

»Hast du irgendeine Ahnung, wer dieser Kerl ist, der dich entführt hat?«

»Er hat mir großspurig alles von sich erzählt. Er ist ein Auftragskiller, angeheuert von einem Kurator bei einem Museum an der Ostküste. Er ist vielleicht nicht gebildet, aber dumm ist er ganz bestimmt nicht.« Sie lehnte sich mit geschlossenen Augen zurück.

»Also hat er Weathers getötet, um an das Notizbuch zu kommen, und danach hatte er es auf dich abgesehen. Herrgott, ich hätte nicht nach Tucson fliegen dürfen, es tut mir leid –«

Sally legte ihm die Hand auf die Schulter. »Sparen wir uns die Entschuldigungen für später auf.« Nach einer Pause fragte sie: »Glaubst du, wir haben ihn tatsächlich abgehängt?«

Tom antwortete nicht.

»Du machst dir seinetwegen immer noch Sorgen, oder?«

Er nickte und starrte den Canyon entlang. »Es gefällt mir nicht, dass er einfach verschwunden ist. Es ist genau wie in der Geisterstadt.«

»Aber du hast es doch selbst gesagt. Er wollte uns folgen und hat sich verirrt.«

»Er weiß, wenn er uns nicht umbringt, ist er erledigt. Das ist ein ziemlich starker Anreiz.«

Sally nickte langsam. »Und er ist nicht der Typ, der so schnell aufgibt.« Sie lehnte den Kopf an den Felsen und schloss die Augen.

»Ich steige ein bisschen höher und sehe mich um.«

Tom kletterte eine Geröllhalde bis zu einem Felsvorsprung hinauf. Aber hinter ihnen war nichts, nur eine steinerne Wildnis. Sie waren immer noch mindestens zwanzig Kilometer vom Fluss entfernt, aber er hatte nur eine vage Ahnung, wo sie sich jetzt gerade befanden. Er fluchte in sich hinein und wünschte, er hätte eine Karte; er war noch nie so tief in die Mesas vorgedrungen und hatte keinen blassen Schimmer, was noch zwischen ihnen und dem Fluss liegen mochte.

Er stieg wieder hinab und blieb einen Moment vor Sally stehen, um sie anzusehen, bevor er sie sacht berührte. Sie schlug die Augen auf.

»Wir sollten weitergehen.«

Sie stöhnte, als er ihr auf die Füße half. Sie wollten gerade losgehen, als ein tiefes Grollen, wie ferner Donner, über die Badlands rollte und seltsam verzerrt durch die Schluchten hallte.

Tom blickte auf. »Komisch. Keine einzige Wolke am Himmel.«

9

Ford lag im Windschatten der Klippe auf dem Bauch, die Arme um den Kopf geschlungen, während das ohrenbetäubende Dröhnen des Raketeneinschlags davonrollte wie tausend Donnerschläge, die durch die Canyons hallten. Er wartete, bis der Lärm verklungen war, und hob vorsichtig den Kopf.

Er befand sich in einer trüben orangeroten Wolke. Er hustete, hielt sich den Saum seiner Kutte vor Mund und Nase und versuchte zu atmen; er war immer noch halb betäubt von der Schockwelle. Das Donnern des Einschlags war so ungeheuer stark gewesen, dass es schien, als hätte allein der Lärm ihn töten können. Doch er war noch da, am Leben und unverletzt. Es war kaum zu fassen.

Er stand auf, wobei er sich an die Felswand stützen musste; sein Kopf hämmerte, und es klingelte in seinen Ohren. Er hatte sich in die ausgespülte Höhlung in der Wand des Canyons geflüchtet, eine gute Entscheidung. Gewaltige Steinbrocken lagen überall um ihn herum am Boden, doch der Überhang hatte ihn gut geschützt. Allmählich begann der Staub sich zu legen, und der orangerote Nebel verzog sich. Er bemerkte einen sonderbaren Geruch, eine erstickende Mischung aus pulverisiertem Gestein und Kordit. Die Staubwolke hing wie gefangen zwischen den Felswänden, trieb nur langsam davon und brauchte lange, um sich aufzulösen.

Der Staub … Der Staub war jetzt sein bester Schutz. Er würde ihn vor den scharfen Augen der Videokameras an Bord der Predator-Drohne beschützen, die zweifellos noch über ihm kreiste und den angerichteten Schaden begutachtete.

Er zog sich in die Höhle zurück, als der Staub schließlich davontrieb, angeschoben von einer nicht wahrnehmbaren Luftbewegung. Er hockte reglos in der unterspülten Felswand, selbst so dick mit Staub bedeckt, dass er vermutlich aussah wie ein gewöhnlicher Felsbrocken. Immer noch hörte er das flüsternde Summen der Drohne irgendwo am Himmel. Zehn Minuten vergingen, bis das Geräusch verklang.

Ford rappelte sich taumelnd auf, hustete Schlamm hoch und spuckte ihn aus, klopfte sich den Staub von der Kutte, schüttelte sich das Haar aus und wischte sich das Gesicht sauber. Erst jetzt begann er zu begreifen, wie unerklärlich das war, was sich soeben abgespielt hatte: Eine Predator-Drohne hatte absichtlich eine Rakete auf ihn abgefeuert. Warum?

Das musste ein Versehen sein, ein Test, bei dem etwas schiefgelaufen war. Doch noch während er das dachte, verwarf er den Gedanken wieder. Zunächst einmal wusste er, dass man eine geheime Drohne niemals über öffentlichem Grund und Boden testen würde, schon gar nicht im Staat New Mexico, der mit der White Sands Missile Range über das größte Raketen-Testgelände der USA verfügte. Außerdem war ausgeschlossen, dass die Predator irgendwie aus Versehen von White Sands entwischt und hierher gelangt sein könnte – sie besaß nicht die nötige Reichweite. Das Manöver mit Wenden, Zielanflug, Feuern, das die Drohne durchgeführt hatte, konnte das ICCG nicht gesteuert haben: Hinter diesem Manöver musste ein menschlicher Pilot stecken, der irgendwo saß und sehen konnte, wer Ford war und was er hier tat.

Konnte es sein, dass sie jemand anderen jagten? Hatten sie sich in Fords Identität geirrt? Das war wohl möglich, wäre jedoch eine schwere Verletzung der allerersten Einsatzregel: Sichere visuelle Identifizierung des Ziels. Wie konnte man ihn in Mönchskutte und Sandalen mit irgendjemand anderem verwechseln? War die CIA hinter ihm her, wegen irgendetwas, das er wusste oder getan hatte? Aber es war unvorstellbar, dass die CIA einen ihrer eigenen Leute ermordete – natürlich war das illegal, aber vor allem war es mit der CIA-Kultur unvereinbar. Und selbst wenn sie ihn umbringen wollten, würden sie ihm keine vierzig Millionen Dollar teure, geheime Drohne hinterherschicken, wenn sie ihn ganz einfach in seinem Bett in der nicht verschlossenen Zelle des ungesicherten Klosters ermorden und dafür sorgen konnten, dass es aussah wie ein gewöhnlicher Herzinfarkt.

Irgendetwas ging hier vor sich, etwas sehr, sehr Merkwürdiges.

Ford schlüpfte aus seiner Kutte, schüttelte den restlichen Staub gründlich heraus und zog sie wieder an. Mit dem Fernglas suchte er den Himmel ab, doch die Drohne war verschwunden. Dann wandte er sich der Stelle zu, wo die Rakete eingeschlagen war. Er sah die frische orangerote Narbe im dunkleren Sandstein, ein tiefes Loch, aus dem immer noch kleine Sand- und Staubwölkchen tröpfelten. Wenn er sich nicht in die unterspülte Felswand gerettet hätte, wäre er bei dieser Explosion ganz sicher gestorben.

Ford ging langsam den Canyon entlang. Was gerade geschehen war, erschien ihm unfassbar, doch nun kam er auf den Gedanken, der Angriff könnte etwas mit dem Dinosaurierfossil zu tun haben. Er konnte nicht genau sagen, woher dieses Gefühl kam; es war eher eine Ahnung denn eine logische Schlussfolgerung. Aber nichts anderes ergab einen Sinn. Wie lautete noch dieser Sherlock-Holmes-Spruch? *Wenn alles andere ausgeschlossen werden kann, muss das, was übrig bleibt, so unwahrscheinlich es auch sein mag, die Wahrheit sein.*

Aus irgendeinem unerklärlichen Grund, überlegte Ford, musste irgendeine Behörde so verzweifelt darauf aus sein, dieses Dinosaurierfossil in die Hände zu bekommen und keine Zeugen zu hinterlassen, dass sie sogar bereit war, dafür einen Bürger der Vereinigten Staaten zu ermorden. Doch das warf die nächste Frage auf: Woher wussten sie, dass er hier draußen den Dinosaurier suchte? Eigentlich wusste das nur Tom Broadbent.

Während seiner Jahre bei der CIA hatte Ford manchmal mit Spezialabteilungen, Sondereinsatzkommandos und »Black Detachments« zu tun gehabt. Diese so genannten »Schwarzen Abteilungen« waren kleine, als äußerst geheim eingestufte Teams von Spezialisten, die für einen besonderen Erkundungs- oder Rechercheauftrag zusammengestellt und wieder aufgelöst wurden, sobald das spezielle Problem geklärt war. Bei der CIA hatte man sie kurz »Black Dets« genannt. Die Black Dets sollten eigentlich der Kontrolle der NSA, der DIA oder des Pentagon unterstehen, doch tatsächlich hielten sie sich an niemandes Spielregeln. Alles an den Black Dets unterlag der Geheimhaltung: Auftrag, Budget, Personal, ja ihre bloße Existenz. Einige Black Dets waren so geheim, dass sogar hochrangige CIA-Mitarbeiter keinerlei Verbindung zu ihnen aufnehmen konnten. Er erinnerte sich an die wenigen Schwarzen Abteilungen, mit denen er zu tun gehabt hatte: Alle schmückten sich mit wichtig klingenden, abgekürzten Namen wie TEMP-WG (Thermonuclear Electromagnetic Pulse Working Group), ANDD (Allied Nations Disinformation Detachment) und BDGZD (Bioweapons Defense Ground Zero Detachment).

Ford erinnerte sich daran, wie sehr er und seine Kollegen bei der CIA die Black Dets verabscheut hatten: schwarze Schafe, Einzelgänger innerhalb der Regierungsstellen, die niemandem Rechenschaft schuldig waren und von Cowboy-Typen geleitet wurden, die glaubten, der Zweck heilige die Mittel – ganz gleich, um welchen Zweck und welche Mittel es sich dabei handeln mochte.

Die Situation hier stank förmlich nach einer solchen Schwarzen Abteilung.

Teil V

Das Venus-Partikel

Die Tage kamen, da die männlichen Tyrannosaurier in ritualisierten Auseinandersetzungen um sie kämpften. Sie sah zu, während sie einander umkreisten, brüllten und Scheinangriffe führten; der Wald erzitterte unter ihren Schreien. Dann stürmten sie aufeinander ein, schlugen die Köpfe zusammen, wichen zurück, rissen Bäume aus und wühlten in ihrer rasenden Lust die Erde auf. Das Gebrüll der Männchen ließ ihre Flanken erzittern und erhitzte ihre Lenden. Wenn der Sieger sie unter triumphierenden Trompetenstößen bestieg, ergab sie sich ihm, ihre Synapsen feuerten beständig und unterdrückten nur mit Mühe ihren Impuls, den Verehrer vom Hals bis zum Bauch aufzuschlitzen.

Sobald es vorüber war, verschwand auch die Erinnerung daran.

Um ihre Eier abzulegen, wanderte sie gen Westen zu einer sandigen Hügelkette im Schatten der Berge. Sie grub ein Nest im Boden aus und trat es fest. Nach der Eiablage bedeckte sie das Gelege mit nasser, fauliger Vegetation, durch deren Gärung Wärme entstand; sie berührte diese Schicht mit der Schnauze, um die Temperatur zu überprüfen, und wechselte sie häufig aus. Fast ständig hielt sie sich in der Nähe ihres Nestes auf und verzichtete sogar aufs Fressen. Sie bewachte ihren Nachwuchs mit brutaler Gewalt und pflegte ihre Brut sehr sanft. Sie war größer als die männlichen Tiere ihrer Spezies, denn auch vor deren hirnloser Gier nach Fleisch musste sie ihre Jungen schützen. Die Gefühle, die sie dabei leiteten, konnte man nicht als »Liebe« definieren. Sie war eine biologische Maschine mit einer komplexen Programmierung und dem Ziel, Kopien ihrer selbst in ausreichender Anzahl herzustellen, indem sie dafür sorgte, dass die Fleischpakete, die jene genetischen Kopien in sich herumtrugen, lange genug überlebten, um sich ihrerseits fortzupflanzen. Das Gefühl der »Fürsorge« war ihr rein neurologisch unmöglich.

Wenn ihre Jungen eine gewisse Größe erreichten, begannen sie, als Rudel zu jagen und allmählich ihr Revier auszudehnen, das mit ihrem Fleischbedarf mitwachsen musste. Zu diesem Zeitpunkt verließ sie ihre Jungen und wanderte zurück in ihre alte Heimat – die Existenz ihrer Nachkommen war nicht länger Teil ihres Bewusstseins.

Wenn sie durch die Wälder strich, eilte ihr die Angst voraus wie ein giftiges Gas. Ihr drei Meter langer Schritt war unhörbar. Der Boden erzitterte nicht, wenn sie sich fortbewegte; er erbebte nicht einmal leise. Sie lief auf Zehenspitzen, leicht und lautlos, und verschmolz durch ihre Farbe mit dem Wald.

Sie kannte Hunger, sie kannte Sattheit. Sie kannte das köstliche Sprudeln von warmem Blut im Maul. Sie kannte Licht und Dunkelheit. Sie kannte Schlaf und Wachen.

Das biologische Programm lief unerbittlich weiter.

1

Melodie sah dem letzten Trupp Wachleute nach, die gerade mit klimpernden Schlüsselbunden das Mineralogielabor verließen; ihre Stimmen hallten laut durch den Flur. Sie schloss hinter ihnen die Tür ab, lehnte sich dagegen und atmete erleichtert auf. Es war fast ein Uhr. Der Gerichtsmediziner war gekommen und hatte einen Stapel Papiere unterschrieben; die Sanitäter hatten den Leichnam weggekarrt; ein gelangweilter Polizist hatte eine flüchtige Runde durchs Labor gedreht und sich auf einem Klemmbrett ein paar Notizen gemacht. Alle gingen davon aus, dass ein Herzinfarkt vorlag, und Melodie war ziemlich sicher, dass die Obduktion zu demselben Ergebnis führen würde.

Nur sie vermutete, dass es Mord gewesen war. Der Mörder war hinter dem Dinosaurier her, da war Melodie ganz sicher – warum sonst hätte er ihre sämtlichen Forschungsergebnisse stehlen sollen, *ihre* Arbeit? Sie musste jetzt schnell handeln.

Melodie fragte sich, ob es richtig gewesen war, ihren Verdacht für sich zu behalten. Sie hatte keine wirklichen Beweise für einen Mord, abgesehen davon, dass Corvus seine Zeit nicht auf einen Trilobiten vergeuden würde. Wenn sie ihren Verdacht geäußert hätte, wäre sie in den Fall mit hineingezogen worden und hätte nur den Mörder auf sich aufmerksam gemacht. Das war eine Sache, die sie sich nicht leisten konnte – vor allem jetzt, da so viel auf dem Spiel stand. Sie hatte weiß Gott Wichtigeres zu tun.

Sie schnappte sich einen schweren Metallstuhl, trug ihn zur Tür, klemmte ihn unter den Türknauf und verkeilte ihn, bis sie sicher war, dass niemand hereinkommen konnte, nicht einmal mit einem Schlüssel. Falls jemand fragen sollte, warum sie die Tür verbarrikadiert hatte, konnte sie ja behaupten, der Todesfall habe sie geängstigt. Die Tatsache, dass nur wenige Kuratoren sich herabließen, aus ihren holzvertäfelten Büros im vierten Stock in das Kellerlabor hinabzusteigen, und schon gar nicht an einem Sonntag, kam ihr gelegen.

Sie würde reichlich Zeit haben und ungestört arbeiten können.

Melodie eilte zu dem Lagerraum, der dem Labor angeschlossen war. Hier waren Zehntausende Mineralien und Fossilien auf Regalen gestapelt, die vom Boden bis zur Decke reichten, allesamt nummeriert und nach Kategorien geordnet. Die kleineren Exemplare lagerten in Schubladen, die größeren in Schachteln oder Kisten in den offenen Regalen. Eine Bibliotheksleiter mit Rollen bot Zugang zu den höchsten Regalbrettern.

Melodies Herz klopfte vor Angst und Aufregung, als sie die Leiter in der Schiene herumschob, bis sie in der Regalreihe stand, wo sie sie haben wollte. Sie stieg hinauf. Auf dem obersten Regalbrett, im Halbdunkel direkt unter der Decke, stand eine alte Holzkiste mit einem Aufdruck in mongolischer Schrift. Auf einem verblassten Etikett stand:

Protoceratops andrewsi Gelege
Flammende Klippen
Katalognr. 1923-5693A
W. Grainger, Sammler

Der hölzerne Deckel schien festgenagelt, war jedoch lose. Melodie hob ihn an, legte ihn beiseite und zog eine Lage Stroh aus der Kiste.

Zwischen den Eiern eines fossilen Dinosauriernestes eingebettet lagen die Kopien der CD-ROMs, die Melodie von all ihren Daten und Bildern gebrannt hatte. Daneben befand sich ein kleiner Plastikbehälter mit drei hauchdünnen Sektionen der Originalprobe, zu klein, als dass man sie vermissen würde.

Melodie ließ die CD-ROMs liegen, nahm den Plastikbehälter mit den Proben heraus, stopfte vorsichtig das Stroh wieder in die Kiste, setzte den Deckel auf, kletterte die Leiter hinunter und rollte sie zu ihrem vorherigen Standort zurück.

Sie brachte den Plastikbehälter zur Poliereinheit, nahm ein Plättchen heraus und fixierte es im Gerät. Als das Epoxidharz getrocknet war, begann sie das Stück zu polieren – sie wollte ein perfektes, mikrofeines Plättchen erhalten, fein genug, um ein paar wirklich gute Bilder aus dem Elektronenmikroskop zu bekommen. Das war absolute Präzisionsarbeit, und ihre zitternden Hände machten sie ihr nicht leichter. Mehrmals musste sie innehalten, ein paar Mal tief durchatmen und sich sagen, dass es keinen Grund gab, warum der Mörder zurückkommen sollte; er hatte bekommen, weshalb er hergekommen war, und er konnte nicht ahnen, dass sie Kopien ihrer Daten angefertigt hatte. Als die Probe fertig war, brachte sie sie in den REM-Raum, um das Rasterelektronenmikroskop anzuschalten, das erst warm werden musste. Dabei fiel ihr Blick auf das Gerätelogbuch, das offen danebenlag. Der letzte Eintrag, in schwungvoller, stark geneigter Handschrift verfasst, sprang ihr förmlich ins Auge:

Wissenschaftler: *I. Corvus*
Fundort/Probennummer:
High Mesas/Chama Wilderness, New M., T-Rex.
Bemerkungen: *Dritte Untersuchung e. bemerkenswerten Wirbelfragments, T-Rex. Außergewöhnlich! Historische Entdeckung. I. C.*

Dritte Untersuchung? Sie blätterte zurück und fand zwei weitere Einträge, jeweils am unteren Rand einer Seite, wo Corvus offenbar noch einige freie Zeilen gefunden hatte. Sie hatte etwas Derartiges vermutet, doch nicht so unverhohlen. Der Mistkerl hatte vorgehabt, sie nach allen Regeln der Kunst zu betrügen und zu beklauen. Und da sie ja so eine nette, diensteifrige Labortechnikerin war, hätte sie es beinahe zugelassen. Sie ging in den TEM-Raum, blätterte das Logbuch des Transmissionselektronenmikroskops durch und fand eine Reihe ähnlicher gefälschter Einträge. Das hatte er also so spät in der Nacht im

Labor getan: ihre Arbeit gestohlen und die Gerätelogbücher frisiert.

Sie merkte erst jetzt, dass sie keuchte. Seit der ersten Klasse hatte sie Wissenschaftlerin werden wollen. Später hatte ihr die Vorstellung, die Wissenschaft sei das einzige Gebiet menschlicher Unternehmungen, wo die Leute noch altruistisch dachten und nicht für sich selbst, sondern für das Wissen der gesamten Menschheit arbeiteten, sehr viel bedeutet. Sie hatte immer daran geglaubt, die Wissenschaft sei ein Feld, in dem das Verdienst demjenigen zuerkannt wurde, der es sich erarbeitet hatte.

Wie naiv.

Es gab nur eine Möglichkeit, sich die Lorbeeren zu sichern und sich zugleich vor dem Mörder zu schützen: Sie musste ihre Forschungsarbeiten beenden und vor dem Mörder etwas über den Fund veröffentlichen. Wenn sie ihre Ergebnisse bei der Online-Ausgabe des *Journal of Paleontology* einreichte, konnten sie innerhalb von drei Tagen von Kollegen rezensiert und elektronisch veröffentlicht werden.

Natürlich würde sie Corvus' Beitrag erwähnen, der ja nicht allzu groß gewesen war – er hatte ihr die Probe zur Verfügung gestellt. Wo das Fossil hergekommen war, wem es gehörte, wie er es in die Hände bekommen hatte – das waren Fragen, die weit über ihren Arbeitsbereich hinausführten. Natürlich, es würde kontroverse Diskussionen geben. Die Probe könnte gestohlen sein, oder sogar illegal. Aber nichts von alledem berührte den Kern ihrer Arbeit: Man hatte ihr eine Probe gegeben, die sie analysieren sollte, und genau das hatte sie getan. Sobald ihre Ergebnisse veröffentlicht waren, gäbe es keinen Grund mehr, sie zu töten.

Dann hielt sie alle Trümpfe in der Hand.

2

Auf seinem Posten hinter dem großen Felsbrocken verlagerte Maddox sein Gewicht, streckte den Fuß aus und ließ ihn kreisen, um ihn wieder beweglich zu machen. Die Sonne auf seinem nackten Rücken fühlte sich an wie ein heißer Amboss. Schweiß lief ihm über Kopf, Hals und Gesicht und brannte in seinen Kratzern. Die Wunde am Oberschenkel pochte schmerzhaft – sie hatte sich zweifellos entzündet.

Er wischte sich das Gesicht ab und blinzelte sich den Schweiß aus den Augen. Seine Zunge fühlte sich an wie verrostet, seine Lippen waren aufgesprungen. Herrgott, war er durstig. Zwanzig Minuten waren vergangen, und die Broadbents waren immer noch nicht aufgetaucht. Er warf einen Blick durch das Zielfernrohr, suchte den leeren Canyon ab. Hatten sie einen Umweg eingeschlagen, von dem er nichts wusste, oder irgendwo Wasser gefunden? Dann waren sie vielleicht doch nach Norden abgebogen, in Richtung Llaves. Wenn er sie verloren hatte –

Und da waren sie plötzlich.

Er drückte das Auge ans Zielfernrohr, schmiegte den Finger in die heiße Biegung des Abzugs und zwang sich, sich zu entspannen und zu warten, bis sie auf knapp zweihundert Meter herangekommen waren. Er konnte den Griff der Waffe in Broadbents Gürtel erkennen. Der Kerl würde nicht einmal genug Zeit haben, sie zu ziehen, geschweige denn abzufeuern. Und selbst wenn, würde ihm das Ding da auf zweihundert Meter nichts nützen.

Eine Minute später waren sie in Position.

Er betätigte den Abzug, gab einen längeren Feuerstoß ab, vollautomatisch, und der Rückstoß ließ die Waffe gegen seine

Schulter prallen. Er blickte auf und sah die beiden zurück in die Schlucht rennen. Beide.

Was zum Teufel –?

Er hatte sie verfehlt. Er klemmte sich wieder hinters Zielfernrohr, gab einen weiteren Feuerstoß ab, dann noch einen – aber die Kugeln ließen nur den Sand vor ihren Füßen aufspritzen, während seine Beute im Zickzack auf die Felswand zurannte. Gleich würden sie um die Biegung im Canyon verschwinden.

Mit frustriertem Brüllen stand er auf, stellte die Waffe auf Halbautomatik und schlitterte die Geröllhalde hinab. Er blieb stehen, kniete sich hin, feuerte erneut, aber das war ein dämlicher Schuss – sie hatten bereits den Schutz der Felswand erreicht.

Wie hatte er sie verfehlen können? Was stimmte nicht mit ihm? Er streckte die Hand aus, zwang sich, die Faust zu öffnen – und bemerkte entsetzt, wie stark die Hand zitterte. Er war erschöpft, durstig, verletzt und hatte vermutlich Fieber – trotzdem, wie konnte er sie verfehlt haben? Dann fiel es ihm wie Schuppen von den Augen. Er war nicht daran gewöhnt, aus so hoher Position steil nach unten zu schießen, und hatte deshalb den Kurvenabfall in der Flugbahn überkompensiert. Er hätte einen Probeschuss abgeben und dann das Ziel richtig anvisieren sollen.

Stattdessen hatte er übereilt geschossen.

Doch er hatte noch eine Chance. Die Felswände des Canyons waren sehr steil – die beiden waren darin gefangen. Er konnte sie immer noch töten – wenn es ihm gelang, sie einzuholen.

Er hängte sich das Gewehr über die Schulter, rannte den Abhang hinab und sprintete ihnen nach. Er konnte sie drei-, vierhundert Meter vor sich sehen; sie rannten, der Mann stützte die Frau. Selbst auf diese Entfernung konnte Maddox erkennen, wie geschwächt sie war. Beide wurden rasch langsamer. Kein Wunder: Sie hatte seit sechsunddreißig Stunden nichts gegessen, und beide mussten mindestens ebenso durstig sein wie er. Obendrein humpelte sie stark.

Er rannte ihnen nach, nicht allzu schnell, sondern in einer Geschwindigkeit, die er eine Weile durchhalten konnte. Der Sand war weich und erschwerte das Laufen, doch das kam ihm eher zugute. Er trabte den Canyon entlang, sparte sich die Kraft und war sicher, dass er sie langfristig einholen würde. In ihrer Panik liefen sie anfangs sehr schnell und bauten ihren Vorsprung aus, doch während Maddox sein gleichmäßiges Tempo beibehielt, begannen die beiden zu schwanken und langsamer zu werden. Um eine, zwei, drei Biegungen folgte er ihnen. Als er um die dritte Kurve kam, sah er die Frau fast zusammenbrechen, der Mann musste sie stützen. Maddox hatte den Abstand auf knapp zweihundert Meter verkürzt. Doch noch immer trieb er sich nicht zur Eile an, lief nicht schneller. Er wusste jetzt, dass er ihnen überlegen war: Er würde sie doch noch kriegen. Sie verschwanden um die nächste Biegung. Als er um die Ecke kam, waren sie sogar noch näher. Er konnte hören, wie der Mann auf Sally einredete, ihr Mut machte, während er sie weiterzog.

Maddox ließ sich auf ein Knie fallen, zielte und gab einen langen Feuerstoß ab. Sie warfen sich in den Sand, und Maddox nutzte die Gelegenheit, viel Boden gutzumachen. Sie rappelten sich wieder auf, doch er war nun auf knapp hundert Meter an sie herangekommen.

Sie stürzte, und er half ihr auf. Vierzig Meter noch. Selbst mit zitternden Händen konnte er sie gar nicht mehr verfehlen. Broadbent versuchte, ihr gut zuzureden, doch sie strauchelte – und dann gaben sie einfach auf. Sie drehten sich um und stellten sich ihm trotzig entgegen.

Er zielte, überlegte es sich anders und ging gemächlich auf sie zu. Fünfundzwanzig Meter. Er schaltete die Automatik aus, kniete sich hin, zielte und schoss.

Klick!

Nichts. Die Automatik-Feuerstöße hatten das Magazin geleert. Unter lautem Gebrüll stürmten die beiden auf ihn los. Er tastete hastig nach seiner Pistole und konnte noch einen Schuss abgeben, doch dann ging die Frau auf ihn los wie eine Furie und packte die Waffe mit beiden Händen. Sie stürzten gemeinsam zu Boden, kämpften um die Pistole, und dann hatte er sie endlich fest in der Hand, rollte sich auf das Miststück, drückte ihr die Waffe an den Kopf und versuchte, den Finger um den Abzugbügel zu krümmen.

Da spürte er den Lauf einer Waffe am Hinterkopf. Aus den Augenwinkeln erkannte er Broadbents 22er.

»Ich zähle bis drei«, sagte Broadbent.

»Ich bring sie um! Ich tu's!«

»Eins.«

»Ich schwör's, ich blas ihr das Gehirn raus! Ich tu's!«

»Zwei.«

Maddox wusste, dass er nur einen Schuss hatte; er entschied sich für Broadbent, fuhr herum, schoss ziellos, aber dem Mann praktisch ins Gesicht, und der ging zu Boden; Maddox zielte, um ihn mit einem weiteren Schuss zu erledigen, doch das Miststück trat ihm so brutal zwischen die Beine, dass seine Hand zuckte, der Schuss löste sich, und es fühlte sich an, als hätte ihm jemand gegen das Bein gestoßen, dann wurde es irgendwie taub – und ein roter Strahl ergoss sich in den Sand.

»Mein Bein!«, schrie er, ließ die Glock fallen, zerrte an seiner Hose und tastete verzweifelt nach der Wunde. »Mein Bein!« Blut spritzte hervor, *sein* Blut, und so viel! »Ich verblute!«

Die Frau trat zurück und zielte mit seiner eigenen Glock auf ihn. An der Art, wie sie die Waffe hielt, erkannte er sofort, dass sie damit umgehen konnte.

»Nein! Warte! Bitte!«

Sie schoss nicht.

Das war auch nicht nötig. Blut sprudelte in einer wahren Fontäne aus seiner verletzten Oberschenkelschlagader und hatte bereits sein Hosenbein getränkt.

Sie steckte die Waffe in den Gürtel und kniete sich hastig neben Broadbent, der getroffen am Boden lag. Maddox beobachtete sie und war überwältigt vor Erleichterung, weil sie nicht geschossen hatte. Er spürte Tränen der Dankbarkeit über seine Wangen rinnen, doch dann wurde ihm schwindlig, und die Felswände begannen, sich um ihn herum zu drehen. Er versuchte aufzustehen, war aber so schwach, dass er nicht einmal den Kopf heben konnte; diese unwiderstehliche Schwäche ließ ihn zurück in den Sand sinken, als halte ihn jemand nieder.

»Mein Bein …«, krächzte er. Er wollte danach sehen, konnte aber nicht, er war zu schwach; er sah nur den eintönig blauen Himmel über sich. Eine Abwesenheit stahl sich in seinen Kopf, als habe er sich in Rauch verwandelt und steige in die Höhe, um sich dort auszubreiten und im Nichts zu verlieren.

Und dann war er nichts.

3

Wyman Ford blieb neben einer Felssäule stehen und lauschte. Er hatte die Schüsse ganz deutlich gehört, drei Feuerstöße aus einer automatischen Waffe, höchstwahrscheinlich einem M16, gefolgt von zwei tiefer klingenden Schüssen, vermutlich von einer großkalibrigen Pistole. Die Laute schienen vom anderen Ende des Devil's Graveyard zu kommen, von Nordosten, etwa anderthalb Kilometer entfernt über verdammt schweres Gelände.

Er wartete, lauschte nach weiteren Schüssen, doch nach diesen wenigen Feuerstößen blieb es still.

Ford wich tiefer in die Schatten zurück. Etwas Ungeheuerliches ging hier vor. Und wenn er in der Ausbildung bei der CIA irgendetwas gelernt hatte, dann dies: Der besser informierte Mann überlebte. Nicht auf die Waffen, die Kampfausbildung, die High-Tech-Ausrüstung kam es an. Gefechte gewann man zuallererst durch Informationen. Und genau die fehlten ihm.

Ford nahm die Feldflasche von der Schulter, wirbelte das Wasser darin herum, öffnete sie und trank einen kleinen Schluck. Er hatte nur noch etwa einen halben Liter, und die nächste verlässliche Wasserquelle war zwanzig Kilometer entfernt. Er durfte überhaupt nichts anderes tun, als schnurstracks zum Wasser marschieren. Doch die Schüsse waren ganz aus der Nähe gekommen, und er würde nur etwa zwanzig Minuten bis zum Ende des Tals brauchen.

Er kehrte um, entschlossen, herauszufinden, was hier los war. Er marschierte über den Devil's Graveyard zur Öffnung eines Canyons am nordöstlichen Ende, wobei er einige niedrige Sanddünen überquerte. Er kletterte über flache Felsblöcke, stieg über einige Aschehügel, hinab in ein ausgetrocknetes Bachbett und wanderte weiter.

Das andere Ende von Devil's Graveyard war sogar noch seltsamer, als er es sich vorgestellt hatte. Die Felswände wichen zurück, der Sandstein wechselte sich mit Schiefer und vulkanischem Tuffstein ab. Seitenschluchten, die nirgendwohin führten, enthielten zusammengedrängte kahle Felsenköpfe und tote kleine Salzwüsten. Die Landschaft war komplex und verwirrend. Irgendwo hier befand sich das Dinosaurierfossil.

Er schüttelte den Kopf. Welch ein Narr er doch war, immer noch an die Suche nach dem Dinosaurier zu denken. Er konnte von Glück sagen, wenn er hier lebend wieder herauskam.

4

Tom schlug die Augen auf und sah Sally, die sich über ihn beugte, so dass ihm ihr blondes Haar ins Gesicht fiel. Sie betupfte seine Stirn mit einem Fetzen Stoff.

»Sally? Geht es dir gut?«

»Mir fehlt nichts. Du hingegen hast einen Streifschuss abbekommen.« Sie versuchte zu lächeln, doch ihre Stimme zitterte. »Hat dich vorübergehend außer Gefecht gesetzt.«

»Was ist mit *ihm?«*

»Tot – glaube ich.«

Tom entspannte sich. »Wie lange war ich …?«

»Nur ein paar Sekunden. Gott, Tom, ich dachte …« Sie verstummte. »Einen halben Zentimeter weiter rechts, und ach, nicht so wichtig. Du hast wirklich verdammt viel Glück gehabt.«

Tom versuchte, sich aufzurichten und verzog das Gesicht; sein Kopf dröhnte.

Sally drückte ihn sacht zu Boden. »Ich bin noch nicht fertig. Du hast einen Streifschuss, vielleicht eine Gehirnerschütterung, aber der Knochen ist heil geblieben. Du bist eine verdammt harte Nuss.« Sie wickelte ihm einen Streifen blauer Seide um den Kopf. »Ich finde, Valentino sollte unbedingt Designer-Verbände entwerfen. Du siehst hinreißend aus.«

Tom versuchte zu lächeln und zuckte zusammen.

»Zu fest?«

»Nein, nein.«

»Übrigens schulde ich dir meinen Dank. Du hast diesen nicht geladenen Revolver verdammt gut genutzt.«

Er streckte den Arm aus und nahm ihre Hand. »Hilf mir hoch. Mein Kopf fühlt sich schon etwas besser an.«

Sie half ihm, sich aufzusetzen und dann langsam aufzustehen. Er schwankte, doch die Schwindelgefühle ließen rasch nach. »Fehlt dir auch wirklich nichts?«, fragte sie.

»Ich mache mir viel mehr Sorgen um dich als um mich.«

»Ich habe eine Idee: Mach du dir meine Sorgen, und ich mach mir deine.«

Tom richtete sich ganz auf und versuchte, seinen Durst zu ignorieren. Sein Blick fiel auf den Mann, der im Sand lag – der Dreckskerl, der seine Frau entführt und dann versucht hatte, sie zu vergewaltigen und zu ermorden. Er lag mit nacktem Oberkörper auf dem Rücken, die Arme an den Seiten, beinahe so, als wäre er eingeschlafen. Beide Beine lagen gerade auf dem Boden, doch im rechten Hosenbein der Jeans prangte ein großes Loch, und es war schwarz vor Blut. Darunter versickerte gerade eine große Blutlache im Sand.

Tom kniete sich hin. Der Mann hatte ein hageres, schmales Gesicht, war unrasiert, das schwarze Haar staubig. Sein Mund war entspannt, er lächelte beinahe, und der leicht zurückgebogene Kopf enthüllte einen hässlichen, mit Stoppeln übersäten Adamsapfel. Ein dünner Spuckefaden lief ihm aus dem Mundwinkel. Die Augen waren Schlitze – beinahe geschlossen, aber nicht ganz. Sein Oberkörper war aufgebläht wie der eines Bodybuilders – er sah aus wie ein typischer Häftling.

Tom tastete am Hals nach dem Puls und war geschockt, als er tatsächlich einen spürte.

»Ist er tot?«, fragte Sally.

»Nein.«

»Was machen wir jetzt?«

Tom versuchte, das durchweichte Hosenbein aufzureißen, aber der Jeansstoff war zu fest. Er zog ein Messer aus dem Gürtel des Mannes, schlitzte das Hosenbein auf und zog den Stoff auseinander. Das Bein und die Leistengegend darüber waren ein einzige Sauerei, und er hatte nichts, womit er das viele Blut abwischen könnte, um die Wunden besser zu erkennen. Die Kugel war hinter dem Knie wieder aus dem Körper gedrungen und hatte die gesamte Kniekehle aufgerissen. Noch immer sickerte Blut daraus hervor.

»Sieht so aus, als hätte die Kugel die Oberschenkelschlagader getroffen.«

Sally wandte den Blick ab.

»Hilf mir, ihn hier an den Felsen in den Schatten zu ziehen.«

Sie lehnten den Mann an den Felsen. Tom schnitt ein Stück von seinem Hemd ab und machte daraus einen Druckverband, den er gerade so fest anzog, dass der Mann kein weiteres Blut mehr verlor.

Er durchsuchte die Taschen, holte die Brieftasche des Mannes heraus. Er öffnete sie und fand darin einen Führerschein aus Ohio mit einem Foto des Mannes, einen frechen Ausdruck in den Augen, ein arrogantes, schiefes Lächeln im Gesicht – ein echter Psychopath.

»Jimson A. Maddox«, las er laut. Er durchsuchte die Brieftasche und zog ein dickes Bündel Geldscheine, Kreditkarten und Quittungen heraus. Eine fleckige Visitenkarte ließ ihn innehalten:

Iain Corvus, Dr. phil., F.R.P.S.
Wissenschaftlicher Mitarbeiter
Wirbeltierpaläontologische Abteilung
American Museum of Natural History
Central Park West/Neunundsiebzigste Straße
New York, NY 10024

Er drehte die Karte um. Auf der Rückseite waren in energischer Handschrift die Adresse eines Clubs, Handynummern und E-Mail-Adressen notiert. Er reichte sie Sally.

»Das ist der Kerl, für den er gearbeitet hat«, sagte sie. »Der Typ, der ihn aus dem Gefängnis geholt hat.«

»Ich kann mir nur schwer vorstellen, dass ein Wissenschaftler an einem so angesehenen Museum in Entführung, Diebstahl und Mord verwickelt sein soll.«

»Wenn genug auf dem Spiel steht, sind manche Menschen bereit, alles zu tun.«

Sie gab ihm die Karte zurück, und Tom steckte sie zusammen mit dem Führerschein in seine Hosentasche. Er durchsuchte die restlichen Fächer der Brieftasche und dann die anderen Hosentaschen.

Er fand das Notizbuch und hielt es hoch.

»Na, was haben wir denn da«, sagte Sally.

Er schob es in die eigene Hosentasche. In einer kleinen Armee-Kampftasche am Gürtel des Mannes fand er ein Magazin für die Pistole.

Er blickte sich um und sah die Waffe am Boden liegen, wo Sally sie offenbar abgelegt hatte. Er steckte sie sich in den Gürtel und schnallte sich die Kampftasche um die Hüfte.

»Glaubst du wirklich, du wirst dieses Ding brauchen?«, fragte Sally.

»Der Kerl könnte einen Partner haben.«

»Das glaube ich nicht.«

»Man kann nie wissen.«

Ansonsten hatte der Mann nichts Interessantes bei sich. Tom tastete erneut nach dem Puls. Schwächer, aber noch vorhanden. Er wünschte, der Mann wäre tot: Das würde die Dinge einfacher machen.

Es schockierte ihn ein wenig, dass er nicht einen Hauch von Mitgefühl für den Mann aufbringen konnte.

Das Sturmgewehr lag ein paar Meter weiter im Sand, und Tom hob es auf, löste das leere Magazin und warf es weg. Ein zweites Magazin fand sich in der Kampftasche; er leerte es aus, verstreute die Geschosse im Sand und warf das leere Magazin fort.

»Gehen wir«, sagte er.

»Und er?«

»Wir können nichts für ihn tun, außer möglichst schnell hier rauszukommen und Hilfe zu holen. Wenn ich ehrlich sein soll, ist er so gut wie tot.« Tom schlang einen Arm um sie. »Kann's losgehen?«

Arm in Arm und aufeinander gestützt humpelten sie das ausgetrocknete Bachbett entlang. Zehn Minuten marschierten sie schweigend, dann blieb Tom verblüfft stehen.

Eine Gestalt in langen Gewändern kam mit erhobener Hand auf sie zugelaufen.

Es war der Mönch – Wyman Ford.

»Tom!«, rief die Gestalt und begann zu rennen. »Tom!« Er wedelte verzweifelt mit den Armen und eilte auf sie zu.

Im selben Moment hörte Tom ein leises Summen und sah ein kleines, fensterloses Flugzeug mit einer Knubbelnase; es kam gerade über dem Rand des Canyons in Sicht und drehte nun langsam in ihre Richtung.

5

Melodie starrte auf den Computerbildschirm, auf dem sie sich gerade durch die Daten der letzten Mikrosondenuntersuchung scrollte. Sie blinzelte, rollte die Augen erst in eine, dann in die andere Richtung, um wieder schärfer sehen zu können. Komisch, sie fühlte sich zugleich erschöpft und aufgedreht, und ihr schwirrte der Kopf, als habe sie sich gerade einen Martini genehmigt. Sie blickte zur großen Wanduhr auf. Vier Uhr nachmittags. Während sie hinsah, rückte der Minutenzeiger mit einem leisen *Klunk* eine weitere Minute vor. Sie hatte seit über fünfzig Stunden nicht mehr geschlafen.

Sie drückte auf eine Taste und speicherte die Daten. Sie hatte sämtliche Untersuchungen durchgeführt, die einem zu dieser Probe einfallen konnten, und die meisten wichtigen Fragen beantwortet. Der einzige ungeklärte Punkt war das Venus-Partikel. Sie war fest entschlossen, auch diese Frage zu klären, bevor sie ihre Erkenntnisse zur Online-Veröffentlichung einreichte. Denn sonst würde das irgendein anderer Wissenschaftler tun – und sie war so nah dran.

Sie wählte das letzte der präparierten Plättchen, legte es auf einen Objektträger und untersuchte es unter dem Polarisationsmikroskop. Bei 500-facher Vergrößerung konnte sie die Partikel gerade so erkennen, winzige schwarze Punkte, die sich hier und da innerhalb der Zellen drängten. Sie entfernte das Plättchen, schob es in einen Mikro-Mörser und ließ es vorsichtig zermahlen, verrührte es mit Wasser zu einer feinen Paste und goss diese in einen kleinen Plastikbecher.

Sie trat an einen verschlossenen Schrank und holte eine Flasche zwölfprozentige Flusssäure heraus. Es war unklug von ihr, mit einer derart gefährlichen Chemikalie zu hantieren – das

Zeug war so ätzend, dass es Glas auflösen konnte –, obwohl sie angestrengt und übermüdet war, doch dies war die einzige Säure, die das tun konnte, was Melodie wollte: die Mineralien, welche die organischen Materialien bei der Versteinerung ersetzt hatten, vollständig aufzulösen, ohne die Kohlenstoffhülle der Venus-Partikel anzugreifen. Sie wollte die Partikel von allem befreien, sie sozusagen im Rampenlicht bewundern können.

Sie trug die Flasche zum Abzug und stellte sie in den Bereich mit der Markierung HF. Dann legte sie eine Schutzbrille an, Nitril-Handschuhe, eine Gummischürze und Ärmelschützer. Sie senkte die Abzugshaube auf fünfzehn Zentimeter herab, um ihr Gesicht zu schützen, schaltete den Abzug ein und begann mit der Arbeit. Sie goss eine geringe Menge Flusssäure in das Plastikbecherchen mit dem gemörserten Fossil, wobei ihr nur allzu bewusst war, dass schon ein winziger Spritzer auf ihrer Haut fatal sein konnte. Sie beobachtete, wie der Inhalt aufschäumte und trüb wurde, und passte genau die richtige Sekunde ab. Dann verdünnte sie rasch auf ein Fünfzigstel, um die Reaktion zu unterbrechen, schüttete den Überschuss weg und verdünnte das Ganze ein zweites und drittes Mal, um die Säure zu neutralisieren.

Sie hielt das Ergebnis ins Licht: eine dünne mineralische Ablagerung am Boden eines Reagenzröhrchens, in der zumindest einige Partikel enthalten sein mussten.

Mit einer Mikropipette saugte sie den Großteil des Sediments ab, trocknete es und trennte dann mit Hilfe eines Separationstrichters und einer Natriumpolywolframatlösung die leichteren Anteile von den schwereren. Ein weiterer Trennvorgang, dann nahm sie mit einer Mikropipette eine geringe Menge der Partikel auf und ließ sie über eine geriffelte Schräge gleiten, wobei die Partikel sich in den Vertiefungen verfingen. Eine rasche Zählung bei 100-facher Vergrößerung ergab etwa dreißig Venus-Partikel, größtenteils intakt und nun frei von allen möglichen Verunreinigungen.

Sie fokussierte auf ein besonders gut erhaltenes Partikel und schaltete die Vergrößerung auf 750-fach. Das Partikel sprang klar und deutlich hervor und füllte das gesamte Objektiv aus. Melodie untersuchte es mit zunehmender Verwunderung. Nun sah es dem Venussymbol noch ähnlicher, eine Kugel aus Kohlenstoff, aus der ein langer Arm hervorragte, mit einem Quersteg am Ende, aus dessen Spitzen so etwas wie Härchen wucherten. Sie öffnete ihr Notizbuch und skizzierte das Partikel.

Als sie fertig war, lehnte sie sich zurück und betrachtete ihre Zeichnung. Sie war vollkommen überrascht. Das Partikel ähnelte keinerlei Einschluss, der durch natürliche Kristallisation im Gestein entstanden sein könnte. Es erinnerte sie überhaupt an nichts, was sie je zuvor gesehen hatte – bis auf die Radiolarien vielleicht, die sie im Rahmen eines Highschool-Projekts tagelang untersucht und gezeichnet hatte. Es war definitiv biologischen Ursprungs – zumindest dessen war sie sich ganz sicher.

Melodie sammelte ein halbes Dutzend Venus-Partikel aus den Vertiefungen und transferierte sie auf einen Objektträger, den sie dann in eine Vakuum-Präparationskammer legte, um ihn für das Rasterelektronenmikroskop vorzubereiten. Sie drückte auf den Knopf, und die Maschine summte leise, als die Luft aus der Kammer gepumpt wurde.

Dann wollen wir uns dieses Miststück mal von allen Seiten ansehen, dachte sie.

6

F.P. Masago stand im weiß getünchten Computerraum des Klosters, der nun als Bodenstation für die Predator diente. Sein Blick war auf einen Flachbildschirm geheftet, der die Videodaten von der Bordkamera der Predator zeigte. Der grobe Holztisch war mit einer Auswahl modernster Elektronik bedeckt, die von drei Mann bedient wurde. Der erste Mann dabei war ein Combat Controller von der 615th Special Tactics Group »Wing Command« mit dem Simulatorhelm der Drohne auf dem Kopf. Er arbeitete an einer Konsole, auf der sich die Instrumente und Bedienungselemente eines gewöhnlichen Flugzeugs befanden: Steuerhorn, Gashebel, Fluggeschwindigkeitsanzeige, Kursanzeige, Höhenmesser, dazu einen Joystick wie in einer F-16.

Masagos Blick huschte einen Moment weg vom Bildschirm und hin zu den beiden Männern von der DEVGRU, die ihn unterstützten. Sie arbeiteten konzentriert und achteten auf nichts außerhalb der elektronischen Welt, in die sie eingetaucht waren. Einer bediente die Nutzlast-Konsole, eine Reihe von Bildschirmen, Schaltern, Tastaturen und digitalen Anzeigen, die sämtliche Überwachungs- und Aufklärungsmöglichkeiten der Predator steuerten. Zu diesem 450-Pfund-Paket gehörten elektrooptische und Infrarot-Kameras, SAR-Sensor für Flüge bei schlechtem Wetter, zweifarbiges DLTV mit variablem Zoom und 955-mm-Spotter und ein FLIR mit sechs Sichtfeldern von 19 bis 560 mm.

Die Jungs von der Delta Force kehrten gerade mit dem Hubschrauber zurück. Sie würden später an der Reihe sein.

Masagos Blick glitt hinüber zu dem zweiten Operator. Er bediente die drei MTS, multispektrale Zielerfassungssysteme mit Laser-Designation, Entfernungsmesser, elektronischer Unterstützung sowie einem Moving-Target-Indicator-Radar. Die Drohne hatte bereits eine ihrer zwei Hellfire-C-Raketen abgefeuert und den Mönch getötet.

Masagos Aufmerksamkeit wandte sich wieder den Videobildern zu. Plötzlich erstarrte er.

»Wir haben hier was.« Die tonlose Stimme eines Operators murmelte in Masagos Headset.

Masago konnte zwei Personen sehen, und dann eine dritte, die auf die beiden anderen zulief, in etwa hundert Metern Entfernung. Vierhundert Meter weiter oben im Canyon lag eine Gestalt auf dem Rücken.

»Zoomen Sie mit 900 mm auf das südlichste Ziel«, sagte Masago.

Das neue Bild sprang auf den Bildschirm. Ein Mann lag an die Felswand gestützt. Ein großer Fleck – Blut. Ein toter Mann. Er hatte von dem Mönch und diesen beiden anderen erfahren, als er den Polizisten, Willer, ausgehorcht hatte. Doch dieser dritte Mann, dieser tote Mann, war ein Unbekannter.

»Zurück auf 240 mm.«

Nun konnte er wieder die drei Gestalten sehen. Die nördlichste rannte jetzt. Einen Moment lang konnte er das weiße, nach oben gerichtete Gesicht sehen. Es war der CIA-Schnüffler, dieser so genannte Mönch. Masago starrte ihn überrascht an.

»Sieht so aus, als hätten wir das Mädchen im langen Kleid doch nicht getroffen«, murmelte der Mann am MTS.

Masago beugte sich vor und starrte aus nächster Nähe auf das Bild, als wolle er es aus dem Bildschirm saugen.

»Zeigen Sie mir das mittlere Ziel aus der Nähe.«

Die Kameraperspektive sprang um, und die Gestalt eines Mannes füllte den Bildschirm aus – Broadbent. Der Mann, den er suchte, absolut unabdingbar für den Plan. Broadbent hatte den sterbenden Dinosaurierjäger gefunden, deshalb war es bei ihm am wahrscheinlichsten, dass er den exakten Fundort des Fossils kannte. Willer zufolge waren außerdem sowohl die Ehefrau als auch der Mönch in die Sache verwickelt, obwohl ungeklärt war, wie das alles zusammengehörte. Es musste ja auch nicht alles klar sein. Masagos Ziel war sehr einfach: die genaue Position des Fossils in Erfahrung bringen, die Umgebung von unbefugten Personen säubern, das Fossil bergen und wegbringen. Irgendein Bürohengst durfte sich dann im Nachhinein die Einzelheiten für den geheimen Bericht zusammensuchen.

»Raus auf 160 mm«, sagte er zu dem Mann an der Nutzlast-Konsole.

Das Bild zuckte zurück. Die drei hatten sich zusammengetan und rannten auf die schützenden Felswände des Canyons zu.

»Aktiviere Zielerfassung«, sagte der Operator.

»Nein«, murmelte Masago.

Der Operator warf ihm einen verwunderten Blick zu.

»Diese Ziele brauche ich lebend.«

»Ja, Sir.«

Masago überblickte den Canyon. Er war knapp zweihundertfünfzig Meter tief, und die Wände verengten sich treppenförmig bis hin zu einem Nadelöhr, bevor sie sich wieder zu dem breiten Felsental öffneten. Die wenigen Seitenschluchten waren nur kurz. Das Gebiet war beinahe abgeschlossen und bot ihnen eine Möglichkeit.

»Sehen Sie diese Stelle, wo der Canyon am schmalsten ist? Etwa zwei Uhr auf Ihrem Bildschirm.«

»Ja, Sir.«

»Das ist Ihr Ziel.«

»Sir?«

»Sie sollen diese Felswand so treffen, dass genug Material herabstürzt, um ihnen den Weg zu versperren. Wir haben eine Chance, sie in die Falle zu treiben.«

»Ja, Sir.«

»Kurs eins-achtzig, sinke auf zweitausend«, sagte der Pilot.

»Erfasse unbewegliches Ziel. Schussbereit.«

»Warten Sie auf mein Signal«, murmelte Masago in sein Headset. »Warten.« Er konnte jetzt schon sehen, dass die Drohne über das Ziel hinausschießen würde. Der Rand des Canyons ragte auf, und plötzlich waren die Ziele hinter der dreihundert Meter hohen Felsmauer verschwunden.

»Verdammt noch mal«, brummte der Pilot.

»Wenden, Kurs eins-sechzig«, sagte Masago. »Und bringen Sie sie *runter,* folgen Sie dem Verlauf der Schlucht.«

»Dann sehen Sie –«

»Das ist ja der Sinn der Sache. Ich will sie aufscheuchen. In Panik versetzen.« Die Aussicht auf dem Bildschirm änderte sich, als die Drohne wendete.

»Raus auf 50 mm.«

Die Szene sprang zurück, als das Sichtfeld einen viel weiteren Winkel einnahm. Nun konnte Masago beide Ränder des Canyons sehen. Als die Predator die Wendung vollendete, erschienen die drei Ziele wieder: drei schwarze Ameisen, die am Fuß der nackten Felswand entlangrannten, auf das Tal zu.

»Ziel erfasst«, murmelte der Operator.

»Noch nicht«, erwiderte Masago. In dieser Weitwinkel-Perspektive konnte er eine Biegung im Canyon erkennen, dann eine Gerade, die sich über mindestens vierhundert Meter erstreckte. Es war, als jage man Gnus vom Hubschrauber aus. Er beobachtete die Gestalten, die sich aus dieser Entfernung so langsam und hilflos wie Insekten zu bewegen schienen. Sie konnten nicht viel tun, eingeklemmt zwischen zweihundertfünfzig Meter hohen Felswänden. Sie umrundeten die Biegung, rannten nun die Gerade entlang, immer noch dicht an der Felswand in der Hoffnung auf ein wenig Deckung.

»Beim Abschuss«, murmelte Masago, »umschalten auf Video-Bild der Rakete.«

»Ja, Sir. Ziel immer noch erfasst.«

»Warten Sie …«

Langes Schweigen. Die drei rannten, strauchelten, offensichtlich erschöpft. Die Frau stürzte, und der Mann und der Mönch halfen ihr auf. Sie waren jetzt noch vierhundert Meter vom Ziel entfernt. Dreihundertfünfzig. Dreihundertfünfundzwanzig

»Feuer.«

Der Bildschirm schien zu zucken, als der Dateneingang von der Predator zur Bordkamera der Rakete wechselte; erst war ein Streifen leeren Himmels zu sehen, dann kippte ihm der Boden entgegen, das Bild fixierte sich auf die linke Wand der Schlucht, hoch oben. Die Felswand wuchs immer schneller, während die Rakete mit ihrer Lasersteuerung auf das Ziel zuraste. Beim Auftreffen schaltete das Bild automatisch zurück zur Fernsehkamera der Predator, und plötzlich flogen sie wieder hoch oben und blickten hinunter – auf eine stumme Staubwolke, die sich in den Himmel erhob, begleitet von fliegenden Felsbrocken. Die Gestalten hatten sich zu Boden geworfen. Masago wartete ab. Er wollte ihnen einen höllischen Schrecken einjagen – aber sie nicht umbringen.

Eine Luftbewegung im Canyon schob langsam die Staubwolke beiseite. Und dann erschienen die Gestalten wieder auf dem Bildschirm – sie rannten in die Richtung, aus der sie gekommen waren.

»Die Bastarde können vielleicht rennen«, bemerkte der Operator.

Masago lächelte. »Bringen Sie die Drohne auf maximale Flughöhe und folgen Sie ihnen weiter. Ich bringe den Vogel in die Luft. Jetzt haben wir sie, drei Ratten in einer heißen Blechdose.

7

Tom rannte direkt hinter Sally; das Donnern der Explosion hallte noch in seinen Ohren wider; der Staub wirbelte wie kochendes Wasser den Canyon entlang auf sie zu. Sie ruhten sich einen Augenblick im Schutz der Felswand aus. Tom blieb stehen und lehnte sich keuchend gegen den Fels, als Ford zu ihnen stieß.

»Was zum Teufel ist hier los?«, japste Tom.

Der Mönch schüttelte den Kopf.

»Was hat da auf uns geschossen?«

»Eine Drohne. Sie ist immer noch da oben und beobachtet uns. Aber das war ihre letzte Rakete. Die haben nur zwei an Bord.«

»Das ist doch alles nicht wahr.«

»Ich glaube, die Drohne sollte mit diesem Schuss nur den Canyon blockieren. Die wollen uns in die Enge treiben.«

»Wer sind *die?*«

»Später, Tom. Wir müssen hier raus.«

Tom starrte mit zusammengekniffenen Augen den Canyon hinauf und hinunter und begutachtete die Felswände zu beiden Seiten. Sein Blick blieb an einem breiten, schrägen Spalt hängen, an dessen Grund sich eine lange Geröllhalde aufgehäuft hatte. Die schräge Felsspalte bot jede Menge Halt, denn herabgefallene Brocken hatten sich verkeilt und boten natürliche Haltegriffe.

»Da«, sagte Tom. »Wir können den Spalt dort hochklettern.« Er wandte sich an Sally. »Schaffst du das?«

»Ja, klar.«

»Sie, Wyman?«

»Kein Problem.«

»Ich sehe eine gute Kletterroute, rechter Hand hoch bis zu dem Felsvorsprung.«

Ford sagte: »Gehen Sie voran.«

»Wissen Sie, was hinter diesem Canyon liegt?«

»So tief war ich noch nie in den Mesas.«

Tom blickte auf seine handgefertigten italienischen Vierhundert-Dollar-Schuhe hinab, bis zur Unkenntlichkeit zerschrammt, aber noch heil. Ein Glück, dass er die mit den Gummisohlen bestellt hatte. Als er wieder aufblickte, rollte der Schwanz der Staubwolke träge über sie hinweg und legte sich wie ein schwefelgelber Schleier vor den Himmel.

»Los geht's.« Er packte den ersten Haltepunkt und zog sich hoch. »Passt auf, wo ich meine Hände und Füße abstütze, und setzt eure genauso. Haltet aber drei Meter Abstand. Sally, du kommst als Nächste.«

Tom stemmte das Knie gegen den Fels und arbeitete sich nach oben. Er versuchte, die Tatsache zu ignorieren, dass sein Mund sich anfühlte, als sei er voller Sand. Die quälende Gier nach Wasser war längst kein bloßer Durst mehr, sondern ein körperlicher Schmerz.

Die Klettertour war anstrengend, die Höhe Schwindel erregend, doch es gab reichlich guten Halt. Tom kletterte methodisch und sah regelmäßig nach, wie Sally vorankam. Sie war sehr sportlich und hatte den Dreh bald heraus. Ford kletterte furchtlos wie ein Affe – offenbar ein Naturtalent. Je höher sie stiegen, desto erschreckender wurde die Leere unter ihnen, riesig und Furcht einflößend. Sie kletterten frei, keine Seile, keine Haken, nichts. Wer fiel, starb.

Tom konzentrierte sich auf die Felswand vor ihm. Er war längst in jenem unerforschten Land jenseits der Erschöpfung. Sie erreichten einen kleinen Felsvorsprung, zogen sich hinauf und ruhten ein wenig aus. Ford holte seine Feldflasche hervor.

»O Gott, ist das Wasser?«, fragte Sally.

»Ja, sehr wenig. Nehmen Sie zwei Schlucke.«

Sally packte die Flasche und trank mit zitternden Händen.

Dann reichte sie sie an Tom weiter, der ebenfalls trank. Das Wasser war warm und schmeckte nach Plastik, doch für Tom war es die köstlichste Flüssigkeit, die er je im Leben genossen hatte, und er musste all seine Willenskraft aufbieten, um nach wenigen Schlucken aufzuhören. Er gab die Flasche Ford zurück, der sie in seinen Rucksack steckte, ohne etwas zu trinken.

»Wollen Sie denn keins?«

»Ich brauche es nicht«, kam die angespannte Antwort.

Tom blickte auf. Er konnte immer noch das ferne, mückenartige Summen der Drohne hören, das Ding aber nicht mehr sehen.

Er drückte den Rücken gegen den Stein und versuchte nach wie vor, den Angriff von vorhin zu begreifen. »Was zum Teufel ist hier los?«

»Das Ding, das uns jagt, ist eine Vierzig-Millionen-Dollar-Drohne, ein unbemanntes Luftfahrzeug, topsecret von vorn bis hinten.«

»Warum?«

Ford schüttelte den Kopf. »Ich weiß es auch nicht genau.«

Die Felswand strahlte Hitze ab. Tom musterte den Rest der Wand über ihnen, suchte sich eine Route und begann zu klettern. Die anderen folgten ihm schweigend. Sie waren jetzt gut sechzig Meter hoch, aber das Klettern wurde immer leichter. Fünf Minuten später hatten sie den steilsten Teil der Felswand bewältigt. Der Rest war ein anstrengendes Kraxeln über Geröllhalden und Felsvorsprünge. Oben angekommen, streckte Sally sich keuchend auf dem flachen Fels aus, und Tom legte sich neben sie. Er blickte in den leeren Himmel hoch, von dem kein Laut zu ihnen drang – die Drohne war offenbar verschwunden.

Ford holte eine arg mitgenommene Karte aus der Tasche und faltete sie auf.

»Wo sind wir?«, fragte Tom.

»Gerade so nicht mehr da drauf.« Er faltete die Karte wieder zusammen.

Tom musterte die Landschaft, die sich vor ihm erstreckte. Die

Mesa war ein Hochplateau aus glattem Sandstein, abgeschliffen und ausgehöhlt von Wind und Regen. Einige tiefer gelegene Stellen hatten sich mit herangetragenem Sand gefüllt, den der beständige Wind zu einem Wellenmuster geformt hatte. Hier und da klammerte sich ein vom Wind verkrüppelter Wacholderbusch an eine Spalte.

Der Tafelberg endete nach etwa vierhundert Metern in blauem Himmel.

Tom kniff die Augen zusammen und spähte hinüber. »Ich möchte sehen, was hinter dieser Kante liegt. Hier oben sitzen wir auf dem Präsentierteller.«

»Wir sitzen überall auf dem Präsentierteller, solange dieses Ding herumfliegt.«

»Beobachten die uns denn immer noch?«, fragte Sally.

»Davon können Sie ausgehen. Und ich zweifle nicht daran, dass sie uns einen Hubschrauber hinterherschicken. Ich würde sagen, wir haben noch zehn bis zwanzig Minuten.«

»Das ist doch Wahnsinn. Und Sie haben wirklich keine Ahnung, was hier vor sich geht?«

Ford schüttelte den Kopf. »Das Einzige, was mir dazu einfällt, ist dieser Dinosaurier.«

»Welches Interesse sollten die an einem Dinosaurier haben? Ich fände es viel wahrscheinlicher, dass ein Kampfjet hier irgendwo versehentlich eine Wasserstoffbombe verloren hat, oder dass ein hoch geheimer Satellit abgestürzt ist – so was in der Art.«

Ford schüttelte den Kopf. »Das glaube ich nicht.«

»Aber selbst wenn es um den Dinosaurier geht, warum sollten sie uns verfolgen?«, fragte Tom.

»Um Informationen zu bekommen.«

»Was für Informationen? Wir haben doch keine Ahnung, wo das Ding ist.«

»Das wissen die vielleicht nicht. Sie haben das Notizbuch, und ich habe das Radarbild. Mit einem von beiden könnten sie das Fossil binnen weniger Tage finden.«

»Und wenn sie von uns bekommen, was sie wollen?« – »Werden sie uns töten.«

»Das glauben Sie doch nicht im Ernst.«

»Ich glaube das nicht, Tom. Ich weiß es. Sie haben bereits versucht, mich umzubringen.«

Ford kam auf die Füße, Tom rappelte sich unter Schmerzen hoch und half Sally auf. Der Mönch machte sich in seiner üblichen halsbrecherischen Geschwindigkeit auf den Weg über das Hochplateau zum Rand auf der anderen Seite, und seine Kutte fegte bei jedem energischen Schritt über den Boden.

8

Die Rotoren liefen bereits, als Masago in den Hubschrauber sprang, wobei er mit den Händen das Gesicht gegen Staub und Schmutz abschirmte. Er schlängelte sich zwischen den sieben DEVGRU-Leuten hindurch, aus denen das Operationsteam bestand, und nahm einen rückwärts gewandten Sitz weit vorn. Der Kommandant der Besatzung reichte ihm einen Kopfhörer mit Mikrofon an einem schwarzen Kabel, das in die Decke führte. Er setzte ihn auf und rückte das Mikro zurecht, als der Vogel abhob und davonzog, mit offenen Türen; er überflog knapp den Rand des Canyons, schwebte über die Felsspitzen und Mesas dahin, ab und zu unterbrochen von einem gähnenden Spalt, wo ein Canyon tief in die Erde hinabstürzte. Die Sonne stand fast genau über ihnen, und die Landschaft unten schien vor Hitze rot zu glühen.

Auf dem Boden des Hubschraubers entrollte Masago eine topografische Geological-Survey-Karte des Zielgebiets im Maßstab 1:24000. Ihm waren Karten auf Papier immer noch lieber als elektronische GPS-Karten; irgendwie vermittelte das Papier ihm ein Gefühl für die Landschaft, was der elektronischen Version nicht gelang. Die Bilder von der Drohne, die unsichtbar in einer Höhe von fünfundzwanzigtausend Fuß kreiste, zeigten ihm, dass die Ziele es doch geschafft hatten, aus dem Canyon herauszuklettern, und nun auf dem Weg zu einem tiefen, komplexen Tal dahinter waren.

Das Tal war wahrlich kein angenehmer Ort, um darin jemanden zu suchen, bot aber andererseits den Vorteil eines begrenzten Gebiets, das man gut absichern konnte.

Als Masago die Karte mit rotem Buntstift markiert hatte, reichte er sie dem Kommandanten der Einsatztruppe, Sergeant

First Class Anton Hitt. Hitt studierte sie schweigend und begann, die auf der Karte markierten Punkte in sein GPS-Gerät einzugeben. Die Männer hatten ihren endgültigen Einsatzbefehl kurz vor dem Abheben erhalten und ohne Murren oder offensichtliche Schwierigkeiten aufgenommen; vor allem hatte es keine Kommentare gegeben, als Masago sie über die mögliche Notwendigkeit aufgeklärt hatte, amerikanische Zivilisten zu töten. Natürlich hatte er dick aufgetragen und behauptet, es seien Bio-Terroristen, die über eine alles vernichtende Mikrobe verfügten.

Die meisten Leute konnten mit komplexen Wahrheiten nicht umgehen – da hielt man es besser einfach.

Er beobachtete Hitt bei der Arbeit. Der Kommandant war ein schweigsamer Afro-Amerikaner, körperlich fantastisch in Form, mit einer hohen mahagonifarbenen Stirn, klaren hellbraunen Augen und einer ungeheuer ruhigen Ausstrahlung. Er trug einen Wüsten-Tarnanzug und Kampfstiefel und war mit einem M4 bewaffnet, ausgerüstet für 6.8SPC-Munition und mit einem High-Tech-Zielfernrohr ausgestattet. Darüber hinaus trug er einen Ruger .22er Magnum, eine exzentrische Waffe für einen Soldaten einer Spezialeinheit, doch Masago hielt den Revolver für eine sehr gute Wahl. Als stehende Klinge hatte er ein Trace Rinaldi bei sich, ebenfalls eine Wahl, die für ihn sprach. Masago hatte Hitt gestattet, die Entscheidungen in puncto Ausrüstung selbst zu treffen, und der Sergeant hatte beschlossen, dass seine Männer leicht und schnell sein sollten, keine großen Munitionsvorräte, nur Ein-Liter-Feldflaschen, keine Granaten, keine Ersatzmagazine, und sie mussten auf die üblichen Kevlar-Panzerwesten ebenso verzichten wie auf ihre SAW-Maschinengewehre. Schließlich war das hier kein Einsatz im Stadtzentrum von Mogadischu, wo schwer bewaffnete böse Jungs aus jeder Haustür hervorquollen.

Als Hitt fertig war, gab er Masago die Karte zurück.

»Die vier Männer, die wir absetzen, brauchen keine Funkstille zu wahren. Wir bauen einen Kreis um die Ziele auf und ziehen ihn zusammen. Das ist ein sehr einfacher Plan. Einfach gefällt mir.«

Masago nickte. »Noch Fragen?«

Hitt schüttelte den Kopf.

»Sergeant Hitt«, sagte Masago langsam, »bald werde ich Sie bitten, mehrere unbewaffnete amerikanische Zivilisten zu töten. Diese Individuen sind zu gefährlich, um sie der Justiz anzuvertrauen. Haben Sie damit ein Problem?«

Hitt hob langsam den Kopf und hielt Masagos Blick stand. »Ich bin Soldat, Sir. Ich befolge Befehle.«

Masago lehnte sich mit verschränkten Armen zurück. General Miller hatte doch Recht gehabt: Hitt war gut.

Der Hubschrauber dröhnte weiter, und dann deutete Hitt, der ständig sein GPS-Gerät überprüfte, auf einen seiner Männer. »Halber, zehn Minuten bis zum Luftlandepunkt Tango.«

Der Mann, ein Zwanzigjähriger mit rasiertem Schädel, nickte und überprüfte ein letztes Mal seine Waffe. Sie flogen weiter und folgten nun einem langen, tiefen Canyon, der zu dem Tal führte, auf das die Zielpersonen zuhielten; der Schatten des Hubschraubers holperte direkt unter ihnen über das unebene Gelände. Die Landschaft war höllisch, zerfressen, eine offene Wunde im Fleisch der Erde, und Masago freute sich darauf, ins schwüle grüne Maryland zurückzukehren.

»Fünf Minuten«, sagte Hitt.

Der Pave Hawk drehte ab, umrundete einen Felsvorsprung und sank an der Felswand, wo sich die Seitenschlucht öffnete, langsam abwärts. Halber stand auf und hielt sich in den Netzen fest. Das Seil, das ordentlich aufgerollt an der offenen Tür lag, wurde hinausgetreten. Halber packte es, ließ sich daran herunter und verschwand außer Sicht.

Gleich darauf wurde das Seil wieder hochgezogen, und der Hubschrauber stieg steil in die Luft.

»Sullivan.« Hitt deutete auf den nächsten Mann. »Landepunkt Foxtrott, acht Minuten.«

Der Hubschrauber jagte über rote Wüste hinweg. Im Norden

sah Masago den unregelmäßigen schwarzen Umriss eines uralten Lavastroms; und ganz weit rechts erhoben sich bewaldete Hügel vor einer Reihe schneebedeckter Berggipfel. Er hatte das Land inzwischen ziemlich gut im Kopf.

»Sullivan, eine Minute.«

Sullivan beendete seinen Waffen-Check, hielt sich am Netz fest, als der Hubschrauber in der Luft stehen blieb, das Seil wurde losgetreten, und der Mann war weg.

Fünf Minuten später hatten sie auch die beiden letzten Männer abgesetzt – und der Helikopter machte sich auf den Weg zur Landezone im Tal am Ende der gewaltigen Schlucht, die auf der Karte mit »Tyrannosaur Canyon« bezeichnet war.

9

Ford erreichte den Rand des Plateaus als Erster und blickte in ein Tal hinab. Zu seinem Entsetzen erkannte er, dass sie im Kreis gelaufen waren und sich nun am anderen Ende von Devil's Graveyard befanden. Es war erstaunlich – die Landschaft war so komplex, dass sie sogar ihn, der so viel Erfahrung in der Wildnis hatte und diese Wüste gut kannte, zum Narren gehalten hatte. Er holte seine Karte heraus, überflog sie und stellte fest, dass sie soeben das Gebiet vom Nordwesten her betreten hatten.

Er blickte sich um, denn er erwartete jeden Moment einen schwarzen Punkt am Horizont zu sehen, begleitet vom vertrauten Knattern eines herannahenden Hubschraubers.

Er hatte schon einige sehr gefährliche Situationen überstanden, doch so etwas hatte er noch nie erlebt. Denn zuvor hatte er immer eines gehabt: *Informationen;* jetzt operierte er blind. Er wusste nur, dass seine eigene Regierung versucht hatte, ihn umzubringen.

Ford blieb stehen und wartete auf Tom und Sally. Sie waren erstaunlich hart im Nehmen, wenn man bedachte, dass sie verletzt, erschöpft und schwer dehydriert waren. Wenn sie an ihre Grenze stießen, würden sie keinen Schritt mehr weiterkommen. Es könnte sie zum Beispiel in Gestalt einer Überwärmung, einer Hyperthermie, treffen, bei der der Körper die Kontrolle über die Regulierung der Körpertemperatur verlor. Ford hatte das einmal im Dschungel von Kambodscha gesehen; sein Begleiter hatte auf einmal aufgehört zu schwitzen, seine Temperatur war auf über einundvierzig Grad gestiegen, er bekam so heftige Krämpfe und Zuckungen, dass er sich dabei selbst die Zähne ausschlug – und binnen fünf Minuten war er tot.

Ford kniff gegen das grelle Licht die Augen zusammen. Die

Berge lagen fünfundzwanzig Kilometer in der einen Richtung, der Fluss zwanzig Kilometer in der anderen. Sie hatten keinen halben Liter Wasser mehr übrig, und es war über vierzig Grad heiß. Selbst ohne die geheimnisvollen Verfolger steckten sie in ernsthaften Schwierigkeiten.

Ford betrachtete die Felswand mit zunehmender Verzweiflung.

»Da wäre ein möglicher Weg nach unten«, sagte Tom, der neben ihm am Rand des Abgrunds stand.

Ford zögerte und blickte einen Grauen erregenden, fast senkrechten Spalt hinab. Ein schwaches fernes Dröhnen machte sich am äußersten Rand seines Gehörs bemerkbar. Er hielt inne, suchte den Horizont ab und entdeckte den dunklen Punkt, drei, vielleicht vier Kilometer entfernt. Er brauchte nicht erst mit dem Fernglas nachzusehen: Er wusste, was das war.

»Also los.«

10

Melodie Crookshank starrte auf die dreidimensionale Darstellung des Venus-Partikels auf dem Bildschirm und wurde von Ehrfurcht gepackt. Es war fünfundsechzig Millionen Jahre alt, und dennoch sah es so makellos aus, als sei es gestern erschaffen worden. Das Bild des Rasterelektronenmikroskops war viel klarer und schärfer, als ein Lichtmikroskop es je zustande brächte, und es zeigte ihr das Partikel in allen Einzelheiten – eine perfekte Kugel, aus der ein Stab hervorragte, mit einem Querstab am Ende wie die Spieren an einem Mast. An den Enden dieser Querstäbe saßen komplizierte Strukturen, kleine Bündel von Röhrchen wie bei einer Pusteblume.

Eine Untersuchung im Röntgendiffraktometer bestätigte ihre Vermutung – bei der Kohlenstoffkugel handelte es sich um ein Fulleren, auch »Fußballmolekül« genannt, weil die Anordnung der Kohlenstoffatome zur Kugelhülle an einen Fußball oder die von Buckminster Fuller konstruierten geodätischen Kuppeln erinnert. Die Fußballmoleküle waren erst kürzlich entdeckt worden, denn man fand sie in der Natur nur selten. Normalerweise waren sie sehr klein; dieses hier war riesig. Die wichtigste Eigenschaft eines Fußballmoleküls: Es war so gut wie unzerstörbar – alles, was sich innerhalb eines solchen Moleküls befand, war vollkommen versiegelt. Nur die stärksten Enzyme konnten, sorgfältig eingesetzt, ein Fußballmolekül spalten.

Genau das hatte Melodie getan.

In der Kugel hatte sie eine erstaunliche Mischung von Mineralien gefunden, darunter eine ungewöhnliche Form von Plagioklas-Feldspat, $Na_{0,5}Ca_{0,5}Si_3AlO_8$ mit Titandotierung, Kupfer, Silber und Alkalimetall-Ionen – im Grunde eine komplexe Mischung aus dotierten Mineralien, Metalloxiden und

Silikaten. Der Arm, der orthogonal aus dem Molekül hervorragte, schien ein riesiges Kohlenstoff-Nanoröhrchen zu sein, mit einem Querstab, auf dem Seitengruppen saßen, die eine Mischung aus Keramikverbindungen und Metalloxiden enthielten.

Sehr seltsam.

Sie öffnete eine warme Coladose, lehnte sich zurück und nippte nachdenklich. Seit sie Corvus' Leichnam weggeschafft hatten, war es hier still wie in einem Grab, ungewöhnlich still, selbst für einen Sonntag. Die Leute hielten sich fern. Das erinnerte sie wieder einmal daran, wie wenige Freunde sie im Museum hatte. Niemand hatte angerufen oder vorbeigeschaut, um sich zu erkundigen, wie es ihr ging, niemand hatte sie zum Essen oder auf einen Drink eingeladen, um sie auf andere Gedanken zu bringen. Das war teilweise ihre Schuld, weil sie sich in diesem Kellerlabor einschloss wie eine Nonne. Aber es hatte auch mit ihrem niederen Status zu tun, der ein wenig nach Versagen roch – die arme Promovierte, die seit fünf Jahren Bewerbungen verschickte und immer noch hier saß.

All das würde sich bald ändern.

Sie rief einige Bilder von dem Partikel auf, die sie bereits vorher auf CD-ROM gespeichert hatte, und suchte nach weiteren Beweisen, um eine Theorie zu stützen, die sie allmählich entwickelt hatte. Sie hatte bemerkt, dass die Venus-Partikel offenbar gehäuft vor allem in den Zellkernen vorkamen. Als sie einige der Bilder betrachtete, die sie zuvor für Corvus aufgenommen hatte, fiel ihr etwas Wichtiges auf: Viele der Zellen, in denen die Partikel erschienen, waren länglich verformt. Darüber hinaus lagerten die Partikel in Zellenpaaren unmittelbar nebeneinander. Diese beiden Beobachtungen hingen zusammen, und Melodie fand rasch die Verbindung. Sie spürte ein Kribbeln im Nacken. Nicht zu fassen, dass ihr das bisher entgangen war. Die Partikel steckten zum Großteil in Zellen, die sich in der Mitose befanden. Mit anderen Worten, die Venus-Partikel hatten die Zellen des Dinosauriers infiziert und lösten eine Zellteilung aus. Viele moderne Viren taten genau das Gleiche; auf diese Weise brachten sie ihren Wirt schließlich um – durch von einem Virus induzierten Krebs.

Der Paläontologe Henry Fairfield Osborn von ihrem eigenen Museum hatte 1925 als Erster die These vorgebracht, der Grund für das Aussterben der Dinosaurier könnte eine pestartige Epidemie gewesen sein, die alle Kontinente heimgesucht hatte. Diese Theorie hatte Robert Bakker in seinem Buch *The Dinosaur Heresies* ausgearbeitet. Er mutmaßte, das Massensterben könne durch den Ausbruch fremder Mikroben erklärt werden, die unter den Dinosauriern »Amok liefen«. Diese »fremden« Mikroben hätten sich durch die Verbindung zwischen Asien und Nordamerika ausgebreitet. Als die Arten sich mischten und neue Lebensräume besiedelten, verbreiteten sie dort auch neue Keime. Bakkers Buch war vor fast zwanzig Jahren erschienen, und während die Theorie des Aussterbens durch den Meteoriteneinschlag immer mehr Anhänger gefunden hatte, war Bakkers Theorie allmählich in Vergessenheit geraten.

Nun sah es ganz so aus, als hätte Bakker doch Recht gehabt. In gewisser Weise.

Die Dinosaurier *waren* an einer Epidemie gestorben, überlegte Melodie – und sie sah die schuldige Mikrobe hier vor sich. Doch diese Seuche war nicht durch das allmähliche Zusammenwachsen der Kontinente entstanden. Sie wurde durch den Einschlag hervorgerufen. Der Meteoriteneinschlag hatte weltweit gewaltige Waldbrände, Dunkelheit, Hunger und die katastrophale Vernichtung ganzer Lebensräume ausgelöst. Komplexe wissenschaftliche Berechnungen der Folgen eines so gewaltigen Einschlags hatten gezeigt, dass die Erde danach monatelang im Dunkeln lag, die Luft mit alles erstickendem Ruß und Rauch durchsetzt und der Regen so säurehaltig war, dass er Gestein zersetzte. Der Einschlag hatte die perfekten Voraussetzungen für die massive Verbreitung von Krankheiten unter den Überlebenden geschaffen – überall mussten tote und sterbende Tiere gelegen haben, während der Rest kurz vor dem Verhungern stand;

diese Tiere waren verbrannt und verletzt gewesen, ihr Immunsystem praktisch zusammengebrochen. Unter diesen Umständen wäre eine verheerende Seuche nicht nur möglich … sie wäre *unvermeidlich* gewesen. Der Meteoriteneinschlag hatte die meisten Dinosaurier getötet; die darauf folgende Seuche hatte den Rest umgebracht.

Ihre Theorie hatte noch eine Überraschung zu bieten – eine gewaltige Besonderheit. Melodie hatte immer noch nicht entschieden, ob diese Besonderheit zu verrückt war, um sie niederzuschreiben – ob sie nur deshalb überhaupt daran dachte, weil sie seit über fünfzig Stunden nicht geschlafen hatte. Die Überraschung war folgende: Das Venus-Partikel sah nicht aus wie eine terrestrische Lebensform. Es sah, nun ja, *außerirdisch* aus.

Vielleicht, nur vielleicht, war das Venus-Partikel ja mit dem Meteoriten auf die Erde gelangt.

11

Masago sprang aus dem Hubschrauber, während das Pfeifen der Rotorblätter gerade nachließ. Er verließ den Landeplatz und sah sich um. Die Predator hatte angezeigt, dass die Zielpersonen vom Plateau oberhalb in dieses namenlose Tal abgestiegen waren. Der Hubschrauber war mitten im Tal gelandet, an dem zentralen Punkt, um den die vier Männer ihren Kreis zusammenziehen würden.

Hitt trat neben ihn, gefolgt von den beiden letzten Männern der Einsatztruppe, Privates First Class Gowicki und Hirsch. Das Terrain war schwierig und komplex, doch die Zielpersonen waren mehr oder weniger im Tal gefangen, von hohen Felswänden eingeschlossen. Die vier Männer waren an den vier einzig möglichen Ausgängen abgesetzt worden und zogen nun die Schlinge zu. Hitt und seine beiden Männer brauchten nur noch reinzugehen und die Zielpersonen aufzuscheuchen. Sie hatten keine Chance – überhaupt keine Chance – zu entkommen.

Der Einsatzleiter und seine beiden Spezialisten hatten bereits ihre Ausrüstung ausgeladen und angelegt und arbeiteten an ihren GPS-Geräten, während sie über die Teamfrequenz leise mit den Männern sprachen, die gerade die Falle zuschnappen ließen.

»Aufstellung«, sagte Masago.

Hitt nickte, und auf sein Signal hin bildeten die Männer eine dreieckige Formation, mit der Spitze nach hinten.

Masago blieb wie geplant hundert Meter zurück, mit seiner Beretta 8000 Cougar im Schulterhalfter. Private Gowicki und Sergeant Hitt nahmen die beiden vorderen Positionen ein, Hirsch die »Schleppe«, und gemeinsam gingen sie vorsichtig ein ausgetrocknetes Flussbett entlang zu dem Gebiet, in das sich die drei den Informationen der Drohne zufolge geflüchtet hatten. Masago suchte den sandigen Boden nach Fußspuren ab, sah jedoch keine. Es war nur eine Frage der Zeit.

Sie folgten dem Bachbett, bis es breiter wurde und sich verzweigte. Hier blieben sie stehen, während Hitt auf einen Felsen kletterte und die Gegend erkundete. Ein paar Minuten später kam er wieder herunter und schüttelte knapp den Kopf. Eine Handbewegung, und die Männer gingen weiter auf eine Reihe pilzförmiger, aufrecht stehender Felsen zu.

Kein Wort fiel. Sie dehnten die Formation in die Breite, als das Bachbett sich verlief und sie sich dem seltsamen Wald aufrechter Felsen näherten; bald bewegten sie sich in deren Schatten weiter.

»Hier ist ein Abdruck«, war die leise Stimme Gowickis zu hören. »Und noch einer.«

Masago kniete sich hin. Die Abdrücke waren frisch und stammten von einem Mann in Sandalen – der Mönch. Er sah sich um und fand die der anderen – die Fußspur der Frau, kleiner, etwa siebenunddreißig oder achtunddreißig, und die des Mannes, ungefähr Größe fünfundvierzig. Sie waren schnell gelaufen. Sie wussten, dass sie verfolgt wurden.

Hitt führte sie tiefer in die Schatten unter den aufragenden Steinen hinein. Masago war so gut wie sicher, dass sie nicht mit einem Hinterhalt zu rechnen brauchten: Es wäre Selbstmord, wenn diese Leute mit ein paar Handfeuerwaffen, sofern sie überhaupt bewaffnet waren, einen Trupp Soldaten einer Spezialeinheit angreifen wollten. Sie würden sich verstecken … und er und seine Leute würden sie finden. Die erste Phase dieser Operation würde bald vorbei sein.

Sie kamen an eine Stelle, wo mehrere gewaltige Felsbrocken aneinanderlehnten, so dass sie durch eine Lücke darunter hindurchkriechen mussten. Hitt wartete, bis Masago sie eingeholt hatte. Er deutete auf frische Schleifspuren im Sand. Sie waren hier durchgekommen, und das war noch nicht lange her.

Masago nickte.

Hitt ließ sich als Erster auf Hände und Knie fallen. Masago kroch als Letzter durch die Lücke. Als er sich wieder aufrichtete, sah er, dass das Tal immer enger wurde; flammende Klippen ragten zu allen Seiten auf wie Riesentreppen. Er nahm sich einen Moment Zeit, um die Karte zu überprüfen. Ihre Beute war anscheinend in einen Canyon gelaufen, der in einer Sackgasse endete und aus dem nicht einmal diese drei würden herausklettern können.

Masago murmelte in sein Headset: »Ich brauche sie lebend, bis ich die benötigten Informationen von ihnen habe.«

12

Wartet hier«, sagte Ford. »Ich gehe da hoch und sehe mir das mal an.«

Tom und Sally ruhten sich aus, während Ford auf einen Felsbrocken kletterte und die Gegend erkundete. Sie befanden sich mitten in einer Salzwüste, umgeben von unheimlichen, seltsamen Felsformationen. Sie hatten den Hubschrauber einen guten Kilometer entfernt in der Mitte des Tals landen sehen, und Ford war sicher, dass die Männer ihre Spur gefunden hatten. Er wusste auch, aus seiner Zeit bei der CIA, dass sie an möglichen Ausgängen weitere Männer abgesetzt haben mussten, die ihnen nun den Weg abschneiden sollten. Ihre einzige Chance war, einen unerwarteten Weg hinaus aus dem Canyon zu finden – oder ein sehr gutes Versteck.

Er blickte hinab zum Ende des Canyons. Eine Reihe aschiger, öder Hügel wich einem weiteren Haufen kahlköpfiger Felsen, die aussahen wie Reihen verhüllter Mönche. Mehrere Kilometer dahinter ragte eine Front zinnoberroter Klippen auf, die wie Treppen zu einem weiteren Hochplateau führten. Wenn es ihnen gelang, auf diesem Weg hinauszuschlüpfen, könnten sie es schaffen, aber es sah nicht vielversprechend aus. Er warf einen Blick hinab auf Sally und Tom. Beide wurden rasch schwächer, und er glaubte nicht, dass sie noch lange durchhalten würden. Sie mussten irgendwo ein sicheres Versteck finden.

Er kletterte hinunter.

»Und, was gesehen?«, fragte Tom.

Ford schüttelte den Kopf und wollte lieber nicht darüber sprechen. »Gehen wir weiter.«

Sie marschierten das trockene Bachbett entlang und in einen Wald aufrecht stehender Felsen. Eine drückende Hitze hatte sich hier gesammelt. Sie gingen weiter, krabbelten über umgestürzte Felssäulen, quetschten sich zwischen Sandsteinblöcken hindurch, manchmal in der Sonne, dann wieder im Schatten, und drangen so tief wie möglich in das Feld stehender Felsen vor. Manchmal lehnten einzelne Brocken so dicht aneinander, dass sie auf Händen und Knien durch schmale Lücken kriechen mussten.

Schließlich kamen sie wieder heraus und standen vor einer Felswand, die sich zu beiden Seiten krümmte und eine Art Stadion formte. Am anderen Ende, gut fünfzehn Meter über dem Grund der Schlucht, hatte ein längst versiegter Fluss eine Höhle in den Stein gegraben. Ford konnte eine Reihe verwitterter Kuhlen im Fels sehen, wo die Anasazi vor langer Zeit eine Art Leiter in den Stein gehauen hatten, die zu der Höhle führte.

»Sehen wir uns das mal an«, sagte Ford.

Sie gingen zum Fuß der Klippe, und Tom untersuchte die alte Felsleiter. Er blickte hinauf.

»Da werden sie uns finden, Wyman«, sagte er.

»Uns bleibt nichts anderes übrig. Die Höhle führt vielleicht irgendwohin. Und es ist *möglich*, dass sie uns übersehen, wenn wir unsere Fußspuren hier unten sorgsam verwischen.«

Tom wandte sich an Sally. »Was denkst du?«

»Ich kann nicht mehr denken.«

»Also gut.«

Nachdem sie ihre Fußabdrücke so gut wie möglich hatten verschwinden lassen, stiegen sie die Felsenleiter hinauf. Der Aufstieg war nicht schwer, und nach wenigen Minuten standen sie in der Höhle. Ford hielt keuchend inne. Er würde bald an die Grenze seiner Strapazierfähigkeit stoßen und fragte sich, wie Sally und Tom sich überhaupt noch auf den Beinen hielten. Die beiden sahen furchtbar aus. So oder so, diese Höhle war das Ende ihres Weges.

Sie hatte die Form einer hohen Kuppel, wie bei einer Kathedrale, der Boden war aus weichem Sand, und die Sandsteinwände schwangen sich gekrümmt aufwärts. Das indirekte Sonnenlicht von draußen erfüllte die Höhle mit einem rötlichen Schimmer, und es roch nach Staub und Zeit. Ein gewaltiger Felsbrocken lag am Ende dieses Saals, offenbar vor Urzeiten von der Decke herabgestürzt; er war zerfressen und rund geschliffen von kleinen Rinnsalen, wo das Wasser durch eine Reihe kleiner Spalten im Felsendach hereindrang.

Als sie tiefer in die Höhle vordrangen, scheuchten sie eine Kolonie nistender Schwalben auf, die im Schatten über ihnen herumflatterten und schrille Schreie ausstießen.

»Vielleicht geht die Höhle hinter diesem Felsbrocken weiter«, sagte Ford.

Sie gingen nach hinten durch und näherten sich dem herabgestürzten Brocken.

»Seht mal«, sagte Tom. »Fußabdrücke.«

Der Sand war sorgfältig glatt gefegt worden, doch in der Lücke zwischen dem Felsbrocken und der Höhlenwand sahen sie Abdrücke von der Profilsohle eines Wanderstiefels.

Sie schoben sich durch die Lücke und betraten den Teil der Höhle, der hinter dem gewaltigen Felsbrocken lag.

Ford drehte sich um, und da war er, der gewaltige T-Rex-Kiefer und Vordergliedmaßen ragten aus dem Fels hervor. Niemand sprach ein Wort. Der Anblick war unglaublich. Die Bestie sah aus, als versuche sie verzweifelt, sich aus dem Fels zu kämpfen, sich aus ihrer steinernen Grabkammer zu befreien. Der Dinosaurier lag auf der Seite, doch die Neigung des herabgestürzten Felsens hatte ihn beinahe aufrecht gestellt, was die groteske Illusion seiner Lebendigkeit noch unterstrich. Während Ford das Fossil anstarrte, konnte er beinahe den letzten rasenden Augenblick fühlen, den die Bestie bewusst erlebt hatte. Schweigend traten sie näher an den Felsen heran. Auf dem Sand darunter lagen ein paar Stücke, die durch die Verwitterung von dem Fossil abgebrochen waren – unter anderem ein langer, schwarzer, säbelförmiger Zahn. Tom hob ihn auf, wog ihn in der Hand und strich mit dem Zeigefinger die bösartig gezackte Klinge entlang. Er stieß einen leisen Pfiff aus und gab den Zahn an Ford weiter.

Schwer und kühl lag er in seiner Hand. »Unglaublich«, flüsterte er und blickte wieder zu dem gewaltigen, schweigenden Ungetüm auf.

»Seht euch das mal an«, sagte Tom und deutete auf seltsame, offenbar von Menschenhand geschaffene Objekte, die halb im Sand vergraben waren – mehrere alte Figürchen, aus Holz geschnitzt. Er kniete sich hin, fegte mit der Hand den Sand beiseite und entdeckte darunter weitere Figuren und einen kleinen Topf voller Pfeilspitzen.

»Opfergaben«, sagte Ford. »Das erklärt, warum die Indianer einen Pfad hierher angelegt haben. Sie haben das Monster *verehrt.* Kein Wunder.«

»Was ist das?«

Tom deutete auf einen Kreis aus Metall, der aus dem Sand hervorlugte. Er wischte den Sand weg und brachte eine verbrannte Blechdose zum Vorschein, zog sie heraus und hob den Deckel an. Darin lag ein verschlossener Plastikbeutel, der ein Bündel Briefe enthielt, in datierten Umschlägen, alle adressiert an »Robbie Weathers«. Auf dem ersten Umschlag stand: *Für meine Tochter Robbie. Ich hoffe, die Geschichte gefällt Dir. Der T-Rex gehört Dir allein. In Liebe, Daddy.*

Wortlos rollte Tom die Briefe wieder zusammen und steckte sie zurück in die Dose.

Sally, die weiter vorn in der Nähe der Lücke stand, zischte plötzlich: »Stimmen!«

Ford starrte sie an, als habe sie ihn aus einem Traum geweckt. Die Wirklichkeit, ihre prekäre Situation, war mit einem Schlag zurückgekehrt.

»Wir müssen uns verstecken. Sehen wir nach, wie weit die Höhle führt.«

Tom holte die schwächelnde Taschenlampe hervor, die er immer noch bei sich trug, und leuchtete in den hinteren Teil der Höhle. Schweigend starrten die drei dorthin. Die Höhle endete in einem schmalen, vom Wasser gegrabenen Spalt, viel zu schmal für einen Menschen. Tom richtete den Strahl nach oben, nach unten, suchte beide Seitenwände ab. »Wir sind in eine Sackgasse geraten«, sagte Ford ruhig.

»Das war's also?«, fragte Sally. »Was machen wir jetzt? Aufgeben?«

Ford antwortete nicht. Er lief zum Eingang der Höhle, drückte sich an die Wand und spähte hinunter. Gleich darauf kam er zurück. »Sie sind unten im Canyon, drei Soldaten und ein Zivilist.«

Tom ging selbst zur Höhlenöffnung und blickte in das kleine Amphitheater hinab. Zwei Männer mit Sturmgewehren in Wüsten-Tarnkleidung bewegten sich dort unten. Ein dritter erschien, und dann eine vierte Person. Die Männer untersuchten den Boden, wo die Flüchtenden ihre Spuren verwischt hatten. Einer deutete nach oben zur Höhle.

»Das war's dann«, sagte Ford leise.

»Blödsinn.« Tom zog die Waffe aus der Gürteltasche, ließ das Magazin herausschnappen, füllte es mit loser Munition auf und schob es wieder hinein. Er blickte auf und sah Ford den Kopf schütteln.

»Wenn du auf diese Jungs schießen willst, kannst du ebenso gut Selbstmord begehen.«

»Ich werde mich nicht kampflos ergeben.«

»Ich auch nicht.« Ford überlegte, und sein faltiges Gesicht wirkte zutiefst nachdenklich. Wie in Gedanken verloren holte er den Dinosaurierzahn aus seiner Tasche und hob ihn hoch. Dann schob er ihn zurück. »Tom, hast du das Notizbuch dabei?«

Tom zog es hervor.

»Gib es mir. Und die Waffe.«

»Was hast du …«

»Keine Zeit für lange Erklärungen.«

13

Masago beobachtete von unten, wie Hitt und die beiden anderen Delta-Force-Jungs sich den Sandstein-Hang hochschoben, sich unmittelbar vor den Höhleneingang duckten und verteilten, um die Leute da drin von drei Seiten unter Beschuss nehmen zu können.

Das war ein klassisches Manöver, ein bisschen übertrieben vielleicht, wenn man bedachte, dass die Zielpersonen höchstwahrscheinlich unbewaffnet waren.

Als sie in Position waren, erhob Hitt die Stimme; er sprach nicht besonders laut, aber mit einer stahlharten Autorität. »Sie dort in der Höhle. Sie sind uns zahlenmäßig und waffentechnisch unterlegen. Wir kommen jetzt rein. Keine Bewegung, und halten Sie die Hände so, dass wir sie sehen können.«

Masago musste gegen ein ungewohntes Gefühl nervöser Anspannung kämpfen. Hitt richtete sich auf und lieferte sich damit den unsichtbaren Zielpersonen drinnen aus. Die anderen beiden verharrten geduckt und gaben ihm Deckung.

»So ist es gut. Hände hoch, über den Kopf. Niemandem wird etwas passieren.« Er gab den beiden anderen Jungs einen Wink, die sich ebenfalls aus ihrer Deckung erhoben.

Es war vorbei.

Die drei Zielpersonen standen mit erhobenen Händen in der offenen Höhlenmitte.

»Gebt mir Deckung.«

Hitt trat an sie heran, klopfte sie ab und vergewisserte sich, dass sie nicht bewaffnet waren. Er sprach in sein Headset. »Sir, wir haben die Höhle gesichert. Sie können jetzt raufkommen.«

Masago legte die Hand auf die erste kleine Stufe, zog sich hoch, stand wenige Minuten später im Eingang der Höhle und musterte die drei jämmerlichsten Bastarde, die er seit langem gesehen hatte: den Mönch, Broadbent und seine Frau.

»Unbewaffnet?«

Hitt nickte.

»Durchsuchen Sie alle noch einmal. Ich will alles sehen, was sie bei sich tragen. Alles. Legen Sie es hier vor mir in den Sand.«

Hitt nickte einem seiner Jungs zu, der sofort begann, das klägliche Grüppchen zu durchsuchen. Zum Vorschein kamen eine Taschenlampe, Brieftaschen, Schlüssel, ein Führerschein, alles sorgfältig im Sand aufgereiht. Der Rucksack des Mönchs enthielt eine leere Wasserflasche, ein paar leere Blechdosen und anderen Camping-Kram. Als Letztes kam etwas ans Licht, das der Mönch in seiner Kutte verborgen hatte.

»Was zum Teufel ist das?«, fragte der Soldat und hielt es hoch.

Ohne mit der Wimper zu zucken, befahl Masago: »Bringen Sie es mir.« Der Junge reichte es ihm. Masago starrte auf den gezackten Reißzahn, drehte ihn um, wog ihn in der Hand.

»Sie.« Er deutete auf den Mönch. »Sie müssen Ford sein.«

Der Mönch nickte kaum merklich.

»Vortreten.«

Der Mönch trat einen Schritt vor.

Masago hielt den riesigen Zahn hoch. »Sie haben ihn also gefunden. Sie wissen, wo er ist.«

»Allerdings«, erwiderte der Mönch.

»Sie sagen mir sofort, wo er ist.«

»Ich bin der Einzige, der über diese Information verfügt. Und ich sage kein Wort, ehe Sie mir nicht einige Fragen beantwortet haben.«

Masago zog seine Beretta aus dem Halfter und legte auf Ford an. »Reden Sie.«

»Sie können mich mal.«

Masago schoss, und die Kugel zischte knapp an Fords Ohr vorbei. Der Mönch zuckte nicht mit der Wimper.

Masago ließ die Waffe sinken. Der Mann würde sich nicht einschüchtern lassen – das war ihm nun klar.

»Wenn Sie mich töten, werden Sie den Dinosaurier nie finden. Niemals.«

Masago lächelte dünn. »Also schön – Sie haben eine Frage.«

»Warum wollen Sie den Dinosaurier?«

»Er enthält hochgefährliche infektiöse Partikel, die Bio-Terroristen als Waffe einsetzen könnten.« Er sah zu, wie der Mönch diese Erklärung verdaute. Mehr würde er nicht sagen: Er wollte dem Einsatzbefehl nicht widersprechen, den er an die Männer ausgegeben hatte.

»Der Name Ihrer Abteilung?«

»Das wäre schon die zweite Frage.«

»Dann gehen Sie doch zum Teufel«, sagte der Mönch.

Masago trat blitzschnell einen Schritt vor und rammte dem Mönch die Faust in den Solarplexus; der Mann kippte in den Sand wie ein Sack Zement. Masago machte einen großen Schritt über ihn hinweg, während der Mönch hustete, sich auf die Knie wälzte und seine Hände sich krampfhaft in den Sand gruben beim vergeblichen Versuch, sich aufzurichten.

»Der Dinosaurier, Mr. Ford: Wo ist er?«

»Wasser … bitte …«

Masago hakte seine Wasserflasche aus dem Gürtel und schüttelte sie verführerisch. »Wenn ich den exakten Fundort des Dinosauriers erfahren habe.« Er schraubte den Deckel ab und beugte sich über den zitternden Mönch, der sich kaum auf Händen und Knien halten konnte.

Der Mönch explodierte wie eine zustoßende Schlange. Seine Hand flog aus dem Sand – sie hielt eine Waffe. Bevor Masago reagieren konnte, hatte Ford den linken Arm um seinen Hals geschlungen und ihn zurückgerissen. Masago spürte, wie ihm der Lauf der Waffe ins Ohr gerammt wurde, und die Arme waren ihm so auf den Rücken gedreht, dass er seine Beretta nicht erreichen konnte.

»Also«, sagte Ford und benutzte Masago wie einen Schild, als er sich an die Soldaten wandte, »dieser Mann wird uns allen jetzt erzählen, was hier wirklich los ist – oder er ist tot.«

Teil VI

Der Schwanz des Teufels

Das Ende kam an einem gewöhnlichen Nachmittag im Juni. Hitze lag über dem Wald wie eine Decke, die Blätter hingen schlaff herab, und im Westen ballten sich Gewitterwolken zusammen.

Sie streifte jagend durch den Wald.

Durch die dichten Bäume merkte sie nichts von der plötzlichen Helligkeit im Süden. Das Licht erblühte lautlos, und ein gelbes Glühen stieg in den blassblauen Himmel auf.

Der Wald blieb stumm und wachsam.

Sechs Minuten später erbebte der Boden, und sie duckte sich tief, um das Gleichgewicht zu halten. Nach einer halben Minute ließ das Beben nach, und sie nahm ihre Jagd wieder auf.

Acht Minuten später bebte der Boden wieder, und diesmal schwankte und kippte er wie auf hoher See. Nun bemerkte sie das ungewöhnliche gelbe Leuchten, das sich weiter am südlichen Horizont ausbreitete und zwischen den gewaltigen Stämmen der Araukarien allem einen zweiten Schatten gab. Der Wald wurde heller, und sie spürte ausstrahlende Hitze an ihrer Seite, die von Süden her kam. Sie unterbrach ihre Jagd, wachsam, aber nicht beunruhigt.

Nach zwölf Minuten hörte sie ein Brausen wie von einem gewaltigen Sturm. Es steigerte sich zu einem Dröhnen, und plötzlich bogen sich die Bäume, das scharfe Knacken berstender Baumstämme hallte durch den Wald. Etwas, das weder Wind noch Geräusch oder Druck war, sondern eine Mischung aus allen dreien, warf sich mit gewaltiger Macht auf sie und schleuderte sie zu Boden, wo umherfliegende Pflanzen, Zweige, Äste und Baumstämme auf sie herabprasselten.

Sie blieb liegen, verwirrt und voller Schmerz, bis ihre Instinkte erwachten und ihr sagten, sie müsse aufstehen, aufstehen und kämpfen. Sie warf sich herum, richtete sich auf und duckte sich dem

Sturm entgegen; rasend vor Zorn schnappte und brüllte sie in dem Wirbel aus Trümmern, der ihr ins Gesicht schlug.

Allmählich verebbte der Sturm und hinterließ einen völlig zerstörten Wald. Und in der Stille schwoll ein neues Geräusch an, ein geheimnisvolles Summen, beinahe wie Gesang. Ein greller Lichtblitz fuhr herab, dann noch einer und noch einer, sie explodierten in der verwüsteten Landschaft, bis ein wahrer Feuerregen vom Himmel fiel. Die verwirrten und verängstigten Schreie und Rufe von Tieren erhoben sich zu allen Seiten wie ein Chor der Angst. Rudel kleiner Tiere rasten kopflos durch die verwüstete Landschaft, als der Feuerregen immer heftiger wurde.

Eine Herde panischer Coelophysis rannte vor ihr vorbei, und sie schwang den gewaltigen Kopf mitten hinein, riss und biss um sich, bis überall zuckende Glieder, verstümmelte Körper und Schwänze herumlagen. Gemächlich verspeiste sie die Stücke und schnappte gelegentlich verärgert nach dem Feuerregen, der sich bald abschwächte, bis eine Art Sand sacht vom Himmel fiel. Sie fraß sich satt und ruhte danach, vollkommen gedankenlos. Sie merkte nicht, dass die Sonne verschwunden war und die Farbe des Himmels von Gelb zu Orange und schließlich zu Blutrot gewechselt hatte, dass der Himmel mit jedem Augenblick dunkler wurde und gewaltige Hitze von überall und nirgendwo zugleich ausstrahlte. Die Luft selbst wurde immer heißer, bis sie so heiß war, wie sie es noch nie erlebt hatte.

Die Hitze stachelte sie schließlich zum Handeln an, wie auch der Schmerz von den vielen Wunden an ihrem Rücken.

Sie stand auf, ging zu dem Zypressensumpf, suchte ihre übliche Stelle für ein Schlammbad auf, warf sich zu Boden und wälzte sich, um sich mit kühlem schwarzen Schlamm zu bedecken.

Allmählich wurde es dunkel. Ihre Sorge ließ nach. Alles war in Ordnung.

1

Melodie Crookshank brachte die Daten auf ihrem Computerbildschirm ins HTML-Format, bearbeitete Bilder, verfasste Unterschriften dazu und legte letzte Hand an den kurzen Artikel, den sie in einem Ausbruch fiebriger Aktivität verfasst hatte. Ihre Batterie war so gut wie leer – sechzig Stunden ohne Schlaf –, aber sie fühlte sich immer noch aufgedreht. Dies war einer der bedeutendsten Aufsätze in der Geschichte der Paläontologie, und er würde einen Aufstand auslösen. Zweifler würden auf den Plan treten, Konservative alles verwerfen, Eiferer sich berufen fühlen, sie bloßzustellen, oder ihr gar Betrug vorwerfen – aber die Daten waren gut. Sie würden allem standhalten. Und die Bilder waren tadellos. Darüber hinaus hatte sie noch ein unbearbeitetes Plättchen von der Probe übrig, das sie entweder dem Smithsonian oder Harvard anbieten würde, damit deren Paläontologen eine unabhängige Untersuchung durchführen konnten.

Sobald sie den Artikel online zum *Journal of Vertebrate Paleontology* übermittelte, würde die Hölle losbrechen. Nur einer brauchte ihn zu lesen, dann würden ihn alle lesen, und ihre Welt würde nie wieder dieselbe sein.

Sie war fertig – zumindest beinahe. Ihr Zeigefinger schwebte schon über der ENTER-Taste, bereit, die E-Mail mit dem angehängten Artikel abzuschicken.

Es klopfte an der Tür, und sie fuhr erschrocken herum. Der Stuhl klemmte noch unter dem Türknauf. Sie warf einen Blick auf die Uhr: Fünf.

»Wer ist da?«

»Putzkolonne.«

Sie seufzte, stand vom Tisch auf, ging zur Tür und befreite

den verkeilten Stuhl. Sie wollte gerade die Tür aufschließen, zögerte jedoch plötzlich.

»Putzkolonne?«

»Hab ich doch gesagt.«

»Frankie?«

»Wer denn sonst?«

Sie schloss die Tür auf und erkannte erleichtert die magere, vertraute Gestalt von Frankie, knochig und unrasiert, der wie immer nach miesen Zigarren und noch schlechterem Whiskey stank. Er schlurfte herein, und sie schloss die Tür hinter ihm wieder ab. Er ging im Labor herum, leerte die Mülleimer in einen großen Plastiksack und pfiff dabei unmelodisch vor sich hin. Er tauchte unter ihren Schreibtisch, schnappte sich den Mülleimer, aus dem Coladosen und Mars-Verpackungen quollen, stieß sich den Kopf an, als er sich wieder aufrichtete, wobei einige der leeren Coladosen herausfielen, auf der Tischplatte landeten und Cola auf das Stereozoom-Mikroskop spritzte.

»'tschuldigung, tut mir leid.«

»Schon gut.« Sie wartete ungeduldig darauf, dass er endlich fertig wurde. Er leerte den Mülleimer, wischte kurz mit dem Ärmel über den Schreibtisch und stieß dabei auch noch an das Fünfzigtausend-Dollar-Mikroskop. Melodie fragte sich, warum manche Menschen Entdeckungen in Höherer Mathematik machen konnten, während andere nicht einmal in der Lage waren, Müll einzusammeln. Rasch schob sie diesen Gedanken beiseite. Das war gemein von ihr, und sie wollte niemals so werden wie die arroganten Wissenschaftler, mit denen sie es in den vergangenen Jahren oft zu tun gehabt hatte. Sie würde immer freundlich zu kleinen Laborantinnen, unfähigem Reinigungspersonal und Promotionsstudenten sein.

»Danke, Frankie.«

»Bis dann.« Frankie ließ im Gehen den Müllsack gegen die Tür knallen, und dann herrschte wieder Schweigen.

Seufzend untersuchte Melodie das Stereozoom-Mikroskop. Kleine Colatröpfchen waren an die Seite des Apparats gespritzt, und sie bemerkte, dass auch einige auf dem Objektträger gelandet waren.

Sie schaute durch das Okular, um sich zu vergewissern, dass Frankie keinen Schaden angerichtet hatte. Sie hatte herzlich wenig von der ursprünglichen Probe übrig, jedes bisschen zählte, vor allem die sechs oder sieben Partikel, die sie so mühsam von Verunreinigungen befreit hatte.

Doch auf dem Objektträger war alles in Ordnung. Die Colatröpfchen in der Lösung schadeten nicht – ein paar Zuckermoleküle konnten einem Partikel, das fünfundsechzig Millionen Jahre lang begraben gewesen war und danach noch ein Bad in zwölfprozentiger Flusssäure überstanden hatte, wohl kaum etwas anhaben.

Dann stutzte sie. Wenn ihre Augen sie nicht täuschten, hatte sich plötzlich eines der Querstäbchen am Arm eines Partikels bewegt.

Sie wartete, starrte durch das Okular auf die vergrößerten Partikel und spürte ein Kribbeln im Nacken. Vor ihren Augen bewegte sich der Arm eines Partikels, wie ein kleiner Uhrzeiger, von einer Position zur nächsten. Dabei bewegte das Partikel sich vorwärts. Fasziniert und erschrocken zugleich beobachtete sie, wie auch die anderen Partikel mit dieser mechanisch wirkenden, klickenden Bewegung begannen. Sämtliche Partikel bewegten sich fort, die Arme funktionierten wie winzige Propeller.

Die Partikel lebten noch.

Es musste an dem Zucker liegen, der nun der Lösung beigefügt war. Melodie griff unter ihren Schreibtisch und holte die letzte Coladose hervor. Sie riss sie auf, entnahm mit einer Mikropipette eine winzige Menge und tropfte sie an den Rand des mit Lösung benetzten Objektträgers, so dass dort eine hohe Zuckerkonzentration geschaffen wurde.

Die Partikel wurden aktiver, die kleinen Arme trieben sie rotierend auf die höhere Zuckerkonzentration zu.

Melodie wurde es allmählich unheimlich. Sie hatte überhaupt nicht daran gedacht, dass die Partikel immer noch infektiös sein könnten. Und wenn sie noch lebten, waren sie auf jeden Fall noch infektiös – zumindest für einen Dinosaurier.

Im Herpetologie-Labor, ein Stück den Flur hinunter, züchtete einer der Kuratoren im Rahmen eines langfristigen Experiments parthenogenetische Eidechsen. Im Labor gab es einen Inkubator voll Zellkulturen in vitro. An einer solchen Kultur ließe sich hervorragend überprüfen, ob das Partikel eine rezente Eidechse infizieren konnte.

Sie verließ ihr Labor. Der Flur war leer – nach fünf Uhr an einem Sonntagnachmittag war es nicht wahrscheinlich, dass ihr hier jemand begegnen würde. Das Herpetologie-Labor war abgeschlossen, aber ihre Schlüsselkarte funktionierte auch hier, und sie brauchte nur fünf Minuten, um eine Petri-Schale voll wachsender Eidechsenzellen in die Hand zu bekommen. Sie brachte sie in ihr Labor, löste einige der Zellen mit einem Spritzer Salzlösung und brachte sie auf den Objektträger auf.

Dann drückte sie die Augen ans Okular.

Die Venus-Partikel hielten in ihrer Bewegung hin zur höheren Zuckerkonzentration inne. Sie drehten sich alle auf einmal um, wie ein Rudel Wölfe, das etwas gewittert hat, und bewegten sich auf die Zellen zu. Melodie verschlug es den Atem. Gleich darauf erreichten sie das Grüppchen Zellen, umzingelten sie und hefteten sich mit ihren langen Härchen an die Zellmembranen; dann drang jedes einzelne Partikel mit einer raschen, schneidenden Bewegung in eine Zelle ein.

Melodie wartete wie gebannt, was als Nächstes passieren würde.

2

Ford schleifte den Mann im Trainingsanzug zu einer Nische in dem Felsbrocken, wo er von hinten und von beiden Seiten Deckung hatte. Die drei Soldaten richteten ihre Waffen auf Ford und den Mann, den er festhielt. Der Sergeant machte eine knappe Handbewegung, und die beiden anderen Männer traten an den Flanken nach außen.

»Sofort stehen bleiben, und lassen Sie die Waffen sinken.«

Der Anführer brachte die beiden mit einer Geste zum Stehen.

»Wie gesagt, dieser Mann wird uns allen jetzt erklären, was hier vor sich geht, denn sonst bringe ich ihn um. Verstanden? Sie wollen sich doch nicht mit dem Chef im Leichensack bei Ihrer Einheit zurückmelden, oder?«

»Sie werden im Leichensack danebenliegen«, sagte Hitt ruhig.

»Ich tue das für Sie, Sergeant.«

»Für uns?«

»Sie müssen erfahren, was hier wirklich los ist.«

Schweigen.

Ford drückte Masago die Pistole an den Kopf. »Reden Sie.«

»Lassen Sie ihn los, oder wir eröffnen das Feuer«, sagte Hitt gelassen. »Eins …«

»Warten Sie«, sagte Tom. »Wir sind amerikanische Staatsbürger. Wir haben nichts Böses getan. Sind Sie etwa deshalb zum Militär gegangen – um amerikanische Zivilisten zu töten?«

Ein leichtes Zögern war zu spüren. Dann sagte Hitt: »Zwei …«

»Hören Sie mir zu«, sagte Tom eindringlich und wandte sich direkt an den Sergeant. »Sie wissen ja nicht, was Sie tun. Befolgen Sie nicht einfach blind Ihre Befehle. Warten Sie doch zumindest, bis Sie wissen, was los ist.«

Wieder zögerte der Sergeant. Die beiden anderen Soldaten sahen ihn an. Er war der Schlüssel.

Hitt ließ die Waffe sinken.

Ford sprach ganz ruhig und dachte an alles, was man ihm vor vielen Jahren über Verhörtaktik beigebracht hatte. »Sie haben diese Männer belogen, nicht wahr?«

»Nein.« Der Mann schwitzte jetzt schon.

»Doch, das haben Sie. Und jetzt werden Sie ihnen die Wahrheit sagen, sonst bringe ich Sie um – keine zweite Chance, keine weitere Vorwarnung, nichts. Eine Kugel in den Kopf, und dann können Ihre Leute mit mir machen, was sie wollen.«

Ford meinte es ernst, und das war der Schlüssel. Der Mann spürte es.

»Okay. Erste Frage. Für wen arbeiten Sie?«

»Ich bin Direktor der Abteilung LS480.«

»Was ist das?«

»Die Abteilung wurde 1973 eingerichtet, nach der Apollo-17-Mondmission. Ihr Zweck war die Untersuchung einer Mondprobe mit der Bezeichnung LS480.«

»Mondgestein?«

»Ja.«

»Weiter.«

Masago schluckte. Er schwitzte. »Es handelte sich um Ejekta aus einem Krater, der als Van Serg bekannt ist. Die Gesteinsprobe enthielt Fragmente des Meteoriten, durch dessen Einschlag der Krater entstand. Darin wurden Partikel gefunden. Mikroben.«

»Was für Mikroben?«

»Unbekannt. Offenbar handelt es sich um eine außerirdische Lebensform. Biologisch aktiv. Sie könnten als Waffen missbraucht werden.«

»Und wo ist die Verbindung zu dem Dinosaurier?«

»Die gleichen Partikel wurden in dem Dinosaurierfossil gefunden. Der Dinosaurier ist an einer Infektion gestorben, die durch das LS480-Partikel ausgelöst wurde.«

Ford überlegte. »Sie wollen also sagen, eine außerirdische Lebensform hat den Dinosaurier getötet?« – »Ja.«

»Und was hat das gleich wieder mit dieser Mondprobe zu tun? Ich bin etwas verwirrt.«

»Der Van-Serg-Krater ist fünfundsechzig Millionen Jahre alt. Der Dinosaurier starb vor fünfundsechzig Millionen Jahren nach dem Chicxulub-Impakt.«

»Chicxulub?«

»Der Meteoriteneinschlag, der zum Aussterben der Dinosaurier führte.«

»Nur weiter.«

»Der Van-Serg-Krater entstand durch den Einschlag eines Fragments von demselben Asteroiden. Anscheinend war der gesamte Asteroid mit den LS480-Partikeln durchsetzt.«

»Was ist das Ziel dieser Operation?«

»Das Gebiet zu räumen, sämtliches Wissen über den Dinosaurier zu löschen, das Fossil zu bergen und einer geheimen Forschungseinrichtung zu übergeben.«

»Mit ›das Gebiet räumen‹ meinen Sie uns.«

»So ist es.«

»Und mit ›sämtliches Wissen über den Dinosaurier zu löschen‹ meinen Sie, dass Sie uns umbringen wollen – hab ich Recht?«

»Ich habe mich nicht leicht mit der Vorstellung abgefunden, amerikanische Staatsbürger zu töten. Aber diese Angelegenheit ist eine sehr ernste Bedrohung der nationalen Sicherheit. Es geht um das Überleben unseres Landes. Ihr Leben für Ihr Heimatland zu geben, ist nicht unehrenhaft – selbst dann, wenn es bedauerlicherweise unfreiwillig geschieht. Manchmal ist es eben unvermeidlich. Sie waren bei der CIA. Sie verstehen das doch.« Er verstummte und warf Ford einen scharfen Blick zu. »Diese LS480-Partikel haben das Aussterben der Dinosaurier ausgelöst. In den falschen Händen könnten diese Partikel zu einem zweiten Massensterben führen – diesmal der menschlichen Rasse.«

Ford ließ ihn los.

Masago sprang weg, wich keuchend zurück und zog seine Beretta. Er stellte sich schräg hinter Hitt.

»Sergeant Hitt, eliminieren Sie diese drei Personen. Ich brauche ihre Informationen nicht. Wir werden sie auf andere Weise bekommen.«

Lange herrschte Schweigen.

»Sie können das nicht tun«, sagte Sally. »Jetzt wissen Sie doch, dass es Mord wäre.«

»Ich erwarte, dass Sie meinen direkten Befehl ausführen, Soldat«, sagte Masago ruhig.

Niemand sprach. Niemand rührte sich.

»Ich entziehe Ihnen das Kommando, Hitt«, sagte Masago. »Private Gowicki, führen Sie meinen Befehl aus. Eliminieren Sie diese Personen.«

Ein weiteres, angespanntes Schweigen.

»Gowicki, ich habe noch keine Bestätigung meines Befehls gehört.«

»Ja, Sir.«

Gowicki hob die Waffe. Sekunden verstrichen.

»Gowicki?«, fragte Masago.

»Nein«, sagte Hitt.

Masago richtete die Waffe auf Hitts Kopf. »Gowicki? Führen Sie meinen Befehl aus.«

Tom prallte mit einem Hechtsprung gegen Masagos Knie, und der Schuss ging an die Decke. Masago überschlug sich, kam auf die Beine, doch Hitt versetzte ihm mit einer raschen Bewegung einen Faustschlag in den Solarplexus. Masago kippte um, lag gekrümmt am Boden und konnte keinen Laut mehr von sich geben.

Hitt trat die Waffe mit dem Fuß beiseite. »Fesseln.«

Gowicki und Hirsch traten vor und hatten gleich darauf Masago die Handgelenke mit Plastikschellen auf den Rücken gefesselt. Er japste und hustete, wälzte sich im Sand, und Blut rann ihm aus dem Mundwinkel.

Dann folgte ein langes Schweigen.

»Also schön«, sagte Hitt zu seinen Soldaten. »Ich übernehme das Kommando. Und ich glaube, diese drei Leute brauchen dringend Wasser.«

Gowicki reichte seine Feldflasche herum. Alle tranken ausgiebig.

»Gut«, sagte Hitt. »Jetzt wissen wir, was hier tatsächlich los ist, und wir haben immer noch eine Operation zu Ende zu führen. So wie ich das sehe, sollten wir das Dinosaurierfossil lokalisieren. Und Sie wissen, wo es ist.« Er wandte sich an Ford.

»Was haben Sie mit uns vor?«

»Ich nehme Sie mit zum Stützpunkt in White Sands. General Miller wird entscheiden, was mit Ihnen zu geschehen hat – er ist eigentlich unser vorgesetzter Offizier, und nicht dieser« – seine Stimme erstarb, und er warf Masago einen Blick zu – »Zivilist.«

Ford wies mit einem Nicken auf den großen Felsbrocken, der das hintere Ende der Höhle fast versperrte. »Er ist auf der anderen Seite.«

»Im Ernst?« Hitt drehte sich zu Gowicki um. »Du behältst sie im Auge, während ich nachsehe.«

Hitt verschwand hinter dem Felsen und kam gleich darauf wieder zum Vorschein.

»Also das«, sagte er, »ist ja mal *echt scharf.*« Er wandte sich an seine Männer. »Was mich angeht, ist der erste Teil der Operation hiermit erfolgreich abgeschlossen. Wir haben das Fossil lokalisiert. Ich rufe den Rest der Truppe zusammen. Wir treffen uns am Landepunkt, kehren zum Stützpunkt zurück, erstatten General Miller Bericht und übergeben diese drei Personen, und dann warten wir auf weitere Befehle.« Er wandte sich an Masago. »Sie kommen schön ruhig mit, Sir, und machen ja keinen Ärger.«

3

Der Hubschrauber hockte in der Salzwüste wie ein riesenhaftes schwarzes Insekt vor dem Sprung. Schweigend näherten sie sich ihm; Tom humpelte aus eigener Kraft, Sally wurde von einem Soldaten gestützt. Als Letzter kam Hitt, der Masago vor sich im Auge behielt.

Die vier anderen Mitglieder des Einsatzkommandos, von Hitt herbeigerufen, warteten im Schatten eines nahen Felsbrockens und rauchten. Hitt gab ihnen einen Wink, und sie erhoben sich und warfen ihre Kippen weg. Tom folgte ihnen zum Hubschrauber. Der Sergeant bedeutete allen, sich auf die Metallbänke an den Wänden zu setzen.

»Nehmen Sie Kontakt zum Stützpunkt auf«, sagte Hitt zu dem Copiloten. »Melden Sie, dass der erste Teil der Operation erfolgreich abgeschlossen ist. Und melden Sie: Ich sah mich gezwungen, dem Zivilisten Masago die Befehlsgewalt zu entziehen und ihn zu entwaffnen.«

»Ja, Sir.«

»Über die Einzelheiten werde ich General Miller persönlich Bericht erstatten.«

»Ja, Sir.«

Ein Soldat zog die Tür zu, während der Pilot den Motor hochjagte und der Hubschrauber abhob. Tom lehnte sich neben Sally an die Netze – er war noch nie im Leben so erschöpft gewesen. Er blickte hinüber zu Masago. Der Mann hatte immer noch kein Wort gesprochen. Sein Gesichtsausdruck wirkte eigenartig leer.

Der Hubschrauber erhob sich über die Steilwände des Tals und glitt in südwestlicher Richtung über die Tafelberge. Die Sonne war ein großer Blutstropfen am Horizont, und als der

Helikopter höher stieg, konnte Tom den Navajo Rim sehen und dahinter die Mesa der Alten, durch deren Mitte sich ein Gewirr von Canyons zog – das Labyrinth. In weiter Ferne war die blaue Schleife des Chama River zu erkennen.

Als der Hubschrauber gemächlich nach Südosten schwenkte, nahm Tom aus den Augenwinkeln eine Bewegung wahr – Masago. Der Mann war aufgesprungen und stürzte zum Cockpit. Tom warf sich auf ihn, doch der Mann riss sich los und landete mit gefesselten Händen einen heftigen, aufwärtsgerichteten Schlag. Dann zog er mit beiden Händen ein Messer aus einem Futteral am Hosenbein, fuhr herum und drängte sich durch die offene Tür ins Cockpit. Die anderen Männer waren aufgesprungen und wollten ihm nach, doch der Hubschrauber geriet plötzlich ins Trudeln und schleuderte alle in die Netze, während aus dem Cockpit ein röchelnder Schrei zu hören war.

»Er bringt uns zum Absturz!«, brüllte Hitt.

Der Hubschrauber sackte plötzlich ab, und von den Rotoren war ein tiefes Stöhnen zu hören. Tom rappelte sich auf, hielt sich an den Netzen fest und kämpfte gegen die enormen Kräfte an, während der Hubschrauber langsamer wurde und kreischend abwärtstrudelte. Er erhaschte einen Blick durch die Tür ins Cockpit, wo der Copilot mit Masago rang – und der Pilot tot am Boden lag, blutüberströmt.

Als der Hubschrauber plötzlich nach vorn kippte, nutzte Tom die Bewegung, um sich ins Cockpit zu schleudern. Er prallte gegen die Konsole, zog sich an einem Sitz hoch, schlug nach Masago und traf ihn am Ohr. Als er zurücktaumelte, packte der Copilot die gefesselten Hände des Mannes, ließ sie auf die Konsole krachen und schlug ihm damit das Messer aus der Hand. Der kreiselnde Hubschrauber warf beide zu Boden, Masago packte den Copiloten und würgte ihn, während die Männer auf dem von Blut glitschigen Boden herumrutschten. Tom knallte Masagos Kopf auf den Boden und zerrte ihn von dem Copiloten herunter.

»Übernehmen Sie die Steuerung!«, schrie Tom den Copiloten

an, dem man das nicht zweimal sagen musste. Der Mann sprang auf und packte das Steuer des wild kreiselnden Hubschraubers. Mit einem plötzlichen Aufbrüllen des Heckrotors und einer Entschleunigung, bei der es einem den Magen umdrehte, bekam er den Hubschrauber unter Kontrolle. Masago schlug immer noch um sich und kämpfte mit beinahe übermenschlicher Kraft, doch nun war Hitt Tom zu Hilfe geeilt, und gemeinsam hielten sie ihn am Boden. Über die kreischenden Turbinen hinweg konnte Tom hören, wie der Copilot einen Notruf absetzte, während er mit dem Steuerknüppel rang.

Plötzlich raste vor der Scheibe eine Felswand vorbei; es folgten ein markerschütternder Stoß und vielfaches Knallen wie von einem Maschinengewehr, und Stücke der Rotorblätter flogen wie Schrapnells durch die Kabine. Der Copilot wurde von den herumfliegenden Trümmern beiseitegeschleudert, sein Blut spritzte an die geborstene Plexiglas-Scheibe. Das Kreischen von Metall auf Stein war zu hören, gefolgt von einem Augenblick schwerelosen, freien Falls und einem gewaltigen Aufprall. Stille.

Tom hatte das Gefühl, aus der Dunkelheit ans Licht zu schwimmen, und er brauchte einen Moment, um sich zu erinnern, wo er war – in einem abgestürzten Hubschrauber. Er versuchte, sich zu bewegen und stellte fest, dass er in einer Ecke eingeklemmt und unter Trümmern begraben war. Er hörte wie aus weiter Ferne Schreie, das Tropfen irgendeiner Flüssigkeit (war es vielleicht Blut?), und es stank nach Flugbenzin und verschmorter Elektronik. Nichts regte sich. Er versuchte, sich freizukämpfen. Der Hubschrauber war auf einer Seite regelrecht aufgeschlitzt worden, und durch den Riss konnte er sehen, dass sie auf einem Steilhang aus Felsbrocken lagen. Der Hubschrauber ächzte, rutschte ein wenig, Nieten barsten. Rauch erfüllte nun die Luft.

Tom kletterte über den Schutt hinweg und fand Sally, die sich in einem Haufen Netze und Plastikplanen verfangen hatte. Er zog die Netze beiseite. »Sally!«

Sie bewegte sich, öffnete die Augen.

»Ich hole dich raus.« Er packte sie an den Schultern und zog sie heraus; zu seiner Erleichterung schien sie nur ein wenig benommen.

»Tom!«, hörte er die Stimme von Wyman Ford.

Er drehte sich um. Ford krabbelte gerade den Trümmerhaufen herauf, Blut rann ihm übers Gesicht. »Feuer«, keuchte er. »Wir brennen.« Im selben Moment gab es ein lautes »Wuusch«, und das Heck ging in Flammen auf. Die glühende Hitze schlug ihnen ins Gesicht.

Tom schlang den Arm um Sally und führte sie zu dem Riss im Rumpf, dem einzigen Ausweg.

Er griff nach den Netzen an der Decke, kämpfte sich hinaus, hakte einen Arm ein und zog sie hoch zu dem Loch. Sie packte die zerfetzte Kante, und Tom half ihr heraus auf den Rumpf, von wo aus sie fast zweieinhalb Meter tief springen musste. Er sah, dass sich das Feuer rasch am Heck ausbreitete, bereits an Treibstoffleitungen und Kabeln leckte und den Hubschrauber zu verschlingen drohte.

»Kannst du runterspringen?«

Sally nickte.

Er hielt sie fest, während sie vorsichtig ein Stück die Seite hinunterrutschte und sich dann fallen ließ.

»Lauf!«

»Was zum Teufel tust du da oben?«, schrie sie von unten. »Weg da!«

»Ford ist noch hier drin!«

»Das Ding wird explodieren –« Doch Tom hatte sich wieder dem Inneren des Hubschraubers zugewandt, wo Ford, der verletzt war, sich abmühte, über die Netze hinauf zu der Öffnung zu klettern. Einer seiner Arme baumelte nutzlos in der Luft.

Tom legte sich auf den Bauch, streckte den Arm durch das Loch, packte Fords gesunden Arm und hievte ihn hoch. Schwarzer Rauch quoll in einer mächtigen Wolke hervor, als er Ford aus dem Loch zerrte und dann langsam vom Hubschrauber gleiten ließ.

»Tom! Komm da runter!«, schrie Sally von unten und half Ford von dem Wrack fort.

»Hitt ist auch noch drin!«

Rauch strömte weiterhin durch die Öffnung. Tom ließ sich hineinfallen, duckte sich und fand unter dem Qualm eine Schicht guter Luft. Er kroch zu der Stelle, wo er Hitt zuletzt gesehen hatte. Der bewusstlose Soldat lag auf der Seite im Cockpit in einem Trümmerhaufen. Die Hitze des nahenden Feuers verbrannte bereits seine Haut. Tom schlang die Arme um Hitts Oberkörper und zog, doch der Soldat war schwer, und er schaffte es nicht.

Ein dumpfer Knall war zu hören, als etwas in der Kabine in Flammen aufging. Eine Woge von Rauch und Hitze rollte über Tom hinweg.

»Hitt!« Er schlug dem Mann ins Gesicht. Der öffnete die Augen, verdrehte sie. Tom schlug ihn noch einmal, mit aller Kraft, und der Blick wurde wacher.

»Aufstehen! Raus hier!«

Tom legte den Arm in Hitts Nacken und richtete ihn auf. Hitt kämpfte sich auf die Knie, schüttelte den Kopf, und Blut tropfte aus seinem kurzen Haar. »Verdammt …«

»Raus! Es brennt!«

»Himmel …«

Hitt kam anscheinend endlich ganz zu sich und konnte sich wieder selbstständig bewegen. Der Qualm war jetzt so dick, dass Tom kaum noch etwas sehen konnte. Er tastete sich am Boden entlang, und Hitt kroch hinter ihm her. Eine Ewigkeit später erreichten sie die Stelle, wo der Rumpf des Hubschraubers sich aufwärtskrümmte. Er drehte sich um, packte Hitt am Arm und legte dessen mächtige Hand auf die Netze. »Klettern Sie raus!«

Er bekam keine Luft mehr, und der beißende Rauch fühlte sich in seiner Lunge an wie Glasscherben.

»Klettern, verdammt noch mal!«

Der Mann begann zu klettern, fast wie ein Zombie, Blut rann an seinen Armen hinab. Tom kletterte neben ihm empor, schrie ihn an, und ihm wurde allmählich schwindlig. Er würde das Bewusstsein verlieren, es war zu spät. Es war vorbei. Er spürte, wie sein Griff immer schwächer wurde, Arme streckten sich ihm entgegen, zogen ihn hinaus und schleuderten ihn vom Hubschrauber herunter. Er knallte hart auf den Sand, und gleich darauf plumpste Hitt neben ihm zu Boden und stöhnte. Sally sprang und landete vor ihnen – sie war wieder auf den Hubschrauber geklettert, um sie herauszuziehen.

Sie taumelten und krochen so weit wie möglich von dem brennenden Hubschrauber weg. Tom brach schließlich zusammen, japsend und keuchend, und konnte keinen Schritt mehr weiter. Halb kroch er noch, halb lag er nur im Sand, hörte einen dumpfen Knall und spürte die plötzliche Hitze, als der letzte Tank des Hubschraubers in die Luft flog und das gesamte Wrack in Flammen hüllte.

Plötzlich erschien eine bizarre Gestalt: Ein Mann kam aus dem Feuer, mit lodernden Flammen bedeckt, eine Waffe in der hochgereckten, brennenden Faust. Seltsam bedächtig blieb er stehen, zielte und gab einen einzelnen Schuss ab – und dann kippte die Gestalt wie eine Statue hintenüber in das Flammeninferno und war verschwunden.

Tom verlor das Bewusstsein.

4

Die Nacht hatte sich auf das Naturhistorische Museum in Manhattan herabgesenkt. Eine sanfte Brise ließ die Blätter der alten Platanen im Museumspark rascheln, und die steinernen Wasserspeier, die auf den Dächern spuckten, hockten stumm vor dem dunklen Himmel. Tief unten im Keller des Museums brannte Licht, im Mineralogielabor, wo Melodie Crookshank sich über das Stereozoom-Mikroskop beugte und zusah, wie sich ein Zellhaufen teilte.

Das ging jetzt seit dreieinhalb Stunden so. Die Venus-Partikel hatten ein erstaunliches Wachstum an den Tag gelegt – sie feierten eine wahre Orgie der Zellteilung. Zunächst dachte Melodie, die Partikel hätten irgendwie eine krebsartige Wucherung ausgelöst, einen undifferenzierten Haufen maligner Zellen. Aber es dauerte nicht lange, bis ihr klar wurde, dass diese Zellen sich nicht wie Krebszellen teilten, oder auch nur wie normale Zellen in einer Kultur.

Nein – diese Zellen *differenzierten sich.*

Die Gruppe von Zellen nahm allmählich die Charakteristika von Blastozyten an, den Zellhäufchen, die sich aus einem befruchteten Embryo bilden.

Während sich die Zellen weiter teilten, bemerkte Melodie einen dunklen Strich, der sich in der Mitte der Blastozyten entwickelte. Er sah genauso aus wie der so genannte »Primitive Streak«, der sich in allen Chordaten-Embryos entwickelte – und schließlich zu Wirbelsäule oder Rückgrat des neuen Lebewesens wurde.

Lebewesen.

Melodie, am Rand der Erschöpfung, hob den Kopf. Ihr war noch nicht klar, wozu sich dieses wachsende Ding entwickeln würde, zu einer Eidechse oder etwas anderem, und es war noch zu früh im ontologischen Prozess, um das abschätzen zu können.

Sie erschauerte. Was zum Teufel tat sie da? Es wäre Wahnsinn, abzuwarten und es herauszufinden. Was sie gerade tat, war nicht nur leichtsinnig, sondern extrem gefährlich.

Diese Partikel mussten unter Bedingungen der Biologischen Sicherheit, Stufe 4, untersucht werden, nicht in einem offenen Labor wie ihrem.

Sie sah sich nach der Uhr um, konnte das Ziffernblatt jedoch kaum noch erkennen. Sie blinzelte, rieb sich die Augen und verdrehte sie nach links und rechts. Sie war so müde, dass sie schon beinahe halluzinierte.

Melodie hatte keine Ahnung, worum es sich bei diesen Partikeln handelte, was sie bewirkten, wie sie funktionierten. Sie waren eine außerirdische Lebensform, die mit dem Chicxulub-Meteoriten auf die Erde gelangt war. Die Sache war zu groß für sie – viel zu groß.

Melodie schob den Stuhl zurück, stand auf, schwankte leicht und musste sich mit zitternden Händen am Schreibtisch abstützen. Sie überlegte, was nun zu tun war. Sie sah sich um, und ihr Blick fiel auf eine Flasche achtzigprozentiger Salzsäure im Chemikalienschrank. Sie schloss den Schrank auf, nahm die Flasche heraus, brachte sie zur Abzugshaube, erbrach das Siegel der Flasche und goss ein wenig Säure in eine flache Glasschale. Unendlich vorsichtig entnahm sie den Objektträger aus dem Mikroskop, trug ihn zum Abzug und ließ ihn in die Salzsäure gleiten. Es schäumte ein wenig und zischte leise, als die Säure augenblicklich den grässlichen Zellhaufen zerstörte, bis nichts mehr davon übrig war.

Sie atmete erleichtert auf. Das war der erste Schritt, den Organismus zu zerstören, der sich auf ihrem Objektträger entwickelt hatte. Jetzt musste sie noch die freien Venus-Partikel selbst zerstören.

Sie fügte der Säure eine starke Base hinzu, neutralisierte sie damit und ließ am Grund der Schale eine Schicht Salz entstehen. Sie setzte einen Bunsenbrenner unter der Haube in Gang, stellte das Glasschälchen darauf und verkochte die Lösung. Nach wenigen Minuten war die gesamte Flüssigkeit verdampft und hatte nur eine Salzkruste hinterlassen. Nun drehte sie den Brenner so heiß wie nur möglich auf. Fünf Minuten vergingen, zehn, und die Salzkruste zog sich zusammen und glühte rot, als die Temperatur sich dem Schmelzpunkt von Glas näherte. Keine Form von Kohlenstoff, nicht einmal ein Fußballmolekül, konnte eine solche Hitze überleben. Fünf Minuten lang ließ sie die Glasschale auf dem Brenner liegen und kirschrot glühen, dann stellte sie das Gas ab und ließ die Schale abkühlen.

Jetzt gab es noch eines zu tun: das Wichtigste überhaupt. Sie musste den Artikel fertigstellen und einarbeiten, was sie gerade entdeckt hatte. Sie verbrachte zehn Minuten damit, zwei letzte Absätze zu verfassen, in denen sie in der trockensten wissenschaftlichen Ausdrucksweise, zu der sie noch fähig war, ihre Beobachtungen schilderte.

Sie speicherte ihren Text, las ihn ein letztes Mal durch und war zufrieden.

Im Stillen schalt sie sich für ihren Mangel an Umsicht. Was auch immer das für Partikel waren, sie vermutete inzwischen, dass sie sehr gefährlich sein könnten. Man konnte nicht wissen, was sie bei einem lebenden Organismus, bei einem Menschen anrichten könnten.

Ein Schauer lief ihr über den Rücken, als sie sich fragte, ob sie sich womöglich infiziert hatte. Aber das war unmöglich – die Partikel waren zu groß, um von allein in die Luft zu steigen, und außerdem waren alle bis auf die wenigen, die sie so mühsam herausgelöst hatte, sicher in Stein eingeschlossen – fünfundsechzig Millionen Jahre alt, aber immer noch funktionstüchtig.

Funktionstüchtig.

Das war der springende Punkt. Was war ihre Funktion? Doch

noch während sie sich das fragte, wurde ihr klar, dass es Monate, vielleicht sogar Jahre dauern würde, eine Antwort auf diese Frage zu finden.

Sie fügte die neue Version als Anhang einer E-Mail hinzu, bereitete alles zum Versenden vor und zögerte mit dem Finger über der ENTER-Taste.

Sie drückte auf ENTER.

Melodie lehnte sich mit einem tiefen Seufzen auf dem Stuhl zurück und fühlte sich plötzlich völlig ausgepumpt. Mit diesem einen Tastendruck hatte sich ihr Leben verändert. Für immer.

5

Tom schlug die Augen auf. Sonnenlicht lag in Streifen auf seinem Bett, irgendwo im Hintergrund war ein leises Piepsen zu hören, an der Wand hing eine Uhr. Obwohl ihn Schmerz einhüllte wie dichter Nebel, schaffte er es, Sally zu entdecken, die auf einem Stuhl ihm gegenübersaß.

»Du bist wach!« Sie sprang auf und nahm seine Hand.

Tom dachte nicht einmal daran, den dröhnenden Kopf zu heben. »Was …?«

Alles strömte wieder auf ihn ein, die Jagd im Canyon, der Absturz mit dem Hubschrauber, das Feuer. »Sally, wie geht es dir?«

»Sehr viel besser als dir.«

Tom blickte an sich herunter und erschrak, als er die vielen Verbände sah. »Was hab ich denn?«

»Ach, nur ein paar hässliche Verbrennungen, ein gebrochenes Handgelenk, angeknackste Rippen, eine Gehirnerschütterung, eine Nierenquetschung und eine verätzte Lunge. Weiter nichts.«

»Wie lange war ich weg?«

»Zwei Tage.«

»Ford? Wie geht es ihm?«

»Er müsste jeden Moment vorbeikommen, um nach dir zu sehen. Er hat sich einen Arm gebrochen und ein paar böse Schnittwunden abbekommen, sonst nichts. Er ist ein zäher Bursche. Dich hat es am schlimmsten erwischt.«

Tom stöhnte, ihm brummte der Schädel. Als er wieder klar sehen konnte, bemerkte er eine kräftige Gestalt, die in einer Ecke saß. Lieutenant Detective Willer.

»Was will der denn hier?«

Willer erhob sich, salutierte zur Begrüßung und setzte sich wieder. »Freut mich, Sie wieder wach zu sehen, Broadbent.

Keine Sorge, Sie stecken nicht in Schwierigkeiten – sollten Sie aber, wenn es nach mir ginge.«

Tom wusste nicht recht, was er sagen sollte.

»Ich bin nur vorbeigekommen, um nach Ihnen zu sehen.«

»Das ist sehr nett von Ihnen.«

»Ich dachte mir, dass Sie wohl noch ein paar Fragen haben würden, auf die Sie gern eine Antwort hätten. Zum Beispiel, was wir über den Mörder von Marston Weathers herausgefunden haben, den Mann, der auch Ihre Frau entführt hat.«

»Allerdings.«

»Und dafür würde ich, wenn Sie so weit sind, gern Ihre ganze Geschichte hören.« Fragend zog er die Brauen in die Höhe.

»Einverstanden.«

»Gut. Der Mann hieß Maddox, Jimson Alvin Maddox, ein verurteilter Mörder, der offenbar für einen Kerl namens Iain Corvus gearbeitet hat, einen Kurator am American Museum of Natural History in New York. Er hat dafür gesorgt, dass Maddox vorzeitig aus der Haft entlassen wurde. Corvus ist in derselben Nacht gestorben, als Sally entführt wurde, scheinbar an einem Herzinfarkt. Aufgrund des zeitlichen Zusammenhangs untersucht das FBI jetzt diesen Todesfall.«

Tom nickte. Verdammt, tat ihm der Kopf weh. »Und woher wusste dieser Corvus von dem Dinosaurier?«

»Er hatte Gerüchte gehört, Weathers sei an einer großen Sache dran, und hat ihn von Maddox beschatten lassen. Maddox hat den Kerl getötet und ihm offenbar eine Probe gestohlen, die Corvus am Museum analysieren ließ. Darüber ist was im Internet erschienen, und so einen Aufstand haben Sie noch nie erlebt. Die Zeitungen sind voll davon.« Willer schüttelte den Kopf. »Ein Dinosaurierfossil … Herrgott, ich habe an so ziemlich alles gedacht, von Kokain bis hin zu verschütteten Goldschätzen, aber auf einen T-Rex wäre ich nie im Leben gekommen.«

»Was passiert jetzt mit dem Fossil?«

Sally antwortete: »Die Regierung hat die Mesas abgesperrt

und lässt ihn bergen. Sie denken daran, extra eine Art spezielles Labor zu bauen, um es zu untersuchen, vielleicht sogar hier in New Mexico.«

»Und Maddox? Ist er wirklich tot?«

Willer sagte: »Wir haben seine Leiche gefunden, wo Sie sie zurückgelassen haben – na ja, zumindest das, was davon noch übrig war, nachdem die Kojoten dran waren.«

»Was ist mit der Predator-Drohne und dieser absurden Sache?«

Willer lehnte sich auf dem Stuhl zurück. »Wir versuchen immer noch, da durchzublicken. Sieht nach einer außer Kontrolle geratenen geheimen Regierungsorganisation aus.«

»Ford kann dir mehr darüber sagen, wenn er kommt«, erklärte Sally.

Wie aufs Stichwort erschien die Krankenschwester, und hinter ihr konnte Tom Fords zerfurchtes Gesicht sehen. Auf einer Seite war der Kiefer bandagiert, der Gipsarm lag in einer Schlinge. Er trug ein kariertes Hemd und Jeans.

»Tom! Freut mich, dass Sie wach sind.« Er lehnte sich ans Fußteil des Krankenbetts. »Na, wie geht es Ihnen?«

»Ging mir schon besser.«

Vorsichtig ließ sich der hochgewachsene Mann auf einem der billigen Plastikstühle nieder. »Ich habe mich mit ein paar alten Freunden bei der CIA in Verbindung gesetzt. Anscheinend sind wegen der Handhabung dieser Sache ein paar Köpfe gerollt – sträfliche Missachtung menschlichen Lebens, von der verpfuschten Operation ganz zu schweigen. Die geheime Organisation, die diesen Einsatz geleitet hat, wurde aufgelöst. Die Regierung hat einen Untersuchungsausschuss eingesetzt, der die Sache aufklären soll, aber Sie wissen ja, wie so was läuft …«

»Allerdings.«

»Da ist noch etwas, und das ist wirklich unglaublich. Eine Wissenschaftlerin am Museum of Natural History in New York hat eine kleine Probe von dem Dinosaurier in die Hände bekommen, sie analysiert und einen Aufsatz darüber veröffentlicht. Hochexplosiv. Der T-Rex ist an einer Infektion gestorben – auf die Erde gebracht von dem Meteoriten, der zu dem Massensterben geführt hat. Das ist kein Witz – der Dinosaurier ist an einer außerirdischen Infektion gestorben. Zumindest behaupten sie das.« Ford erzählte ihm, dass die Apollo 17 einige dieser Partikel auf einem Stück Mondgestein mitgebracht hatte. »Als sie feststellten, dass der Stein mit einer außerirdischen Mikrobe durchsetzt war, übergaben sie ihn der Defense Intelligence Agency, wo wiederum eine Schwarze Abteilung ins Leben gerufen wurde, die sich darum kümmern sollte. Die DIA nannte sie LS480, das steht für Lunar Sample 480. Die studieren diese Partikel seit dreißig Jahren und hatten die ganze Zeit ihre Antennen ausgefahren, falls noch mehr davon auftauchen sollten.«

»Das erklärt aber noch nicht, wie sie von dem Dinosaurier erfahren haben.«

»Die NSA hat eine unglaubliche Abhöreinrichtung. Einzelheiten darüber wird die Öffentlichkeit nie erfahren – aber anscheinend wurde ein Telefongespräch belauscht. Sie sind sofort in Aktion getreten. Darauf hatten sie dreißig Jahre lang gewartet, und sie waren auf alles vorbereitet.«

Tom nickte. »Wie geht es Hitt?«

»Er liegt immer noch einen Stock höher im Bett. Es geht ihm gut. Aber der Pilot und der Copilot sind tot. Außerdem Masago und einige Soldaten. Eine wahre Tragödie.«

»Und das Notizbuch?«

Willer stand auf, zog es aus der Tasche und legte es aufs Bett. »Das ist für Sie. Sally hat mir gesagt, Sie würden Ihre Versprechen immer einlösen.«

6

Melodie war noch nie im Büro des Museumsdirektors Cushman Peale gewesen, und sie fand die Atmosphäre von privilegierter, exklusiver New Yorker Oberschicht bedrückend. Der Mann hinter dem antiken Rosenholz-Schreibtisch unterstrich diesen Eindruck mit einem grauen Brooks-Brothers-Anzug und einer zurückgekämmten, üppigen weißen Mähne. Seine umständliche Höflichkeit, die Floskeln und die aufgesetzte Bescheidenheit konnten seine unerschütterliche Überzeugung völliger Überlegenheit kaum verbergen.

Peale führte sie zu einem Shaker-Stuhl schräg vor einem marmornen Kamin und setzte sich ihr gegenüber. Aus der Innentasche seines Anzugs zog er eine Kopie ihres Artikels, legte sie auf den Tisch und strich die Blätter sorgsam mit einer stark geäderten Hand glatt.

»So was, so was, Melodie. Das ist eine großartige Arbeit.«

»Danke, Dr. Peale.«

»Bitte nennen Sie mich Cushman.«

»Also schön. Cushman.«

Melodie lehnte sich auf ihrem Stuhl zurück. Sie hätte sich auf diesem Ding, auf dem sich selbst ein Puritaner vor Unbequemlichkeit winden würde, niemals wohl fühlen können, aber zumindest konnte sie so tun. Sie litt zurzeit schwer unter dem Hochstaplerphänomen – aber sie würde wohl irgendwann darüber hinwegkommen.

»Schön, dann wollen wir mal sehen …« Peale konsultierte die Notizen, die er sich auf der ersten Seite des Aufsatzes gemacht hatte. »Sie sind jetzt seit fünf Jahren am Museum, nicht wahr?«

»So ist es.«

»Sie haben an der Columbia promoviert … Und seitdem leisten Sie hervorragende Arbeit im Mineralogielabor als … Technische Assistentin?« Ihre bescheidene Stellung überraschte ihn offenbar.

Melodie schwieg.

»Nun, wie mir scheint, ist es höchste Zeit für eine Beförderung.« Peale lehnte sich zurück und schlug ein Bein über das andere. »Dieser Aufsatz ist sehr vielversprechend, Melodie. Natürlich ist er kontrovers, das war nicht anders zu erwarten, aber der Wissenschaftliche Ausschuss hat ihn sich sorgfältig angesehen, und allem Anschein nach werden Ihre Ergebnisse eingehender Überprüfung standhalten.«

»Ganz sicher.«

»Das ist die richtige Einstellung, Melodie.« Peale räusperte sich geziert. »Der Ausschuss hatte allerdings den Eindruck, Ihre Hypothese, diese, äh, Venus-Partikel könnten eine außerirdische Mikrobe sein, sei vielleicht ein wenig verfrüht.«

»Das überrascht mich nicht, Cushman.« Melodie zögerte; es fiel ihr schwer, seinen Vornamen zu benutzen. *Gewöhn dich besser dran,* dachte sie. Die ehrerbietige kleine Assistentin, die es allen recht machen wollte, war Vergangenheit. »Jeder größere wissenschaftliche Fortschritt macht es erforderlich, sich zu exponieren und damit auch Kritik auszusetzen. Aber ich bin überzeugt, dass die Hypothese standhalten wird.«

»Freut mich, das zu hören. Ich bin ja schließlich nur Museumsdirektor« – er kicherte bescheiden – »und daher kaum berufen, Ihre Arbeit zu beurteilen. Aber man hat mir versichert, sie sei recht ordentlich.«

Melodie lächelte höflich.

Er lehnte sich zurück und legte die Hände auf die Knie. »Ich habe mich also mit dem Wissenschaftlichen Ausschuss unterhalten, und soweit ich das überblicke, möchten wir Ihnen gern eine Stelle als Wissenschaftliche Mitarbeiterin eines Kurators in der Abteilung für Wirbeltierpaläontologie anbieten. Das ist eine sehr gute Tenure-Track-Position, die, sofern sich alles erfreulich entwickelt, nach entsprechender Zeit zu einer Berufung auf den

Humboldt Chair führen wird, den der verstorbene Dr. Corvus vielleicht bekommen hätte, wenn er noch am Leben wäre. Selbstverständlich ist damit eine entsprechende Gehaltserhöhung verbunden.«

Melodie ließ eine unangenehme Pause entstehen, bevor sie antwortete: »Das ist ein großzügiges Angebot«, sagte sie. »Ich weiß es zu schätzen.«

»Wir kümmern uns um unsere Leute«, sagte der Direktor großspurig.

»Ich wünschte, ich könnte es annehmen.«

Peale fielen die Hände von den Knien. Melodie wartete.

»Sie erteilen uns eine Absage, Melodie?« Peale starrte sie ungläubig an, als sei die bloße Vorstellung, jemand könnte nicht am Museum bleiben wollen, absurd, undenkbar.

Melodie hielt ihre Stimme ganz ruhig. »Cushman, ich habe fünf Jahre lang in diesem Keller gesessen und erstklassige Arbeit für das Museum geleistet. Nicht ein Mal hat man mir auch nur einen Hauch Anerkennung dafür gezollt. Nicht ein Mal habe ich ein Dankeschön gehört, abgesehen von einem beiläufigen Schulterklopfen. Und dabei habe ich weniger verdient als der Mann, der meinen Mülleimer ausleert.«

»Aber selbstverständlich haben wir Ihre gute Arbeit bemerkt ...« Peale war verblüfft. »Und das wird sich jetzt alles ändern. Außerdem möchte ich behaupten, dass unser Angebot auch nicht in Stein gemeißelt ist. Vielleicht sollten wir es dem Wissenschaftlichen Ausschuss noch einmal vorlegen und zusehen, ob wir nicht mehr für Sie tun können. Vielleicht wäre sogar eine Position als außerordentliche Kuratorin möglich.«

»Ich habe bereits eine Position mit akademischem Titel in Harvard abgelehnt.«

Peales Brauen schossen in die Höhe, ein Ausdruck völliger Fassungslosigkeit, die er rasch zu überspielen versuchte. »Du meine Güte, die waren aber flott.« Er brachte ein angestrengtes Lachen zustande. »Was für ein Angebot? Wenn ich fragen darf.«

»Den Montcrieff Chair.« Sie versuchte, sich das Grinsen zu verkneifen. Verdammt, das machte vielleicht Spaß.

»Einen Lehrstuhl? Nun, das ist ja … ganz außergewöhnlich.« Er räusperte sich, rutschte auf seinem Stuhl zurück und rückte seine Krawatte zurecht. »Und Sie haben abgelehnt?«

»Ja. Ich gehe mit dem Dinosaurier … zur Smithsonian Institution.«

»Zum Smithsonian?«Bei der Erwähnung des größten Rivalen errötete der Direktor.

»So ist es. Ans National Museum of Natural History. Die Regierung plant den Bau eines besonderen Biosafety-Labors der Stufe vier auf dem Raketentestgelände White Sands in New Mexico, wo der Dinosaurier und die Partikel studiert werden sollen. Sie haben mich gebeten, als Stellvertretende Direktorin die Forschungsarbeiten zu leiten, und zu diesem Posten gehört ein Titel als Kuratorin am National Museum. Es bedeutet mir sehr viel, dass ich meine Arbeit an dem Exemplar fortsetzen kann. Das Rätsel der Venus-Partikel ist noch nicht geknackt, und ich will diejenige sein, die es löst.«

»Das ist Ihre endgültige Entscheidung?«

»Ja.«

Peale erhob sich, streckte die Hand aus und rang sich ein schwaches Lächeln ab. »In diesem Fall, Dr. Crookshank, möchte ich der Erste sein, der Ihnen gratuliert.«

Die noble Erziehung hatte immerhin eine hervorragende Qualität in Peale hervorgebracht, dachte Melodie: Er war ein guter Verlierer.

7

Das Haus, ein kleiner Bungalow, stand an einer hübschen Seitenstraße im Örtchen Marfa, Texas. Eine große Platane warf ihren fleckigen Schatten in den Vorgarten, der von einem weißen Lattenzaun umgeben war. Ein 1989er Ford Fiesta stand in der kleinen Einfahrt, und vor der umgebauten Garage hing ein handbemaltes Schild mit der Aufschrift ATELIER.

Tom und Sally parkten an der Straße und klingelten an der Tür.

»Ich bin hier«, rief eine Stimme aus der Garage.

Sie gingen hinüber, das Garagentor hob sich und enthüllte ein hübsches kleines Atelier. Eine Frau erschien; sie trug ein übergroßes Herrenhemd voller Farbflecken und hatte ein Tuch um das rote Haar geknotet. Sie war zierlich, forsch und attraktiv, mit einer kleinen Stupsnase, einem jungenhaften Gesicht und einer sehr energischen Ausstrahlung. »Was kann ich für Sie tun?«

»Ich bin Tom Broadbent. Das ist meine Frau Sally.«

Die junge Frau lächelte breit.

»Ach ja. Robbie Weathers. Vielen Dank, dass Sie gekommen sind.«

Sie folgten ihr in das überraschend nett eingerichtete Atelier mit großem Dachfenster. Die Wände waren weiß und mit Landschaftsgemälden bedeckt. Seltsam geformte Felsen, verwitterte Holzstücke, alte Knochen und rostige Eisenstücke waren wie Skulpturen auf Tischen an einer Wand arrangiert.

»Setzen Sie sich. Tee? Kaffee?«

»Nein, danke.«

Sie nahmen auf einem zur Couch gefalteten Futon Platz, während Robbie Weathers sich die Hände wusch, das Kopftuch abnahm und ihre Locken schüttelte. Sie zog sich einen Holzstuhl heran und setzte sich ihnen gegenüber. Die Sonne durchflutete den Raum. Ein verlegenes Schweigen entstand.

»Also«, sagte sie und sah Tom an, »Sie sind derjenige, der meinen Vater gefunden hat.«

»So ist es.«

»Bitte erzählen Sie mir alles – wie Sie ihn gefunden haben, was er gesagt hat –, einfach alles.«

Tom begann mit der Geschichte und schilderte ihr, wie er die Schüsse gehört hatte, hingeritten war und ihren Vater sterbend auf dem Grund des Canyons vorgefunden hatte.

Sie nickte, und ihre Miene verdüsterte sich. »Wie war er gefallen?«

»Er lag auf dem Gesicht. Er war mehrmals in den Rücken getroffen worden. Ich habe ihn umgedreht, ihn beatmet, und er hat die Augen geöffnet.«

»Hätte er überleben können, wenn man ihn rechtzeitig da rausgeholt hätte?«

»Die Verletzungen waren tödlich. Er hatte keine Chance«, sagte Tom.

»Ich verstehe.« Ihre Fingerknöchel färbten sich weiß, als sie die Finger um die Armlehne krallte.

»Er hat ein Notizbuch an sich gedrückt. Er hat gesagt, ich solle es nehmen und Ihnen übergeben.«

»Was genau hat er gesagt?«

»Er sagte: ›Das ist für Robbie … Meine Tochter … Versprechen Sie mir, dass Sie es ihr geben … Sie weiß schon, wie sie ihn finden kann … den Schatz.‹«

»Schatz«, wiederholte Robbie mit schwachem Lächeln. »So hat er immer von seinen Fossilien gesprochen. Er hat nie das Wort ›Fossil‹ gebraucht, weil er panische Angst davor hatte, jemand könnte ihm bei einem Fund zuvorkommen. Stattdessen hat er den halb verrückten Schatzsucher gespielt. Er hat oft eine recht auffällige gefälschte Schatzkarte mit sich herumgetragen, damit die Leute ihn für einen Spinner hielten.«

»Das erklärt eine Sache, über die ich mich gewundert habe. Jedenfalls habe ich das Notizbuch angenommen. Er war … dem Tod sehr nahe. Ich habe getan, was ich konnte, aber er hatte keine Chance. Seine einzige Sorge galt Ihnen.«

Robbie wischte sich mit dem Handrücken eine Träne aus dem Augenwinkel.

»Er hat gesagt: ›Es ist für sie … Robbie … Geben Sie es ihr … niemand sonst … Um Himmels willen nicht zur Polizei … Sie müssen es … versprechen.‹ Und dann hat er gesagt: ›Sagen Sie ihr, dass ich sie liebe.‹«

»Das hat er wirklich gesagt?«

»Ja.« Er erzählte ihr nicht, dass Weathers den Satz nicht hatte vollenden können – der Tod war zu schnell gekommen.

»Und dann?«

»Das waren seine letzten Worte. Danach hat sein Herz aufgehört zu schlagen, und er ist gestorben.«

Sie nickte und senkte den Kopf.

Tom holte das Notizbuch aus der Tasche und hielt es ihr hin. Sie hob den Kopf, wischte sich die Tränen vom Gesicht und nahm es an.

»Danke.«

Sie schlug es ganz hinten auf, blätterte die leeren Seiten durch, hielt bei den beiden Ausrufezeichen inne und lächelte unter Tränen. »Eines ist sicher: Von dem Moment, als er den Dinosaurier gefunden hat, bis er ermordet wurde, war er jedenfalls der glücklichste Mann der Welt.«

Langsam schlug sie das Buch zu und blickte zum Fenster hinaus in die sonnige Landschaft des südlichen Texas. Dann sagte sie langsam: »Meine Mutter hat uns verlassen, als ich vier war. Wer könnte es ihr verübeln – verheiratet mit einem Kerl, der uns kreuz und quer durch den Westen geschleift hat, von Montana bis nach Texas und durch jeden Staat dazwischen? Er war immer auf der Suche nach *dem* großen Fund. Als ich älter wurde, wollte er, dass ich mitgehe und wir beide zusammenarbeiten, aber … ich wollte damit nichts zu tun haben. Ich wollte nicht in der

Wüste zelten und Fossilien suchen. Ich wollte nichts weiter, als mal eine Zeit lang am selben Ort wohnen und eine Freundin länger als ein halbes Jahr behalten dürfen. Ich habe den Dinosauriern die Schuld dafür gegeben. Ich habe Dinosaurier *gehasst.*«

Sie zog ein Taschentuch hervor, trocknete sich die Tränen und faltete es im Schoß.

»Ich konnte es nicht abwarten, endlich aufs College zu gehen. Ich musste mir das Studium selbst verdienen – Dad hatte ja nie Geld. Wir haben uns zerstritten. Und dann hat er vor einem Jahr angerufen und behauptet, er sei dem großen Fund auf der Spur, *dem* Dinosaurier aller Zeiten, und dass er ihn für mich finden würde. Das hatte ich schon so oft gehört. Ich wurde sehr wütend. Ich habe ein paar Dinge gesagt, die ich lieber nicht gesagt hätte, und jetzt werde ich sie nie wieder zurücknehmen können.«

Der Raum war erfüllt von warmem Licht und nachmittäglicher Stille.

»Ich wünsche mir so sehr, er wäre noch hier«, fügte sie leise hinzu und verstummte dann.

»Er hat etwas für Sie geschrieben«, sagte Tom und zog ein Päckchen aus der Tasche. »Wir haben die Briefe in einer Blechdose im Sand gefunden, unmittelbar neben dem Dinosaurier.«

Sie nahm die Briefe mit zitternden Fingern. »Danke.«

Sally sagte: »Das Smithsonian will den präparierten Dinosaurier in einem neuen Labor, das sie eigens dafür in New Mexico gebaut haben, feierlich enthüllen. Sie werden ihm auch einen Namen geben. Möchten Sie dabei sein? Tom und ich fahren hin.«

»Ach … ich weiß nicht.«

»Ich finde, Sie sollten mitkommen … Sie benennen das Fossil nach Ihnen.«

Robbie riss den Kopf hoch. »Was?«

»Es stimmt«, sagte Sally. »Das Smithsonian wollte das Fossil nach Ihrem Vater benennen, aber Tom hat sie davon überzeugt, dass Ihr Vater es ›Robbie‹ taufen wollte, nach Ihnen. Außerdem ist es ein weiblicher T-Rex – es heißt, die Weibchen seien größer und stärker gewesen als die männlichen Tiere.«

Robbie lächelte. »Er hätte es nach mir benannt, ob es mir gefällt oder nicht.«

»Und?«, fragte Tom. »Gefällt es Ihnen?«

Eine Weile herrschte Schweigen, und dann musste Robbie erneut lächeln.

»Ja. Ich glaube schon.«

Jornada del Muerto

Vier Stunden später war die Dunkelheit vollkommen. Sie duckte sich in ihre Schlammkuhle, die Augen halb geschlossen. Das einzige Licht kam von den Flammen, die hier und da an den Platanen leckten.

Der Sumpf hatte sich mit Dinosauriern und kleinen Säugetieren gefüllt, alles schwamm, schlug um sich, paddelte, panisch vor Angst, viele starben oder ertrunken.

Sie erwachte und fand leicht ein gutes Mahl.

Die Luft wurde heißer.

Wenn sie atmete, brannte es in ihrer Lunge, und sie hustete schmerzhaft. Sie erhob sich aus dem Wasser, um gegen die quälende Hitze zu kämpfen, zerfetzte und zerriss mit ihren mächtigen Kiefern die Luft.

Die Hitze wurde schlimmer. Es wurde dunkler.

Sie suchte tieferes, kühleres Wasser auf. Verendetes und sterbendes Fleisch trieb um sie herum, doch sie beachtete es nicht.

Ein schwarzer rußiger Regen setzte ein und überzog ihren Rücken mit teerartigem Schlamm. Die Luft wurde dick und dunstig. Sie sah roten Lichtschein durch die Bäume. Ein riesiger Waldbrand raste über das Hochland. Sie beobachtete, wie sich das Feuer fortbewegte, in den Kronen gewaltiger Bäume explodierte und einen Schauer aus Funken und brennenden Ästen niedergehen ließ.

Das Feuer zog vorüber und verschonte den Sumpf, in den sie sich geflüchtet hatte. Die überhitzte Luft kühlte sich ein wenig ab. Sie harrte im Wasser aus, umgeben von aufgeblähten Kadavern. Tage vergingen.

Die Dunkelheit wurde absolut. Sie wurde schwächer und war bald dem Tode nahe.

Der Tod war ein neues Gefühl für sie, er glich nichts, was sie bisher erlebt hatte. Sie konnte spüren, wie er sich in ihr ausbreitete. Sie spürte seinen heimtückischen, lautlosen Angriff auf ihre Organe. Das zarte, kurze, daunenweiche Federkleid, das ihren Körper bedeckte, fiel aus. Sie konnte sich kaum bewegen. Sie atmete nun keuchend und konnte dennoch ihre Gier nach Sauerstoff nicht mehr befriedigen. Ihre Augen waren von der Hitze versengt und zugeschwollen.

Das Sterben dauerte Tage.

Ihr Instinkt kämpfte dagegen an, widersetzte sich jedem einzelnen Augenblick.

Tag für Tag wurden die Schmerzen schlimmer. Sie biss und kratzte an ihren Flanken, riss sich das eigene Fleisch auf bei dem Versuch, den Feind im Inneren zu erreichen. Je schlimmer die Schmerzen wüteten, desto rasender wurde sie. Sie kämpfte sich blindlings auf das Land zu, schwankte schwer auf ihren Füßen. Ohne den Auftrieb des Wassers taumelte sie und stürzte ins flache Wasser. Dort brüllte sie, tobte, trat und biss den Schlamm und wühlte in ihrer Raserei die Erde auf.

Ihre Lunge füllte sich mit Flüssigkeit, während ihr Herz darum kämpfte, das Blut durch ihren Körper zu pumpen.

Der heiße schwarze Regen fiel.

Das biologische Programm, das sie durch vierzig Jahre des Lebens getragen hatte, versagte. Die sterbenden Neuronen feuerten in einem letzten Ausbruch nutzloser Aktivität. Es gab keine Antworten mehr, kein Programm, keine Lösung für die ultimative Krise.

Ihr fruchtloses Gebrüll erstickte in einem Schauer nassen, stöhnenden Fleisches.

Die linke Hemisphäre ihres Gehirns brach in einem Unwetter elektrischer Impulse zusammen, ihr rechtes Bein zuckte in wilden, epileptischen Krämpfen, bevor es in eine klonische Starre fiel, die Klauen spannten sich, die Sehnen sprangen von den Knochen. Ihr Kiefer öffnete sich, klappte heftig zu, öffnete sich wieder und erstarrte in dieser Position, weit aufgerissen.

Ein Schauer lief ihren Schwanz entlang und ließ ihn auf dem Boden beben, bis schließlich nur noch die Spitze zitterte – und dann endete sämtliche neuronale Aktivität.

Das Programm war abgelaufen. Der schwarze Regen fiel vom Himmel. Allmählich bedeckte er sie mit Schlamm. Das Wasser stieg, angetrieben von gewaltigen Unwettern in den Bergen, und binnen eines Tages war sie unter dickem, sterilem Schlamm begraben.

Ihre fünfundsechzig Millionen Jahre währende Totenruhe hatte begonnen.

Epilog

Der Van holperte die unbefestigte Straße entlang, die schnurgerade durch die Jornada del Muerto führte, die riesige Wüste von New Mexico. Die Landschaft war so flach und leer wie das Meer, nur in weiter Ferne erhob sich eine schwarze Hügelkette. Sie befanden sich tief im Innern der White Sands Missile Range, einem fast achttausend Quadratkilometer großen Testgelände für die fortschrittlichsten Waffen der Nation. Als sie sich näherten, nahmen die dunklen Hügel Gestalt an. Auf dem Hügel in der Mitte, einem Kegel aus vulkanischer Schlacke, ragten mehrere Funktürme und Mikrowellenantennen auf.

»Wir sind fast da«, sagte Melodie Crookshank, die vorn neben dem Militärfahrer saß.

Sie fuhren an einer Gruppe verbrannter, mit Brettern vernagelter Gebäude vorbei, die mit einem doppelten Zaun gesichert waren; dahinter stand ein schimmerndes neues Bauwerk mit einer Fassade aus gebürsteten Titanplatten, ebenfalls umgeben von einem Hochsicherheitszaun.

»Das hier war mal eine Art gentechnisches Labor«, erklärte Crookshank, »aber nach einem Brand wurde es geschlossen. Da die frühere Anlage auch der biologischen Sicherheitsstufe vier entsprach, war einiges von dem, was wir brauchten, schon vorhanden – zumindest, was isolierte Lage und Sicherheit angeht. Das ist wirklich der perfekte Ort für die Untersuchung des Dinosauriers – geschützt von der allgemeinen Sicherheit der WSMR, aber dennoch zugänglich. Alles in allem eine ausgezeichnete Lösung.«

»Aber hier wohnen? Es sieht furchtbar einsam aus«, bemerkte Robbie Weathers.

»Nein, gar nicht!«, sagte Crookshank. »Die Wüste strahlt so

eine Zen-artige Klarheit aus. Und das hier ist eine faszinierende Gegend, wo es viel Interessantes zu sehen gibt – uralte Indianer-Ruinen, Lavaströme, Höhlen mit Millionen von Fledermäusen. Sogar eine alte spanische Straße. Es gibt hier eine Reitanlage und ein Schwimmbad. Ich lerne jetzt reiten. Jedenfalls ist es viel schöner als ein fensterloses Kellerlabor in New York City.«

Der Kleinbus holperte über ein Viehgitter. Ein Wächter winkte sie durch. Sie hielten auf einem gekiesten Parkplatz vor dem Gebäude, auf dem sich bereits Autos, Übertragungswagen mit Satellitenschüsseln auf den Dächern, Humvees, Jeeps und andere Militärfahrzeuge drängten.

»Sieht aus, als würde hier eine Party steigen«, bemerkte Ford.

»Ich habe gehört, die Enthüllung des Dinosauriers werden sich ebenso viele Leute live im Fernsehen anschauen wie die letzte Fußball-Weltmeisterschaft – eine Milliarde Menschen.«

Ford stieß einen Pfiff aus.

Sie stiegen aus dem Van und standen in der drückenden Julihitze des südlichen New Mexico. Die Hitze stieg in Wellen vom Boden auf, als schwitze die Erde selbst.

Sie gingen über den Parkplatz auf das Titangebäude zu. Ein Wachmann hielt die Tür auf, und sie betraten ein großes Atrium, das dank der Klimaanlage recht kühl war. Ein Mann in Uniform mit zwei Sternen an der Schulter kam mit ausgestreckter Hand auf sie zu. »General Miller«, sagte er und gab allen die Hand. »Kommandant der White Sands Missile Range. Willkommen.« Er nickte Tom zu. »Wir haben uns schon einmal gesehen, aber da war Ihr Zustand bei Gott erbärmlich.«

»Tut mir leid, ich kann mich nicht an Sie erinnern.«

Der General grinste. »Jetzt sehen Sie schon etwas besser aus.«

Einige Reporter, die abseits gewartet hatten, stürmten herbei, es gab ein Blitzlichtgewitter, Kameras und Mikros reckten sich ihnen entgegen. »Dr. Crookshank! Dr. Crookshank! Stimmt es, dass …?« Die einzelnen Fragen gingen im allgemeinen Tumult unter, während die Reporter sie bedrängten.

Crookshank hob die Hand. »Meine Damen und Herren, jetzt

bitte keine Fragen. Nach der Enthüllung wird es eine Pressekonferenz geben.«

»Eine Frage an Miss Weathers!«

»Heben Sie sich die für die Pressekonferenz auf!«, rief Robbie, als sie in den eigentlichen Laborkomplex weitergingen – einen langen weißen Flur mit Edelstahltüren zu beiden Seiten. Sie bogen um eine Ecke und hielten auf eine große Doppeltür am Ende des Ganges zu. Sie führte zu einer Art Konferenzraum mit langen Sitzreihen und einem weißen Vorhang vor einer Wand. Der Saal war rappelvoll mit Wissenschaftlern in Laborkitteln, Regierungstypen in grauen Anzügen, Kuratoren und Offizieren; die Medienvertreter durften sich nur in einem abgetrennten Randbereich aufhalten und waren darüber offensichtlich gar nicht glücklich.

»Ist er dahinter?«, fragte Robbie und wies mit einem Nicken auf den Vorhang.

»Ja. Das ganze Labor wurde so entworfen, dass wir unter Hochsicherheitsbedingungen und Biosafety Stufe vier arbeiten können – aber offen, nicht im Geheimen. Das ist der Schlüssel. Die Ergebnisse werden online gestellt, so dass sie jeder einsehen kann. Eine solche Entdeckung ist … na ja … bedeutend, um das Mindeste zu sagen.«

Melodie begrüßte einige Leute. Immer mehr Honoratioren trafen ein, und dann wurde darum gebeten, Platz zu nehmen.

»Ich bin dran«, sagte Melodie.

Das Stimmengewirr ließ nach, als sie das Podium betrat und nervös ein halbes Dutzend Karteikarten vor sich ausbreitete. Eine Reihe starker Scheinwerfer wurde eingeschaltet, und sie blinzelte ein paar Mal.

Stille im Saal.

»Willkommen«, sagte sie, »in der neuen Desert-Paleontology-Forschungsstation der Smithsonian Institution.«

Applaus brandete auf.

»Ich bin Dr. Melodie Crookshank, Stellvertretende Direktorin, und ich glaube, Sie alle wissen, warum wir heute hier sind.«

Nervös ordnete sie ihre Karteikarten. »Wir haben uns hier versammelt, um das zu enthüllen, was zweifellos die größte Entdeckung in der Geschichte der Paläontologie ist. Manche würden sie sogar als die größte wissenschaftliche Entdeckung aller Zeiten bezeichnen. Doch bevor wir fortfahren, möchte ich Ihnen zunächst von dem Mann erzählen, der dieses unglaubliche Exemplar gefunden hat: der verstorbene Marston Weathers. Sie alle kennen die Geschichte von der Entdeckung des Fossils und dem Mord an Weathers. Nur wenige wissen, dass Weathers vermutlich der beste Dinosaurierjäger seit Barnum Brown und Robert Sternberg war, wenngleich seine Methode ein wenig unorthodox gewesen sein mag. Heute vertritt ihn seine Tochter Roberta. Robbie? Bitte stehen Sie auf.«

Es gab donnernden Applaus, als Robbie aufstand und errötend in die Runde nickte.

»Ich möchte noch einigen weiteren Personen danken. Zunächst einmal Tom und Sally Broadbent und Wyman Ford. Ohne sie wäre der Dinosaurier niemals wieder ans Licht gekommen.«

Erneut donnernder Applaus. Tom warf Ford einen Blick zu. Der Mann war nicht mehr mit einer braunen Kutte und Sandalen bekleidet. Jetzt trug er einen schicken Anzug, der Bart war gestutzt, das widerspenstige Haar ordentlich zurückgekämmt. Sein knochiges Gesicht war noch von der Wüste gebräunt und so hässlich wie zuvor. Dennoch sah es ganz so aus, als sei er hier in seinem Element, denn er wirkte locker und entspannt.

Melodie ratterte eine ganze Liste von Danksagungen herunter, und die Leute wurden allmählich unruhig. Doch dann verstummte sie, blickte auf ihre Notizen und lächelte nervös. Es wurde still im Saal.

»Der Physiker Philip Morrison vom MIT hat einmal gesagt, entweder gebe es Leben anderswo im Universum oder eben nicht – und beide Möglichkeiten seien erschreckend. Heute kennen wir die Antwort auf die größte aller wissenschaftlichen Fragen. Es gibt tatsächlich Leben anderswo im Universum.

Die Entdeckung außerirdischen Lebens ist seit Jahrhunderten Thema hitziger Spekulationen und literarischer Fantasie, Gegenstand unzähliger Bücher und Filme. Und jetzt hat sich diese Entdeckung tatsächlich ereignet. Doch siehe da, die Entdeckung spielte sich auf völlig unerwartete Weise ab – wir fanden eine außerirdische Mikrobe in einem Fossil. Science-Fiction-Autoren haben so gut wie jedes vorstellbare Szenario für diese bedeutende erste Entdeckung entwickelt, bis auf diese. Wieder einmal ein Beweis dafür – sofern wir noch Beweise brauchen –, dass uns in unserem großen, wunderschönen Universum noch viele, viele Überraschungen erwarten.

Hier, in der Desert-Paleontology-Forschungsstation des Smithsonian, werden wir diese unbekannte Lebensform unter sicheren Bedingungen untersuchen können – aber öffentlich, wir werden alle unsere Entdeckungen mit der Welt teilen, damit sie der ganzen Menschheit zugute kommen. Es wird hier keine Geheimnisse geben, nichts wird im Verborgenen ablaufen, und auf keinen Fall wird diese Entdeckung in irgendeiner Weise missbraucht werden. Darüber hinaus wird uns das Fossil selbst sehr viel über die Theropoden erzählen, vor allem über den Tyrannosaurus Rex – seine Anatomie, seine Zellbiologie, wie er lebte, was er fraß, wie er sich fortpflanzte. Und schließlich werden wir endlich mehr über dieses bedeutende Ereignis vor fünfundsechzig Millionen Jahren erfahren, als der Chicxulub-Meteorit einschlug und die größte Naturkatastrophe auslöste, die unseren Planeten je getroffen hat. Wir wissen bereits, dass diese geheimnisvollen außerirdischen Mikroben, die Venus-Partikel, mit dem Meteoriten auf die Erde gelangten und beim Einschlag freigesetzt wurden, denn ein Fragment desselben Asteroiden wurde von der Apollo-17-Mission auf dem Mond gefunden.

Diese außerirdischen Mikroben besiegelten endgültig das Schicksal der Dinosaurier. Diejenigen von ihnen, die den Impakt überlebt hatten, wurden von einer tödlichen Pandemie dahingerafft, der schlimmsten aller Seuchen. Ohne das vollständige Aussterben der Dinosaurier hätten sich die Säugetiere niemals über die Größe einer Ratte hinaus entwickelt, und so etwas wie Menschen hätte es nie gegeben. Man könnte also sagen, dass diese Partikel uns auf Erden den Weg geebnet haben. Mit dem Meteoriten und der Epidemie nahm die lange Kette der Evolution ihren Anfang, die schließlich zur Entstehung des Menschen führte.« Crookshank hielt inne und holte tief Luft. »Ich danke Ihnen.«

Applaus erfüllte den Saal. Der Direktor der Smithsonian Institution, Howard Murchison, trat mit einer Flasche Champagner ans Podium und gab Crookshank die Hand. Dann wandte er sich mit breitem Lächeln dem Publikum und den Kameras zu.

»Darf ich Robbie Weathers auf die Bühne bitten?«

Robbie lächelte Tom und Sally zu und ging nach vorn zum Podium. Der Direktor nahm sie beim Arm und drückte ihr die Flasche Champagner in die Hand.

»Ich darf Ihnen Robbie Weathers vorstellen, die Tochter von Marston Weathers, der den Dinosaurier gefunden hat. Wir haben sie gebeten, die Taufe vorzunehmen.«

Applaus brandete auf.

»Wir können natürlich keine Flasche Champagner an dem Dinosaurier zerschellen lassen, aber wir können zumindest das Glas auf ihn erheben. Und wer wäre für diese Ehre besser geeignet?« Er wandte sich Robbie zu. »Möchten Sie ein paar Worte sagen?«

Robbie hielt die Flasche hoch. »Die ist für dich, Dad.«

Weiterer Applaus.

»Trommelwirbel, bitte«, sagte der Direktor.

Ein Trommelwirbel vom Band erscholl über die Lautsprecheranlage, und zugleich wurden die Vorhänge am Ende des Saals zurückgezogen und enthüllten ein hell erleuchtetes Labor hinter einer dicken Glasscheibe. Auf einer Reihe massiver Stahltische mitten im Labor waren sämtliche Teile des erstaunlichen Fossils ausgebreitet, zum Teil noch auf Matrix.

Präparatoren hatten den Schädel, den aufgerissenen Kiefer, den verzerrten Hals, die klauenbewehrten Vorder- und Hintergliedmaßen bereits größtenteils freigelegt. Mehr denn je erweckte das Fossil den Eindruck, als wolle es sich aus dem Fels herauskämpfen.

Der Direktor hob die Hand, der Trommelwirbel verstummte. »Dann wollen wir den Korken mal knallen lassen. Robbie.«

Robbie rang mit dem Korken und schob ihn vor und zurück. Mit einem lauten Plopp flog er über die Köpfe der Menge davon, Champagner sprudelte aus der Flasche. Es gab Jubelrufe und Beifall. Murchison fing einen Teil des Champagnerstroms mit seinem Glas auf, hob es vor dem gewaltigen Fossil und sagte: »Hiermit taufe ich dich *Robbie,* der Tyrannosaurus Rex.«

Gewaltiger Jubel erhob sich. Aus den Kulissen erschienen Kellner, die auf silbernen Tabletts Champagner durch die Reihen trugen.

»Einen Toast, einen Toast!«

Der Saal war erfüllt von Gesprächen, Gelächter und Gläserklirren, als alle auf das Ungeheuer anstießen. Laute Rufe *»Auf Robbie, den T-Rex!«* hallten durch den Saal, während John Williams' Soundtrack zu *Jurassic Park* über die Lautsprecher eingespielt wurde.

Ein paar Minuten später schloss Melodie sich wieder Tom und seiner Gruppe an. Reihum ließen sie die Gläser klirren.

»Es wird so aufregend sein, die Geheimnisse dieses Fossils zu erkunden«, sagte Melodie.

»Das muss der Traum eines jeden Paläontologen sein«, bemerkte Ford.

Crookshank lachte. »Ich war schon immer eine Träumerin, aber in meinen wildesten Träumen hätte ich mir so etwas nicht vorstellen können.«

»Das Leben steckt voller Überraschungen, nicht?«, sagte Ford und zwinkerte. »Als ich dem Kloster beigetreten bin, hätte ich auch nie geahnt, dass mich das einmal hierher führen würde.«

»Sie sehen gar nicht aus wie ein Mönch«, sagte Melodie.

Ford lachte. »Bin ich auch nicht, war ich nie – und jetzt werde ich auch nie einer sein. Die Jagd nach diesem Dinosaurier hat mir gezeigt, dass ich nicht für ein Leben in kontemplativer Stille geschaffen bin. Das Kloster war der richtige Ort zur richtigen Zeit, aber nicht für den Rest meines Lebens.«

»Was wirst du jetzt tun?«, fragte Tom. »Wieder zur CIA gehen?«

Ford schüttelte den Kopf. »Ich werde mich als Privatdetektiv versuchen.«

»Wie bitte? Privatdetektiv? Was würde nur der Abt dazu sagen?«

»Bruder Henry ist absolut einverstanden. Er sagt, er hätte von Anfang an gewusst, dass aus mir kein Mönch werden würde, aber das müsse jeder für sich selbst herausfinden. Und das habe ich auch.«

»Was für ein Detektiv willst du denn werden?«, fragte Sally. »So einer, der untreue Ehemänner mit der Kamera verfolgt?«

Ford lachte. »Ganz und gar nicht. Internationale Wirtschaftsspionage, Kryptographie, Kryptoanalyse im Bereich Wissenschaft und Technologie. Ganz ähnlich wie das, was ich früher bei der CIA gemacht habe. Ich suche übrigens einen Partner.« Er zwinkerte Tom zu. »Wie wär's?«

»Wer, ich? Was verstehe ich denn von Spionage?«

»Nichts. Das ist ja das Gute daran. Ich kenne deinen Charakter – darauf kommt es an.«

»Ich werd's mir überlegen.«

Es gab erneut Applaus, als der Direktor eine weitere Flasche öffnete und sich unter die Presseleute begab, ihnen einschenkte und sich ihre Klagen anhörte.

Ford wies mit einem Nicken auf den Kopf des Dinosauriers mit den gebleckten Zähnen und den hohlen Augen. »Dieser Dinosaurier ist nicht sanft in jene gute Nacht gegangen.«

»Wüte, wüte gegen das Sterben des Lichts«, flüsterte Melodie.

Ford nippte an seinem Champagner. »Melodie, während

Sie Ihre Rede gehalten haben, ist mir eine seltsame Idee gekommen.«

»Nämlich?«

Ford warf einen Blick auf die Bestie und sah dann wieder Melodie an. »Ich will Ihnen eine Frage stellen: Wie kommen Sie darauf, das Venus-Partikel sei lebendig?«

Crookshank lächelte und schüttelte den Kopf. »Nun, Sie haben Recht, streng genommen fällt es nicht unter die derzeitige Definition von Leben, weil es nicht auf DNS basiert. Aber ansonsten zeigt es alle Kennzeichen von Leben, es reproduziert sich, wächst, passt sich an, frisst, verbraucht Energie und scheidet Abfallprodukte aus.«

»Es gibt da noch eine Möglichkeit, an die Sie offenbar nicht gedacht haben.«

»Und die wäre?«

»Dass das Venus-Partikel eine Maschine ist.«

»Eine Maschine? Wie, Sie meinen eine Nanomaschine? Konstruiert zu welchem Zweck?«

»Um das Aussterben der Dinosaurier herbeizuführen. Vielleicht ist es eine Maschine, die konstruiert wurde, um die Evolution zu manipulieren oder zu lenken; diese Maschine wurde auf einem Asteroiden platziert, der in Richtung Erde unterwegs war – vielleicht wurde der Asteroid sogar zur Erde *geschickt.*«

»Aber warum?«

»Sie haben es selbst gesagt. Um den Weg für die Evolution des Menschen zu ebnen.«

Es herrschte kurzes Schweigen, dann lachte Melodie verlegen. »Das *ist* eine seltsame Idee. Nur ein ehemaliger Mönch könnte auf so etwas Verrücktes kommen.«

Danksagung

Ich schulde meinem Lektor bei Tor/Forge, dem unschätzbaren Robert Gleason, großen Dank für seine Ideen, seine Genialität und seine redaktionelle Begleitung. Bei Tor danke ich außerdem Tom Doherty, Linda Quinton, Elena Stokes, Eric Raab und Dana Giusio. Ebenso möchte ich mich bei Lincoln Child bedanken, meinem literarischen Komplizen, der viele gute Vorschläge für mich hatte. Sehr dankbar bin ich auch Eric Simonoff, Matthew Snyder, John Javna, Bobby Rotenberg, Niccolò Capponi, Barbara Peters und Sebastian Pritchard.

Informationen über Dinosaurier, den Chicxulub-Einschlag, die KT-Grenze und das Aussterben der Dinosaurier habe ich einer Reihe von Quellen zu verdanken, vor allem dem Artikel »The Day the World Burned« von David A. Kring und Daniel D. Durda in der Zeitschrift *Scientific American* vom Dezember 2003, *The Dinosaur Heresies* von Robert T. Bakker, Ph. D., und *The Complete T. Rex* von John R. Horner und Don Lessem. Zum Weiterlesen empfehle ich diese Quellen und darüber hinaus mein eigenes Sachbuch *Dinosaurs in the Attic,* das die Geschichte einiger früherer Dinosaurierjäger erzählt.

Während Abiquiú, der Chama River, das Kloster Christ in the Desert und die Mesa der Alten tatsächlich existieren, habe ich viele geografische Einzelheiten in diesem Roman frei erfunden oder aus anderen Teilen des Landes nach New Mexico verlagert. Ich habe mir die Freiheit erlaubt, einen abgelegenen und wahrhaft erstaunlichen Canyon in der Big Bend von Texas, bekannt als Devil's Graveyard, einfach umzusetzen, damit er als Schauplatz der entscheidenden Konfrontation dienen konnte. In dem kürzlich erschienenen Buch über den realen Devil's Graveyard, *Ribbons of Time,* kann man sich Bilder des echten Terrains ansehen.

Genehmigte Lizenzausgabe für Verlagsgruppe Weltbild GmbH,
Steinerne Furt, 86167 Augsburg

Ein Unternehmen der Droemerschen Verlagsanstalt
Th. Knaur Nachf. GmbH & Co. KG, München.
Übersetzung: Katharina Volk
Umschlaggestaltung: zeichenpool, München
Umschlagmotiv: Getty Images, München (© Gary Randall);
Shutterstock (© Geoff Hardy; Loskutnikov; Karen Roach)
Satz: Uhl + Massopust, Aalen
Gesamtherstellung: CPI Moravia Books s.r.o., Pohorelice
Printed in the EU
ISBN 978-3-86800-209-6

2012 2011 2010 2009
Die letzte Jahreszahl gibt die aktuelle Lizenzausgabe an.